A ÚLTIMA VIÚVA

KARIN SLAUGHTER

A ÚLTIMA VIÚVA

Tradução
Alexandre Martins

Rio de Janeiro, 2019

Copyright © 2019 por Karin Slaughter
All rights reserved.
Título original: The Last Widow
Will Trent is a trademark of Karin Slaughter LLC.

Lyrics from:
"I'm on Fire" (written by Bruce Springsteen)
"Sara Smile" Hall & Oats (written by Daryl Hall, John Oates)
"Whatta Man" Salt-n-Pepa ft. En Vogue (written by Hurby "Luv Bug" Azor, Cheryl James with samples from the original song written by David Crawford and performed by Linda Lyndell)
"Love and Affection" (written by Joan Armatrading)
"Sure shot" Beastie Boys (written by Adam Keefe Horovitz, Adam Nathaniel Yauch, Jeremy Steig, Mario Caldato, Michael Louis Diamond, Wendell T. Fife)
"Two Doors Down" (written by Dolly Parton)
"Smalltown Boy" Bronski Beat (written by Steve Bronski, Jimmy Somerville, Larry Steinbachek)
"Because the Night" Patti Smith Group (written by Bruce Springsteen, Patti Smith)
"What I Am" Edie Brickell & New Bohemians (written by Edie Brickell, Kenny Withrow, John Houser, John Bush, John Aly)
"Give It Away" Red Hot Chili Peppers (written by Michael Balzary (Flea), John Frusciante, Anthony Kiedis, Chad Smith)

Todos os direitos desta publicação são reservados à Casa dos Livros Editora LTDA.

Nenhuma parte desta obra pode ser apropriada e estocada em sistema de banco de dados ou processo similar, em qualquer forma ou meio, seja eletrônico, de fotocópia, gravação etc., sem a permissão do detentor do copyright.

Diretora editorial: *Raquel Cozer*

Gerente editorial: *Alice Mello*

Editor: *Ulisses Teixeira*

Preparação: *Marcela Ramos*

Preparação de original: *André Sequeira*

Revisão: *Anna Beatriz Seilhe* e *Thaís Carvas*

Diagramação: *Abreu's System*

CIP-Brasil. Catalogação na Publicação
Sindicato Nacional dos Editores de Livros, RJ

S641u

Slaughter, Karin
 A última viúva / Karin Slaughter ; tradução Alexandre Martins.
– 1. ed. – Rio de Janeiro : Harper Collins, 2019.

 Tradução de: The last widow
 ISBN 9788595085879

 1. Ficção americana. I. Martins, Alexandre. II. Título.

19-57789
CDD: 813
CDU: 82-3(73)

Vanessa Mafra Xavier Salgado – Bibliotecária – CRB-7/6644

Os pontos de vista desta obra são de responsabilidade de seu autor, não refletindo necessariamente a posição da HarperCollins Brasil, da HarperCollins Publishers ou de sua equipe editorial.

HarperCollins Brasil é uma marca licenciada à Casa dos Livros Editora LTDA.
Todos os direitos reservados à Casa dos Livros Editora LTDA.
Rua da Quitanda, 86, sala 218 — Centro
Rio de Janeiro, RJ — CEP 20091-005
Tel.: (21) 3175-1030
www.harpercollins.com.br

"Estamos condenados a repetir o passado, não importa o que aconteça. Isso é estar vivo."

— KURT VONNEGUT

PARTE UM

Domingo, 7 de julho de 2019

PRÓLOGO

MICHELLE SPIVEY CORREU PELOS fundos da loja, olhando freneticamente cada corredor em busca da filha, pensamentos apavorantes dando voltas no seu cérebro: *Como pude perdê-la de vista eu sou uma péssima mãe meu bebê foi sequestrado por um pedófilo ou um traficante de pessoas será que eu deveria alertar a segurança da loja chamar a polícia ou...*

Ashley.

Michelle parou tão de repente que o sapato guinchou no piso. Respirou fundo, tentando forçar o coração a voltar a bater no ritmo normal. Sua filha não seria vendida como escrava. Estava no balcão de maquiagem experimentando amostras grátis.

O alívio começou a se dissipar enquanto o pânico se instalava.

Sua filha de 11 anos.

No balcão de maquiagem.

Mesmo ela tendo proibido Ashley, sob qualquer circunstância, de usar maquiagem até fazer 12 anos, e, depois disso, só blush e brilho labial, não importa o que as amiguinhas estivessem usando, e fim de papo.

Michelle levou a mão ao peito. Caminhou devagar pelo corredor, dando tempo a si mesma para voltar à forma de uma pessoa sensata e racional.

Ashley examinava tons de batom de costas para Michelle. Ela girava os tubos com experiência, porque, é claro, quando estava com as amigas, experimentava todas as maquiagens delas, praticando umas nas outras, pois era aquilo que garotas faziam.

Pelo menos algumas. Michelle nunca teve vontade de se arrumar. Ainda se lembrava dos gritos estridentes da mãe quando se recusou a raspar as pernas: *Você nunca vai conseguir usar meia-calça!*

Ao que Michelle respondia: *Graças a Deus!*

Aquilo fazia anos. Havia tempos que a mãe dela tinha partido. Michelle era uma mulher adulta com a própria filha e, como toda mulher, tinha jurado não repetir os erros da mãe.

Será que ela estava exagerando?

Será que, por meio de suas tendências pouco femininas, estava punindo a filha? Será que Ashley já tinha idade suficiente para usar maquiagem, e Michelle, não tendo interesse algum por delineadores, corretores e pelo que mais Ashley passasse horas vendo no YouTube, estava privando a filha de uma espécie de rito de passagem para a vida adulta?

Ela pesquisara sobre marcos juvenis. Os 11 anos eram uma idade importante, um ano considerado fundamental, o ponto em que as crianças conquistavam quase cinquenta por cento do poder. Era preciso começar a negociar com elas em vez de simplesmente dar ordens. Algo bastante razoável na teoria, mas aterrorizante na prática.

— Ah! — disse Ashley, ao ver a mãe, e enfiou o batom desesperadamente de volta ao mostruário. — Eu só estava…

— Tudo bem — falou Michelle, acariciando o cabelo comprido da filha. Tantos frascos de xampu no chuveiro, e condicionador, sabonetes e hidratantes, quando a única rotina de beleza de Michelle envolvia protetor solar à prova d'água.

— Desculpe — disse Ashley, limpando o gloss da boca.

— Ficou bonito — elogiou Michelle.

— Sério? — Ashley sorriu para ela de um modo que tocou cada fibra do coração da mãe. — Você viu esse? — perguntou, referindo-se ao mostruário. — Tem um com uma corzinha, para durar mais. Mas este tem sabor de cereja, e Hailey diz que os ga…

Michelle completou as palavras em silêncio: *Garotos gostam mais.*

Os diversos pôsteres dos irmãos Hemsworth nas paredes do quarto de Ashley não haviam passado despercebidos.

— De qual você gostou mais? — perguntou Michelle.

— Bem… — Ashley deu de ombros, mas uma garota de 11 anos tinha muitas opiniões formadas. — Acho que os de cor demoram mais para acabar, certo?

— Faz sentido — respondeu Michelle.

Ashley ainda estava avaliando as duas opções.

— O de cereja tem gosto de produto químico. Sabe, eu sempre fico mastigando... Quero dizer, se usasse, provavelmente, ficaria mastigando porque ia me incomodar...

Michelle assentiu, contendo o sentimento que fervia dentro dela: *Você é bonita, é inteligente, é tão divertida e talentosa, e só deveria fazer coisas que a deixem feliz, pois é isso que atrai os garotos que valem a pena, os que se interessam por garotas felizes e seguras.*

Em vez disso, falou:

— Pegue o que preferir, e eu dou um adiantamento da sua mesada.

— Mãe! — gritou ela, tão alto que as pessoas olharam. Em seguida veio uma dancinha que estava mais para Tigger do que para Shakira. — É sério? Mas vocês tinham dito...

Vocês. Michelle impediu um grunhido. Como explicar aquela reviravolta repentina quando haviam concordado que maquiagem só depois dos 12 anos?

É só um gloss!

Ela vai fazer 12 anos em cinco meses!

Eu sei que concordamos que não seria antes do aniversário, mas você deixou que ela tivesse um iPhone!

Esse era o segredo. Desviar a discussão para o iPhone, porque quis o destino que aquela bomba estourasse nas mãos dela.

— Deixa que eu cuido da chefia. É só um gloss. Mais nada. Leve o que te deixar feliz — falou Michelle.

E aquilo a deixou feliz de verdade. Tão feliz que Michelle se viu sorrindo para a mulher na fila do caixa, que sem dúvida entendia que o tubo cintilante de Sassafras Yo Ass! cor-de-rosa não era para a mulher de 39 anos usando shorts de corrida e um boné de beisebol que prendia seus cabelos suados.

— Isso... — disse Ashley, tão empolgada que mal conseguia falar. — Isso é demais, mãe. Eu te amo muito, e vou ser responsável. Mesmo.

O sorriso de Michelle deve ter apresentado os primeiros sinais da batalha perdida que tinha a frente enquanto começava a colocar as compras em sacolas de pano.

O iPhone. Ela precisava desviar o assunto para o iPhone, porque também havia sido um acordo, mas, então, todos os amigos da filha apareceram no acampamento de verão com um aparelho daqueles e o *De jeito nenhum* se transformou em *Eu não podia deixar que ela fosse a única criança sem um iPhone* enquanto Michelle estava fora em uma conferência.

Ashley agarrou as bolsas feliz da vida e foi para a saída. Já havia pegado o iPhone. O polegar deslizava pela tela enquanto convocava as amigas para contar sobre o gloss, talvez prevendo que, em uma semana, estaria de sombra azul e traçando aquele delineado no canto dos olhos que deixava as garotas com cara de gatinhas.

Michelle, no entanto, começava a pensar em catástrofes.

Ashley poderia contrair conjuntivite, terçol ou blefarite se dividisse maquiagem para os olhos, o vírus da herpes simples ou da hepatite C através do gloss e do delineador labial, isso sem falar do risco que corria de arranhar a córnea com um pincel de rímel. Alguns batons não continham metais pesados e chumbo? Estafilococo, estreptococo, E. coli. Mas que merda passou pela cabeça de Michelle? Ela podia estar envenenando a própria filha! Milhares de estudos comprovavam que havia contaminantes no solo, enquanto poucos, relativamente falando, sugeriam a correlação indireta entre tumores cerebrais e telefones celulares.

Na frente, Ashley ria das respostas das amigas. Ela balançava as sacolas, agitada, ao atravessar o estacionamento. Ela tinha 11 anos, não 12, e 12 ainda era tão jovem, não? Porque a maquiagem enviava um sinal. Deixava implícito um interesse em provocar interesse, que era uma coisa terrivelmente não feminista de se falar, mas aquele era o mundo real, e sua filha ainda era um bebê que não sabia nada sobre recusar atenção indesejada.

Michelle balançou a cabeça em silêncio. Uma bola de neve. De brilho labial para MRSA e Phyllis Schlafly. Ela precisava controlar seus devaneios para que, quando chegasse em casa, conseguisse apresentar uma explicação razoável por ter comprado maquiagem para Ashley quando haviam feito um juramento solene de pais de não comprar.

Como fizeram com o iPhone.

Ela enfiou a mão na bolsa, procurando as chaves. Estava escuro do lado de fora. A iluminação externa não ajudava, ou talvez ela estivesse ficando velha e precisasse de óculos — velha o suficiente para ter uma filha que queria mandar sinais para os garotos. Em poucos anos, ela já poderia ser avó. A ideia fez seu estômago dar um salto mortal em um barril de ansiedade. Por que não comprara uma garrafa de vinho?

Olhou para Ashley, para ver se a filha não tinha trombado em um carro ou caído de um penhasco enquanto digitava.

Michelle ficou boquiaberta.

Uma van parou ao lado da menina.

A porta lateral se abriu.

Um homem saltou.

Michelle agarrou as chaves. Correu até a filha.

Começou a gritar, mas era tarde demais.

Ashley saíra em disparada, como a ensinaram a fazer.

O que não foi problema, pois o homem não queria Ashley.

Queria Michelle.

UM MÊS DEPOIS

Domingo, 4 de agosto de 2019

CAPÍTULO UM

Domingo, 4 de agosto, 13h37

S ARA LINTON SE RECOSTOU na cadeira, murmurando:
— Sim, mãe.

Ela se pôs a imaginar se algum dia chegaria o momento em que estaria velha o suficiente para não levar bronca da mãe.

— Não use esse tom condescendente comigo — disse Cathy, sua raiva pairando sobre a mesa da cozinha enquanto ela debulhava vagens em cima de um jornal. — Você não é como a sua irmã. Não é inconstante. Teve o Steve no colégio, depois o Mason, por motivos que ainda não consigo entender, e o Jeffrey. — Olhou por cima dos óculos. — Se escolheu ficar com o Will, então fique com o Will.

Sara esperou que a tia Bella acrescentasse alguns homens à lista, mas a mulher se limitou a brincar com o colar de pérolas no pescoço enquanto bebericava o chá gelado.

— Seu pai e eu passamos quase quarenta anos casados — falou Cathy.
— Eu nunca disse... — falou Sara.

Bella fez um som que soava como algo entre uma tosse e um espirro de gato. Sara ignorou o alerta.

— Mãe, o Will acabou de se divorciar. Eu ainda estou tentando me estabelecer no novo emprego. Estamos aproveitando a vida. Você deveria ficar feliz pela gente.

Cathy partiu uma vagem como se quebrasse um pescoço.

— Já não basta você ter saído com o Will enquanto ele ainda era casado?

Sara respirou fundo e prendeu o ar.

Olhou o relógio acima do fogão.

Eram 13h37.

Parecia meia-noite, e ela nem tinha almoçado ainda.

A filha expirou devagar, concentrando-se nos odores maravilhosos que tomavam a cozinha. Abrira mão da tarde de domingo para aquilo. Frango frito esfriando no balcão. Torta de cereja assando no forno. Manteiga derretendo na panela de pão de milho. Biscoitos, ervilha, feijão, purê de batata doce, bolo de chocolate, torta de noz-pecã e sorvete duro o suficiente para dobrar uma colher.

Seis horas diárias na academia durante a semana seguinte não compensariam o dano que estava prestes a infligir ao seu corpo, mas a maior preocupação de Sara era se esquecer de levar as sobras para casa.

Cathy partiu outra ervilha, despertando Sara de seu devaneio.

O gelo tilintou dentro do copo de Bella.

Sara escutou o cortador de grama no quintal dos fundos. Por razões que ela não conseguia compreender, durante o fim de semana, Will se oferecera para ser jardineiro de sua tia. Sua pele vibrava como um diapasão só de imaginar ele ouvindo sem querer qualquer parte daquela conversa.

— Sara — disse Cathy, respirando fundo e bem alto, antes de retomar ao ponto em que havia parado. — Você está praticamente morando com ele. As coisas do rapaz estão no seu armário. O barbeador e os produtos de higiene estão no banheiro.

— Ah, querida — falou Bella, dando um tapinha na mão de Sara. — Nunca divida o banheiro com um homem.

Cathy balançou a cabeça.

— Seu pai vai ter um enfarto.

Eddie não iria morrer, mas também não ficaria contente, assim como nunca ficara com nenhum dos homens que queriam namorar a filha.

E era por isso que ela estava mantendo a relação em segredo.

Ou pelo menos era parte do motivo.

Tentou conseguir uma vantagem.

— Sabe, mãe, você acabou de admitir que xeretou a minha casa. Tenho direito à privacidade.

— Ah, minha linda, é tão fofo da sua parte pensar assim. — Bella estalou a língua.

— Will e eu sabemos o que estamos fazendo — disse Sara. — Não somos dois adolescentes impulsivos trocando bilhetes na sala de aula. Gostamos de ficar juntos. E é isso que importa.

Cathy grunhiu, mas a filha não era idiota de achar que aquele silêncio significava consentimento.

— Bem, eu sou a especialista aqui — disse Bella. — Fui casada cinco vezes, e...

— Seis — corrigiu Cathy.

— Você sabe que aquele casamento foi anulado. O que estou dizendo é: deixe que a criança decida sozinha.

— Não estou dizendo o que ela deve fazer. Só dando alguns conselhos. Se Sara não estiver levando Will a sério, deve encontrar um homem que leve a sério. Ela é lógica demais para relacionamentos sem compromisso.

— É melhor ser ilógica do que não ter sentimentos.

— Charlotte Brontë está longe de ser especialista no bem-estar emocional da minha filha.

Sara massageou as têmporas, tentando afastar uma dor de cabeça. Sua barriga roncava, mas o almoço seria servido apenas depois das catorze horas, o que talvez não tivesse importância, pois, se ela continuasse a ter aquela conversa, uma delas — ou talvez todas as três — ia morrer naquela cozinha.

— Querida, você viu essa história? — perguntou Bella. — Você não acha que ela matou a esposa porque estava tendo um caso? Quero dizer, uma delas está tendo um caso, então a esposa matou a infiel. — Piscou para Sara. — Era isso que os conservadores temiam. O casamento gay tornou os pronomes desimportantes.

Sara estava tendo dificuldade em compreender aquela conversa até se dar conta de que Bella apontava para uma matéria no jornal. Michelle Spivey tinha sido sequestrada no estacionamento de um shopping center quatro semanas antes. Ela era cientista do Centro de Controle de Doenças (CCD), e por isso o FBI assumira a investigação. A fotografia no jornal era da carteira de motorista de Michelle. Mostrava uma mulher atraente de 30 e tantos anos com um brilho no olhar que mesmo a câmera vagabunda do departamento de trânsito conseguira captar.

— Você está acompanhando o caso? — perguntou Bella.

Sara balançou a cabeça. Lágrimas indesejáveis tomaram seus olhos. O marido dela fora assassinado cinco anos antes. Na opinião de Sara, a única coisa pior que perder um ente querido era nunca saber se aquela pessoa estava morta ou não.

— Eu acho que foi uma execução — disse Bella. — Em geral, é isso. A esposa arruma um modelo mais novo e quer se livrar do antigo.

Sara deveria ter deixado para lá, porque Cathy estava ficando nervosa, mas, justamente por isso, respondeu:

— Não sei. A filha estava presente quando aconteceu. Viu a mãe ser arrastada para dentro de uma van. Talvez seja ingenuidade dizer isso, mas não acho que a outra mãe faria algo assim à filha.

— Fred Tokars mandou matar a mulher na frente dos filhos.

— É, mas foi por causa do seguro, não? Além do mais, os negócios dele eram esquisitos, ele não era ligado à máfia?

— E era homem. As mulheres tendem a matar com as próprias mãos.

— Ah, pelo amor de Deus — disse Cathy, enfim explodindo. — Será que podemos não falar de assassinato no dia do Senhor? E, Bella, você é a última pessoa que pode falar sobre cônjuges traidores.

Ela chacoalhou o gelo no copo vazio.

— Um mojito cairia bem nesse calor.

Cathy bateu palmas, terminando o serviço, e disse a Bella:

— Você não está ajudando.

— Ah, irmã, ninguém nunca deveria esperar ajuda de mim.

Sara esperou Cathy virar de costas para enxugar os olhos. Bella notara as lágrimas repentinas. Aquilo significava que, no momento em que Sara saísse da cozinha, a mãe e a tia conversariam sobre o assunto. Por quê? Sara não sabia explicar aquela sensibilidade. Nos últimos tempos, tudo a fazia chorar, de um comercial triste a uma música no rádio.

Ela pegou o jornal e fingiu ler a matéria. Não havia novidades sobre o desaparecimento de Michelle. Um mês era bastante tempo. Até mesmo a esposa parara de implorar para que ela voltasse em segurança e passara a suplicar para que o raptor ao menos informasse onde encontrar o corpo.

Sara fungou. O nariz começara a escorrer. Em vez de pegar um guardanapo de papel, limpou com as costas da mão.

Não conhecia Michelle Spivey, mas, no ano anterior, estivera brevemente com a esposa dela, Theresa Lee, em um encontro de ex-alunos da Escola de Medicina de Emory. Lee era ortopedista e professora em Emory. Michelle era epidemiologista no CCD. Segundo a reportagem, as duas haviam se casado em 2015, o que provavelmente significava que tinham oficializado a união assim que ganharam o direito legal de fazer isso. Mas, na verdade, estavam juntas havia quinze anos. Sara imaginava que, depois de quase duas décadas, elas tinham resolvido as duas causas mais comuns de divórcio: o ajuste aceitável da temperatura no termostato e a gravidade do crime de fingir não saber que o lava-louças já podia ser esvaziado.

Mas ela não era a especialista em casamentos ali.

— Sara? — chamou Cathy, de costas para o balcão, braços cruzados. — Vou ser bem direta.

— Você pode tentar — disse Bella, dando um risinho.

— Não tem problema seguir com a vida. Construir uma nova vida para você com o Will. Se está mesmo feliz, então fique feliz. Do contrário, o que está esperando, porra?

Sara dobrou o jornal com cuidado. Os olhos foram ao relógio.

Treze horas e 43 minutos.

— Eu gostava do Jeffrey, que Deus o tenha — disse Bella. — Ele era cheio de pose. Mas Will é um doce. E ele ama você, querida. — A tia deu um tapinha na mão de Sara. — De verdade.

Sara mordeu o lábio. Sua tarde de domingo não ia se transformar em uma sessão de terapia improvisada. Ela não precisava lidar com os seus sentimentos. Estava diante do problema oposto do primeiro ato de toda comédia romântica: já se apaixonara por Will, mas não sabia exatamente como amá-lo.

Ela podia lidar com a falta de traquejo social de Will, mas a sua incapacidade de comunicação quase colocara tudo a perder. Não apenas uma ou duas vezes, mas várias. A princípio, Sara se convencera de que ele estava tentando mostrar seu melhor lado. O que era normal. Ela tinha esperado seis meses para vestir seus pijamas de verdade na frente dele.

Então um ano se passou, e ele continuava guardando as coisas para si. Coisas idiotas e sem importância, como não telefonar para avisar que precisaria trabalhar até tarde, que o seu jogo de basquete estava demorando muito, que a sua bicicleta tinha quebrado no meio do caminho, que se oferecera para ajudar na mudança de um amigo durante o fim de semana. Will sempre parecia chocado quando ela ficava brava por não contar esse tipo de coisa. Ela não estava tentando acabar com a liberdade dele. Só queria saber o que pedir para o jantar.

No entanto, por mais irritante que fosse, havia outras coisas que eram realmente importantes. Will não chegava a mentir, mas encontrava formas inteligentes de não dizer a verdade — tivesse isso a ver com uma situação de trabalho perigosa, algum detalhe terrível da sua infância ou, pior, uma atrocidade recente cometida pela ex-mulher nojenta, narcisista e escrota.

Em termos lógicos, Sara compreendia o comportamento de Will. Ele passara a infância pulando de lar adotivo para lar adotivo, e, quando não estava sendo negligenciado, estava sendo agredido. A ex-mulher usara as emoções contra ele. Will nunca tinha tido um relacionamento verdadeiramente saudável. Havia segredos horrendos enterrados no passado dele. Talvez achasse que estava protegendo Sara. Talvez achasse que estava protegendo a si mesmo. A questão era que ela não tinha a mínima ideia se era uma coisa ou outra, porque Will não reconhecia a existência do problema.

— Sara, minha linda — falou Bella. — Queria lhe dizer que outro dia estava pensando na época em que você morava aqui, quando estava estudando. Você lembra, querida?

Sara sorriu com a lembrança dos seus anos de faculdade, mas então os cantos dos lábios começaram a ceder quando notou o olhar trocado entre a tia e a mãe.

Um golpe forte estava prestes a ser dado.

Elas atraíram Sara até ali com a promessa de frango frito.

— Querida, vou ser honesta — disse Bella. — Esta casa velha é grande demais para a sua doce tia Bella cuidar. O que acha de voltar a morar aqui?

Sara riu, mas depois viu que a mulher estava falando sério.

— Vocês poderiam dar um jeito no lugar, torná-lo seu — disse Bella.

A jovem sentiu a boca se mover, mas não tinha palavras.

— Meu doce. — Bella segurou a mão de Sara. — Sempre pretendi deixar a casa para você no testamento, mas o meu contador diz que seria melhor se eu a transferisse para o seu nome agora. Já dei a entrada em um apartamento no centro. Você e o Will podem se mudar no Natal. Naquele salão cabe uma árvore de seis metros, e tem espaço de sobra para...

Sara perdeu a audição por um momento.

Ela sempre tinha adorado a antiga e enorme casa georgiana, construída pouco antes da Grande Depressão. Seis quartos, cinco banheiros, anexo com dois quartos, barracão de jardinagem decorado, terreno de 12 mil metros quadrados em uma das ruas mais valorizadas do estado. A dez minutos de carro do centro da cidade. A dez minutos de caminhada do campus da Universidade Emory. O bairro fora um dos últimos trabalhos do paisagista Frederick Law Olmsted antes de morrer, e os parques e as árvores se fundiam muito bem com a floresta Fernbank.

Era uma oferta fascinante até os números começarem a correr pela sua cabeça.

Bella não realizara nenhuma obra na casa desde os anos 1980. Aquecimento e refrigeração central. Encanamento. Parte elétrica. Reparos no revestimento. Novas janelas. Novo telhado. Novas calhas. Brigar com a sociedade histórica por causa de detalhes mínimos. Isso para não mencionar o tempo que perderiam, porque Will iria querer fazer tudo sozinho e as raras noites livres e os longos fins de semana preguiçosos de Sara se transformariam em discussões sobre cores de tinta e dinheiro.

Dinheiro.

Aquele era o verdadeiro obstáculo. Sara tinha muito mais dinheiro que Will. O mesmo valera para o seu casamento. Ela nunca se esqueceria da expressão no rosto de Jeffrey na primeira vez que ele vira o saldo no fundo de investimento dela. Ela chegou a ouvir o barulho dos testículos dele subindo para dentro do corpo. Foi necessária muita sucção para trazê-los para fora de novo.

— E, claro, posso ajudar com os impostos, mas... — disse Bella.

— Obrigada. — Sara pigarreou. — É muita generosidade, mas...

— Poderia ser um presente de casamento — sugeriu Cathy com um sorriso doce, enquanto se sentava à mesa. — Isso não seria adorável?

Sara balançou a cabeça, só que não para a mãe. O que havia de errado com ela? Por que estava se preocupando com a reação de Will? Ela nem sabia quanto dinheiro o namorado tinha. Ele pagava tudo em espécie. Se fazia isso por não acreditar em cartões de crédito ou por não ter crédito era outra conversa que eles nunca tiveram até então.

— O que foi isso? — perguntou Bella, a cabeça inclinada. — Vocês ouviram alguma coisa? Como fogos de artifício? Ou algo parecido?

Cathy a ignorou.

— Você e Will podem transformar isto aqui em um lar. E a sua irmã pode ficar no apartamento em cima da garagem.

Sara percebeu o golpe final. Sua mãe não estava apenas tentando controlar a vida de Sara. Também queria incluir Tessa na jogada.

— Acho que Tessa não vai querer morar em cima de outra garagem — respondeu Sara.

— Ela não está morando em uma cabana de barro agora? — perguntou Bella.

— Quieta — disse Cathy, e depois perguntou a Sara. — Você conversou com Tessa sobre se mudar de volta?

— Na verdade, não — mentiu Sara. O casamento da irmã mais nova estava desmoronando. Falava com ela pelo Skype pelo menos duas vezes por dia, embora Tessa estivesse morando na África do Sul. — Mãe, você tem que parar com isso. Não estamos nos anos 1950. Posso pagar pelas minhas contas. Tenho aposentadoria privada. Não preciso estar legalmente ligada a homem algum. Posso cuidar de mim mesma.

A expressão de Cathy fez cair a temperatura no aposento.

— Se acha que casamento é só isso, então dou o assunto por encerrado — disse ela, levantando-se e retornando ao fogão. — Mande Will lavar as mãos antes de comer.

Sara fechou os olhos para não revirá-los.

Saiu da cozinha.

Os passos dela ecoaram pela enorme sala de estar enquanto seguia pela borda do tapete oriental antigo. Parou no primeiro conjunto de portas francesas. Apoiou a testa no vidro. Will empurrava, feliz, o cortador de grama para dentro do barracão. O jardim estava espetacular. Ele até tinha aparado os arbustos em retângulos perfeitos. As beiradas apresentavam uma precisão cirúrgica.

O que ele diria de uma casa dilapidada de 2,5 milhões de dólares?

Sara não sabia nem se ela mesma queria tanta responsabilidade. Passara os primeiros anos de casamento reformando o seu pequeno bangalô com Jeffrey. Sara se lembrava bem da exaustão física de arrancar papel de parede e pintar balaústres de escada, e a agonia insuportável de saber que bastava assinar um cheque para deixar alguém fazer aquilo, mas que não podia, pois seu marido era um homem muito, muito teimoso.

Seu marido.

Aquela era outra questão que a mãe dela pretendia discutir na cozinha: será que Sara amava Will da mesma forma que tinha amado Jeffrey? Se sim, por que não se casava com ele? E, se não, por que estava perdendo tempo?

Eram excelentes perguntas, mas Sara se viu presa na rotina de Scarlett O'Hara de prometer a si mesma que pensaria no assunto no dia seguinte.

Abriu a porta com o ombro e foi recebida por uma onda de calor. Uma umidade densa, que dava a sensação de que o ar estava suando. Ainda assim, ergueu a mão e tirou a faixa da cabeça. A camada de tecido extra na sua nuca era como uma luva de forno. Se não fosse o cheiro de grama fresca, poderia pensar muito bem que estivesse entrando em uma sauna. Subiu com esforço pelo terreno elevado. Seus tênis escorregaram em algumas pedras soltas. Insetos voavam ao redor do seu rosto. Ela os espantava conforme se dirigia ao que Bella chamava de barracão mas que, na verdade, era um estábulo reformado com piso de pedra azul e espaço para dois cavalos e uma carruagem.

Quando passou pela porta aberta, viu Will de pé no meio do espaço, as mãos espalmadas no tampo da bancada de trabalho enquanto ele olhava pela janela. Havia no amado uma imobilidade que levou Sara a se perguntar se deveria interromper o momento. Fazia dois meses que algo o incomodava. Ela sentia aquilo se infiltrando em quase todos os aspectos da vida de ambos. Perguntara a respeito. Dera espaço para o namorado pensar. Tentara arrancar aquilo dele. Will continuava insistindo que estava tudo bem, mas então ela o flagrava fazendo exatamente aquilo: olhando por uma janela com uma expressão de dor no rosto.

Sara pigarreou.

Will se virou. Trocara de camisa, mas o calor já fizera o tecido colar no seu peito. Havia pedaços de grama grudados nas pernas musculosas. Era alto e magro, e o sorriso que deu fez Sara se esquecer de todos os problemas que tinha com ele por um instante.

— Hora do almoço? — perguntou ele.

— São 13h46 — respondeu ela, conferindo o relógio. — Temos exatamente 14 minutos de calmaria antes da tempestade.

O sorriso dele cresceu.

— Você viu o barracão? Quero dizer, olhou com atenção?

Sara achava que era apenas um barracão, mas Will estava empolgado.

Ele apontou para uma divisória no canto.

— Tem um urinol ali. Um urinol de verdade, funcionando. Olha que legal!

— Impressionante — murmurou ela, em um tom nada impressionado.

— Veja como essas vigas são resistentes — disse ele. Will tinha 1,90 metro, alto o bastante para segurar uma viga e fazer flexões. — E olha ali. A TV é velha, mas ainda funciona. E tem uma geladeira cheia e um micro-ondas onde acho que ficavam os cavalos.

Ela sentiu os lábios se curvarem em um sorriso. Will era um garoto da cidade, e não sabia que aquilo era uma cocheira.

— E o sofá está um pouco mofado, mas é confortável — falou, jogando-se no sofá de couro gasto, puxando Sara junto. — Isso aqui é ótimo, não?

Ela tossiu com a poeira. Tentou não relacionar a coleção de *Playboys* velhas do tio ao sofá que rangia.

— Podemos nos mudar para cá? — perguntou Will. — Olha que não estou totalmente de brincadeira.

Sara mordeu o lábio. Não queria que ele estivesse de brincadeira. Queria que ele dissesse o que desejava de verdade.

— Ei, um violão.

Ele pegou o instrumento e afinou as cordas. Algumas dedilhadas depois e já produzia sons reconhecíveis. E então transformou isso em uma canção.

Sara sentiu a empolgação rápida da surpresa que sempre vinha com uma nova descoberta sobre o namorado.

Will cantarolou os primeiros versos de "I'm on Fire", de Bruce Springsteen. Ele parou de tocar.

— Isso é meio grosseiro, não? "Hey, little girl, is your daddy home?"*

— E quanto à "Girl, You'll be a Woman Soon"**? Ou "Don't Stand So Close to Me"***? Ou o primeiro verso de "Sara Smile"?

— Que merda — disse ele, dedilhando as cordas. — Hall and Oates também?

— O Panic! At the Disco tem uma versão melhor — disse Sara, observando os dedos compridos dele nas cordas. Ela adorava as mãos de Will. — Quando você aprendeu a tocar?

— No ensino médio. Sozinho. — Ele lhe lançou um olhar tímido. — Pense nas coisas idiotas que um garoto de 16 anos faria para impressionar uma garota de 16 anos. Então, eu sei fazer todas elas.

Ela riu, porque não era difícil de imaginar.

— Você tinha um topete?

— Claro — respondeu, continuando a tocar. — Eu imitava a voz de Pee-wee Herman. Andava de skate. Sabia a letra inteira de "Thriller". Você deveria ter me visto de jeans e jaqueta da Nember's Only.

— Nember?

— Uma marca da Dollar Store. Eu nunca falei que era milionário — disse ele, e ergueu os olhos do violão, satisfeito por ela estar achando graça. Mas então, indicando a cabeça dela, perguntou: — O que está acontecendo aí em cima?

Sara sentiu a sensibilidade retornar. O amor a sufocou. Will estava totalmente em sintonia com os sentimentos dela. Portanto, ela queria muito que ele aceitasse que Sara entrasse em sintonia com os dele.

O homem largou o violão. Levou a mão ao rosto dela, esfregando sua testa com o polegar, como se, dessa forma, pudesse tirar a preocupação dali.

— Melhor assim.

---

* "Ei, garotinha, o seu papai está em casa?"

** "Garota, você logo vai ser uma mulher"

*** "Não fique tão perto de mim"

Sara o beijou. Beijou de verdade. Essa parte sempre era fácil. Correu os dedos pelos cabelos suados dele. Will beijou seu pescoço, depois mais baixo. Sara se contorceu em contato com o corpo dele. Fechou os olhos e deixou que a boca e as mãos de Will apagassem todas as suas dúvidas.

Eles só pararam porque de repente o sofá sacudiu de maneira brusca.

— Que porra foi essa? — perguntou ela.

Will não teceu comentário algum. Olhou embaixo do sofá. Levantou-se, conferindo as vigas acima, batendo os nós dos dedos na madeira petrificada.

— Lembra o terremoto no Alabama alguns anos atrás? Pareceu a mesma coisa, só que mais forte.

Sara arrumou as roupas.

— O country club faz apresentações de fogos de artifício. Será que estão testando algo novo?

— À luz do dia? — retrucou Will, parecendo em dúvida. Pegou o telefone na bancada. — Não tem nenhum alerta.

Ele repassou as mensagens, depois deu um telefonema. E outro. Então tentou um terceiro número. Sara esperou, ansiosa, mas ele balançou a cabeça por fim. Ergueu o telefone para que ela pudesse ouvir a mensagem gravada dizendo que todas as linhas estavam ocupadas.

Ela notou o horário no canto da tela.

Treze horas e 51 minutos.

— Emory tem uma sirene de emergência — disse ela a Will. — Sempre que há um desastre natural, ela toc...

Bum!

A Terra sacudiu com violência mais uma vez. Sara teve que se apoiar no sofá antes de conseguir seguir Will até o jardim.

Ele olhava para o céu. Uma coluna de fumaça escura subia por trás da fileira de árvores. Ela conhecia muito bem o campus da Universidade Emory.

Quinze mil estudantes.

Seis mil professores e funcionários.

Duas explosões de fazer o chão tremer.

— Vamos! — chamou Will, correndo para o carro.

Ele era agente especial da Agência de Investigação da Geórgia, a AIG. Sara era médica. Não havia discussão quanto ao que deveriam fazer.

— Sara! — gritou Cathy da porta dos fundos. — Você ouviu?

— Está vindo de Emory.

Ela entrou correndo na casa para pegar as chaves do carro. Sentiu que seus pensamentos se transformavam em pânico. O campus urbano ocupava mais de 2,5 quilômetros quadrados. O Hospital Universitário Emory. O Hospital Infantil Egleston. O Centro para Controle de Doenças. O Instituto Nacional de Saúde Pública. O Centro Nacional de Pesquisa de Primatas Yerkes. O Instituto do Câncer Winship. E os laboratórios governamentais. Patógenos. Vírus. Ataque terrorista. Atiradores na escola. Talvez um único atirador?

— Será que foi o banco? — perguntou Cathy. — Alguns ladrões tentaram explodir a cadeia uma vez.

Martin Novak. Sara sabia que havia uma reunião importante acontecendo no centro, mas o prisioneiro estava em um esconderijo seguro fora da cidade.

— Seja o que for, ainda não está na TV — disse Bella, que ligara a televisão da cozinha. — Eu tenho a velha escopeta de Buddy aqui em algum lugar.

Sara encontrou o chaveiro na bolsa.

— Fiquem dentro de casa — avisou ela, depois apertou com força a mão de Cathy. — Ligue para o papai e para a Tessa e avise que estão bem.

Ela prendeu os cabelos indo até a porta. Mas ficou paralisada antes de chegar lá.

Todos ficaram paralisados.

O lamento grave e triste das sirenes de emergência tomou conta do lugar.

CAPÍTULO DOIS

Domingo, 4 de agosto, 13h33

WILL TRENT TIROU A mão do cortador de grama para limpar o suor dos olhos. A tarefa não foi assim tão simples. Primeiro ele tinha que sacudir o suor da mão. Depois, esfregar os dedos por dentro da camisa para tirar a terra. Só então podia varrer o líquido das sobrancelhas com a lateral do punho. Usou o breve momento de trégua da quase cegueira para olhar o relógio.

Treze horas e 33 minutos.

Que tipo de idiota cortava 12 mil metros inclinados de grama no meio de uma tarde de agosto? O tipo de idiota que passava a manhã na cama com a namorada, respondeu ele. Por mais gostoso que tivesse sido, ele gostaria muito de poder voltar no tempo e explicar ao Will do Passado quão infeliz Will do Futuro se sentiria.

Ele virou a esquina, apontando o cortador para uma depressão no terreno irregular. Seu pé ficou preso em um buraco de marmota. Mosquitos zumbiam diante do seu rosto. O sol parecia uma chibatada de cinto na sua nuca. Suas bolas só não derreteram porque uma massa densa de terra, grama cortada e suor as grudaram no corpo.

Will olhou para a casa de Bella ao passar novamente. Não conseguia deixar de se impressionar com o tamanho. Dinheiro praticamente pingava do telhado. Bella até emprestara a ele um livro sobre o projeto. O vitral da escadaria fora feito por Louis Comfort Tiffany. As sancas haviam sido moldadas por artesãos trazidos da Itália. Pisos de carvalho incrustado. Tetos decorados. Uma fonte interna. Uma biblioteca em painéis de mogno cheia de volumes antigos. Revestimento de cedro em todos os armários. Ouro de verdade nos candelabros exagerados. Um toalete no porão para os empregados, da época da segregação. Havia até mesmo um cofre do tamanho de um homem atrás de um painel escondido na despensa feito para guardar a prataria da família.

Will se sentia um personagem de *A família Buscapé* sempre que subia a entrada de carros.

Ele grunhiu, usando o ombro para abrir caminho por um arbusto de unha de gato maior que um gato de verdade.

Quando conheceu Sara, ele soube na hora que aquela mulher era bem de vida. Não que agisse ou falasse diferente, mas Will era um detetive. Um observador treinado. Primeira observação: o apartamento dela era uma cobertura em um prédio chique. Segunda observação: ela dirigia uma BMW. Terceira: era médica, então suas habilidades de detetive não eram realmente necessárias para descobrir que ela tinha dinheiro no banco.

A pegadinha: Sara lhe dissera que o pai era bombeiro. Verdade. Só que tinha deixado de fora que Eddie Linton também investia no mercado imobiliário. E que colocara Sara no negócio da família. E que ela ganhara muito dinheiro alugando e vendendo casas, que seu empréstimo estudantil havia sido pago, além do que ela vendera sua clínica pediátrica no Condado de Grant antes de se mudar para Atlanta. Fora o dinheiro da apólice de seguro de vida do marido morto e sua pensão, e como viúva de um policial era isenta de impostos estaduais; portanto, financeiramente falando Sara era o Tio Phil da sua versão bem menos famosa de *Um maluco no pedaço*.

O que por ele estava tudo bem.

Will tinha 18 anos quando alguém colocou dinheiro em seu bolso pela primeira vez, o dinheiro da passagem de ônibus até o abrigo de sem-teto, porque ele havia passado da idade limite do sistema de lares adotivos. Ele conseguira uma bolsa do estado para a faculdade. Acabara trabalhando para o mesmo estado que o criara. Como policial, estava acostumado a ser ao mesmo tempo o sujeito mais pobre na sala e o sujeito com maior chance de levar um tiro na cara trabalhando.

Então a verdadeira pergunta era: para Sara estava tudo bem?

Will tossiu um bolo de terra que tinha sido arremessado em seu rosto como um míssil Trident pela roda de trás do cortador de grama. Ele cuspiu no chão. Sua barriga roncou só de pensar no almoço.

A mansão de Bella o incomodava. O que a casa representava. O que dizia sobre a disparidade entre ele e Sara, porque o lugar onde Will morara durante a faculdade havia sido condenado por causa de asbestos, não incluído no Registro Nacional de Casas Históricas.

A tia de Sara estava em um nível totalmente diferente de riqueza — de diversas formas. Pelo cheiro que saía de seu chá gelado, Will supôs que ela apreciava uma bebida durante o dia. Até onde ele sabia, ela enriquecera casando. E casando. E casando. E ele não tinha nada a ver com isso até que passou a ter graças à incrível generosidade dela.

Na semana anterior Bella dera a Will um barbeador que valia pelo menos duzentos dólares. Na semana antes dessa, ela percebeu que ele estava admirando uma das coleções de discos do falecido marido e lhe deu uma das caixas da coleção quando ele passou pela porta.

A Night at the Opera, original do Queen. *Parallel Lines,* de Blondie. O *single* de 12 polegadas de "Imagine" de John Lennon, com uma impecável maçã verde no selo.

Will poderia aparar aquele maldito gramado pelos dois mil anos seguintes e nem chegaria perto de pagar por isso.

Ele interrompeu a tarefa para limpar a testa com o braço. Acabou misturando suor com suor. Respirou fundo e inalou um mosquito.

Treze horas e 37 minutos.

Ele nem sequer deveria estar ali.

Naquele exato momento havia uma reunião importante acontecendo no centro. Essas reuniões vinham ocorrendo durante o mês anterior, e duas vezes por mês antes disso. A AIG estava se coordenando com o Marshal Service, a ATF, a agência reguladora de produtos alcoólicos, de tabaco, de armas de fogo e de explosivos, e o FBI para a transferência de um ladrão de bancos condenado. Martin Novak no momento morava em um esconderijo não revelado enquanto esperava sua sentença que sairia no Russell Federal Building. Não estava na cadeia porque seus colegas ladrões de banco tinham tentado explodir um buraco do tamanho de Novak na lateral do prédio. A tentativa fracassara, mas ninguém queria correr riscos.

Novak não era um condenado típico. Era um verdadeiro gênio do crime que comandava uma equipe de marginais muito bem treinados. Eles matavam indiscriminadamente. Civis. Seguranças. Policiais. Não importava quem estava do outro lado da arma quando eles apertavam o gatilho. A equipe se movimentava pelos bancos escolhidos como os ponteiros de um relógio. Todos os indícios levavam a crer que o grupo de Novak não ia deixar o líder morrer nas entranhas de uma prisão federal.

Como policial, Will desprezava esse tipo de criminoso — não havia nada pior, ou mais raro, do que um bandido realmente esperto —, mas ele ansiava para participar da ação. Will aceitara havia muito tempo que a parte do trabalho que mais o atraía era a caçada. Ele nunca conseguiria atirar em um animal, mas a ideia de ficar à espreita, rifle apontado para o centro de massa de um bandido, o dedo no gatilho coçando para eliminar do mundo aquela alma infeliz, era um grande barato.

E também uma coisa que ele nunca contaria a Sara. Ele estava certo de que o marido dela era do mesmo tipo, que provavelmente tinha sido o amor de Jeffrey Tolliver pela caçada que acabou com ele. O bater ou correr de Will estava igualmente travado no modo bater. E não queria que Sara ficasse aterrorizada sempre que ele saísse pela porta.

Ele ergueu os olhos para a casa novamente enquanto aparava a faixa seguinte.

Tias ricas e bêbadas à parte, ele achava que as coisas estavam indo bem com Sara. Eles haviam estabelecido uma rotina. Aprenderam a aceitar as falhas um do outro, ou, pelo menos, a fazer vista grossa para as piores, como em dois exemplos: a falta de interesse em fazer a cama toda manhã como um ser humano responsável e uma má vontade teimosa quando se tratava de abandonar o hábito de jogar fora o pote de maionese quando havia o suficiente no fundo para fazer meio sanduíche.

De sua parte, Will estava tentando se abrir mais com Sara a respeito de seus sentimentos. Era mais fácil do que ele achara que seria. Simplesmente marcava em seu calendário de contar a ela toda segunda-feira se estivesse incomodado com alguma coisa.

Um dos seus maiores medos desaparecera antes de uma confissão de segunda-feira. Ele ficara realmente preocupado quando Sara começou a trabalhar com ele na AIG. As coisas estavam mais tranquilas, principalmente, graças a Sara. Cada um ficava em sua própria área. Ela era médica e legista, mesmo emprego que tivera no Condado de Grant. O marido dela havia sido chefe de polícia, então ela sabia lidar com um policial. Assim como Will, Jeffrey Tolliver provavelmente não fora cogitado para qualquer promoção. Mas era aquilo, que promoção teria o homem que já estava no topo da cadeia alimentar?

Will tirou isso da cabeça, porque por mais soturnos que parecessem seus pensamentos, deixar que fossem mais fundo seria uma faca de dois gumes.

Pelo menos a mãe de Sara parecia estar se aproximando. Na noite anterior, Cathy passara meia hora contando a ele histórias dos primeiros anos do seu casamento. Will só podia encarar aquilo como um avanço. Quando o conheceu, ela só faltou xingá-lo. Talvez a batalha de Sísifo dele contra o gramado da irmã bêbada a tivesse convencido de que ele não era tão mau assim. Ou talvez ela conseguisse ver o quanto Will amava sua filha. Isso tinha que valer alguma coisa.

Ele tropeçou quando o cortador caiu em outro buraco de marmota. Will ergueu os olhos, chocado ao descobrir que estava quase terminando. Olhou a hora.

Treze horas e 44 minutos.

Se ele se apressasse poderia passar alguns minutos no barracão para se limpar, refrescar e esperar a sineta do almoço.

Will avançou pela faixa comprida de grama e praticamente correu de volta ao barracão. Deixou o cortador de grama esfriando no chão de pedra. Teria dado um chute na máquina velha, mas suas pernas eram serpentinas.

Tirou a camisa. Foi à pia e enfiou a cabeça na água gelada. Lavou todas as áreas importantes com uma barra de sabão que tinha a textura de uma lixa. Sua camisa limpa deslizou pela pele molhada quando ele a vestiu. Foi até a bancada, apoiou as mãos, abriu as pernas e deixou que tudo secasse ao ar.

Havia uma notificação no celular. Faith escrevera para ele direto da reunião de figurões para a qual Will não fora convidado. Ela lhe mandara um palhaço apontando uma pistola de água para a própria cabeça. Depois uma faca. Depois um martelo. Depois outro palhaço e, por alguma razão, um inhame.

Se ela estava tentando animá-lo, não era com um inhame que ia conseguir.

Will olhou pela janela. Não era lá muito introspectivo, mas não havia nada a fazer além de pensar enquanto olhava para o gramado perfeitamente aparado.

Por que ele não estava naquela reunião de figurões?

Ele não podia invejar Faith pela oportunidade. Ou pelo nepotismo. Amanda, a chefe deles, começara a carreira em parceria com a mãe de Faith. Eram amigas íntimas. Não que Faith tivesse moleza por causa disso. Ela merecera passar da patrulha para a divisão de homicídios do Departamento de Polícia de Atlanta até a posição de agente especial da Agência de Investigação da Geórgia. Era uma policial competente. Merecia qualquer promoção que recebesse.

A verdadeira humilhação ainda estava por vir. Além de ter que contar a Sara que Faith subira enquanto ele permanecia empacado, Will teria que se adaptar a um novo parceiro. Ou, mais provavelmente, um novo parceiro teria que se adaptar a Will. Ele não levava jeito para lidar com pessoas. Pelo menos não com seus colegas policiais. Era muito bom em falar com criminosos. Passou a maior parte da juventude evitando a lei. Sabia como os criminosos pensavam: podiam ser trancados em uma sala que imaginariam 16 formas diferentes de escapar, nenhuma envolvendo pedir a alguém para destrancar a porta.

O fato era que Will encerrava os casos. Ele tinha bons resultados. Era um ótimo atirador. Era cuidadoso. Não queria uma medalha por fazer seu trabalho.

Ele queria saber por que não havia sido convidado para aquela reunião.

Will olhou novamente para o telefone.

Nada além de inhame.

Observou através da janela. Sentiu que estava sendo observado.

Sara pigarreou.

Will sentiu seu humor melhorar. Não conseguia conter o sorriso idiota que brotava em seu rosto sempre que a via. Seus cabelos ruivos compridos estavam soltos. Ele adorava quando os cabelos dela estavam soltos.

— Hora do almoço? — perguntou ele.

— São 13h46 — respondeu ela, conferindo o relógio. — Temos exatamente 14 minutos de calmaria antes da tempestade.

Ele analisou o rosto dela, que era bonito, mas havia uma estranha marca acima da sobrancelha que lembrava muito as entranhas esmagadas de um inseto.

Ela fez uma expressão curiosa.

— Você viu o barracão? Quero dizer, olhou com atenção?

Will fez um passeio pelo local com ela, mas apenas como pretexto para colocá-la no sofá. Estava exausto de cortar grama. Estava faminto. Estava com medo de que Sara só se contentasse com um policial pobre desde que esse policial pobre tivesse ambições.

— É ótimo aqui, não?

Sara tossiu com a poeira que subiu do sofá. Ainda assim, colocou a perna sobre a dele. Apoiou o braço nos ombros dele. Os dedos acariciaram as pontas molhadas dos cabelos dele. Will sempre sentia uma calma repentina quando estava com Sara, como se a única coisa que importasse fosse a ligação entre ambos.

— Podemos nos mudar para cá? — perguntou Will. — Olha que não estou totalmente de brincadeira.

De curiosa, Sara passou para atenta.

Will parou de respirar. A brincadeira caíra mal. Ou talvez não fosse uma brincadeira, pois havia algum tempo que estavam evitando o assunto de morar juntos. Ele estava morando com Sara, mas ela não fizera um convite oficial, e ele não conseguia entender se aquilo era um sinal, e, caso fosse, se era um sinal vermelho, um sinal verde ou se estava mais para uma placa batendo na cara dele só que ele não via.

Ele procurou desesperadamente mudar de assunto.

— Ei, um violão.

Will brincou com as cordas. Seu eu adolescente tivera a paciência de aprender o total de uma música inteira. Ele começou devagar, cantarolando a melodia para se lembrar dos acordes. E então parou, pensando em por que um dia achara que "I'm on Fire" era *a música* que convenceria uma garota a deixar que ele tocasse seus seios.

— Isso é meio grosseiro, não? "Hey, little girl, is your daddy home?"

— E quanto à "Girl, You'll be a Woman Soon"? Ou "Don't Stand So Close to Me"? Ou o primeiro verso de "Sara Smile"?

Ele dedilhou o violão, ouvindo Daryl Hall cantando em sua cabeça...

Baby hair with a woman's eye...*

— Que merda — disse ele, dedilhando as cordas. — Hall and Oates também?

— O Panic! At the Disco tem uma versão melhor — replicou Sara.

Will adorou saber que ela conhecia aquilo. A princípio tinha ficado assustado com o número de CDs de Dolly Parton no carro dela. Depois vira sua lista no iTunes, que tinha de tudo, desde Adam Ant a Kraftwerk, passando por Led Zeppelin, e então ele soube que daria tudo certo.

Ela estava sorrindo para ele, vendo seus dedos deslizarem pelas cordas.

— Quando você aprendeu a tocar?

— No ensino médio. Sozinho. — Ele passou a mão nos cabelos dela, colocando-os para trás para ver melhor seu rosto. — Pense nas coisas idiotas que um garoto de 16 anos faria para impressionar uma garota de 16 anos. Então, eu sei fazer todas elas.

Isso pelo menos arrancou uma risada dela.

— Você tinha um topete?

— Claro — respondeu, listando suas aprendizagens patéticas, que lhe valeram zero conquistas. — Você deveria ter me visto de jeans e jaqueta da Nember's Only.

— Nember?

— Uma marca da Dollar Store. Eu nunca falei que era milionário. – Ele não conseguia mais ignorar a situação. Indicando a cabeça dela, perguntou: — O que está acontecendo aí em cima?

---

* "Cabelos de criança com olhos de mulher".

Sara balançou a cabeça.

Will recolocou o violão no apoio. Usou o polegar para massagear a testa dela.

— Melhor assim.

Por alguma razão ela começou a beijá-lo. Beijá-lo de verdade. Deixou que suas mãos descessem pela cintura. Sara chegou mais perto. Beijou com mais intensidade. Usou a ponta dos dedos para empurrar os ombros dele para baixo. Então o empurrou com as mãos. Will estava de joelhos, pensando que nunca se cansaria do gosto dela, quando o chão começou a sacudir.

Sara se sentou.

— Que porra foi essa?

Will limpou a boca. Ele não podia fazer piada sobre mover a terra por ela porque a terra havia se mexido literalmente. Olhou embaixo do sofá velho para ver se estava desmontando. Levantou-se e bateu nas vigas, o que provavelmente foi uma coisa bem idiota a se fazer, porque o barracão inteiro podia ter desabado na cabeça deles.

— Lembra o terremoto no Alabama alguns anos atrás? Pareceu a mesma coisa, só que mais forte.

Sara arrumou as roupas.

— O country club faz apresentações de fogos de artifício. Talvez estejam testando algo novo?

— À luz do dia? — retrucou Will, pegando o celular na bancada. Viu a hora: 13h49.

— Não tem nenhum alerta.

Ela também trabalhava na AIG. Sabia que o estado tinha um sistema de contato de emergência que buscava todos os policiais em caso de ataque terrorista.

Will pensou no local onde eles estavam, que tipo de acontecimento cataclísmico podia ser sentido naquelas coordenadas. Lembrou-se de ter ido a uma palestra de um agente do FBI que estivera no Marco Zero. Mais de uma década depois o homem não conseguia encontrar palavras para descrever a impressionante energia cinética dissipada no solo quando um arranha-céu desabava.

Como um terremoto acima da escala.

O aeroporto de Atlanta ficava a onze quilômetros do centro. Mais de 250 mil passageiros passavam por ali todos os dias.

Will voltou ao telefone. Tentou verificar mensagens e e-mails, mas o ícone simplesmente ficou girando na tela. Ligou para Faith, mas não conseguiu completar a chamada. Tentou Amanda, e deu no mesmo. Tentou o telefone central da AIG.

Nada funcionava.

Levantou o telefone para que Sara conseguisse ouvir os três toques e depois o operador dizendo que todas as linhas estavam ocupadas. Largou o telefone na bancada. Poderia muito bem ser um tijolo.

O rosto de Sara estava tomado pela ansiedade.

— Emory tem uma sirene de emergência — disse ela a Will. — Sempre que há um desastre natural, ela toc...

Bum.

Will quase perdeu o equilíbrio. Correu para o jardim e olhou para o céu. Uma coluna de fumaça escura subia atrás da fileira de árvores.

Não eram fogos.

Duas explosões.

— Vamos! — chamou Will, começando a correr na direção da rampa de carros.

— Sara! — gritou Cathy da porta dos fundos. — Você ouviu?

Ele viu Sara entrar correndo na casa. Provavelmente ia pegar as chaves. Ele queria que ela ficasse lá dentro, mas sabia que ela não faria isso.

Will desceu o jardim da frente em disparada. A polícia ia bloquear as ruas. Não haveria onde estacionar os carros, e provavelmente seria mais rápido correr até lá. Pensou na sua arma trancada no porta-luvas da BMW de Sara, mas se os policiais locais precisassem dele para algo seria no controle de multidões.

Will pisou na rua no instante em que o lamento de uma sirene de emergência tomou conta do lugar. A casa de Bella ficava em um trecho reto da Lullwater Road. Havia uma curva a uns cinquenta metros à frente que acompanhava o contorno do campo de golfe de Druid Hills. Will manteve os braços junto ao corpo, as pernas se movendo vigorosamente, enquanto se aproximava da curva.

Estava quase lá quando ouviu outro som. Não uma explosão, mas o estranho som produzido na colisão de dois automóveis. Outra batida. Ele trincou os dentes enquanto esperava no silêncio que se seguiu. Uma buzina de carro começou a soar junto com a sirene de emergência.

Só quando fez a curva Will viu o que havia acontecido: dois carros haviam imprensado uma picape azul.

Havia um Porsche Boxter S vermelho na frente. Modelo mais antigo, motor boxer seis cilindros, aspirado, um terceiro radiador atrás da abertura inferior dianteira. O capô se abrira. O motorista estava caído sobre o volante, apertando a buzina com o rosto.

Atrás dele havia uma picape Ford F-150. As portas deviam ter amassado com o impacto. Um homem tentava sair pela janela aberta. O outro estava apoiado no capô, sangue pingando do rosto.

Um Chevy Malibu prateado de quatro portas completava a fila. Motorista na frente, dois passageiros atrás, nenhum deles se movendo.

O policial dentro de Will imediatamente analisara a cena. O Porsche parara rápido demais. A picape e o Malibu estavam seguindo muito de perto, provavelmente acelerando. Se o motorista do Porsche havia provocado o sujeito da picape tocando nos freios era um enigma para o investigador do acidente decifrar.

Will olhou para além deles, na direção da rotatória da North Decatur Road. O círculo estava cheio de veículos estacionados. Uma minivan. Um caminhão-baú. Mercedes. BMW. Audi. Estavam todos abandonados, portas abertas. Motoristas e passageiros de pé na rua olhando para a fumaça que cortava o céu azul.

A corrida puxada de Will diminuiu para um trote até que ele também ficou imóvel.

Pássaros cantavam nas árvores. Uma brisa levíssima agitava as folhas. A fumaça vinha do campus da Emory. Estudantes, funcionários, dois hospitais, o quartel-general do FBI, o CCD.

— Will.

Ele se assustou. Sara estacionara ao lado dele. Sua BMW X5 era híbrida. O motor funcionava a bateria em baixas velocidades.

— Eu posso fazer a triagem deles, mas preciso da sua ajuda — disse ela.

Ele teve que pigarrear para conseguir retornar ao presente.

— O motorista do Porsche parece mal.

Sara saltou do carro.

— Está vazando gasolina do motor.

Ela correu até o Porsche. O condutor continuava caído no volante. As janelas estavam fechadas. Assim como o teto conversível.

Sara tentou a porta, inutilmente. Esmurrou a janela.

— Senhor? — chamou. A buzina continuava tocando. Ela teve que elevar a voz. — Senhor, precisamos tirá-lo do carro.

O cheiro de gasolina fez os olhos de Will arderem. Havia muitas formas pelas quais a eletricidade correndo pela buzina poderia inflamar o combustível sob o veículo.

— Afaste-se — disse Will a Sara.

Ele tinha no bolso um canivete de mola que havia usado para cortar hera das árvores de Bella. Segurou o cabo com as duas mãos e cravou a lâmina de dez centímetros no teto conversível maleável. A faca era em parte serrilhada. Ele tentou serrar o material, mas a lona e o material de isolamento eram grossos demais. Will guardou a faca no bolso e usou os dedos para abrir uma fenda larga o bastante para que sua mão passasse, soltasse as travas e recolhesse o teto.

Virou a chave na ignição.

A buzina parou de soar.

Will destrancou a porta. Sara demorou alguns segundos antes de começar a balançar a cabeça.

— O pescoço dele está quebrado. Não estava usando cinto de segurança, mas é esquisito.

— Esquisito como?

— Eles não estavam indo tão rápido para sofrerem um ferimento desse tipo. A não ser que ele tivesse algum quadro médico anterior. Mesmo assim... — disse, mais uma vez balançando a cabeça. — Não faz sentido.

Will olhou para as marcas de pneus na rua. Eram curtas, indicando que o Porsche seguia em baixa velocidade. Esfregou o polegar na camisa. A chave na ignição estava viscosa de sangue. Assim como a maçaneta interna, embora não houvesse muito sangue em nenhum outro lugar. Havia papéis espalhados no banco dianteiro.

— Senhora? — O motorista da F-150 estava de pé atrás do Porsche. Era um típico caipira, com cabelos compridos escorridos e uma barba ao estilo ZZ Top, o tipo de sujeito que descia das montanhas todo dia para construir pisos e erguer paredes. Com os dedos tentava manter no lugar pedaços do escalpo. — A senhora é enfermeira?

— Médica — respondeu Sara, afastando gentilmente a mão dele para examinar a ferida. — Sente tontura ou náuseas, senhor...

— Merle. Não, senhora.

Will olhou para o asfalto. Havia um rastro de sangue entre a picape e o Porsche. Então Merle tinha conferido o motorista e depois voltado à picape.

Não havia nada suspeito nisso. Mas a intuição de Sara costumava ser confiável. Se ela achava que havia algo errado, então havia algo errado.

O que Will estava deixando passar?

Ele se dirigiu ao passageiro da picape.

— O que aconteceu?

— Tubulação de gás explodiu. Nós saímos correndo de lá. — Era um caipira saído diretamente de Lynyrd Skynyrd. Will sentia o cheiro de fumaça de cigarro que emanava dele a três metros de distância. O sujeito apontou para o Malibu. — É com eles lá que vocês deveriam se preocupar. O cara no banco de trás não parece nada bem.

Sara já estava indo até o sedã. Will a seguiu, embora ela não precisasse de ajuda. A desconfiança dela havia disparado nele um alarme interno, que olhou para os dois lados da rua. Alguns dos vizinhos estavam parados na porta, mas ninguém se aproximava da cena. A fumaça das explosões deixara no ar um cheiro de carvão.

— Meu amigo precisa de ajuda — disse o motorista do Malibu, cambaleando ao saltar do carro.

Usava um uniforme azul da segurança da universidade. Abriu a porta de trás. Um dos passageiros estava caído no banco, com o mesmo uniforme azul.

— Ela é médica — disse Merle.

— Uma tubulação de gás explodiu em um dos canteiros de obra — disse o motorista do Chevy para Will.

— Duas vezes? Nós ouvimos duas explosões.

— Não sei, cara. Talvez mais alguma coisa tenha explodido. O lugar inteiro evaporou.

— E os feridos?

Ele balançou a cabeça.

— Os operários não trabalham nos fins de semana, mas estão evacuando o campus inteiro por garantia. Foi um inferno quando o alarme disparou.

Will não perguntou ao guarda de segurança de Emory por que não estava ajudando a evacuar o campus. Olhou para o horizonte. A única coluna de fumaça adquirira uma estranha cor azul-marinho.

— Senhor? — chamou Sara, ajoelhada à porta aberta do carro para falar com o homem no banco de trás. — O senhor está bem?

— O nome dele é Dwight — disse o motorista do Chevy. — Eu sou Clinton.

— Eu sou Vince — contou o passageiro da picape.

Will ergueu o queixo para indicar que tinha escutado. Ele finalmente ouvia carros de polícia disparando pela Oakdale Road, paralela à Lullwater. Um helicóptero branco de socorro médico passou em alta velocidade. Ao longe, caminhões dos bombeiros buzinavam. Ninguém usava a rua de Bella. Deveria ter acontecido outro acidente no encontro de Lullwater com Ponce de Leon. Não havia como dizer quantas pessoas teriam pisado no freio quando as explosões começaram.

Então, por que aquele acidente em específico parecia diferente?

— Dwight?

Sara colocou o homem sentado. As janelas eram muito escurecidas. Will via por cima da porta a cabeça de Dwight tombar para o lado. Os brancos dos olhos expostos como ossos sob as pálpebras inchadas. Escorria sangue do nariz. Também não estava de cinto. Provavelmente desmaiara ao bater no assento da frente.

— Precisamos tirá-lo daqui — disse Clinton, mudando de tom. Passou a soar assustado. — Levá-lo ao hospital. O de Emory está fechado. A emergência. Tudo está fechado, cara. Que porra nós vamos fazer?

Will colocou a mão no ombro de Clinton para acalmá-lo.

— Pode me contar exatamente o que aconteceu?

— Eu já contei! — respondeu o homem, lançando os braços para cima, afastando a mão de Will. — Está vendo aquela fumaça, mano? A merda está desmoronando, é isso que está acontecendo. E agora teve essa batida, e nenhum de nós consegue sair daqui. Acha que eles vão mandar uma ambulância para o meu camarada? Acha que a polícia vai me prender por bater naquela maldita picape?

— Clinton, não é culpa de ninguém — disse outra voz. O segundo passageiro do banco de trás. Trinta e poucos anos, barba feita. Camiseta e jeans. Estava com as mãos entrelaçadas no teto.

Will sentia o perigo irradiando do sujeito como calor do sol.

O que ele estava deixando passar?

— Eu sou Hank — disse o homem a Will.

O policial anuiu cautelosamente, mas não disse seu nome. Era esquisito que aqueles sujeitos estivessem se apresentando. Era esquisito que o pescoço do motorista do Porsche estivesse quebrado. Era especialmente esquisito que Hank estivesse tão calmo diante de um acidente que deixara seu amigo inconsciente.

Ninguém ficava assim tão calmo mesmo que estivesse com total controle sobre a situação.

— Nós ouvimos outra explosão, e aí o cara no carro vermelho parou de repente — disse Hank, estalando os dedos. — E a picape bateu no carro vermelho. E nós entramos na traseira da picape e...

— Will?

O tom de Sara também havia mudado. Ela estava estendendo o chaveiro da BMW. Will notou um ligeiro tremor na mão dela. Sara passara anos trabalhando em medicina de emergência. Nunca ficava perturbada.

O que ele estava deixando passar?

— Preciso que você pegue minha bolsa de curativos no porta-luvas do carro.

— Eu posso pegar — Merle se ofereceu.

Will pegou o chaveiro. Seus dedos tocaram os de Sara. Ele sentiu uma onda de pânico enquanto seu cérebro processava aquele pedido muito específico.

Sara deixava a bolsa de curativos no porta-malas porque o porta-luvas era pequeno demais. E também porque era no porta-luvas que Will trancava sua arma quando não a estava portando.

Ela não estava lhe pedindo que pegasse a bolsa.

Estava lhe pedindo que pegasse a arma.

De repente a boca de Will se encheu de saliva. Como dardos em um alvo, seus pensamentos contornaram a mosca. Ele ouvira a primeira batida enquanto corria na direção da curva da rua. Não havia bomba explodindo quando isso aconteceu. Depois houve outro barulho quando o Malibu entrou na traseira da picape. A buzina do Porsche soara pelo menos cinco segundos depois.

Cinco segundos era muito tempo.

Em cinco segundos dava tempo de sair cambaleando de uma picape, abrir a porta de um Porsche e quebrar o pescoço de um homem. O que podia explicar o rastro de sangue da picape ao carro.

Dois guardas de segurança da Emory que fugiram do trabalho. Um cara com roupas normais para passar despercebido. Dois outros vestidos como o tipo de faz-tudo que se via por todo canto em Atlanta. Eles poderiam se passar por desconhecidos, mas não.

Foi isso que Will tinha deixado passar.

Aqueles homens integravam uma equipe.

Uma equipe muito boa, a julgar por seus movimentos furtivos. Sem que Will se desse conta, eles haviam colocado o casal no centro de um triângulo tático.

Clinton estava atrás deles.

Hank estava na frente deles.

De pé no ápice entre Will e sua arma: Vince e Merle.

Dwight estava apagado, mas Hank contornava a traseira do carro mancando para se posicionar perto de Sara.

Will esfregou o maxilar enquanto procurava silenciosamente pontos fracos. Não havia nenhum.

Todos estavam armados. A arma de Hank não estava visível, mas um sujeito como aquele estava sempre armado. A protuberância no tornozelo de Vince era um revólver escondido. Clinton tinha uma Glock no cinturão, parte do uniforme de segurança. O revólver de Merle estava preso atrás da cintura. Will viu o contorno da coronha quando o homem cruzou os braços no peito largo. Ele parava feito um policial, pés bem afastados, forçando o cóccix, porque o peso de 13 quilos do cinturão de serviço podia quebrar sua coluna.

Todos estavam na mesma posição.

— Dê uma ajudinha, grandão — disse Clinton, o desamparo fingido tinha sumido. Gesticulou para que Will o ajudasse a tirar Dwight do carro. — Vamos.

— Espera — tentou Sara. — Ele pode ter uma lesão na cervical ou...

— Com licença, madame.

Merle não a tirou do caminho, mas ficou ali até que Sara se movesse. Juntos, ele e Clinton tiraram Dwight do carro. O sujeito era um peso morto. Os pés se embolaram no asfalto até pisarem reto como um pato.

Will olhou discretamente para Sara. Ela não estava olhando para ele. Estudava o ambiente, tentando decidir se corria ou não. Hank estava ao lado dela. Perto demais. A maioria dos jardins mais parecia campos de futebol. Se ela saísse correndo, seria um alvo fácil para ele.

Então Will teria que atirar nele antes que ele pudesse atirar nela.

— Vou pegar sua bolsa — disse a ela.

Não tentou fazer contato visual. Em vez disso encarou Hank, deixando claro ao homem que se tocasse em um fio de cabelo de Sara, Will esfolaria a cara dele.

Eram menos de nove metros entre Will e a BMW. Sara tinha estacionado o carro atravessado na rua para deter qualquer trânsito. Will caminhou rápido o bastante para manter a distância de Merle e Clinton, que arrastavam Dwight.

Will sentiu o calor se dissipar do corpo. O coração desacelerou para um ritmo constante. Algumas pessoas ficavam calmas quando estavam no controle. Will estivera fora de controle tantas vezes na vida que aprendera a encontrar calma no caos. Seus ouvidos buscaram sons. Ouviu coisas raspando, grunhidos, sirenes e buzinas. Nada vindo de Sara. Pelo menos nenhuma palavra. Ele sentia os olhos dela, quase como um raio trator tentando puxá-lo de volta.

Como ele foi deixar uma merda daquela acontecer?

Will olhou a própria mão. Havia uma chave extra escondida dentro do bolso onde estava o chaveiro. Will a tirou do compartimento. Era uma dica de Faith, que sempre mantinha a chave mais comprida projetada como uma faca entre os dedos da mão fechada. Ele pensou em usá-la para rasgar a garganta de Hank. O homem não ficaria tão calmo com a laringe pendurada no queixo.

Filho da puta.

Eles não iam simplesmente levar a BMW. Isso seria fácil: só precisariam sacar as armas, entrar no carro e fugir. Nenhuma conversa seria necessária. Mas eles insistiram em falar. Haviam se apresentado, o que era a lição número um de interrogatório: estabelecer uma ligação com o indivíduo. Tinham inventado qualquer baboseira sobre uma explosão em tubulação de gás. Tinham um homem ferido, outro inconsciente. Não podiam ir a um hospital, mas precisavam de cuidados médicos com urgência.

Eles iam levar Sara.

Um tipo muito específico de fúria contraiu cada músculo do corpo de Will. Seus nervos estavam eletrificados. Sua visão estava cristalina. Seus pensamentos deslizavam pela beirada de uma navalha.

O canivete em seu bolso.

A chave entre seus dedos.

A arma no porta-luvas.

Will não conseguiria enfiar a mão no bolso, apertar o botão do canivete automático e estar com ele pronto para fazer qualquer coisa que não deixá-lo cair ao levar um tiro.

A chave só era boa para combates corporais, e Will não tinha nenhuma chance contra dois caras.

Ele precisava pegar a arma.

Quatro policiais ou ex-policiais armados. Talvez cinco se Dwight acordasse. Will não tinha conferido, mas o sujeito deveria ter uma Glock na cintura, parte do uniforme de segurança. Parte do disfarce.

Mas uma arma real.

Will poderia fingir ajudar a colocar Dwight no carro e então pegar a Glock. Mesmo a curta distância ele precisaria ser rápido. Primeiro Clinton, por causa da arma no quadril, depois Merle, pois demoraria mais para alcançar o revólver nas costas.

Os instrutores de tiro sempre mandavam atirar para deter, mas Sara ali no meio, correndo risco, mudava as regras. Will ia atirar para matar cada um daqueles babacas.

Ele finalmente chegou à BMW. Abriu a porta, se debruçou no banco do carona. Enfiou a chave na fechadura do porta-luvas. Ergueu os olhos para localizar Sara.

Will congelou.

A sensação era literal: gelo seco penetrando em sua corrente sanguínea. Cãibras. Tendões estalando. Ele sentiu um estranho tremor antinatural nos ossos. Todas as opções que estava tentando explorar se dissolveram por causa de uma coisa:

Medo.

Sara não estava mais ali. Estava de joelhos, mas virada para Will. Os dedos trançados atrás da cabeça, a posição em que um policial colocaria um suspeito para revistá-lo e algemá-lo.

Hank estava atrás dela. Havia outra mulher ao lado dele. Separada dele, não com ele. Tinha cabelos curtos, quase brancos. Bochechas caídas. Segurava as calças cáqui de zíper aberto com as duas mãos. Sangue marcava as costuras internas, formando um chocante V invertido entre suas pernas. Ela olhou para Will, seus olhos suplicando que ele acabasse com aquilo.

Michelle Spivey.

A cientista havia sido sequestrada um mês antes. Ela trabalhava no CCD.

Nada de explosão por vazamento de gás.

Foi um ataque.

— Certo — gritou Hank para Will. — Preciso que você tire a cabeça de dentro do carro lentamente e erga as mãos.

O criminoso tirara uma arma do bolso: PKO-45. O cano era quase menor que o dedo dele, que estava sobre a proteção do gatilho como um policial seguraria. O pente estendido ultrapassava o punho. Pequena mas poderosa. Era chamada de canhão de bolso porque podia arrancar o cérebro do crânio de uma mulher.

O crânio de Sara.

Porque era para onde a arma estava apontando.

Will sentiu um mal-estar físico tomar seu corpo. Ele fez o ordenado, suas mãos se erguendo lentamente. Então olhou para Sara. O lábio inferior tremia. Seus olhos se encheram de lágrimas. O medo dela era tão palpável que ele conseguia senti-lo como um punho espremendo o sangue do seu coração.

Merle enfiou o revólver nas costelas de Will.

— Não temos nada contigo, grandão. Só precisamos pegar a doutora emprestada. Depois a gente devolve.

Os olhos de Will localizaram o sangue pingando entre as pernas de Michelle. Abriu a boca, mas não conseguiu inspirar. Suor escorria pelas têmporas. Baixou os olhos para o revólver Smith & Wesson encostado na sua pele. Se ele levasse um tiro na barriga ainda conseguiria pegar uma das armas? Conseguiria dar a Sara cobertura para fugir?

De quatro homens armados? Em espaço aberto?

Cacos de vidro encheram sua garganta, seu peito, seus pulmões.

Eles iam levar Sara.

Eles iam matá-lo.

Will não podia fazer nada a não ser ficar olhando ou apressar as coisas.

Clinton colocou Dwight, que ainda estava apagado, na BMW. Ele caiu de lado. Seu coldre estava vazio. Vince estava longe demais para que Will conseguisse pegar sua arma. Já tinha se sentado ao volante do carro de Sara. O chaveiro estava dentro, então ele conseguiu ligar o veículo apertando o botão. A bateria ligou, mas não o motor.

Vince riu.

— Roubando um híbrido. Estamos do mesmo lado que os liberais.

Will forçou as mãos a pararem de tremer. Trocou o medo pela fúria. Aquilo não podia acontecer. Ele não deixaria que machucassem Sara. Ele engoliria todas as balas de todas as armas se isso fosse o necessário para detê-los.

— Cuidado, irmão — disse Clinton, a palma da mão apoiada na coronha da Glock.

— Eu sou policial — respondeu Will. — Vocês são policiais. Podemos resolver isso.

— Nós precisamos de um médico — gritou Hank na outra ponta do abismo entre Will e Sara. — Nada pessoal, irmão. Lugar errado, hora certa. Vamos lá, moça. Entre no carro.

Hank tentou levantar Sara, mas ela desabou.

— Não — falou em voz baixa, mas foi como se tivesse gritado. — Eu não vou com vocês.

— Moça, não foi uma tubulação de gás que explodiu no campus — disse Hank, lançando um olhar para Will. — Nós acabamos de explodir dezenas, talvez centenas de pessoas. Você acha que eu me importo de sujar as mãos com você?

Will podia ver a angústia no rosto de Sara. Ela estava pensando nos hospitais, nos doentes, nas crianças, nos funcionários que haviam perdido a vida.

Will não se importava com nenhum deles. Só se importava com Sara. Aqueles homens eram assassinos inescrupulosos. Caso a levassem, ela estaria morta em algumas horas. Caso se recusasse a ir, morreria ali ajoelhada no chão.

— Não — repetiu Sara. Ela já fizera as mesmas contas que Will. Lágrimas escorriam pelo rosto. Não soava mais com medo. Estava claramente resignada ao que iria acontecer. — Eu não vou com vocês. Não vou ajudar vocês. Você vai ter que me matar.

Os olhos de Will arderam, mas ele não desviou o olhar.

Ele assentiu.

Sabia o que ela queria dizer.

Sabia *por que* ela queria dizer isso.

— E se eu matá-la? — sugeriu Hank, pressionando a arma na cabeça de Michelle Spivey.

A mulher não se moveu. Não gritou.

— Faça isso. Vá em frente, seu merda frouxo — disse ela, em um tom normal.

Clinton riu, embora a mulher parecesse tão resignada ao seu destino quanto Sara.

— Você ainda acha que é um cara legal — continuou Michelle, virando o rosto para Hank. As mãos fechadas, agarradas às calças. — O que o seu pai dirá quando descobrir quem você realmente é?

Hank começou a perder a compostura. As palavras de Michelle tinham acertado o alvo. Ela passara um mês com aqueles homens. Obviamente conhecia seus pontos fracos.

— Ouvi você falar sobre ele, sobre como ele é seu ídolo, como queria deixá-lo orgulhoso. Ele está doente. Vai morrer.

Hank trincou os dentes.

— No seu último suspiro ele saberá que tipo de monstro ajudou a trazer ao mundo.

Clinton riu novamente.

— Porra, garota, falando assim eu fico pensando em quão apertada é a xota da sua filha.

Sempre há um momento imediatamente antes de coisas ruins se tornarem piores.

Uma fração de segundo.

Um piscar de olhos.

Will já tinha passado por tantas situações ruins que reconhecia quando estava prestes a acontecer. O ar mudava. Dava para sentir, como se seus pulmões recebessem mais oxigênio, ou se aquela parte do seu cérebro que nunca era usada de repente despertasse, processasse o que iria acontecer e preparasse você para isso.

O que aconteceu foi:

O dedo de Hank deslizou da guarda para o gatilho.

Mas a arma não estava apontada para Michelle Spivey. Nem para Sara. O braço de Hank traçara um arco na direção do homem que fizera uma piada sobre estuprar uma menina de 11 anos.

E então...

Nada.

Apenas um *clique-clique-clique* metálico.

Este era o problema com os canhões de bolso: felpa de bolso.

A arma tinha travado.

Clinton berrou:

— Seu filho da...

Tudo ficou mais lento.

Clinton sacou a Glock do coldre.

Will sentiu o doce alívio de ter o revólver Smith & Wesson afastado de suas costelas enquanto Merle erguia a mão para deter Clinton.

Will pegou o revólver. Foi quase fácil, porque Merle não estava preocupado com essa arma.

O Smith & Wesson não travava. O seis tiros era uma das armas mais confiáveis no mercado. Quanto à precisão, isso dependia do atirador e da distância. Will era um bom atirador. Até uma criança de três anos podia matar um homem a curta distância.

Que foi exatamente o que Will fez.

Merle tombou, abrindo espaço para que Will pudesse mirar livremente em Vince, que levava a mão ao coldre de tornozelo quando foi atingido por Will. Ferido. O babaca caiu do carro.

Um morto. Um ferido. Com isso, restavam Dwight, Hank, Clinton...

Will percebeu um movimento pelo canto do olho.

Clinton o derrubou no chão. Will perdeu o revólver. Sua cabeça bateu na calçada. Clinton não mirou no rosto de Will. Não se mata um homem partindo seu crânio. Mas sim rasgando seus órgãos.

Os músculos de Will se contraíram com os socos na barriga. A dor o deixava sem fôlego e ameaçava imobilizá-lo. Mas aquela não era a primeira surra de

Will. Ele não usou as mãos para deter os golpes. Enfiou a mão no bolso. Seus dedos acharam o canivete. Apertou a trava. A lâmina se abriu.

Will golpeou a esmo, abrindo um talho na testa do homem.

— Jesus!

Clinton recuou. Sangue cobriu seus olhos. Ele levantou a guarda.

Combate é o cacete. Não existia essa história de luta justa.

Will cravou a lâmina de dez centímetros na virilha do homem.

Clinton gemeu. Seu corpo travou. Ele rolou para o chão. Tossindo. Cuspindo. Chiando.

Will piscou, tentando apagar as estrelas. Sangue escorria pela garganta.

Ouviu portas de carro batendo. O som ecoou como percussão.

Será que Sara tinha chamado seu nome?

Will rolou de lado. Tentou se levantar. O vômito subiu à sua boca. Todas as partes da sua barriga ardiam. O máximo que conseguiu foi ficar de joelhos por alguns segundos. Caiu deitado. Respirou em meio à dor que tomava seu corpo. Tentou novamente.

Foi quando viu à sua frente um par de botas pesadas. As biqueiras de aço estavam sujas de sangue. Will viu a bota recuar. Esperou o movimento, e então abraçou a perna.

Cair e rolar.

Os dois caíram no chão como uma marreta.

Mas não era Clinton.

Era Hank.

Will conseguiu imobilizá-lo. Seus punhos esmurraram o rosto do homem. Ele ia cravar os malditos olhos de Hank no fundo do crânio. Ia matá-lo por enfiar uma arma na cabeça de Sara. Ia assassinar cada um daqueles malditos.

— Will!

Parecia a voz de Sara, mas não era a voz dela.

— Pare!

Ele ergueu nos olhos.

Não era Sara.

Era a mãe dela.

Cathy Linton segurava uma escopeta de cano duplo com as duas mãos. Ele podia sentir o calor saindo do cano. Um dos gatilhos já havia sido acionado. O segundo estava puxado e carregado.

Cathy olhava para a rua à frente.

A BMW cantou pneus na curva. Will caiu no chão. Seu cérebro continuava girando. O vômito ainda ardia em sua garganta. Ele tentou contar as cabeças no carro.

Quatro?

Cinco?

Olhou para trás, esperando encontrar o corpo de Sara.

— Onde...

— Ela se foi — disse Cathy, com um soluço. — Will, eles a levaram.

CAPÍTULO TRÊS

Domingo, 4 de agosto, 13h33.

FAITH MITCHELL OLHOU o relógio enquanto fingia estudar o diagrama do Russell Federal Building no gigantesco monitor de vídeo na frente da sala de aula. O babaca chato do Marshals Service estava repassando o plano de transporte para a prisão que o babaca anterior do Marshals Service apresentara uma hora antes.

Ela olhou ao redor da sala. Faith não era a única pessoa ali com dificuldade para se concentrar. As trinta pessoas de diversas divisões da lei estavam todas jogadas atrás de suas mesas. A cidade, em toda a sua sabedoria, desligava a refrigeração dos prédios governamentais nos fins de semana. Em agosto. Com janelas que não abriam para que ninguém pudesse se jogar apenas pelo prazer de sentir o vento no rosto enquanto despencava para a morte.

Faith olhou para seu manual de orientação. Uma gota de suor escorreu da ponta do nariz e borrou as palavras. Já tinha lido o manual todo. Duas vezes. O delegado babaca era a quinta pessoa a falar em três horas. Faith queria prestar atenção. Queria mesmo. Mas, se ouvisse outra pessoa chamar Martin Elias Novak de um *prisioneiro de grande importância*, começaria a gritar.

Seus olhos passaram para o relógio na parede acima do monitor.

Treze horas e 34 minutos.

Faith podia jurar que o ponteiro de segundos estava se movendo para trás.

— Então, o carro de perseguição seguirá aqui — disse o delegado, apontando para o retângulo no final da linha pontilhada, que, para ajudar, era indicado como *carro de perseguição*. — Gostaria de relembrar novamente que Martin Novak é um prisioneiro de grande importância.

Faith tentou não bufar. Até mesmo Amanda parecia começar a perder a compostura. Continuava sentada empertigada em sua cadeira, aparentemente alerta, mas Faith sabia muito bem que ela era capaz de dormir de olhos abertos. A mãe de Faith era assim também. As duas conquistaram seus cargos juntas no Departamento de Polícia de Atlanta. Ambas eram extremamente adaptáveis, como dinossauros que, no processo de evolução, tinham aprendido a usar ferramentas e a repassar memes que haviam deixado de ser memes dois meses antes.

Faith abriu o laptop. Havia oito guias abertas no browser, todas oferecendo conselhos sobre como tornar sua vida mais eficiente. Faith fechou todas. Era uma mãe solteira com uma filha de 2 anos em casa e um filho de 22 na faculdade. A eficiência não era uma meta plausível. Dormir não era uma meta plausível. Fazer uma refeição sem ser interrompida. Usar o banheiro com a porta fechada. Ler um livro sem ter que mostrar as figuras a todos os animais de pelúcia no quarto. Respirar fundo. Andar em linha reta.

Pensar.

Faith queria desesperadamente seu cérebro de volta, o da pré-gravidez, que sabia como ser uma adulta funcional. Tinha sido assim com o menino? Faith só tinha 15 anos quando dera à luz a Jeremy. Não estava dando muita atenção ao que acontecia com sua cabeça e sim chorando a perda do pai de seu filho, mandado para morar com parentes no norte para que um bebê não arruinasse seu futuro brilhante.

No caso da filha, Emma, Faith tinha consciência das mudanças não tão sutis em suas capacidades mentais. De que podia ser multitarefa, mas agora se concentrar em uma tarefa só já era difícil. De que a ansiedade e hipervigilância inerentes à vida de um policial estavam amplificadas ao enésimo grau. Na verdade, nunca dormia, porque seus ouvidos estavam sempre atentos. Tinha consciência de que o som de Emma chorando deixava suas mãos e seus lábios tremendo, e às vezes a luz de cabeceira de Emma iluminava aqueles delicados cílios, e o coração de Faith era tomado por tanto amor que ela terminava soluçando sozinha no corredor.

Sara explicara a ciência por trás dessas oscilações de humor. Durante a gravidez, a amamentação e a infância da criança, o cérebro da mulher era inundado por hormônios que alteravam a matéria cinzenta nas regiões envolvidas em dinâmicas sociais, aumentando a empatia e criando um laço forte com o filho.

E isso era muito bom, porque se outro ser humano tratasse uma mãe como um bebê a trata — jogasse comida na cara dela, questionasse todos os movimentos, desenrolasse todo o papel de alumínio, gritasse com os talheres, a obrigasse a limpar merda da bunda dele, mijasse na cama dela, mijasse no carro dela, mijasse nela enquanto ela limpa o mijo dele, exigisse que ela repetisse tudo isso pelo menos dezesseis vezes e depois berrasse com ela por falar demais —, ela provavelmente o mataria.

— Vamos discutir o quadrângulo tático que criamos nas ruas a oeste — disse o delegado.

Faith deixou que seus olhos piscassem muito devagar. Ela precisava de algo além de trabalho e Emma. Sua mãe usava um ótimo eufemismo chamando de equilíbrio entre trabalho e vida, mas na verdade era a forma educada de Evelyn dizer que Faith precisava transar.

E Faith não tinha objeções quanto a isso.

O problema era encontrar um homem. Faith não iria sair com um policial, porque bastava sair com um policial para que todos os outros achassem que poderiam comer você. Tinder, nem pensar. Os caras que não pareciam casados pareciam que deveriam estar acorrentados a um banco do lado de fora da sala do tribunal. Ela tentara o Match.com, mas nenhum dos idiotas pelos quais ela se sentira minimamente atraída foi aprovado na análise de histórico. O que dizia mais sobre o tipo de homem pelo qual Faith se interessava do que sobre sites de relacionamento.

— Então — disse o delegado, batendo palmas, alto. Alto demais. — Vamos repassar o histórico de Martin Elias Novak. Viúvo de 61 anos com uma filha, Gwendolyn. A esposa morreu no parto. Novak serviu no exército como especialista em explosivos. Não especializado demais; em 1996, ele perdeu dois dedos da mão esquerda. Passou para a reserva e teve alguns empregos suspeitos de segurança. Em 2002, esteve no Iraque com um grupo mercenário particular. Em 2004, nós o identificamos com alguns colegas veteranos em uma patrulha de fronteira cidadã no Arizona.

O delegado juntou as pontas dos dedos e inclinou lentamente a cabeça.

— Foi no Arizona que o vimos pela última vez. Isso foi em 2004. Novak sumiu do mapa. Não usou cartão de crédito. Fechou as contas bancárias. Cancelou as contas de luz, gás, água e telefone. Devolveu o apartamento alugado. Os cheques de aposentadoria e pensão foram devolvidos por não localização do destinatário. Novak foi um fantasma até 2016, quando apareceu no nosso radar em uma nova função: roubar bancos.

Faith notou que ele pulara uma peça importante do quebra-cabeça, da mesma forma que todos os outros haviam pulado aquele detalhe tão evidente em todas as reuniões anteriores.

Novak era um maluco militante contra o governo. Não um cara qualquer que não queria pagar impostos ou receber ordens. Cacete, que americano de sangue quente queria isso? O tempo que ele passara com a tal patrulha de fronteira cidadã o levara a um novo patamar de rebeldia. Novak estivera seis meses com um grupo de homens que achavam entender a constituição melhor que qualquer um. Pior, eles estavam dispostos a pegar em armas e a tomar uma atitude.

O que significava que graças a todos aqueles assaltos a bancos alguém, em algum lugar, tinha meio milhão de dólares para contribuir com a causa.

E ninguém naquela sala parecia dar a mínima para isso.

— Certo — disse o delegado, batendo palmas de novo. Alguém na primeira fila deu um pulo com o barulho. — Vamos receber o agente especial do FBI Aiden van Zandt para explicar por que Novak é um prisioneiro de tão grande importância.

Faith sentiu os olhos revirando novamente.

— Obrigado, delegado — disse o agente Van Zandt, que estava mais para um Humperdinck que um Westley. Faith não confiava em homens que usavam óculos. Pelo menos, ele não bateu palmas ou fez um longo preâmbulo. Em vez disso, se virou para o monitor.

— Vamos ao vídeo. Novak é o primeiro homem a passar pela porta. Podem ver que faltam dois dedos da mão esquerda.

O vídeo começou a rolar. Faith se inclinou para a frente na cadeira. Finalmente, algo novo. Ela lera todos os relatórios policiais, mas não vira gravação alguma.

A tela a cores mostrava o interior de um banco.

Sexta-feira, 24 de março de 2017. Dezesseis horas e três minutos.

Quatro caixas atendendo. Pelo menos doze clientes na fila. O movimento teria sido constante o dia inteiro. As pessoas depositando os cheques de pagamento antes do fim de semana. Sem vidro de segurança ou grades nos caixas. Uma agência de subúrbio. Aquele era o Wells Fargo na periferia de Macon, onde a equipe de Novak atacara pela última vez.

Na tela, as coisas aconteciam rapidamente. Faith quase perdeu Novak passando pelas portas, embora vestisse traje de combate completo, preto, uma máscara de esqui cobrindo o rosto. Segurava o AR-15 para o lado direito e levava uma mochila no ombro esquerdo. Não tinha o mínimo e o anelar da mão esquerda.

O segurança entrou em cena à direita de Novak. Pete Guthrie, divorciado e com dois filhos. O homem levava a mão ao coldre, mas o AR se ergueu e Pete Guthrie estava morto.

Alguém na sala de aula grunhiu, como se tivesse acabado de ver um filme, não o fim da vida de um homem.

O resto da equipe de Novak tomou o banco, assumindo seus lugares rapidamente. Seis caras, todos vestindo trajes de combate pretos iguais. Todos brandindo AR-15s, que na Geórgia eram tão comuns quanto pêssegos. O vídeo não tinha som, mas Faith via os clientes de boca aberta, gritando. Outra pessoa foi baleada, uma senhora de 72 anos, com seis netos, chamada Edatha Quintrell, que, segundo os depoimentos das testemunhas, não fora tão rápida ao se deitar no chão.

— Militares — disse alguém na sala, desnecessariamente.

Desnecessariamente porque estava claro que aqueles caras eram uma unidade tática. Menos de dez segundos depois de entrar já estavam abrindo as gavetas dos caixas, jogando fora os pacotes de tinta escondidos e enfiando o dinheiro em sacos de lona branca.

— Nós analisamos gravações dos quatro meses anteriores tentando encontrar alguém estudando o banco, mas nada chamou a atenção — falou Van Zandt. Apontou para Novak. — Vejam o cronômetro na mão dele. A delegacia mais próxima fica a doze minutos de distância. A patrulha mais próxima está a oito minutos. Ele sabe cada segundo que possuem. Tudo foi planejado.

Eles não haviam planejado um dos clientes ser um policial de folga. Rasheed Dougall, um patrulheiro de 29 anos, passara no banco a caminho da academia. Usava shorts de basquete vermelhos e camisa preta. Os olhos de Faith o localizaram automaticamente no canto inferior direito. Deitado de barriga no chão. Suas mãos não estavam sobre a cabeça, mas ao lado do corpo, perto da bolsa de ginástica. Ela sabia o que ia acontecer em seguida. Rasheed tirou uma micropistola Springfield da bolsa e atirou na barriga do sujeito mais próximo.

Duas balas no centro da massa, como eles eram treinados a fazer.

Rasheed rolou e acertou na cabeça do segundo. Estava mirando o terceiro quando uma bala disparada por Novak arrancou a metade inferior do seu rosto.

Novak não deu sinais de ter se abalado com a repentina carnificina; olhou friamente para o cronômetro. Sua boca se moveu. De acordo com os depoimentos ele estava dizendo aos seus homens: *Vamos lá, garotos, limpem tudo.*

Quatro sujeitos se adiantaram, duas equipes carregando os cúmplices caídos na direção das portas.

Novak recolheu os sacos de lona com o dinheiro. Depois fez o gesto habitual: enfiou a mão na mochila. Ergueu uma bomba de cano bem no alto para que todos vissem. A bomba não era para explodir o cofre. Ele ia detoná-la assim que o carro estivesse fora de alcance. Mas antes de sair ele ia acorrentar as portas para que ninguém conseguisse sair.

No que dizia respeito a crimes violentos, era um bom plano. Cidades pequenas não tinham pessoal suficiente para cuidar de mais de um desastre de cada vez. Uma explosão no banco, com vítimas voando pelas portas e janelas quebradas, era o maior desastre que os locais um dia veriam.

Na tela, Novak prendeu a bomba na parede. Faith sabia que a bomba tinha sido presa por um adesivo vendido em qualquer loja de materiais de construção. Cano galvanizado. Pregos. Tachinhas. Fios. Todos os componentes eram impossíveis de rastrear ou tão comuns quanto possível.

Novak se virou para a porta. Começou a tirar corrente e cadeado da mochila. Então, inesperadamente, caiu de cara no chão.

Sangue se espalhou de seu corpo como um anjo de neve.

Alguns dos homens na sala de aula aplaudiram.

Uma mulher entrou em cena correndo. Dona Roberts. Seu Colt 1911 estava apontado para a cabeça de Novak. Seu pé pisando no cóccix do homem para garantir que permanecesse deitado. Ela era uma piloto de avião de carga da marinha aposentada que por acaso estava no banco para abrir uma conta para a filha.

E, maldição, se não estivesse de vestidinho tomara que caia e sandálias...

A imagem foi congelada.

— Novak levou dois tiros nas costas — contou Van Zandt. — Perdeu um rim e o baço, mas o dinheiro dos impostos de vocês salvou a vida dele. O telefone para detonar a bomba estava na mochila. Segundo o nosso pessoal, o primeiro bandido baleado na barriga pode ter sobrevivido com atendimento médico rápido. Aquele com o buraco na cabeça obviamente morreu no local. Não foram encontrados corpos desovados em um raio de trinta e dois quilômetros. Nenhum hospital comunicou vítimas baleadas que correspondessem à descrição. Não temos ideia de quem são esses cúmplices. Novak não cedeu sob interrogatório.

Ele não cedeu porque não era um ladrão de bancos comum. A maioria desses idiotas era presa antes de conseguir contar o dinheiro. O FBI fora criado para impedir as pessoas de roubar bancos. O índice de solução de casos era superior a 75%. Era um crime idiota com uma alta chance de fracasso e uma pena de prisão obrigatória de 25 anos, e isso apenas por abordar um caixa e passar um bilhete dizendo que você gostaria, por gentileza, de roubar o banco. Brandir uma arma, fazer ameaças e atirar em pessoas... isso era o resto da vida em uma prisão de segurança máxima, supondo que não enfiassem uma agulha no seu braço.

— Então — recomeçou o delegado, batendo palmas. O sujeito realmente gostava de bater palmas. — Vamos conversar sobre o que aconteceu no vídeo.

Faith procurou mensagens em seu Apple Watch, rezando por uma emergência familiar que a tirasse daquele pesadelo interminável.

Sem sorte.

Ela gemeu ao perceber a hora.

Treze horas e 37 minutos.

Abriu as mensagens. Will não fazia ideia da sorte que tinha de escapar daquela reunião idiota. Mandou para ele um palhaço com uma pistola de água apontada para a cabeça. Depois uma faca. Depois um martelo. Ia enviar um abacate, porque ambos desprezavam abacate, mas o dedo escorregou na telinha e foi um inhame por acidente.

— Vamos estudar o próximo gráfico.

O delegado colocara outra imagem, um fluxograma detalhando as diversas agências envolvidas no transporte. Polícia de Atlanta. Polícia do condado de Fulton. Escritório do xerife do condado de Fulton. US Marshals Service. FBI. ATF. Quem se importa, cacete, quando Faith tinha pela frente duas horas dobrando roupa lavada, seis caso sua preciosa filha insistisse em ajudar.

Ela conferiu se Will tinha respondido. Nada. Provavelmente estava mexendo no carro, fazendo flexões ou o que quer fizesse nos dias em que conseguia escapar de reuniões hediondamente longas.

Provavelmente ainda estava na cama com Sara.

Faith olhou pela janela. Deu um longo suspiro.

Will era uma oportunidade perdida. Só àquela altura ela conseguia ver isso. Faith não ficara especialmente atraída por ele quando se conheceram, mas Sara produzira nele um efeito Pigmaleão. Ela o arrastara para um cabeleireiro de verdade, em vez do sujeito esquisito do necrotério que trocava cortes de cabelo por sanduíches. Ela o convencera a fazer ternos sob medida, então ele deixou de parecer a arara de liquidação da Big and Tall Warehouse para virar um manequim na vitrine da Hugo Boss. Ele estava mais empertigado, mais confiante. Menos desajeitado.

E havia o seu lado doce.

Ele marcava no calendário com uma estrela nos dias em que Sara ia ao salão, para se lembrar de elogiá-la. Estava sempre descobrindo formas de dizer o nome dela. Ele a escutava, a respeitava, a achava mais inteligente que ele, o que era mesmo, afinal era uma médica, mas qual homem admitia isso? Ele estava sempre presenteando Faith com a sabedoria antiga transmitida a ele por Sara.

Você sabia que os homens também podem usar loção para pele seca?

Sabia que você deveria comer a alface e o tomate do hambúrguer?

Sabia que suco de laranja congelado tem muito açúcar?

Faith era diabética. Claro que ela sabia tudo sobre açúcar. A questão era, como Will não sabia? E não era de sabedoria geral que comer a alface e o tomate dava o direito de pedir fritas? Ela sabia que Will fora criado como um selvagem, mas Faith vivera com dois adolescentes, primeiro o irmão mais velho, depois o filho. Ela nunca conseguiu deixar um frasco de creme Jergens intacto no balcão do banheiro até chegar à casa dos trinta.

Como Will não sabia sobre loção, cacete?

— Obrigada, delegado.

A major Maggie Grant ocupara o palco.

Faith se ajeitou na cadeira, tentando parecer uma boa aluna. Maggie era seu espírito animal, uma mulher que subira na hierarquia no Departamento de Polícia de Atlanta de guarda de trânsito até Comandante de Operações Especiais sem se transformar em uma escrota torcedora de testículos.

— Vou repassar rapidamente a Bíblia da Swat sobre transporte do ponto de vista da polícia de Atlanta. Nós seguiremos a Doutrina de Atirador Ativo. Sem negociação, simplesmente disparar e derrubar. De um ponto de vista tático, manteremos uma área vazia ao redor do pri... Do *prisioneiro de grande importância* o tempo todo.

Apenas Faith e Amanda riram. Havia exatamente três mulheres na sala. O restante eram homens que provavelmente nunca haviam deixado uma mulher falar por tanto tempo sem ser interrompida desde a escola primária.

— Senhora? — Alguém ergueu a mão. Foi o máximo que conseguiram aguentar sem interrupções. — Quanto à saída de emergência para o prisioneiro...

Faith olhou o relógio.

Treze horas e 44 minutos.

Ela abriu o bloco de notas no laptop e tentou filtrar a lista de compras que havia ditado para Siri naquela manhã: *ovos, pão, suco, pasta de amendoim, fraldas, não, Emma, não, cacete, não Emma, ah, pelo amor de Deus, para, por favor, querida.*

A tecnologia finalmente flagrara sua incompetência como mãe.

Será que ela sempre havia sido assim? Quando Jeremy estava na primeira série, Faith tinha 22 anos e trabalhava em um carro de patrulha. Suas habilidades maternas estavam em algum ponto entre *A menina e o porquinho* e *O senhor das moscas*. Jeremy até hoje debochava do bilhete que ela colocou uma vez na lancheira dele: *O pão está mofado. É o que acontece quando você não fecha o saco.*

Ela havia jurado ser uma mãe melhor para Emma, mas o que exatamente isso significava?

Não criar um Monte Vesúvio de roupa por dobrar no sofá da sala? Não deixar fiapos de carpete acumulados no aspirador de pó para que não ficasse com cheiro de borracha queimada sempre que fosse ligado? Não demorar até 3h12 daquela manhã para descobrir que a caixa de brinquedos cheirava a bala estragada porque Emma vinha escondendo todas as balas lá no fundo?

Crianças pequenas eram umas cretinas.

— Eu sou a subdiretora Amanda Wagner, da AIG.

Faith voltou a prestar atenção. Por um momento, havia escapado do estado de calor e tédio. Quase fez uma prece silenciosa agradecendo por Amanda ser a última oradora.

Ela se apoiou na mesa diante da sala e esperou a total atenção de todos.

— Nós tivemos seis meses para preparar esta transferência. Qualquer falha em proteger o prisioneiro será fruto de falha humana. Vocês nesta sala são os humanos que podem cometer esse erro. Baixe a mão.

O sujeito na frente baixou a mão.

Amanda olhou o relógio.

— São 14h05. Teremos a sala até as 15 horas. Façam um intervalo de dez minutos, retornem e revisem seus livros. Não será permitido retirar papéis desta sala. Nada de arquivos em seus computadores. Caso tenham alguma pergunta, façam por escrito aos seus supervisores imediatos — disse Amanda, dando um sorriso para Faith, a única agente na sala que ela era encarregada de supervisionar. — Obrigada, cavalheiros.

A porta foi aberta. Faith viu o corredor. Pensou nas consequências de fingir ir ao banheiro e fugir pela porta dos fundos.

— Faith — chamou Amanda, indo até ela. Bloqueando seu caminho. — Espere um minuto.

Faith fechou o laptop.

59

— Vamos discutir o motivo de estarem todos ignorando que nosso *prisioneiro de grande importância* acha que vai derrubar o Estado como a Katniss em *Jogos Vorazes*?

Amanda franziu a testa.

— Eu achava que Katniss era a heroína da história.

— Eu tenho um problema com mulheres em posição de autoridade.

Amanda balançou a cabeça.

— Olhe, Will está precisando de uma massagem no ego.

Faith ficou sem resposta. O pedido era surpreendente por dois motivos. Em primeiro lugar, Will recuava ao menor sinal de apoio emocional, e, em segundo, a vida de Amanda era destruir egos.

— Ele está sofrendo por não ter sido selecionado para esta força-tarefa — disse Amanda.

— Selecionado? — retrucou Faith, que perdera meia dúzia de domingos com aquele tédio. — Achei que isto era uma punição para... — Ela não seria burra a ponto de fazer uma lista com os motivos. — Para me punir.

Amanda continuava a balançar a cabeça.

— Faith, os homens nesta sala... Um dia eles estarão no comando de tudo. Você precisa fazer com que eles se acostumem com você. Sabe... você precisa se enturmar.

— Enturmar?

Faith tentou não usar um tom condescendente. Seu lema sempre fora: *Vá com tudo atrás de seus objetivos!*

— Estes são os seus anos de ouro. Já pensou que poderá se aposentar quando Emma estiver na faculdade?

Faith sentiu uma pontada no peito.

— Você não poderá permanecer em campo para sempre.

— E Will pode? — retrucou Faith, perplexa. Amanda era quase uma mãe para Will. Uma mãe que poderia muito bem atropelar o filho com o próprio carro. — De onde saiu isso? Will é o seu favorito. Por que o está segurando?

Em vez de responder, Amanda folheou o manual de orientação, páginas e mais páginas de texto sem espaçamento.

Faith não precisava de explicação.

— Ele tem dislexia. Não é analfabeto. É melhor com números do que eu. Ele consegue ler um manual de orientação. Só demora mais.

— Como você sabe que ele tem dislexia?

— Porque... — começou Faith, sem saber como sabia. — Porque eu trabalho com ele. Eu presto atenção. Eu sou uma detetive.

— Mas ele nunca contou isso para você. E nunca contará a alguém. Portanto, não podemos oferecer opções a ele. Portanto, ele nunca sairá lá de baixo.

— Meu Deus — murmurou Faith.

Simples assim, ela estava acabando com o futuro de Will.

— Mandy — chamou Maggie Grant, entrando na sala. Levava uma garrafa de água gelada para cada uma. — Por que as duas ainda estão aqui, maldição? Está mais fresco no corredor.

Faith girou com raiva a tampa da garrafa. Não conseguia acreditar naquela baboseira sobre Will. Não cabia a Amanda decidir o que ele era ou não capaz de fazer.

— Como está sua mãe? — perguntou Maggie.

— Bem — respondeu Faith, juntando suas coisas.

Tinha que sair dali antes que dissesse algo idiota.

— E Emma?

— Tudo tranquilo. Sem problemas. — Faith se levantou da cadeira. Sua camisa suada descolou da pele como uma casca de limão. — Eu deveria...

— Mande lembranças a elas — disse Maggie, depois se virou para Amanda. — Como está seu garoto?

Ela estava falando de Will. Todos os amigos de Amanda se referiam a ele como "o seu garoto". O termo fazia Faith se lembrar da primeira vez em que Michonne aparecia em *The Walking Dead*.

— Está indo — respondeu Amanda.

— Aposto que sim — disse Maggie, e se virou para Faith. — Você deveria ter fisgado ele antes que Sara desse as caras.

Amanda deu uma gargalhada.

— Ela não é doce o bastante para ele.

— Que porra é essa? — reagiu Faith, em seguida erguendo as mãos para impedir sua decapitação. — Desculpem, eu estava acordada às três da manhã arrastando uma caixa de brinquedos para o jardim da frente. O céu acordou, e eu também.

Faith foi salva de estragar mais alguma fala de *Frozen* pelo toque de um celular.

— É o meu — anunciou Maggie, e foi atender perto das janelas.

Então o telefone de Amanda começou a tocar.

Mais toques ecoaram no corredor. Parecia que todos os telefones no prédio estavam tocando.

Faith olhou o relógio. Ela silenciara as notificações antes da reunião, mas ativou naquele momento. Chegara um alerta às 14h08 pelo Sistema de Notificação de Emergência.

EXPLOSÕES NA UNIVERSIDADE EMORY. VÍTIMAS EM MASSA. TRÊS SUSPEITOS BRANCOS DO SEXO MASCULINO FUGIRAM EM UM CHEVY MALIBU PRATA PL XPR 932. COM REFÉM. CONSIDERADOS ARMADOS E PERIGOSOS. TENHAM CAUTELA.

Por um momento Faith perdeu a capacidade de compreender a informação. Sentiu uma náusea nervosa percorrer seu corpo, a mesma sensação que tinha quando via um alerta de tiros em escolas ou ataque terrorista. Depois pensou que a equipe de Novak gostava de explosões. Mas uma universidade não era o estilo deles, e o esconderijo de Novak ficava bem distante da cidade.

— Mande todos os agentes disponíveis — bradou Amanda ao telefone. — Preciso de detalhes. Descrições. Uma estimativa de vítimas. Faça a SOU se coordenar com a ATF para proteger o campus. Avise no instante em que o governador convocar a Guarda Nacional.

— Amanda — chamou Maggie, a voz contida. Aquela era a sua cidade, sua responsabilidade. — Meu helicóptero vai nos pegar no telhado.

— Vamos lá — respondeu Amanda, fazendo um gesto para que Faith as acompanhasse.

Faith pegou a bolsa, a náusea nervosa se transformando em um bloco de concreto em seu estômago à medida que sua mente começava a processar o que havia acontecido. Uma explosão na universidade. Um refém. Feridos em massa. Armados e perigosos.

Elas estavam correndo quando chegaram à escada. Maggie as levou para cima, mas os outros agentes na reunião desciam correndo, furiosos, porque era o que policiais faziam quando algo ruim acontecia. Corriam na direção da coisa ruim.

— Eu estou dando a autorização... — gritou Maggie ao telefone enquanto passava correndo pelo patamar seguinte. — ...9-7-2-2-4-alfa-delta. 10-39 para todos disponíveis. Quero todas as aeronaves no ar. Diga ao comandante que eu chego em cinco minutos.

— Um dos autores ficou ferido — disse Amanda, finalmente recebendo informações. Deu uma espiada em Faith atrás dela enquanto subia. Uma expressão de choque tomou seu rosto. — A refém é Michelle Spivey.

Maggie xingou baixinho, agarrando o corrimão para chegar ao patamar seguinte. Ficou escutando ao telefone um momento, depois repassou a informação:

— Eu tenho dois feridos. Nada sobre Spivey — falou, ofegante, mas não parou. — Um criminoso ferido na perna. O segundo no ombro. O motorista estava vestido com uniforme da segurança de Emory.

Faith sentiu o suor em seu corpo gelar enquanto escutava as palavras que ecoavam pelo poço da escada.

— Uma enfermeira reconheceu Spivey — disse Amanda, o telefone desligado. Gritou mais alto que os passos nos degraus de concreto. — Há informações contraditórias, mas...

Maggie parou em outro patamar. Ergueu a mão para pedir silêncio.

— Certo, temos uma testemunha ocular da polícia de Dekalb dizendo que duas bombas explodiram no estacionamento em frente ao hospital universitário. A segunda detonação foi programada para atingir as equipes de emergência. Temos pelo menos quinze pessoas presas nos escombros. Dez vítimas ali.

Faith sentiu gosto de bile. Baixou o olhar para o chão. Havia guimbas de cigarro. Pensou em seu uniforme de gala pendurado no closet, no número de funerais a que iria nas semanas seguintes, no número de vezes em que teria que permanecer estoicamente em posição de sentido enquanto famílias desmoronavam.

— Tem mais — disse Maggie, voltando a subir a escada. Seus passos não eram mais tão ágeis. — Dois seguranças encontrados assassinados no porão. Dois policiais de Dekalb mortos durante a fuga dos criminosos. Outro está em cirurgia. A subxerife do condado de Fulton. Não tem muitas chances.

Faith voltou a subir mais devagar, sentindo um soco no estômago a cada notícia. Ela se permitiu pensar nos próprios filhos. Na mãe que trabalhara com aquilo. Faith conhecia a sensação: esperar notícias sem saber se a mãe estava morta, viva ou ferida, quando tudo o que podia fazer era ficar sentada diante da televisão tentando se convencer de que não havia chegado a hora ainda, de que sua mãe voltaria para casa.

Amanda parou por um momento. Colocou a mão no ombro de Faith.

— Ev sabe que você está comigo.

Faith forçou as pernas a continuar se movendo, continuar subindo a escada, porque era só o que lhe restava. Era só o que restava a todas elas.

Sua mãe estava cuidando de Emma. Jeremy estava em um torneio de videogame com os amigos. Todos sabiam que Faith estava na reunião no centro porque ela se queixara disso em alto e bom som para quem quisesse ouvir.

Dois seguranças assassinados.

Dois policiais assassinados.

Uma subdelegada que provavelmente não acordaria da cirurgia.

Todos aqueles pacientes no hospital. Pessoas doentes — crianças doentes, porque não havia apenas um hospital em Emory, havia o hospital infantil Egleston um quarteirão antes. Quantas vezes Faith levara Emma à emergência no meio da noite? As enfermeiras eram gentis. Todos os médicos, tão serenos. Havia edifícios-garagem ao redor do prédio. Uma explosão podia facilmente derrubá-los no hospital.

E depois? Quantos prédios haviam sido destruídos nos tremores secundários ao Onze de Setembro?

Maggie finalmente abriu a porta no alto da escada. A luz do sol atingiu ferozmente as retinas de Faith, mas seus olhos já estavam tomados por lágrimas de raiva.

A segunda detonação foi programada para atingir as equipes de emergência.

Ela ouviu o som distante de hélices de helicóptero. O Huey UH-1 preto era quase mais velho que Faith. A Swat o usava para rapel e resgate de incêndios. Já havia homens na traseira. Equipamento completo de combate. AR-15s. Mais equipes de emergência. Eles iriam percorrer sala por sala, estrutura por estrutura, e garantir que não houvesse outras bombas esperando o sinal para detonar.

O som ficou mais forte à medida que a aeronave se aproximava.

Os pensamentos de Faith seguiram a cadência das lâminas do rotor...

Dois guardas: duas famílias.

Dois policiais: duas famílias.

Uma subdelegada: uma família.

— Mandy — chamou Maggie, tendo que gritar para ser ouvida em meio ao ronco dos motores. Havia algo em sua voz que deixava o ar tenso, um nó sendo dado em um fio. — É Will, Mandy. Eles machucaram seu garoto.

CAPÍTULO QUATRO

Domingo, 4 de agosto, 13h54

SARA MEMORIZOU A HORA estimada da morte do motorista do Porsche enquanto examinava o couro cabeludo lacerado do que conduzia a F-150.

— Tubulação de gás explodiu. Nós saímos correndo de lá — disse o passageiro da picape, apontando para o Chevy Malibu prata. — É com eles lá que vocês deveriam se preocupar. O cara no banco de trás não parece nada bem.

Sara ficou contente de ouvir Will a acompanhando enquanto ela corria para o Chevy. Alguma coisa não estava batendo naquele acidente. O impacto da picape por trás não parecia forte o bastante para quebrar o pescoço do motorista. Um mistério para o legista de Atlanta solucionar. Em algum momento. Não havia como dizer quanto tempo levariam para dar um jeito na explosão da tubulação de gás. Pura sorte que o canteiro de obras estivesse vazio.

Ainda assim...

Pescoço quebrado. Sem outros sinais de trauma. Sem lacerações. Sem contusões.

Esquisito.

— Meu amigo precisa de ajuda — disse o motorista do Malibu a Will.

— Ela é médica — afirmou Merle.

— Senhor? — chamou Sara, ajoelhando-se para examinar o homem inconsciente no banco de trás do Malibu. O passageiro ao lado dele observava todos os seus movimentos. Vias aéreas desobstruídas. Respiração normal. — O senhor está bem?

Sara tinha ouvido alguns nomes ao fundo.

Dwight, Clinton, Vince, Merle.

— Dwight? — arriscou ela.

A traseira do Malibu estava escura, os vidros com uma película quase totalmente preta. Ela puxou o homem inconsciente para a luz do sol. As pupilas reagiram. A coluna cervical estava alinhada. O pulso era forte e firme. A pele estava grudenta, mas era agosto. Todos ficavam grudentos em agosto.

— Eu sou Hank — disse o passageiro ao lado dele. — Você é médica?

Sara anuiu, mas foi a única atenção que deu a ele. O outro idiota ficara inconsciente porque não se deu ao trabalho de colocar o cinto de segurança. A explosão da tubulação de gás teria produzido casos críticos: queimaduras, lesões cerebrais traumáticas, esmagamentos, ferimento por estilhaços.

Hank abriu a porta e saltou do carro.

Sara ergueu os olhos.

E então viu.

Sangue encharcava a parte de trás da calça de Hank.

Ele se virou, apoiando os braços no teto do carro. A camiseta subiu um pouco. Havia uma arma enfiada na cintura.

— Clinton, não é culpa de ninguém. — Sara o ouviu dizer.

Ela olhou para as próprias mãos. A viscosidade não era de suor. Era de sangue. Ela esfregou a palma nas costas de Dwight. O buraco irregular no ombro esquerdo dele lhe era familiar; indicava o mesmo tipo de ferimento que vira atrás da perna de Hank.

Um ferimento a bala.

O pescoço quebrado do motorista do Porsche. As marcas curtas de pneus na rua. A trilha de sangue levando à picape. Os nomes... Será que Will perceberia os nomes falsos? Dwight Yoakam. Hank Williams. Merle Haggard. Vince Gill. Clint Black. Todos cantores de música country.

Sara respirou fundo e conteve o pânico.

Estudou cuidadosamente o Malibu em busca de uma arma.

O coldre de Dwight estava vazio. Nada no piso. Ela procurou entre os bancos da frente e quase engasgou.

Havia uma mulher encolhida no chão do carro. Pequena, com cabelos platinados e curtos. Braços bem amarrados ao redor das pernas. Não tinha se movido nem emitido ruído algum todo aquele tempo, mas naquele momento ergueu a cabeça e mostrou o rosto.

O coração de Sara falhou.

Michelle Spivey.

Os olhos da mulher desaparecida estavam vermelhos de choro. As bochechas fundas. Os lábios ressecados e sangrando. Desesperada, ela moveu os lábios, sem emitir um som...

Socorro.

Sara percebeu a própria boca se abrir. Inspirou, tremendo. Ouviu outra palavra ecoando em sua cabeça, a palavra que vinha à cabeça de toda mulher quando cercada por homens agressivos e perturbados...

Estupro.

— Will? — chamou Sara, as mãos trêmulas procurando o chaveiro no bolso. — Preciso que você pegue minha bolsa de curativos no porta-luvas do carro.

Por favor. Ela implorou silenciosamente. *Pegue sua arma e acabe com isto.*

Will pegou a chave. Ela sentiu os dedos dele tocando os seus. Ele não olhou para ela. Por que não olhou para ela?

— Dê uma ajudinha, grandão. Vamos — disse Clinton.

— Espera — disse Sara, tentando ganhar tempo. — Ele pode ter uma lesão na cervical ou...

— Com licença, madame.

A barba de Merle era comprida, mas o cabelo quase raspado. Só podia ser policial ou militar. Todos ali. Tinham a mesma postura, os mesmos movimentos, seguiam ordens da mesma forma.

Não que fizesse diferença. Eles já estavam em vantagem.

Will claramente tinha juntado as peças também. Olhava para Sara. Ela sentia os olhos dele. Não podia corresponder ao olhar porque sabia que iria desmoronar.

— Vou pegar sua bolsa.

Hank contornara o carro, mancando. Parou ao lado de Sara — apesar de não tão perto, foi o suficiente. Sara sentiu uma aura de perigo emanando dele como uma substância química queimando sua pele.

Will apertou o chaveiro na mão enquanto ia na direção da BMW. Estava com raiva, o que era bom. Ao contrário da maioria dos homens, a fúria clareava a cabeça de Will. Os músculos dele estavam tensos. Ela concentrou toda a sua força, toda a sua esperança, nos ombros largos dele.

— Vale — disse Hank a Vince.

Ele não estava mais usando os pseudônimos. A farsa chegara ao fim. Ou Sara ou Will haviam dado um passo em falso ou Hank tinha se dado conta de que as sirenes de polícia que estavam ouvindo ao longe logo chegariam àquela rua.

Hank ergueu o queixo, indicando que Vale deveria acompanhar os outros até o carro.

— Fora — disse Hank a Michelle, baixinho.

Tinha uma arma na mão. Podia ser pequena, mas era uma arma.

Michelle fez uma careta ao passar engatinhando por cima do console central. Segurava as calças com uma das mãos. A braguilha estava aberta. Sangue pingava sobre o punho, escorria pelas pernas.

O coração de Sara ficou gelado.

Os pés descalços de Michelle bateram no asfalto. Uma onda de náusea a obrigou a se apoiar no carro. Ela tinha feridas abertas entre os dedos dos pés. Marcas de agulha. Ela tinha sido drogada. Cortada. Sangrava entre as pernas.

Estupro.

— Não grite — disse Hank.

Antes que Sara pudesse reagir, sentiu uma dor lancinante, começando no pulso e subindo pelo braço até o ombro. Foi forçada a ficar de joelho. O asfalto esfolando sua pele. Hank torceu seu braço novamente. Após ser solta, Sara teve que entrelaçar as mãos atrás da cabeça no momento em que Will chegou à BMW.

Ele se debruçou no banco do carro.

Ele ergueu os olhos.

Ele trincou os maxilares com tanta força que ela podia ver o contorno dos ossos.

Sara acompanhou o olhar dele registrando a cena: Hank com a arma apontada para a cabeça dela. Michelle segurando as calças ensanguentadas. Três homens armados o cercando. Não havia como salvar Sara mesmo que Will se sacrificasse.

Aquela conclusão levou ao rosto dele uma expressão que Sara nunca antes tinha visto.

Medo.

— Você deixou... — disse Michelle, a voz rouca. Estava falando com Hank. — Você de-deixou que ele me estuprasse.

As palavras foram uma martelada no coração de Sara.

— Você n-não pode — prosseguiu Michelle, soluçando. — Não pode fingir que não está acontecendo. Eu estou dizendo agora. Você sabe o que ele...

— Certo — gritou Hank, calando-a. E gritou para Will: — Preciso que você tire a cabeça de dentro do carro lentamente e erga as mãos.

Sara não podia fazer nada além de esperar enquanto Will obedecia. Com o olhar disparado, ele tentava analisar a cena toda de uma vez. Seu cérebro trabalhava incansavelmente procurando uma saída.

Não havia saída.

Eles iam matar Will. Obrigar Sara a cuidar deles e depois acabar com ela.

— Você deixou ele fazer isso — sussurrou Michelle. — Deixou ele me machucar. Deixou...

— Nós precisamos de um médico — gritou Hank para Will. — Nada pessoal, irmão. Lugar errado, hora certa. Vamos lá, moça. Entre no carro.

Sara estivera esperando aquele momento, mas só então se deu conta de qual seria a sua resposta.

— Não.

Ela não se moveu.

Seus joelhos eram parte do asfalto.

Ela era tão consciente quanto uma montanha.

Sara tinha sido estuprada na faculdade. Um estupro violento, brutal, selvagem. Que roubou dela a capacidade de ter filhos. Violou para sempre sua autoimagem, seu senso de segurança. A experiência a modificara de tantas formas que, quase vinte anos depois, ela ainda estava descobrindo as sequelas. Jurara a si mesma que nunca mais deixaria que isso lhe acontecesse de novo.

Hank apertou seu braço com mais força.

— Não — disse Sara, soltando o braço. O medo se dissipara. Só a levariam dali morta. Nunca teve tanta certeza de algo na vida. — Eu não vou com vocês.

— Moça, não foi uma tubulação de gás que explodiu no campus — disse Hank, olhando para Will. — Nós acabamos de explodir dezenas, talvez centenas de pessoas. Você acha que eu me importo de sujar as mãos com você?

As palavras dele quase a partiram ao meio. Todas aquelas pessoas doentes e feridas. Estudantes, crianças e funcionários que haviam dedicado a vida a ajudar os outros.

— Não — repetiu Sara. Não conseguia mais conter as lágrimas. Eles iam matá-la em algum momento. Ela só teria controle sobre o que aconteceria até lá.

— Entre no carro.

— Eu não vou com vocês. Não vou ajudar vocês. Você vai te que me matar — disse ela, encarando Will com resignação.

Precisava que ele entendesse por que ela se recusava a ir.

A garganta de Will se moveu. Havia lágrimas em seus olhos.

Lentamente, finalmente, ele assentiu.

— E se eu matá-la? — sugeriu Hank, apontando a arma para Michelle.

— Faça isso — disse Michelle, a voz firme; não estava mais gaguejando. — Me mate, seu merda frouxo.

Ela tinha o punho cerrado no fecho das calças. Sara podia ver uma bandagem ensanguentada e suturas rompidas na altura da virilha.

Tinham feito uma operação nela?

— Você ainda acha que é um cara legal — continuou Michelle. — O que o seu pai dirá quando descobrir quem você realmente é? Ouvi você falar sobre ele, sobre como é seu ídolo, como queria deixá-lo orgulhoso. Ele está doente. Vai morrer. No seu último suspiro ele saberá que tipo de monstro ajudou a trazer ao mundo.

Clinton riu.

— Porra, garota, falando assim eu fico pensando em quão apertada é a xota da sua filha.

Houve um movimento acima da cabeça de Sara. O braço de Hank girou, apontando a arma para Clinton.

Clique-clique-clique.

A arma travara.

— Seu filho da...

Clinton sacou a Glock.

Hank arrastou Michelle para o chão enquanto a arma disparava. Sara fechou os olhos. Permaneceu exatamente onde estava, sentada nos calcanhares, dedos entrelaçados atrás da cabeça, e esperou a bala.

Mas não atiraram nela.

Ela ouviu mais dois tiros em sequência rápida.

Abriu os olhos. Merle estava morto no chão. Vince/Vale fora ferido. Tombara da porta aberta do carro. Sangue escorria de um ferimento nas costelas.

Will atirara neles. Estava se virando para fazer o mesmo com Clinton quando o homem o derrubou no chão.

Sara se levantou para correr.

Foi jogada no chão de novo.

Hank passou o braço ao redor do pescoço dela. Estrangulada. Visão borrada. Ela enfiou as unhas na pele dele.

— Me solte! — berrou, mordendo, arranhando, chutando.

Ela viu um borrão escuro pelo canto do olho. O característico cano longo de uma Glock 22. Chamada de segura-homem porque sua munição calibre .40 derrubava um homem correndo.

Hank apontava a arma para o chão. O dedo estava sobre a guarda do gatilho, pronto para disparar se necessário.

Não foi necessário.

Clinton esmurrava a barriga de Will. Fígado. Baço. Pâncreas. Rins. Ele usava as mãos como um martelo para parti-los.

— Faça ele parar — suplicou Sara. — Ele vai matar...

A mão de Will cortou o rosto de Clinton. O canivete. A lâmina de dez centímetros era afiada como uma navalha. Sangue traçou uma linha no ar.

Clinton recuou.

Will o apunhalou na virilha.

Sara se levantou, mas Hank a impediu de correr. Seu braço estava firme ao redor da garganta dela. Continuava apontando a Glock para baixo, mas o dedo não saía do gatilho. Os músculos no antebraço dele pareciam cordas.

— Will — murmurou ela, o nome preso na garganta.

Ele tossiu sangue. Rolou para o lado. Abraçou a barriga, tentando se levantar, procurando o revólver.

— Você vai conosco ou eu atiro no peito dele — ameaçou Hank.

Um soluço dilacerou seu peito. Esticou a mão como se pudesse ajudá-lo.

As pernas de Will cederam enquanto ele tentava se levantar novamente. Vômito jorrou de sua boca. Sangue pingou de trás da cabeça. Ele ficou de joelhos, e depois desabou no chão.

Sara gritou, como se seu próprio corpo tivesse batido no chão.

— Doutora? — chamou Hank, finalmente erguendo a arma e apontando para Will.

Sara caminhou na direção da BMW. Mal conseguia ficar de pé. Seus joelhos fraquejavam. Will continuava se contorcendo no chão. Ela olhou para a rua. Sua mãe estava na calçada. Cathy tinha nas mãos uma escopeta, uma cano duplo antiga que fazia uns cinquenta anos estava acumulando poeira acima da lareira de Bella.

Sara balançou a cabeça, implorando que Cathy não se metesse.

Hank arrastou Michelle na direção da BMW e a jogou em cima de Vale para que ele tomasse conta. Depois foi até Will, a Glock ao lado do corpo.

— Você prometeu.

No momento em que disse as palavras Sara entendeu a estupidez de confiar em um assassino em massa.

— Você dirige — disse Vale, empurrando Sara para o banco do motorista. Pela porta do passageiro aberta, ela viu Will de quatro. Vômito e sangue pingavam de sua boca. Seus olhos estavam fechados. Suor escorria do rosto.

— Porra — murmurou Clinton, sentando no banco atrás de Sara. — Que merda. Vamos sumir daqui.

Sara observou, sem poder fazer nada, Hank preparar um chute. Ele ia acertar a cabeça de Will.

— Will! — gritou ela.

Ele agarrou a perna, jogando Hank na calçada. Não houve luta. Will montou nele. Começou a esmurrar seu rosto; golpes rápidos, furiosos, metódicos.

— Deixa ele! — berrou Clinton.

Vale se esforçou para levar a mão às costas, buscando o revólver enfiado na cintura da calça. Estava em pânico com o ferimento na costela, a camisa encharcada de sangue.

— Eu mandei deixar ele, porra! — repetiu Clinton, apontando a Glock para a cabeça de Vale. — Agora!

— Jesus Cristo, Carter! — exclamou Vale, se sentando no banco do passageiro do carro enquanto falava. — Não podemos deixar Hurley.

Clinton. Hank. Vince.

Carter. Hurley. Vale.

— Dirija! — disse ele, a Glock batendo na lateral do crânio de Sara. — Vai!

Ela engrenou o carro. Manobrou para sair. Viu Will no retrovisor lateral. Merle estava morto no chão. Ele continuava em cima de Hank ou Hurley, ou que merda fosse aquele homem.

Mata ele, Sara pensou. *Esmurra esse homem até a morte.*

A escopeta disparou. Cathy apontara para os pneus, mas atingiu o painel traseiro.

— Porra! — berrou Vale. — Que merda, Carter!

— Cala a boca! — retrucou Carter, socando o banco de Sara. Sangue pingava do corte em sua testa. O canivete de Will ainda estava fincado na coxa dele. — Pegue à direita! Pegue à direita!

Sara virou à direita. O coração batia tão forte que ela se sentia tonta. Tinha um nó na barriga. Sentia a bexiga muito apertada. Vale estava sentado ao lado dela. Carter logo atrás, ombro a ombro com Michelle. Dwight, apagado no banco atrás de Vale, mas a qualquer momento podia acordar. Ela acabara presa com aqueles monstros. Seu único consolo era que Will ainda estava vivo.

— Porra! — exclamou Vale, esfregando o rosto com as mãos. A adrenalina estava passando. O corpo registrava o choque do ferimento a bala. A respiração começava a falhar, ele estava ofegante e em pânico. — Ele me acertou no peito, irmão! Eu não consigo... Eu não consigo respirar!

— Cala a boca, seu viadinho.

Uma viatura da polícia de Atlanta ia na direção deles, luzes piscando e sirene soando. Sara rezou que o carro parasse, mas passou em disparada, sacudindo a BMW.

— Entre à esquerda! — disse Carter, em um tom tão agudo quanto a sirene. — Aqui! À esquerda!

Ela entrou na Oakdale. Os olhos de Sara acompanharam a viatura até onde pôde. As luzes de freio brilharam vermelhas quando ela entrou na Lullwater. *Na direção de Will.*

— Eu posso sentir o ar escapando! — disse Vale, aterrorizado. Ele era capaz de detonar bombas dentro de um hospital, mas choramingava por causa de um buraco nas costelas. — Me ajude! O que eu faço?

Sara não disse nada. Estava pensando em Will. Costelas machucadas. Esterno fraturado. Caso o baço tivesse rompido ele poderia ter uma hemorragia no abdômen. Será que ela tinha se sacrificado apenas para deixá-lo morrendo na rua? E aquele homem, aquela criança chorona, queria a sua ajuda?

— Você é médica! — implorou Vale. — Me ajude!

Sara nunca na vida sentira tão pouca empatia por outro ser humano.

— Feche o ferimento — falou ela, entre dentes.

Vale levantou a camisa, a mão trêmula enquanto tentava cobrir o buraco.

— Enfie o dedo — disse Sara, mas de nada adiantaria, porque a cavidade torácica estava se enchendo de sangue.

A cada respiração ele injetava mais ar no espaço pleural, que pressionava o pulmão perfurado, acelerando o processo de falência do órgão. Acabaria aumentando a pressão no outro pulmão, no coração e nas veias, fazendo com que também entrassem em falência.

Sua única preocupação era que ia demorar demais até que ele morresse.

— Jesus! — guinchou Vale.

O idiota realmente enfiara o dedo no buraco. A dor lhe tirou o fôlego. De tão arregalados, dava para ver o branco dos olhos dele. Graças aos céus, era tanta agonia que ele não conseguia reclamar.

Mas não era com Vale que ela tinha que se preocupar. Carter estava com raiva, concentrado e preparado para fazer o que fosse necessário para tirá-los dali. Sara tinha consciência de que a qualquer momento ele podia se virar e agarrar o pescoço dela.

Ela olhou a hora.

Catorze horas e quatro minutos.

A hora crítica já estava correndo no relógio de Will. Hemorragia interna poderia ser reversível por meio de cirurgia, mas em quanto tempo conseguiriam arrumar um cirurgião? Ele precisaria ser levado de helicóptero a uma unidade de trauma. Quem o levaria? Todos os policiais na vizinhança estariam cuidando da explosão.

Duas bombas detonadas no campus. Ela não podia pensar naquilo. Não iria pensar naquilo. Só o que importava era Will.

— Ultrapasse eles! — berrou Carter. — Vá para a outra pista!

Sara entrou na contramão. Pneus cantaram. Dois carros se chocaram. Vale berrou novamente. Sara pisou no acelerador. Eles estavam se aproximando da Ponce de Leon.

— Ultrapasse o sinal!

Sara colocou o cinto de segurança. Ultrapassou o sinal. Buzinas soaram. Os pneus saíram do chão enquanto ela tentava controlar o volante.

E... *Por quê?*

Bater o carro em uma árvore. Em um poste telefônico. Uma casa. Sara tinha airbag no volante. Cinto de segurança. Não tinha um buraco no pulmão nem uma faca cravada da perna ou uma bala no ombro.

Michelle.

A mulher estava sentada no meio do banco de trás. Com o impacto ela seria arremessada pelo para-brisas. Poderia quebrar o pescoço. Estilhaços de vidro e metal poderiam perfurar uma artéria. Um carro passaria por cima dela antes que tivesse chance de sair correndo.

Faça isso, Michelle desafiara Hank, encarando o buraco negro de uma arma. *Me mata, seu merda frouxo.*

À frente a rua fazia uma curva fechada.

Sara seguiria em linha reta. Jogaria o carro na casa de tijolos logo depois do sinal vermelho.

Will estava bem. Ele entendia por que Sara dissera a eles que a matassem. Sabia que nada daquilo era culpa dele.

Seus ombros relaxaram. Sua cabeça clareou. A calma dentro do seu corpo lhe disse que aquela era a coisa certa a fazer.

A curva estava se aproximando. Cinquenta metros. Trinta. Sara pisou no acelerador. Segurou firme o volante. Tentou mais uma vez ver Michelle pelo retrovisor.

Os olhos da mulher estavam arregalados. Ela estava chorando. Aterrorizada.

No último instante Sara virou o volante à direita, depois à esquerda, fazendo a curva fechada em duas rodas. O carro assentou no chão. Ela passou por duas placas que diziam "pare". Tirou um pouco o pé do acelerador. Tentou encontrar Michelle novamente, mas a mulher erguera as pernas e enfiara a cabeça entre os joelhos.

— Po-porra.

O nariz de Vale assoviou enquanto ele tentava levar ar aos seus pulmões em frangalhos. Ele tinha visto o que Sara ia fazer, mas tinha sido incapaz de impedi-la.

— Devagar — murmurou Carter, distraído. — Cacete, Jesus, minhas bolas estão queimando — disse, e socou o encosto do banco de Sara. — Você é a médica. Diga o que eu devo fazer.

Sara não conseguiu falar. Era como se a garganta estivesse cheia de algodão. Onde estava a sua determinação anterior? Por que se importava com o que aconteceria a Michelle? Tinha que começar a pensar em si... Em como ia sair daquilo, se seria tentando uma fuga ou controlando a própria morte.

— Vamos lá! — cobrou Carter, socando o banco de novo. — Diga o que devo fazer.

Sara levou a mão ao retrovisor. As mãos tremiam tanto que ela mal conseguia ajustar o ângulo certo. O reflexo mostrou o ferimento de Carter. O canivete estava enfiado na parte interna da coxa direita, só o punho para fora. Will cravara a lâmina em um ângulo ascendente. O músculo a mantinha no lugar.

Artéria femoral, veia femoral. Nervo genitofemoral.

Sara tentou pigarrear. A língua era grossa em sua boca. Ela sentia gosto de bile.

— A faca está pressionando um nervo. Tire-a.

Carter não era idiota. A lâmina também podia estar bloqueando uma ruptura na artéria.

— Que tal eu usá-la para cortar o seu rosto? Vire à direita, depois à esquerda no sinal.

Sara pegou a direita na placa que dizia "pare". O sinal estava verde quando ela entrou na Moreland Avenue. Little Five Points. Havia poucos carros na rua. Os estacionamentos em frente às lojas e aos restaurantes tinham vagas.

As pessoas provavelmente haviam sido orientadas a se abrigar. Ou estavam em casa acompanhando o noticiário. Ou a polícia estabelecera uma barreira apertada ao redor do hospital — tão apertada que a BMW conseguira sair do limite antes que eles tivessem tempo de colocar o plano em prática.

— Desligue esse maldito barulho — disse Carter.

O apito do cinto de segurança. Sara não tinha notado o alarme indicando que o cinto havia sido mal colocado, mas depois que Carter chamou atenção para isso ela não conseguia pensar em outra coisa.

Vale não tentou parar o barulho. Ele fechou os olhos. Os lábios estavam apertados. O dedo continuava dentro do buraco. Cada solavanco, cada curva devia ser uma tortura para ele.

Sara procurou buracos na rua.

— Desligue isso! — berrou Carter. — Dê uma ajuda, maldição!

Michelle enfiou a mão no espaço entre os bancos. Seus movimentos eram lentos, dolorosos. O sangue em suas mãos secara e virara uma película vinho. Ela começou a puxar o cinto sobre o colo de Vale. A mão pairou a alguns centímetros da trava.

A arma dele estava na cintura do jeans.

O corpo de Sara enrijeceu. Ela rezou que Michelle pegasse a arma e começasse a atirar.

A trava estalou. O apito parou. Michelle recostou-se de novo no assento.

Sara baixou o olhar para o colo de Vale.

Seu coração se desfez em um milhão de pedaços.

Michelle posicionara o revólver na barriga dele.

Por quê?

— Irmão? — chamou Carter, soando nervoso e inseguro. — Eu devo usar o telefone?

Vale não respondeu. Seus dentes tilintavam.

— Irmão? — gritou Carter, chutando o encosto do banco.

Vale berrou.

— Não! — respondeu, e agarrou a barra de apoio junto à porta. Sibilou, entre os dentes: — Ordens. Não podemos...

Ele foi interrompido por um espasmo de dor.

— Porra — disse Carter, limpando sangue dos olhos. Falou para Sara: — Continue. Até a interestadual.

Estavam indo para a 285. Iam contornar o perímetro da cidade. A direção não parecia arbitrária. Se aqueles homens fossem mesmo policiais ou militares, teriam um plano B — outro carro de fuga, um ponto de encontro, um esconderijo onde ficar até que as coisas esfriassem.

Sara tentou focar em uma maneira de parar o carro antes que chegassem à interestadual. A viatura da polícia de Atlanta que ela vira entrar à esquerda na Lullwater era a sua única esperança. Caso Will não fosse capaz, Cathy daria os detalhes ao policial. Ele chamaria o comando, que dispararia um alerta para todos os telefones e computadores em três estados.

Três suspeitos de terrorismo doméstico. Fortemente armados. Duas reféns.

A BMW era totalmente equipada. Rádio por satélite. Navegação por GPS. Havia um botão de SOS acima do retrovisor. Nunca tinha sido usado. Sara sabia que era parte do sistema de assistência rodoviária por telemetria, mas o aparelho enviaria um sinal silencioso ou soltaria pelos alto-falantes uma voz humana real perguntando como poderia ajudar?

— Dash? — chamou Carter, tentando acordar o homem no banco de trás. Não Dwight.

Dash.

— Cara, acorde — chamou, passando o braço sobre Michelle para dar tapinhas na face do homem, tentando despertá-lo. — Vamos lá. Acorde.

Os lábios de Dash se moveram. Ele começou a murmurar. Sara ajustou o espelho novamente. Podia ver os olhos dele se movendo de um lado para outro sob as pálpebras.

Estudou a rua novamente, mas não em busca de buracos. Quanto mais se afastavam de Emory, mais carros havia na rua. Será que poderia piscar os faróis? Deveria dirigir de forma errática? Será que alguma dessas coisas colocaria em perigo qualquer um que tentasse ajudar?

— Por que ele não está acordando? — perguntou Carter, virando a cabeça de Dash de um lado para outro. — Vale, pegue aquela bolsa de primeiros socorros no porta-luvas.

Vale não se moveu, mas Sara viu que a chave ainda estava na fechadura.

A arma.

— Dash! — berrou Carter, dando um tapa no rosto dele. — Que merda!

— Ele precisa de um hospital — disse Sara, desviando os olhos da chave. — Eu só tenho Band-aids e desinfetante.

— Porra! — exclamou Carter, batendo no encosto do banco dela. — Dash, vamos lá, irmão.

Sara pigarreou novamente. Apertou o peito. Seu coração batia rápido como um cronômetro.

Pense-pense-pense-pense.

— Ele está apagado há quase quinze minutos — disse ela para Carter. — Provavelmente está em coma. — Outra mentira. O cérebro dele claramente estava tentando reiniciar. — Deveríamos deixá-lo perto de um quartel dos bombeiros para que prestem socorro.

— Merda. Esse aqui é o Dash. Não vamos deixá-lo em lugar nenhum — respondeu Carter, esticando a mão sobre Michelle novamente.

— Não! — gritou a mulher.

Ela desviou, passando por cima do banco para o compartimento de carga. Seus ombros estavam pressionados contra o vidro. Braços estendidos. Olhou para Sara com um pânico selvagem nos olhos.

Sara a analisou pelo retrovisor, e depois voltou os olhos para a direita.

Sua bolsa médica estava na mala.

Bisturis. Agulhas. Sedativos.

Michelle rompeu o contato visual. Ela desmoronou. Pernas coladas no peito. Cabeça apoiada nos joelhos.

— O que há de errado com ele? — perguntou Carter, estalando os dedos diante do rosto de Dash.

As pálpebras do homem se abriram, mas ele não estava reagindo.

— Dash? Vamos lá, irmão. Acorde.

Sara olhou o relógio.

Catorze horas e oito minutos.

Cathy cuidaria de Will. Garantiria que fosse levado ao hospital. Faria perguntas aos médicos. Estaria lá quando ele acordasse da cirurgia. Ela o defenderia da mesma forma que tinha feito com Jeffrey.

Não é mesmo?

— Doutora?

Sara olhou pelo espelho. Michelle estava falando com ela.

— Cuide dele — disse Michelle. — Dash não é... Ele é mau, mas não como...

— Cale a porra dessa boca — ameaçou Carter.

A única coisa que o impedia de saltar por cima do banco era a faca em sua perna.

Olhe para a direita, Sara suplicou silenciosamente à mulher. *Abra a bolsa preta.*

Michelle encarou Sara pelo espelho. Balançou a cabeça uma vez. Ela sabia da bolsa. Não ia fazer nada.

O coração de Sara murchou. Ela estava sozinha.

— Ei — chamou Carter, estapeando Dash com tanta força que o barulho ressoou no carro. — Vagabunda, me diga o que fazer.

Sara teve que engolir o sofrimento.

— Ele precisa de um estímulo.

O comparsa o estapeou novamente.

— Eu estou estimulando ele, porra.

— Enfie o dedo no buraco de bala no ombro dele.

— É, isso está dando muito certo.

Sara estudou Vale friamente. Seu chiado se tornara esporádico. Os lábios estavam azulados. As narinas abriam e fechavam enquanto ele tentava desesperadamente levar ar para seus pulmões que murchavam.

— Ei — chamou Carter. — Acho que ele está acordando.

As pálpebras de Dash começaram a ter espasmos. Subiu um ronco do fundo de sua garganta. Ele ergueu as mãos, a direita mais alta que a esquerda, dedos abertos, como uma marionete.

— O que ele está fazendo? — perguntou Carter, assustado.

Sara ficou em silêncio. Tentou encontrar Michelle novamente, mas a mulher voltara a se encolher.

— O que há de errado com ele? — insistiu Carter.

Os olhos de Dash estavam abertos. O rugido em sua garganta se transformou em um murmúrio. Ele piscou uma vez. Duas. Lentamente, estudou os passageiros ao redor dele. Michelle, Carter. Vale. Olhou para Sara, confuso.

— Quem *ié*? — perguntou, a fala pastosa. — *Iela*. Quem *ié*...

— Nós pe-pegamos uma médica — respondeu Carter, gaguejando. Ele claramente estava com medo, o que significava que Dash era importante. — Perdemos Hurley e Morgan.

— O que... — tentou Dash. — O q...

— Nós arrumamos uma médica — repetiu Carter, sem responder à pergunta implícita. — Eu estou com a porra de uma faca na virilha. Vale não parece nada bem também.

Dash piscou novamente. Ainda estava desorientado, mas se recuperando.

— As pupilas dele estão fixas — mentiu Sara. — Provavelmente está com um sangramento dentro do crânio. Um aneurisma ou...

— Porra — disse Carter, limpando suor do rosto. Estudou a lateral da rua.

— O que aconteceu? — perguntou Dash, depois de pigarrear. — Quem é ela?

— Eu falei... — começou Carter, mas desistiu. Perguntou a Sara: — O que há de errado com ele?

— Amnésia pós-traumática — disse ela, e pensou em um modo de convencê-lo, por meio do medo, a deixar Dash na beira da rua. — É um sinal de lesão cerebral profunda. Precisamos deixá-lo em um hospital.

— Merda-merda-merda.

Dash levou a mão ao rosto. Tocou a bochecha com os dedos. Apertou os olhos com força. Devia estar nauseado, desorientado. Mas estava voltando a si. Ela percebeu pelos movimentos controlados. Pelo olhar se concentrando em pontos fixos.

— Porra — disse Carter, olhando pelo para-brisa. — Nem pense em acenar para o cara.

Havia uma única viatura vindo na direção oposta. Sara prendeu a respiração, esperando que o policial reconhecesse a BMW de algum alerta no sistema.

Dash enfiou a mão desajeitadamente entre os bancos e a repousou no braço dela.

— Fique calma, moça.

A voz dele era suave, mas a autoridade era clara. Vale era o chorão. Carter era o esquentado. Dash era o homem a que todos eles obedeciam.

Sara viu a patrulha desaparecer no retrovisor. Sem luzes de freio. Ele não estava desacelerando. Havia um leitor de placas montado na frente e um na traseira do carro. O sistema teria identificado a placa.

O que significava que a BMW não estava no sistema.

— Carter — chamou Dash, fazendo uma careta ao se recostar. Acordado, ele parecia mais velho. Rugas finas ao redor dos olhos. — Aquela bala ainda está no meu ombro?

— Sim. Mas não está escorrendo tanto sangue.

— Bem, isso pode ser uma coisa boa ou uma coisa ruim — falou ele, pronunciando cuidadosamente cada palavra. Não estava cem por cento, mas tentava passar essa impressão. — Não é verdade, doutora?

Ela não respondeu. O ombro era basicamente osso e cartilagem. A bala estava em brasa ao entrar, cauterizando o tecido.

Para o azar de Sara. E sorte de Dash.

Ele gemeu ao cruzar a perna sobre o joelho.

— Carter, use meu cadarço para prender a faca à sua perna. Você não quer que isso aí piore. Um nó *snake lanyard* de paracord.

Carter começou a desamarrar a bota.

— Doutora, precisamos de cuidados médicos — disse Dash. — Todos nós.

— Eu sou pediatra — disse Sara, o que era, tecnicamente, verdade. Também era legista e fazia perícia de cenas de crime. — Nos sou cirurgiã. Esses são quadros médicos graves.

— São mexmo — respondeu Dash, perdendo novamente o controle das palavras.

Os olhos se enchiam de lágrimas. A luz do sol era um estímulo excessivo. Ele claramente sofrera uma concussão. Sara não tinha ideia da gravidade. Cada cérebro reagia de um jeito a um trauma.

Dash pigarreou. Esfregou os olhos com os dedos.

— Carter, já parou para pensar que estamos em um veículo roubado com um sistema de GPS que pode ser rastreado?

Carter estava concentrado em dar o nó.

— Não tínhamos muitas opções. Precisávamos sair de lá. Certo, Vale?

Vale murmurou um não como resposta. O indicador ainda estava enfiado lá no fundo do buraco nas costelas. A outra mão segurava a barra de apoio. Sara estudou o revólver preso sob o cinto de segurança. As mãos de Carter estavam ocupadas amarrando a faca. Os reflexos de Dash estavam prejudicados. Ela poderia...

— Moça — chamou Dash, colocando a mão em um dos ombros de Sara. — Siga aquela van, por favor.

Uma van branca estava entrando em uma boate de strip na periferia de Moreland. A placa do lado de fora mostrava uma mulher seminua ao lado das palavras Club Shady Lady. Picapes comerciais estavam estacionadas nas vagas. A van branca freou, depois virou à direita atrás do prédio. Tinha na lateral um logotipo da batata Lay's.

— Ah, que sorte — disse Dash. — Vá em frente.

Sara entrou devagar no beco estreito. Virou novamente. O prédio ficava à direita, um bosque de árvores denso, à esquerda. Não havia como ela esticar a mão, destrancar o porta-luvas e pegar a arma de Will sem levar um tiro. Ela poderia abrir a porta e se jogar para fora. Carter não conseguiria caçá-la com a faca na perna. Vale estava aterrorizado demais para se mover. Dash não estava em condições de persegui-la.

Será que Michelle ajudaria? Ou ficaria simplesmente esperando que as coisas ruins acontecessem?

A van branca estacionou ao lado da entrada de serviço. O entregador saltou. Lançou um olhar rápido para eles enquanto abria as portas e começava a tirar caixas.

— Pare aqui — ordenou Dash.

Sara puxou o freio de mão. A música que vinha da boate era tão alta que ela conseguia senti-la pulsando no peito.

Fixou o olhar novamente no porta-luvas.

— Vale — chamou Dash. — Será que você poderia pegar para mim o que quer que esteja naquele porta-luvas em que nossa amiga parece tão interessada?

Sara olhou pela janela para as árvores. Ouviu a tranca ser aberta. O arquejo de choque de Vale ao ver a arma de serviço de Will.

Dash pegou, agradecendo.

— Obrigado, senhor.

Sara fechou os olhos. Começou a pensar nos itens de segurança da BMW. As portas travavam automaticamente quando o carro chegava a 25 quilômetros por hora. A trava precisava ser puxada duas vezes para abrir. Será que ela conseguiria fazer isso rápido o bastante para escapar?

Dash pareceu se dar conta de algo.

— Onde estão Hurley e Monroe?

— Mortos — respondeu Carter. — Tivemos que deixá-los. O maldito sujeito saiu do nada. Era como socar um saco de pedras.

Sara o observou pelo retrovisor. Estava de cabeça baixa. Ainda dando o nó.

Dash se virou para Sara.

— O que está acontecendo com o nosso amigo no banco da frente?

— Não tenho o equipamento certo para o diagnóstico — respondeu ela, insinuando que era necessário. — Meu palpite é falência pulmonar.

— Mais uma vez me perdoe — continuou Dash —, mas você não poderia colocar algum tubo e ajudar a levar ar ao pulmão?

Sara não sabia se aquilo era um teste. Papel-filme provavelmente ajudaria a fechar o ferimento, e ela tinha uma agulha na bolsa médica que poderia reduzir a tensão.

Ela decidiu responder à pergunta com uma pergunta:

— Você colocaria um tubo em um pneu vazio para enchê-lo?

Vale sugou um pouco de ar por entre os dentes. Estava tentando resistir. Continuava com o dedo inutilmente enfiado no buraco nas costelas. Ela quis mandá-lo enfiar mais fundo. Se ele não morresse com o choque, morreria de infecção.

— Nós deveríamos ser apresentados — disse Dash. — Como devo chamá-la?

— Sara — respondeu, observando o motorista da van branca.

Ele estava fazendo seu trabalho, empilhando caixas em um carrinho, conferindo o pedido no tablet.

— Sobrenome?

Sara hesitou. Ele não estava perguntando para ser sociável. Poderia pesquisar sobre ela na internet. Sara constava no site da AIG como agente especial incorporada ao escritório do legista. Havia uma grande diferença entre sequestrar uma pediatra e sequestrar uma funcionária do governo.

— Earnshaw — disse, dando o nome de solteira da mãe.

Dash anuiu. Ela viu que ele sabia que era mentira.

— Tem filhos?

— Dois.

— Certo, dra. Sara Earnshaw. Sei que você não quer estar aqui, mas nos conceda seus serviços de chofer um pouco mais e a devolveremos a seu marido e seus filhos.

Sara mordeu os lábios. Assentiu. Também viu que ele estava mentindo.

Dash abriu a porta do carro. Os graves pulsantes da música da boate vibraram em seus tímpanos.

Ele ergueu a mão para bloquear o sol.

— Michelle, preciso que se junte a mim — chamou ele, virando-se para trás.

A outra mulher deslizou obedientemente pelo banco de trás. Encolheu-se para longe de Carter. Evitou o olhar questionador de Sara. As calças ainda estavam abertas quando ela saltou do carro. O cascalho devia estar machucando seus pés descalços, mas ela não teve reação.

Como a destruíram de um jeito tão irreparável?

— Vamos — disse Dash, indicando que Michelle deveria caminhar na direção da van.

Ele enfiara a mão por entre os botões da camisa, criando uma espécie de tipoia. A bala não atingira o úmero. Havia danos ao músculo que causariam dor quando se movesse, mas não impediriam o movimento.

— O que ele está fazendo? — murmurou Carter.

Sara sabia o que ele estava fazendo, mesmo rezando para que não acontecesse.

O entregador saiu do prédio. O carrinho estava vazio. Ficou de costas para eles enquanto fechava a porta de serviço. Dash levou a mão ao coldre e sacou a arma de Will. O entregador se virou, e esse foi o último movimento voluntário que seu corpo fez.

Dash atirou duas vezes no rosto dele.

Sara observou a porta fechada nos fundos do prédio. Ninguém saiu. Não tinham escutado os tiros por causa da música. Ou tinham escutado, mas em bairros como aquele tiros não eram incomuns.

— Se você contar a ele o que aconteceu lá eu farei com que se arrependa — disse Carter.

Sara olhou pelo retrovisor.

— Que você abandonou Hurley ou que seu *irmão* Hurley tentou matar você?

Os olhos de Carter se deslocaram para a frente. Observou em silêncio Dash e Michelle colocarem o corpo do entregador dentro da van.

— Acho que levará menos de dez minutos para eu fazer você engolir esse seu mau comportamento — disse Carter.

Sara sentiu um nó na garganta. Olhou para os dedos agarrados ao volante. Ela transferira sangue do ombro de Dash para o couro. Também devia ter sangue de Merle misturado ali. Ela tocara no ferimento da cabeça dele no local do acidente. A perna de Carter provavelmente sangrara no banco de trás do seu carro. Vale fornecera seu próprio DNA na frente.

— Aproveite esse calor que está sentindo no saco — disse ela, encarando Carter pelo retrovisor. — Assim que essa faca for retirada, será a última vez que você sentirá seu escroto.

Vale chiou forte ao inspirar.

— Ca... Cale a boca... — falou, apontando o revólver para Sara. A mão estava firme. — Dê a vo-volta... Pela frente... Do ca-carro.

Sara levou a mão à maçaneta. Viu a hora no relógio.

Catorze horas e dezessete minutos.

Não puxou a maçaneta.

Seu Apple Watch.

A porta de trás se abriu. Carter deslizou para fora do carro, tomando cuidado para não esbarrar na faca. Fechou a porta. Ficou de pé do lado de fora, esperando.

Sara repassou rapidamente as opções enquanto puxava a maçaneta duas vezes, devagar. O relógio tinha celular e GPS. Ela poderia dar um telefonema, mas o falante reproduziria a voz. Mandar uma mensagem exigiria muita destreza. Havia um aplicativo de walkie-talkie, mas ela teria de tocar no ícone, rolar até a pessoa certa e apertar o botão amarelo por tempo suficiente para transmitir a mensagem.

Ela saltou do carro. Moveu-se lentamente, tentando ganhar tempo.

— Dê a volta pela frente do veículo e ajude Vale — mandou Carter, mostrando a Glock, como se ela tivesse esquecido. — Não tente uma gracinha ou enfio uma bala na sua cabeça.

Sara tentou embromar.

— Você deveria deixá-lo. Ele vai morrer mesmo.

— Não deixamos homens para trás.

— Hurley sabe disso?

Ele a socou na barriga. A dor foi uma explosão dentro do seu corpo. Sara se dobrou ao meio. Caiu de joelhos. A cabeça começou a girar. Não conseguia respirar.

— Levanta, vagabunda.

Sara colou a testa no chão. Saliva pingou de sua boca. As mãos tinham ido automaticamente para a barriga. Os músculos sofreram espasmos. Piscou e abriu os olhos. A tela do relógio brilhava. Ela apertou o botão do walkie-talkie. Faith era o primeiro nome da lista. Apertou o círculo amarelo e falou.

— Carter, você... Você realmente acha que a polícia não vai ver uma van branca de batata frita na 285?

— Isso não é problema seu.

Cascalho esmagado sob pneus. A van parara ao lado.

Sara ergueu a cabeça. O mundo virou de lado. Ela mal conseguiu ficar de pé. A dor na barriga a obrigou a caminhar curvada. Tentou não pensar em Will passando por um sofrimento parecido, só que pior. Precisou se apoiar no carro enquanto dava a volta.

Vale já tinha aberto a porta. Os lábios pareciam feridos. As pálpebras caídas. Ele estava entrando em colapso mais rápido do que ela esperara.

— Me dê — disse Carter, tomando o revólver de Vale.

Sara não teve escolha a não ser ajudar a tirar o homem ferido do carro. Vale passou o braço sobre o ombro dela. O outro ainda estava sobre o peito, o dedo enfiado no ferimento de bala.

— Rápido — disse Carter, brandindo a arma para que ela se movesse.

Vale tentou se erguer com as próprias pernas. Ele era musculoso, muito mais pesado do que parecia. Sara deu um passo para o lado quando ele esperava um passo para a frente. Ela instintivamente tentou impedir que ele caísse, mas não conseguiu se mover rápido o bastante.

Vale caiu de costas. Perdeu o pouco fôlego que tinha. Arfou, tentando respirar. Os olhos ficaram agitados.

Sara caiu de joelhos novamente. Estava cagando para Vale. Não queria levar outro soco. Fingiu examiná-lo, olhando as pupilas, levando o ouvido ao coração. A camisa estava levantada. Sangue escorria em um fluxo constante do ferimento a bala. Vermelho vivo, não sangue venal, mas arterial. A bala penetrara pela axila, onde havia um acúmulo de nervos e artérias.

85

Dash estava fora da van. Ajudou Vale a se sentar e falou para Sara:

— Pode dar uma mãozinha ao meu amigo, por gentileza?

Havia algo bizarramente convincente em seu tom educado e calmo. Ele não estava transtornado de pânico como o parceiro ferido, nem cego pela raiva como Carter. Dash pareceu ser o tipo de pessoa capaz de brandir sua raiva como uma espada. E, se isso acontecesse, ela não queria estar do outro lado da lâmina.

Junto com Dash, Sara usou o ombro para colocar Vale de pé. Eles o levaram à van, e o homem conseguiu engatinhar sozinho para os fundos.

Sara sentiu a mão de Dash em seu ombro.

— Vamos, por favor, tirar isso, moça.

Ele reparara no relógio.

Sara virou o mostrador para baixo enquanto soltava a pulseira e, em vez de entregar o aparelho a Dash, ela o jogou no bosque.

— Obrigado — disse ele, como se aquilo fosse exatamente o que ele queria.

Fez um gesto para Michelle. Não precisou dar nenhuma instrução. Ela silenciosamente ajudou a transferir o entregador da van para a BMW.

Por que ela era tão submissa?

— Vou acabar com sua vida — sussurrou Carter para Sara.

Entrou na van de bunda, arrastando a perna ferida.

A porta do motorista foi fechada. Michelle colocou o cinto de segurança. Ligou a ignição. Colocou as duas mãos no volante e olhou para a frente, esperando que lhe dissessem o que fazer a seguir.

Por quê?

— Só preciso de mais três segundos.

Dash conseguira abrir a tampa do tanque de combustível da BMW. Tirou do bolso um sinalizador de emergência. Torceu a ponta, que era como uma cabeça de fósforo gigante. Faíscas brancas dispararam.

— Talvez você queira se apressar.

Sara entrou na traseira da van. A última coisa que viu antes de fechar a porta de correr foi o líder enfiando a chama na boca do tanque de gasolina.

Ele saltou para o banco da frente.

— Vai.

Michelle pisou no acelerador. A van deu um pulo. Eles fizeram uma curva fechada ao redor do prédio.

Gasolina queimava, mas apenas o vapor podia causar uma explosão. Dash calculara direito. Eles estavam a quase cinquenta metros quando a onda de choque da explosão atingiu a van.

Se a polícia encontrasse a BMW todas as pistas forenses estariam queimadas. O sangue no volante. O sangue nos bancos. O corpo do entregador. *Tudo perdido.*

— Merda — murmurou Carter. — Merda-merda-merda.

A faca mudara de posição a despeito dos esforços dele. Apertando a virilha, ele olhou para Sara, desamparado.

Ela desviou os olhos.

— Vocês estão bem, irmãos? — perguntou Dash.

— Sim — murmurou Vale.

— Pra cacete — disse Carter, embora a voz fosse rouca.

Sara escutou o zumbido constante dos pneus na estrada. Enfiou a mão no bolso vazio. Usou o polegar para limpar metodicamente a sujeira debaixo das unhas.

Ela coçara as costas de Vale quando ele caíra, abrindo feridas em sua pele.

No local da batida dos carros, ela tocara o ferimento na cabeça de Merle e limpara os dedos no short. Correra a palma da mão sobre o ombro ferido de Dash. Transferira o sangue de Hurley do banco de trás do Malibu. Iria colocar a mão na poça do sangue que escorria da perna de Carter quando eles finalmente a arrastassem para fora da van.

Sara conhecia as estatísticas. Estava sendo levada para um segundo local. Estatisticamente suas chances de sobrevivência haviam sido reduzidas para cerca de doze por cento.

Ela não ia terminar como Michelle Spivey — viva, mas não viva.

Custe o que custasse, ela ia obrigar aqueles homens a matá-la. Sua única missão até lá era levar consigo um pedaço de cada um.

Sara queria dar algum conforto à sua família. Queria que Will se vingasse.

Seu próprio suor estava no short sem precisar de esforço. As células epiteliais de Vale estavam no bolso. O sangue de Merle viria de sua mão. O sangue de Dash. Mais tarde o de Carter.

O DNA deles ligaria os cinco homens a Sara de modo conclusivo quando seu corpo fosse encontrado.

CAPÍTULO CINCO

Domingo, 4 de agosto, 14h01

— **P**ARA ONDE ESTÃO LEVANDO ELA? — perguntou Will, agarrando Hank pela camisa e o sacudindo violentamente. — Diga para onde, porra!

Hank ergueu os olhos na massa ensanguentada que era seu rosto. Seus dentes estavam quebrados. O nariz estava virado para um lado. O maxilar estava torto.

Will pegou o revólver na calçada. Puxou o percussor. Mirou.

— Não atire nele! — berrou Cathy.

Will sentiu o mesmo arrepio de reconhecimento. A voz de Sara, mas não a voz dela.

— Levaram ela! — disse Cathy, agarrando a escopeta com as duas mãos, soluçando de dor. — Você deixou que eles roubassem minha filha!

Os olhos dele começaram a se encher de lágrimas. Teve que apertar os olhos à luz do sol.

— Foi culpa sua! — continuou Cathy, encarando Will. Olhando no fundo dos olhos dele. — Meu genro nunca teria deixado isso acontecer.

As palavras dela doeram mais do que qualquer surra que Will já havia levado. Desengatilhou o percussor. Limpou a boca com as costas da mão. Silenciou parte do seu cérebro que entendia que Cathy estava certa.

Soou uma sirene. Uma viatura da polícia de Atlanta parou cantando pneus a dez metros.

Will jogou o revólver na calçada. Ergueu as mãos e falou para Cathy:

— Baixe a...

— Baixe a arma! — gritou o policial, apoiando a arma na porta aberta da patrulha. — Agora!

Cathy colocou a arma aos seus pés lentamente.

Ergueu as mãos.

— Eu sou da AIG — disse Will, lutando para manter um tom equilibrado. — Este é um dos que colocaram as bombas. Ele tinha uma equipe. Eles sequestraram uma mu...

— Onde está a sua identificação?

— Estou sem a minha carteira. O número do meu distintivo é 398. Uma mulher foi... — Mas foi obrigado a parar. Vômito subira até a garganta. Ele botou para fora. — Uma mulher foi sequestrada. BMW prata. Placa... — Will tentou, mas não conseguiu se lembrar do número. Seu cérebro parecia um balão tentando flutuar para longe. — BMW X5 Hybrid. Há mais quatro homens. Três.

Porra.

Will teve que fechar os olhos para fazer o mundo parar de girar. Três homens? Quatro? O corpo morto de Merle estava entre ele e o policial. Hank havia perdido os sentidos.

— Três homens. Faça uma chamada. BMW X5. Uma mu... Duas mulheres sequestradas.

— Os rádios estão congestionados — disse o policial, hesitante. Ele queria acreditar em Will. — Os telefones não dão sinal. Eu não consigo...

Will não tinha tempo para aquela merda.

Pegou Hank e o jogou no capô da viatura. Juntou os pulsos dele e os segurou com uma das mãos. Usou os pés para abrir as pernas dele. Revistou os bolsos do homem. Um celular. Dinheiro dobrado. Algumas moedas. Carteira de motorista e um cartão de seguro-saúde.

Will comparou a foto da carteira com o rosto de Hank. Viu as letrinhas do nome pularem feito pulgas sobre o fundo branco. Deu os dois ao policial.

— Estou sem meus óculos.

— Hurley — disse o policial, lendo a carteira. — Robert Jacob Hurley.

— Hurley — repetiu Will, e viu o buraco de bala na perna dele. Quis enfiar um lápis ali. — Ele vai sangrar até morrer. Temos que levá-lo ao hospital.

Will agarrou Hurley pelo colarinho. Tropeçou, e a rua se inclinou como um brinquedo em um parque de diversões.

— Você está... — começou o policial.

— Vamos — interrompeu Will, empurrando Hurley para o banco de trás e batendo a porta com tanta força que o carro sacudiu.

Will apoiou as mãos no teto. Fechou os olhos, tentando recuperar o equilíbrio. De repente teve consciência de todas as dores em seu corpo. Os nós dos dedos sangravam. Rios de sangue escorriam pelo seu pescoço. Não havia palavras para descrever o que acontecia no abdômen. Cada órgão parecia apertado por mil fitas elásticas. Suas costelas haviam se transformado em navalhas afiadas.

Will deu a volta no carro. A porta da frente estava do lado errado de um telescópio. Ele piscou. Procurou a maçaneta.

No minuto em que entrou o carro pulou para a frente.

Will não olhou para Cathy enquanto se afastavam.

Ela chamou seu nome.

Will.

A voz de Sara, mas não a voz dela.

— Acho que consegui — disse o policial, o telefone ao ouvido. — Está chamando.

— Uma mulher foi...

Will sentiu o estômago contrair. Inclinou-se para a frente e vomitou no tapete do carro. Voaram respingos para toda parte. Ele teve de limpar o rosto.

— Desculpe.

O policial baixou as janelas dianteiras.

Os olhos de Will começaram a se fechar. Ele sentia o corpo querendo desistir. Falou para o policial:

— BMW prata. Michelle Spivey estava com eles.

— Mi... — começou o policial, boquiaberto.

— Era uma equipe. Policiais. Militares.

— Merda. Parou de chamar — disse o policial, desligando o telefone e discando novamente.

A viatura pegou a pista vazia. Passou por Emory Village. Havia pessoas na calçada correndo na direção do hospital. Druid Hills estava cheia de médicos, técnicos e funcionários do CCD. Todos fazendo o que Will e Sara tentaram: chegar ao local do desastre o mais rápido possível.

A visão de Will se recusava a focar no relógio. Ele precisou de toda a concentração para que os números ficassem nítidos.

Catorze horas e seis minutos.

— Puta que pariu, finalmente — murmurou o policial. — Aqui é 3-2-9-9-4.

Will sentiu a bigorna ser retirada do seu peito. O chamado finalmente tinha sido feito.

— Preciso falar com o comandante. Estou com um dos suspeitos da bomba sob custódia. Tenho detalhes sobre...

— BMW X5 pr-prata — disse Will, ouvindo sua voz pastosa. — Três sux-peitos sequextraram duas mu... — Por mais que tentasse não conseguia passar a informação. A cabeça se recusava a ficar erguida. — Amanda Wagner. Você precisa fa... Dizer... Dizer a ela que levaram Sara. Diga a ela...

Ele foi obrigado a fechar os olhos por causa da luz do sol.

— Diga a ela que eu fiz merda.

As pálpebras de Will descolaram-se como algodão molhado. Ele sentiu como se agulhas estivessem sendo cravadas em suas pupilas. Lágrimas escorreram enquanto ele tentava a todo custo manter a consciência. Não houve momento de desorientação ou esquecimento. Ele se lembrava de tudo que acontecera e sabia exatamente onde estava.

Passou as pernas pela lateral da maca do hospital. Quase caiu no chão.

— Firme — disse Nate, o policial da viatura, que continuava com ele. — Você desmaiou. Está na emergência.

Will se esforçou para ouvi-lo em meio aos barulhos altos.

— Encontraram Sara?

— Ainda não.

— O carro? — insistiu Will. — Não encontraram o carro?

— Há uma grande busca em andamento. Vão encontrá-la.

Will não queria apenas que a encontrassem. Queria — precisava — que a achassem viva.

— Talvez você devesse se deitar, companheiro — sugeriu o policial.

Will esfregou os olhos para limpar a visão. As luzes fluorescentes eram como agulhas de costura. Ele se deu conta de que estava entre dezenas de macas no corredor. Os pacientes sangravam, gemiam, choravam, com os ros-tos cobertos de detritos e poeira cinzenta. A atmosfera era assustadoramente calma. Ninguém gritava. Enfermeiros e médicos andavam apressados de um lado para outro com tablets embaixo dos braços. A equipe do hospital estava preparada para aquilo. O verdadeiro pânico estaria nas ruas.

— Quantas pessoas mortas? — perguntou Will.

— Não há um número oficial. Podem ser apenas vinte, ou até cinquenta.

O cérebro de Will não conseguiu compreender o número. Ele ouvira as bombas explodindo. Correra para ajudar os sobreviventes. Estivera psicologicamente preparado para fazer o que fosse necessário para salvar o maior número possível de pessoas.

No momento sua única preocupação era Sara.

— Estão usando equipes para vasculhar cada prédio. Procurando mais...

Will deslizou para fora do leito. Esperou que a náusea e a tontura voltassem. Nenhuma das duas deu as caras, mas a cabeça latejava a cada batida do coração. Fechou os olhos, tentou respirar.

— E quanto à BMW?

— Está no sistema, mas o sistema...

— Que horas são?

— Catorze horas e 38 minutos.

O que significava que Sara estava desaparecida havia mais de meia hora. A cabeça de Will caiu sobre o peito. O estômago continuava se contraindo no abdômen. As mãos sangravam de esmurrar Hurley enquanto Sara era levada debaixo do seu nariz.

Meu genro nunca teria deixado isso acontecer.

O genro dela.

O marido de Sara.

O chefe da sua cidade.

Não teria deixado isso acontecer.

— Ei — chamou Nate. — Quer algo para beber?

Will esfregou o maxilar com os dedos. Ainda tinha o cheiro de Sara nas mãos.

— Will! — chamou Faith, vindo correndo na direção dele.

Amanda caminhava atrás dela. Falava em um telefone por satélite.

A garganta de Will ardia tanto que ele mal conseguiu fazer a pergunta.

— Vocês encontraram a Sara?

— O estado inteiro está procurando por ela — respondeu Faith, depois levou a mão à testa dele da mesma forma que fazia quando temia que Emma estivesse com febre. — Você está bem? O que aconteceu?

— Eu deixei que eles a levassem.

Faith recolocou a mão na testa dele.

— Nós paramos para ajudar — disse Will, descrevendo cada detalhe do acidente. — Eles subiram a The By Way. Foi a última vez que a vi. Eu não...

— Parou para tossir. Foi como outro soco no estômago. — Não sei por que ela foi com eles.

— Por que você está jogado aí que nem um bêbado?

Antes que ele pudesse responder ela ergueu sua camisa. Manchas vermelhas e roxas revelavam os vasos sanguíneos rompidos sob a pele.

— Jesus Cristo — sussurrou Faith.

Amanda se virou para Nate.

— Está dispensado, policial. Apresente-se ao seu esquadrão. Faith, vá procurar um médico. Digam que ele pode ter uma hemorragia interna.

— Eu não...

— Cale a boca, Wilbur — cortou Amanda, forçando-o a se sentar na maca. — Não vou fazer o joguinho em que ordeno que vá para casa e você fica andando por aí como uma bola de demolição. Você fica comigo. Vai ouvir tudo o que eu ouvir. Desde que faça exatamente o que eu disser.

Will assentiu, mas apenas para fazê-la falar.

— Primeiro você precisa tomar isto. Ajudará com a dor de cabeça.

Will olhou para o comprimido redondo na palma da mão dela. Ele odiava remédios.

Amanda partiu o comprimido ao meio.

— Esta foi a última vez em que cedi. Ou você segue as minhas regras ou está fora.

Ele jogou o comprimido na boca e engoliu a seco.

Depois esperou.

— Michelle Spivey deu entrada na emergência esta manhã. Apêndice supurado. Foi enviada imediatamente para cirurgia. Robert Jacob Hurley a identificou como sua esposa, Veronica Hurley. Ele mostrou o cartão do plano de saúde familiar na triagem. Ele se divorciou da esposa, mas ela ainda está em seu SHBP — contou Amanda.

— O plano de saúde estadual — disse Will. — Então Hurley é policial.

— Ele serviu na Patrulha Rodoviária da Geórgia até dezoito meses atrás. Atirou em um homem desarmado que parara em uma barreira.

— Hurley — repetiu Will.

A ligação com a PRG fez ele se lembrar do nome. Will acompanhara a história como qualquer policial faria, rezando muito para que o tiro fosse justificado, porque caso contrário seria homicídio doloso.

— Hurley foi inocentado — disse ele. — Isso mesmo. Mas não conseguiu se recuperar. Deixou a polícia seis meses depois. Comprimidos e álcool. Foi abandonado pela esposa.

— Quem estava com ele? Quem plantou as bombas?

— Susdescs. — Suspeitos desconhecidos. — O FBI está usando reconhecimento facial nas fitas das câmeras de segurança. Um deixou digitais, mas não constam no NGI.

O sistema de identificação de nova geração do FBI. Se o suspeito desconhecido tivesse algum dia feito parte de força policial ou militar, ou sido submetido a uma verificação para um emprego ou licença de motorista, seus dados estariam registrados com o de criminosos.

— Por que eles a levaram? — perguntou Will. — Eles bombardearam o hospital de propósito. Sara foi por acaso.

Ele ouviu as palavras de Hurley: *lugar errado, hora certa*.

— Para onde eles estão indo? — perguntou a Amanda. — O que eles querem? Por que explodiram...

— Doutor? — chamou Amanda, acenando para um homem de jaleco. — Aqui.

— O máximo que você conseguirá será um enfermeiro — disse o homem, erguendo a camisa de Will e enfiando os dedos em sua barriga. — Algo disso aí dói mais do que você imaginava?

O maxilar de Will trincara ao primeiro toque. Ele balançou a cabeça.

O enfermeiro usou o estetoscópio, escutando, mudando de lugar, escutando de novo. Quando terminou falou com Amanda, e não com Will.

— Todas as ressonâncias magnéticas estão reservadas. Podemos fazer uma tomografia para conferir se há hemorragia interna.

— Quanto tempo isso demora? — perguntou Will.

— Cinco minutos se você puder descer as escadas sozinho.

— Ele pode andar.

Amanda ajudou Will a descer da maca. O alto da cabeça dela ficava na altura da axila dele, que se apoiou nela mais do que deveria. Os músculos da sua barriga queimavam como cordite. Ainda assim ele perguntou:

— Por que explodiram o hospital?

— Para escapar. Eles precisam de Michelle. Para quê, não temos ideia. Precisamos trabalhar com a suposição de que a explosão foi uma distração. Eles poderiam ter causado muito mais estrago, produzido muito mais mortos e feridos em muitos outros lugares. Não podemos focar no *quê*. Precisamos chegar à raiz do *por quê*.

Will fechou os olhos com força. Não conseguia entender nada do que ela estava contando. Seu cérebro estava cheio de contas de vidro.

— Sara. Eu não consegui... Eu não...

— Nós vamos achá-la.

Faith encontrou com eles na escada. Foi para a frente e andou de costas, atualizando Amanda.

— Encontraram um aparelho celular antigo quebrado em uma rua lateral. A ATF acha que foi usado para detonar as bombas. Estamos levando ao nosso laboratório para colher digitais. À primeira vista são iguais às que encontramos do susdescs.

Will se contorceu quando o pé escorregou na escada. Suas costelas eram uma fileira de facas.

— O GPS. A BMW de Sara tem... — disse ele.

— Está tudo em movimento — respondeu Amanda. — Estamos repassando as informações o mais rápido possível.

— Por aqui — disse o enfermeiro, que os esperava na base da escada, segurando a porta aberta.

Will não se moveu.

Havia alguma coisa que elas não estavam lhe contando. Ele sentia a tensão entre Amanda e Faith. Uma delas era uma tremenda mentirosa. A outra também — a não ser com Will.

— Ela está morta? — perguntou ele a Faith.

— Não — respondeu Amanda. — De modo algum. Se soubéssemos alguma coisa lhe diríamos.

Ele manteve os olhos em Faith.

— Eu juro que lhe diria se soubéssemos onde ela está.

Will escolheu acreditar nela, mas só porque não tinha escolha.

— À direita — disse o enfermeiro.

Amanda conduziu Will por um corredor até uma sala. Havia uma mesa no meio de um anel metálico gigantesco. Ele levou a mão para trás da cabeça. Seus dedos encontraram a ponta afiada de um grampo que mantinha seu couro cabeludo no lugar.

Quando aquilo tinha acontecido?

— Estaremos aqui fora — disse Amanda.

A porta se fechou.

Will se deitou na mesa com ajuda de uma técnica. Ela desapareceu atrás de uma pequena cabine e lhe deu as instruções: ficar imóvel, prender a respiração, depois soltar. Então a mesa começou a se mover para a frente e para trás pelo círculo, e Will teve que fechar os olhos com força porque o anel metálico se transformara em uma moeda girando sobre seu eixo.

Ele não pensou em Sara. Ele pensou na esposa.

Ex-esposa.

Angie tinha desaparecido da vida dele. Várias vezes. Vivia desaparecendo. Ela também crescera no abrigo do estado. Foi assim que Will a conheceu. Ele tinha 8 anos. Estava apaixonado; o tipo de amor que se sente pela única coisa que temos na vida.

Angie nunca conseguiu ficar por muito tempo no mesmo lugar. Will nunca a culpava por partir. Sempre ficava com um nó no estômago enquanto esperava que voltasse. Não porque sentisse sua falta, mas porque quando estava longe dele Angie fazia coisas ruins. Machucava pessoas. Por maldade. Desnecessariamente. Will sentia uma noção doentia de responsabilidade toda vez que acordava e descobria que as coisas dela tinham sumido de casa, como se ela fosse um cão raivoso que ele não conseguisse manter acorrentado no quintal.

Com Sara era diferente.

Perdê-la — deixar alguém levá-la — era como a morte para ele. Como se Sara tivesse dado uma injeção de vida em uma parte dele, e essa parte fosse definhar sem ela.

Will não sabia mais ficar sozinho.

— Certo.

O exame finalmente terminara. A técnica o ajudou a descer da mesa. Will esfregou os olhos. Estava vendo duplicado de novo.

— Precisa se sentar? — perguntou a técnica.

— Não.

— Sentindo náusea ou tontura?

— Estou bem. Obrigado.

Will saiu para que o paciente seguinte pudesse ser levado para dentro. Era uma enfermeira ainda de jaleco. O rosto sujo de sangue. Estava coberta de pó de cimento, murmurando que alguém ligasse para seu marido.

Will encontrou Amanda na sala do outro lado do corredor. As luzes estavam apagadas, o que era uma bênção. A dor lancinante em seus olhos diminuiu para uma ardência leve.

— Aqueles abdominais valeram a pena, cara. — disse o mesmo enfermeiro de antes.

— Este é o seu abdômen — disse o radiologista, apontando para uma tela com manchas que, Will imaginou, eram os órgãos dele. — Não vejo nenhuma hemorragia. A maioria dos ferimentos é superficial. Ele está certo sobre os abdominais. Seu músculo criou um corpete ao redor dos órgãos. Mas aqui você tem uma microlesão no periósteo — afirmou, contornando uma costela que ainda parecia estar inteira. — É uma membrana fina como papel que envolve o osso. Você precisa colocar gelo três vezes por dia. Tome Advil ou algo mais forte se precisar. Vamos começar um plano de reabilitação respiratória para manter seus pulmões saudáveis. Atividade moderada é bom, mas nada de muito esforço — falou, depois ergueu o olhar para Will. — Você teve sorte, mas precisa se cuidar.

Faith ergueu seu telefone.

— Amanda, o vídeo acabou de chegar.

Will não perguntou qual vídeo. Elas claramente estavam fazendo coisas sem ele.

— Vamos para outro lugar.

Amanda os levou à escadaria oposta àquela pela qual tinham descido. Apontou para os degraus.

— Sentem.

Will sentou-se porque precisava.

A líder tirou da bolsa um chiclete embrulhado. Ele ouviu um estalo, depois ela o agitou sob seu nariz.

Will recuou como um cavalo. O coração golpeou a coluna. Seu cérebro se abriu. Tudo ficou mais nítido. Ele conseguiu enxergar o rejunte entre os blocos de concreto.

Amanda mostrou o pacote que ele confundira com chiclete.

— Ampolas de amônio.

— Porra! — exclamou Will, em pânico. — Você me drogou?

— Para de ser frouxo. São sais de cheiro. Acordei você porque preciso que preste atenção nisto.

O nariz de Will estava escorrendo. Ela lhe deu um lenço de papel enquanto se sentava ao seu lado.

Faith ficou do outro lado do corrimão. Esticou o telefone para que todos vissem o vídeo.

Will notou um estacionamento. A imagem era em preto e branco, mas nítida. Uma mulher caminhava com a filha na direção de um Subaru.

Cabelos escuros, magra. Will a reconheceu dos noticiários um mês antes, não pela mulher que acabara de ver naquele dia.

Michelle Spivey.

A filha ia na frente. Olhando para o telefone. Balançando as sacolas de compras. Michelle procurava as chaves na bolsa quando uma van escura sem placa parou ao lado da filha. Não dava para ver o rosto do motorista pelo para-brisas. A porta lateral deslizou. Um homem saltou. A filha correu.

O homem foi na direção de Michelle.

Faith pausou o vídeo e deu zoom no rosto do homem.

— É ele — disse Will. O motorista do Chevy Malibu. — Clinton. Era como o chamavam, mas tenho certeza de que não é o nome verdadeiro.

Faith murmurou baixinho.

— Quem é ele?

— Não está no sistema — respondeu Amanda, fazendo um gesto para ela desligar o vídeo. — Estamos trabalhando no caso. É outra peça do quebra-cabeças.

Will balançou a cabeça. Ela cometera um erro usando os sais de cheiro. Ele não estava mais fora de si.

— Você está mentindo para mim.

O telefone por satélite tocou. Ela ergueu a mão pedindo silêncio e atendeu.

— Sim?

Will prendeu a respiração, esperando.

Amanda balançou a cabeça.

Nada.

Ela foi para o corredor, deixando a porta se fechar ao passar.

Will não olhou para Faith quando falou:

— Você sabe o nome dele, não sabe?

Faith tomou fôlego rapidamente.

— Adam Humphrey Carter. Ele volta e meia vai parar na cadeia por roubo, invasão de domicílio, violência doméstica, ameaças terroristas.

— E estupro — adivinhou Will.

Faith inspirou novamente.

— E estupro.

A palavra ficou por um fio na beira do penhasco entre eles.

A porta se abriu.

— Faith — chamou Amanda, e depois sussurrou algo no ouvido dela.

Faith subiu. A mão que ela colocou no ombro de Will ao passar correndo por ele não o tranquilizou nem um pouco.

— Os elevadores são lentos demais — disse Amanda. — Consegue subir seis lances de escada?

Will segurou o corrimão e se levantou.

— Você disse que me contaria tudo.

— Eu disse que você ouviria tudo que eu ouvir. Quer estar comigo quando eu conversar com Hurley ou não?

Ela não esperou. Começou a subir. Seus saltos finos batiam nos degraus. Ela fez a curva sem conferir se ele a seguia.

Will se arrastou atrás dela. Seu cérebro continuava a invocar imagens — Sara de pé no umbral do barracão. Sara correndo à frente dele rumo ao Chevy. A expressão de pânico em seu rosto quando entregou a ele o chaveiro. Ela soube que havia algo errado antes dele. Ela dissera isso no Porsche. Will deveria tê-la arrastado para a BMW e a levado para casa.

Ele olhou o relógio.

Quinze horas e seis minutos.

Sara estava desaparecida havia mais de uma hora. Poderia estar cruzando a divisa com o Alabama naquele momento. Poderia estar amarrada na floresta enquanto Adam Humphrey Carter a partia em dois.

Seu estômago travou. Ele estava ficando enjoado de novo.

Você deixou que eles roubassem minha filha.

— Espere — disse Amanda, que havia parado no patamar do quarto andar. — Espere um minuto.

— Eu não preciso de um minuto.

— Então talvez você devesse tentar isso de saltos — disse, tirando o sapato e massageando o pé. — Eu preciso recuperar o fôlego.

Will analisou a escada. Tentou afastar todos os pensamentos sombrios. Olhou o relógio novamente.

— São 15h07. Sara está sumida há...

— Obrigado, Capitão Canguru. Eu sei ver as horas.

Ela enfiou o pé novamente no sapato. Em vez de continuar a subir, abriu a bolsa e começou a procurar algo.

— Aquele homem, Carter — disse Will. — É um estuprador.

— Entre outras coisas.

— Ele está com Sara.

— Sei disso.

— Ele pode estar machucando ela.

— Ele pode estar tentando salvar a própria pele.

— Você não está sendo totalmente honesta comigo.

— Wilbur, eu nunca fui totalmente nada.

Will não tinha forças para continuar correndo atrás do próprio rabo. Ele se encostou na parede. Agarrou o corrimão. Admirou os próprios tênis. Estavam manchados de verde de quando ele havia cortado a grama. Linhas vermelhas de terra e sangue contornavam suas panturrilhas. Ele ainda podia sentir o piso frio de pedra do barracão sob seus joelhos. Fechou os olhos. Tentou recuperar aquele momento de prazer antes de tudo dar errado, mas só conseguiu sentir a culpa abrindo um buraco em seu peito.

— Ela estava dirigindo o carro.

Ela ergueu o olhar da bolsa.

— Quando eles partiram, Sara estava dirigindo. Eles não precisaram apagá-la ou... — Ele balançou a cabeça. — Ela mandou que eles a matassem. Não ia com eles. Mas foi. Ela os levou embora.

Ele baixou os olhos. Amanda segurou as mãos dele. A pele dela estava gelada. Os dedos eram pequenos. Ele sempre esquecia como ela era pequena.

— Eu não... — Will, sentia-se um idiota por confessar alguma coisa a ela, mas estava desesperado por absolvição. — Eu nunca senti tanto medo assim desde que era criança.

Amanda acariciou seu pulso com o polegar.

— Eu não paro de pensar em todas as coisas que poderia ter feito, mas talvez... — Ele tentou se conter, mas não conseguiu. — Talvez eu tenha feito a coisa errada por medo.

Amanda apertou sua mão.

— Esse é o problema de amar alguém, Will. Nos enfraquece.

Ele não soube o que dizer.

Ela deu um tapinha no braço dele, indicando que o momento da confissão terminara.

— Recomponha-se. Temos trabalho a fazer.

Subiu à frente dele.

Will foi atrás devagar. Tentou fazer o cérebro pensar no que Amanda tinha dito. Não sabia se aquilo era uma condenação ou uma explicação.

Não tanto uma coisa nem outra.

Respirou fundo no patamar seguinte. A dor lancinante em suas costelas se transformara em uma dor latente. Will se deu conta de pequenas melhorias à medida que movia o corpo: a cabeça parara de latejar e a lava agitada em suas entranhas começara a se acalmar. Disse a si mesmo que era uma coisa boa que sua visão não estivesse mais borrada. Que o balão em seu cérebro tivesse se ancorado novamente ao crânio.

Ele aproveitou o alívio para planejar o próximo passo, depois da entrevista com Hurley. Ele estava certo de que o homem não lhes daria nada. Will precisava ir para casa pegar seu carro. Tentaria encontrar Nate para uma volta. Tinha um rádio da polícia no armário do corredor. Ele o levaria e procuraria em lugares onde ninguém mais estava buscando. Will crescera no centro da cidade. Conhecia as ruas perigosas, as casas dilapidadas onde os criminosos se escondiam.

A porta se abriu no sexto andar. Will seguiu Amanda por outro corredor comprido. Dois policiais em cada extremidade. Um em frente ao elevador. Dois outros protegendo uma porta de correr de vidro, fechada.

Amanda mostrou a identificação a todos.

A porta de vidro se abriu.

Will baixou o olhar para o umbral, os trilhos metálicos embutidos no piso. Respirou o mais fundo que pôde. Não conseguia esquecer que Sara fora sequestrada por um estuprador condenado, mas conseguia fingir calma suficiente para fazer qualquer coisa que Amanda precisasse que ele fizesse para conseguir arrancar informações de Hurley.

Entrou no quarto de hospital.

Hurley estava algemado ao leito. Havia uma pia e um sanitário, protegidos apenas por uma cortina fina. A persiana aberta deixava a luz do sol entrar. As luzes fluorescentes estavam apagadas. O monitor piscava com o ritmo cardíaco constante de Hurley.

Estava adormecido. Ou pelo menos fingindo. Suturas davam ao seu rosto uma aura frankensteiniana. O nariz quebrado fora endireitado, mas o maxilar pendia torto do rosto.

Os batimentos eram estáveis, como um pêndulo preguiçoso balançando de um lado para outro.

Amanda abriu outra ampola de amônio e a colocou sob o nariz dele.

Hurley acordou sobressaltado, olhos arregalados, narinas agitadas.

O monitor cardíaco apitou feito um alarme de incêndio.

Will olhou para a porta, esperando que uma enfermeira viesse correndo. Ninguém apareceu.

Os policiais nem sequer se viraram.

Amanda sacara sua identificação.

— Eu sou a subdiretora da AIG, Amanda Wagner. Você já conhece o agente Trent.

Hurley olhou para a identificação, depois para Amanda.

— Não vou ler seus direitos porque este não é um interrogatório formal. Você tomou morfina, então nada do que disser pode ser usado em um tribunal. — Ela esperou, mas Hurley não reagiu. — Os médicos estabilizaram você. Seu maxilar está deslocado. Você vai para a cirurgia assim que os pacientes em estado mais grave tiverem recebido atendimento. Por ora, temos algumas perguntas sobre as duas mulheres que foram sequestradas.

Hurley piscou. Esperou. Estava fazendo questão de ignorar Will. O que vinha a calhar para Will, que não responderia por si se o homem desse um olhar torto na sua direção.

— Está com sede? — perguntou Amanda, puxando a cortina ao redor da pia e do toalete.

Desembrulhou um copo plástico e abriu a torneira.

Will se apoiou na parede. Enfiou as mãos nos bolsos.

— Você era policial — disse Amanda, enchendo o copo de água. — Conhece as acusações. Você assassinou ou participou do assassinato de dezenas de civis. Ajudou e colaborou no sequestro de duas mulheres. Participou de uma conspiração para a utilização de uma arma de destruição em massa. Sem falar na fraude contra o sistema de saúde — disse, virando-se e indo até a cama com o copo cheio de água. — Essas são acusações federais, Hurley. Mesmo que por um milagre um júri não declarasse pena de morte, você nunca mais vai respirar ar puro.

Hurley estendeu a mão para o copo. As algemas bateram no gradil.

Amanda fez uma pausa longa o bastante para que ele entendesse que ela estava no comando. Levou o copo à boca dele. Pressionou abaixo do maxilar com as pontas dos dedos para ajudá-lo a fechar a boca.

Ele engoliu ruidosamente, esvaziando o copo.

— Mais?

Ele não respondeu. Recostou-se nos travesseiros. Fechou os olhos.

— Preciso que aquelas mulheres voltem para casa em segurança, Hurley — prosseguiu Amanda, pegando um lenço de papel na bolsa e limpando o copo antes de jogá-lo na lixeira. — Este é o único momento em todo este processo em que você terá algum poder de barganha.

Will olhou para o copo.

O que ela tinha dado a ele?

— Em média o governo federal demora quinze anos para cumprir a pena de morte — continuou ela, arrastando uma cadeira e se sentando ao lado da cama. Cruzou as pernas. Tirou pelinhos da saia. Olhou o relógio. — É um pouco irônico, mas você sabia que Timothy McVeigh foi pego por uma infração de trânsito?

O terrorista de Oklahoma City. McVeigh detonara um carro-bomba em frente ao Murrah Federal Building, matando quase duzentas pessoas e ferindo outras mil.

— McVeigh foi sentenciado à morte. Passou quatro anos na penitenciária federal de segurança máxima de Florence antes de pedir ao tribunal para antecipar a data de execução.

Hurley lambeu os lábios. Algo havia mudado. As palavras dela — ou talvez o que ela o fizera beber — estavam afetando sua calma.

— Ted Kaczynski, Terry Nichols, Dzhokhar Tsarnaev, Zacarias Moussaoui, Eric Rudolph. — Ela fez uma pausa na lista de terroristas domésticos cumprindo suas múltiplas penas perpétuas no que era chamado de Ala dos Terroristas. — Robert Hurley poderia ser adicionado a esses nomes. Você sabe como é em uma federal de segurança máxima?

Ela estava perguntando a Will, não a Hurley.

Ele sabia, mas perguntou:

— Como é?

— Os detentos ficam confinados em suas celas 23 horas por dia. Caso sejam autorizados a sair, é por apenas uma hora, e, mesmo assim, a critério dos guardas. Você acha que os guardas são gentis com gente que explode pessoas?

— Não — disse Will.

— Não — concordou Amanda. — Mas sua cela tem tudo de que você precisa para sobreviver. O toalete é sua pia e seu bebedouro. Há uma TV em preto e branco caso você queira assistir a programas educacionais ou religiosos. Eles levam comida. A janela tem dez centímetros de largura. Acha que dá para ver muito do céu em dez centímetros, Will?

— Não.

— Você toma banho isolado. Você come isolado. Se tiver a sorte de conseguir banho de sol, não é realmente banho de sol. Eles têm um poço, como uma piscina vazia. Dá para contornar em dez passos, trinta se andar em círculos. Tem 4,5 metros de profundidade. Você pode ver o céu, mas não consegue escrever sobre ele para a sua família. Pararam de dar lápis aos detentos porque eles teimavam em enfiar os lápis na própria garganta.

Os olhos de Hurley estavam abertos. Ele fitava o teto.

Amanda olhou o relógio novamente.

Will olhou o dele.

Quinze horas e dezoito minutos.

— Hurley, não me interessam suas outras acusações. O que me interessa é colocar aquelas duas mulheres em segurança. Então, eis a minha oferta.

Ela esperou.

Hurley esperou.

Will sentiu um nó no estômago.

— Você vai morrer na prisão. Não posso fazer nada quanto a isso. Mas posso esconder do noticiário sua identidade. Posso lhe dar um novo nome, um novo prontuário. Os delegados supervisionam muitos detentos sob proteção a testemunha. Você ficará em uma prisão de segurança máxima comum, mas não enjaulado feito um animal enquanto perde o juízo lentamente. — Ela fez uma pausa. — Você só precisa me dizer agora onde encontrar aquelas mulheres.

Hurley fungou. Virou o rosto para olhar pela janela. Céu azul. Sol no rosto. Seu coração retomara à batida lenta e preguiçosa. Estava calmo porque pensava estar no controle, da mesma forma que estivera no acidente.

Pelo menos até Michelle Spivey abrir a boca e começar a falar sobre o pai de Hurley.

Ele é seu herói... Você queria deixá-lo orgulhoso.

Will falou.

— Seu pai está doente, certo? Foi o que Michelle disse, que ele ia morrer.

Hurley virou-se. Seus olhos ardiam de fúria.

Aquele era o caminho até ele. Hurley não se importava com as pessoas que havia assassinado. Qualquer que fosse a causa que o tivesse levado a cometer um ato de terrorismo, não seria abalada em alguns minutos. Todo homem tinha um ponto fraco. Para muitos homens do lado errado da lei, esse ponto fraco dizia respeito ao pai.

— Seu velho era policial? — perguntou Will. — Por isso você entrou para a patrulha?

Hurley focou nele. O monitor começou a apitar rápido à medida que os batimentos cardíacos aumentavam.

— Aposto que ele ficou orgulhoso quando você entrou. Fez o juramento, o mesmo que ele. Seu. Filho.

Will disse palavra por palavra, como ouvira muitos veteranos da polícia falando sobre os filhos. Não como indivíduos, mas como extensões deles mesmos.

— Aposto que não ficará tão orgulhoso assim quando souber que você ajudou um estuprador condenado a sequestrar outra mulher.

O silêncio entre os bipes diminuiu.

— Lembro como foi quando meu pai morreu. Eu estava com ele no hospital quando deu seu último suspiro.

Amanda não disse nada. Ela sabia que a primeira vez em que Will tinha visto o rosto do pai foi ao identificar o corpo do homem morto.

— Eu nunca tinha segurado a mão do meu pai antes. Talvez quando fosse um garotinho precisando de ajuda para atravessar a rua. Mas nunca depois de adulto. É que ele estava tão... Tão vulnerável, sabe? E eu também estava vulnerável. É assim quando se ama alguém. A gente se sente fraco. Quer acabar com a dor da pessoa. Faz qualquer coisa para protegê-la.

Uma lágrima escorreu do canto do olho de Hurley.

— No final, as mãos e os pés dele estavam frios. Eu colocava as meias nele. Esfregava sua pele. Nada era capaz de aquecê-lo. Isso é o que o corpo faz. Ele leva todo o calor para o cérebro e os órgãos. Eles conseguem sentir você segurando sua mão, mas não conseguem retribuir.

Amanda liberara a cadeira. Will se sentou. Chegou mais perto de Hurley. Combateu a repulsa ao segurar a mão do homem.

Aquilo era por Sara.

Era como eles a encontrariam.

— Você não pode apagar o que fez, Hurley, mas pode tentar compensar. — Sentiu os dedos de Hurley apertarem os seus. — Salve essas duas mulheres. Não deixe que elas se machuquem. Dê a seu pai um motivo para sentir orgulho novamente.

Hurley engoliu em seco.

— Diga onde encontrá-las — pediu Will, tentando não implorar. — Não é tarde demais para protegê-las do que você sabe que acontecerá. Permita que os últimos pensamentos de seu pai sejam de que seu filho era um homem bom que fez algumas coisas ruins. Não um homem ruim que não conseguia fazer o bem.

Os olhos de Hurley estavam fechados novamente. Lágrimas molhavam o travesseiro.

— Está tudo bem — disse Will, baixando os olhos para as mãos deles. Hurley apertava com tanta força que os nós dos dedos de Will tinham voltado a sangrar. — Apenas nos diga como salvá-las. Seja o homem que seu pai sabe que você pode ser.

Hurley soltou um soluço profundo. As lágrimas não paravam de cair. Ele não olhou para Will, mas para Amanda. A boca se moveu. Seu maxilar estalou.

— Va... — O rosto dele se enrugava com o esforço. Não conseguia usar os lábios para formar a palavra. — Va...

Vasculhando a bolsa, Amanda disse:

— Tenho papel para você escrever.

— Nã... — murmurou Hurley, soltando a mão de Will, frustrado. — Fo.. — tentou novamente.

Will se inclinou para a frente, se esforçando para ouvir.

— Fo... — Hurley agarrou o gradil da cama, sacudindo violentamente. — Fodam-se.

CAPÍTULO SEIS

Domingo, 4 de agosto, 14h13

O CÓCCIX DE FAITH BATEU no banco plástico nos fundos do helicóptero. A sensação de impotência se tornava mais sufocante a cada segundo. Will estava em algum lugar lá embaixo — provavelmente também sem ver uma luz no fim do túnel —, enquanto ela ficava ali, sentindo-se presa em uma máquina de lavar entulhada. O sol aquecia a pele de metal do Huey. À esquerda havia seis homens muito grandes vestindo uniformes da Swat e carregando AR-15s. As pernas estavam bem abertas. Os braços eram do tamanho de troncos de árvores. Expressões duras no rosto. Estavam enfurecidos, prontos para a batalha.

Mas por ora só esperavam. As ambulâncias aéreas tinham prioridade no heliponto do hospital. O interior do Huey ganhara o fedor de agonia prolongada. Estavam prontos para saltar do espaço apertado no instante em que pousasse. O silêncio do piloto nos grandes fones de ouvido era excruciante. Ainda assim os ouvidos de Faith resistiam à estática. Apenas Maggie e Amanda haviam tirado os seus, escolhendo ter uma conversa particular gritando nos ouvidos uma da outra. Amanda parecia furiosa, o que seria compreensível para quem não a conhecia. Ela nunca ficava furiosa. Normalmente era a calmaria no meio da tempestade.

Havia muito motivo para sentir raiva.

Will estava na emergência. Não havia notícias de Sara. Nenhuma ideia de quem a levara, por que haviam detonado bombas, qual seria o próximo passo deles.

Quinze mortes confirmadas. Trinta e oito feridos. Policiais assassinados. Seguranças assassinados. Uma subdelegada que morrera na mesa de cirurgia.

— Eles liberaram cinquenta por cento dos prédios do campus — disse Maggie, de volta aos fones. Sua voz ecoava como se ela usasse uma lata de alumínio. — A primeira bomba foi no quinto andar do estacionamento Lowergate East. Derrubou o teto. A segunda foi maior, a estrela. Subsolo um, presa a uma coluna de sustentação principal. Estrategicamente colocada para derrubar tudo.

— Isso não foi um aumento de violência — berrou Amanda. — Foi uma oportunidade.

Maggie apontou para os fones de ouvido. A linha não era segura.

— Estamos liberados para pouso — disse o piloto.

O helicóptero mergulhou antes de pegar a direção do campus. O estômago de Faith despencou — não pela repentina perda de altitude, mas pela visão da cratera no estacionamento.

Fumaça tomava o ar. Faith contou seis caminhões de bombeiros combatendo incêndios diferentes. O chão estava cheio de vidro quebrado e pedaços de concreto. Carros haviam sido arremessados do estacionamento e espalhados pela rua, disparados como mísseis contra os prédios adjacentes. Na passarela sobre a Clifton Road havia uma van, as rodas para cima como uma barata moribunda. Ela viu sapatos, papéis, metal retorcido como clipes de papel. Lembrou a Faith de quando seu filho era pequeno e pegava objetos de sua escrivaninha para juntar aos brinquedos.

— O motorista do Porsche — disse Maggie, recebendo outra atualização pelo telefone. — É um médico do hospital pediátrico. Acham que seu pescoço foi quebrado depois do acidente. Eles não queriam deixar nenhuma testemunha. Lugar errado, hora errada.

Faith pensou na aleatoriedade do acidente. O pobre homem provavelmente só pensava na sua cama quando a picape o atingiu por trás.

— Os estudantes estão sendo retirados de ônibus — disse Amanda, apontando para a fileira de jovens com mochilas e pastas.

Havia barracas brancas para a triagem de pacientes. Policiais uniformizados se espalhavam pelo concreto quebrado. Bombeiros e civis retiravam escombros, passando baldes de um para outro.

— A entrevista coletiva será em 15 minutos — disse Maggie a Amanda. — Quer participar dela?

— Não, mas vou preparar um comunicado — respondeu, pegando seu bloco e começando a escrever.

Faith tentou se orientar enquanto o helicóptero se aproximava do heliponto. Eles estavam logo acima do que era chamado de Clifton Corridor. O estacionamento destruído ficava em frente ao hospital, do outro lado da rua. Atrás dos três prédios da clínica e do Winship Cancer Institute. Um quarteirão do Egleston Children's Hospital. Ainda mais longe dos alojamentos estudantis e das bibliotecas do outro lado de Clifton.

De todos os lugares onde os terroristas poderiam ter detonado as bombas, o estacionamento era o que oferecia o resultado menos danoso. Eles tinham matado algumas pessoas, mas poderiam ter sido muito mais.

Isso não foi um aumento de violência.

O helicóptero pousou com um solavanco de chacoalhar os ossos.

— Vai-vai-vai! — gritou o líder da Swat.

Eles se moveram rapidamente para que o Huey pudesse abrir espaço para a próxima ambulância aérea. Faith saltou com a ajuda de um assistente do hospital. Eles correram para dentro. A porta de acesso ao teto já estava aberta. Havia um paciente preso a uma maca, esperando a chegada do próximo helicóptero. A equipe da Swat desapareceu na escada, agarrando os fuzis.

Os olhos de Faith lacrimejavam tanto que ela mal conseguia enxergar algo. Tossiu. O ar estava tão denso que podia ser comido. Ela não queria saber o que estava respirando. Apertou os olhos para as costas do paletó azul-marinho de Amanda e a seguiu escada abaixo.

O ar já estava mais claro no andar seguinte. Elas continuaram a descer. Faith usou a barra da blusa para limpar a sujeira dos olhos. Maggie já estava ao telefone por satélite. Foi como antes. Ela virava o rosto para trás e transmitia informações rapidamente enquanto disparava escada abaixo.

— O homem em quem Will atirou no acidente. Tiraram as digitais. Não está no sistema — disse, depois escutou e prosseguiu: — O telefone de Robert Hurley é um clone. Ele só ligou para um número, um pré-pago. Estamos tentando rastrear.

Elas pularam para o lado para que dois ajudantes pudessem passar correndo.

— Meu pessoal pode conseguir um mandado mais rápido — disse Amanda. — Deixe a papelada conosco.

— Ótimo — respondeu Maggie, descendo o lance seguinte. — Vou procurar Murphy. Não posso prometer nada.

— Nem eu — disse Amanda, mais uma vez soando furiosa.

Sua respiração era audível. Os saltos altos batiam nos degraus.

Faith olhou o relógio.

Catorze horas e dezessete minutos.

As bombas já deviam estar nos noticiários. Evelyn imaginaria que Faith estava respondendo à situação com Amanda. Então, ligaria para Jeremy e diria que conversara com Faith e que tudo estava bem. Depois quebraria a regra do iPad com Emma e fingiria que era um presente, e não uma distração. Ela era policial havia trinta anos. Sabia mentir para sua família.

Faith contornou o patamar. Desceu os últimos degraus de dois em dois. Enfim estavam no segundo andar. Um sargento da polícia de Atlanta mantinha a porta aberta. Ele disse a Maggie:

— O médico não pôde esperar. Disse para encontrá-lo quando a senhora chegasse.

— Encontre-o — falou Maggie, girando a mão. — Converse enquanto anda.

O sargento se apressou para acompanhá-la, falando:

— Eles deixaram a bala na perna de Hurley. Mais seguro assim. O maxilar precisa ser fixado com arames, mas há muitos pacientes em estado crítico na frente dele. O sexto andar foi evacuado. Nós estamos vigiando. Ninguém está indo mijar. Com o perdão da palavra, senhora.

— Todo mundo mija, sargento — disse Maggie. — Hurley está acordado?

— Acorda e apaga, senhora. Ele recusou remédios para dor assim que o transferiram da emergência.

— Ele não quer perder o controle e deixar escapar alguma coisa — disse Amanda, virando-se para o policial. — Garanta que o maxilar dele continue sendo baixa prioridade; eu preciso que ele fale. Mantenha-o sozinho no quarto. Garanta que possa ver a janela. Não lhe dê água.

O sargento olhou para Maggie. Ela anuiu e depois voltou-se para Amanda.

— Pegue isto — Arrancando uma página do seu caderno. — Diga à imprensa que é a declaração oficial da AIG. Preciso que você leia *exatamente* como foi escrita.

— Entendido — respondeu Maggie, trocando o papel pelo telefone por satélite. — Encontre um dos meus, caso precise de mim. Boa sorte.

Amanda seguiu pelo corredor, dizendo a Faith:

— Temos que subir um andar. Quero falar com a enfermeira.

Lydia Ortiz. Faith sabia da mulher pelo boletim que tinham recebido no helicóptero. Ortiz reconhecera Michelle Spivey na UTI. Chamara a segurança, mas antes que eles chegassem o inferno começou.

— Por aqui — indicou Amanda, passando pelo elevador.

Havia uma escada mais próxima, mas estava sendo analisada pela perícia.

Robert Jacob Hurley arrastara Michelle Spivey para fora da UTI no terceiro andar. Encontrara seus dois cúmplices no segundo andar. Quando estavam descendo para o térreo, dois policiais subiam, atendendo ao chamado de Lydia Ortiz. Ambos foram baleados na cabeça. Outro, uma subxerife, esperava por eles quando saíram do prédio. Foi baleada no peito quando correram para o Chevy Malibu prata. Ela caiu atirando, acertando Hurley na perna e o cúmplice no ombro antes de Hurley se virar e atingi-la no rosto.

Faith abriu a porta e disse a Amanda:

— Eles detonaram as bombas no estacionamento quando estavam fugindo.

— Correto.

— Como Novak — disse Faith. — Ele sempre detona bombas como distração, não como um objetivo.

— Boa menina. Você tem matutado isso o dia inteiro.

Amanda subiu a escada correndo. Elas terminaram na sala de UTI do terceiro andar. Fileiras de macas cercadas por cortinas de hospital. Havia um posto de enfermagem, uma máquina de gelo, um banheiro. O espaço estava vazio a não ser por um policial e três peritos forenses. O leito no segundo reservado estava isolado por uma fita amarela. Havia gotas de sangue no chão em direção à segunda escadaria.

Amanda mostrou sua identificação ao policial na porta enquanto Faith assinava pelas duas no registro de cena de crime.

— O dr. Lawrence está subindo — informou o oficial. — Ele serviu dois períodos no Iraque. Um cara sério.

— Você é da polícia? — perguntou uma mulher que aparecera atrás do posto de enfermagem. Estava chorando, claramente perturbada. — Eu não consegui impedir. Eu tentei...

— Você é Lydia Ortiz? — perguntou Amanda.

A mulher levou as mãos ao rosto. Só conseguiu anuir. Estava chorando. Provavelmente tinha amigos no estacionamento. Ficara cara a cara com um assassino em massa e uma mulher que fora sequestrada diante da filha de 11 anos.

— Não tenha pressa — disse Faith.

Pegou seu caderno na bolsa. Folheou um punhado de páginas em branco. Destampou a caneta.

— Quais são os sintomas de apendicite? — perguntou Amanda.

— Ahn... — Ortiz não esperava aquela pergunta. — Náusea, vômitos, febre alta, prisão de ventre.

— Dói? — perguntou Amanda.

Estava tentando acalmar a mulher com um assunto familiar.

— Sim, a dor é horrível. Aqui — disse, colocando a mão à direita do abdômen. — Respirar, se mover, tossir; é como se você estivesse sendo esfaqueado.

— Quanto tempo demora para se romper?

Ela balançou a cabeça, mas respondeu:

— Entre 24 e 72 horas depois dos primeiros sintomas. E não explode como um balão. É mais como um rasgo. As bactérias entram em sua corrente sanguínea, o que causa septicemia.

Faith poderia ter pesquisado aquilo no WebMD, mas anotou no caderno mesmo assim.

— Agora me conte sobre quando você viu Michelle pela primeira vez — pediu Amanda. — Eles a trouxeram para a UTI. Estava em uma maca?

— Sim — respondeu Ortiz, pegando um lenço de papel no bolso. Assoou o nariz. — Estava no leito dois. Um dos porteiros trouxe o marido da sala de espera, que pediu para chamá-lo de Hurley. Eu me apresentei a ele e dei as recomendações habituais sobre cuidados pós-operatórios.

— Ele fez alguma pergunta?

— Não. Mal prestou atenção, ficava pedindo a cursiva.

— Cursiva?

— Receitas. Antibióticos. Genéricos. Dá para pegar de graça no Walmart. Fiquei com a sensação de que ele queria pegar para ir embora.

— Qual era o prognóstico médico?

— Eu não deveria contar a você por questões éticas em relação à paciente, mas que se foda. Ela precisava ser internada. O marido recusou. Assinou sua liberação contra conselhos médicos. O doutor a estava enchendo de antibióticos. Ela vai precisar de acompanhamento pós-operatório. Septicemia não é brincadeira.

— Ela teria morrido sem a cirurgia?

— Sim. Ela poderia morrer mesmo com a cirurgia. Hurley não parecia preocupado em cuidar dela.

Faith olhou para seu caderno. Ortiz não sabia sobre o acidente de carro, que Hurley tinha uma equipe e que a equipe sequestrara uma médica. Faith anotou uma pergunta para depois: *Hurley precisava de Michelle viva — para quê?*

— Quando você reconheceu a paciente como Michelle Spivey?

— Não reconheci. Não de início. Foi o marido quem chamou minha atenção. Havia alguma coisa errada nele. Parecia inquieto. Às vezes nós recebemos agressores, e o marido não deixa a esposa sozinha. Tem medo de que ela peça ajuda.

— Ela apresentava algum sinal de agressão?

— Parecia subnutrida. Dei a ela cobertores quentes e então percebi que estava sem meias e fui colocar nela. Foi quando vi as marcas de injeções de heroína.

Faith ergueu os olhos do caderno.

— Foi quando aconteceu — disse Ortiz. — Eu estava calçando as meias, ergui os olhos para o rosto dela e, de um ângulo diferente, tive um estalo. Os cabelos foram cortados e tingidos de louro, mas eu a reconheci. E foi quando ela olhou para mim, nos olhos. Sem emitir nenhum som, ela disse "Socorro".

Faith quis garantir que havia entendido direito.

— Ela pediu ajuda para você?

— Não de modo audível, mas dá para ler os lábios de uma pessoa, certo? — contou Ortiz, e foi até o leito. — Eu estava aqui. Ela estava sentada.

— O marido viu isso?

— Não. Quer dizer, não tenho certeza. Eu voltei ao posto de enfermagem. Disse que ia pegar vaselina para ela. Os lábios estavam muito rachados. Dei o código de emergência a Daniel, o porteiro. Ele reagiu com muita calma, apenas passou pela porta, mas o marido tinha percebido alguma coisa. Quando me virei, ele estava obrigando a mulher a vestir as calças. Ela não conseguiu levantar o zíper. Os pontos abriram. Ela começou a sangrar. E a chorar. Ele não a deixou vestir a camisa. Deu a própria jaqueta para ela. Levou-a para a escada. Foi a última vez que os vi. Ouvi tiros lá embaixo. Demos o alerta para que as pessoas buscassem proteção. Então, alguns minutos depois, as bombas explodiram. — Ela balançou a cabeça. — Estão dizendo que Hurley estava com um grupo de homens, que atiraram em várias pessoas.

Amanda não se ofereceu para preencher as lacunas. Contornou a maca. Olhou para o chão.

— Esta é a camisa dela?

Ortiz anuiu.

Amanda se curvou. Usou um lápis para mover a peça de roupa. Algodão, mangas curtas, frente de abotoar, branca com listras vermelhas verticais.

— Feita em casa.

Faith se ajoelhou ao lado dela. As costuras pareciam feitas à mão. O tecido parecia ser de um saco de farinha.

— Obrigada, sra. Ortiz. — disse Amanda, levantando-se. Depois disse a Faith: — Encontre comigo no corredor.

Faith usou o telefone para fotografar a blusa. Deu zoom nas costuras. Os botões eram da mesma cor, mas não combinavam. Michelle Spivey trabalhara no CCD. Era maratonista, mãe de uma pré-adolescente. Não parecia a Faith o tipo de mulher que faria as próprias roupas.

— Eu lamento — disse Ortiz. — Eu deveria ter... Não sei. Deveria ter impedido aquele homem.

— Ele teria matado você — respondeu Faith, pegando um cartão de visitas. — Ligue se lembrar de mais alguma coisa, certo?

Na escada, Amanda estava encerrando uma ligação no telefone por satélite quando Faith chegou.

— A mãe de Sara está alegando que a filha foi com os sequestradores para proteger Will — contou Amanda.

Faith podia facilmente imaginar, mas colocar isso em um relatório policial podia significar muitas coisas ruins para uma carreira policial, especialmente se chegasse à imprensa.

— Pedi que ela se acalmasse um pouco antes de assinar seu depoimento. Não estou certa de que tenha dado ouvidos. Parecia uma louca furiosa.

Faith sentiu um nó no estômago. Ela também viraria uma louca furiosa se alguém sequestrasse um dos seus filhos.

— Quem usa roupas caseiras? — perguntou a Amanda.

— Não uma mulher que ganha 130 mil dólares por ano.

Faith ignorou o salário arrebatador e tentou relacionar o que sabia.

— Então, Hurley sequestra Michelle Spivey. Ele a obriga a usar roupas feitas em casa. Ele a leva ao hospital para retirar o apêndice, em vez de jogá-la na sarjeta. Chama os parceiros para trazerem algumas bombas para que ele possa escapar com ela? — Não conseguia ver sentido naquilo. — Por quê?

Amanda olhou para cima do corrimão.

— Dr. Lawrence?

— Culpado.

Apareceu um homem baixo e corpulento. Vestia calças de pijama listradas e sapatos sociais. A blusa do hospital estava salpicada de sangue. Havia lápis borrado ao redor dos olhos. Parecia ter caído da cama após uma noite na farra e corrido para o hospital ao ouvir a sirene.

Lawrence não se desculpou por sua aparência.

— Eu posso adiar a cirurgia de maxilar o quanto você quiser. Ele merece sofrer.

— E quanto ao meu homem lá embaixo?

— Dei um ponto no couro cabeludo dele. Está desorientado, com uma concussão. Levou uma baita surra no abdômen. Provavelmente tem uma ou duas costelas quebradas. Precisa de uma tomografia para descartar hemorragia.

— O que você pode dar para que ele fique de pé imediatamente? — perguntou Amanda.

Lawrence pensou por um momento.

— Isso pode me mandar para o comitê de ética, mas um comprimido de Percocet 10 deve resolver. Dê metade se quiser mantê-lo acordado.

— E se eu precisar dele mais que acordado?

Lawrence coçou a barba desgrenhada.

— Um inalador de amônio poderia...

— Estimulantes? — Faith sentiu a palavra explodir na boca. — Não pode estar falando sério.

— Não é um estimulante. É um irritante nasal. Fará com que respire muito fundo, levando muito oxigênio para o corpo — explicou o médico. — Nós temos um pouco. Dê uma dose quando ele precisar ficar alerta.

Faith balançou a cabeça. Não gostava nada daquilo.

Lawrence já estava partindo.

— Procure Conrad lá embaixo caso queira os medicamentos.

— Ele não vai tomar medicamentos — disse Faith a Amanda.

Will tratava dores de cabeça com *root beer* e músculos distendidos com mais exercício.

— Eu tenho um palpite de que Robert Hurley não sequestrou Michelle Spivey. Acho que um homem chamado Adam Humphrey Carter a levou. Ele cumpriu seis anos por agressão sexual. E acho que é ele quem está com Sara neste momento.

Faith levou a mão à boca. A Geórgia fazia uma distinção entre o crime de estupro e o de agressão sexual. O último significava que o agressor tinha autoridade sobre a vítima; um professor, funcionário de creche ou...

— Carter era policial de Newnan County — confirmou Amanda. — Ele parou uma mulher de 22 anos, a levou para a mata, a estuprou, a espancou, e a deixou para morrer.

— Onde... — começou Faith, se esforçando para formular uma pergunta. — Você não tirou o nome de Carter do nada. Por que acha que ele está envolvido?

115

— Há coisas que eu não posso lhe contar agora. É um palpite, mas com base sólida — disse Amanda, dando a Faith tempo para processar. — Pedi a um amigo que mandasse o vídeo do sequestro de Spivey para seu e-mail pessoal.

— Espere. Tem vídeo? — retrucou Faith, que passara o mês acompanhando o caso. Ela achava que tinha sido apenas outro horrível sequestro aleatório. — Os noticiários disseram que não havia suspeitos.

Amanda não explicou a mentira.

— Essas são as peças que precisamos nos esforçar para encaixar neste momento. Carter é o homem no vídeo do sequestro de Spivey? Se Carter é o sequestrador, Will consegue identificá-lo como um dos homens que levaram Sara?

A ideia de que Carter pudesse estar com Sara deixou Faith nauseada.

— E então?

— Então eles não poderão alegar que Michelle está sendo traficada. Você ouviu sobre as marcas de injeção. Eles poderiam dizer que Carter terminou com Michelle e a vendeu para Hurley. Um negócio, não uma aliança.

Quanto mais ela falava, menos claras as coisas ficavam.

— Quem são "eles" que vão argumentar isso? E por que importa qual a motivação?

Faith sentiu o relógio vibrar no pulso. Isso indicava que tinha um alerta. Ela baixou os olhos, falando:

— Acho que o serviço de celular está...

Sara Linton tentou entrar em contato, mas você não estava disponível.

— Porra — exclamou Faith, rolando as opções do walkie-talkie. — Sara...

Falar com Sara.

Iniciar walkie-talkie.

— Porra.

— Faith — chamou Amanda. — Por Deus. Sara o quê?

— Ela tentou falar comigo pelo walkie-talkie às 14h17. Isso foi há 21 minutos. — Sara podia estar a caminho do Tennessee, das Carolinas, do Alabama ou da Flórida. — Porra.

— O que ela disse?

— Não funciona assim — respondeu Faith, começando a explicar que o aplicativo operava na plataforma FaceTime, mas se lembrando de qual era sua plateia. — É como um walkie-talkie de verdade. Não grava nem arquiva a mensagem. Você tem que ouvir quando ela chega.

Os lábios de Amanda formaram uma linha fina. Ela expirou com força.

— Encontraram a BMW há dez minutos — comentou Amanda.

Faith ficou boquiaberta.

— Houve uma explosão. O tanque de gasolina foi incendiado. Há um corpo no banco de trás. Não sabem dizer se masculino ou feminino. O carro precisa esfriar para eles entrarem.

Faith esticou a mão para trás, procurando a parede. Precisava de algo sólido para se escorar. Sara não era apenas a namorada de Will. Era amiga de Faith. Talvez até sua melhor amiga.

— Você não pode contar nada disso a Will — disse Amanda, começando a descer. — Ele não poderá nos ajudar se estiver de luto.

Faith se arrastou atrás dela. Ela se sentia grogue. Will tinha o direito de saber o que estava acontecendo. Era sua parceira. Sua obrigação era ser honesta. Ou pelo menos o mais honesta possível.

Amanda abriu outra porta. Estavam na emergência. Ela parou o primeiro funcionário que encontrou.

— Eu preciso de Conrad.

Will estava curvado em uma maca no final do corredor. Faith correu até ele.

— Will! — gritou.

Ele deu uma piscada lenta e longa, vendo sem vê-la.

— Vocês encontraram a Sara?

— Não. O estado inteiro está procurando por ela — respondeu Faith, dizendo a si mesma que era inútil contar sobre a BMW incendiada antes de saberem quem estava dentro. Levantou delicadamente a cabeça dele para poder ver seu rosto. — Você está bem?

O queixo dele caiu novamente sobre o peito.

— Eu deixei que eles a levassem.

Ela tentou fazê-lo erguer os olhos, mas ele afastou sua mão.

— Fo-foi rápido. O barracão. Ele... A rua. Mas antes u-uma explosão. E então os carros. Eles a levaram.

Amanda não tinha paciência para o falatório dele.

— Por que você está curvado que nem um bêbado? — perguntou e tentou forçá-lo a se deitar.

Ela ergueu a camisa dele.

— Jesus Cristo! — exclamou Faith.

A pele dele parecia um amontoado de imagens de teste Rorschach.

Amanda lançou um olhar severo para Faith, mandando que se recompusesse.

— Faith, vá procurar um médico. Diga que ele pode ter uma hemorragia interna.

Faith desceu o corredor. Usou as costas da mão para enxugar os olhos. A sujeira arranhou sua pele. Era de matar ver Will naquele estado. Ela se virou e viu Amanda estendendo um comprimido para Will. Ele balançou a cabeça. Ela o partiu ao meio e Will o jogou na boca.

— Precisa de mim novamente? — perguntou um enfermeiro, de pé com as mãos agarrando um estetoscópio. Sua identificação dizia CONRAD. — Sua chefe é uma escrota.

— Diga isso a ela enquanto estiver ajudando o meu parceiro.

Faith abriu a porta do banheiro. Entrou no primeiro reservado, sentou-se e afundou a cabeça nas mãos. Não chorou. Apenas ficou sentada ali até não sentir mais vontade de se deitar em posição fetal.

Adam Humphrey Carter.

Por que Amanda tinha o nome do homem na ponta da língua? O vídeo do sequestro estava sendo envido para o e-mail pessoal de Faith para mantê--lo fora dos canais oficiais. Amanda chamara de palpite, mas só podia estar elaborando uma teoria. Teria sido isso que ela estivera berrando no ouvido de Maggie enquanto esperavam o helicóptero pousar? Explicaria por que ficara tão furiosa.

Não um aumento. Uma oportunidade.

Faith procurou notificações no relógio.

Catorze horas e 42 minutos.

Nada.

Deu descarga. Lavou o rosto. Olhou para seu reflexo pálido no espelho.

Ela tinha que parar de examinar a floresta e olhar para árvores isoladas. Amanda dissera que precisavam de uma ligação concreta entre Carter e Hurley, como parte de uma equipe. Se Will pudesse reconhecer ambos do local do acidente, a ligação estaria provada. Isso era tudo com que Faith iria se preocupar no momento. Assim que a ligação fosse estabelecida ela passaria para a árvore seguinte. Era a única forma de conseguir atravessar a floresta.

Abriu a porta. Desceu o corredor. Amanda tentava a todo custo ajudar Will a descer a escada. Ele era quase 45 quilos mais pesado que ela, pelo menos trinta centímetros mais alto. A imagem seria cômica se não fosse tão trágica.

Faith os ultrapassou, descendo a escada de costas, à frente de Will caso ele caísse. A fala dele era pastosa enquanto perguntava sobre Hurley e o GPS no carro de Sara.

— Está tudo em movimento — disse Amanda, tentando tranquilizá-lo. — Estamos repassando informações o mais rápido possível.

— Por aqui — disse Conrad, ao lado da porta.

Amanda tentou levar Will para o túnel, mas a docilidade dele finalmente chegara ao fim.

Ele encarou Faith.

— Ela está morta?

Ela abriu a boca, mas Amanda falou antes.

— Não. De modo algum. Se soubéssemos de alguma coisa lhe diríamos.

Faith se obrigou a olhá-lo nos olhos. Disse a ele a única verdade que podia dizer.

— Eu juro que lhe diria se soubéssemos onde ela está.

Ele anuiu, e ela permitiu que fossem na frente para não deixar escapar mais nada.

Olhou o relógio. Pegou o celular. Eles estavam no subsolo. Nenhum dos aparelhos dava sinal. Ela teria que subir ou conseguir a senha do Wi-Fi.

— Faith — chamou Amanda, sozinha no corredor, revirando a bolsa. Estendeu o estojo de comprimidos. — Não consigo achar meus óculos para perto. Ache os comprimidos azuis ovais. Eu preciso de dois.

— Você está...

Faith ia perguntar se Amanda estava passando mal, mas viu as letras pequenas no comprimido azul.

XANAX 1.0.

— Coloque aqui — disse Amanda, destampando uma pequena garrafa plástica. Faith jogou os comprimidos.

Amanda começou a girar o topo como um moedor de pimenta e viu a expressão de Faith.

— Pode sossegar. Isso não é para Will — disse Amanda. — Eu preciso afrouxar Hurley, e antes de me dar um sermão, ligue para sua mãe e pergunte a ela sobre seus famosos comprimidos Tagarelas.

Faith mordeu a ponta da língua. Odiava quando Amanda contava coisas terríveis sobre sua mãe.

Amanda colocou a garrafa no bolso do paletó.

— Direitos humanos são direitos femininos. É assim que nós equilibramos o jogo.

— Senhora? — chamou um homem que aparecera no corredor. — Eu sou o dr. Schooner, o radiologista. Ele adormeceu na mesa, então resolvemos deixá-lo um pouco ali antes que o próximo paciente descesse.

Ele as chamou para uma sala escura cheia de telas brilhantes. Conrad estava sentado na cadeira de braços cruzados. Havia avisos colados na parede. O que fazer caso alguém tivesse uma reação alérgica. Os números do controle de venenos. A senha do Wi-Fi. Faith começou a digitar a senha em seu celular enquanto o dr. Schooner explicava os resultados de Will.

— O cérebro dele não apresenta anomalias — disse, apontando para o monitor do meio. — Sem inchaço. Sem hemorragia. Sem fraturas no crânio, embora o osso esteja contundido. Ele precisa descansar em algum lugar, olhos fechados, luzes apagadas, nenhum estímulo. Deverá estar melhor em uma semana, mas a recuperação completa só em no mínimo três meses.

— Vamos garantir que ele repouse — disse Amanda.

Faith foi para o corredor para ter uma desculpa plausível. Tentou pensar no que Sara iria querer que ela fizesse naquele instante. Ela estaria preocupada com Will. Iria querer que a companheira o apagasse, arrastasse ele para casa e o forçasse a dormir em um quarto escuro para se recuperar.

Mas em algum momento ele iria acordar. E nunca perdoaria Faith.

Ela conferiu o e-mail. O vídeo não tinha chegado.

Abriu o browser do telefone. Entrou no site seguro da AIG. Acessou a folha corrida de Adam Humphrey Carter. Outro nó apertou seu estômago. Não apenas um estuprador, mas um ladrão de carros, ladrão de residências, agressor. Assim como no caso de Robert Hurley, uma mulher conseguira um mandado contra ele. Sua ficha era machada de acusações de violência doméstica, porque esse tipo de homem sempre tinha acusações de violência doméstica. O ódio às mulheres era um indicador de futuro comportamento criminoso tanto quanto torturar animais e urinar na cama.

A violência nunca funcionava a favor das mulheres.

Faith foi até o final da ficha do criminoso. Ele tinha dois mandados por não comparecer ao tribunal, um por roubo e outro por agredir um homem em uma briga de bar. Ambos datados de dois anos antes, o que não fazia sentido. Esses mandados eram emitidos por juízes quando criminosos não compareciam ao julgamento. Carter conseguira fiança em duas acusações muito graves. O fiador teria oferecido uma recompensa pela cabeça dele acima de cem mil dólares caso ele sumisse.

Então por que Carter não tinha sido capturado?

Um aviso deslizou pela tela.

Anon4AnonA@gmail.com havia lhe mandado um arquivo.

Ela retornou à sala e avisou Amanda.

— O e-mail acabou de chegar.

— Vamos para outro lugar.

Will e Faith a seguiram até o extremo oposto do túnel.

Outra porta.

Outra escada.

Amanda fez Will se sentar na escada. Antes que Faith soubesse o que estava acontecendo, ela abrira uma ampola de amônio e a enfiara embaixo do nariz de Will.

— Porra! — exclamou ele, empinando como um cavalo e agitando os braços. — Você me drogou?

— Para de ser frouxo. São sais de cheiro.

Faith ficou olhando o ícone de download até o vídeo abrir.

Ela se debruçou no corrimão para que Will e Amanda pudessem ver a tela.

Acompanhar o sequestro de Michelle Spivey não foi tão chocante quanto deveria. Entre seu trabalho e episódios de *Dateline*, Faith tinha visto inúmeras imagens em preto e branco de mulheres sendo levadas sob as lentes atentas de uma câmera de segurança. O que tocou seu coração foi Ashley Spivey-Lee, a filhinha de Michelle, que digitava alegremente no telefone quando uma van parou a poucos metros.

A garotinha correu.

Michelle enfiou a mão na bolsa, a boca se abriu em um grito.

Faith parou o vídeo quando um homem saltou da van. Deu zoom no rosto do sequestrador. Ela reconhecera o escroto da foto policial. Rezou feito doida para que Will não reconhecesse.

— É ele. Clinton. Era como o chamavam, mas tenho certeza de que não é o nome dele.

— Porra — murmurou Faith.

— Ele não está no sistema — disse Amanda, fazendo um gesto para que Faith a acompanhasse.

— Você está mentindo para mim — disse Will.

Ele sabia que Faith só era boa em esconder a verdade quando sentia que havia uma boa razão para isso.

O telefone de Amanda tocou.

Ela levou o fone ao ouvido e esperou.

Todos esperaram — Will por notícias de Sara. Faith pela identificação do corpo calcinado na traseira do carro de Sara.

Amanda balançou a cabeça, depois desapareceu no túnel. O estalo da porta fechando foi conclusivo.

121

No silêncio Faith ouvia o próprio coração batendo.

— Você sabe o nome dele, não sabe? — perguntou Will.

Ela disse o nome do homem. Deu um resumo da ficha. Pelo menos em parte.

Will não era idiota. Sabia que ela estava deixando algo de fora.

— E estupro — acrescentou.

Faith teve que engolir antes de conseguir falar.

— E estupro.

A porta se abriu. Amanda chamou Faith. Levou a boca ao seu ouvido.

— Os restos calcinados são de um entregador. A van dele foi encontrada abandonada na saída da I-16 para a Bullard Road.

Flórida, Alabama, Carolina do Sul.

— Eles vão receber você lá em cima — sussurrou Amanda. — Não dê mole para eles. Não acredite em nada do que disserem. Sempre há um motivo oculto.

Faith não fez perguntas que sabia que não seriam respondidas na frente de Will. Encolheu os ombros enquanto subia a escada, contornando outro patamar e chegando ao primeiro andar de outro prédio.

O Winship Cancer Institute. Faith reconheceu a entrada. Um vento soprou em sua cabeça. As janelas tinham sido explodidas no lado leste. O ar condicionado estava sendo sugado para fora. Ela ouviu equipamento pesado apitando, motores a diesel funcionando. Era como respirar areia. Seus olhos começaram a lacrimejar imediatamente. Seu nariz escorria tanto que ela precisou procurar lenços de papel na bolsa.

— Mitchell.

O agente do FBI da reunião sobre Martin Novak acenou para ela do final do corredor. A sala de aula úmida parecia ter existido em uma vida passada. Os dois estavam acabados. O federal esmerado já era. A ponte dos óculos estava presa com esparadrapo. O rosto, cinza de poeira. Sangue manchava a camisa outrora branca. A manga estava rasgada. Sangue escorria pelo braço.

— Estamos aqui — disse ele, passando pelo elevador e virando à esquerda depois da escada. As luzes do teto estavam apagadas. Faith nunca estivera naquela parte do prédio. — Devo admitir que estou surpreso por Amanda ter mandado você.

— Qual é mesmo o seu nome?

— Aiden van Zandt. Pode me chamar de Van. É mais fácil — disse, usando a manga para limpar o rosto. — Olhe, poupe o sermão. Nosso IC tem sido consistente por três anos.

Faith não perguntou quem era o informante confidencial. Nunca atrapalhe um falastrão.

— Conseguimos conter ou trancar alguns alvos de grande valor por causa das informações que ele nos deu — falou Van.

Faith manteve uma expressão impassível.

— Sei como sua chefe se sente quanto a toda esta operação, mas tenha em mente que era ela quem estava nos usando. — Ele deu uma olhada em Faith. — E estávamos prontos. Tínhamos tudo sob controle.

Ele limpou o rosto novamente, mas só espalhou mais a sujeira.

Faith tinha lenços na bolsa, mas ele que se fodesse.

— Ainda podemos infiltrar outro agente — disse ele. — Eles não sabem como ele é, só que é um cara que teve alguns problemas.

Faith sentiu uma lâmpada se acendendo acima de sua cabeça, não totalmente acesa, mas chegando lá. Seria por isso que Will não estava nas reuniões sobre Novak? Amanda o deixou de fora porque queria que ele se infiltrasse em uma operação conjunta com o FBI. Faith então formulou uma pergunta que não fosse comprometedora.

— Quando Will iria se envolver?

— Estávamos discutindo datas, mas seria em questão de dias. O falatório sobre o grupo na internet tem sido enorme ultimamente. Estão planejando fazer alguma declaração. E, acredite em mim, esses caras não fazem declarações pequenas.

Grupo?

A boca de Faith ficou seca. O sequestro de Michelle e o ataque faziam parte de algo maior que os cinco homens no acidente de carro. Havia uma organização por trás daquilo, uma célula que estava trabalhando em uma destruição ainda maior.

— As bombas não foram um aumento — disse ela, citando Amanda.

— Não, as bombas foram para esconder a emergência médica de Michelle Spivey e garantir que todos sumissem daqui para mais um dia de luta. Tática diversionista clássica para essas pessoas. O crime nunca tem a ver com a explosão.

Ela testou as águas.

— E Novak?

— Cuidado. Por aqui.

Van manteve a porta aberta para ela. A sala de reuniões tinha uma mesa larga com cerca de vinte cadeiras ao redor. Uma loura muito elegante se levantou de um dos assentos laterais e foi até ela estendendo a mão. Era aproximadamente da idade de Amanda, porém mais alta e mais magra, e bonita de um nível desconcertante para quem não era.

— Eu sou a diretora executiva assistente Kate Murphy, da Inteligência — disse, com um aperto de mão firme. — Aiden repassou as informações para você?

Faith ficou perturbada com o título. A parte "executiva assistente" não fazia dela uma secretária. Aquela mulher estava apenas três níveis abaixo do diretor do FBI. Atuava fora de Washington, encarregada de supervisionar serviços de coleta de informações de todas as filiais do país.

Faith sentiu a bexiga fraquejar. Ela queria pensar que Amanda lhe dera aquela missão por confiança, mas mandar um peixinho se encontrar com um diretor de alto nível era basicamente um grande foda-se.

— Agente Mitchell? — chamou a mulher.

Faith se decidiu. Ela não trabalhava para o FBI. Trabalhava para Amanda, e Amanda dissera a Faith que desse uma dura neles.

— Minha chefe está cansada da babaquice de vocês. Ela quer informações.

Murphy trocou olhares com Van.

Não acredite em nada que eles disserem. Sempre há um motivo oculto.

— E então? — perguntou Faith.

Murphy hesitou. Depois enfiou a mão na maleta. Tirou uma pasta e a abriu na mesa.

Adam Humphrey Carter.

Por isso Carter tinha dois mandados em seu nome, mas ninguém o pegara. O FBI o transformara em informante confidencial.

— Seu IC sequestrou duas mulheres — disse Faith. — Uma delas é uma agente da AIG.

— E a outra é uma especialista em doenças infecciosas do CCD — acrescentou Murphy, abrindo uma segunda pasta.

Havia uma fotografia colorida presa com clipe a uma pilha de documentos aparentemente oficiais.

Michelle Spivey posava no que parecia ser um país do Terceiro Mundo. Água parada cobrindo suas botas. Havia uma barraca verde do exército ao fundo. Ela usava farda de combate. Tinha distintivos de capitão no colarinho. Faith sempre esquecia que o CCD era ligado aos serviços por intermédio dos fuzileiros navais. O órgão começara colocando navios em quarentena para manter doenças longe dos portos e se tornara uma unidade internacional de saúde pública.

— Esta é a dra. Spivey em Porto Rico depois da passagem do Maria — disse Murphy.

Então não era um país do Terceiro Mundo, apenas um território abandonado dos Estados Unidos.

— O que ela estava fazendo ali? — perguntou Faith.

— Monitorando e se preparando para cólera e outras pandemias que você vê nesse tipo de desastre natural — respondeu Murphy, puxando duas cadeiras e se sentando. — Spivey é uma Oficial de Inteligência de Epidemias incorporada ao centro de operações de emergência para pronto atendimento.

Faith afundou na cadeira. Pegou o caderno. OIEs eram investigadores de campo levados a zonas perigosas. Podiam trabalhar com qualquer coisa, desde relacionar uma plantação de alface a um surto de salmonela até tentar impedir a propagação do ebola.

— Os noticiários estão pintando Spivey como uma cientista que passa o dia inteiro com os olhos em um microscópio — disse ela.

— Ela *é* uma cientista. Mas também é médica com mestrado em saúde pública e doutorado em doenças e vacinas.

— Vacinas?

— Recentemente ela tem se concentrado na volta da coqueluche, ou tosse convulsa, nos Estados Unidos. Mas trabalhou em outros projetos secretos. Tem autorização 0-6. Altamente secreto.

Faith baixou os olhos para o bloco em branco.

— Como Carter entra nisso?

Murphy anuiu para Van.

— O pessoal local supôs que Spivey fosse vítima de sequestro e estupro — prosseguiu Van. — A imagem de Carter era bem clara na fita da câmera. Esconderam o vídeo da imprensa e o passaram pelo RISC, onde ficam arquivadas as identidades dos indivíduos de alto interesse. — Quando nos acertamos com ele, eu inseri os dados biométricos de Carter na base de dados caso ele aparecesse em algum.

— Você quer dizer caso ele sequestrasse e estuprasse outra mulher, como fez quando era policial? — perguntou Faith.

Van ignorou o sarcasmo dela.

— Carter estava nos dando informações sólidas sobre o EPI.

Faith anuiu, embora não tivesse ideia do que fosse EPI, além da sigla para o nome de uma cerveja. Traficantes não costumavam batizar suas organizações. Eles faziam parte de máfias — russa, Yakuza, Sinaloa. Hurley e Carter eram brancos, então isso descartava gangues de rua como Latin Kings e Black Disciples. Sobrava apenas os Hell's Angels, os Hammerskins ou como quer que o neonazista do clube do mês estivesse se chamando — todos com os quais Carter teria entrado em contato durante uma de suas muitas prisões.

— Você tirou Carter da prisão? — perguntou Faith.

Murphy hesitou novamente. Faith não soube dizer se era manipulação ou reticência real.

— Chegamos a ele por uma investigação distinta e não relacionada.

Faith duvidou de que não fosse relacionada. A mulher transpirava falsidade.

— O que podemos lhe dizer é que no começo estava claro que Carter não acreditava de verdade — prosseguiu Van. — Ele entrou para o EPI pelo prazer de ser um escroto violento. Briga de bar. Acertar cabeças em manifestações políticas. Há alguns meses eu tive que puxar as rédeas. Ele parecia estar se tornando um bom soldado. Cortou os cabelos. Raspou a barba. Parou de beber, o que foi um enorme alerta piscando em neon. Depois disso ele sumiu do radar. Foi quando começou o falatório em nossos canais dizendo que algo grande estava sendo preparado. Quando vi Carter novamente ele estava no vídeo sequestrando Spivey.

— O EPI mandou que a sequestrasse — disse Faith.

— Não necessariamente — retrucou Murphy. — O departamento não está convencido de que o EPI está envolvido no sequestro. Carter é um mau ator com toda uma vida de crimes sob seu guarda-chuva.

A lâmpada acima da cabeça de Faith se tornou uma explosão solar.

Kate Murphy era o "eles" a quem Amanda se referira quando mencionara eliminar da equação o elemento do tráfico sexual. Se o FBI estava em uma operação conjunta com a AIG, o Bureau seria o responsável por estabelecer os parâmetros. Se Amanda não seguisse as regras deles, não haveria mais uma operação conjunta.

Então cabia a Faith convencer o FBI de que eles estavam errados. Michelle não tinha sido sequestrada para fins sexuais. Seu sequestro tinha propósitos muito mais sinistros.

— Meu parceiro já identificou Adam Humphrey Carter como o homem que sequestrou Michelle Spivey. Ele reconheceu o rosto de Carter porque Carter foi um dos homens que levaram Sara Linton.

Murphy ergueu a sobrancelha, mas apenas isso.

— Carter fazia parte da equipe que trouxe Michelle Spivey ao hospital — continuou Faith. — Ela morreria se não passasse pela cirurgia. Eles arriscaram tudo para mantê-la viva. Não se expõe tanto assim quando se está traficando uma mulher para fins sexuais. Se ela fica doente, o máximo que vão fazer é cortá-la em pedaços e enfiá-la em uma mala ou desová-la em um campo e ir embora. Sempre se pode pegar outra mulher na rua, supondo que o traficante em questão tem tara por mães lésbicas de quarenta anos.

Sem pensar, Faith se inclinou para a frente como faria em um interrogatório, reduzindo o espaço pessoal de Murphy para que ela soubesse quem estava no comando. Foi em frente com seu instinto corporal.

— Ou Michelle Spivey tem uma boceta de ouro, ou tem total relação com o que o EPI pretende fazer a seguir. É sobre isso o falatório. Eles estão planejando um ataque em grande escala, e para fazer isso precisam de Michelle, uma médica do CCD.

Murphy recostou-se na cadeira. Olhou para Faith como se a visse pela primeira vez.

— Tudo que você disse não passa de conjecturas. Apresente peças concretas que conectem isso tudo. Dê evidências que eu possa apresentar a um juiz para pedir mandados.

Faith quis muito revirar os olhos.

— Vocês são o FBI. Derrubem algumas portas. Carter provavelmente lhes dá todas as causas prováveis.

— Não há portas a derrubar — comentou Van. — O EPI é nômade. Eles moram em barracas no meio do nada. Quando descobrimos um acampamento, eles já se mudaram para outro. Eles têm pessoas dentro. Dentro de nós, dentro de vocês, dentro de tudo que você possa imaginar. E, você vai me perdoar, mas sua chefe não tem sido de grande ajuda.

— Geórgia e Nova York são os únicos estados do país cujas constituições não subordinam explicitamente todos os grupos militares à autoridade civil — retomou Murphy. — Mas, sendo bem honesta, todos os estados têm feito vista grossa no caso de milícias particulares e grupos paramilitares.

Grupos paramilitares.

Faith sentiu seu corpo começar a suar frio.

Esse era o prego que ela vinha martelando o dia inteiro.

Martin Elias Novak, seu *prisioneiro de grande importância*, passara algum tempo com a tal patrulha de fronteira civil no Arizona. Eram homens que achavam que o governo federal não estava fazendo o suficiente para proteger a fronteira sul, então colocaram o pé na estrada com fuzis e escopetas para cuidar disso. Na cabeça de Faith, a maioria dos homens estava apenas querendo uma desculpa para acampar, ficar longe das esposas e se passarem por mais importantes do que a vida real de contador ou vendedor de carros usados levava a crer. As facções mais perigosas haviam adotado o princípio da *posse comitatus*, segundo o qual o governo deveria ser derrubado violentamente e devolvido aos homens brancos cristãos.

Aparentemente eles careciam de fotografias da maioria do congresso americano, do presidente e seu gabinete e dos juízes nos tribunais estaduais e federais.

— Há cerca de trezentos grupos paramilitares atuando nos Estados Unidos agora — confidenciou Murphy. — Essa não é uma questão regional. Cada estado tem a sua parcela. Enquanto estiverem na deles, não há razão para provocar a onça. Não queremos outro Waco ou Ruby Ridge.

Ela não estava errada em se preocupar. Os dois cercos haviam sido não apenas desastres de relações públicas, como inspiraram inúmeros atos de violência, desde os atentados a bomba ao Murrah Federal Building até a Maratona de Boston, e, talvez, inclusive o massacre da Columbine High School.

Mas o FBI tinha lidado mal com dicas sobre o atirador de Parkland, Larry Nassar, o atirador do Pulse Night Club, o ataque terrorista no Texas e inúmeros alertas sobre o envolvimento da Rússia em diversas malfeitorias. Para não mencionar que um de seus próprios informantes acabara de ajudar colegas a detonar duas bombas em um grande hospital universitário.

Van pareceu ler a sua mente.

— Essas investigações de muitas frentes demandam dinheiro e paciência. Esperamos que essa última demonstração arranque mais recursos de Washington. Novak roubou todos aqueles bancos por uma razão. Eles estão sentados em uma tonelada de dinheiro. O falatório aponta para algo grande e iminente.

— Novak não está necessariamente ligado a isso — interrompeu Murphy, dosando as palavras de Van. Não se chega tão alto no FBI sem um certo instinto político. — Neste momento o EPI não pode ser ligado a ninguém a não ser Carter. Sim, temos o falatório, mas não é chamado de falatório à toa. Pode não ser nada. No departamento nós não chegamos a conclusões precipitadas. Nós construímos casos sólidos com base em evidências que podem ser usadas. Seu parceiro deveria se infiltrar e coletar essas evidências, mas é impossível agora que eles sabem como ele é.

Faith sentia uma pergunta querendo sair lá no fundo da mente.

— Por que infiltrar um agente da AIG se essa é uma investigação do FBI?

A sobrancelha de Murphy se ergueu. Ela estava surpresa ou impressionada.

— Não conseguimos os recursos — disse Van. — O clima atual no departamento determina que homens brancos cristãos não podem ser terroristas.

— Aiden — repreendeu Murphy.

Ele ergueu as mãos e deu de ombros.

— Minha avó e minha bisavó saíram de um campo de extermínio nazista. Eu tendo a levar essas coisas um pouco mais a sério.

Murphy se levantou.

— Para o corredor, por favor.

Faith não esperou que a porta se fechasse quando eles saíram. Nem tentou escutar a bronca. Começou a folhear as páginas.

O Exército Patriota Invisível.

Fotos em preto e branco mostravam grupos de homens brancos jovens vestindo roupas de combate. Alguns marchavam. Outros faziam exercícios em uma pista de obstáculos com parede de escalada e arame farpado. Cada um deles levava algum tipo de arma; a maioria tinha duas ou três. Os cinturões tinham coldres e bainhas de facas. Havia AR-15s pendurados nos ombros.

Ela encontrou a foto de Michelle Spivey em Porto Rico. A mulher dedicara a vida a salvar as pessoas, vacinando crianças, contendo pandemias nas regiões mais inóspitas do mundo.

Havia outra foto presa aos documentos. Uma selfie de Michelle com esposa e filha. A menina de 11 anos estava em êxtase. Atrás delas havia uma árvore de Natal. Presentes recém-abertos espalhados sobre o sofá. A Michelle da foto tinha no máximo uns seis meses antes que a vida que ela a conhecia chegasse ao fim.

O que levava a uma pergunta...

O que uma organização paramilitar bem financiada e bem treinada queria com uma mulher que se especializara na disseminação de doenças infecciosas?

CAPÍTULO SETE

Domingo, 4 de agosto, 14h26

SARA FECHOU OS OLHOS na escuridão. Sentia o corpo vibrando com as imperfeições da estrada. Estavam na traseira de um caminhão-baú, o tipo de veículo que você alugava para fazer uma mudança. Michelle e Sara permaneciam algemadas a barras em lados opostos. Ambas amordaçadas para que não pudessem se comunicar ou pedir ajuda. Como se suas vozes pudessem superar o ronco do motor a diesel e os solavancos das intermináveis estradas pelas quais seguiam.

O que isso significava naquele momento era que a mensagem de Sara para Faith por walkie-talkie sobre a van branca tinha sido inútil. Dois homens haviam se encontrado com eles em um posto de gasolina fechado na 285. Eram musculosos e jovens, com o tipo de queixo quadrado que se via em todos os cartazes de recrutamento do exército. Um foi embora na van branca; o outro foi atrás em um carro comum.

Ninguém precisou dizer a Sara que eles iam abandonar a van em um ponto o mais distante possível de seu verdadeiro destino. Nem que era um sinal muito ruim que nenhum dos homens tivesse se preocupado em esconder o rosto.

Sara sabia muitas coisas, e o que não sabia estava descobrindo depressa.

Dash nunca erguia a voz, mas o efeito de suas palavras era o de um general no campo de batalha. Sara o ouvira dar instruções suavemente formuladas em um celular descartável enquanto era conduzida ao caminhão. Ela captara alguns nomes — Wilkins, Peterson, O'Leary — antes que Dash quebrasse o aparelho ao meio e o arremessasse no mato. Todos os homens em que Sara colocara os olhos até aquele momento tinham postura de soldado. Ombros para trás. Olhos para a frente. Mãos fechadas. Eles estavam organizados em uma estrutura de comando. Tinham cometido um ato de terrorismo doméstico contra um hospital universitário.

Milicianos. *Freemen. Weathermen.* Guerrilheiros. Ecoterrroristas. Antifa.

Os grupos tinham diferentes nomes, mas estavam ligados pelo mesmo objetivo: usar violência para dobrar o resto dos Estados Unidos à sua vontade.

Isso tinha importância?

O mundo de Sara se reduzira às quatro paredes que a trancafiavam. Não tinha ideia de quanto tempo se passara desde o posto de gasolina, mas estava em cativeiro tempo suficiente para que seus pensamentos ficassem girando no mesmo círculo apertado.

Temia por Will. Temia que Cathy não cuidasse dele. Temia a dor nos pulsos causada pelas algemas. O calor abafado eliminando fluidos do seu corpo. A escuridão fazendo com que ela perdesse noção de direção e tempo. Temia por Will.

Apenas de vez em quando ela derrubava a barreira que mantinha seus pensamentos tão contidos e se preocupava consigo mesma.

Sara sabia o que estava por vir.

Michelle Spivey fora estuprada e drogada para ser subjugada. Mesmo com Carter prejudicado pelo ferimento, haveria outros como ele, camaradas de armas.

Havia muitos na organização.

No calor repulsivo do caminhão, com as mãos algemadas acima da cabeça, Sara tentou se resignar frente ao inevitável.

Ela já havia sobrevivido uma vez.

Não havia?

Na faculdade, Sara tivera sorte em seu estupro.

Era estranho encarar dessa forma, mas Sara não estava pensando na violação física. Aquele tinha sido o momento mais devastador de sua vida até a morte do marido.

A sorte veio depois.

Ela era uma mulher branca, jovem e educada. Vinha de uma família estruturada de classe média. Até então só havia tido um parceiro sexual, o namorado do ensino médio. Seu armário tinha mais moletom que minissaia. Raramente usava maquiagem. Não bebia para valer. Experimentara maconha na escola uma vez, só para provar à irmã que era capaz. Sara passara a maior parte da vida com a cara enfiada em um livro ou o traseiro em uma carteira escolar.

Em outras palavras, não havia muito material que o advogado de defesa pudesse usar para jogar a culpa em Sara.

O ataque acontecera na cabine do banheiro feminino do Grady Hospital. Sara fora algemada. Estuprada pela vagina. Esfaqueada na costela com uma faca de caça serrilhada. Tinha gritado "não" uma vez antes de ter a boca coberta com fita adesiva. Não havia como alegar consentimento. Ela não conseguia lembrar muitos detalhes de antes nem de depois — essa era a natureza do trauma —, mas nunca esqueceu o rosto, detalhe por detalhe, do homem que a estuprou.

Os olhos azuis cristalinos.

Os cabelos compridos e escorridos.

A barba áspera que cheirava a cigarro e fritura.

A viscosidade de sua pele branca investindo sobre ela.

Ainda assim, Sara tinha sorte por seu agressor ter sido condenado por estupro. Por não ter feito um acordo em troca de uma acusação mais leve. Pela oportunidade de ter sido ouvida no tribunal. Pelo juiz não ter sido leniente na sentença. Por haver outras mulheres que seu agressor havia estuprado, não sendo, portanto, apenas uma mulher a acusá-lo, mas várias.

O que importava muito mais do que deveria.

Depois do julgamento, Sara teve a grande sorte de seus pais a obrigarem a voltar para casa. Ela já tinha abandonado sua bolsa em cirurgia neonatal tão difícil de conquistar. Atrasara as contas. Parara de sair. Parara de comer. Parara de respirar, dormir e ver o mundo da mesma forma que antes.

Porque nada mais era como antes.

Quando se mudara para a faculdade, Sara jurou nunca mais voltar a morar no Condado de Grant, mas se descobrira grata pela familiaridade. Ela conhecia quase todo mundo na cidade. Sua mãe e sua irmã estavam lá para ampará-la quando ela era assolada por soluços incontroláveis. Seu pai dormiu no chão do quarto até Sara se sentir segura o bastante para ficar sozinha.

Mas no fundo ela nunca se sentiu segura como antes.

Uma hora ela acabou melhorando. Conseguiu catar as peças que restavam de si e juntá-las. Começou a namorar novamente. Casou-se. Mentiu para o marido sobre a razão de não poder ter filhos. Mesmo após Sara ter contado a verdade a Jeffrey, eles nunca conversaram de verdade a respeito. Ele era policial, mas não conseguia pronunciar a palavra estupro. Nas raras oportunidades em que o assunto surgia, ambos se referiam ao fato como *o que aconteceu em Grady*.

Os pneus do caminhão acertaram um buraco na estrada.

Sara sentiu o corpo ser jogado para cima, depois para baixo. Uma dor lancinante subiu pelo cóccix. Seu pulso forçou as algemas. Seus ombros doeram. Ela esperou, dentes trincados, até que o movimento suavizasse novamente.

Sara respirou fundo. Os pulmões sofriam no ar úmido e estagnado. Fechou os olhos com força e tentou levar os pensamentos de volta ao ciclo anterior. Will precisava de cuidados médicos. Cathy não cuidaria dele. Os pulsos de Sara doíam por causa das algemas. Ela estava desidratada devido ao calor. Não tinha ideia de quanto tempo se passara ou de onde estava.

Will.

Cathy o defenderia. Ela o obrigaria a ficar no hospital. Ela colocaria panos úmidos em sua testa porque sabia que Sara o amava.

Não sabia?

A respeito de Will, Sara só tinha discutido com a mãe. Nunca confessara a Cathy estar profunda e perdidamente apaixonada por ele. O que ela deveria ter dito na cozinha era que ainda sentia o coração bater mais forte toda vez que Will chegava. Deixava corações desenhados com batom no espelho do banheiro para ele. Confiara de olhos fechados em Will desde o momento em que o conhecera — tanto que lhe contou o que tinha acontecido em Grady antes mesmo de começarem uma relação.

A infância dele fora marcada por agressões. Ele não tentou consolar Sara, consertá-la ou amenizar a linguagem ao falar sobre o que tinha acontecido por não poder conviver com a verdade. Will compreendia em todos os níveis por que um ruído aleatório ainda era capaz de aterrorizá-la. Por que ela nunca corria depois de anoitecer, mesmo com os cachorros. Que, sem explicação, percorresse um estacionamento vinte vezes em busca de uma vaga mais perto da entrada. Que às vezes não desse descarga à noite por temer que o barulho abafasse o som de um invasor.

Isso era o que Sara diria à mãe caso conseguisse escapar...

Will entendia por que ela ainda se considerava uma mulher de sorte.

O caminhão começou a desacelerar. Sara esperou, esforçando-se para ouvir outros carros, pessoas ou qualquer coisa que indicasse sua localização.

As marchas arranharam. O motor roncou. Sara bateu na lateral do caminhão quando ele subiu. Os freios guincharam, depois o caminhão parou novamente.

Havia vozes de homem do lado de fora. Ela ouviu um murmúrio baixo e imaginou que fosse Dash. Depois houve gritos. Pés chutando cascalho. Imaginou que uma estrada não pavimentada indicava que estavam em uma área isolada. Fazia tempo que não paravam em um sinal ou em uma placa. Estava mais frio. Talvez estivessem em algum lugar mais alto. Sara não ouvia outro carro perto deles havia algum tempo.

A porta foi rolada para cima. Ela fechou os olhos por causa da claridade. Luz do sol. Ainda dia.

Procurou Michelle. A mulher estava sentada em frente a Sara. As mãos algemadas acima da cabeça. A mordaça em sua boca escorregara, mas ela não tinha dito uma palavra em todo aquele tempo.

— Dra. Earnshaw.

O braço de Dash estava em uma tipoia de verdade. A ponta de uma bandagem branca saía pela gola da camiseta nova. Alguém já havia retirado a bala de seu ombro. Havia um homem com um fuzil ao lado dele.

— Ou devo chamá-la de *médica local*? — disse ele, e esperou que Sara pedisse uma explicação. Ela não lhe daria esse gostinho. — É como estão chamando você no rádio. Uma *médica local* foi feita refém quando corria ao hospital para prestar socorro.

Sara tentou engolir, mas a boca estava seca demais. Não sabia qual emoção ele estava esperando — alívio por estarem procurando por ela? Gratidão por receber essa informação? Ela já sabia que estavam procurando por ela. Furaria os próprios olhos, mas não demonstraria àquele homem gratidão nenhuma.

— Talvez não estejam revelando meu nome porque não querem que você ameace a minha família como Carter fez com a filha de 11 anos de Michelle.

— Tenho certeza de que ele estava apenas brincando — retrucou, balançando a cabeça.

— As palavras exatas dele foram... — Sara parou, tentando limpar a garganta antes de continuar: — "Falando assim eu fico pensando em quão apertada é a xota da sua filha."

Dash desviou os olhos.

— Uma linguagem perturbadora vindo de uma mulher.

— Imagine ouvir isso com uma arma carregada apontada para sua cabeça.

Dash assentiu para alguém no estacionamento.

— Vamos tirá-la do caminhão e colocá-la no ar-condicionado. Acho que o calor não fez bem à sua cabeça.

Um homem grande e peludo subiu na traseira do caminhão. Tinha uma faca embainhada de um lado do cinturão e um coldre com arma do outro. Pegou um chaveiro no bolso e soltou as algemas de Sara da barra.

Ela esfregou os pulsos machucados. Estudou suas opções. Poderia socá-lo na virilha. Tentar pegar dele a faca ou a arma.

E depois?

— Dra. Earnshaw? — chamou Dash, o tom indicando que ela tinha uma escolha, os homens armados ao redor dele deixando claro o contrário.

Sara ficou de pé com as pernas trêmulas. Usou a mão para proteger os olhos do sol. Sua escoteira interior dizia que era meio da tarde, entre três e quatro horas. Seu relógio marcara 14h17 quando estavam atrás da boate de strip. Uma ou duas horas de estrada. Eles poderiam estar em qualquer lugar.

Dash estendeu a mão para ajudá-la a descer.

Sara recusou. Estudou a paisagem enquanto descia do caminhão. Haviam estacionado diante de um hotel de beira de estrada de um só andar com uma única varanda comprida na frente dos quartos. Estilo rústico, como uma hospedaria de pesca. Sara não entendeu se estava fechado ou apenas vazio. Não havia outro carro no estacionamento. Decididamente era uma área rural. Montanhosa. Árvores por toda parte. Não tinha barulho de tráfego da rodovia. Do outro lado da rua havia um bar esquisitão. Na placa do lado de fora tinha o desenho de um coelho segurando uma caneca de cerveja.

Peter Cottontail's.

— Por aqui, por favor — indicou Dash, apontando para um dos quartos do hotel.

A porta já estava aberta. Ar frio lutava contra o calor. Michelle Spivey estava atrás de Sara enquanto ela entrava. Mesa e cadeiras plásticas. TV na parede. Um gaveteiro para roupas. Um frigobar. Uma mesinha de cabeceira entre duas camas largas. Vale estava deitado na cama perto da parede, e Carter sentado na da janela. Partículas de poeira flutuavam à luz do sol. O cheiro de Pinho-Sol era penetrante.

Vale virou o rosto. Olhou para Sara, desesperado. O peito estremeceu. Estava com uma tosse seca e rascante.

Atrás dela, ligaram o caminhão. Cascalho foi arremessado quando o veículo partiu.

Sara ficou olhando o caminhão se afastar. Comum, branco, como todos os outros caminhões nas estradas e rodovias.

— Doutora?

Dash esperou que ela entrasse antes de fechar a porta.

Ele ficara com três homens. Dois estavam armados e eram do mesmo molde dos outros. Um usava roupas mais casuais: uma camisa social de mangas compridas enroladas. Bermuda cargo frouxa em seu quadril magro. Os cabelos eram mais compridos que os dos outros. A barba estava crescendo. Carregava uma grande mochila nos ombros com uma cruz vermelha acima de uma bandeira americana.

Uma bolsa médica de campo do exército.

Sara procurou Michelle. Ela tinha ido para o canto mais distante do quarto e se sentado no chão. Estava abraçada aos joelhos, a cabeça baixa novamente.

Era assim que Carter a ensinara a se sentar ou não passava de autopreservação?

— Dra. Earnshaw? — chamou Dash, lhe dando uma garrafa de água. Assentiu para que os dois homens se colocassem em posição do lado de fora. O terceiro, o casual, colocou a mochila na mesa de plástico. — Meu amigo Beau ficará feliz em ajudar você.

Sara não conseguiu falar. A monotonia do caminhão a acalmara, mas o terror estava voltando. Ela estava dentro de um hotel decadente. Presa com aqueles homens que fediam a testosterona. Michelle estava certa de se encolher no canto.

Beau começou a abrir a bolsa de campo. Seus dedos tatearam item por item, pegando equipamento para uma intravenosa. Havia uma bolsa de soro no compartimento de trás. Ele tinha equipamento suficiente para fazer uma pequena cirurgia.

Sara observou os movimentos dele. Rápidos. Eficientes. A despeito dos trajes descontraídos, ele claramente sabia o que estava fazendo. Mais importante que isso, ele saberia o que Sara estaria fazendo. Ela perdera a oportunidade de matar Vale e Carter ou de deixar que morressem por negligência.

— Porra, cara — disse Carter. — Coloque isso em mim. Meu saco está pegando fogo.

Beau ignorou o pedido. Já tinha inserido o cateter no braço de Vale. Prendeu com esparadrapo. Abriu o gotejador. O homem claramente tinha feito aquilo milhares de vezes antes. Sara supôs que tinha sido ele quem tirou a bala do ombro de Dash.

— Irmão — tentou Carter. — Vamos lá.

— O mais grave primeiro — respondeu Beau.

— O meu estado é grave, cacete. Estou com uma faca a dois centímetros do meu pau.

Beau deu uma espiada no ferimento de Carter.

— Você apertou demais, irmão. Não se conserta uma vagina aumentando o buraco.

Dash deu uma risada.

— Vamos evitar linguagem de vestiário perto das damas — ordenou Dash.

Ele encontrou o controle remoto e ligou a televisão.

Sara ficou boquiaberta com as imagens. Um helicóptero da emissora sobrevoava o local da explosão. Lágrimas quentes arderam em seus olhos. Mal dava para reconhecer o campus e a área do hospital. Ela passara sete anos da vida estudando ali, ajudando pessoas, aprendendo a ser uma boa médica.

— Bonito — disse Dash, aumentando o volume. No palanque estava uma mulher com o uniforme da polícia de Atlanta. A legenda dizia que a entrevista estava sendo reprisada.

— ... todos os órgãos procurando pela mulher sequestrada...

— Essa é você — disse Dash. — Médica local.

Sara o ignorou, escutando a policial.

— Posso confirmar que havia dois explosivos programados aproximadamente...

Dash tirou o volume.

Os olhos de Sara procuraram as legendas correndo na base da tela. *Dezoito mortes confirmadas. Quarenta e um feridos. Dois policiais Do Condado de DeKalb, uma subxerife do Condado de Fulton e dois seguranças entre os assassinados.*

— Que belo inferno — disse Dash.

A polícia liberara imagens de câmeras de vigilância do hospital. Elas mostravam diversos ângulos diferentes de Dash, mas nem mesmo Sara, que passara as últimas horas com ele, reconheceu-o como o homem na tela. Ele tomara o cuidado de manter o boné no rosto e a cabeça abaixada. Carter não fora tão cuidadoso, mas tivera sorte. O close do seu rosto estava pixelado. Um terceiro conjunto de imagens mostrava Hurley arrastando Michelle escada abaixo.

— Descanse em paz, irmão — murmurou Dash.

Sara ficou imóvel. Dash ainda achava que Hurley estava morto. Carter e Vale haviam dobrado a aposta na mentira sobre o que de fato tinha acontecido depois do acidente de carro. Não se esconde informações do chefe a não ser que o chefe fosse ficar puto de saber a verdade. Eles não se sentiam culpados por abandonar um dos seus *irmãos*. A preocupação era que Dash os punisse por deixar para trás uma testemunha.

O que levantava uma questão: como Sara podia usar essa informação contra eles?

— Dra. Earnshaw?

Beau tinha um estetoscópio esperando por ela.

Sara desviou os olhos da televisão, a atenção capturada pela legenda na tela.

Dois bombeiros e três policiais de Atlanta feridos. Dois policiais do Condado de DeKalb, uma subxerife do Condado de Fulton e dois seguranças assassinados.

Eles estavam sendo muito específicos na descrição. O posto de Will era o de agente especial. Será que Sara deveria considerar isso um bom sinal de que ele não estava na relação de feridos?

— Eu não tenho um Pleur-Evac — disse Beau.

Sara bebeu da garrafa de água. Tentou retornar ao momento. Na faculdade de medicina, eles haviam enfiado na cabeça dela que o juramento a obrigava a tratar qualquer um que precisasse de ajuda, deixando de lado crenças políticas e pessoais. Consertava-se o corpo, não o paciente.

Sara se esforçou para invocar aquela jovem estudante determinada que acreditara fervorosamente que aquilo era possível.

Deu a garrafa de água a Dash.

— Eu preciso de três destas. Fita adesiva. Tubos. Preciso criar um lacre hidráulico, então cortiça seria o melhor. As outras duas são para regular a pressão e armazenar sangue do peito dele. Caso tenha uma furadeira, a broca precisa ter circunferência ligeiramente menor que a dos tubos.

Dash abriu a porta e transmitiu o pedido a um dos homens.

Sara olhou nos olhos de Michelle. A mulher trabalhava no CCD. Ela tinha no mínimo um diploma de veterinária, se não de medicina.

— Firme — disse Beau a Vale, usando tesouras para cortar sua camisa.

O peito de Vale arfava. Ele estava totalmente em pânico quando Sara se aproximou da cama. Uma tosse seca sacudia seu corpo.

Sara vestiu luvas nitrílicas. Colocou o estetoscópio no pescoço. Achou óculos de segurança e uma máscara cirúrgica.

— Caso tenha, dois miligramas de Versed, depois um miligrama a cada cindo minutos caso necessário.

— Isso não vai reduzir a respiração?

— É possível, mas não posso deixar que ele fique se mexendo.

— Vou manter alguma adrenalina a postos.

Beau retornou à bolsa médica. Além de Versed ele tinha pacotes de seringas carregadas. Ela reconheceu o dez dentro de um quadrado vermelho aberto. Cinco doses individuais de dez miligramas de morfina.

Sara podia usá-las para apagar os homens no quarto.

Podia usar todas nela mesma.

— Versed inserido — disse Beau, injetando a droga na intravenosa.

Sara se desligou da promessa da morfina. Ajoelhou-se no chão ao lado de Vale.

Ao lado *do corpo*.

Ela pôde ver mais do trabalho de Beau. O ferimento à bala havia sido fechado com um selo de tórax Halo, uma bandagem oclusiva que era uma versão adesiva de filme plástico. Aquilo era bom, mas o selo de tórax Russell que ela vira no kit teria sido melhor.

Beau sabia algumas coisas, mas não tudo.

Sara apalpou as costelas do paciente, sentindo as pontas afiadas de fraturas deslocadas. Contando para baixo a partir do mamilo, a bala penetrara entre a sétima e a oitava costelas. A pele estava distendida. A cavidade torácica se enchera de ar. Ela usou o estetoscópio. Não havia sons de respiração do lado direito. O tórax estava hiper-ressonante. A veia jugular apresentava distensão.

Vale tossiu, com um espasmo de dor.

Ela olhou para Beau. Estava monitorando a pressão sanguínea do paciente. A seringa de adrenalina estava próxima, só por garantia.

Sara auscultou o peito novamente, deslocando o estetoscópio. Conferiu os sons intestinais. Pressionou o abdômen. Nada daquilo era necessário. Ela queria tempo para estudar a bainha da camisa solta de Beau. A borda sob o último botão mostrava um desgaste em forma de meia-lua.

Não apenas um desgaste. Uma marca de uso contínuo, o tipo de coisa que ela usava para identificar corpos no necrotério. Carpinteiros costumavam ter pequenos sulcos gravados nos dentes da frente por segurar pregos na boca. Funcionários de armazém tinham panturrilhas extremamente desenvolvidas, independente da circunferência das cinturas. Motoristas da UPS tinham calos nos dedos anelares, pois era onde eles eram treinados a manter os chaveiros ao saltar dos caminhões.

E bartenders com frequência usavam a ponta da camisa para abrir garrafas.

Aquele não era um hotel qualquer ou abrigo para pesca. Eles tinham parado ali por causa de Beau. Ele provavelmente trabalhava no bar do outro lado da rua.

Sara encerrou a parte encenada do exame e disse a ele:

— Pneumotórax de tensão.

Beau assentiu, mas ela sabia que ele entendia que aquele não era o único problema. Os sintomas do pneumotórax eram o sinal mais visível de ferimento, mas havia uma bala dentro do peito do homem. A julgar pelas costelas quebradas, o projétil ricocheteara antes de parar. O coração sempre era a principal preocupação em um ferimento no peito, mas na verdade toda a região do peito demandava atenção. Nervos, artérias, veias, pulmões, tórax.

Sara não era cirurgiã cardiotorácica. Podia deixá-lo mais confortável, mas ele iria precisar de alguém muito mais preparado e com equipamentos muito precisos para reparar os danos dentro do corpo.

Beau devia saber disso. Ainda assim, ofereceu a Sara um cateter intravenoso da bolsa de transfusão.

Sara encontrou o ponto mediano da clavícula. Beau limpou a área. Ela inseriu o cateter em um ângulo perpendicular à pele, sob a clavícula.

O assovio do ar saindo pela agulha era como um balão sendo esvaziado.

O peito de Vale se ergueu com uma inspiração profunda. Ele engasgou. Seus olhos se abriram. Piscou.

Todos os homens no quarto pareceram respirar melhor com ele.

— Tudo bem, agora me consertem — disse Carter.

Sara virou-se para Beau, esperando que dissesse algo. Teve que se lembrar de que ele não era seu enfermeiro. Era um bandido. Tinha, por vontade própria, usado suas habilidades para remendar outros bandidos.

Sara jogou limpo com Dash.

— Eu posso manter Vale confortável, mas suas necessidades cirúrgicas estão além das minhas capacidades.

Dash esfregou o maxilar com os dedos.

Sara teve que desviar o olhar. Will fazia a mesma coisa quando estava aborrecido.

— Ela está sendo sincera — disse Beau. — Se não levá-lo a um hospital, o tubo no peito vai adiar o inevitável.

— Ele vai morrer? — perguntou Dash.

— Jesus Cristo! — exclamou Carter, o tom entre o súplice e o beligerante. — Por que vocês estão perdendo tempo com ele quando a merda do meu escroto pode estar morrendo?

Dash continuou esfregando o maxilar, pensando.

— Certo. Tirem a faca da perna dele.

Beau retornou à bolsa médica.

Sara lutou contra a repulsa. Cuidar de Vale era uma coisa. O homem estava aterrorizado, perdendo e recuperando a consciência. Mas toda vez que Carter abria a boca — fosse para ameaçar estuprar a filha de Michelle ou para dizer a Sara que ia fazer ela engolir seu mau comportamento — ela se lembrava do quanto queria que ele morresse.

Beau já começara a cortar o jeans de Carter. Ele subiu e contornou, deixando nua a metade inferior do homem.

Carter deu um sorrisinho para Sara. Não falou, mas ela sabia no que ele estava pensando.

Ela o ignorou.

Will fizera com que ele parecesse um boneco Ken.

— Qual é o plano? — perguntou Beau.

— Você vai ter de apagá-lo se quiser que eu faça isso.

— Eu posso deixar menos pior.

Beau colocou Versed em uma nova seringa. Não se preocupou em colocar uma intravenosa com soro. Enfiou a agulha no braço de Carter com tanta força que o tubo plástico estalou contra a pele.

Então Beau também não era fã de Carter.

Ele começou a enfileirar material sobre o frigobar junto à cama. Pinças, bisturis, gaze, fórceps.

— Bota *esha... pusha...*

A droga atingiu Carter em câmera lenta. O queixo dele caiu sobre o peito. A boca ficou aberta. Os olhos estavam entreabertos enquanto ele tentava acompanhar o que estavam fazendo.

Sara trocou as luvas. Trabalhou mentalmente para separar Carter, o ser humano repulsivo, do corpo com uma faca na perna. Estudou o ponto de entrada da lâmina. Invocou sua memória da anatomia do triângulo femoral. NAVEL. Começando lateralmente: nervo, artéria, veias, espaço vazio — o canal femoral — e linfático.

Beau cortou o nó do cadarço da faca. Manteve-a no lugar com a ponta do dedo.

Ambos podiam ver o cabo pulsando.

A lâmina mudara de posição, ou talvez Carter tivesse tido sorte o tempo todo, porque claramente havia um furo na artéria femoral. A pulsação era do coração bombeando sangue oxigenado. O efeito era o de uma mangueira de alta pressão. A única coisa que impedia Carter de se esvair em sangue era a lateral da lâmina tampando o furo.

— Eu não sou cirurgiã vascular — disse ela.

— Entendido.

— Posso cortar enquanto você mantém a faca imóvel. Vou tentar pinçar a hemorragia. Não temos sucção. Vou ter que tatear às cegas.

— Entendido — repetiu ele, passando um bisturi.

Eles iam mesmo fazer aquilo.

Sara sentia-se atipicamente abalada com a perspectiva de cortar aquele homem. Uma cirurgia não era um momento de introspecção; era um momento de pura arrogância. Se não conseguisse ser rápida o bastante, se houvesse sangue demais para conter a hemorragia, Carter estaria morto em menos de um minuto. Vale já estava praticamente morto. Com os dois fora da jogada, não precisariam dela — ou pior, encontrariam outra utilidade para ela.

— Doutora?

Ela prendeu a respiração, depois expirou lentamente.

— Isso tem que ser rápido. Preciso que você encha o ferimento de gaze enquanto eu trabalho. Consegue manter o fórceps aberto?

Beau anuiu.

— Precisamos de mais um par de mãos — acrescentou Beau.

Sara podia sentir o calor de Michelle olhando lá de trás. Provavelmente havia anos que ela não operava uma pessoa, se é que algum dia o fizera, mas podia segurar uma faca com firmeza.

Dash apontou para a tipoia.

— Eu só tenho meio par.

— *Pooorrza* — Carter conseguiu soltar. — Ela não vai tocar...

Ele se referia a Michelle.

— Parece que você não tem escolha — respondeu Dash.

Sara não sabia se ele falava com Carter ou com Michelle, mas no fim das contas não importava. Michelle levantou-se lentamente. Ainda mantinha a cabeça abaixada. O olhar voltado para o chão.

Apenas no último segundo Sara a viu cerrar os punhos.

O que aconteceu em seguida claramente foi planejado — talvez Michelle tivesse pensado nisso durante o acidente de carro, ou enquanto entrava naquele hotel decadente, ou talvez suas ações fossem algo que ela havia ensaiado mentalmente durante as quatro semanas anteriores. O *quando* não importava. O *o quê* foi espetacular.

Michelle esperou até estar perto da cama, então deu um salto e montou em Carter. Arrancou a faca da perna dele e começou a esfaqueá-lo.

Zip-zip-zip.

A lâmina fez o mesmo som diversas vezes enquanto perfurava a carne.

Não houve desperdício de movimentos. O ataque foi a demonstração visual de uma profunda compreensão da anatomia humana.

Jugular. Traqueia. Artérias axilares. Coração. Pulmões. Michelle deu um grito primitivo e desferiu o golpe final no fígado do homem.

Então desabou.

Beau injetara nela o restante do Versed.

Os vestígios dos gritos primitivos de Michelle ecoaram pelo quarto. Ninguém conseguiu se mover. A respiração irregular de Vale servia como uma pulsação audível para o sangue que esguichava da carótida de Carter.

Sara tirou lentamente seus óculos de segurança listrados. Tiras de sangue cortavam seu rosto e seus cabelos.

Em algum momento a porta fora aberta. As duas sentinelas estavam de pé, imóveis, armas em punho.

Dash estendera o braço.

— Vamos manter a calma, rapazes — disse ele. — Precisamos dela viva.

Os homens permaneceram onde estavam, aparentemente sem saber o que fazer.

Sara limpou o rosto. Limpou o sangue da testa. Todos os objetos no quarto refletiam os cortes da faca, das camas ao teto, passando pela TV.

Mesmo na morte, Carter era um incômodo. Ele resistiu por vinte segundos ou mais. Sons de gargarejo subiam do fundo da garganta. Bolhas vermelhas estouravam em seus lábios azuis. Ele olhava cegamente para a faca na barriga. Urina encharcava suas calças. Suas mãos e seus dedos se contorciam. Um fio de sangue escorria da boca aberta. O jato de sangue que saía de sua carótida diminuiu para um vazamento, como um regador de flores que de repente perde pressão. Seu último suspiro foi repleto de terror.

Ele soubera o que esperava por ele a cada segundo que antecedeu sua morte.

Sara levou a mão ao peito. Seu coração era como um pássaro engaiolado. Estava extasiada com o sofrimento dele.

— Bem — disse Dash, indo ao banheiro.

Voltou enxugando o rosto em uma toalha de mão. Levava outra em uma das mãos, que jogou para Sara. Ele analisou Michelle, que apagara nas pernas de Carter.

Sara esperara que a calma assombrosa de Dash finalmente desmoronasse, mas ele apenas disse:

— Eu me pergunto por que ela fez isso.

Sara enfiou o rosto na toalha limpa e balançou a cabeça.

143

— Cavalheiros. Vamos limpar o quarto.

Ela conseguiu ouvi-los erguendo Michelle da cama.

— Coloque-a ao lado — disse Dash. — Assegurem-se de que esteja algemada. Não queremos mais gestos repentinos de violência.

Violência?

Sara limpou o rosto. Os braços de Michelle tombaram para o lado enquanto era carregada. Os olhos estavam fechados. Havia certa paz em sua expressão.

— Dra. Earnshaw? — chamou Dash. — Poderia me esclarecer?

Sara estudou o rosto dele em busca de dissimulação. Será que ele realmente não sabia que Carter havia estuprado Michelle?

— Ele...

Sentiu a mão de Vale em seu ombro. A violência súbita penetrara a névoa do relaxante muscular. Os olhos dele estavam abertos, cheios de medo.

Dash esperou mais um momento, depois cobrou:

— Dra. Earnshaw?

Sara afastou a mão de Vale.

— Ele estuprou Michelle. Várias vezes. E ameaçou me estuprar.

Dash cerrou os maxilares. Sua expressão começou a mudar. Sara observou a lenta transformação de amigável a furioso.

Ele olhou para Vale, não para Sara, e perguntou:

— Isso é verdade?

Vale balançou a cabeça furiosamente.

— Soldado, isso é verdade?

Vale continuou balançando a cabeça.

Dash deu as costas a ele. Esfregou o maxilar com os dedos.

Depois deu meia-volta e atirou duas vezes no peito de Vale.

Sara deu um pulo. Estava tão perto que sentiu o calor das balas passar pelo seu rosto.

Dash recolocou a arma no coldre. Virou-se para Sara.

— Espero, doutora, que não pense que somos o tipo de animais que usam o estupro como arma de guerra.

Sara não disse nada. Eles haviam jogado bombas em um hospital e sequestrado duas mulheres. Fingir estar acima da mesquinharia do estupro era risível.

Beau agarrou o punho do canivete de Will e o arrancou da barriga de Carter. Limpou a lâmina com gaze de algodão. Dobrou o canivete e o enfiou no bolso. Depois começou a arrumar a bolsa médica. Colocou o material usado em uma pilha na mesa. Pegou um cartão para fazer um inventário.

Ou para verificar se Sara não havia pegado nada.

O líder examinou os bolsos de Vale. Encontrou algum dinheiro, e mais nada. Fez a mesma revista em Carter. Dessa vez encontrou um celular. Não daqueles modelos antigos, dobráveis, mas um iPhone.

A tela estava rachada.

— Azar. — Dash foi até a porta e perguntou à sentinela: — Você tem um celular?

— Não, senhor. Nenhum de nós tem. Suas ordens foram para deixar no acampamento tudo que pudesse ser identificado.

O acampamento?

— Obrigado.

Dash fechou a porta. Sentou-se na cama ao lado de Carter. Tentou com apenas uma das mãos pressionar o dedo de Carter no botão inicial do telefone.

— Não funciona quando estão mortos — disse Beau. — Você precisa de um sinal capacitivo em sua pele para ativar o sensor. É preciso ter batimentos cardíacos para isso acontecer.

— É mesmo? — retrucou Dash, erguendo o aparelho. Olhou para ele como se pudesse descobrir um modo de acessar o conteúdo. — Não queremos usar nenhum dos seus equipamentos, queremos?

— Não, senhor, não queremos.

O tom de Beau implicava que ele estava assumindo uma posição.

Então talvez não fosse tão alinhado com o grupo quanto os outros. Um antigo recruta? Um mercenário? Um médico que cobrava por ferimento?

Dash jogou o telefone de Carter na mesinha de cabeceira. Esfregou o maxilar novamente. Virou-se para Sara.

— Doutora, me cederia um minuto da sua atenção? — perguntou, apontando para a frente e os fundos do quarto. — Você não tem saída daqui. Posso algemá-la à cama, ou você pode acreditar em mim.

Sara engoliu com tanta força que sua garganta fez um ruído.

— Eu acredito em você.

Dash saiu, mas a tensão não foi com ele.

Beau estava claramente com raiva. Puxou com força os zíperes da bolsa. Colocou o lixo em uma pilha — a gaze ensanguentada, as tesouras, até mesmo as garrafas de água. Usou uma compressa com água para limpar a bolsa médica. Sara mordeu o lábio para não sorrir. O sangue de Carter estaria nas costuras, nos dentes dos zíperes. A ligação sentimental de Beau o colocaria no meio de um duplo homicídio.

Sara olhou para a televisão. Leu o texto correndo na base da tela.

Dois policiais do Condado de DeKalb, uma subxerife do Condado de Fulton e dois seguranças entre os assassinados. Declaração oficial: "A AIG colocará em ação agentes especiais ATL para ajudar as forças policiais locais e estaduais."

O coração deu um pulo no peito. Seus olhos acompanharam o texto antes que desaparecesse da tela.

... colocará em ação agentes especiais ATL para ajudar as forças policiais locais e estaduais...

Manteve os olhos na televisão enquanto entrava um intervalo comercial. Sara tentou ser racional. Amanda teria sido a responsável pela redação da declaração oficial. Será que Sara estaria lendo demais naquela linguagem artificial? Estaria tão desesperada por notícias que tirava conclusões alucinadas?

Colocar em ação. Agentes especiais. ATL. Ajudando forças policiais locais e estaduais.

Os olhos de Sara se encheram de lágrimas. Ela queria muito acreditar que Amanda escrevera a declaração especificamente para ela, porque ela tinha mesmo entendido certo, seu coração se enchia de alívio.

Will estava em ação.

ATL era a abreviatura comum de Atlanta, mas também gíria policial para "Attempt to Locate", ou seja "tentativa de localizar".

Will estava bem. Procurando por Sara. Forças policiais locais e estaduais estavam procurando por ela.

— Dash está desconfiado — disse Beau.

Sara enxugou as lágrimas.

— Os noticiários não mencionaram Michelle — disse ele. — Só ficam falando da médica local desaparecida.

Sara tentou se recompor. Sabia que o protocolo da AIG era não liberar nomes.

— Você diz *desaparecida* como se eu tivesse saído de casa e me perdido. Eu fui sequestrada. Michelle foi sequestrada. Ambas fomos levadas. Estamos sendo mantidas cativas contra nossa vontade e forçadas a fazer coisas que não queremos.

Ele cerrou os maxilares.

— Só estou dizendo que isso o deixa desconfiado.

— Seus amigos explodiram duas bombas em um campus universitário. Dezoito pessoas estão mortas, quase cinquenta feridas. Três policiais foram assassinados. Dois seguranças. Aquela bolsa médica de campo e seu treinamento me dizem que você é ex-militar, mas está ajudando um grupo de assassinos em massa. É isso o que estou dizendo.

Beau enfiou lixo em um saco plástico, com raiva.

Os olhos de Sara seguiram as legendas. Ela queria ver a informação novamente, a confirmação de que Will estava bem. Que havia sobrevivido. Que estava procurando por ela.

A hora estava no canto direito.

Dezesseis horas e 52 minutos.

Pouco mais de duas horas e meia desde que Sara mandara a Faith aquela mensagem inútil.

Três horas desde que sua boca tocara a de Will no barracão.

— Não seja idiota aqui, certo? — disse Beau. — Dash é legal até deixar de ser, e você não vai querer ver isso acontecendo.

Sara não tirou os olhos da TV. A legenda estava passando de novo.

Declaração oficial: "A AIG colocará em ação agentes especiais ATL para ajudar as forças policiais locais e estaduais..."

Beau finalmente saiu, batendo a porta.

Sara se levantou. Foi até a janela na frente do quarto. As cortinas estavam fechadas. Dava para ver a grande sombra da sentinela do lado de fora.

Escutou, prendendo a respiração para não emitir um único som. Escutou o tom baixo de Dash falando com Beau. Eles estavam perto, mas não muito.

Sara se ajoelhou.

Pegou o iPhone de Carter na mesinha de cabeceira.

Beau tinha razão sobre a identificação por digital exigir um sinal capacitivo. O corpo humano era um capacitor elétrico. Prótons de carga positiva e elétrons de carga negativa criavam condutividade; uma espécie de bateria. Por isso você levava um choque quando arrastava meias de lã no carpete e depois tocava outra pessoa. A eletricidade de baixa corrente do corpo também era o que ativava o leitor de digitais nos iPhones mais antigos.

Com a morte, essa carga se dissipava, mas não tão depressa quanto Beau pensava. Levava mais ou menos duas horas para a pele ressecar. A verdadeira razão pela qual o dedo de Carter não desbloqueara o telefone era que ele estava desidratado.

Ao contrário de Vale, Carter não recebera uma bolsa de soro. O calor e o trauma haviam feito com que ele suasse durante horas. A desidratação achatara as cristas de suas digitais. O leitor identificava o sinal capacitivo, mas não reconhecia a digital.

Sara ergueu a mão direita de Carter.

Um nojo repentino fez seu corpo estremecer.

Sara colocou o indicador do homem na boca.

Teve ânsia de vômito, mas manteve os lábios apertados, tentando produzir saliva suficiente para reidratar a pele.

Hepatite B. Hepatite C. HIV.

Não havia como dizer quais doenças o homem carregava.

Sara manteve o dedo na boca, chupando para envolvê-lo com saliva. Seus olhos iam da porta para o relógio na televisão, e de volta. Fez aquilo até que um minuto inteiro tivesse se passado.

Suas mãos tremiam quando pressionou o dedo de Carter no botão do aparelho.

A tela estava rachada. Ele poderia ter programado o polegar ou outro dedo no leitor. A porta poderia se abrir, Dash veria o que ela estava fazendo e lhe daria dois tiros no peito como havia feito com Vale.

Nada disso aconteceu.

A tela foi desbloqueada.

Sara não tinha tempo para comemorar. Tocou no ícone de telefone. Sem sorte. A rachadura na tela vinha de baixo. O vidro não reconheceu o toque. Tocou no ícone de texto. O teclado subiu. O vidro rachado tornava impossível usar a maioria das letras. Com dificuldade, ela conseguiu digitar o número de Will.

Sara nunca escrevia para ele. Mandava áudios ou emojis para poupá-lo da dificuldade de ler.

Tocou no ícone de microfone. Abriu a boca para falar, mas saiu apenas uma palavra.

Will...

Ela mandou o arquivo mesmo assim. O coração batendo como um metrônomo até a barra indicar que havia sido enviado.

Apertou o microfone novamente. Abriu a boca, mas dizer o quê?

O nome do bar do outro lado da rua. Beau. Dash. Carter. Vale. O caminhão-baú. Que estavam em grupo. Que eram organizados. Que ela amava Will. Que sentia falta dele. Que sabia que estava procurando por ela.

Sara começou a falar, mas a maçaneta girou.

Dash abriu a porta. Estava de costas para ela.

Ainda falava com Beau.

— Bem, filho, estou certo de que podemos fazer isso acontecer.

Sara desligou o telefone. Já o tinha jogado na mesinha de cabeceira quando Dash se virou.

Sara se levantou. Alisou os shorts. Estivera tão ansiosa para transferir o DNA de Carter para o tecido, e naquele momento se encontrava praticamente encharcada com o sangue dele.

— Você disse que me devolveria à minha família depois que eu o ajudasse.

— De fato, foi exatamente o que eu disse — comentou, olhando para a televisão, que mostrava imagens aéreas do estacionamento destruído. — O que seu marido faz?

Sara se deu conta de que a verdade poderia funcionar a seu favor.

— Eu sou viúva. Meu marido era policial. Morreu cumprindo seu dever.

— Lamento muito por sua perda. As ruas são lugares perigosos hoje em dia — disse Dash, olhando para ela, ainda muito desconfiado. — Diga-me, senhorita pediatra, tem familiaridade com o sarampo?

Sara sentiu a cabeça balançando, mas apenas para ganhar tempo para tentar entender a razão da pergunta. Depois respondeu:

— Sim.

— Bom. Por acaso estamos com um pequeno problema de sarampo em nosso acampamento. Um surto, como vocês diriam. Caso esteja disposta, há algumas crianças muito doentes que poderiam se valer da sua ajuda.

Sarampo?

Teria sido por isso que pegaram Michelle Spivey? Acharam que precisariam de uma especialista em doenças infecciosas para controlar um surto de sarampo?

— Dra. Earnshaw? — insistiu Dash.

— Você fala como se eu tivesse escolha.

— Todos temos escolhas, doutora. Algumas vezes são boas opções e em outras são ruins. Mas sempre há uma escolha.

— Preciso ir ao banheiro.

— Uma bexiga vazia a ajudará na tomada de decisões?

Sara não respondeu, nem ousou sair sem a permissão dele.

Dash adiou sua resposta. Pegou o telefone de Carter. Jogou no chão. Esmagou-o com o calcanhar. Curvou-se. Usou os dedos para vasculhar entre os pedaços. Encontrou o chip SIM e a bateria. O primeiro continha todas as informações armazenadas do telefone. A segunda sustentava o sinal, transmitindo a localização do aparelho.

Sara apertou os lábios. Ela vira o texto ser enviado. A barrinha na tela. Os metadados incluiriam hora e local.

Não iam?

Dash guardou os componentes no bolso.

— Você sabe que este quarto inteiro estará limpo amanhã de manhã — comentou ele. — Os corpos serão removidos. Você sequer saberá que estivemos aqui.

Sara entendeu que ele não estava blefando. Beau era muito cuidadoso. Contara até as camadas de gaze para seu cartão de estoque.

— Bem, dra. Pediatra, eu preciso de uma resposta — disse o líder, ajustando a tipoia no ombro. — Posso contar com você para ajudar a curar nossos pequeninos enfermos?

— Se eu for com você, nunca mais verei minha família.

— Tudo é negociável.

— O que Carter fez com Michelle...

— Não acontecerá a você.

Não passava de tolice acreditar na palavra daquele monstro.

— Certo — respondeu Sara.

Ele apontou com a cabeça para o banheiro, permissão concedida.

Ela cerrou os punhos ao passar por ele. Fechou a porta. Abriu a torneira e lavou Carter de sua boca. Secou o rosto na toalha.

O que disse a si mesma foi: o texto tinha sido enviado. O sinal seria rastreado. O hotel seria localizado. Os corpos de Carter e Vale seriam encontrados. Beau seria interrogado.

— Doutora, vou sair por um momento — avisou Dash.

Sara ouviu a porta se abrir no outro quarto, mas não ouviu um estalo da porta se fechando. Dash estava esperando para ver o que ela faria. Sara olhou ao redor do banheiro. A janela estreita acima do box mostrava a ponta de um fuzil virada para o céu.

Sara baixou os shorts. Sentou-se no toalete. Teve que forçar os músculos a relaxarem. Sua bexiga estava dolorosamente cheia. O som ecoou nos azulejos da parede.

Finalmente ouviu a porta sendo fechada.

Will lhe dissera há muito tempo que o suspeito mais calmo sempre era o mais culpado. Ele parecia relaxado por achar que estava no controle. Tinha enganado todo mundo. Não havia como ser pego.

Dash era um exemplo perfeito dessa tranquilidade arrogante. O modo como falava com Sara, tratando-a com respeito, enunciando ordens como pedidos, tentando parecer agradável e racional... não passavam de ferramentas para controlá-la.

Talvez tivesse tentado fazer o mesmo com Michelle mas não deu certo. Então a entregara a Carter. O que significava que o líder sabia exatamente o que o comparsa fazia com a mulher. Vale claramente tinha participado, assim como era óbvio que ia morrer de qualquer modo. Atirar no peito dele pelo crime de estupro fazia Dash parecer um comandante honrado.

Sara respeitaria aquele verniz de honra enquanto isso a mantivesse em segurança.

Dash não fazia ideia de que Will estava procurando por ela.

Ele não fazia ideia de que Sara tinha sorte.

CAPÍTULO OITO

Domingo, 4 de agosto, 16h26.

WILL AFUNDOU NO BANCO do carona do Lexus de Amanda, que o levava ao apartamento de Sara. A dor de cabeça tinha voltado, mas não com a ferocidade anterior. A luz do sol não maltratava mais tanto seus olhos. Mas era final de tarde, então a luz do sol não maltratava os olhos de ninguém.

Disse a si mesmo que Sara ainda estava viva. Que estava em segurança. Will apunhalara Carter na virilha. Atirara no peito do outro homem. O terceiro permanecera inconsciente o tempo todo. Nenhum deles estaria circulando de cabeça erguida tão cedo. Sem Hurley eles poderiam decidir seguir caminhos separados.

Ou poderiam se reagrupar e ficar mais fortes.

Amanda parou em um sinal. Ligou a seta.

— Tem alguma pergunta? — indagou Amanda.

Will encarou a forte luz vermelha. Pensou em tudo que ela lhe contara até então. Só havia uma pergunta.

— Seu instinto lhe diz que Carter pegou Michelle por ordem desse grupo, o Exército Patriota Invisível. Temos provas de que eles assassinaram diversos policiais. Explodiram um estacionamento. Sequestraram uma agente da AIG. Mesmo que você deixe de fora o possível envolvimento de Martin Novak, eles continuam sendo terroristas. Por que o FBI não está indo com tudo para cima deles?

Amanda deu um suspiro profundo. Suas mãos apertavam com força o volante. Em vez de responder à pergunta, ela falou:

— Ruby Ridge. Um delegado federal foi assassinado. A esposa e o filho de Randy Weaver foram mortos. O impasse durou onze dias. Weaver foi inocentado. A família recebeu uma indenização indevida de 3 milhões de dólares. O FBI foi execrado.

O sinal abriu. Amanda virou.

— Doze meses depois houve o cerco a Waco — continuou, e fez outra curva, que dava na rua de Sara. — Quatro agentes assassinados, seis feridos. Foram 86 integrantes do Ramo Davidiano mortos, muitos deles mulheres e crianças. O país inteiro viu o complexo queimar. Ninguém culpou o pedófilo que liderava o culto. O FBI foi despedaçado. Janet Reno nunca se recuperou.

— Amanda...

— O confronto com Bundy. A ocupação do Refúgio Nacional de Vida Selvagem Malheur. Milicianos armados tentaram tomar terras federais, e quando a fumaça se dissipou a maioria foi inocentada por júris formados por seus pares. Dois incendiários antigoverno receberam anistia presidencial. — Amanda reduziu a velocidade para entrar no prédio de Sara. — A maioria dos agentes do FBI é de patriotas trabalhadores que acreditam em nosso país. Mas há alguns que ficam cegos pela política, outros pela ideologia. Ou estão aterrorizados de tomar uma decisão por causa das consequências políticas ou, pior, concordam com os grupos que deveriam estar prendendo.

— Me infiltre lá. Não precisamos do FBI. São crimes estaduais em território estadual. Eu conseguirei as provas para...

— Will.

— Você mesma disse que o EPI está planejando algo grande. Todos os sinais apontam para isso. Aquele agente, Van, ele disse isso a Faith na reunião. O falatório...

— Nada de repórteres. Isso é bom. — Amanda procurava uma vaga. — Pedi à família de Sara que ficasse de boca fechada. Não acho a mãe dela discreta, mas talvez o pai a convença de que realmente sabemos o que estamos fazendo.

Will duvidava de que a mãe de Sara pudesse ser persuadida.

— Amanda...

— Caso isso se estenda, você terá que convencê-los de como é importante manter o nome de Sara em sigilo. Já basta que o EPI esteja com Michelle. Se eles se derem conta de que estão com uma legista, uma agente especial da AIG...

— Eu quero me infiltrar. Eu assumo o risco.

Ela tinha parado em uma vaga perto da porta da frente.

— Você não fará isso. Não vou repetir. Assunto encerrado.

Eles tinham visto o rosto de Will. Carter e o homem que se identificara como Vince ainda estavam foragidos. Matariam Will no instante em que o reconhecessem.

Ele olhou o relógio.

Dezesseis horas e 28 minutos.

— Por quanto tempo você vai esconder que capturamos Hurley? Poderia dar a entender que ele está abrindo a boca, usá-lo como isca.

— A decisão é do DPA.

Maggie Grant estava no comando da investigação das bombas. Também era uma das amigas mais antigas de Amanda. Não havia como elas não estarem coordenadas.

— Acha mesmo que Hurley vai dedurar seu pessoal?

— Acho que ele precisa de mais algumas horas para avaliar suas opções limitadas. Só temos uma chance de quebrá-lo. Isso não poderá acontecer se o rosto dele estiver na capa do *New York Times*. Ele se transformará em um mártir da causa. Esses homens crescem com a notoriedade. Eu sei por fontes seguras que a foto policial de Carter será vazada. Não aquela imagem borrada da câmera de segurança do hospital. A foto da ficha policial. Ele pode ser procurado na base de dados de criminosos. Os repórteres farão o resto do trabalho.

Will esfregou o maxilar. Seus dedos estavam rígidos. Cortados e esfolados de esmurrar repetidamente o rosto de Hurley.

— Estamos fazendo tudo o que podemos — disse Amanda. — E lhe garanto que Sara também está fazendo tudo o que pode para voltar para você.

Will não tinha muita certeza de que havia algo que Sara *pudesse* fazer. Eles não faziam ideia de onde ela estava, ou mesmo em qual direção seguia. Seu Apple Watch fora encontrado no bosque perto da BMW queimada. A mensagem por walkie-talkie para Faith desaparecera segundos após ter sido gravada.

Por que Sara não tentara falar com Will? Será que se lembrava de que o telefone dele estava no barracão? Ou será que também o culpava?

Meu genro nunca teria deixado isso acontecer...

A voz de Cathy parecia muito com a de Sara. Quando Will repassava as palavras mentalmente, parecia que a acusação era feita por ambas.

— Vá se trocar, Wilbur — mandou Amanda, dando um tapinha na sua perna. — Tome uma chuveirada. Cuide dos cachorros. Vou pegar comida para a gente no Mary Mac's. Não devo demorar mais de vinte minutos. Depois vamos para Panthersville.

O quartel-general da AIG.

O corpo do homem que chamava a si mesmo de Merle estava no necrotério. A BMW era vasculhada por especialistas em incêndios criminosos. A van branca de batatas fritas estava sendo avaliada pela equipe de peritos. O esquadrão antibombas preparava um informe sobre artefatos explosivos. A Equipe de Resgate de Reféns estava de prontidão. Hurley tinha uma babá 24 horas por dia, caso decidisse falar. Um grupo de agentes traçava um perfil de Adam Humphrey Carter: antigos conhecidos, colegas de prisão, laços familiares, possíveis ligações com grupos marginais e gangues.

Todos apresentariam suas descobertas a Amanda. Seriam informações primordiais, mas, provavelmente, não renderiam muita ação.

Will ansiava por ação.

Abriu a porta do carro. Sentiu dor nas pernas quando se levantou. Ainda vestia os shorts sujos de grama e a camiseta suada de antes. Entrou no prédio arrastando os pés. Ele poderia ter ido para a própria casa, sua casa minúscula de dois quartos que parecia estranhamente menor sem Sara. Mas a maioria de suas roupas estava no apartamento dela. Seu kit de barbear. Sua escova de dentes. Seu cachorro.

Sua vida.

Will passou pela escada e apertou o botão do elevador. A dor na barriga se transformara em uma ligeira queimação. A dor de cabeça ficava pior sob a luz artificial. Ele se apoiou na parede para esperar as portas se abrirem. Estava totalmente esgotado. Seu coração doía no peito. Ele não deveria parar para fazer algo tão mundano quanto tomar banho e passear com os cachorros, mas que opções tinha?

Olhou o relógio.

Dezesseis horas e 31 minutos.

As portas do elevador se abriram. Ele entrou. Apertou o botão do andar de Sara. Recostou-se. Fechou os olhos.

Naquela manhã Sara o beijara no elevador. Beijara de verdade. Ele ainda podia sentir as mãos dela em seus ombros. Acariciara sua nuca e sussurrara em seu ouvido: *você fica gostoso de cabelos grandes.* Que foi como ele acabou virando um cretino que pagava sessenta dólares por um corte de cabelo quando o cara gente boa no necrotério faria o mesmo pelo preço de um sanduíche.

O aviso do elevador apitou. Will abriu os olhos. Olhou o relógio.

Dezesseis horas e 32 minutos.

Seus pés arrastaram-se pelo carpete do corredor. As chaves estavam na bolsa de Sara. Ela mantinha uma extra no umbral. Will ergueu uma das mãos para pegar quando a porta se abriu.

Eddie Linton olhou para ele. O pai de Sara. Os olhos injetados. O rosto pálido.

— Você a encontrou?

Will balançou a cabeça baixando o braço. Sentiu-se um ladrão pego em flagrante.

— Lamento, senhor.

Eddie deixou a porta aberta ao voltar para o apartamento.

Os cachorros de Sara correram para Will. Os galgo ingleses pareciam preocupados. Sua rotina havia sido perturbada. Sara deveria estar ali. Betty, a chihuahua que Will adotara por acidente, pulou ao seus pés até que ele a pegasse no colo. Deitou a cabeça em seu peito. Língua e cauda balançavam em direções opostas.

Will tentou acalmar todos os animais enquanto observava a mãe de Sara andar pela cozinha. O apartamento era moderno, com uma planta que unia sala de estar, sala de jantar e cozinha. Cathy abria e fechava armários. Encontrou um copo. Serviu chá de uma jarra. Sentou-se à ilha central. Havia tigelas de comida intocada diante dela.

Ela olhou para Will, depois desviou os olhos.

— Todos os canais de notícias estão repetindo a mesma coisa a cada trinta minutos. Ninguém diz nada — afirmou Eddie. Os olhos dele estavam grudados na televisão muda na sala de estar. Uma linha circulava na base da tela. — Senhor Fulano de tal só quer galopar em seu cavalo e arrumar confusão.

Will olhou para a TV, a cabeça inclinada. O repórter era Jack Tapper.

— Encontramos seu telefone quando fechamos o barracão — disse Eddie, apontando para o telefone de Will que carregava na outra ponta da ilha central. — Ah, Tess está a caminho. Vai chegar na terça pela manhã. É um voo de 15 horas, mas ela ainda precisa ir ao aeroporto, e... — A voz foi morrendo. — Não contamos a ninguém além de Tess que Sara foi seq... levada. Estamos fazendo exatamente o que a polícia mandou, mantendo o nome dela em sigilo para que não consigam fazer uma busca na internet e descobrir quem é. Não queremos colocar a investigação em risco. Só queremos que ela volte para casa — falou, e esfregou a barriga. — Acha que vão pedir resgate?

Cathy ficou rígida.

— Está com fome? — perguntou Eddie a Will, mudando de assunto.

O maxilar do genro estava tão travado que ele só conseguiu balançar a cabeça. Betty lambeu seu pescoço. Ele a colocou no chão. As unhas dela estalaram na madeira de lei enquanto se juntava aos galgo ingleses na cama.

— Venha comer — disse Eddie, acenando para o banco desocupado ao lado de Cathy.

Ela deu um pulo como se o assento tivesse pegado fogo. Foi para a cozinha. Começou a abrir e fechar armários novamente. Will não sabia se estava procurando algo ou apenas desfrutando do prazer de bater as portas dos armários.

Ele afundou no banco do bar, no qual Sara sempre se sentava. Inclinou o celular, mas só viu o papel de parede. A tela mostrava Sara com os cães, um galgo de cada lado, Betty no colo. Sorria para Will.

Dezesseis horas e 38 minutos.

Cathy bateu a porta do armário com tanta força que os copos tilintaram.

Will pigarreou. Tentou.

— Você está...

Cathy o interrompeu com um olhar furioso. Curvou-se e vasculhou os armários de baixo. Bateu uma tigela no balcão. Depois outra. Estava procurando tampas. Will sabia que ela não ia encontrar nenhuma que servisse. Sara dizia que as tampas eram os unicórnios da cozinha.

— Eu deveria... — disse Will, tentando se levantar do banco. Uma dor lancinante nas costelas quase o dobrou ao meio. — Eu vim tomar uma chuveirada. E trocar de roupa. Para trabalhar. Eu tenho roupas aqui. Todas as minhas...

— Coisas — concluiu Cathy. — Suas coisas estão aqui. Seu cachorro está aqui. Ele mora aqui, Eddie. Você sabia disso?

As palavras tinham saído como uma acusação.

Eddie se sentou ao lado de Will. Firmou as mãos no balcão.

— Não, eu não sabia disso.

Will mastigou a lateral da língua. Por que Sara não contara ao pai sobre ele?

— Você não pode... — Cathy levou o punho à boca. Sua raiva anterior apenas se intensificara. — Sara é minha filha mais velha. Minha primogênita. Você não tem ideia, não tem ideia, do que ela já enfrentou na vida.

Will não disse nada, mas sabia o que Sara tinha enfrentado na vida. Ele estava, praticamente, morando com ela. Partilhava sua cama. Ele a amava mais do que já havia amado qualquer mulher. Passava com ela cada momento livre que tinha.

E aparentemente ela não havia compartilhado nada disso com os pais.

157

— Ela não é uma guerreira! — dizia Cathy a Eddie, aos berros. — Você pode achar, mas ela não é! Ela é meu bebê. Nunca deveríamos ter deixado que saísse de casa. Nada de bom saiu disso. Nada!

— Cathy — tentou Eddie, balançando a cabeça, claramente magoado com as recriminações. — Agora não.

— É tarde demais! Ela foi novamente engolida por este lugar horrível. Esta cidade horrível. Com este...

Will esperou ouvir o que ele era, o *este* na vida de Sara.

Não o marido de Sara. Não o genro de Cathy. Ninguém que Sara tenha mencionado ao pai.

— Eu... Ahn...

Will pigarreou. Ele tinha de sair daquela sala.

Conseguiu deslizar do banco sem que a dor o impedisse. Os cachorros se levantaram da cama. Acharam que era hora do passeio. Will passou por eles enquanto ia para o corredor. Tinha mais cinco metros antes de sair do recinto, mas seus pés estavam presos em concreto.

Não havia nenhuma parte daquele apartamento que não evocasse uma lembrança de Sara. O sofá onde ela se esparramava em cima de Will como um gato enquanto assistiam à TV. A mesa de jantar onde recebia os amigos do hospital. Will nunca antes participara de um jantar com amigos. Ficara nervoso porque sabia que não era muito sociável, mas se saíra bem porque Sara sempre dava um jeito. Era isso o que ela fazia por ele. Dava um jeito em tudo.

Ele olhou ao redor.

Olhou para os pais da namorada. Cathy de braços cruzados. Admirava o chão com raiva. Apenas Eddie o olhou nos olhos. Esperava que Will dissesse alguma coisa, justificasse sua existência no espaço que pertencia à sua primo-gênita amada.

Will queria permanecer em silêncio, mas palavras começaram a sair de sua boca.

— Ela escuta Dolly Parton quando está triste.

Cathy continuou olhando para o chão.

Eddie franziu a testa, confuso.

— Ela não escuta Dolly por minha causa — disse Will. E acrescentou: — Pelo menos não como...

Quando seu genro a traiu, ou quando foi assassinado porque seu ego era mais importante que sua esposa.

— Nós temos andado de bicicleta na trilha de Silver Comet. Ela contou isso para você?

Eddie hesitou.

— Ela nos mostrou a coisa, o negócio do satélite.

— GPS — murmurou Cathy.

Limpou os olhos com o punho, mas continuou sem olhar para ele.

— Ela me fez mudar de corte de cabelo. E trocar de ternos. Tive de me livrar de vários. — Ele balançou a cabeça, porque isso soava mal. — Quero dizer, não que tivesse me obrigado, mas ela tem essa coisa de dizer "Aposto que você ficaria bem em um paletó mais curto", e, antes que eu percebesse, estava no shopping gastando dinheiro.

Eddie deu um sorriso relutante, como se conhecesse a tática.

— Ela acaba comigo no tênis. Sério. Não me deixa ganhar. Mas sou melhor no basquete. E não fico resfriado, o que é bom, porque ela se irrita quando você fica doente. Não pacientes, mas os conhecidos. Ela se preocupa. Diz que não é verdade, mas é.

Eddie já não estava mais sorrindo, mas parecia querer mais.

— Estamos revendo *Buffy* juntos. E gostamos dos mesmos filmes. E de pizza. E ela me obriga a comer legumes. Mas parei de tomar sorvete antes de dormir porque o açúcar estava me dando insônia, o que eu não sabia. E...

Ele tinha saliva demais na boca. Teve que parar para engolir.

— Eu também sou bom para ela. Talvez vocês não saibam disso. Ou não se deram conta. Eu faço muito bem para a filha de vocês.

Eddie continuava esperando.

— Eu a faço rir. Não o tempo todo, mas ela ri das minhas brincadeiras. E limpa a casa, mas eu fico com os banheiros. Ela lava a roupa, e eu dobro. E passo. Ela diz que é ruim nisso, mas sei que só não gosta de fazer.

Will riu, porque acabara de se dar conta daquilo.

— Ela sorri quando me beija. E...

Ele não podia entrar em detalhes com os pais dela. Que Sara às vezes desenhava minúsculos corações em seu calendário. Que uma vez passara um bom tempo tentando deixar um chupão em forma de coração em sua barriga.

— Nós almoçamos juntos no trabalho toda terça-feira. Ela é muito boa no que faz. Conversamos sobre tudo. Casos. E eu sei... Eu sei que ela foi estuprada.

Os lábios de Cathy se abriram de surpresa.

Pela primeira vez, olhou para ele.

Will engoliu novamente.

— Ela me contou há algum tempo. Antes de começarmos a namorar. Que havia sido estuprada. E mais tarde me contou os detalhes. Que foi esfaqueada, que foi testemunha no julgamento. Como havia sido voltar para casa. Tudo de que tivera de desistir. Sei que vocês a ajudaram a superar. Todos vocês. Sei que ela foi grata, que teve sorte.

Will juntou as mãos com força como se implorasse a eles que compreendessem.

— Ela me contou que foi estuprada porque confia em mim. Eu cresci com crianças que eram... Que eram estupradas. Mais que estupradas.

Cristo, ele só falava em estupro.

— Sei que é diferente porque Sara estava na faculdade, mas na verdade não é tão diferente assim, não importa com qual idade acontece. Certo? A agressão está sempre com você. Está no DNA da sua sombra. Você se vira, mas nunca *deixa* de estar ali. Só resta aprender a conviver com isso.

Ele foi na direção de Cathy. Precisava ter certeza de que estava escutando.

— Sara me disse que morreria antes de ser estuprada novamente. Foi por isso que, na rua hoje, quando ela estava de joelhos com uma arma apontada para a cabeça, disse ao homem para atirar. Ela tinha duas escolhas, e estava pronta para morrer em vez de ir com eles. Em vez de correr o risco de ser estuprada novamente. E acreditei nela. O cara com a arma acreditou nela.

Will teve que se sentar. Ele se apoiou no balcão. Suas mãos ainda estavam apertadas com força, porque suplicava por uma resposta.

— Por que ela foi? — perguntou ele a Cathy. — Isso é o que não consigo entender. Por que ela foi com eles?

Lágrimas escorreram pelas bochechas da mãe. Ela fechou os olhos. Balançou a cabeça.

— Por favor, me diga — suplicou Will. — Ela olhou nos meus olhos quando disse a ele para atirar. Queria que eu soubesse por que havia feito a escolha. — Esperou alguns segundos antes de continuar: — Sara não queria que eu vivesse com a culpa, mas agora você está dizendo que... Que eu deveria. — Will teria se jogado de joelhos na hora se soubesse que isso faria Cathy lhe dar uma resposta. — Por favor, me diga por que você me culpa. Diga o que fiz de errado.

Os lábios de Cathy estremeceram. Ela deu as costas a ele. Pegou uma tolha de papel e enxugou as lágrimas. Assoou o nariz.

Will achou que ela não ia responder, mas ela o fez:

— Eu não culpo você.

Você deixou que a levassem.

— Não é culpa sua.

Meu genro nunca teria deixado isso acontecer.

Cathy se virou. Dobrou a tolha de papel e enxugou os olhos.

— Eles a agarraram. Dois homens. Eles a ergueram e carregaram até o carro. Ela tentou resistir. Não conseguiu.

Will balançou a cabeça, incrédulo.

— Ambos estavam feridos. Sara é forte. Sei que vocês não a consideram uma guerreira, mas ela poderia ter dado conta dos dois.

— Ela tentou. Eles a dominaram.

— Mas ela estava dirigindo o carro.

— Ela não teve escolha. — Cathy ainda se limpava. — Ela perdeu a coragem. Conheço minha filha há muito mais tempo do que você, Will Trent. É fácil dizer que está disposto a morrer no calor do momento, mas esse momento passou. Eu vi isso acontecer. Eles carregaram Sara para o carro. Algemaram-na ao volante. Apontaram uma arma para a cabeça dela e a obrigaram a dirigir. Você pode questionar o quanto quiser, mas foi o que aconteceu. É o que direi em meu depoimento oficial.

Ele tentou.

— Mas...

O olhar severo de Cathy o desafiou a contradizê-la.

— Foi um longo dia, filho — disse Eddie, contornando o balcão. Abraçou a esposa e se dirigiu a Will: — Vá tomar seu banho.

Will ficou contente de se afastar deles. Muitas vezes ele estivera exatamente onde Eddie estava, e abraçara Sara.

Betty o seguiu pelo longo corredor. Will estava dolorido demais para se curvar e pegá-la novamente. Ela correu na frente e pulou na cama. Will se deteve à porta. Os lençóis ainda estavam amarrotados, marcado pelo corpo deles. Will sentia o cheiro de Sara em tudo. Ela não usava perfume, mas havia algo mágico no seu sabonete. Não tinha o mesmo cheiro nas outras coisas a não ser no corpo dela.

No banheiro, Will não soube o que fazer com as roupas sujas. Havia algo de permanente em colocá-las na cesta de roupa suja sobre as de Sara. Uma promessa de que ela estaria lá para lavá-las, e ele, para dobrá-las.

Will deixou as roupas no chão e entrou no chuveiro.

A água quente foi o primeiro alívio que seu corpo teve em horas. Deixou que o jato pressionasse seus músculos, tentou mantê-lo longe do ponto em seu couro cabeludo. O cabelo ainda tinha vestígios de grama. A espuma do xampu ficou cinza de suor. Ele olhou para o ralo. Ramos e brotos do jardim de Bella dançavam sobre os furos, tentando mergulhar.

Will pensou nos dois homens carregando Sara para o carro. Um tinha uma faca cravada na perna. O outro tinha um buraco na costela.

Saiu do chuveiro. Limpou o espelho embaçado. Penteou o cabelo cuidadosamente. Escovou os dentes. Esfregou a barba por fazer áspera no rosto. Will normalmente se barbeava pela manhã, e depois ao voltar do trabalho. Sara gostava de seu rosto liso.

Deixou a lâmina no balcão e foi ao closet. Vestiu o terno cinza e a camisa azul que Sara escolhera para ele. Pegou sua Sig Sauer P365 no cofre de armas. A pistola tinha sido um presente de Natal da namorada. Sua Glock de serviço seria encontrada pelos investigadores de incêndio que examinassem a BMW de Sara ou por um policial que a tomasse de um bandido.

Ou talvez Will a recuperasse, descobrisse quem estava com Sara e lhe desse um tiro na cabeça.

Ele se preparou antes de voltar pelo corredor. Os pais de Sara tinham se mudado para o sofá. O mesmo onde Sara e Will assistiam à TV.

— Vamos ficar de olho no seu cachorro — disse Eddie.

— Obrigado — respondeu Will, pegando seu telefone no balcão.

Dezesseis horas e 56 minutos.

Amanda estaria esperando no térreo. Will pensou em levar algumas roupas. Não poderia dormir ali aquela noite. Mas isso significaria retornar ao quarto, passar pelo corredor de novo, e, consequentemente, despedir-se outra vez dos dois. E resistir mais uma vez à tentação de perguntar a Cathy por que estava mentindo.

— Avisarei se souber de alguma coisa — disse aos pais dela.

Will não esperou por uma resposta. Fechou a porta com cuidado. No corredor, chamou o elevador.

O telefone vibrou com uma mensagem.

Ele xingou, supondo que era Amanda, mas era um número desconhecido. Will abriu a mensagem. Um áudio havia sido enviado às 16h54. A gravação durava 0,01, menos de um segundo.

Will parou de respirar.

Sara era a única pessoa que lhe mandava áudios.

Ele engoliu com tanta força que sua garganta doeu. A mão tremia. Teve que teclar duas vezes na seta para ouvir a gravação. O som era fraco, como o de alguém pigarreando.

Ele aumentou o volume.

Levou o aparelho ao ouvido.

— *Wi...*

Sara.

O Lexus estava sufocante quando Amanda saiu da rodovia estadual. A mensagem de voz de Sara servira como um farol. Tudo o que eles sabiam em Atlanta era que a torre de celular que recebera a mensagem ficava localizada no norte da Geórgia. Amanda seguiu rumo à conexão no centro enquanto a telefônica mapeava a área do sinal. Dez minutos depois eles foram orientados a seguir para noroeste, então pegaram a I-85. Houve um longo e insuportável trecho de silêncio até que, de repente, a última localização registrada do celular fosse identificada em um raio de menos de seis metros. Amanda tinha entrado na Lanier Parkway no momento em que o departamento do xerife do Condado de Rabun tomava o King Fisher Camping Lodge.

Dois homens mortos. Sem testemunhas. Sem suspeitos.

— É aqui — anunciou Amanda, fazendo uma curva fechada para entrar no estacionamento do hotel.

Os pneus levantaram cascalho. Ela fizera um trajeto de quase duas horas em trinta minutos. Cada um parecia um ano a menos na vida de Will. Nada de Sara. Nada de Michelle. Nada de placas de carro para investigar. Nada de testemunhas. Nada de suspeitos. Ninguém que pudesse lhes dizer droga alguma.

Amanda estacionou o Lexus em um espaço entre o escritório do hotel e o ônibus da Unidade de Cena de Crime da AIG.

Will pegou a maçaneta da porta.

Amanda segurou seu braço.

— Cuidado com o que você diz.

Apontou com a cabeça para os policiais circulando a varanda grande na frente dos quartos. Subxerifes do Condado de Rabun. A Patrulha Rodoviária da Geórgia. O Departamento de Polícia da Cidade de Clayton.

— Você não confia neles? — perguntou Will.

— É uma cidade pequena. Não confio nas pessoas com quem eles conversam na igreja ou comem frango frito na lanchonete — disse, e soltou o braço dele. — Aquele é Zevon.

Zevon Lowell, o agente da AIG do Escritório Regional de Repressão às Drogas dos Apalaches, aproximou-se do carro segurando dois copos de café.

Amanda pegou um deles enquanto saía do carro.

— Me atualize.

— Nada novo a relatar, chefe. Charlie está examinando o quarto o mais rapidamente possível. Chamou outra equipe de Atlanta.

Will olhou para o quarto no centro do prédio. A porta estava aberta. Uma folha de plástico mantinha o ar refrigerado do lado de dentro. Luzes de trabalho fortes vazavam para a varanda pela beirada da cortina na janela. Charlie Reed estaria de quatro penteando o carpete em busca de evidências. Ele era o melhor perito do estado. Trabalhava muito próximo de Sara. Faria tudo ao seu alcance para ajudar a encontrá-la.

— O hotel está desocupado há mais de um ano — disse Zevon, pegando o bloco no bolso e o abrindo. — O dono era um sujeito chamado Hugo Hunt Hopkins. Advogado imobiliário de Atlanta. Morreu sem deixar testamento. Está bloqueado pela justiça enquanto as duas filhas brigam por ele.

— São daqui?

— Uma vive em Michigan, a outra está na Califórnia. Há um zelador que aparece de vez quando para não deixar o telhado ficar com infiltração e os canos congelarem — disse, e mudou de posição para bloquear o sol dos olhos de Amanda. — Olhe atrás de mim.

Will viu do outro lado da rua, em frente ao hotel, um galpão de metal e tábuas de madeira que lhe davam um aspecto de cabana de caça. O estacionamento estava vazio. A placa mostrava um coelho segurando uma caneca de cerveja.

— Peter Cottontail's — observou Amanda. — Este não é um município com lei seca. Por que está fechado?

— É um clube social. Faz seu próprio horário. O imóvel é propriedade de uma empresa de fachada. É assim há oito anos. O cara que nós acreditamos comandar o negócio é Beau Ragnersen. Também é o zelador do hotel. Ganha dinheiro em Macon.

— Ah — disse Amanda, comprimindo os lábios. Algo havia chamado a sua atenção, mas ela não parou para explicar. — Vá diretamente ao ensaio do coro por mim. — *Ensaio do coro* era a gíria para um bando de policiais fofocando. Ela se virou para Will. — Vamos lá.

Ele a seguiu até o quarto. Parte do estacionamento estava isolada. O cascalho mostrava sulcos onde um caminhão-baú estacionara de ré. As rodas haviam parado a 1,80 metro da varanda. Os pneus tinham perdido aderência no cascalho, mas Charlie já fizera moldes de gesso das melhores impressões.

Will olhou para o local onde o caminhão teria estacionado. O cascalho parecia mexido por pegadas de alguém, mas talvez fosse pensamento positivo.

Ele queria pensar que Sara teria saltado com as próprias forças. Que não fora carregada se debatendo aos berros. Que não estava apagada, amarrada, dopada.

— Aqui — disse Amanda, encontrando dois pares de protetores de calçados na bolsa de lona de Charlie do lado de fora da porta.

Empurrou a folha de plástico para o lado. Esperou um momento para se acalmar antes de entrar.

Will abaixou a cabeça instintivamente ao segui-la. O teto era baixo. O quarto lhe dava claustrofobia. Carpete grosso e marrom. Paredes bege. Olhando ao redor, ele entendeu a necessidade que Amanda sentiu de se preparar. Will estivera em centenas de cenas de crimes. Vira piores, mas nunca se *sentira* pior.

Sangue pintava o quarto em listras escuras e violentas — sobre as duas camas, o frigobar, a mesa de cabeceira, a televisão, a cômoda, o teto, o carpete feio. A fonte parecia ser o homem sentado na cama junto à janela. A cabeça estava caída, mas não de um jeito pacífico. Seu tronco fora dilacerado como se um animal tivesse saído lá de dentro.

Will engoliu bile. O homem estava nu da cintura para baixo. Seu pênis, negro de sangue.

— Este é o telefone que Sara usou para mandar a mensagem a Will.

Will desviou o olhar do homem morto na cama.

Charlie Reed vestia um traje de tyvek branco. Segurava um saco de provas contendo os restos de um celular esmagado.

— O número de IMEI corresponde ao arquivado pela operadora de celular. Estamos pedindo um mandado para o nome do usuário — disse para Amanda.

— Bom — respondeu Amanda. — Não perca seu tempo dizendo que não é um especialista médico. Como esses homens morreram?

Charlie apontou para cama perto da parede.

— Este recebeu tratamento médico antes da morte. O ferimento de bala nas costelas foi fechado com um lacre torácico. Um tubo intravenoso foi colocado em seu braço direito. Foi usada uma agulha para reduzir a tensão do que provavelmente era um pneumotórax.

— Sara — adivinhou Amanda.

— Estou supondo — disse Charlie. — Na verdade, estou rezando.

Will não ligava para preces.

— Esse é o cara que se dizia Vince. Era o passageiro da F-150. Atirei nele na BMW de Sara.

Amanda manteve-se em silêncio.

— Alguém atirou nele novamente duas vezes — continuou Charlie —, neste quarto. Uma das balas perfurou o colchão. A outra ainda está no peito. Vamos correr com a balística e ver se aparece algo sobre a arma.

— E o segundo homem? — perguntou Amanda.

— Não sendo médico... — Charlie a encarou. — Acho que podemos supor que ele foi esfaqueado até a morte. Vejam a impressão de mão na cabeceira.

Com ele apontando, Will conseguiu ver o contorno ensanguentado de quatro dedos esguios e um polegar envolvendo a beirada de madeira.

— Meu palpite é que o agressor era uma mulher ou um homem muito pequeno — disse Charlie.

Will olhou para as próprias mãos como se segurar as de Sara por tanto tempo o tivesse transformado em um perito na digital ensanguentada que seus dedos deixariam. Será que ela conseguiria matar um homem assim? Montar nele, esfaqueá-lo no pescoço e no peito tantas vezes a ponto de a pele começar a se dissolver?

Porra, como ele esperava que sim.

Amanda estalou os dedos para chamar a atenção de Will. Ela estava esperando.

Ele contornou a cama. Agachou no chão. Olhou para cima. O gosto do nome do homem enchendo a sua boca era nauseante.

— Adam Humphrey Carter.

— Isso corresponde ao ferimento no alto da coxa — observou Charlie. — A artéria femoral foi perfurada. A calça dele foi cortada. Estou supondo que foi iniciado um procedimento para remover a faca. E então...

— O *então* não importa — disse Will, dirigindo suas palavras a Amanda. — Havia cinco caras no acidente de carro. Aquele chamado Merle já está no necrotério. Vince está morto. Carter está morto. O quarto cara, Dwight, ficou apagado o tempo todo. Hurley é o único homem restante que pode identificar meu rosto, e está algemado a um leito de hospital, sob guarda armada.

Ela comprimiu os lábios.

— Algo mais, Charlie?

Charlie pareceu desconfortável de estar bem ali no meio dos dois.

— Acho que alguém foi levado para o quarto adjacente. A colcha apresenta transferência de sangue, não sangramento ativo. E você provavelmente não sentiu quando entrou, mas eu notei um vestígio de álcool quando abri a porta. Alguém tentou remover qualquer vestígio de digitais no local. A mesa foi limpa, de modo que a pessoa, homem ou mulher, deve ter se limitado basicamente a esta área próxima da janela. Vou precisar usar luminol no hotel inteiro para ter certeza de que não estamos deixando passar nada. Mas, se encontrarmos uma digital em sangue, isso coloca a pessoa aqui onde os assassinatos ocorreram.

— E quanto ao tipo sanguíneo? — perguntou Amanda. — Temos certeza de que mais ninguém estava sangrando?

— Não posso dar certeza absoluta, mas parece provável que a maioria do sangue tenha vindo de Carter. Digitais latentes nos darão o resultado mais rápido. As de Sara estão arquivadas. Assim como as de Michelle Spivey. Eu preciso do laptop que está no outro ônibus para começar a fazer comparações. Metade do meu equipamento está sendo consertado. A única razão para eu ter começado sem a equipe é Sara. Queria saber se algo me saltava aos olhos.

— Nada saltou?

Ele balançou a cabeça, mas disse:

— Há algumas pegadas ensanguentadas no chão do banheiro. Parecem de um calçado masculino tamanho 38, ou um feminino tamanho 39, o que corresponderia a Sara — disse, e gesticulou para que o seguissem. Ficou de pé do lado de fora do banheiro apertado. — Não deram a descarga, mas o assento está abaixado. É estranho. Esses caras não me parecem o tipo que se senta para dar uma mijada.

Estranho.

Will enfiou a cabeça sob o umbral e olhou o banheiro. A primeira coisa que sentiu foi o cheiro de urina. A primeira coisa que viu foram pegadas ensanguentadas espalhadas por quase todo o piso laminado. As paredes eram revestidas do mesmo laminado. O teto rebaixado era quase trinta centímetros mais baixo que o do quarto, provavelmente, para esconder uma infiltração no telhado. Pia de plástico com armário embaixo. Sangue na cuba onde alguém havia lavado as mãos. Sanitário espremido contra a combinação de chuveiro e banheira. Barra de apoio presa à parede com um pedaço de compensado.

Ele sentiu Sara ali da mesma forma que a sentira do lado de fora, no estacionamento.

— Você verificou acima do teto? — perguntou Amanda.

— Só encontrei teias de aranha e fezes de rato. Não há acesso ao quarto ao lado. Uma escolha decorativa, imagino?

— Will, termine aqui e me encontre lá fora. Precisamos nos reagrupar — disse a chefe.

Will não foi imediatamente. Não conseguia se livrar da sensação de que estava deixando passar alguma coisa. Deu uma última olhada no banheiro minúsculo. Inclinou a cabeça sob o umbral, e então...

Talvez fosse a barra de apoio, ou talvez porque ele dissera a palavra estupro oito vezes para os pais de Sara, mas Will olhou para o teto.

Sua namorada tinha sido atacada em um toalete público. O estuprador viera do banheiro masculino pelo teto rebaixado e saltara dentro do seu reservado. Antes que Sara conseguisse fazer mais que arquejar um *não*, o agressor a algemou às barras de apoio dos dois lados do reservado.

— Onde está a sua luz negra? — perguntou Will a Charlie.

— No outro ônibus. Por quê?

— Sara lhe mostrou aquele truque?

Charlie sorriu. Foi até sua bolsa de lona do lado de fora do quarto. Voltou com dois marcadores coloridos e um rolo de durex. Depois pegou o celular.

— Você tem de colocar camadas — disse Will, embora Charlie soubesse o que estava fazendo.

Sabia por causa de Sara. Ela era muito nerd. A única coisa de que ela gostava mais que ajudar as pessoas era encantá-las com a magia da ciência.

Charlie colocou um pedaço de durex sobre a lanterna do telefone. Usou o marcador para desenhar um círculo azul sobre a luz. Fixou a tinta com outro pedaço de durex. Depois desenhou um círculo roxo sobre o azul e fixou com mais durex.

Will apagou as luzes. Fechou a porta. As cortinas já estavam cerradas. O banheiro estava escuro.

Charlie acendeu a lanterna do telefone. O sangue espalhado pelo quarto começou a brilhar, porque esse era o objetivo da luz negra: a onda ultravioleta tornava fluidos corporais luminescentes.

Fluidos como urina.

— Aponte para o teto do banheiro — disse Will.

Charlie ficou do lado de fora. Apontou a luz para cima.

Will piscou para as letras brilhantes amarelo-esverdeadas que Sara escrevera no teto rebaixado. Quatro placas de largura, três de profundidade, todas menos uma tinham uma palavra ou número.

Charlie leu:

— Beau. Bar. Dash. Pensa. Hurley. Morto. Spivey. Eu. OK. Por. Enquanto.

Will ouviu as palavras, mas no momento não ligou. Só conseguia ver o coraçãozinho grosseiro que Sara desenhara para ele no canto.

PARTE DOIS

Segunda-feira, 5 de agosto de 2019

CAPÍTULO NOVE

Segunda-feira, 5 de agosto, 5h45

SARA FOI ACORDADA PELO próprio suor escorrendo nos olhos. Olhou para o relógio, mas encontrou o pulso nu. Virou-se para ver se Will ainda estava na cama, mas não havia Will, nem cama. Sara adormecera com as costas enfiadas em um canto.

O acampamento.

Pelo menos ela supunha que estava no acampamento. Na noite anterior, uma van preta os pegara no hotel. Sara foi colocada nos fundos, vendada e amordaçada, algemada a Michelle. A mulher permaneceu inconsciente a maior parte da viagem. Mesmo depois que o efeito da droga passou, Michelle não dissera uma palavra. O único ruído que saiu de sua boca foi um choro tomado de dor quando a porta do veículo foi aberta e ela se deu conta de onde estavam.

Mas onde exatamente era aquilo?

Sara ergueu-se apoiada no canto. Suas pernas estavam pesadas. Suor escorria pelo corpo. As roupas tão imundas que arranhavam sua pele. Ela vira apenas a cabana rústica de um quarto iluminada por uma lanterna. Doze passos de largura. Doze passos de profundidade. Teto inclinado mais alto do que ela conseguia alcançar. Sem janelas. Telhado de zinco. Paredes e piso sem acabamento. Cercada por árvores.

O balde ao lado da porta servia de toalete. Outro balde no canto oposto tinha água e uma concha de cozinha. Havia um colchão de palha em uma estrutura simples de madeira. A cama improvisada tinha uma corda comprida trançada com nós, formando uma rede. Sara escolhera dormir no canto mais perto da abertura da porta. Ela queria o máximo de tempo possível para se preparar caso um estranho entrasse.

Testou a maçaneta. O cadeado chacoalhou no batente. Ela andou pelo quarto. As paredes eram de madeira sem pintura. Não havia isolamento entre as peças. Não havia eletricidade, mas a luz do sol penetrava pelos espaços entre as tábuas. Ela espiou pelas frestas. Folhas verdes, troncos de árvores escuros. Som de água correndo. Um córrego, talvez, ou um rio que poderia seguir corrente abaixo se tivesse uma oportunidade.

Foi até o outro lado do recinto. A vista era da mesma floresta densa. Pressionou a tábua. Os pregos estavam enferrujando. Se empurrasse com força suficiente, talvez conseguisse pressionar as peças para baixo e sair engatinhando.

Uma chave foi enfiada no cadeado.

Sara recuou, punhos cerrados.

Dash sorriu para ela. O braço ainda em uma tipoia, mas vestia calça jeans e uma camisa de botões.

— Bom dia, dra. Earnshaw. Achei que fosse gostar de tomar seu café da manhã conosco após ver seus pacientes.

Pensar em comida fez seu estômago revirar, mas ela precisaria manter as forças para o caso de surgir uma oportunidade de fuga.

— Eu posso algemá-la novamente, mas acho que já se deu conta de quão distantes estamos da civilização.

Sara não tinha se dado conta disso, mas anuiu.

— Boa menina — disse Dash, abrindo caminho para que ela pudesse ir na frente.

Sara tentou não se irritar com o *menina*, como se ela fosse uma criança ou uma égua. Uma das sentinelas do hotel estava de pé ao lado da porta, AR-15, farda de combate preta.

A médica desceu por um tronco que servia de degrau. Tentou se orientar. A floresta era densa, mas havia um caminho aberto além da cabana. Estreitou os olhos para o sol que nascia atrás de uma cordilheira. Devia ser entre 5h30 ou seis horas. Estavam no sopé da cordilheira dos Apalaches, embora isso não reduzisse a área. Supondo que o hotel ficasse na região oeste da Geórgia, eles poderiam estar no Tennessee ou no Alabama. Ou ela poderia estar completamente errada e eles estarem no norte da Geórgia, perto das Carolinas.

Sara começou a descer a trilha aberta. Passou por cima de uma árvore caída. Podia sentir Dash estendendo a mão para ajudá-la. Ela se afastou dele, de seu cavalheirismo fingido.

— Acho que você vai ficar agradavelmente surpresa com o que encontrará aqui.

Sara mordeu o lábio. A não ser que encontrasse um carro que a levasse para casa no fim da trilha, não haveria nada agradável no entorno.

— Eu sou uma refém. Estou aqui contra a minha vontade.

— Você teve uma escolha.

O tom dele tinha um elemento de provocação demasiadamente familiar. Estava tentando criar certa cordialidade entre eles, como se a arma no quadril e sua sentinela com AR-15 não lhe dessem todo o poder.

Sara afastou um galho do rosto. Sua pele estava coberta de sujeira, sangue e suor. Havia se lavado discretamente com água morna do balde, mas não tivera escolha a não ser vestir novamente as roupas sujas. O short estava duro de sangue. A camisa fedia ao seu próprio suor. Sutiã e calcinha haviam se transformado em lixas. Não faltavam evidências periciais nela. Ficou pensando se haveria alguma coisa que pudesse fazer — cortar-se em um espinheiro, deixar uma trilha de sangue, marcar o caminho de alguma forma para que Charlie ou Will soubessem que ela passara por ali.

Will.

No hotel, Sara começara desenhando o coração no teto. Ela correra um risco deixando a mensagem, mas a coisa mais importante que ela queria transmitir era que sabia que ele a procurava.

Will colocado em serviço ativo. ATL.

— Papai! — gritou uma garotinha, animada. — Papai!

Sara viu uma criança correndo por uma clareira. Imaginou pelos movimentos desengonçados da garota que ela tinha por volta de 5 anos, possivelmente 6. Suas habilidades motoras finas ainda não davam conta de correr em velocidade. Ela caiu, mas se levantou rapidamente, rindo. A criança usava um vestido branco simples que ia até o chão. O colarinho era abotoado no pescoço. As mangas chegavam logo abaixo dos cotovelos. Seus cabelos louros alcançavam a cintura. Sara não se sentiu como se voltasse no tempo, mas como se entrasse no cenário de uma adaptação de Laura Ingalls Wilder.

Olhou ao redor da clareira, que possuía, aproximadamente, o tamanho de uma quadra de basquete. Havia mais oito cabanas entre as árvores. Eram maiores que sua cela noturna, com janelas, portas duplas, chaminés de pedra. Pareciam ao mesmo tempo permanentes e provisórias. Mulheres se sentavam em cadeiras, descascando milho e debulhando feijão. Algumas varriam os pátios de terra diante das cabanas. Outras cozinhavam em grandes panelas ou ferviam roupa suja em fogueiras. Todas tinham cabelos compridos presos no alto da cabeça. Não se via uma cor ou destaque. Nada de maquiagem. Usavam vestidos brancos e simples de mangas compridas e colarinhos altos. Nenhuma joia, a não ser alianças de ouro.

Nenhum rosto que não fosse branco.

— Joaninha! — exclamou Dash, erguendo a garota com o braço bom. Apoiou-a no quadril enquanto andava à frente de Sara. — E o meu beijo?

A garota o cobriu de beijos no rosto como um passarinho.

— Papai! — gritou outra garotinha.

Depois outra. No total, mais cinco crianças correram para Dash e abraçaram sua cintura. As idades variavam dos 5 anos daquela no colo dele até uma adolescente que não podia ter mais de 15. Usavam os mesmos vestidos brancos e compridos. As mais jovens deixavam os cabelos soltos, mas a adolescente estava de coque como as mulheres mais velhas. Lançou um olhar desconfiado para Sara enquanto passava os braços ao redor da cintura de Dash.

Seis crianças no total, todas o chamando de pai. Duas claramente gêmeas, mas o restante era de mães diferentes a não ser que a mãe tenha passado dezesseis dos últimos vinte anos de vida entre gravidez e amamentação.

— Senhor? — interpelou um jovem arrumado do outro lado da clareira.

A superposição era perturbadora. Como a sentinela, ele se vestia inteiramente de preto e tinha um fuzil no ombro. Ao contrário da sentinela, mal saíra da adolescência. Poderia ter sido um escoteiro ou o autor de uma chacina na escola.

— A equipe voltou da missão, irmão — avisou a Dash.

Missão?

— Certo, minhas pequenas damas — disse Dash, soltando-se das filhas.

Todas obedientemente fizeram uma fila para beijá-lo no rosto. A mais velha era a única que não parecia feliz com isso. Lançou outro olhar desconfiado para Sara. Era difícil dizer se estava sendo protetora com relação ao pai ou apenas constrangida como adolescentes sempre ficavam.

— Dra. Earnshaw, desculpe-me, por favor — disse Dash. — Minha esposa estará com você em instantes.

Os olhos dela o acompanharam na subida da colina íngreme. À luz do dia, ela achou Dash mais velho do que imaginara, provavelmente, na casa dos 40 anos. Ele tinha uma cara de bebê que não revelava sua idade. Na verdade, nada ali dava pista alguma de quem ele era. Sua simpatia, sua total falta de raiva o tornavam inescrutável. De todas as emoções humanas, a raiva era a forma mais rápida e objetiva de transmitir emoção. Sara não queria estar na mira das verdadeiras emoções de Dash caso ele um dia explodisse.

— Estou com fome! — anunciou uma das garotinhas.

Houve muitos risos quando elas saíram como filhotes de gato, caindo umas sobre as outras, tropeçando, empurrando e dando patadas — a não ser a mais velha, com seu olhar preocupado, pisando duro rumo à área da cozinha.

Sara tentou fazer contato visual, mas a adolescente não quis saber. Então, ela observou as menores. Elas giravam em círculos, tentando ficar tontas. Fizeram Sara pensar na sobrinha, o que a fez pensar na irmã, o que, por sua vez, levou-a a avaliar a reação em cadeia que havia começado desde que ela vira a mãe pela última vez parada segurando a escopeta de Bella. Tessa teria tomado um voo na África do Sul. Eddie teria na mesma hora pegado a estrada saindo do Condado de Grant. Bella estaria ansiosa demais para hospedá-los em casa. Todos acabariam no apartamento de Sara, o que significava que Will estaria deslocado.

Sara sentiu sua melancolia anterior retornar.

Seus pais o sufocariam. Ele teria medo de dizer a coisa errada, o que faria com que dissesse ainda mais coisas erradas, então Cathy o censuraria e Eddie tentaria amenizar o clima com um trocadilho idiota, mas Will não entendia trocadilho, porque a dislexia era um distúrbio de processamento de linguagem, então em vez de dar um sorriso ou mesmo uma risada para quebrar a tensão, o namorado inclinaria a cabeça de lado e faria aquela expressão confusa, que levaria seu pai a se perguntar o que haveria de errado com ele, e a única esperança de Sara era que os voos de Tessa não durassem mais de 24 horas, porque a irmã era a única pessoa na Terra capaz de salvar Will de seus pais.

Sara piscou para afastar as lágrimas. Tentou ocupar o cérebro com informações práticas. Will iria atrás dela. Ela tinha certeza. Ele precisaria saber com o que estava lidando para bolar um plano.

Estudou a mata. Sara não notara, mas havia pelo menos seis homens armados sentados em plataformas de caça no alto de árvores. O que estavam protegendo? Certamente, não Sara. Tentavam manter pessoas fora ou dentro? Na clareira, ela contou oito mulheres adultas e treze crianças com idades entre 3 e 15 anos. Havia oito cabanas e um galpão baixo e comprido à frente. Dash desaparecera do outro lado da colina. Ela supôs que haveria mais cabanas, mais homens, mulheres e crianças, e, provavelmente, ainda mais guardas.

Por quê?

Sua atenção foi desviada da questão por uma criança berrando de felicidade. Elas estavam brincando de esconde-esconde. A filha mais nova de Dash tampou os olhos e começou a contar. O resto das garotas se espalhou pela floresta ou seguiu por trilhas abertas. Cinco caminhos sinuosos partiam da clareira. As copas das árvores eram densas, escondendo as cabanas. Um helicóptero ou avião poderia sobrevoar o local sem notar o acampamento. Sara se perguntou se as construções eram um antigo assentamento de posseiros. A área parecia intocada. Muitas árvores possuíam troncos grossos, indicando longevidade.

Com base no tempo que passara na van, Sara estimou que ainda estava na Geórgia. Eddie Linton arrastara a família em muitas viagens para acampar nas montanhas, mas isso não ajudava a tornar mais precisa sua localização. Na verdade ampliava sua sensação de isolamento. A Floresta Nacional de Chattahoochee era composta de quase 325 mil hectares e tomava dezoito condados. Três mil e duzentos quilômetros de estradas e trilhas. Dez áreas selvagens. A Montanha Springer, em Blue Ridge, era o ponto de partida da Trilha dos Apalaches, de 3.500 quilômetros, que terminava na ponta do país, no Maine.

Coiotes e raposas rondavam a área. Cobras venenosas se escondiam debaixo de pedras e em cursos d'água. Ursos-negros subiam a cordilheira nos meses de verão, alimentando-se de frutas.

Sara observou duas crianças colhendo maçãs de uma árvore.

— Eu me chamo Gwen.

A mulher que fora até Sara tinha cerca de 30 e poucos anos, embora estivesse acabada; o rosto, cansado. Não havia cor na pele. Até os olhos eram sem vida.

— Disseram que você é médica.

— Sara — respondeu, estendendo uma das mãos.

Gwen pareceu confusa, como se tivesse esquecido como cumprimentar outra pessoa. Esticou uma das mãos, insegura. Assim como Sara, estava suando. A palma das mãos calejada do trabalho pesado.

— Vocês estão com um surto de sarampo?

— Sim.

Ela limpou as mãos no avental começando a andar. Levava Sara para o galpão comprido à distância. Quando chegaram mais perto, Sara viu painéis solares no teto. Um banheiro externo, uma pia.

— O surto começou há seis semanas. Tentamos estabelecer uma quarentena, mas não impediu o surgimento de outros casos.

Sara não ficou surpresa. Sarampo era uma das doenças mais contagiosas que o homem tinha registro, transmitida por espirro, tosse, respiração. Se passasse duas horas em um ambiente ocupado antes por uma pessoa infectada, havia o risco de contrair a doença. E, justamente por isso, era fundamental vacinar o maior número possível de crianças saudáveis.

— Quantos foram infectados?

Os olhos de Gwen se encheram de lágrimas.

— Dois adultos, dezenove crianças. Onze continuam em quarentena. Nós perdemos... Nós perdemos dois dos nossos anjinhos.

Sara tentou controlar a raiva. Duas crianças mortas por uma doença que havia sido erradicada dos Estados Unidos com sucesso quase duas décadas antes.

— Tem certeza de que é sarampo e não rubéola?

— Sim, senhora. Sou enfermeira. Sei a diferença entre rubéola e sarampo.

Sara contraiu os lábios para não explodir.

A reação não passou despercebida por Gwen.

— Somos uma comunidade fechada.

— Um desses adultos infectados trouxe o sarampo de algum lugar — disse Sara, tentando se conter, mas sem sucesso. — Seu marido e seus homens estiveram em Atlanta ontem. Assassinaram dezenas de pessoas, inclusive policiais, e explodiram duas bombas.

Sara observou o rosto da mulher. Gwen não demonstrou surpresa ou mesmo vergonha, então Sara passou para as implicações médicas.

— Há milhares de visitantes estrangeiros na cidade todo dia. Qualquer um dos seus poderia trazer coqueluche, caxumba, rotavírus, pneumococo, meningite.

O queixo de Gwen chegou ao peito. Limpou as mãos no avental novamente.

— Onde está Michelle? — perguntou Sara.

— Pelo que entendi o apêndice se rompeu antes que pudesse ser removido. Dei a ela 400 miligramas de Moxifloxacin PO e refiz a sutura.

Sara deu um suspiro profundo. A bandagem cirúrgica ensanguentada no abdômen de Michelle finalmente fazia sentido.

— Ela precisa de cinco dias de medicamento, no mínimo. Dê líquidos. Líquidos claros e repouso absoluto.

— Pode deixar.

— Por que eles a trouxeram para cá? O que ela deveria fazer?

Gwen manteve a cabeça abaixada. Esticou o braço, apontando para o galpão.

— Por aqui.

Sara caminhou à frente dela. Ainda tinha muitas informações para arrancar daquela mulher.

— Você claramente conhece os procedimentos de quarentena. Sabe oferecer cuidados básicos. Evidentemente tem acesso a antibióticos. Por que eles sequestraram Michelle?

Gwen olhou para os pés como se precisasse se concentrar em seus passos. Estava curvada, tão acovardada quanto Michelle. Levou as mãos ao avental novamente. Ficou retorcendo-as no tecido.

Sara ouviu crianças rindo ao longe — não aquelas da clareira, mas a nordeste, para onde Dash tinha ido fazia alguns minutos. Imaginou que era na segunda parte do acampamento que eles mantinham os não infectados. Perguntas enchiam a cabeça de Sara: *Quantas pessoas havia ali nas montanhas? Por que levaram Michelle para Atlanta se havia dezenas de hospitais mais próximos? Por que detonaram aquelas bombas? Por que era tão importante manter Michelle viva? O que eles realmente queriam de Sara?*

— Aqui — disse Gwen, junto à pia do lado de fora do galpão.

Sara lavou as mãos com sabão de lixívia. A água era quente. Esfregou os braços, o pescoço e o rosto.

— Poderíamos lhe dar roupas limpas — afirmou Gwen.

— Não, obrigada — respondeu Sara. Ela não ia se vestir como um bebê vitoriano. — Quantos adultos aqui são vacinados?

Gwen entendeu a verdadeira intenção da pergunta.

— Temos doze homens e duas mulheres não vacinados.

— E os outros?

— Estão no acampamento principal.

Sara estivera certa sobre a parte não infectada do complexo. Pensou em Dash deixando que as filhas o beijassem no rosto antes de pegar a trilha. Se qualquer delas estivesse infectada ele poderia levar o vírus para o outro lado.

— Minha garota, Adriel. Ainda está em quarentena.

— Você tem sete filhos? — retrucou Sara, incrédula.

A mulher mal chegara aos 30. Não era de se admirar que estivesse tão acabada.

— Deus é bom — disse ela.

Sara pegou uma toalha da pilha na pia para secar as mãos. O material era linho, não algodão. Não havia etiquetas. A bainha parecia feita à mão. Será que o acampamento era algum tipo de culto religioso? Esse tipo de organização não costumava explodir as coisas. Eles bebiam veneno ou protestavam em funerais.

— Sua religião proíbe a vacinação? — perguntou Sara.

Gwen balançou a cabeça.

— Você tem dois filhos?

Sara teve que se conter antes de responder.

— Sim, duas meninas.

Um sorriso fino apertou a boca de Gwen.

— Dash me contou que seu marido morreu no cumprimento do dever. Parece que ultimamente o mundo está cheio de viúvas.

Sara não ia estabelecer uma ligação com aquela mulher.

— Vale e Carter também têm esposas que vivem aqui?

O sorriso se transformou em uma linha reta raivosa.

— Eles não eram dois de nós. Eram mercenários.

— Mercenários lutam em guerras.

— Nós *estamos* em guerra — respondeu ela, dando uma máscara cirúrgica a Sara. — Precisamos usar os recursos à nossa disposição. Ciro era pagão, mas devolveu a ordem ao mundo.

Sara havia passado a vida inteira ouvindo as histórias bíblicas da mãe.

— O rei Ciro também encorajou tolerância e compaixão. Você pode dizer o mesmo do seu marido?

— Soparemos a trombeta desde a montanha. "Eu crio a luz e trago a escuridão. Eu faço a paz e entrego o mal." Assim disse o Senhor.

Sara amarrou a máscara cirúrgica atrás da cabeça para que a mulher não visse sua expressão. Ela não era exatamente contra a religião, mas contra as pessoas que buscavam usá-la como arma. Uma das coisas que atraíra Sara para a medicina fora a imutabilidade dos fatos. O número atômico do hélio sempre seria dois. O ponto triplo da água era inquestionavelmente a base da definição de kelvin. Ninguém precisa de fé para crer nessas coisas. Só de matemática.

Ela subiu a escada. A porta fez um ruído de vácuo quando aberta. O cheiro de desinfetante ardeu seus olhos. O galpão era comprido e estreito, refrigerado por duas unidades portáteis de ar-condicionado que zumbiam baixinho nos cantos. Um grande armário de remédios estava cheio de álcool desinfetante, compressas, seringas hipodérmicas e bolsas ziploc repletas de diversos comprimidos coloridos. Soro era guardado em geladeiras abarrotadas.

Três mulheres cuidavam dos pacientes, passando panos frescos neles. O comportamento delas pareceu mudar quando Gwen foi ao armário de remédios, os pés pesados ecoando no piso de tábuas. As mãos delas se moveram mais rápido. Elas passaram logo para o paciente seguinte. Olhares furtivos foram trocados. Sara lembrou a si mesma de prestar atenção a essas mudanças sutis.

Aquelas mulheres tinham medo de Gwen, o que indicava que ela lhes dera uma boa razão para isso.

O olhar de Sara percorreu o aposento enquanto Gwen colocava equipamento em um carrinho. Contou vinte leitos. Apenas onze ocupados. Lençóis brancos sobre corpos pequenos, rostos pálidos se fundindo às fronhas brancas. Todos os sentidos de Sara se conectaram com o sofrimento deles. Tosse, espirros, tremores, choro. Os piores eram aqueles que não se mexiam. Ela estava envolvida por tristeza.

— Nós temos isto... — disse Gwen, apontando para o carrinho, que tinha luvas, um estetoscópio, um otoscópio para examinar o canal auditivo e a membrana do tímpano, e um oftalmoscópio para avaliar a retina e os olhos.

Uma criança no canto teve um acesso repentino de tosse. Uma das mulheres correu até ela, colocando um balde sob sua boca. Outra garotinha começou a soluçar baixo. Isso despertou o resto delas. Todas estavam muito infelizes, muito doentes, muito desesperadas por ajuda.

Sara enxugou lágrimas com as costas da mão.

— Por onde eu começo? — perguntou.

— Benjamin.

Gwen a levou a um menino deitado abaixo de uma janela. O vidro tinha sido coberto com um lençol branco para manter o calor do lado de fora.

Havia uma cadeira ao lado dele. Sara segurou sua mão enquanto se sentava. A criança tremia, embora a pele estivesse quente. Seu rosto apresentava as reveladoras erupções que acabariam cobrindo todo o seu corpo. As lesões começavam a se juntar. A cada tossida as bochechas dele adquiriam um tom forte de vermelho.

— Eu sou a dra. Earnshaw — disse Sara à criança. — Vou tentar ajudar você, certo?

As pálpebras dele mal se mexeram. A tosse ecoou dentro do peito. Normalmente Sara explicaria tudo que estava fazendo e por quê, mas aquele garoto estava doente demais para acompanhar. Tudo o que ela podia lhe dar era a paz de um exame rápido para que pudesse retomar seu sono interrompido.

Encontrou uma ficha ao lado da cama. Oito anos, pressão 8.5/6, temp. 37,7°. Os primeiros sintomas foram febre, desconforto, anorexia e os três Cs: congestão, coriza e conjuntivite. A tosse era forte, a criança não conseguia parar. O nariz escorria tanto que o muco rachara o lábio superior. Os olhos pareciam ter recebido um banho de cloro. De acordo com o registro, a temperatura dele não ficou menor que 37,7° C desde as três horas daquela manhã.

Sarampo era um vírus, não uma infecção bacteriana que pudesse ser tratada com antibióticos. Tudo o que podiam fazer era dar Tylenol, soro e banhos de esponja úmida fresca para mantê-lo confortável. Depois precisariam rezar para que não ficasse cego ou surdo, desenvolvesse encefalite ou, entre 7 e 10 anos, apresentasse sintomas de SSPE, uma doença degenerativa que levava ao coma e à morte.

— Benjamin é nosso caso mais recente — disse Gwen. — As erupções apareceram há dois dias.

Aquilo era coerente com as marcas. Ele provavelmente tinha sido exposto catorze dias antes, o que significava que a quarentena poderia conter o surto. Pouco consolo para os pais que já tinham perdido filhos ou que poderiam recebê-los de volta com danos irreparáveis.

— A tosse piorou durante a noite.

Sara mordeu a língua para não atacar Gwen novamente. Tinha dificuldade em acreditar que uma mulher que frequentara uma faculdade de enfermagem colocasse em risco a vida dos filhos por causa de pseudociência diversas vezes contestada e a palavra de uma ex-modelo da *Playboy*. Se alguém queria uma comprovação real da necessidade das vacinas deveria estudar a vida de Helen Keller.

Sara calçou luvas.

— Benjamin, vou examiná-lo agora. Farei o mais rápido possível. Poderia abrir a boca para mim?

Ele se esforçou para manter a boca aberta enquanto tossia.

Sara usou a luz do otoscópio para ver dentro. As manchas de Koplik cobriam palato mole e orofaringe. A luz refletia nos centros perolados.

— Precisamos baixar esta febre.

— Posso mandar trazer gelo.

— Consiga o quanto puder — disse Sara. — A encefalite aguda tem uma taxa de mortalidade de quinze por cento. Há danos neurológicos duradouros em vinte e cinco por cento dos casos.

Gwen assentiu, mas era enfermeira. Já sabia disso.

— Nossos dois anjos tiveram convulsões.

Sara não sabia se sentia ódio ou chorava.

— Gwen? — chamou uma das mulheres.

Estava perto de outro leito, outra criança mortalmente doente.

Sara levou a cadeira para se sentar ali perto. Talvez 3 ou 4 anos, cabelos louros espalhados em leque sobre um travesseiro fino. Pele branca como a lua. O lençol estava encharcado de suor. A respiração era difícil, marcada por uma tosse improdutiva. As erupções da menina haviam ganhado um tom acobreado, o que indicava que estava doente havia pelo menos uma semana. Sara trocou de luvas. Ergueu as pálpebras da garota. Gwen lhe passou o oftalmoscópio. O peito de Sara se encheu de pavor. A conjuntiva estava vermelha e inchada. A beirada da córnea fora infectada. Escutou os pulmões da menina. Ambos tinham um chiado dolorosamente familiar.

Se a pneumonia dupla não a matasse, ela provavelmente ficaria cega pelo resto da vida.

— Esta é minha Adriel — disse Gwen.

Sara lutou contra uma tristeza esmagadora.

— Precisamos de exames laboratoriais para descobrir se a pneumonia é bacteriana ou viral.

— Nós temos Zithromax.

Sara tirou uma das luvas. Colocou a mão na testa de Adriel. Ela ardia de febre. O antibiótico poderia acabar com o trato intestinal da garota, mas precisavam correr o risco.

— Dê a ela.

Gwen começou a falar, depois parou. Mudou de ideia novamente.

— Se você me der uma lista do que pode ajudar, posso tentar o que for.

O que ajudaria seria uma ambulância aérea para levar aquelas crianças à civilização.

Gwen encontrou um bloco e lápis ao lado de um dos leitos.

— Podemos comprar por atacado. Me diga do que precisa. Nós mesmas preparamos as doses.

Sara olhou para o lápis apontado pousado na primeira linha da página. Tentou pensar.

— Dez tubos de pomada Tobrex, dez vidros de colírio. Dez de Vigamox. Não sabemos se as infecções oculares e as dores de ouvido vão se espalhar — disse, trocando de luvas. Observou o lápis da mulher descer pela página, a quantidade, uma barra e depois o nome do medicamento. — Cinco Digoxina, cinco Seroquel, no mínimo vinte tubos de creme de hidrocortisona para as erupções. Dez eritromicina, cinco cremes Lamisil para as infecções fúngicas... Está acompanhando?

Gwen anuiu.

Sara continuou ditando até a página estar cheia. Eles não iriam procurar aqueles suprimentos em uma farmácia local, então precisariam que alguém de fora trouxesse.

— Imagino que não queiram meu registro ou número na DEA...

— Não — respondeu Gwen, conferindo a lista, tocando cada palavra com o lápis. — Eu não... Não sei. É muita coisa.

— Há muitas crianças doentes — retrucou Sara. — Diga a quem for à farmácia que ditei os produtos em ordem de importância. Qualquer coisa é melhor que nada.

Gwen arrancou a página do bloco. Deu a lista a uma das mulheres, que saiu do galpão em silêncio.

Sara colocou o estetoscópio nos ouvidos. Virou-se para a menina no leito seguinte, que se chamava Martha. As erupções nos cantos da boca estavam rachadas e com cândida. A criança ao lado, Jenny, tinha pneumonia. Sara passou para o paciente seguinte, depois outro. As idades variavam entre 4 e 12 anos. Com exceção de Benjamin, só havia meninas. Seis com pneumonia. A conjuntivite de Adriel contaminara outra criança. Duas apresentavam infecções no ouvido que poderiam ser transformadas em culturas e diagnosticadas no consultório de qualquer pediatra. Sara só podia recomendar compressas quentes com a pequena esperança de que mantivessem a audição.

Não havia como dizer quanto tempo se passara quando ela acabou de consultar a última menina, chamada Sally, com 4 anos, cabelos escuros e olhos azuis. Ela tossia tanto que produzira uma hemorragia no olho direito. Sara examinou as crianças mais doentes uma segunda vez. Só podia segurar suas mãos, fazer cafuné, transmitir a impressão de que, sendo médica, era capaz de lhes devolver a saúde como em um passe de mágica. Elas logo estariam brincando, desenhando com giz de cera, correndo pelos campos, girando como piões até caírem tontas.

O peso de suas mentiras era como uma pedra esmagando o peito de Sara e lhe impedindo de respirar.

Tirou as luvas enquanto descia os degraus do galpão. O calor a envolveu. Lavou as mãos na pia. A água era tão quente que a pele queimava. Sara estava anestesiada. Havia um tremor que não conseguia eliminar do corpo. Uma, talvez duas daquelas crianças iam morrer. Elas precisavam ir para um hospital imediatamente. Precisavam de enfermeiras, doutores, resultados de laboratório, aparatos médicos e modernidade para trazê-las de volta à vida.

Gwen desceu os degraus, novamente esfregando as mãos no avental.

— Dash enviou a lista ao nosso fornecedor. Deveremos receber esta tarde, por volta de...

Sara saiu andando. Não sabia para onde ia, só que não podia ir longe. Os homens armados reduziram a distância à medida que ela cruzava a clareira. Dois saltaram de suas plataformas de caça. Outros dois saíram do meio das árvores.

Tinham facas nos cinturões, armas nos coldres, fuzis nas mãos grandes. Sem exceção, eram jovens, alguns não passavam de adolescentes. Todos brancos.

Sara os ignorou. Fingiu que não eram nada em sua vida, porque naquele momento não tinham importância. Escutou um som de água borbulhando que lhe disse que o córrego estava perto. Seguiu uma das trilhas sinuosas. O murmúrio se transformou em um fluxo, que, de fato, era um rio. Sara caiu de joelhos na margem. Pedras tinham criado uma queda d'água. Colocou as mãos no fluxo de água gelada. Mergulhou a cabeça. Precisava de um choque para arrancá-la daquele pesadelo.

Mas choque algum seria suficiente. Ela se sentou sobre os calcanhares, mãos no colo, cabelos caídos em grossos cachos molhados. Sara se sentia inútil. Não havia nada que pudesse fazer por aquelas crianças. Será que Michelle sentira a mesma coisa? Ela passara um mês ali. Vira duas crianças morrer, identificara a infecção que se espalhava pelo acampamento. Ela soubera o que estava por vir e fora incapaz de impedir.

Sara também seria.

Levou as mãos ao rosto. Lágrimas escorreram de seus olhos. Ela não conseguia parar de chorar. Tinha espasmos de dor. Estava curvada ao meio, incapaz de parar. Sara se entregou a todas as emoções — não apenas receio pelas crianças, mas por sua própria perda. Anos antes ela havia aceitado sua incapacidade de ter filhos, mas se via ali odiando Gwen, odiando todas as mulheres naquele acampamento que haviam deixado seus filhos, sua benção, tão vulneráveis.

Um ramo estalou atrás dela.

Sara deu um pulo, punhos erguidos.

— Obrigado por sua ajuda, doutora. Sei que é difícil — disse Dash.

Ela quis cuspir no rosto dele.

— Quem são vocês? O que estão fazendo aqui?

— Somos famílias que decidiram viver da terra.

— Aquelas crianças estão doentes. Algumas...

— Por isso você está aqui, doutora. O Senhor foi tão gentil de nos enviar uma pediatra.

— Ele deveria ter enviado tendas de oxigênio, antibióticos intravenosos, respiradores...

— Nós conseguiremos tudo que você colocou na lista. Gwen me contou que confia em suas habilidades.

— Eu não confio! — retrucou Sara, dando-se conta de que estava gritando. Não se importou. — Se você acredita em milagres, então reze. Sua filha está gravemente doente. Todas aquelas crianças estão em situação crítica. Eu entendo que há certas oposições religiosas a vacinas, mas você não tem. Você claramente não tem objeções à medicina moderna. Afinal, levou Michelle ao hospital. Você poderia ajudar seus filhos, mas deixa que sofram por... Por quê?

Dash juntou as mãos, mas não em prece. Estava dando a ela tempo para se recompor. Como se fosse possível se recuperar da tragédia para a qual fora arrastada.

— Você parece ter algumas perguntas para mim — falou ele, por fim.

Sara não achou que conseguiria uma resposta honesta, mas decidiu ir em frente.

— Qual o sentido deste lugar?

— Ah — disse ele, como se ela falasse uma língua diferente que apenas ele conseguisse decifrar. — Você quer saber como viemos para cá, é isso?

Sara deu de ombros, porque ele ia dizer o que quisesse.

— Estamos nas montanhas há mais de dez anos. Nosso estilo de vida é simples. Cuidamos dos nossos. As unidades familiares permanecem íntegras. Nós respeitamos a terra. Não pegamos mais do que precisamos, e devolvemos o que podemos. Nosso sangue está nesse solo.

Dash parou, como se esperando que Sara entoasse o conhecido canto nacionalista branco de sangue e solo. Quando Sara não fez isso, ele falou:

— Fomos trazidos para cá pelo pai de Gwen, um virtuoso crente na Constituição e na soberania americana.

Sara continuou esperando.

— Nosso líder foi tirado de nós, mas continuaremos a missão sem ele. Essa é a beleza do sistema. Não precisamos de um líder tanto quanto de crentes no mundo ao qual estamos querendo retornar. Um mundo de lei e ordem, no qual as pessoas conhecem o seu lugar e compreendem a qual ponto do sistema pertencem. Toda engrenagem precisa de um eixo para girar bem. Nossas crenças nos guiam nessa cruzada, não qualquer líder específico. Quando um homem tomba outro se ergue para substituí-lo.

— E o líder sempre é um homem?

Ele sorriu.

— É a ordem natural das coisas. Homens lideram. Mulheres seguem.

Sara ignorou o reducionismo babaca.

— Vocês são parte de um grupo religioso ou...

— Há alguns fiéis verdadeiros entre nós. Eu não posso me incluir entre eles, para grande tristeza da minha esposa. A maioria de nós é pragmática. Essa é nossa religião. Somos todos americanos. Isso nos une.

— Michelle também é americana.

— Michelle é uma lésbica que deu à luz uma criança híbrida de raça mestiça.

Sara ficou brevemente chocada. Não tanto pelo que ele dissera da filha de Michelle, mas por como a máscara caíra. A expressão dele era raivosa, feia. Aquele era o verdadeiro Dash, que detonava explosivos e assassinava indiscriminadamente.

Com a mesma rapidez, a máscara foi recolocada.

Dash ajustou a tipoia no pescoço. Sorriu.

— Dra. Earnshaw, você claramente é uma boa mulher. Respeito que tenha escolhido vir aqui nos ajudar com nossas crianças — disse, e piscou para ela, como se para dizer que estava no jogo. — Como afirmei ontem, assim que os nossos pequeninos estiverem curados, você estará livre para partir.

Ela se deteve nas palavras vis dele sobre a filha de Michelle. Aquilo era quem ele realmente era, não a caricatura exageradamente educada que apresentava ao mundo.

— Você é um terrorista. Vi você atirar em um homem a sangue-frio. Devo acreditar em sua palavra?

Ele manteve a compostura.

— Vale foi executado por crimes de guerra. Somos soldados, não animais. Nós atuamos de acordo com a Convenção de Genebra.

Guerra.

A palavra continuava a aparecer, primeiramente dita por Gwen, depois por Dash.

— Contra quem vocês estão lutando?

— Não é *contra*, dra. Earnshaw. Mas *por*. — Seu sorriso era presunçoso, homens como Dash sempre eram presunçosos, achando que o resto do mundo estava errado e apenas eles conheciam a verdade. — Sei que perdeu o café da manhã porque estava com seus pacientes. O almoço está sendo servido. Espero que se junte a nós.

A ideia de se sentar com ele e ter uma refeição normal era mais repulsiva que a ideia de colocar comida na boca, mas ela tinha que se manter forte. Sara não podia se entregar ao desespero. Não acabaria subjugada como Michelle.

— Por aqui, por favor — disse ele, indicando o caminho e esperando.

Sara seguiu pela floresta na direção da clareira. As mãos continuavam tremendo. O estômago estava cheio de bile. Suas roupas eram repulsivas. Tudo nela era repulsivo. Passou os dedos pelos cabelos molhados. Vapor subiu de seu couro cabeludo. O sol estava bem acima da cordilheira. Foi brevemente ofuscada por um clarão. O sol batera em uma folha de vidro. Ela tropeçou em uma pedra.

Ela se endireitou antes que Dash pudesse ajudá-la.

Sara continuou andando, a cabeça virada para a frente, os olhos voltados para o lado.

Havia uma estufa logo depois das árvores.

Ela não notara a estrutura de vidro no caminho para o córrego. O teto se elevava no centro. Claraboias liberavam calor. A construção era estreita, aproximadamente do tamanho de um trailer. Teto e paredes de vidro, com uma barraca montada no seu interior. O material era refletivo, como papel de alumínio.

Cabos elétricos levavam a um barracão de madeira. Sara viu um gerador portátil com silenciador. Mais painéis solares. Ela captou o zumbido baixo de máquinas atrás das paredes de vidro. Dentro da barraca, metal raspando em metal. Objetos sendo movidos. O eventual murmúrio de uma voz.

Sara escutou os sons de pessoas trabalhando pesado muito depois de ter perdido a construção de vista.

O acampamento.

Mulheres e crianças doentes. Meninos brincando de Comandos em Ação. Um complexo escondido entre as árvores. Uma estufa de vidro com uma barraca térmica reflexiva que impediria um helicóptero ou avião com câmera térmica de espiar dentro.

Quando Sara questionara Gwen sobre o marido ela citara Isaías...

Eu crio a luz e trago a escuridão. Eu faço a paz e entrego o mal.

Quinze pessoas foram assassinadas em Emory. Uma delas havia sido morta durante a fuga. Dash assassinara um entregador e um de seus mercenários diante dos olhos de Sara.

Que outro mal ele planejava entregar?

CAPÍTULO DEZ

Segunda-feira, 5 de agosto, 6h10

WILL SE SENTOU EM frente à mesa de Amanda no quartel-general do AIG na Panthersville Road. O relógio na parede dizia que eram 6h10 da manhã. Ela estava lendo os relatórios da noite anterior. Autópsias do homem que levara um tiro de Will no local do acidente de carro e dos dois homens encontrados mortos no hotel. Resultados da perícia na van de batatas fritas abandonada, na BMW de Sara, no quarto do hotel.

Beau. Bar. Dash. Pensa. Hurley. Morto. Spivey. Eu. Ok. Por. Enquanto.

Will juntou as mãos. Os nós dos dedos estavam inchados e ralados. A cabeça latejava atrás de seus globos oculares como um martelo de funileiro. Seus pensamentos tinham se transformado em velcro, grudando em partes inconvenientes do cérebro. A dor na barriga chegara aos rins. Estava sentado na beirada da cadeira porque doía demais se recostar.

— Sara disse que estava *Ok por enquanto*. O áudio foi enviado às 16h54 de ontem. Há treze horas... Dezesseis horas desde que ela foi levada — disse ele.

Amanda olhou por cima dos óculos de leitura.

— Seja lá o que você estiver lendo nessas páginas — disse ele —, não vai mudar o fato de que três homens do acidente de carro estão mortos e o outro está detido. Ninguém sabe a minha aparência, ou que eu estive no local. Me infiltre lá. O EPI está com quatro homens a menos. Eles precisam de alguém com habilidades para o que estiverem planejando fazer. Eu preciso estar lá para descobrir como detê-los.

Amanda ficou calada por mais um tempo, dando a ele a impressão de que estivesse considerando seu pedido.

— O informante confidencial do FBI era o seu passaporte para o EPI. Infelizmente, no momento, ele se encontra no necrotério.

Adam Humphrey Carter não podia ser a única forma de entrar.

— Eu conheço você, Amanda. Você não me enviaria com o informante de outra pessoa. Você tem outra pessoa lá dentro que pode falar por mim.

Ela não discordou.

— Está se esquecendo de que havia cinco homens no acidente de carro? Não tem como saber com certeza que Dwight não viu você.

— Ele ficou inconsciente o tempo todo.

— E quanto a Michelle?

Will não tinha essa resposta. Não sabia o que aconteceria caso Michelle Spivey o reconhecesse. Em um momento ela era desafiadora, no seguinte, aterrorizada.

— Wilbur...

— E quanto à mensagem de Sara? — questionou ele. — A primeira palavra que ela escreveu no teto foi *Beau*. A segunda foi *bar*. Talvez tenha ouvido Beau falando com Dwight. Ou eles foram ao bar. Eu sei que você...

— Eis o que eu sei — disse Amanda, jogando um dos relatórios nele. — As descobertas de Charlie no hotel.

Will olhou as páginas. A cabeça doía tanto que era impossível tentar decifrar as palavras. Não iria usar uma régua para isolar cada letra como se estivesse na primeira série, sobretudo na frente de Amanda.

Ele optou por um tom beligerante.

— E daí?

Ela arrancou o relatório das mãos dele.

— Michelle Spivey esfaqueou Carter até a morte. As digitais dela estavam na cabeceira. Os indícios sugerem que pulou em cima dele, montou em suas pernas, apoiou a mão direita no ombro dele e o esfaqueou dezessete vezes, no pescoço, no peito e na barriga.

Will tentou ver o frenesi assassino de modo positivo.

— Ela está reagindo. Poderia ser uma aliada.

— Ela é perigosa e imprevisível, imagina se ela surta perto de você? Não posso correr esse risco. Na pior das hipóteses, ela poderia matar você a facadas. Na melhor, poderia contar aos sequestradores de onde o conhece.

Will deu de ombros, porque já havia decidido que da próxima vez que a situação pairasse entre a vida de Sara e a sua, ele tomaria a decisão por ambos.

Amanda folheou as páginas de outro relatório.

— O homem que você matou no local do acidente de carro chamava a si mesmo de Merle. Foi identificado como Sebastian James Monroe. Ex-integrante do Corpo de Engenheiros do Exército. Exoneração desonrosa por violência doméstica. Permaneceu limpo desde então, mas, evidentemente, estava metido em alguma coisa.

Will não lhe perguntou como conseguira a informação. O Pentágono não oferecia detalhes sem mandado e uma pilha de documentos.

— Violência doméstica. Isso inclui estupro.

— Não inclui.

Ele não percebeu se era mentira dela.

— E Vince? O homem que baleei no peito?

— Oliver Reginald Vale. Também foi do exército, mas não encontramos conexão com Monroe. Exoneração com honras há cinco anos. Sem ficha policial. Considerando que esses homens escolheram pseudônimos country com a mesma inicial de seus nomes, podemos supor que Dwight é o Dash da mensagem de Sara no teto do banheiro. Obviamente um apelido.

— Dash.

O nome despertou uma cólera em Will, que não conseguia se lembrar de porra alguma do homem além de altura e peso médios e cor. Toda a sua atenção estivera voltada para os homens conscientes. Ele achara que Hurley estava no comando.

— Sara disse na mensagem que Dash acha que Hurley está morto.

— E nós planejamos manter isso assim.

Ela estava ignorando a questão principal, provavelmente de propósito. Sara disse que o que importava ali era o que Dash pensava de Hurley. Ou seja, no momento eles deveriam se concentrar em tentar identificar Dash. Se não soubessem quem ele era, não saberiam como encontrá-lo, e se não conseguissem encontrar Dash, nunca encontrariam Sara.

Então, eles tinham que fazer o seguinte: rastrear os números de seguro social de Hurley, Carter, Vale e Monroe. Estudar relatórios de crédito que relacionassem endereços, números de celulares, cartões de crédito, registros de veículos. Conversar com vizinhos sobre seus passos. Mapear os números de telefone para os quais ligaram, as lojas e os restaurantes que frequentaram.

Procurar coincidências. Reunir metodicamente conhecidos até que o verdadeiro nome de Dash, ou uma característica marcante lhes dissesse quem era.

Ou Will poderia mandar à merda seu cérebro idiota e fazer a Amanda a pergunta óbvia.

— As digitais de Dash estão na base de dados militar?

— Em nenhuma base de dados acessível. Temos o sangue do ferimento no ombro de Dash no banco de trás do Chevy Malibu, mas serão necessárias mais 24 horas para processá-lo. E você sabe tão bem quanto eu que se as digitais de Dash não apareceram nas bases de dados, é altamente improvável que seu perfil de DNA nos leve à porta da casa dele. Na melhor das hipóteses dará a confirmação depois do fato.

Will esfregou o maxilar com os dedos. Sentiu a aspereza da barba por fazer. Não se barbeara naquela manhã. Vestia o mesmo terno cinza do dia anterior. Passara a noite toda sentado no sofá escutando o áudio de Sara, tentando ouvir em sua voz algo que lhe dissesse que estava bem.

Ele sempre voltava ao mesmo ponto.

Às 16h54 Sara lhe enviara uma mensagem.

O que acontecera às 16h55?

— Dash está nos altos escalões do EPI — disse ele.

— Correto. Carter, como informante, contou ao FBI que Dash é o chefão do grupo. Ele não criou o EPI, que existe há dez anos ou mais, mas, como líder, Dash conseguiu dar ao grupo foco e organização. O FBI se dignou a partilhar essa informação comigo esta manhã. A descrição que eles têm de Dash é tão boa quanto a sua, o mesmo que nada. E o vídeo de segurança de Emory foi tão inútil quanto vocês. Dash sabia exatamente onde as câmeras ficavam. Usou chapéu e manteve a cabeça baixa. O homem é incrivelmente bom em passar despercebido. Pode-se dizer que Dash é o responsável pelo *invisível* no Exército Patriota Invisível.

Will juntou as mãos e as pousou na escrivaninha.

— Amanda, estou implorando. Me infiltre. Vou encontrar esse cara. Eu vou entregá-lo para você em uma bandeja de prata.

Amanda pegou outro relatório e leu:

— A arma comparada é uma Glock 19 Gen5 registrada com trava de carregador e trava de deslizamento invertidas para um usuário canhoto. O algoritmo NIST usando o método CMC produziu uma probabilidade de...

— É a minha arma.

— Sua arma foi usada para matar Vale no quarto do hotel.

Will tentou dar de ombros, mas a pontada na costela o impediu.

— Você descarregou a arma duas vezes no local do acidente. Matou um suspeito. Atirou em um segundo durante a fuga. Espancou um terceiro. Tecnicamente você deveria estar suspenso sem salário mediante investigação interna.

— Então me suspenda.

Ele tinha um plano. Sebastian James Monroe. Oliver Reginald Vale. Adam Humphrey Carter. Robert Jacob Hurley. Ele cercaria a vida deles como um coiote caçando.

— Fique em seu lugar, Wilbur — ordenou Amanda, olhando para o corredor, atrás de Will. — O que você conseguiu?

Faith largou na escrivaninha uma pilha de sacos de evidências lacrados. Olhou para Will, e ficou ali parada.

— Faith? — instigou Amanda, esperando.

Faith apoiou a mão no ombro de Will.

— Isso é tudo que Ragnersen tinha nos bolsos. Estão revistando a picape dele. Zevon já achou uma espingarda de cano curto sob o banco.

Will esfregou o maxilar de novo. O nome Ragnersen não lhe dizia nada, mas Zevon Lowell era o agente da AIG que os recebera no hotel na noite anterior.

— O que está acontecendo? — perguntou Will.

— Uma investigação. O que você achou que fosse?

Amanda moveu os sacos em sua escrivaninha. Uma carteira masculina de couro. Um iPhone. Chaves de carro. Um canivete.

— Espere — disse Will, movendo o canivete dentro do saco para dar uma olhada melhor. — Isto é meu. Esfaqueei Carter com ele. Na última vez que o vi estava cravado na virilha dele.

— Imagino que esta seja a lâmina de dez centímetros que perfurou diversas vezes o peito e o tronco de Carter.

Will não conseguia desviar o olhar do canivete. Forçou seus pensamentos a se concentrarem naquela evidência. Will esfaqueara Carter com aquele canivete. Michelle o usara para esfaqueá-lo. Alguém removera a faca do corpo morto de Carter, portanto esse alguém que tinha a faca estivera no hotel na noite anterior.

Uma carteira masculina de couro. Chaveiro com logotipo de um GMC Denali. Um iPhone com capa de borracha preta. Will precisou engolir antes de conseguir falar.

— Onde vocês conseguiram isso?

Amanda fez um gesto para que Faith fechasse a porta. Sentou-se novamente na cadeira. Tirou os óculos. Cruzou os braços.

— O canivete foi encontrado com Beau Ragnersen.

Beau. Bar.

— Ele é um ex-médico do exército, incorporado às Forças Especiais. Boinas Verdes. O arquivo dele é confidencial demais para mim. Mandamos a papelada pela cadeia de comando até o Pentágono, mas só teremos alguma resposta em um mês. Tudo o que meu contato pode me fornecer é que Ragnersen participou de ações pesadas no Iraque e no Afeganistão. Foi condecorado com um Coração Púrpura e tem um estilhaço nas costas.

Will se lembrou da conversa codificada que Zevon teve com Amanda na noite anterior. O agente especial trabalhava no esquadrão de drogas. Não reunira todo esse histórico sobre Beau Ragnersen nas duas horas que Amanda levara de carro até o Condado de Rabun. Will citou Zevon.

— Ele ganha dinheiro em Macon.

Faith se sentou ao lado de Will, com um olhar preocupado.

— Ragnersen vende heroína alcatrão preto.

— Meu Deus. — Will não conseguiu esconder o choque.

Heroína alcatrão preto costumava ser misturada com cera de sapatos preta ou até mesmo com terra. A argila vermelha característica da Geórgia lhe dava uma cor amarronzada. Só usava isso quem estivesse desesperado ou tivesse um desejo de morrer.

— Quando eu estava de serviço vi muitos veteranos voltando de Nam viciados — contou Amanda. — Injetar calcifica suas veias. Destilar e usar como gotas nasais pode fazer com que você morra engasgado com o próprio sangue. Supositórios levam a hemorragias internas. Não há uma saída fácil disso que não envolva o necrotério.

Will esfregou o maxilar. Era por essas e outras que odiava drogas. Quando criança, vira adultos fazendo coisas indizíveis para conseguir uma dose.

— Os mexicanos controlam a H que vai para os subúrbios — disse Amanda. — Heroína alcatrão preto é usada basicamente por minorias. Em Macon, isso significa afro-americanos. O preço corresponde ao do crack em meados dos anos 1980. Ragnersen não é um nome importante no mercado. Ele explora um nicho.

— A maior parte do dinheiro de Beau vem de comprimidos, mas não os que você está pensando — disse Faith, pegando o notebook. — Antibióticos, insulina, estatinas, remédios legalizados de que as pessoas precisam mas pelos quais não podem pagar. Há um enorme mercado negro disso em Macon. Muitas pessoas sem plano de saúde e com quadros médicos crônicos. A polícia do local o pegou duas vezes com comprimidos no porta-luvas. Ziplocs não identificados. Supuseram que eram opiáceos. Em maio de 2017 chegou o resultado do laboratório indicando metformina, e a ficha de Beau ficou limpa. Na segunda vez, em fevereiro de 2018, foi algo chamado gabapentina. É usada para tratar muitas coisas, principalmente, dores nos nervos. O juiz o libertou pelo tempo já cumprido.

— A polícia de Macon suspeita de que Ragnersen também atue como médico de atendimento domiciliar — acrescentou Amanda —, graças a seu treinamento no exército, eu diria. Ele trabalha com gangues locais. Se você levar um tiro e não quiser a polícia fazendo perguntas no hospital, ele é o cara.

— Certo, temos algo sobre isso — disse Faith.

Amanda esperou.

— O banco Wells Fargo onde Martin Novak foi preso fica na periferia de Macon. Um dos cúmplices de Novak foi baleado na barriga. Na reunião de ontem nos disseram que não havia como o cara sobreviver ao tiro sem intervenção médica. — Ela esperou que Amanda acompanhasse seu raciocínio, mas quando isso não aconteceu ela foi direto ao ponto. — Acha que Beau Ragnersen pode ter removido a bala?

Amanda deu a Faith o relatório da autópsia.

— Sebastian James Monroe, também conhecido como Merle, o homem que foi morto por Will no local do acidente, apresentava grandes cicatrizes abdominais de um ferimento à bala antigo, de uns dois anos. O relatório diz que ele foi costurado por alguém com conhecimentos médicos; um veterinário ou enfermeiro cirúrgico.

— Ou um ex-médico das forças especiais — disse Faith, estalando os dedos. — Bilhete premiado. Isso coloca Monroe no Wells Fargo, conectando-o a Novak. Prova que Novak tem relação com o EPI. Você tem que contar ao FBI. Eles podem mergulhar fundo nisso.

— Tudo que você me disse é especulação ou pensamento positivo. O FBI já foi informado de sua teoria. Continuam não convencidos.

— Ah, claro — disse Faith, jogando o relatório na pilha.

— Eu quero deixar muito claro para vocês dois. Nosso foco é encontrar Sara e Michelle Spivey. Só isso. As grandes peças de uma conspiração não nos dizem respeito. Os delegados têm Martin Novak sob custódia. Não cabe à AIG ligar Novak ao EPI. O FBI está investigando as explosões. Não cabe à AIG ligar o EPI às bombas. Estamos trabalhando em um caso de sequestro e cárcere.

— Então nós martelamos em tudo, *menos* no prego? — comentou Faith.

— Escutem — disse Amanda, tamborilando na mesa para chamar atenção. — Por que eu tenho que ficar lembrando vocês de Waco e Ruby Ridge? O FBI cuida dessas organizações paramilitares nacionalistas brancas há muito mais tempo que nós.

— É, eles as tornaram brancas demais para quebrar.

— Faith! — Amanda claramente tentava controlar o temperamento dela. — Precisamos aprender com a história. Você quer que a AIG transforme Dash e o EPI em um grupo de mártires que inspire a próxima geração de terroristas nacionais, ou quer que solucionemos o caso com calma e estratégia para conseguir uma condenação sólida?

Will não estava nem um pouco afim de construir um caso. Ele ia achar Dash porque era como encontraria Sara.

— Onde está Beau? Está aqui?

Faith esperou que Amanda lhe desse permissão.

— Está esfriando lá embaixo — respondeu, depois se virou para a chefe. — Em compensação, nós o prendemos por agredir um agente. Beau não gostou de ser arrancado da cama no meio da noite. Deu um soco tão forte em Zevon que quebrou o nariz dele.

No meio da noite.

A frase despertou o cérebro de Will. Beau não havia sido preso por capricho. Amanda o levara para lá enquanto Will estava sentado no sofá esperando o despertador tocar para ir fazer seu maldito trabalho e encontrar Sara.

— Wilbur, você tem algo a dizer? — perguntou Amanda.

Ele tinha muito, mas se conteve.

— Eu quero falar com ele.

— Não tenho dúvidas disso.

Dentro de um dos sacos de evidências, a tela do celular de Beau se acendeu com uma notificação. Faith virou o rosto para ler.

— É um e-mail, uma conta do Gmail com letras e números aleatórios. O assunto diz ASAP, mas só consigo ler isso com a tela bloqueada.

Amanda se levantou da escrivaninha. Pegou o paletó no encosto da cadeira e o vestiu.

— Faith, traga o telefone dele.

Will abriu a porta. Manteve a mão firme na maçaneta, lutando contra os globos oculares instáveis. Amanda foi à frente dele, BlackBerry nas mãos, polegares deslizando na tela. A visão de Will começou a falhar enquanto a seguia pelo corredor, que se desenrolava à sua frente como a língua de uma girafa. As luzes fluorescentes latejavam. Ou ele estava tendo um derrame.

— Você está um trapo — sibilou Faith. — Vá para casa ou peça a Amanda a outra metade daquele comprimido.

Will trincou os dentes, mas só serviu para piorar a dor de cabeça. As luzes eram o problema. Estavam claras demais.

— Você mal consegue caminhar em linha reta — disse Faith, abandonando a voz discreta. — Se quer ajudar Sara, precisa parecer um ser humano. Tome o maldito comprimido.

Will manteve os dedos na parede enquanto andava. Ela estava preocupada com ele. Ela sempre gritava quando estava preocupada. Ele deveria reconhecer isso de algum modo.

— Estou bem.

— Claro que está, idiota.

Faith usou os dentes para rasgar o saco de evidências. O iPhone X de Beau caiu em sua mão. Era o modelo grande que não tinha um botão de Home. Will imaginou que o comércio de heroína alcatrão preto e comprimidos fosse bastante lucrativo.

Amanda abriu a porta da escada.

— Faith, preciso que você vá a outra reunião por mim esta tarde.

Faith murmurou algo enquanto descia a escada rapidamente atrás dela. Examinava o telefone de Beau. A tela continuava bloqueada. A capa era de borracha preta. Ela soltou os cantos para ver se havia algo escondido ali dentro.

Nada.

A porta abaixo deles se abriu. Havia dois agentes na base da escada. Antes de subir, esperaram Amanda descer. Ambos ergueram os queixos para Will, no que ele interpretou como uma espécie de reconhecimento pelo que ele estava passando. Se eles o enxergavam era por causa de Sara. Will nunca teve um sentimento de camaradagem com ninguém naquele prédio a não ser Faith e Charlie. Então Sara começara a trabalhar ali e após quinze anos Will, de repente, integrara-se.

Amanda já estava na metade do corredor. Will teve que alargar os passos para alcançá-la. Ela abriu a porta da sala de acompanhamento, mas não entrou. Assentiu para que Faith seguisse pelo corredor.

— O FBI colocou Hurley sob custódia — avisou Amanda a ele. — Vão tirá-lo do estado. Não teremos outra chance com ele. A explosão é uma investigação federal. Enquanto o FBI continuar insistindo que não há ligação com o EPI, o Dash é todo nosso.

— Precisamos investigar números de seguro social e...

— Isso está sendo feito, Will. Estamos nisso desde a noite passada — disse, e apertou os olhos. — Você está pronto para isto?

Ele entrou na sala de acompanhamento. As luzes estavam apagadas. Sua dor de cabeça apresentou certo alívio instantaneamente. Ficou de pé diante do espelho da sala, com as mãos nos bolsos. Encarou o homem que, segundo supôs, era Beau Ragnersen. O ex-soldado estava tombado na mesa com as mãos algemadas. Uma corrente passava por um anel metálico na mesa. Havia duas cadeiras plásticas diante dele, que estava de cabeça baixa, suando. Ele já havia sido preso pelo menos duas vezes, mas pela polícia de Macon. Um homem que dominava o mercado de pessoas doentes desesperadas sabia a diferença entre lidar com os locais e enfrentar toda a força do estado. Faith abriu a porta.

— Ei, babaca — chamou ela.

Beau ergueu os olhos.

Faith mostrou a ele o iPhone. O programa de reconhecimento facial escaneou os traços de Beau e destravou a tela.

— Porra!

Beau puxou os pulsos presos às correntes. A mesa era chumbada no chão. Ele só conseguiu chutar uma cadeira na parede.

Do outro lado do vidro, Will, ouviu uma batida abafada. As paredes dentro da sala de interrogatório eram revestidas com um painel acústico grosso para que os microfones pudessem captar cada fungada, tosse ou confissão murmurada.

Faith sorria quando entrou na sala de acompanhamento.

— O e-mail intitulado "ASAP" para o telefone de Beau diz: "Encontro no local de sempre às dezesseis horas hoje", e depois vem uma longa lista de medicamentos e a quantidade ao lado — leu Faith para Amanda. — "10-Tobrex. 10-Vigamox. 5-Digoxin. 5-Seroquel. 20-Hidrocortisona creme. 10-Eritromicina. 5-Lamisil. 5-Phenytoin. 10-Dilantin. 10-Zovirax. 10...

— Espere um minuto — disse Amanda, olhando para trás de Faith. — Hidrocortisona. Eritromicina. Lamisil. Phenytoin. O que as primeiras letras de cada palavra formam?

— Cacete, só pode ser brincadeira! — retrucou Faith, praticamente gritando. — Veja mais da lista: Lidocaína. Ibuprofeno. Neosporin. Taxol. Ofloxacin. NebuPent.

— Garota esperta! — disse Amanda, socando o ar.

Faith ergueu a mão para um high five. Will deu um tapa fraco. Ele não tinha ideia do motivo de festejar uma lista de medicamentos.

— Will! — disse Faith, mostrando o telefone. — Há uma mensagem subliminar na lista. Ignore as outras palavras. Veja estas áreas aqui. As primeiras letras de cada medicamento, formam um código: H-E-L-P, e depois L-I-N-T-O-N.

Will balançou a cabeça, escutando o que ela dizia, mas sem entender.

— Sara ditou a lista — disse Amanda. — Ela nos enviou outra mensagem: "Ajudem Linton".

Ajudem Linton.

As palavras ecoavam de modo estranho em seus ouvidos. Will apoiou a mão na parede. Parou de respirar, parou de pensar, parou de processar qualquer coisa que não o fato de que Sara estava novamente lhe estendendo a mão.

Ajudem.

— Aqui — disse Faith, dando zoom na lista, como se isso ajudasse. Apontou para as letras. — H-E-L...

Will anuiu, para que ela parasse. Ele conseguia ver os números, mas as letras ficavam embaralhadas. Essa era a parte importante: às 6h49 daquela manhã Sara estava viva e bem o suficiente para enviar uma mensagem em código.

— Sabemos que Sara conheceu Beau — disse Amanda a Faith. — Ela deve ter deduzido que seria ele quem cuidaria da lista de encomendas.

— Band-aids. Gatorade — Faith continuava lendo. — Boudreaux Butte Paste. Isso é para assaduras, mas pode ser usado para pele ressecada, queimaduras, esfolados. A maioria dos itens são de cuidados com crianças. Amoxilina, Cefuroxime, acetominofen líquido. Tenho toneladas disso no meu armário de remédios.

— Aspirina — disse Amanda. — Você não daria isso a uma criança por causa de síndrome de Reye.

— Precisamos de um médico para olhar esta lista e nos dizer se estamos deixando passar alguma coisa — respondeu Faith.

— Vá — mandou Amanda, mas a outra já passara pela porta.

— O assunto era ASAP — disse Will a Amanda. — Beau tem que encontrá-los pessoalmente para entregar os remédios. Eu quero estar lá. Podemos inventar uma desculpa.

— Não será Dash que vai encontrar Ragnersen. O homem no comando não pega as entregas. Ele mandará um peão.

— Um peão pode... — começou Will, mas teve que se apoiar na parede.
— Um peão pode me levar a eles. Pode me guiar. Eu consigo encontrar um modo de entrar. Só preciso de um cara que...

— Continue tagarelando enquanto eu envio este e-mail — disse Amanda, novamente no BlackBerry.

Seus polegares eram um borrão enquanto ela digitava.

Will desviou o olhar. A tela brilhante movia minúsculas espadas em seus olhos. Seu cérebro tinha se transformado em uma bexiga se revirando e parecia golpear o crânio. Inspirou o máximo que conseguiu, depois expirou o tanto que suas costelas permitiram. Expulsou o mesmo medo que o atormentara a noite inteira.

Sara enviara a mensagem codificada às 6h49 daquela manhã.

O que teria acontecido às 6h50?

— Precisa se sentar? — perguntou Amanda.

Will balançou a cabeça, o movimento piorou sua tontura. Ele estava deixando passar coisas, não estava juntando as peças certas. Repassou em silêncio a conversa animada de Amanda com Faith até que seus pensamentos clareassem o suficiente para formular uma pergunta.

— Você disse a Faith: "Sabemos que Sara encontrou Beau." Que prova tem disso? Tudo o que Sara escreveu no teto foi *Beau* e *bar*. Isso não significa que ela o encontrou. Ela pode ter ouvido o nome. Ou Dash ou um de seus homens pode ter...

Amanda ergueu o dedo pedindo silêncio. Terminou seu e-mail. Colocou o BlackBerry no bolso, depois olhou para ele.

— No hotel noite passada, Charlie encontrou uma digital parcial na borda interna da mesa de plástico perto da porta. Correspondia a Beau Ragnersen.

Will se lembrou de outro detalhe que Zevon dera a Amanda.

— Beau é o zelador do hotel. As digitais dele provavelmente estão por toda parte.

— A digital de Ragnersen tinha o sangue de Carter. Charlie diz que com base na composição da impressão, o sangue estava fresco quando Ragnersen o tocou. Isso o coloca na cena do crime na hora do esfaqueamento. Foi assim que conseguimos um mandado de busca para a casa de Ragnersen. A digital é uma prova clara de que ele estava no quarto onde houve um assassinato. Cumprimos o mandado sem aviso às três horas da manhã.

Três da manhã. Will estava sentado em seu sofá ouvindo a mensagem telefônica de Sara vezes seguidas feito um adolescente desesperado. Sentiu os maxilares cerrando de raiva — não de Amanda; seria como estar furioso com uma serpente por serpentear. Para começar, ele nunca deveria ter ido para casa.

— Por que você não me disse isso ontem à noite?

— Porque você precisava e ainda precisa descansar. Sozinho, sem ruídos, no escuro. Você teve uma concussão grave. Matou um homem e atirou em outro. Perdeu a mulher que foi idiota o bastante para desposar assim que seu divórcio foi concluído, e eu posso ficar aqui e trocar suas fraldas ou nós dois podemos entrar naquela sala e obrigar Ragnersen a levá-lo infiltrado para persuadir o mensageiro de Dash a levá-lo para o EPI.

Will olhou para ela. Então se deu conta do que ela acabara de dizer.

Olhou pelo espelho. As mãos de Beau continuavam entrelaçadas sobre a mesa. A barba era comprida, mas os cabelos tinham estilo militar. Era magro e musculoso como um lutador de MMA. Vendia heroína preto alcatrão para viciados desesperados e era pago para costurar criminosos. Naquele momento era a única chance de conseguir Sara de volta.

—Você tem a outra metade daquela aspirina?

Ela enfiou a mão no bolso do paletó. O porta-comprimidos era prata com uma rosa esmaltada na tampa.

— Eu tenho mais na bolsa. Você terá que pedir se precisar. Aspirina pode acabar com seu estômago.

Will engoliu em seco. Não deixou que Amanda saísse da sala primeiro. Não segurou a porta para ela. Foi para o corredor. Seguiu para a sala de interrogatório. As luzes brilhantes feriram suas pupilas. Seus olhos começaram a lacrimejar. Ele abriu a porta.

Dessa vez Beau não olhou para cima. Ficou admirando as próprias mãos. Havia uma dureza nele. Travado como o canivete roubado de Will. Ele batia com o calcanhar no chão. Ou era um viciado que precisava de uma dose ou se dera conta de que a vida que ele conhecia chegara ao fim. Provavelmente, as duas coisas. Não se usava manga comprida em agosto a não ser que estivesse tentando esconder as marcas nos braços.

Will contraiu os músculos da barriga para conseguir pegar a cadeira que Beau chutara para o ouro lado da sala. Colocou-a delicadamente diante da mesa. Agarrou o encosto com as mãos e esperou.

— Bom dia, capitão Ragnersen — disse Amanda, entrando depressa na sala e ocupando a segunda cadeira. — Eu sou a subdiretora Amanda Wagner, da AIG. Este é o agente especial Will Trent.

Beau finalmente olhou para Will, avaliando-o. Will esticou os dedos na cadeira, chamando atenção para os cortes e esfolados. Queria que aquele cara soubesse que sua posição profissional ali não o impediria de dar uma surra em alguém.

— Capitão Ragnersen, já leram os seus direitos — prosseguiu Amanda. — Quero lembrá-lo de que qualquer coisa que você disser nesta sala será gravada. Também deve saber que mentir para um agente da Agência de Investigação da Geórgia é um crime punido com até cinco anos de prisão. Você me entende?

Os olhos de Beau ainda estavam em Will. Ele claramente não gostava de outro homem pairando. Ergueu o queixo em um gesto desafiador para Amanda.

— Para registro, o prisioneiro indicou com um gesto que compreendia. Capitão Ragnersen, você está preso no momento por agredir o agente especial Zevon Lowell, mas outras acusações foram incluídas na lista desde a última vez em que falamos com você.

Beau desviou o olhar de Will. Estudou Amanda de cima a baixo, a boca retorcida atrás da barba. Ele claramente não gostava de ter uma mulher no comando, o que para Will era a beleza de se ter uma mulher no comando.

— Com base na busca feita em seu veículo acrescentamos ao seu mandado de prisão que você alterou ilegalmente o cano de uma arma destinada a ser disparada a partir do ombro, o que viola o Código da Geórgia, capítulo 16. Além disso, este cano foi reduzido para 44,9 centímetros, que é 6,4 milímetros menos que o permitido pela Lei Nacional de Armas de Fogo de 1934. Esse é um crime categoria 4 com uma pena de dois a 20 anos de prisão. Se for provado que você estava de posse dessa arma durante outros crimes ou que a utilizou para estimular alguma transgressão como sequestro, assassinato, estupro, roubo, isso eleva a posse da arma ilegal a um crime categoria 2, com pena de 20 anos a perpétua. E isso antes mesmo de começarmos a lidar com seu negócio paralelo de heroína preto alcatrão e produtos farmacêuticos.

A boca de Beau continuou a se mover, mas ele não disse nada.

Amanda se recostou na cadeira, os braços cruzados. Ela encarava bandidos desde antes daquele rapaz ter nascido. Ragnersen achava que o silêncio o mantinha no controle, quando na verdade seguia o mesmo roteiro de todos os criminosos idiotas antes dele.

— Fico contente que esteja escolhendo ficar em silêncio por ora, capitão Ragnersen. Preciso que me escute com muita atenção, porque quando eu tiver terminado você terá que tomar uma decisão importante. Na verdade, acho que você estará me suplicando para aceitar qualquer ajuda que tenha a oferecer.

Ela fizera o mesmo discurso para Hurley no hospital, mas Ragnersen não era Robert Hurley.

— E se eu pedir um advogado? — perguntou ele.

— Certamente é um direito seu.

— Pode acreditar — falou.

A corrente chacoalhou na beirada da mesa quando Beau recostou-se lentamente na cadeira. Ele fungou como criminosos fazem quando não querem ter o trabalho de mandar você se foder.

Mas não pediu um advogado.

— Mande seu gorila se sentar.

Will esperou que Amanda assentisse. A aspirina ainda não fizera efeito. Ele teve que contrair todos os músculos do corpo para se acomodar na cadeira sem fazer careta.

— Por quanto você se curva, irmão?

Will manteve a expressão neutra, como se não tivesse sido uma pergunta grosseira.

— Fale sobre Dash — disse Amanda.

Um dos ombros de Beau se ergueu, em uma postura desafiadora.

— Às vezes a gente faz negócios.

— Qual dos seus negócios? Medicamentos? Cirurgia de emergência? Heroína preto alcatrão?

— Piche é droga de crioulo. Não vendo essa merda pros brancos.

— Cada um tem sua ética.

— Com certeza, eu tenho — disse Beau, inclinando-se para a frente. — Estou ajudando pessoas, moça. O governo nos abandonou. Deixou pessoas doentes morrendo na rua. Abandonou nossos soldados. Fechou nossas fábricas. Tirou comida da nossa boca. Alguém tem que se levantar.

Amanda ignorou o discurso da mesma forma que ignorara o racismo.

— O GMC Yukon Denali 2019 que você dirige tem preço inicial de 71 mil dólares para o modelo básico. Esse é um padrão bem alto para um bom samaritano.

— Merda — retrucou Beau, dando de ombros novamente. — O que quer de mim, piranha? Já poderia ter me jogado no xadrez se não quisesse nada de mim. Qual é o jogo?

— Você saberá no momento certo. Vamos definir se você vale ou não esta conversa. Capitão Ragnersen, por favor, descreva-me os acontecimentos de ontem com Dash entre dezesseis e dezessete horas no King Fisher Camping Lodge.

Beau ficou em silêncio. Claramente estava tentando elaborar uma resposta que o tirasse daquela sala o mais rápido possível. O homem não era idiota, mas estar encurralado reduzira sua concentração à cabeça de um alfinete. Do contrário, ele teria ficado mais preocupado com a pergunta, que partia do princípio de que ele e Dash estiveram no hotel no dia anterior no mesmo período em que Sara enviara a mensagem a Will.

— Certo — falou Beau. — A verdade, certo? Eu cheguei lá depois da merda toda. Os dois caras estavam mortos. Sangue por toda parte. A loura, não sei o nome dela. Estava no chão do quarto ao lado. Havia outra moça ruiva sentada no chão.

Will mordeu a bochecha com tanta força que abriu uma ferida.

— Faça uma lista de quem estava lá — pediu Amanda.

— Dash e dois ou três dos homens dele. Não sei os nomes. Dois na porta, um nos fundos. Vigiando as duas mulheres, certo? Uma delas surtou com uma faca. O outro cara na cama já tinha um tiro no peito. Estava morto quando cheguei lá. Dash queria que eu limpasse aquela merda, mas disse que de jeito nenhum. Que ele mesmo limpasse. Passei menos de 60 segundos no quarto antes de voltar para a porra da picape. Atravessei a rua, tomei uma cerveja e tentei esquecer o que tinha visto.

— Você limpou a mesa no quarto do hotel — afirmou Amanda.

Beau hesitou.

— Não fui eu. Deve ter sido uma das mulheres.

Amanda ergueu a sobrancelha, mas pareceu contente em deixar que ele contasse sua história.

— Olha, estou falando a verdade — insistiu Beau, esfregando, nervoso, os pulsos sob as algemas. — Dash disse que eles iam embora. Eu fui ao bar. É do outro lado da rua. Não fiquei esperando, tá bom? Não era problema meu. Quando notei, estava escuro e sirenes tocavam. Olhei pela janela, e o lugar estava cheio de policiais. Pulei na minha picape e fui para casa. Isso não tem nada a ver comigo — disse, dando de ombros, patético. — É só o que sei.

Will flexionou as mãos sob a mesa. Mesmo com o cérebro em chamas, ele conseguia ver as lacunas: *Para começar, como Dash entrou no quarto do hotel? A fechadura na porta não estava quebrada. Beau alegou ter passado menos de um minuto no quarto. Como soube que Vale fora baleado no peito sem examiná-lo? Como sabia que Michelle estava em outro quarto? Como sabia que Dash colocara outro guarda nos fundos da propriedade?*

E, mais importante: *Como aquele escroto acabara com seu canivete no bolso?*

— Fale sobre as reféns — disse Amanda. — Quantas eram?

— Duas mulheres. Já falei — respondeu Beau, dando de ombros novamente.

A única coisa que impedia Will de enfiar uma estaca no ombro do homem era saber que Beau estava sendo gravado admitindo saber que Sara e Michelle Spivey eram mantidas reféns.

— Como elas estavam se comportando? — perguntou Amanda.

— Normal. Quero dizer, a ruiva estava tentando ajudar. Dash me disse que era médica — falou, e pareceu identificar uma oportunidade. — E justamente por isso eles não precisavam de mim. Já tinham uma médica.

Então por que você estava lá, babaca?

— Dash lhe disse o nome da médica?

Ele fingiu pensar.

— Earnest? Early?

Earnshaw.

— E a outra refém? — perguntou Amanda.

— Cabelo pintado de louro, peitos pequenos, mais velha. Estava quieta, mortalmente quieta. Não disse uma palavra, mas... — Ele fechou a boca de repente. Enfiou a língua na bochecha. Acabara de se dar conta de outro erro. — Eles a tiraram do quarto quando entrei. Eu vi que eles iam para a porta ao lado. Por isso sei que ela estava no outro quarto.

— Eles devem ter arrombado a fechadura.

— As portas estavam destrancadas, todas.

— Parece muita irresponsabilidade do zelador deixar todas as portas abertas. —Amanda fez uma pausa. — Eu falei com as filhas do sr. Hopkins em Michigan e Califórnia. Elas me contaram que o espólio lhe paga para vigiar a propriedade. Por isso você estava no hotel, para inspecionar a propriedade?

Beau teve a sabedoria de compreender que já estava no fundo do buraco e precisava parar de cavar.

— Eu vou resumir seu depoimento — disse Amanda, olhando o relógio. — Você esteve no hotel, mas por nenhuma razão específica. Nenhuma da portas estava trancada, então Dash e seus homens não precisaram arrombar. Nos cerca de 60 segundos que você passou no quarto, viu dois homens mortos nas camas; um esfaqueado, outro baleado no peito. Duas mulheres eram mantidas reféns, uma delas você foi informado de que era médica, e a outra você viu ser levada a um quarto adjacente. Havia dois integrantes do EPI protegendo a porta da frente, o terceiro você viu protegendo os fundos. Por alguma razão, você segurou a parte de baixo do tampo da mesa, deixando sua digital em sangue fresco. Depois deu meia-volta, saiu do quarto, entrou na picape, atravessou a rua, fechou as cortinas e tomou uma cerveja. — Ela ergueu os olhos do relógio. — Apenas esta descrição tomou 38 segundos. Tem certeza de que passou apenas sessenta segundos no quarto?

Beau lambeu os lábios. Ele se concentrou na digital embaixo da mesa.

— Não lembro no que toquei. Estava surtado. Eu lhe disse que eles já estavam mortos. Eu tinha que sair dali. Não sei no que toquei. Pode haver mais digitais.

— Isso é compreensível — concordou Amanda. — Será que os meus peritos vão identificar o sangue de Adam Humphrey Carter nos zíperes da bolsa médica que encontramos escondida atrás da estante do seu quarto?

A língua de Beau ficou paralisada.

— Falta um dos selos de tórax, mas, por coincidência, Vale tinha um sobre o buraco no peito. Por falar nisso, ele foi baleado três vezes. Uma antes de chegar ao hotel, e dois tiros mortais deitado na cama — contou Amanda, inclinando-se para a frente de novo. — É muito difícil tirar sangue de metal, capitão Ragnersen. Você não imaginaria, mas é verdade. Os dentes de um zíper, por exemplo. O punho de um canivete também. Do lado de dentro há uma mola, engrenagens e um botão para abrir, fendas onde salpicos microscópicos de sangue podem secar.

O suor de Beau tinha um cheiro químico. Will sentia a um metro de distância.

— Capitão Ragnersen, lembra-se de que no início de nossa conversa eu disse que mentir para a AIG é crime? E que você corria o risco de prisão perpétua se considerado cúmplice de crimes como sequestro e assassinato quando de posse de uma escopeta serrada?

— Estava na minha picape.

— Que estava estacionada em uma área de administração da vida selvagem da Floresta de Chattahoochee, onde é ilegal manter uma arma de fogo carregada fora do estojo dentro do seu veículo.

O desespero o deixou hostil.

— Você é uma piranha do caralho. Sabia disso?

— Eu sei que você conheceu Adam Humphrey Carter quando ele ainda pertencia à Patrulha Rodoviária da Geórgia.

O queixo de Beau quase caiu no chão.

Will baixou os olhos para as mãos para que sua própria surpresa fosse menos evidente. Seu choque não foi pela informação que Amanda claramente omitira, mas pela última pista se encaixando.

Na noite anterior no hotel, o agente especial Zevon Lowell sabia muito sobre Beau Ragnersen — que ele era o zelador do hotel, que cuidava do clube social do outro lado da rua e que a propriedade dos dois negócios estava ligada de algum modo. Não se reunia esse tipo de informação em duas horas, da mesma forma que Amanda não descobrira a ligação entre Beau Ragnersen e Adam Humphrey Carter naquela manhã. Revirar esse tipo de papelada tomava um tempo infernal. Era preciso dar telefonemas, conversar com as pessoas que trabalhavam nos casos, descobrir exatamente como os detalhes se encaixavam.

O que significava que Beau estivera no radar de Amanda havia algum tempo.

O que significava que Will estava certo. Não havia como Amanda confiar no informante confidencial do FBI para infiltrar Will no EPI. Ela tinha seu próprio homem. Um homem que naquele momento expelia no suor cada gota de água do corpo.

— Capitão Ragnersen, de acordo com a sua ficha, Carter o prendeu em 2012 por um pacote de oxicodona encontrado em seu porta-luvas durante uma blitz. Infelizmente, o caso desmoronou quando a prova desapareceu. Carter não a registrou corretamente, o que parece um erro que um policial experiente dificilmente cometeria. Embora eu pudesse dizer que falsificar provas é um belo começo de uma amizade.

Will ergueu os olhos. Queria ver o rosto de Beau quando ele se desse conta de que havia uma bazuca apontada para o seu peito.

— Carter é basicamente um capanga contratado. Ao longo dos anos, você o usou para ajudar a cobrar dívidas e roubar fornecedores de remédios. Carter também o indicou a alguns amigos que poderiam necessitar de suas habilidades. Um desses amigos era Dash. Você tem prestado serviços a ele e ao EPI desde então.

O queixo de Beau estava caído como uma armadilha para ursos.

Will sentia o desespero do homem — *o que mais ela descobriu?*

— Quão bem você conhece Dash? — perguntou Amanda.

Ele começou a balançar a cabeça.

— Eu não o conheço. Eu o encontrei pessoalmente talvez umas três vezes antes de ontem. Isso em tipo cinco anos. Dash é um bom cliente. Ele me manda uma lista por e-mail, um dos camaradas dele aparece com uma bolsa de dinheiro. Não pede uns troços esquisitos, só antibióticos, estatinas e coisas normais. Às vezes costuro alguém para ele no hotel. Caras novos fazendo coisas idiotas, tipo uma luta de facas que acaba ficando séria, ou um idiota que deu um tiro no próprio pé. Só isso.

— É sempre no hotel?

— É, ou nós nos encontramos perto de Flowery Branch, saindo da 985.

— Dash encontra com você lá?

— Eu lhe disse, ele manda um camarada com a grana. Outro cara fica no apoio, mas ele mesmo nunca vi saltar da van. Não encontro o mesmo cara todas as vezes. Então, não posso dar nomes. Nós não nos apresentamos, porra. Eu fico sentado na arquibancada. O cara chega com o dinheiro. Nós trocamos as bolsas, comprimidos por dinheiro, depois ele sai andando e eu espero um pouco antes de ir embora. Como nos filmes.

— Dash ligou pessoalmente para você ontem — disse Amanda, o que só podia ser um palpite.

— Ele estava na merda — confirmou Beau. — Eu não tinha notícias dele havia meses. Escute o que estou dizendo. Dash era um cara do Carter, certo? E eu sempre tinha que cortar Carter porque ele é um ladrão cretino e enganador. Nunca fui amigo dele. De jeito nenhum. Estou contente que ele tenha morrido. Era um escroto doentio. Todo mundo sabe por que ele foi dispensado. O que fez com aquela mulher. Eu tenho irmã. Mãe. Nunca machucaria uma mulher desse jeito.

— Não estou insinuando que você faria, capitão Ragnersen. Na verdade, sei exatamente que tipo de homem você é porque tenho seguido você.

Beau ficou surpreso demais para formular uma resposta.

— Eu tenho um rastreador na sua picape. Tenho outro na sua Harley. Coloquei rastreador até mesmo no seu barco de pesca. Escutei sua mãe chorar por causa de seu vício em drogas nas reuniões da Nar-Anon no porão da igreja. Comprei chiclete no 7-Eleven onde sua irmã trabalha e conversei com sua ex-mulher na creche perto da Route Eight. Eu sei *quem* você é, o *que* você é, *onde* você está, o tempo todo.

Ele parecia assustado, mas tentou não transparecer isso.

— Você não sabe merda nenhuma sobre mim.

— Eu sei que a dor do estilhaço da época em Kandahar o levou a fumar heroína no final da Oxi Road. Que as cicatrizes que você esconde sob essas mangas compridas são de heroína preto alcatrão. Sei o que tem no seu kit, que você usa um cadarço marrom de um coturno para o torniquete. Sei aonde vai para se picar, com quem faz isso, para quem você vende, para quais gangues faz triagens e cirurgias, quem transporta seus comprimidos, quem lhe deve dinheiro, a quem você deve, e sei que neste exato momento, capitão, eu enfiei meu pé tão fundo na sua bunda que você pode sentir o gosto do meu esmalte no fundo da garganta.

As narinas de Beau se abriram. Ele estava em pânico, tentando encontrar uma saída. Não havia. Cada disparo atingira o alvo. Sua mãe. Sua irmã. Sua ex. Seus negócios. Seu vício. Ele estava desesperado a ponto de implorar.

— O que você quer de mim?

Amanda sorriu. Recostou-se na cadeira. Tirou um pelo da manga do paletó.

— Obrigada, capitão Ragnersen. Achei que nunca fosse perguntar.

CAPÍTULO ONZE

Segunda-feira, 5 de agosto, 16h30

SARA CAMINHOU POR SUA cabana-cela. Doze passos de largura, doze de profundidade. Enquanto ajustava o passo, notou que o aposento não era exatamente quadrado. Ficou de joelhos, medindo o espaço em palmos, mas perdeu a conta no meio e teve que recomeçar. Depois pousou a cabeça nas mãos e tentou não gritar por estar enlouquecendo de tédio naquela prisão cinza.

Pelo menos quatro horas haviam se passado desde que Dash a escoltara de volta à cabana. O sol passando pelas frestas nas paredes funcionava como um relógio de sol no piso. Sara fechou os olhos com força para não deixar que os pensamentos se perdessem. Invocou a lembrança da estufa. A construção não surgira da noite para o dia. A floresta ao redor já crescera. Era aquilo que as sentinelas nas plataformas de caça e os homens armados escondidos na floresta estavam protegendo.

Por quê?

Sara tentou pensar na logística necessária para construir aquele tipo de estrutura em um local tão isolado. Precisava de uma estrada de acesso nas proximidades, uma via para caminhões pesados levarem os componentes. A estrutura de ferro teria sido trazida em peças para ser montada no local. Para transportar os grandes painéis de vidro grosso teria sido necessário equipamento especial. Para encaixá-los no local. Prendê-los à moldura. O gerador era do tamanho de uma grande cabana de brinquedo, tão pesado que demandaria um reboque. Não havia lâmpadas elétricas nem ferramentas manuais. A potência elétrica tinha que ser em torno de 15kW, o suficiente para alimentar uma pequena casa.

Alguém pensara cuidadosamente na funcionalidade do projeto. O vidro e a barraca térmica eram exageradas, na medida em que Sara compreendia seus objetivos. As câmeras térmicas na maioria dos helicópteros da polícia detectavam radiação infravermelha, ou assinaturas de calor, na frequência de onda de 7 a 14 mícrons. Isso significava que o comprimento de onda da energia não atravessava o vidro. Do alto a estufa seria virtualmente invisível. A barraca térmica oferecia aproximadamente a mesma vantagem, impedindo que as ondas fossem detectadas. O que levava Sara a acreditar que a barraca não servia para esconder a movimentação de cima, mas para bloquear bisbilhoteiros em terra.

Ela precisava entrar naquela barraca.

Como ela ia fazer isso quando não conseguia nem mesmo sair dessa merda de cabana?

Olhou para o teto, tentando fugir do desânimo. Seus dedos ficaram presos nos cabelos imundos. A umidade transformara os cachos em uma peruca de palhaço. Sua pele estava áspera por causa do sabão de soda que usara. Ela queria loção de pele — a de qualidade que comprava no shopping. Seu protetor labial La Mer que custava mais que um tanque de gasolina. Aquele vestidinho preto que Will adorava por saber que significava uma transa. Um pente. Shampoo. Um belo sabonete. Calcinha limpa. Um sutiã limpo. Um hambúrguer. Batatas fritas. Livros.

Deus, ela queria seus livros.

Sara se inclinou para a frente, colando a testa sobre o piso nu. Toda a sua vida adulta fora passada desejando ter mais tempo, mas não aquele tipo de tempo. Uma interminável, tediosa e vazia perda de tempo.

Ela conseguira dormir, mas fora um sono irregular. Seus pensamentos ricocheteavam entre temas variados, livros e músicas diferentes e listas idiotas. Havia tentado se lembrar do nome de todas as casas de Harry Potter, recitado trechos de *Goodnight Moon* que se lembrava de seus dias de pediatria, enumerado todos os elementos da tabela periódica, do hidrogênio ao laurêncio, inclusive de trás para a frente, tentado contar os segundos e somar minutos raspando traços na parede, mas continuava a perder a conta, até que desistiu, pois qual o sentido daquilo? Eles iam deixá-la trancada naquela tumba até precisarem dela novamente.

— Para quê? — perguntou-se à luz fraca.

As mulheres no galpão estavam fazendo tudo que podiam para deixar as crianças confortáveis. Sara não seria necessária até que os medicamentos chegassem.

Se os medicamentos chegassem.

Será que Sara poderia ter esperança de que fosse Beau que receberia a lista de compras? Àquela altura ele certamente estaria detido. Seu nome fora o primeiro que Sara havia escrito no teto do banheiro no quarto do hotel. Seria ela idiota de pensar que a lista que ela ditara para Gwen poderia de algum modo chegar às mãos de Will? Seria ainda mais idiota de pensar que ele conseguiria descobrir o código?

Faith veria as letras. Amanda. Charlie. Will tinha por perto pessoas que poderiam ajudar.

— Socorro — disse Sara, a voz apenas um sussurro.

Estava atenta à sentinela do lado de fora de sua cela. Na maior parte do tempo ele ficava sentado na escada com o fuzil no colo. A fresta de cinco centímetros sob a porta lhe dava uma visão parcial do ombro esquerdo dele. Às vezes ele se levantava, alongava-se e andava de um lado a outro. De vez em quando, conferia o perímetro. Ela ouvia passos arrastados, fungadas e tossidas e frequentes acessos de desconforto intestinal que misericordiosamente aconteciam contra o vento.

Sara se obrigou a levantar do chão sujo. Sentiu-se tonta. Levou a mão à barriga que roncava. Ela não almoçara muito. Os legumes e o cervo pareciam deliciosos, mas a comida não era o problema.

Ver Dash bancar o pai bondoso com suas filhas amáveis era nauseante. Ele estava claramente fingindo. Sara tinha visto o verdadeiro Dash na beira do rio quando sua máscara cavalheiresca e formal caíra. Falara sobre a filha de Michelle como se sua ascendência a tornasse menos humana. Menos americana.

Jeffrey tinha sido morto por uma gangue de skinheads neonazistas. Ouvir Dash regurgitar a ideologia racista deles fizera Sara ver as filhas do homem por uma lente diferente. Os cabelos louros, os olhos azuis brilhantes e os vestidos brancos que lhes davam um aspecto de bonecas em cima de um bolo de casamento estavam mais para *Mulheres perfeitas* do que Laura Ingalls Wilder.

Ela piscou na escuridão.

Quem escreveu aquele livro? O filme original era estrelado... A mulher que interpretou a filha da sra. Robinson em *A primeira noite de um homem*, e também não esteve em *Butch Cassidy*?

Os nomes tinham desaparecido da memória de Sara. Seu cérebro estava derretendo. Ela precisava comer. Precisava descobrir um modo de entrar naquela estufa. Precisava se mandar daquela caixa claustrofóbica.

Ela se virou e andou na direção de onde tinha vindo. O calcanhar do tênis se prendeu no lençol que arrastava atrás dela. Sara murmurou um xingamento. O material rasgara. A bainha sujara no chão.

Ela fora obrigada a trocar suas roupas sujas. Improvisara com o lençol da cama. Havia um modo de amarrar uma toga que ficava com um aspecto muito idiota, mas essa habilidade estava fora do seu alcance. Após intermináveis minutos frustrantes, Sara acabara enrolando o lençol no corpo uma vez e depois dando um enorme nó orelha de coelho sobre o ombro direito. Ficou parecendo Joana d'Arc, só que mais velha, mais suada e absolutamente entediada.

— Porra.

Ela chegara à parede. De novo. Pressionou as mãos nas tábuas. Do lado de fora, a sentinela fungou. Claramente não estava se sentindo bem. O peito estava congestionado.

Ela torcia para que ele morresse de pneumonia.

Sara se virou e andou na diagonal. Depois ziguezagueou, o que trouxe certa novidade à atividade. A seguir se exercitou. Alongamentos, agachamentos curtos e longos. Pensou na academia do seu prédio. A esteira. O transport. Não sentia falta de telefone, computador ou televisão. Sentia falta do ar-condicionado. Sentia falta de ter coisas a fazer. Sentia falta de Will.

Sendo sincera, não sentia apenas falta dele.

Ela ansiava por Will da mesma forma que ansiara por ele durante o primeiro ano do relacionamento. Não que pudesse ser chamado de relacionamento naqueles primeiros meses. Angie, a esposa de Will, ainda estava em cena. Sara continuava de luto por Jeffrey. Eles tinham se conhecido na emergência do Grady Hospital. Will olhara para Sara como um homem olha para uma mulher. E até então ela não tinha se dado conta do quanto ansiava por aquele olhar. Ficou atraída pelo desejo que ele sentia, mas Sara se apaixonou mesmo foi pelas mãos de Will.

Mais precisamente, a mão esquerda.

Estavam em um dos longos corredores subterrâneos do Grady. Sara suportava um dos silêncios prolongados de Will. Estivera prestes a ir embora, mas então ele segurou a mão dela. A esquerda dele. A direita dela.

Os dedos dele se entrelaçaram aos dela. Sara sentiu como se todos os nervos do seu corpo despertassem de repente. Will passou o polegar pela palma da mão dela, acariciando linhas e sulcos, depois pressionou suavemente seu pulso. Sara fechara os olhos, tentando não ronronar feito um gato, sem pensar em nada além de como seria sentir a boca dele na sua. Havia uma cicatriz irregular acima dos lábios dele, uma leve linha rosada que seguia a elevação até o nariz.

Sara passou horas imaginando qual seria a sensação daquela cicatriz se o beijasse. *Quando* o beijasse, porque acabou se dando conta de que precisaria tomar a iniciativa. Will não perceberia um sinal nem se o sinal fosse agarrar suas bolas.

Ela o seduzira em seu apartamento. Ele mal tivera tempo de passar pela porta. Sara desabotoou o punho de sua camisa de mangas compridas e lambeu a cicatriz que subia pelo braço dele. Will prendera o fôlego. Sara teve que lembrá-lo de respirar. Sua boca ficara perfeita sobre a dela. Seu corpo, suas mãos, sua língua. Sara o desejara tanto, imaginara tantas vezes aquele momento, que no segundo em que ele estava dentro dela, ela já começava a gozar.

Parou de andar pelo piso da cabana. Olhou para o teto. O sol estava queimando o telhado de zinco. Suor brotava de sua pele. Ela estava se torturando.

Continuou.

Naquela primeira vez eles nem sequer chegaram à cama. A segunda vez foi mais devagar, mas, de algum modo, mais excitante. A despeito de todos os sinais despercebidos, Will era excelente na cama. Sabia o que fazer e quando. Sexo brutal. Sexo sensual. Sexo sujo. Sexo bizarro. Sexo raivoso. Sexo amoroso. Sexo de reconciliação. Papai e mamãe. Masturbação mútua. Oral.

— Merda — sussurrou Sara no escuro, não por causa de Will, mas porque, do nada, sua cabeça foi tomada por uma melodia.

My man gives good lovin' that's why I call him Killer, He's not a wham-bam--thank-you-ma'am, he's a thriller...

Sara gemeu.

Qual era o nome da música?

Balançou a cabeça. Suor pingou nos seus ombros nus. Duas *rappers*. Anos 1990. Uma delas raspava a lateral da cabeça.

He's got the right potion... Baby, rub it down and make it smooth like lotion...

Sara tapou as orelhas, tentando prender a melodia. Tessa havia cantado a música para ela por telefone. Sara estava contando sobre Will, e então a irmã cantara um rap sobre *mac shit* e...

From seven to seven he's got me open like Seven-Eleven...

Sara começou a rir. Não conseguia parar. Ela se dobrou de tanto rir. Lágrimas encheram seus olhos. Havia algo hilariante em uma mulher branca vestindo toga e refém no complexo de uma milícia tentar se lembrar da letra de um rap sobre um homem que sabia foder.

— Ah, Cristo.

Sara levantou-se, empertigada. Enxugou os olhos. Tentou pensar em outra música para tirar aquela da cabeça. Aquela sobre a garçonete trabalhando em um... Era no bar de um motel? Bar de hotel?

Sara balançou a cabeça de novo, desejando reiniciar. Will ficava muito aborrecido quando ela só conseguia se lembrar de fragmentos das músicas. Ela o acordava de noite pedindo que ele completasse os versos, desse o nome da banda, o álbum, o ano. Agora ela estava afogada em fragmentos...

With a lover I could really move, really move. 'Cause you can't, you won't, you don't stop. They're laughin' and drinkin' and having a party. Run away turn away run away turn away run away. Take my hand as the sun descends. Choke me in the shallow water before I get too deep. Give it away give it away give it away now.

— Salt-N-Pepa! — exclamou Sara, gritando tão alto o nome do grupo que ecoou no teto.

"Whatta Man" era a música que Tessa tinha cantado pelo telefone.

Sara juntou as mãos e olhou para o teto.

— Obrigada — disse, embora estivesse certa de que não era aquilo que sua mãe tinha em mente quando lhe disse que precisava rezar mais.

Vieram duas vozes do outro lado da porta. Sara reconheceu o tenor característico de Dash, mas não compreendeu as palavras. A sentinela provavelmente estava contando a ele que Sara começara a gritar.

Ain't nobody perfect, como Salt-N-Pepa diria. *Ninguém é perfeito*.

A tranca estalou. Dash abriu a porta. Sara ergueu a mão para proteger os olhos da luz forte. O sol estava logo acima do pico da montanha. Ela calculara errado: foram necessárias menos de três horas de isolamento para deixá-la insana.

Dash ergueu as sobrancelhas para seu vestido de lençol, mas guardou a opinião para si.

— Dra. Earnshaw, fiquei pensando se gostaria de se juntar a nós para as preces da tarde. — Deu uma piscadela. — A participação é opcional.

Sara berraria "bom Deus" com todas as forças se isso a tirasse daquele quarto apertado. Ela pisou no tronco. A sentinela lançou um olhar curioso para ela. Suas pálpebras estavam caídas. O ar chiava ao passar pelas narinas congestionadas. Ele decididamente estava pegando alguma coisa. Sara não perguntou se ele era vacinado. Queria que ele ficasse preocupado.

— Doutora — chamou Dash, indicando uma segunda trilha que ela não vira antes. — Nós estudamos na beira do rio.

Sara pegou a trilha. A escolha dele de palavras era estranhamente formal, como se tivesse aprendido a falar escutando gravações das *Conversas ao pé da lareira de Franklin Roosevelt*. Em diferentes circunstâncias ela ficaria imaginando se o inglês era a língua natal dele.

Sara sentiu um puxão na bainha do vestido. Tinha conseguido ficar presa em um arbusto de smilax.

— Permita-me — disse Dash, esticando a mão para ajudá-la.

Sara arrancou o tecido do arbusto espinhoso. Virou o rosto casualmente para a esquerda, tentando localizar a estufa. O sol estava em um ângulo diferente. Não haveria o reflexo chamativo do vidro.

— Qual é o nome dele? — perguntou a Dash. — O cara na minha porta.

— Lance.

— Lance?

Sara riu. *Lance* era o nome de um sujeito que fazia escultura de animais em balões no parque, não de um miliciano com um AR-15.

— Imagino que essa não seja sua única pergunta — comentou Dash.

Ele parecia querer que ela falasse, então ela falou.

— Eles encontraram mais corpos?

Dash não respondeu.

— Em Emory — complementou Sara, virando-se para ele. — Na última vez que vi o noticiário havia dezoito mortos, cinquenta feridos.

— O número de mortes havia subido para 21 até alguns minutos atrás. Terei que conferir para você os infelizes sobreviventes.

Ele não pareceu incomodado com os números. Nem parecia incomodado por ter dado a Sara prova de que mantinha contato com o mundo exterior.

Deveria haver um telefone ou um tablet com acesso à internet no acampamento.

— Minhas desculpas, moça — disse Dash. — Quase me esqueci. Eu lhe trouxe algo.

Sara virou-se novamente. Ele estava tirando uma maçã da tipoia. Sara não aceitou. Estava faminta, mas desconfiada.

— Eu não sou a cobra, embora nesse traje você certamente pudesse alegar ser Eva — brincou ele, dando uma pequena mordida perto do cabo para provar que não estava contaminada. — Pela minha estimativa você não fez nenhuma refeição em vinte horas.

Havia se passado mais tempo que isso. Sara pegou a maçã. Em vez de continuar pela trilha, ela parou para dar a maior mordida que conseguiu. O sabor inundou sua boca. Aquele não era o fruto irradiado da sua mercearia. Sara havia esquecido qual o sabor de uma maçã de verdade.

— Podemos lhe conseguir queijo, caso queira. Imagino que não esteja comendo nossas refeições por ser vegetariana.

Sara não fazia ideia de onde ele havia tirado aquilo, mas concordou.

— Queijo seria bom. Feijão, lentilha, ervilhas. Qualquer coisa que consiga.

— Vou dizer a Gwen para repassar isso à cozinha. Os suprimentos médicos que pediu devem chegar logo — disse Dash, observando-a com atenção. — Mandei um dos meus homens pegar. Deve estar de volta em algumas horas.

Sara anuiu, imaginando se isso significava que estavam a algumas horas de Atlanta ou algumas horas do hotel.

— Eu estava falando sério antes. Aquelas crianças precisam de um hospital.

— Isso não será preocupação sua por muito mais tempo — retrucou ele, indicando o caminho à frente. — Por favor.

Sara terminou a maçã enquanto caminhava. Pensou nas palavras dele. Dash estaria se referindo à falsa promessa de deixá-la partir ou havia uma contagem regressiva para o próximo passo? Sara examinou furiosamente a floresta ao redor em busca da estufa. O *próximo passo* estava de algum modo relacionado ao que eles escondiam embaixo da barraca. Havia outra trilha paralela à deles. Se Sara conseguisse escapar da cabana, poderia chegar à estufa. Lance provavelmente ia adormecer em algum momento. Sara procurou marcos que pudesse localizar no escuro. Estava tão preocupada com sua estratégia que não notou o que havia seis metros à sua frente.

Michelle vinha subindo a trilha. Em vez de continuar na direção de Sara, pegou uma bifurcação à esquerda.

Na direção geral da estufa.

Sara diminuiu o ritmo. Seus olhos acompanharam Michelle. A mulher devia saber que Sara estava ali, mas não tirou os olhos do chão. Mancava. Estava pálida, quase fantasmagórica. Usava o mesmo vestido artesanal que o resto das mulheres. A mão pressionava o baixo ventre. Claramente sentia muita dor. Havia uma sentinela atrás dela, um jovem com um fuzil. Passava a mão sobre o topo de um arbusto de sabugueiro. Mal prestava atenção em Michelle. Não era necessário. Mesmo a dez metros, Sara via que Michelle estava muito mal.

— Ela deveria estar descansando — disse a Dash. — Está com septicemia. As bactérias em seu sangue vão matá-la.

— Ela descansará quando tiver terminado.

Sara não perguntou o que Michelle deveria terminar. O que sabia era que a especialista em doenças infecciosas não fora sequestrada e arrastada para as montanhas para deter um surto de sarampo. Michelle estava ali para fazer o que quer estivessem fazendo na estufa. Sua contribuição era tão inestimável que Dash correra o risco de levá-la ao hospital para salvar sua vida.

O que significava que Michelle estava perto de completar qualquer que fosse o projeto que havia começado. Do contrário, eles a teriam deixado de cama com um tempo para se recuperar.

Isso não será preocupação sua por muito mais tempo.

— Papai? — chamou a adolescente de 15 anos com olhar desconfiado, parada com as mãos na cintura. — Mamãe disse para se apressar.

Dash deu um risinho.

— Ela é velha o bastante para começar a me atormentar.

Sara arremessou o miolo da maçã na floresta. Tentou ajustar o nó do vestido. A copa das árvores se abria no rio. O sol era brutal. O problema de cabelos avermelhados era que vinham com uma pele perfeita para a autoimolação. Ela já sentia o ombro nu começando a arder.

Acrescentou protetor solar à lista de coisas de que sentia falta.

A temperatura caiu ligeiramente quando chegou à margem do rio. Todas as filhas de Dash, fora Adriel, estavam sentadas em círculo. Gwen ocupava um banco de madeira no centro. Lia em voz alta uma Bíblia em seu colo.

— "De lá, Eliseu subiu a Betel; ao subir pelo caminho uns rapazinhos que saíram da cidade zombaram dele, dizendo..."

Gwen ergueu os olhos, franzindo a testa para Sara.

Sara fez o mesmo. Não sabia ao certo por que aquela mulher escolheria aquele momento específico para contar às filhas a história de crianças pequenas sendo atacadas até a morte por ursos. Elas já haviam perdido dois amigos. A irmã estava em estado grave no galpão.

— Não acho que fomos devidamente apresentados — disse Dash. — Meninas, esta é a dra. Earnshaw. Dra. Earnshaw, conheça Esther, Charity, Edna, Grace, Hannah e Joy — contou, apontando para cada uma.

Joy era a mais velha, o olhar desconfiado em forte contraste com a alegria indicada pelo nome.

— Olá — disse Sara, puxando a parte de trás do lençol para conseguir se sentar no chão. Sorriu, lembrando a si mesma que não podia punir aquelas crianças por ter pais medonhos. — É um grande prazer conhecê-las.

— Mamãe nos disse que você era casada — disse Grace, que tinha 9 ou 10 anos.

— Eu era.

Sara olhou para Gwen, mas sua cabeça estava baixa enquanto ela estudava a Bíblia silenciosamente.

— Você teve um grande casamento? — perguntou outra criança.

Sara se casara com Jeffrey no quintal da casa dos pais. Sua mãe mergulhara em um silêncio pétreo, furiosa por não estarem em uma igreja.

— Nós fomos ao tribunal. Um juiz nos casou.

Mesmo Joy pareceu desapontada. Sara não sabia se era por terem sido ensinadas que o casamento era a única coisa que as validava enquanto mulheres ou porque eram meninas que achavam casamentos um assunto romântico e sonhador.

— Vou lhes contar outra história. — Sara se ajeitou, tentando tirar um bolo de tecido sob sua bunda. — Na faculdade de medicina há uma coisa chamada Cerimônia do Jaleco Branco. É a primeira vez em que vestimos nosso jaleco. Temos que fazer um juramento de sempre ajudar as pessoas. — Ela escolheu não se alongar sobre isso. — É um momento muito importante. Minha família inteira estava lá. Depois fizemos uma festa na casa da minha tia. Mamãe fez um brinde, depois meu pai, e minha tia. No final, eu estava tonta. Era a primeira vez que bebia champanhe.

— Seu marido estava lá? — perguntou Grace.

Sara sorriu.

— Eu ainda não o conhecia. Mas sua mãe também fez isso. Certo, Gwen? As enfermeiras têm uma cerimônia no começo do trabalho clínico?

Gwen respirou fundo. Fechou a Bíblia. Levantou-se.

— Eu tenho trabalho a fazer.

Dash não pareceu incomodado com sua partida. Assumiu o lugar de Gwen no banco. Esticou a mão, e Joy se sentou em seu colo. Apoiou a cabeça no ombro dele, que pousou a mão em seu quadril.

Sara observou a água correndo sobre as pedras do rio. Não ficava à vontade vendo uma garota de 15 anos sentada no colo de um adulto, mesmo que fosse seu pai.

— Gwen não gosta de falar sobre sua vida anterior — comentou Dash.

— Ela deveria se orgulhar. Formar-se na faculdade de enfermagem é uma grande realização.

Dash deu um tapinha na perna. Grace subiu com cuidado no joelho dele. Enfiou os dedos na tipoia. Ele acariciou os cabelos delas.

Sara teve que desviar os olhos novamente. Talvez estivesse vendo coisa onde não tinha, mas havia algo perturbador em como Dash tocava nas filhas.

— Acho que minhas filhas lhe diriam que trabalhar em casa, cuidando da sua família, também é uma grande realização.

— Minha mãe concordaria. Ela ficou muito feliz de poder escolher essa vida para si. Assim como fiquei feliz de escolher algo diferente.

Joy olhava Sara. A desconfiança se transformara em curiosidade. Ela não parecia constrangida por estar sentada no colo do pai. Considerando o isolamento do complexo e o modo infantil com que se vestiam, seu grau de maturidade poderia ser inferior ao de uma garota típica da mesma idade.

Ainda assim, a situação deixava Sara desconfortável.

— Dra. Earnshaw, nós aqui levamos uma vida simples com papéis tradicionais — disse Dash. — Foi como os primeiros americanos não apenas viveram, mas prosperaram. Todos são mais felizes quando sabem o que se espera de cada um. Homens fazem o trabalho de homens, e mulheres fazem o trabalho de mulheres. Não permitimos que o mundo moderno interfira nos nossos valores.

— Aqueles painéis solares no galpão vieram na *Niña*, na *Pinta* ou na *Santa Maria*? — retrucou Sara.

Dash deu uma risada surpresa. Ele, provavelmente, não estava acostumado a ser questionado, especialmente por uma mulher. Disse às filhas:

— Meninas, esses são os nomes das caravelas que trouxeram os peregrinos ao Novo Mundo.

Sara mordeu a ponta da língua. Ele tinha que saber que os barcos haviam sido parte da expedição de Cristóvão Colombo que zarpou da Espanha. Os peregrinos chegaram mais de cem anos depois. Eram fatos básicos que quase toda criança americana que fizera o primário sabia. Elas aprendiam músicas sobre isso, eram obrigadas a fazer encenações do Dia de Ação de Graças.

— Alguns acreditam que o Pacto do Mayflower foi um pacto com Deus para disseminar o cristianismo pelo Novo Mundo.

Sara mal podia esperar para ver aonde ele chegaria com aquilo.

— Na verdade, o Pacto foi um contrato social que submeteu os colonos a um conjunto padrão de leis e regras — continuou Dash, distraidamente acariciando os cabelos de Grace. — Foi isso o que criamos aqui, dra. Earnshaw. Alguns de nós são puritanos, alguns são colonos, outros são aventureiros e comerciantes, mas somos unidos pela crença nas mesmas leis e regras. Essa é a marca de uma sociedade civil.

Pelo menos ele aprendera direito na Wikipédia.

— Os peregrinos estavam em terras do rei, assim como a terra em que estamos agora pertence ao governo federal.

Dash sorriu.

— Está tentando me levar a confirmar nossa localização, dra. Earnshaw?

Sara quis dar um chute em si mesma por ser tão desajeitada.

— As leis e regras dos Estados Unidos se sobrepõem ao que quer que coloque em funcionamento em seu acampamento. Esse é o privilégio e o preço que se paga pela cidadania. Como meu avô dizia: não se meta com o governo dos Estados Unidos. Ele venceu duas guerras e imprime seu próprio dinheiro.

— Seu avô parece ser meu tipo de homem — observou Dash, rindo. — Mas você deve entender que somos fiéis às palavras originais da Constituição. Não interpretamos ou emendamos. Nós seguimos as leis exatamente como foram estabelecidas pelos que a escreveram.

— Então suponho que saiba que dos três crimes relacionados na Constituição, a traição é o primeiro. Os constituintes pediram a pena de morte para qualquer um que mova uma guerra contra os Estados Unidos.

— Thomas Jefferson nos disse que uma pequena rebelião de tempos em tempos era algo bom e tão necessário para o mundo político quanto as tempestades são para o mundo físico. A imensa maioria do país concorda com o que estamos fazendo aqui. Somos todos patriotas, dra. Earnshaw. É assim que nos denominamos. Exército Patriota Invisível.

Exército.

— EPI? Acho que já ouvi essa sigla antes.

— Eu gosto de cerveja — disse ele, sem deixar de sorrir. — Benjamin Franklin, outro grande patriota, escreveu que a cerveja é a prova de que Deus nos ama e quer que sejamos felizes.

Na verdade, Franklin falara sobre o vinho francês, mas Sara não o corrigiu. Alisou as dobras do vestido. Estava suando. Um enxame de insetos rodeava seu rosto. Sua pele ardia ao sol. Ainda assim era melhor que estar confinada na cabana.

— Já reparou que George Clooney nunca sai dizendo às pessoas como é bonito?

Dash ergueu as sobrancelhas, esperando.

— Eu fico curiosa. Se você é mesmo patriota, precisa colocar isso no nome?

Dash deu um risinho, balançando a cabeça.

— Eu fico pensando, dra. Earnshaw, como a descreveria em um livro caso fosse um escritor.

Sara tinha lido livros escritos por homens como Dash. Ele daria a cor de seus cabelos, o tamanho de seus seios e a forma de sua bunda.

— Você está escrevendo um livro? Um manifesto?

— Deveria — respondeu, deixando de lado o tom de piada. — O que estamos fazendo aqui, o que eu criei, precisa ser reproduzido caso nosso povo sobreviva. O mundo precisará de um plano para depois da queda dos pilares.

— Quais pilares?

— Dash!

O grito apavorado de Lance interrompeu o momento.

Sara ergueu-se instintivamente. O homem parecia à beira da histeria. Corria na direção deles, agarrado ao fuzil com as duas mãos, boca escancarada.

— Tommy caiu! — gritou ele. — Está muito feio. A perna está toda... — Ele parou a um metro, curvado para recuperar o fôlego. — Foi durante o exercício. A perna dele... — Parou novamente, incapaz de descrever a imagem. — Gwen disse para levar a doutora imediatamente.

Dash estudou Lance. Não havia se movido. Nem suas filhas. Joy esperou até que ele desse um tapinha em sua perna, como em um cachorro, para sair do seu colo.

— Espero que não se incomode em me acompanhar? — disse ele a Sara.

Pela primeira vez desde que encontrara aquele sádico Sara estava mesmo disposta a ir com ele. Queria ver o lugar onde Tommy estava fazendo exercícios.

Dash manteve seu ritmo habitual, enquanto Lance saiu na frente, quase frenético. Tropeçou em um tronco caído, o fuzil escapou de suas mãos. Ele tentou se levantar, mas caiu de novo.

— Controle-se, irmão — mandou Dash, pegando o fuzil. Limpou a terra e o devolveu a Lance. — Respire fundo.

A respiração de Lance era superficial. Quando exalou, o hálito estava azedo.

— Bom homem. — Dash deu um tapinha em seu ombro, depois voltou a subir a trilha.

Ele era inteligente. Sara tinha que reconhecer isso. Ela usava a mesma técnica na emergência. Traumas tendiam a aumentar as emoções. Quando todos estavam surtando, ficar calmo, automaticamente, colocava a pessoa em posição de autoridade.

— Por aqui, por favor.

Dash os levava para longe da estufa, para cima da colina até onde Sara imaginava ficar o complexo principal.

Ela ouvia uma sirene soando ao longe. Então se deu conta de que não era uma sirene. Alguém berrava em um tom de causar arrepios que só uma dor excruciante e mortal poderia gerar.

Sara começou a correr na direção do som. A trilha dava em outra clareira, o dobro do tamanho da primeira. Mais cabanas, mais mulheres cozinhando em fogueiras, mas ela não parou para contar o número de pessoas ou estudar o ambiente. Levantou a barra do vestido e correu o mais rápido possível para o homem que uivava.

Havia uma estrutura aberta no alto do morro. Era enorme, mas incompleta. Só havia o esqueleto. Postes de madeira das paredes, compensado nos pisos, escadas abertas, balaustradas. Dois andares. O segundo não passava de um mezanino contornando o espaço aberto abaixo. Não havia telhado, divisórias ou revestimento. Duas lonas superpostas serviam de teto. O material na de baixo era do mesmo prateado bloqueador térmico. A de cima era verde-escura, para ajudar a camuflar a construção na floresta.

Havia um grupo de homens em círculo ao pé da escada. Vestiam traje de combate preto com coletes acolchoados. Sara ergueu o olhar ao entrar no prédio, porque era isto: eles tinham simulado um prédio real. O comprimento de uma lona não era suficiente para cobrir a área. Havia oito grandes pedaços costurados. Essa área tinha aproximadamente 45 metros quadrados, metade de um campo de futebol. As paredes e o piso estavam cobertos de tinta de diferentes cores, provavelmente de armas de paintball. Havia alvos de papel representando seguranças. Pegadas de lama mostravam por onde homens haviam entrado e saído do prédio.

Sara só conseguia pensar em uma razão para simular uma estrutura daquele modo: praticar a tomada do prédio, possivelmente matando ou sequestrando as pessoas dentro.

Exercícios.

Os homens abriram o círculo para Sara entrar. Gwen estava retorcendo as mãos no avental. Chocada. Todos estavam da mesma forma, como se nunca tivesse lhes ocorrido enquanto brincavam de soldados que alguém poderia se machucar.

O homem ferido claramente caíra do andar de cima. Estava de costas, mas não esticado. Tinha conseguido cair no único móvel à vista, uma escrivaninha metálica com cadeira de rodinhas. Seu corpo se curvava para trás sobre os pedaços quebrados: a cabeça quebrara o braço plástico da cadeira; seu cóccix ficou pendurado na beira da escrivaninha, com as pernas voltadas para o chão. Um fragmento branco de osso se projetava da coxa, como a barbatana de um tubarão. O tornozelo estava torcido. A ponta da bota apontava para a escrivaninha atrás.

Sara segurou a mão dele. A pele estava gelada. Os dedos esticados e sem vida.

— Oi — disse ela, porque ninguém demonstrara simpatia ou tentara consolá-lo.

Ele olhou para ela. Tinha por volta de 18 anos e cabelos louro-claros. Sangue escorria de seus olhos como lágrimas. Tinha parado de gritar. Seus lábios estavam roxos. A respiração rápida e apavorada fez Sara se lembrar de Vale.

— Meu nome é Sara. — Ela levou a mão ao rosto dele, que obviamente não conseguia sentir nada abaixo do pescoço. — Tommy, pode olhar para mim?

Os olhos dele começaram a revirar. As pálpebras estremeceram.

Sara não precisava examiná-lo para saber que a coluna estava quebrada. As costelas haviam sido esmagadas no peito. Sua pelve estava estraçalhada. A fratura exposta nas pernas era o ferimento mais perturbador, mas também o menor dos problemas. Mesmo com uma intervenção cirúrgica imediata seu pé provavelmente seria amputado. E isso supondo que pudesse ser estabilizado para o transporte.

Não havia chance de Dash tirar aquele homem dali por cima.

— Mandei buscar uma tala para que você possa cuidar da fratura — disse Gwen.

Sara sentiu os maxilares enrijecendo. Acariciou os cabelos de Tommy.

— E depois?

— Nós o levaremos ao hospital, claro — respondeu Dash. — Não deixamos homens para trás. Somos soldados, não animais.

Sara estava farta de ouvir aquelas frases vazias dele. Tommy claramente acreditava nele, tinha ficado visivelmente aliviado. Olhava para Dash com a devoção de uma criança.

— Certo, irmãos — disse Dash, virando-se para o grupo reunido, tentando acalmá-lo. — Foi algo terrível que aconteceu com um de nossos melhores soldados, mas não muda nossos planos. Continuaremos os exercícios mais tarde. Estamos perto demais para colocar em risco a preparação. Neste momento, irmãos, acho que vocês merecem algum tempo livre. Gerald, pegue a van. Vamos conseguir um pouco de carne para esses garotos.

— Sim, senhor.

Gerald era o mais velho do grupo, cerca de 40 anos, aparência militar. O resto tinha aproximadamente a mesma idade do garoto quebrado na mesa. Os pescoços finos, os membros que não passavam de varetas. Sara teria dito que eram garotos fantasiados brincando, mas aquilo não era um jogo.

Eles haviam construído aquela estrutura para praticar uma invasão, um cerco, um ataque terrorista. Olhou para o mezanino. Não havia características marcantes. Poderia ser uma simulação de um saguão de hotel, prédio de escritórios, cinema — qualquer coisa. Sara só tinha a certeza de que o que estavam planejando aconteceria logo.

Estamos perto demais para colocar em risco a preparação.

— Dispensados, soldados.

Gerald guiou os jovens para fora da estrutura. Suas botas eram pesadas sobre o piso de compensado. Eles desapareceram encosta abaixo.

Apenas Gwen, Dash e Sara permaneceram com Tommy. A médica apertou a lateral do pescoço dele com os dedos, tentando sentir o pulso. Era como tocar as asas de uma borboleta.

— Bem — disse o líder, ajustando a tipoia. Ele ainda não falara com Tommy. E isso dizia a Sara exatamente que tipo de líder ele era. — Fico pensando no que essa escrivaninha estava fazendo aqui.

Gwen o encarava. Nenhuma palavra foi dita, mas algo se passou entre eles. Dash assentiu antes de se afastar.

Sara sentiu gosto de sangue na boca enquanto ele desaparecia encosta abaixo. Em vez de se sentar com um garoto moribundo e aterrorizado que claramente não queria nada mais que satisfazê-lo, Dash retornava às filhas para que elas inflassem seu ego.

Ela não podia se dar ao mesmo luxo que ele de ser tão covarde. Manteve a mão no rosto de Tommy.

— Tommy, pode abrir os olhos para mim?

As pálpebras dele se abriram lentamente. Ele focou em Sara. O branco do olho esquerdo estava cheio de sangue escuro. Sua boca se moveu, mas ele não conseguiu produzir nada além de um murmúrio. O terror era a sua única emoção dominante. Ele não sentia os membros. Os sinais de dor disparavam por seu tronco cerebral. Estava consciente o bastante para entender que não ia descer aquela montanha andando. Sabia tão bem quanto Sara que Dash lavara as mãos em relação a um de seus *melhores soldados*.

— Pu... — começou Tommy, com um desespero de partir o coração. — Por favor.

Sara sentiu os olhos ardendo, mas não deixaria que aquele garoto a visse chorar. Manteve sua compostura exterior, a mão ainda na bochecha do jovem. Uma gota de sangue escorreu do ouvido dele.

Sara se dirigiu a Gwen.

— Nós temos que... — Não conseguiu dizer as palavras.

Tommy ia morrer. Era apenas uma questão de como e quando. Seu tronco cerebral poderia acabar inchando tanto que impediria a respiração. Os pulmões poderiam entrar em falência antes disso. Poderia demorar três minutos para que perdesse a consciência, outros cinco para sufocar até a morte. Ou seus órgãos poderiam começar a falhar, dando início ao lento processo de um horrendo declínio consciente. Tommy era jovem e forte. Seu corpo não ia desistir tão fácil. Sem ajuda externa, o único modo de Sara reduzir o terror dele era acelerar o inevitável.

Dezoito anos.

— Você tem cloreto de potássio ou morfina... — perguntou ela a Gwen.

A mulher deu um empurrão com tanta força que Sara caiu de costas no chão.

De início, ficou chocada demais para se levantar. Depois se apressou para impedir o que sabia que estava por vir.

Gwen cobriu a boca de Tommy com uma das mãos e apertou o nariz dele com a outra, impedindo sua respiração.

— Não! — disse Sara, agarrando as mãos da mulher, tentando soltar seus dedos, mas Gwen segurava com muita força. — Por favor! — gritou Sara, mas sem saber por quê.

Era inútil. Tudo aquilo era inútil.

— Não podemos... — disse Gwen, a voz marcada pelo esforço, não pela emoção. Seus braços tremiam enquanto jogava todo o peso nas mãos. — Não podemos desperdiçar suprimentos.

Sara ficou chocada com o cálculo frio dela. Por isso Dash mandara os outros homens embora. Aquilo era o que Dash não suportava testemunhar.

Assassinato.

Os olhos de Tommy estavam arregalados. A adrenalina o deixara totalmente consciente. Suas cordas vocais vibraram com um som sugado vibrante. Ele encarou Gwen, sem piscar, aterrorizado. Sua garganta travou em busca de ar. Seus braços e suas pernas inúteis tremiam enquanto os nervos tentavam desesperadamente agir. Ele rompeu o contato com Gwen e encarou Sara.

— Estou aqui — disse ela, ajoelhando ao lado dele.

Pressionou as costas da mão sobre sua bochecha. As lágrimas dele escorreram sobre seus dedos. Sara não se permitiu desviar o olhar. Contou silenciosamente os segundos, os minutos que se prolongaram lentamente entre sua vida e sua morte.

CAPÍTULO DOZE

Segunda-feira, 5 de agosto, 14h30

F AITH REPASSOU SEUS E-MAILS enquanto esperava em uma sala de reuniões vazia no amplo quartel-general do CCD. O lugar era como o Fort Knox. Ela tivera que deixar sua arma no portão e abrir a mala e o capô do carro. Um sujeito com um espelho na ponta de uma vara examinara a parte debaixo do carro em busca de bombas. Então um pastor belga muito disciplinado ignorara os Cheerios sob os bancos e farejara resíduos de explosivos.

Considerando toda a podridão que passava pelos laboratórios, fazia sentido que o acesso às instalações fosse rigidamente controlado. A única dúvida de Faith àquela altura era por que sua misteriosa reunião aconteceria no CCD. Amanda lhe dera as informações habituais — ou seja, quase nada — em uma mensagem de texto que lhe mandava chegar às 14h30 em ponto, sem qualquer outro detalhe. Faith não tinha sequer um nome para procurar. Por eliminação, ou simplesmente em um caso de *dã*, ela podia supor que ia receber informações confidenciais sobre Michelle Spivey. O mesmo grupo que sequestrara Michelle levou Sara. Então, talvez, quem sabe, tomara, queira Deus, Faith poderia usar uma informação dali para trilhar um caminho que levasse diretamente ao cretino que ainda mantinha ambas reféns: Dash.

Dash.

Faith odiava o homem simplesmente pelo apelido idiota. Era um diminutivo do quê, afinal? Ou era chamado de Dash por ser um corredor muito rápido, um entregador, por estar sempre com pressa ou propenso à diarreia?

Ela não tinha a menor ideia.

Faith perdera a tarde inteira tentando encontrar o líder do EPI. E por falar no exército, boa sorte ao repassar os aproximadamente 3.347.000 resultados dessa busca. Era como procurar uma agulha em um palheiro sem saber exatamente como era a agulha. Will havia sido inútil. O FBI havia sido inútil. Ela precisava de uma faixa etária, uma cicatriz ou tatuagem que o identificasse. Um veículo. Um lugar visitado frequentemente. Um último endereço. Mesmo um possível sotaque regional seria alguma coisa.

Em geral, a única coisa que se podia esperar de um criminoso era que andasse com outros criminosos. Bastava encontrar alguém que conhecesse alguém que estivesse passando algum sufoco e quisesse fazer um acordo. Aquela coisa da televisão sobre não delatar era babaquice. Todo mundo sabia que falar significava se livrar da cadeia. Faith concentrara todas as suas buscas em Carter, Vale, Monroe e Hurley, procurando uma compra com cartão de crédito, um saque em caixa automático, um número de telefone, uma multa por estacionamento irregular ou uma localização por GPS que os ligasse a um Dashiell, Dasher, Dashy ou qualquer outro merda cujo prenome ou sobrenome começasse com D.

Nada.

Ela se levantou e olhou pela janela.

Tudo que ela descobrira até aquele momento era que Michelle Spivey trabalhara naquele prédio, ou em um daqueles prédios. Havia vários no complexo, com um jardim de pedras, pontes e uma creche para os filhos dos funcionários. Era um grande contraste com a caixa branca gigantesca na qual funcionava a AIG, mas o CCD era um lixo até os ataques com antraz de 2001. O Congresso de repente se deu conta de que era uma boa ideia financiar a organização que reagira aos ataques com antraz. Ajudava que dois dos destinatários da bactéria mortal fossem senadores dos Estados Unidos. O crime mais notório é o que mirava em um humilde político.

Seu telefone vibrou com um novo e-mail. Ela encaminhara a lista de medicamentos de Sara a dois pediatras e um clínico geral. Nenhum deles concluíra nada anormal. Nenhum deles conseguiu precisar o que os remédios poderiam tratar. O novo e-mail era da pediatra de Emma, com um palpite de última hora: *Havia chances de ser tuberculose miliar?*

Faith ouvira falar de tuberculose, mas não desse tipo específico. Copiou e colou as palavras em seu browser. *Miliar* se referia aos pontos semelhantes a grãos de milho que apareciam em radiografias do pulmão. Os sintomas eram horrendos, especialmente, quando se falava de uma criança.

228

Tosse, febre, diarreia, baço hipertrofiado, nódulos hepáticos e linfáticos (...) múltiplas deficiências em órgãos, insuficiência renal, pneumotórax (...) 1,3 milhão de mortes em todo o mundo (...)

Ela abriu seu aplicativo médico e encontrou a lista de vacinas de Emma.

Varíola-catapora; Tríplice — sarampo, rubéola, caxumba; DTC — difteria, tétano, coqueluche; BCG — tuberculose.

Faith deu um suspiro aliviado. Voltou ao Google. No dia anterior, Kate Murphy dissera que o trabalho mais recente de Michelle Spivey fora na área de coqueluche.

Coriza, febre, tosse que induz vômito e pode quebrar costelas (...) tosse aguda enquanto tentam respirar (...) pode durar dez semanas ou mais (...) pneumonia, convulsões, danos cerebrais (...) 58.700 mortes em 2015.

Faith fechou o browser. Ela podia andar em círculos ao redor dos restos estripados de um traficante de drogas, mas pensar em uma criança passando por aquilo era demais.

Afundou na cadeira e deu um suspiro longo e pesado. A exaustão não era uma novidade para Faith, mas aquilo era fadiga em outro nível. Não conseguia acreditar que no dia anterior estivera suando na reunião sobre o transporte de Martin Novak. O *prisioneiro de grande importância* tinha sido tão teórico, um guia cheio de informações, diagramas de carros e estradas. E então as bombas começaram a explodir e a única pessoa que parecia convencida de que havia uma ligação entre Martin Novak, Dash e o EPI estava plantada no CCD, suando loucamente à espera de um desconhecido.

Faith olhou o relógio.

Catorze horas e 44 minutos.

Imaginou se teriam se esquecido dela. Tinha dezenas de coisas com que Faith poderia contribuir naquele momento, principalmente, procurando Sara. Estava perto de Emory para ir outra vez atrás de Lydia Ortiz, a enfermeira da recuperação cirúrgica, ver se havia se lembrado de algo novo sobre Michelle Spivey ou Robert Hurley. Ortiz passara um tempo com os dois enquanto Michelle se recuperava da anestesia. Tinha de haver um detalhe, um comentário aleatório que servisse de pista.

Não dando certo, Faith poderia dar apoio a Will. Beau Ragnersen ia levá-lo para encontrar o enviado de Dash às dezesseis horas. A coisa toda dava uma sensação ruim a Faith, e não apenas porque o parque Alberta-Banks em Flowery Branch ficava em uma rua municipal que ainda se chamava Jim Crow Road. Ela tinha medo de que a equipe de vigilância não estivesse cobrindo todos os acessos. Tinha medo de que a concussão de Will estivesse piorando. E, sobretudo, tinha medo de Beau Ragnersen. Faith não confiava em informantes confidenciais. Eram criminosos. Sempre tinham seus próprios interesses. Beau era viciado em drogas. Heroína alcatrão preto não era brincadeira. O papel dele naquela farsa não era pequeno. Ele teria que ser convincente ao apresentar Will como antigo colega do exército passando por dificuldades.

Dificuldades não era um exagero. Faith mal reconhecera Will naquela manhã. Sem Sara, ele começara a retornar ao seu estado selvagem. A barba por fazer, mais as cicatrizes no rosto, deixavam-no com cara de bandido. Se Faith o visse na rua seu primeiro impulso seria garantir que a arma estivesse visível.

Ela deveria estar naquele parque naquele exato momento, dando apoio a ele.

A porta se abriu. Faith ficou surpresa, mas então se deu conta de que não deveria, pois claro que Aiden van Zandt estava lá.

Ele manteve a porta aberta com o pé enquanto olhava para o corredor. Os óculos não estavam mais presos por esparadrapo. Vestia terno e gravata. Ainda não era um Westley. Suas credenciais do FBI penduradas no pescoço.

— Desculpe o atraso. Murphy não pôde vir, mas manda lembranças.

Faith deu uma risada sincera.

— É sério, ela gosta de você. Diz que você lembra a sua mãe — disse Van, inclinando o corpo para o corredor. Tinha a mão erguida, como se chamasse um táxi. — Pode avisá-la que estamos prontos? — pediu, depois voltou-se para Faith. — Traga suas coisas.

Faith pegou a bolsa e o seguiu por um longo corredor, pois nos últimos tempos sua vida se passava em escadarias ou corredores.

— Como Murphy conhece minha mãe?

— Como alguém conhece alguém? — retrucou ele, depois mudou de assunto. — Alguma notícia do seu agente desaparecido?

Faith também sabia mudar de assunto.

— O FBI continua negando que há uma ligação entre Martin Novak, as bombas em Emory e o EPI?

— Resposta incerta. Tente novamente mais tarde.

Faith não gostava daquele jogo.

— Certo, Bola Mágica. Eu procurei o EPI no Google. Não está na internet. Em lugar nenhum. O que não significa que não seja real, tem a *deep web* e tudo mais, mas por que não está na internet?

— Pergunte novamente mais tarde.

Faith quis socá-lo.

— Preciso que você cruze os arquivos de Michelle para saber se ela já interagiu com um homem chamado Beau Ragnersen.

Ele parou, a mão apoiada em uma porta fechada.

— Por que você acha que eu posso fazer isso?

— Porque você é o agente de ligação do FBI com o CCD. — Quando ele não a corrigiu, ela supôs que adivinhara certo. — Ragnersen, terminando com *en.*

— É dinamarquês. O s-e-n significa...

Faith passou por ele e abriu a porta. Uma energia nervosa tomava conta do seu corpo. A sala parecia o tipo de lugar que um civil não seria autorizado a ver. O espaço amplo lembrava a ela uma sala de controle da Nasa. Havia fileiras de cubículos abertos vazios, com monitores e placas — América do Sul, América Latina, Europa, Eurásia. Relógios digitais mostravam horários em Alfa, Oscar e Zulu. Monitores gigantescos cobriam a parede dos fundos. Um mapa do mundo mostrava pontos piscando em vermelho, verde e amarelo em diversos locais. As palavras "Red Sky" estavam no canto, com diferentes identificações.

Faith supôs que o ponto vermelho em Atlanta era por causa do ataque do dia anterior.

— Por que há um ponto amarelo piscando no litoral da Geórgia? — perguntou Faith.

— Furacão Charlaine — respondeu Van.

A tempestade de final de julho se abatera sobre Tybee Island e arrasara o porto de Savannah. Os danos foram tão intensos que o governador estava pedindo verba extra para financiar a limpeza.

— Amarelo porque o desastre ainda está em andamento. Red Sky é parte do Situational Awareness. Diferentes órgãos têm diferentes graus de acesso. Esta sala é o eixo do Sistema de Administração de Incidentes. Se uma grande tempestade está sendo acompanhada, se há uma grave crise de saúde ou um ataque terrorista todas as mesas ficam ocupadas. Ontem, por exemplo, a sala estava entupida. Mais de cem pessoas. Cientistas, especialistas, médicos, adidos militares, Watch Staff. Há linhas diretas com a Casa Branca, o Pentágono, Norad, Alice Station, Menwith Hill, Misawa, Buckley; todos os Sigint do Echelon acessam o portal. A Equipe de Incidentes Globais envia dados diretamente para estes monitores, para avaliações em tempo real que permitam enviar pessoas e recursos conforme a demanda.

Faith assentiu, fingindo que aquela merda no maior estilo Jason Bourne não a empolgava. Estava louca para pegar o telefone e tirar algumas fotos.

— Maneiro, não é? — perguntou Van.

Ela deu de ombros.

— A não ser que você esteja no litoral e ainda precisando ferver água.

Van abriu outra porta para ela. Uma fileira de pequenos armários tomava uma parede. No final do corredor havia uma porta fechada com uma luz vermelha acima.

— Você já esteve em uma SCIF? — perguntou Van.

Situational Compartmented Information Facility, ou seja, uma sala segura em que informações secretas poderiam ser trocadas sem medo.

— Sim — mentiu Faith.

Ela vira uma das salas ultrasseguras em *The Americans*, então tinha que contar.

Van tirou o celular do bolso e o colocou em um dos armários.

Faith abriu a bolsa. Tinha mais de um celular. Precisaria guardar o laptop e o iPad, pois nenhum equipamento eletrônico ou qualquer coisa que pudesse gravar informações era permitido dentro de uma SCIF.

— Eu sempre me esqueço do relógio — disse Van, tirando seu Garmin.

Faith tirou seu Apple Watch. Estava nervosa, porque começava a cair a ficha de que se encontrava dentro de uma das instalações mais seguras do país e de que naquele momento Van a levava para um local ainda mais protegido.

Michelle Spivey tinha autorização de alta segurança. Faith tinha que imaginar que, de algum modo, Amanda conseguira dar a Faith acesso a qualquer que fosse o projeto em que a cientista estava trabalhando antes de ser sequestrada.

O EPI não levara Michelle de um estacionamento porque ela estudava coqueluche.

— Pronta? — perguntou ele, apertando um botão verde na parede.

Houve um zumbido alto, e a porta se abriu. Eles entraram. O baque da porta se fechando era semelhante ao de um cofre sendo trancado. Outro zumbido cortou o ar. Uma luz vermelha acima da porta começou a girar como a luz de um carro de polícia.

Faith respirou fundo. O ar era estranhamente abafado. A sala era crua, apenas seis cadeiras ao redor de uma mesa de reunião e um relógio na parede.

Na cabeceira, estava sentada uma mulher com o uniforme cáqui da Marinha sem crachá e com barras coloridas que Faith não conseguiu reconhecer. Os óculos eram grossos. Os cabelos, escuros e curtos. Era o pior tipo de jovem — o tipo de jovem que fazia Faith se sentir velha. Estava tão feliz de estar ali, ansiosa e de olhos arregalados como o Zezé de *Os incríveis*. Tinha à frente diversas pastas empilhadas. Sorriu para Van. Os dentes estavam sujos de batom.

Van esfregou os próprios dentes para alertá-la, o que foi decente da parte dele.

— Esta é Miranda. Miranda, esta é a agente sobre a qual lhe falei.

Faith supôs que as apresentações tinham chegado ao fim. Sentou-se à mesa. Van ocupou a cadeira ao seu lado.

— Certo, então, qual fator ou quais fatores historicamente levaram ao aumento na filiação a grupos de supremacia branca? — começou Miranda.

Faith ficou imediatamente perdida. Tentou estabelecer uma relação com Michelle. A mulher era casada com uma médica asiática-americana. Elas haviam escolhido ter uma criança que refletisse essa origem.

— Ela se tornou alvo por causa de sua família?

Miranda olhou confusa para Van.

— Desculpe, quem se tornou alvo?

Van balançou a cabeça.

— Um tópico diferente para um dia diferente. Continue, por favor.

— Certo — disse Miranda, levando um momento para se ajustar. — Certo. Então, o que se sabe é que mais pessoas se juntam a grupos de supremacia branca em reação a um fluxo repentino de imigrantes ou a dificuldades econômicas, certo? As duras indenizações financeiras do Tratado de Versalhes. A Esfera de Coprosperidade da Grande Ásia Oriental. Operação Wetback, com o perdão da palavra.

— Espere.

Faith também precisava de um minuto. Estava com dificuldade de acompanhar o novo rumo. A reunião não era sobre Michelle Spivey. Era sobre o Exército Patriota Invisível.

Um grupo de supremacia branca.

— Vamos recomeçar — disse Faith, que precisava falar em voz alta para que seu cérebro conseguisse entender. — Você está dizendo que a filiação a esses grupos racistas dispara porque a economia desce pelo ralo, o desemprego cresce, as pessoas procuram alguém a quem culpar e...

— Não tão rápido.

Miranda abriu uma de suas pastas. Colocou diante de Faith uma fotografia em preto e branco. Um cara de terno escuro apoiado em uma escrivaninha com um cachimbo de Sherlock Holmes na boca. Tinha um penteado Clark Kent clássico. A foto era claramente dos anos 1950.

— George Lincoln Rockwell — explicou Miranda. — Fundador do Partido Nazista Americano. — Posicionou uma foto de outro cara branco. — Richard

233

Girnt Butler, fundador das Nações Arianas. — Continuou expondo fotos. — Thomas Metzger, líder da Resistência Branca Ariana. Frazier Glenn Miller, líder do Partido Patriota Branco. Eric Rudolph, ligado ao Exército de Deus e ao Movimento de Identidade Cristã.

Faith continuava perdida, mas de uma coisa sabia.

— Rudolph é o terrorista do Centennial Olympic Park.

— Certo. Entre seus alvos também estão clínicas de aborto e uma boate lésbica — disse Miranda, acrescentando uma foto de Timothy McVeigh. — O terrorista de Oklahoma. — Mais uma foto. — Terry Nichols, cúmplice de McVeigh. O que todos esses homens têm em comum?

Faith estava confusa demais para o método socrático, então se limitou a um homem.

— Eu conheço Eric Rudolph porque a maioria de seus ataques foi na Geórgia. Ele confessou autoria de quatro bombas e o assassinato de um policial. Era carpinteiro. Contra o governo, contra gays, contra mulheres, contra o aborto. Nega qualquer ligação com o Movimento de Identidade Cristã, embora tenha morado em um complexo com a mãe na adolescência. Depois que o FBI colocou Rudolph na lista dos dez mais procurados seu irmão fez um vídeo de si mesmo cortando a própria mão com uma serra radial para enviar uma mensagem ao FBI.

— Sério? — Miranda ficou perturbada. — O que aconteceu com a mão dele?

— Caiu na caixa postal — respondeu Van. — O FBI não recebeu a mensagem.

Faith se deu conta de algo.

— Rudolph foi do exército, certo? Ele serviu em Fort Benning. Foi expulso por fumar maconha. E... — apontando para McVeigh — foi do Exército. Recebeu a Estrela de Prata durante a Guerra do Golfo. Expulso das Forças Especiais. — Tocou na foto de Terry Nichols. — O Exército o dispensou após alguns meses. Ele não deu conta.

— Sim-sim-sim — disse Miranda, animadamente deslizando as imagens ao redor. — Rockwell foi comandante naval da Segunda Guerra e na Coreia. Butler foi do Army Air Corps. Miller esteve no Vietnã. — Ela tinha mais fotos: homens de capuzes brancos, homens com braçadeiras de suástica, homens com os braços erguidos em saudação nazista. — Artilheiro de helicóptero no Vietnã. Tenente-coronel da reserva do Exército. Sargento da Força Aérea. Reserva da Guarda Costeira.

— Espere um minuto. — Faith precisou interromper. — Meu irmão está na Força Aérea há vinte anos. Ele pode ser um babaca, mas não é a porra de um nazista.

— Não duvido — respondeu Miranda. — Veja bem, não estou atacando as forças armadas. Minha família desde a Guerra Hispano-Americana é militar. Eu sou da Marinha, mas também sou profissional da estatística, e posso lhe assegurar que, matematicamente, esses homens são exceções. É preciso considerar os números. Em qualquer grande grupo haverá um determinado número de marginais. Professores, médicos, cientistas, policiais, homens da carrocinha. Sempre há maçãs podres. Então, aplique isso às forças armadas. Entre ativos e da reserva, há quase dois milhões de integrantes. Se você pegar mesmo meio por cento, são...

— Dez mil pessoas — completou Faith, segurando-se na mesa. Ela queria se levantar e sair da sala. — Você precisa ligar alguns pontos para mim. Não gosto dessas implicações.

— O Congresso também não — retrucou Van. — Uma equipe do Departamento de Segurança Interna produziu um estudo sobre o movimento de supremacia branca nas forças armadas e não apenas perdeu o financiamento como foi obrigada a se retratar pelas descobertas.

Faith teve que se levantar, mas não para ir embora. Precisava mandar oxigênio para os pulmões. A sala parecia uma prisão. Ela se apoiou na parede. Cruzou os braços. Esperou.

— Vamos voltar ao começo. Eu lhe perguntei o que causa aumentos históricos na filiação a grupos de supremacia branca. Você disse imigração e economia, mas, na verdade, é a guerra. A guerra é o elemento comum a todos esses homens. Eles partiram para lutar, voltaram para casa e não encontraram nada do mesmo jeito. Na lógica deles, foram abandonados pelo governo. Suas mulheres haviam seguido em frente ou se tornado mais independentes. Seus filhos se tornaram estranhos. Não sabiam como entender um mundo que funcionava sem eles, e precisavam culpar alguém.

— Eu mesmo culpo os judeus — disse Van.

Faith não estava com disposição para o humor distorcido dele.

— Dois dos homens de Hurley, Sebastian James Monroe e Oliver Reginald Vale. Foram reformados pelo Exército.

— Robert Jacob Hurley foi oficial de munições da Força Aérea — disse Van.

— O que isso tem a ver com o Exército Patriota Invisível? — perguntou Faith.

— Ah. — Miranda revirou suas pastas. — Então, esses caras são o que estamos chamando de Novos Nazistas. Não são skinheads. Não raspam a cabeça, não fazem tatuagens nem se fantasiam. O objetivo deles é passar despercebidos. Dockers e camisas polo. Caras legais, arrumados.

Faith se lembrou dos manifestantes carregando archotes tiki em Charlottesville. Os jovens tinham parecido todos muito normais até começarem a cantar sobre sangue e terra e berrar *Jesus não vai nos substituir*.

— A manifestação Unite the Right... — disse Faith.

— Por isso eles são cuidadosos na internet — acrescentou Van. — Depois de Charlottesville, a internet se virou contra eles. As pessoas os identificaram pelos vídeos. "Ei, esse é o meu entregador. O que ele está fazendo chutando a cara de uma mulher negra?" Eles foram demitidos dos empregos, expulsos de casa pelas famílias, perderam seus acessos de segurança, foram dispensados com desonra. Então aprenderam a ter cuidado. Quando as câmeras começam a filmar eles cobrem os rostos ou usam máscaras.

— Charlottesville foi um momento determinante — disse Miranda. — Vieram grupos de 35 estados diferentes. Não foi uma reunião espontânea. Eles realizavam manifestações menores por todo o país, principalmente na Califórnia, mas, em geral, apenas vinte pessoas compareciam, talvez alguns Antifa querendo partir cabeças e alguns pseudohippies querendo arremessar flores. De qualquer forma, a mídia os ignorava. Depois de Charlottesville tudo mudou. Eles foram reconhecidos de cima para baixo. Aqueles caras voltaram para casa com energia, organizados, prontos para entrar em ação. O número de filiados disparou.

Ela mostrou a Faith uma foto colorida de um jovem sendo fichado na delegacia.

— Brandon Russell, Guarda Nacional da Flórida. E também um integrante da Divisão Atomwaffen. Atomwaffen significa "armas atômicas" em alemão. Eles tiveram uma grande participação em Charlottesville. Em maio de 2017, um mês antes da manifestação, Russell foi encontrado com um laboratório de produção de bombas em sua garagem, suásticas espalhadas pelo apartamento e uma fotografia de Timothy McVeigh no quarto.

— Eles encontraram HMTD na garagem de Russell — disse Van. — É um composto orgânico altamente explosivo. O mesmo usado nas duas bombas detonadas no estacionamento de Emory ontem.

A mente de Faith evocou a imagem da cratera fumegante que ela vira do helicóptero na tarde do dia anterior. Ainda estavam fazendo buscas no entulho naquela manhã. Mais um corpo tinha sido encontrado havia uma hora.

Ela assentiu para que Miranda continuasse.

— No que diz respeito a grandes grupos há o Atomwaffen, RAM, que significa Rise Above Movement, Hammerskins, Totenkampf. A lista continua. Algumas vezes são dez caras, em outras são cinquenta. O que estamos vendo é a encarnação da resistência sem líderes. Um ataque no nível de Onze de Setembro ou de 7 de julho demanda coordenação, disciplina e dinheiro. Nenhum desses grupos tem esses recursos. O que acontece é que um cara diz a si mesmo: "Ei, estou farto de falar sobre isso. Vou tomar uma providência." Dylann Roof, Robert Gregory Bowers, Nicholas Giampa, Brandon Russell, todos estavam profundamente envolvidos com nacionalismo branco, mas não havia um plano geral. Eles agiram por conta própria.

— Como terroristas suicidas — disse Faith.

— Não tão sofisticado assim. Pode ser um garoto de 20 anos com um monte de armas que certa manhã decide pegá-las e ir a uma sinagoga.

— Esses caras idolatram heróis — acrescentou Van. — Não só McVeigh. Atiradores solitários são transformados em deuses. Confira a internet na próxima vez em que houver um ataque desses. Em minutos há fan pages, fan-fiction, informações para contato. Se o maldito sobrevive, eles colocam o número de detento para que as pessoas possam fornecer suprimentos e o endereço da cadeia para correspondência dos fãs.

Faith não se deu ao trabalho de perguntar que porra havia de errado com as pessoas.

— A motivação do atirador é a fama?

— De certa forma, sim — respondeu Miranda. — Eles são incrivelmente ressentidos. Sentem-se marginalizados, impotentes, incompreendidos. Ouvimos muita conversa ultimamente sobre a Grande Substituição.

— Estou certo de que você já ouviu isso antes — disse Van. — As mulheres brancas não têm filhos no mesmo ritmo que as de minorias. O feminismo está destruindo o mundo ocidental. Os homens brancos estão sendo transformados em cornos.

— O que nos leva de volta às forças armadas — acrescentou Miranda. — Os homens nesses grupos anseiam pela disciplina e a afirmação masculina de uma estrutura militar. Nós notamos um esforço geral de recrutar veteranos, da ativa e da reserva. Eles querem esses homens por suas habilidades de combate e a chancela de seu serviço militar. Por outro lado, para um soldado que já deixou para trás seus dias de luta é muito atraente reviver aqueles momentos. Por todo o país há acampamentos de ódio onde ex-soldados treinam crianças. Invasão, tiro ao alvo, treinamento com material bélico. Um dos maiores acampamentos fica em Devil's Hole, no Vale da Morte.

Faith se lembrou das fotografias nos arquivos de Kate Murphy sobre o EPI. Mostravam jovens correndo em trajes camuflados.

— Devil's Hole é onde Charles Manson ia se esconder depois que o Helter Skelter produzisse uma guerra racial.

— Exatamente — disse Miranda, parecendo impressionada. — Enquanto esteve preso, Charles Manson se correspondeu com um homem chamado James Mason, um grande defensor da supremacia branca. Também escreveu um livro intitulado *Siege*, no qual defendeu fortemente a resistência sem líderes. Você poderia chamá-lo de a bíblia do movimento moderno pela supremacia branca.

— E o que essa bíblia manda que eles façam?

— A mesma coisa que o Taliban e a Al-Qaeda fazem. Eles produzem vídeos de recrutamento altamente sofisticados. Criam fóruns na internet nos quais o ódio é não apenas aceito, mas encorajado. Escolhem jovens revoltados e lhes dizem que são parte de uma causa maior, que precisam lutar para recuperar seu poder branco, e que as mulheres se lançarão sobre eles quando fizerem isso.

— Muitos desses caras, como Hurley, Vale e Monroe, serviram no Iraque e no Afeganistão — acrescentou Van. — Eles prestaram atenção no que o outro lado fazia. Viram o dano que um artefato explosivo improvisado pode causar. Como um cara infiltrado na polícia ou em um batalhão poderia matar dezenas de pessoas. Eles aprenderam com a insurgência e a trouxeram de volta para os Estados Unidos.

— A insurgência — repetiu Faith, apontando com a cabeça para a pilha de pastas não abertas. Ela ainda precisava saber como Dash se encaixava naquilo tudo. — Fale sobre o EPI.

Miranda respirou fundo.

— Certo. Eles são inteligentes, o que nos deixa nervosos. Não falam sobre si mesmos na internet. Há conversas isoladas em que outros grupos dizem coisas; principalmente sobre o EPI estar planejando algo grande, dizem que vão produzir uma segunda Revolução Americana. É assim que esses caras falam, por isso é difícil separar o boato do que poderia ser verdade. — Fez outra pausa para respirar. — Achamos que o EPI é sobrevivencialista. Fiz aquele longo preâmbulo sobre como esses grupos atuam porque é como nós *achamos* que o EPI opera. Uma pequena célula, defendendo a resistência sem líder, possivelmente treinando jovens que se autointitulam soldados para penetrar nas forças policiais ou militares e lançar uma guerra religiosa.

Faith ficara de boca seca.

— Se são tão discretos, como vocês descobriram?

— Fui eu — respondeu Van. — É meio que minha função monitorar esses grupos. Há centenas, tanto quanto lobos solitários sentados em seus trailers, falando um monte de merda sobre matar todos os negros e estuprar feminazis. Comecei a ver menções isoladas ao EPI há alguns anos. Eles falavam de si mesmos de um modo diferente. Soltei um boletim pedindo informações. Recebi um memorando da prisão estadual de Valdosta dizendo que tinham um detento cujos telefonemas gravados continham muitas menções ao EPI.

— Adam Humphrey Carter — concluiu Faith, finalmente sentindo que algumas de suas perguntas estavam sendo respondidas. — Você conseguiu que ele fosse libertado antecipadamente da acusação de estupro para que pudesse atuar como seu informante.

Van assentiu.

— Você precisa entender que esses grupos têm um padrão. Eles normalmente implodem. Há constantes lutas pelo poder. Um cara não é racista o bastante. Outro é flagrado vendo pornô gay. As divergências internas causam rupturas, fragmentações. São uns merdas perturbados. Há uma razão para a cor da pele ser a única coisa a lhes unir — disse, debruçando-se na mesa. — O EPI parecia altamente organizado. Muito objetivo. Carter falava de Dash como esses caras falam de McVeigh. E não tínhamos nada sobre ele. Nenhuma foto. Nenhum arquivo. Nada.

Faith chegara ao mesmo beco sem saída na noite anterior, e Van passara muito mais tempo nisso.

— Você pode achar bom que Dash e o EPI não estejam no sistema — disse Miranda —, mas é muito ruim. Pela nossa experiência, quanto mais esses caras falam, mais ridículos eles ficam. São os discretos que fazem mais estrago.

— Foi por intermédio de Carter — acrescentou Van — que nós descobrimos o pouco que sabemos sobre o EPI. Dash não criou o grupo, mas foi quem lhe deu um rumo. Ele os deixa abaixo do radar. Eles mantêm seus nomes e sua ligação fora dos grupos de bate-papo. Eles têm uma aura de mistério que encanta os outros caras do poder branco. Um dia se passou desde as explosões, e os grupos na internet já estão dizendo que o EPI foi o responsável. Metade do Totenkampf já está a caminho de Atlanta para tirar vantagem do caos. Conseguimos impedir que um nacionalista branco polonês atravessasse a fronteira do Canadá. Um grupo do Arizona tentou fretar um avião particular para transportar suas armas.

— Arizona — repetiu Faith. Ela tinha lido sobre uma patrulha de fronteira de cidadãos algumas horas antes. — Quem criou o EPI? Foi Martin Novak?

Van deu de ombros.

— Não importa quem colocou o pavio. Dash é o fósforo que está prestes a acendê-lo.

— Ele está certo — disse Miranda, cuja expressão se tornara extremamente séria. — Se você me perguntasse o que me mantém acordada à noite, é saber que Dash está planejando alguma coisa que não temos ideia do que seja.

— Se vocês estão tão preocupados com ele, por que não há uma força-tarefa ou...? — perguntou Faith.

— O FBI não tem como bancar palpites — respondeu Van. — Há muitos outros bandidos à vista que eles podem perseguir. Eu tive que ficar de joelhos e implorar que meus chefes me deixassem fazer de Carter um informante confidencial. Como falei, ele nos deu muitas informações valiosas sobre outros grupos. Pudemos abrir muitos casos. Mas no que diz respeito ao EPI, Carter sempre se manteve calado. Só consegui arrancar dele que estão planejando algo grande e que há um cara no comando.

— Por que eles pegaram Michelle Spivey? — perguntou Faith.

— Carter pegou Michelle Spivey — disse Van. — Não sabemos se Dash ordenou isso.

Faith não ia embarcar naquela babaquice de novo. Apontou com a cabeça para a pilha de pastas diante de Miranda. Até então ela só abrira uma.

— O que mais Pandora tem em sua caixa?

Van assentiu.

Miranda abriu uma das pastas.

— Esta é a única foto que temos de Dash.

Faith atravessou a sala. Seu estômago se revirou. Não sabia por que só de pensar em olhar para Dash ficava nervosa. Esperava uma foto policial, mas o que viu foi um flagrante brilhante de um universitário de pé na praia, usando shorts e camiseta.

— Foi tirada na costa oeste do México no verão de 1999 — disse Miranda.

Faith não acreditou.

— O México não parece o local ideal de férias para um futuro defensor da supremacia branca.

— Odeie o pecador, ame o pecado — comentou Van.

Faith estudou o rosto do garoto — angular e bobo, com um cavanhaque falhado e um bigode. Poderia ser um dos irritantes colegas de fraternidade do seu filho.

Ou um dos jovens aparentemente inofensivos de Charlottesville.

Miranda mostrou a Faith outra imagem, dessa vez parecendo uma colcha de retalhos de um kit de retrato falado.

— Aqui o que o FBI conseguiu quando pedimos uma progressão etária para a aparência que Dash teria hoje.

Faith não ficou impressionada.

— Quantos anos ele tem hoje?

Miranda deu de ombros.

— Quarenta e pouco? Mas tiramos leite de pedra. Nossos analistas navais acreditam, com base nos marcos à distância, que a praia em que Dash está fica em Isla Mujeres. Há muitas coisas técnicas sobre erosão e angulação do sol das quais vou lhe poupar, mas eles são bons para cacete no que fazem.

Faith voltou à foto da praia.

— Esta não é uma foto de vigilância. Parece de um álbum de férias.

Van puxou a cadeira para ela. Esperou que Faith se sentasse.

— Em junho de 1999, um sujeito chamado Norge Garcia estava hospedado com esposa e filhos no resort La Familia, em Isla Mujeres. Ele notou na praia uma preponderância de americanos solteiros, brancos e jovens do sexo masculino. Como o nome indica, aquele é um resort familiar. Um ambiente agradável para crianças. Universitários, em geral, ficam em estabelecimentos exclusivos para adultos, pois é onde as garotas estão. Então Garcia começou a fazer perguntas: onde esses caras estão hospedados? O que estão fazendo? Por que estão aqui? — Van fez uma pausa para perguntar a Faith: — Está me acompanhando?

— Na verdade não. Por que esse Garcia resolveu xeretar? E como você sabe tanto sobre ele?

Van assentiu, concordando.

— Eu sei sobre ele porque fui ao México entrevistá-lo. E ele estava xeretando o resort porque em 1999 Garcia era inspetor dos *federales*. É a versão mexicana do FBI, com uma pegada militar.

Faith conhecia os *federales* de um grave vício em narco-pornô da Netflix.

— Como Dash se encaixa em tudo isto?

Em vez de responder, Van apontou para Miranda.

Ela deslizou pela mesa outro flagrante da praia. A lente estava focalizada em um bando de crianças construindo um castelo de areia. Cerca de dez metros atrás deles, circularam de vermelho a imagem desfocada de um homem. Cabelos escuros. Óculos de sol. Corpulento. Acenava para alguém atrás da câmera. Os dois braços erguidos. Parecendo um semáforo. O rosto era escurecido por um boné de beisebol, mas era evidente que faltavam dois dedos na mão esquerda.

Faith recostou-se na cadeira.

Martin Elias Novak não tinha dois dedos da mão esquerda. Ele os explodira quando servia como especialista em explosivos do Exército dos Estados Unidos. Em 1999, ele teria 41 anos de idade.

Ela olhou para Van, buscando a confirmação em seu rosto.

Ele deu de ombros.

— Quem pode garantir?

Faith fez um gesto para que ele continuasse.

— Esse misterioso sujeito branco mais velho com dedos faltando, o inspetor Garcia sentiu uma vibração ruim nele. O que está fazendo? Está sempre cercado de um grupo de universitários diferente. Não está hospedado no resort, mas vai à praia ali em frente todos os dias. Aluga uma cadeira e fica vendo as crianças brincando na água. Sozinho. Sem esposa. Sem filhos. Os sentidos de aranha de Garcia lhe dizem que há algo errado. Ele começa a fazer perguntas, e os locais que trabalham no resort dizem: "Ah, não se preocupe com ele. É apenas o Pedo."

— Pedro? — Faith tentou esclarecer.

— Não, *Pedo*, de *pedófilo*.

Faith sentiu um vazio no estômago. Podia imaginar a praia. As crianças rindo. O homem nojento de meia-idade observando as crianças saltando as ondas em frente a um resort familiar.

Ela sentiu que começava a balançar a cabeça. Nada na ficha de Martin Novak sequer insinuara pedofilia. O homem criara uma filha sozinho. Tinha sido das forças armadas. Sim, era um ladrão de bancos e um assassino, mas isso fazia dele um criminoso. Essa nova informação, se verdadeira, fazia dele um monstro.

— Eles o chamavam de Pedo pelo modo que olhava para as crianças — explicou Van. — Às vezes dava balas a elas, sem brincadeira. Às vezes se oferecia para ficar de olho nelas enquanto os pais davam uma caminhada.

Faith quase engasgou.

— E eles deixavam?

— Final dos anos 1990. Ninguém sabia que homens americanos de boa aparência podiam ser pedófilos. Os padres ainda eram santos. Porra, nós ainda encarávamos Columbine como um evento isolado.

Miranda tinha outra fotografia.

— Esta é a única outra fotografia que temos de Pedo.

O homem que só podia ser Martin Novak estava de costas para a câmera, mas Faith reconheceu a mesma camiseta e compleição física da imagem anterior. A mão esquerda de três dedos estava abaixada. Ele conversava com um garoto de rosto anguloso e bobo, com um cavanhaque falhado e bigode.

Dash.

— Pedo estava alugando uma *villa* acerca de trezentos metros do resort — contou Van. — Pagou em dinheiro, assinou o contrato de aluguel usando o nome *Willie Nelson*.

Ele lhe deu um segundo para absorver aquilo. No acidente de carro, Carter e o resto dos homens apresentaram a Will nomes falsos de cantores country.

Impossível ser mais country que Willie Nelson.

— O inspetor Garcia ouviu que o sr. Nelson estava organizando retiros para indivíduos com *os mesmos interesses*. Toda semana seis jovens universitários ianques apareciam de mala e tudo. No fim da semana, eles cruzavam a fronteira novamente, e seis novos universitários tomavam seu lugar. Foi assim durante todo o verão.

Faith tinha perguntas, mas ela mesma pensou nas respostas. Antes dos ataques terroristas de Onze de Setembro, os americanos só precisavam mostrar a carteira de motorista para passar pela fronteira em Tijuana, e ninguém mantinha registros. Não havia programas de reconhecimento facial. Nem leitores de placas. Nem passaportes digitais.

— Esta é a *villa* que Pedo alugou — disse Miranda, mostrando outra foto, dessa vez de uma casa caindo aos pedaços de dois andares com uma grande varanda. Bandeiras vermelhas com uma suástica estirada na balaustrada, feito tolhas de praia a secar.

— Garcia não poderia se infiltrar, por razões óbvias, mas chamou reforços. Eles começaram a seguir os universitários da *villa*. Um dia viram que a maioria estava na praia com Pedo. Havia um cara sentado no bar perto dos banheiros, quando uma garota, de uns 9 anos de idade, foi ao toalete. O cara no bar acenou para os companheiros na praia. Eles retribuíram. Então ele se levantou e entrou no toalete.

Faith levou a mão à garganta.

— Ele a machucou?

— Os *federales* o detiveram antes que algo físico pudesse acontecer. Ele tapava a boca da menina com a mão, mas apenas isso. Eles o arrastaram para a delegacia e o jogaram em uma sala de interrogatório, e ele começou a falar.

— Espere... — Faith tinha que saber. — Era Dash?

— Bingo — respondeu Van. — Garcia o trancou em uma sala para deixá-lo nervoso. Quando foram até lá, Dash estava pronto para falar. Disse que se chamava Charley Pride.

Outro cantor country, afro-americano, inclusive, o que só podia ser uma piada interna racista.

— Dash desculpou-se intensamente por estar no toalete errado. Disse que bebera tequila demais, não falava espanhol, fora um erro inocente e que tapara a boca da criança porque ela estava prestes a gritar e isso o deixou em pânico. Foi um garoto realmente educado; sim, senhor, não, senhor, lamento, senhor. Disse a Garcia que cursava o último ano na Universidade da Califórnia em San Diego. Começara tarde porque estivera no Exército. Fora ao México com um amigo que pretendia participar do retiro. Alegou não saber que o amigo era nazista até chegar lá.

— Garcia acreditou nele? — perguntou Faith.

— Nem um pouco, mas mesmo os *federales* precisam de provas, especialmente quando se tratava de um americano. O assassinato de Kiki Camarena deixou sequelas. Então Garcia teve que soltar Dash e encerrar a investigação, mas...

Van ergueu a mão, pedindo que ela esperasse.

— Duas semanas depois, Garcia começou a ficar incomodado com a situação. Ele foi então ao resort por conta própria. Com trajes de turista. Sentou-se no bar e observou. Eis o que acontece: a mesma disposição de antes. Pedo na praia com os universitários. Um sujeito no bar. Uma garota vai ao toalete, 8 anos de idade. O sujeito do bar dá um sinal, mas dessa vez outra garota, de 11 ou 12 anos, entra no banheiro. Sai com a primeira criança. Ela a leva a um barracão onde ficam pranchas de surfe e deixa a garota lá dentro. Os universitários da praia aparecem um minuto depois. Um deles entra. Os outros ficam do lado de fora esperando sua vez.

Faith apertou os lábios para não implorar que ele parasse.

— Garcia estava sozinho. Os caras do lado de fora do barracão correram no instante em que apareceu. Ele agarrou o universitário lá dentro antes que pudesse fazer qualquer coisa. — Van fez uma pausa. — Quero dizer, além de traumatizar a pobre garotinha pelo resto da vida.

— Qual foi o nome que o garoto deu? — perguntou Faith. — Tim McGraw?

— Garth Brooks. O que foi muito estúpido. Ele era o maior sucesso mundial na época. Garcia só precisou pressionar cinco segundos para que o cara dissesse que seu nome *real* era Gerald Smith, 21 anos, morador de San Diego. Ele tenta a mesma história de Dash: "Lamento, senhor, eu estava meio bêbado, senhor, não sabia que a garota estava lá dentro, senhor, achei que fosse o toalete masculino, por isso a minha jalapeño estava do lado de fora, senhor — disse Van, e balançou a cabeça. — Garcia chamou os superiores. Mandou Gerald para uma cela. Quando viu, Gerald tinha sumido.

— Os detentos o mataram?

— Infelizmente, não. Garcia acha que permitiram que ele voltasse escondido para os Estados Unidos. Pedo desapareceu na mesma época. Os universitários sumiram. Garcia não entrou em detalhes, mas fiquei com a sensação de que seus superiores consideraram Gerald e Pedo um problema americano, e concluíram que os Estados Unidos saberia cuidar deles. Para encerrar, não há correlação significativa entre o movimento da supremacia branca e pedofilia ou abuso infantil. Pelo menos não mais que na população em geral.

— Que alívio.

Faith queria ir para casa e tomar um banho escaldante para tirar dela o fedor daqueles homens. Esperava muito que Dash não estivesse perto de crianças naquele momento.

Algo lhe ocorreu.

— Como você ligou o Dash do EPI ao Dash do México em 1999? — perguntou a Van.

— Eu deixei Carter doidão. Ele sempre foi calado sobre Dash, mas havia algo diferente nele. Foi mais ou menos na mesma época em que Carter estava tentando escapar. Estávamos na metade da segunda garrafa de Red Label, e ele começou a me contar sobre a atuação de Dash na guerra, em uma voz baixa e reverente, sobre como Dash era um *seal* da Marinha que participava de operações ilegais até que ficou sabendo demais e o governo mandou um assassino para eliminá-lo e... — Van simulou uma masturbação. — Seja como for, arranquei dele que Dash tinha uma tatuagem realmente antiga na panturrilha. Em letra cursiva, tinta amarela com o contorno azul: *Freedom Is Not Free*.

— É uma tatuagem militar — disse Faith.

— É primordialmente do Exército — adiantou-se Miranda. — Os *seals* preferem o mergulhador, o esqueleto de sapo, Tridentes Seal, âncoras, *o mais durão entre os durões*. Em 1999 os regulamentos proibiam um marinheiro de fazer uma tatuagem na parte inferior da perna. E nenhum homem da Marinha destacaria a cor da covardia.

— Eu verifiquei a tatuagem na base de dados biométrica do FBI, e nada — contou Van. — Depois procurei na Interpol. Normalmente, quando se tem uma identificação, basta clicar em um link para ler o mandado de prisão e às vezes o arquivo do caso. Só consegui um nome e um número de telefone. Norge Garcia, *inspector jefe* da Policía Federal. — Deu de ombros. — Então peguei um avião e fui lá conversar com ele.

— Ele se lembrava de muitos detalhes — comentou Faith.

— Ainda tinha os arquivos, fotografias, anotações, depoimentos. Estava tudo com ele. Por isso colocou a tatuagem na Interpol. Eles não tinham computadores em 1999. Assim que descobriu o que era um computador, disse a um de seus homens para inserir a informação. Garcia achava ter deixado passar algo com Dash. Sentidos de aranha. Mesmo vinte anos depois ele ainda tinha um mau pressentimento.

Faith recostou-se na cadeira. Seu cérebro estava tão cheio que ela mal dava conta de tudo.

— Novak tem uma filha. Estaria com 10 ou 11 anos na época em que ele estava sendo Pedo na praia. — Ela esperou, mas Van não falou nada. — A garota que levou a criança para o barracão de pranchas de surfe tinha por volta dessa idade. Novak colocou a própria filha para pegar criancinhas para ele e seus companheiros, certo? É o que você está dizendo...

Miranda tinha mais uma foto.

— Esta é a foto mais recente que temos de Gwendolyn Novak. Aos 19.

Faith olhou para uma fotocópia de um crachá do Georgia Baptist Hospital. Gwen Novak tinha uma aparência comum, com cabelos castanho-claros e olhos tristes. Faith tentou ler algo naquela tristeza. Gwen havia sido cafetã do pai. Vivera em uma casa cheia de pedófilos. Não havia como não ter sido vítima. Mas então se tornara instrumento para a agressão a outras crianças.

— Gwen era uma assistente que sonhava em fazer faculdade de enfermagem — contou Miranda —, mas, naquele momento, não tinha sequer completado o ensino médio. Já tinha dois filhos, um menino de 10 meses e uma menina de 5 anos.

— Aos 19? — reagiu Faith, envergonhando-se do tom crítico. Ela tinha 15 anos quando Jeremy nasceu. E não havia sido criada por um pedófilo racista. — E o pai dos filhos?

Miranda balançou a cabeça.

— As duas certidões de nascimento deixam esse espaço em branco. A garota foi matriculada em uma escola primária no oeste, mas retirada após alguns meses. O departamento de família e o serviço social estavam de olho no bebê. Um dos vizinhos desconfiou de abusos. Mas Gwen seguiu os passos do pai e sumiu do mapa. Sem cartões de crédito, conta em banco; nem mesmo registros escolares da menina. Joy teria quinze anos hoje.

— Joy — repetiu Faith, aferrando-se ao nome para acreditar que Gwen havia protegido a filha do pai estuprador e seus amigos. — E o bebê?

— Temos um atestado de óbito. A causa indicada é SMSL, Síndrome da Morte Súbita do Lactente — disse, entregando o papel a Faith. — O pobrezinho sufocou dormindo.

Faith não pegou o atestado. Parecia que até mesmo olhar para aquilo dava azar. Ela queria sentir pena de Gwen pelo que tinha vivido na infância, mas a mulher já era adulta. Não mais uma vítima. Se tivesse permitido contato do seu filho com um pedófilo, era uma agressora. Pior ainda, pois sabia no fundo como era ser uma criança indefesa vivendo sob a constante ameaça de estupro.

— Obrigado, Miranda — disse Van. — Sei que você tem outra reunião.

— Obrigada — disse Faith à mulher. — Quero dizer, tudo isso é horrível, mas obrigada.

— Espero ter sido útil.

— Você foi — respondeu Faith.

Ela foi pegar a bolsa, mas Van a deteve.

— Pode me dar um minuto?

Faith sentou-se novamente. Olhou o relógio.

Quinze horas e 52 minutos.

Beau Ragnersen e Will provavelmente estavam no parque. O enviado de Dash deveria encontrá-los às dezesseis horas. Faith queria pegar um controle remoto e teclar pausa para contar a Will tudo o que descobrira. A questão militar era importante. O fato de que Dash era um pedófilo. Ele podia usar as duas informações para se infiltrar no grupo.

Ou Will poderia finalmente surtar e espancar o cara que for ao encontro até ele concordar em levá-lo até Sara.

A porta zumbiu quando Miranda saiu. Van esperou o clique, e a luz vermelha giratória que indicava que a sala era novamente segura.

— Certo, Mitchell — disse ele. — Manda ver.

Ela já estava carregada e travada.

— Você colocou a inteligência naval para analisar as fotos de praia de Garcia e confirmar local e data da história. Está me dizendo que não consegue encontrar especialistas para estudar os cotos na mão esquerda de Pedo onde ficavam seus dedos e compará-los com Martin Novak?

— Todos os nossos especialistas em cotos estão tentando desmantelar a máfia da represa.

Faith o encarou.

— Nós estamos a quatrocentos metros de um cemitério onde ficava um estacionamento.

Ele era imune à chantagem emocional.

— Carter e Vale estão mortos. Hurley está preso.

— Graças ao meu parceiro. Eu entendo a coisa da resistência sem líder e do lobo solitário. Mas os assaltos a banco de Martin Novak renderam meio milhão de dólares. Miranda disse que o Onze de Setembro demandava coordenação, disciplina e dinheiro. Do meu ponto de vista, o EPI tem tudo isso, ou seja, não são lobos solitários, são uma grande operação terrorista nacional. Eu vou lhe dizer: é uma puta negligência que sua chefe esteja tão ocupada se protegendo em vez de deixar o FBI fazer seu trabalho.

— Ah, ei, você viu isto? — perguntou ele, erguendo o crachá pendurado. — Eu trabalho para o FBI. Toda essa coisa hoje, todo essa trama, isso é o FBI ajudando a polícia local. Porque eu trabalho para o FBI. E tenho um informante do FBI que me deu informações sobre Dash. E eu voei para o México à procura de Dash. E estou conversando com você agora porque eu, o agente do FBI, quero encontrar Dash.

Faith devia desculpas a ele.

Mas ela também era imune à chantagem emocional.

— Sei que você tem uma filha de 2 anos em casa — disse Van. — Esses caras são muito como crianças de 2 anos. Querem atenção, e estão dispostos a destruir as coisas para conseguir.

Aquele foi um truque sujo.

— Como sabe sobre a minha filha?

Van ignorou a pergunta.

— McVeigh inspirou dezenas de imitadores. O livro-manifesto do Unabomber recebeu cotação de quatro estrelas e meia na Amazon. Se contarmos à imprensa que o Exército Patriota Invisível explodiu Emory passaremos a lidar com dezenas de imitadores, e Dash se esconderá ainda mais que agora.

Faith já estava balançando a cabeça.

— Dash tinha 20 e poucos anos, suando com um *federal*, morrendo de medo de ir para uma prisão mexicana. Não havia como ele não estar inventando merdas na hora. Talvez realmente fosse aluno da Universidade da Califórnia em San Diego. O nome que ele deu a Garcia, Charley Pride. Segundo o padrão, é possível supor que o sobrenome real de Dash começa com *P*.

— Fantástico. Você empilhou os colchões. Eu vou achar uma princesa. — Ele jogou os óculos na mesa. — Olhe, foi apenas um dia, Mitchell. Entendo que você está preocupada com o seu agente. Todos queremos Sara Linton e Michelle Spivey de volta. Estamos trabalhando no caso há um mês sem ter nada para mostrar além de uma porrada de paredes de tijolos. Mas não ache nem por um minuto que o FBI não está levando o EPI a sério. Eu não faço reuniões em salas seguras por ter uma queda por mulheres mandonas e obstinadas.

Ela ergueu as sobrancelhas de tão aleatório que aquilo tinha sido.

— Desculpe, era para ser um elogio — disse ele.

— Continua sendo esquisito.

Van enrolou um pouco limpando os óculos com a ponta da gravata.

— Provas. É disso que precisamos. Tudo o que temos agora são conjecturas e instintos. Nós *achamos* que é Novak na foto da praia. Nós *achamos* que é Dash conversando com ele. Nós *achamos* que Dash assumiu o leme do EPI quando Martin foi capturado. Nós *achamos* que Dash era o quarto homem em Emory ontem. Nós *achamos* que o EPI sequestrou Michelle. Nós *achamos* que eles estão planejando algo grande — disse, e olhou para Faith. — Já que estamos aventando teorias não provadas, vou lhe dizer uma das minhas: meu instinto diz que Gwen Novak é casada com Dash.

— Cacete.

— Cacete é o termo correto, porque não há certidão de casamento, nenhuma ligação financeira, nenhuma coincidência, mas estou fazendo as contas, e sei como esses grupos valorizam as linhagens. Se você quer substituir o rei, case-se com a filha dele.

— Você acha que Gwen teve mais filhos? — perguntou Faith, sua náusea fazendo a cabeça começar a doer. — Esse é o trabalho de Gwen, certo? Fornecer crianças para o pai e seus companheiros? Talvez Gwen tenha encontrado um modo melhor com Dash; produzir seu próprio estoque.

Van esfregou a gravata nos óculos com tanta força que as lentes se moveram.

— Martin Novak está detido — disse ela. — Volte a ele e...

— Novak não falou em mais de um ano e não vai começar agora — respondeu Van, recolocando os óculos. — Ele *quer* que aconteça o que estiver prestes a acontecer. Ele ficou radiante quando soube da explosão ontem. Ele quer que pessoas morram. Quer abalar a sociedade e derrubar o governo. Entende que sua prisão deixou um vazio de liderança. Se há um grande plano, Novak não faz parte disso e está feliz assim. Está feliz de ver o que virá a seguir.

Faith sabia que ele estava certo. Ela passara horas estudando Novak como parte da equipe especial de transporte. O homem vivia pelo caos.

— Então o que fazemos? Qual é o plano?

— Estou trabalhando com meus informantes. Carter não é o único defensor da supremacia branca com quem faço negócios.

— Carter foi um grande sucesso seu.

Van recebeu a provocação com um sorriso.

— Encontrar esses caras é o mais difícil. Assim que os localizo, é uma estrutura básica de RASCLS.

Faith tentou esconder a empolgação em aprender um novo acrônimo.

— Está tentando me impressionar com jargão profissional?

— Claro que sim. Como se transforma um bandido em um informante confidencial? Reciprocidade. Autoridade. Sovinice. Compromisso. Consistência. Simpatia. Prova social. RASCLS. Felizmente eu sou um especialista em empatia, simpatia e dar dinheiro.

— Eles não sabem que você é judeu? — perguntou Faith.

— Sabem, mas o curioso é que é só dar algum dinheiro, livrá-los da cadeia, escutar os problemas deles sem julgar, e eles meio que ficam "Hitler? Nem sei quem é".

Faith forçou uma risada, mas apenas para compensar pelas esquisitices anteriores.

— Eu tenho informantes nos principais grupos, mas o que realmente precisamos é de alguém dentro do EPI. É nisso que estou trabalhando: um cara que conhece alguém que conhece alguém. No momento o EPI está com quatro homens a menos. Não homens comuns, mas soldados. Não sabemos das condições médicas de Dash depois do acidente de carro. O que quer que ele esteja planejando, demanda um grau de experiência. Segundo Carter, o grupo de Dash é composto de velhos e garotos. Soldados como Carter, Hurley, Monroe e Vale eram os verdadeiros líderes. Dash terá que recrutar homens qualificados, logo.

Faith olhou o relógio.

15h58.

Beau e Will encontrariam o empregado de Dash.

— Por que estou aqui? — perguntou ela.

— Essa é uma questão existencial? — retrucou ele, mas viu que não arrancaria outra risada dela. — Minha chefe quer que vocês saibam exatamente com que tipo de pessoas estão lidando. O EPI está com Sara Linton. Sabemos que ela é da família. Sua família é a nossa família — disse, e foi direto ao ponto: — Lá embaixo tem uma pasta esperando por você com tudo que temos sobre o sequestro de Michelle Spivey. Eu tive que censurar coisas altamente secretas, mas no que diz respeito a localização dela, não há muito ali. Talvez um novo par de olhos descubra algo que vinte de nossos analistas não conseguiram.

— Certo — respondeu Faith, e ofereceu: — Posso lhe mandar os relatórios de perícia do hotel, os relatórios de autópsia. Tudo o que temos é de vocês.

— Tudo?

Faith não conseguiu identificar o tom. Ou ele achava que ela estava mentindo ou estava fazendo outra tentativa desajeitada de flerte.

Ela virou a Bola Mágica de volta para ele.

— Minhas fontes dizem que não.

CAPÍTULO TREZE

Segunda-feira, 5 de agosto, 15h58

WILL GEMEU AO DESCER da picape de Beau Ragnersen. A aspirina decididamente tinha parado de fazer efeito. Seus músculos estavam travando. Ele olhou ao redor, notando alguns carros, pessoas passeando com cães, mas era uma tarde calma no Albert-Banks Park. Ele assentiu para que Beau mostrasse o caminho. O homem mantinha a cabeça erguida, mãos nos bolsos. Will fez o mesmo, seguindo-o por uma faixa de grama bem aparada.

Não havia rastreadores em nenhum deles. Amanda não teria sugerido isso, e mesmo que tivesse Will não permitiria. Sua maior preocupação era não conseguir sustentar a história. Ele seria apresentado como um ex-soldado com ressentimentos. Will usara essa identidade antes e aprendera da forma mais difícil que não era bom em jargão militar. Não tivera tempo de estudar o papel desde então. Agora só poderia fazer o tipo calado e ameaçador. O calado não era um desafio. O ameaçador se instalara no instante em que Sara fora levada.

O rosto de Will continuava com barba por fazer. Suas mãos estavam feridas. Usava boné de beisebol e óculos escuros. O terno cinza amassado estava no armário do vestiário. Will tinha trocado por jeans e uma camiseta preta de mangas compridas que usava na academia. Seus bíceps esticavam o tecido. Os tênis tinham tiras vermelho-ferrugem que lembravam sangue seco.

Tinta.

Dois meses antes ele reformara seu banheiro para surpreender Sara. Até que ela dissesse, ele não se dera conta de que as paredes cor de chocolate faziam o pequeno aposento parecer ainda menor. Ele instalara um novo armário para que ela tivesse onde guardar suas coisas de mulher. Pintara as paredes de vermelho para iluminar o espaço, depois colocou por cima do vermelho três camadas de cinza-claro, porque Sara vivia cercada de cenas de crime ensanguentadas quase todo dia. Ela provavelmente não iria querer tomar banho em mais uma.

As mãos de Beau estavam fora dos bolsos. Deu um suspiro alto ao descer da calçada pavimentada. Estava fazendo bico, o que era irritante. Deixara claro que não queria estar ali. Amanda deixara claro que ele acabaria morrendo na prisão se não ajudasse Will a entrar para o EPI.

Como exatamente isso iria acontecer ainda estava indefinido.

Beau suspirou novamente enquanto se virava para o campo de beisebol. Will trocou de mão a bolsa de medicamentos, que estava pesada. Cerrou o punho. Disse a si mesmo que seria uma má ideia socar Beau na nuca caso ele suspirasse outra vez.

Aquilo era por Sara. Só isso foi suficiente para que Will abrisse o punho. Ele tinha que convencer o enviado de Dash a fazer uma apresentação. Beau mencionara um cara em uma van que dava cobertura durante as entregas de remédios. Will supôs que este estava mais alto na hierarquia. Este era o cara que ele tinha que conhecer. Dash estava com quatro homens a menos. Planejava algo grande. Parecia gostar de trabalhar com ex-policiais e ex-militares, e estaria recrutando. O primeiro obstáculo de Will seria convencer o empregado a ligar para o motorista. O segundo seria dar um jeito de o motorista não atirar na sua cabeça.

Ele olhou ao redor. Nenhum sinal de van.

Beau virou-se, suspirou de novo.

Suor pingou nos olhos de Will. Ficou contente por estar de óculos escuros. O sol batia no alto de sua cabeça. Desejou que Faith estivesse ali. A reunião dela provavelmente era importante, mas ele sabia que se desse merda Faith sempre lhe daria cobertura.

Viu a primeira agente disfarçada da AIG sentada em um banco perto do parquinho, com um carrinho de bebê. Estava de cabeça baixa, nariz enfiado em um telefone. Outro agente corria em uma calçada entre as quadras de tênis e um dos campos de beisebol. Uma perua verde estava no estacionamento distante com um casal de agentes interpretando o papel de pessoas casadas que não eram casadas uma com a outra. Havia um segundo carro de perseguição estacionado em uma taberna mais adiante e outro parado na estação de tratamento de água, mas para Will nada daquilo ia funcionar, porque seu instinto lhe dizia que Beau ia foder com ele.

Será que seu instinto estava certo?

O pressentimento ruim não era por causa da vista lamentável ou do arrastar de pés de Beau sobre a grama ao estilo Charlie Brown. Mas sim porque o homem era um viciado, e viciados só se importavam em ficar doidões. Amanda deixara Beau manter um punhado de comprimidos no bolso, mas ele começara a jogá-los na boca como chicletes antes mesmo de saírem do prédio. O soldado de operações especiais sabia fazer contas tão bem quanto Will. Os comprimidos acabariam, e, quando isso acontecesse, Beau poderia acabar do lado errado de uma cela de prisão.

Will tentou pensar da mesma forma que Beau. Havia três maneiras para ele sair daquela situação. Poderia dar ao enviado de Dash um sinal de que Will era policial. O enviado atiraria em Will, fim da história. Na porta número dois, Beau poderia correr. Não chegaria longe, mas ele não sabia disso. A terceira opção era a mais problemática. Beau era um soldado de combate altamente treinado. Seu cérebro não precisava estar funcionando plenamente para que seus músculos lembrassem de como matar um homem. O canivete de Will estava em seu bolso, mas ele continuava não sendo bom com ele. Sua Sig-Sauer estava em um coldre escondido no cós na calça às suas costas. Ele sacava rápido, mas não com o pescoço quebrado.

— Por aqui — disse Beau, caminhando junto à cerca triangular do campo.

Olhou o relógio, então Will fez o mesmo.

Quinze horas e 58 minutos.

Eles marcaram de encontrar o cara às dezesseis horas. Não havia como voltar atrás. Seja lá o que Beau estivesse planejando, não seria improvisado. Ele claramente tomara uma decisão. Parecia pensativo, quase contemplativo, a mão correndo pela cerca.

O instinto de Will enviou outro sinal de alerta.

Quando diante do perigo alguns caras se empolgavam, socando o peito, gritando por sangue, cegando-se com tanta adrenalina que corriam na direção das balas. E havia o outro tipo de cara, o que sabia que a única forma de sobreviver ao inferno prestes a se abater era mergulhar em um transe.

Beau era o segundo tipo de cara. A transformação era evidente. Aquilo não era fruto dos comprimidos. Seu treinamento assumira o controle. A respiração desacelerou. Ele tinha parado de se remexer e suspirar. Entrara no modo zen como um monge budista.

Will reconheceu os sinais porque passava pela mesma transformação.

— É aqui — avisou Beau, subindo a arquibancada até o terceiro degrau e se sentando. Olhou o relógio. — Melhor se acomodar, irmão. Ele nem sempre chega na hora.

— Onde está a van?

— Não faço a mínima — respondeu Beau, esticando as pernas. — Esses caras não são idiotas. Ele não vai chegar de carro e mostrar o rosto. Para isso serve o capanga.

Will largou a bolsa de lona entre os dois e se sentou. Admirou o campo de beisebol. A cerca era legal, coberta de vinil preto. O parque era uma coisa de outro mundo para Will, que sempre morara na cidade. Não havia agulhas, drogados ou moradores de rua. Apenas mulheres de Gucci passeando com seus cachorros bem cuidados.

Will estudara uma imagem aérea da área verde de 93 mil metros quadrados. Toda a equipe disfarçada passara horas criando estratégias, sugerindo rotas e cenários alternativos, discutindo os melhores locais para estacionar os carros e posicionar os agentes. Doze quadras de tênis iluminadas. Três campos de beisebol. Um espaço para rebater arremessos. Um centro olímpico de tênis. Um grande pavilhão para piquenique.

Will tentou se localizar. Nunca tinha sido muito bom com esquerda e direita, mas sabia que estavam sentados ao lado da base no campo mais distante da rua principal. As quadras de tênis de saibro ficavam atrás dele, portanto, o campo de futebol da escola primária ficava do outro lado do bosque.

A escola era área proibida por razões óbvias. O último sinal tocara uma hora antes, mas havia atividades extras que mantinham no prédio pelo menos cem crianças e alguns professores e funcionários. Tecnicamente, o capanga de Dash poderia vir daquela direção. Beau lhes dissera que o homem estacionaria no estacionamento próximo, mas ele era um viciado mentiroso.

Esse era o problema. Se as coisas ficassem feias, Will não poderia perseguir o enviado para dentro da escola com sua arma. Os agentes disfarçados não poderiam se arriscar a estacionar um carro de perseguição ali sem alertar a segurança da escola, e a segurança da escola não iria gostar nada de ouvir que a AIG realizava uma operação disfarçada em suas instalações. Ficariam especialmente putos se descobrissem que a ação era em um parque público.

Will estava desesperado para encontrar Sara, mas nenhum deles poderia perdoá-lo se ferisse uma criança.

— Cara, você parece estar sentindo dor — disse Beau.

Will deu de ombros, como se suas articulações não estivessem concretadas.

— Irmão, é só falar. Eu posso te dar um Perc, sem problema — insistiu Beau, enfiando a mão no bolso e oferecendo a Will um comprimido branco redondo.

Will pensou em aceitar. Não para tomá-lo, mas era uma boa ideia tentar trazer Beau para seu lado. Era difícil matar um homem depois de conhecê-lo. Rejeitar a oferta poderia ser mais um lembrete de que Will era um policial, e de que Beau estava nas mãos de policiais.

— Azar o seu — disse Beau, jogando o comprimido na boca. Engoliu. Sorriu.

Will olhou para o campo. Ouvia as pancadas de uma partida acalorada de tênis nas quadras de trás. Sua cabeça se virou quando ele ouviu o barulho de um isqueiro.

Um cigarro pendia da boca de Beau.

— Apague isso — disse Will.

Beau apertou os olhos atrás da fumaça.

— Relaxe, irmão.

Will o socou na orelha.

Beau esticou os braços, tentando se manter empertigado. O cigarro caiu de seus lábios. Ele xingou, levando os dedos à orelha, procurando sangue.

— Jesus, irmão. Você precisa ficar frio.

— Não sou seu irmão — retrucou Will, outro fantástico lembrete de que não estavam do mesmo lado. — Não faça nenhuma merda que me leve a pensar que está tentando enviar um sinal ao homem de Dash.

— Apenas relaxa, certo? Não foi um sinal — disse Beau, usando a ponta da bota para apagar o cigarro.

Ele se recostou na arquibancada. O longo suspiro que deu poderia ter sido produzido por uma buzina de nevoeiro.

Will olhou para as próprias mãos. A orelha de Beau reabrira a ferida. Ele girou o pulso, fazendo o sangue escorrer pela palma da mesma forma que costumava brincar com lagartas quando criança.

Em uma das primeiras vezes que Will entrou no apartamento de Sara suas mãos estavam sangrando. Will ficara furioso com um ser humano realmente terrível, o que era compreensível, mas que nem de longe era o tipo de policial que ele queria ser. Sara o levara ao sofá. Pegara uma tigela de água morna. Limpara os ferimentos, fizera curativos e lhe dissera que fazer coisas ruins era um hábito ao qual podíamos nos entregar ou tentar romper.

Will limpou a mão no jeans. Já não se importava mais com o tipo de policial que seria. Ele era o homem que ia levar Sara de volta à família.

— É ele — avisou Beau.

O empregado de Dash estava no estacionamento, exatamente onde Beau dissera. Saltava de um sedan azul de quatro portas. Ainda nenhum sinal da van. O cara cruzou o estacionamento com um passo gingado. Contornou a cerca nos fundos do campo. Cabelos escuros e curtos, camisa polo branca, bermuda cargo cáqui e tênis brancos. Tinha vinte e poucos anos, provavelmente um ex-jogador de beisebol do ensino médio, a julgar pelo grande interesse que demonstrava pelo campo. Usava um boné virado para trás. Os óculos escuros tampavam o rosto. Pendurada no ombro havia uma mochila de lona azul. Parecia um universitário à procura de uma festa.

— Você o conhece de antes? — perguntou Will.

— Não, cara, todos são assim — respondeu Beau, e se levantou.

Desceu até a grade. Enfiou as mãos nos bolsos. Esperou.

Will deixou a bolsa na arquibancada e foi até a cerca com Beau. Olhou para o campo. Contou alguns segundos. Analisou o garoto.

Ele estava tranquilo. Sem pressa. Beau já contara a Will o que costumava acontecer: o homem de Dash passava por trás dele e trocava o conteúdo da bolsa de lona pelo conteúdo da mochila, a seguir continuava a contornar o campo e entrava no carro.

Pura espionagem estilo James Bond.

Dessa vez Beau deveria parar o cara para conversar. Apresentaria Will como um antigo companheiro do exército. Diria que eles precisavam falar com Dash. O empregado ligaria para o cara na van. Will faria alguma mágica ainda não definida e arrancaria um convite para encontrar o líder.

Só que o empregado não parecia interessado em colaborar.

Havia parado a cerca de vinte metros deles.

Will quase ouvia as engrenagens estalando na cabeça do garoto. Tinham dito a ele que haveria um homem perto das arquibancadas. Havia dois homens perto das arquibancadas. Será que mesmo assim deveria fazer a troca?

O empregado olhou para o próprio carro atrás dele. Conferiu o estacionamento. Conferiu o bosque. Olhou para as quadras de tênis. Olhou para o céu à procura de... *drones*? O lacaio finalmente voltou a atenção novamente para Beau e Will. Colocou a mão no bolso. Tocou na tela do telefone e o levou ao ouvido.

— O que ele está fazendo? — perguntou Will a Beau.

— Pedindo uma pizza.

Beau estava com as mãos relaxadas fora dos bolsos. Pronto para lutar? Pronto para correr? Pronto para sinalizar?

Will procurou novamente a van. Não viu nada, apenas os agentes esperando para entrar em ação. A não ser que fossem viajantes do tempo, ninguém conseguiria chegar perto dele o suficiente para fazer algo além de chamar o legista.

Will tentou parecer relaxado enquanto levava a mão às costas. Seus dedos agarraram a Sig-Sauer P365. A arma era compacta, projetada para ser escondida, mas tinha dez cápsulas no carregador e uma na câmara. A maioria dos policiais treinava com a arma de serviço. Will passara horas no estande de tiro com a Sig. Era tão preciso com uma quanto com outra. Tinha coronha curta, mas a empunhadura era como uma luva. Ele conseguia sacar a arma e disparar em menos de um segundo.

O enviado encerrou a chamada. Will imaginou que ele permanecia em dúvida. Ir ou ficar? Obedecer ordens ou sofrer as consequências? O garoto era magricela, com braços e pernas compridos e desengonçados, acostumados a levantar pesos e brandir tacos, não a lutar com dois adultos ou correr se salvar.

Ele retomou sua longa caminhada na direção das arquibancadas. Estava tentando agir normalmente, mas enfiara as mãos nos bolsos, e poderia muito bem ter pendurado um cartaz no saco anunciando ARMA.

— Chefia? — perguntou, apontando com o queixo para Will, por ter suposto que era quem estava no comando.

— Diga a Dash que precisamos conversar — disse Beau.

O empregado claramente não queria trabalhar com outro empregado.

— Tudo certo, irmão? — perguntou o rapaz a Will.

— Ele não é o seu contato, cretino — disse Beau, batendo no peito do garoto. — Diga a Dash que eu quero mais dinheiro.

— Para o quê?

— Para comer sua mãe.

Will estava dois segundos à frente do que aconteceu a seguir.

O empregado começou a sacar a arma da bermuda. As mãos de Beau já estavam erguidas, porque ele também estava fazendo suas próprias previsões. Preparou-se para tomar a arma e apontá-la para o cara à sua frente.

Só que a bermuda do garoto era larga demais. Qual era o problema daqueles caras guardando pistolas nos bolsos? Ele deveria tê-la colocada em um coldre, enfiado na mochila ou talvez o idiota devesse ter prestado atenção no entorno, porque não teve ideia do que iria acontecer até Will foder com o joelho dele.

O estalo parecia um taco acertando uma bola de beisebol.

O garoto caiu no chão.

— Porra! — berrou.

Estava rolando de lado, agarrado ao joelho; claramente mais preocupado com o sangue que com a cartilagem danificada. Compreensível, porque não entenderia que a cartilagem era importante até ouvir isso de um cirurgião ortopédico dali a vinte anos.

— Mandou bem, irmão — disse Beau, assentindo.

Ele tinha na mão a arma, uma Glock 19, mas não a Glock 19 de Will. Não mirava nele, então podia continuar com ela.

— Chame seu chefe — disse Will.

— Eu não... — começou, mas a dor lhe tirou o fôlego. — Porra, cara, o meu joelho deveria se mover assim?

— Como se você tivesse tirado de uma lata de carne moída? — perguntou Beau, rindo... — Não, irmão, deu merda aí.

— Porra!

Will revistou os bolsos do garoto até encontrar o telefone. Conferiu o último número discado. Havia uma inicial ao lado, a letra *G*.

Will ligou.

Não houve um *alô*, apenas...

— Kevin, mas que porra? Eu disse para você fazer. Precisamos desses comprimidos. Essa é uma operação de infantaria.

Will teve que engolir antes de conseguir falar. Será que a voz do outro lado era de Dash? Ele soava irritado, como ficaria se seu filho amassasse seu carro.

— Não é Kevin — disse Will. — Beau me disse que vocês perderam alguns homens. Eu servi com ele nos buracos de areia, trabalhei com resgate de reféns. — Estão interessados ou não? — perguntou Will.

O homem ficou calado, pensando. Então soltou o ar por alguns minutos. Não um suspiro, mas um sinal de uma profunda frustração. O tipo de suspiro que diz *era só o que me faltava.*

— Ponha Beau na linha.

Will lançou um olhar severo de alerta a Beau antes de passar o telefone.

Beau enfiou a Glock na cintura. Continuava sorrindo. Will não sabia se ele estava chapado dos comprimidos ou desfrutando da repentina violência.

— Sou eu — disse ao telefone. — É, eu sou um babaca. É, eu entendo. — Olhou para Will, sobrancelhas erguidas como se estivesse levando um sermão do professor. — É, eu sei, mas... — Ele balançou a cabeça. — Escute, Gerald, eu não... — Parou novamente. — Seu merda, dá para calar a boca um minuto para eu contar?

Gerald.

Will entreabriu os lábios. Exalou sua própria frustração. Depois disse a si mesmo que Kevin era um empregado e Gerald o chefe, ou seja, o cara acima de Gerald podia ser Dash.

Beau riu ao telefone.

— Dash disse que cuidaria de mim se eu conseguisse encontrar uns caras bons — falou, sorrindo para Will, reconhecendo que não era uma informação que havia compartilhado com Amanda. — O nome dele é Jack Wolfe. Paraquedista, durão para cacete. Minha palavra deveria ser garantia suficiente, mas se não for, você pode chupar meu pau.

Beau sorria quando passou o telefone para Will.

Will quis enfiar o aparelho no rabo dele. Mas só voltou à ligação, dizendo a Gerald:

— Sou eu.

— Wolfe. — Gerald hesitou. — Você saiu há quanto tempo, filho?

Ele não soava tão velho assim para chamar Will de *filho*.

— Tempo suficiente para saber que aquilo tudo era babaquice.

Beau riu.

Gerald ficara quieto de novo. Estava pensando. De novo.

Will também pensou. Beau não estava agindo direito. Estava empolgado demais, o corpo não parava quieto. Não havia nada que Will pudesse fazer em relação a ele. Beau iria fazer o que quisesse. Com Kevin era diferente. Se Gerald dissesse que não havia negócio, Will ainda tinha o empregado. Ele enfiaria sua Sig na boca do garoto e colocaria o dedo no gatilho se fosse preciso.

— Eu ligo de volta para você — disse Gerald.

Will ouviu a ligação ser encerrada. Olhou a hora.

Dezesseis horas e três minutos.

Se Gerald demorasse mais de dois minutos, estaria subindo na cadeia de comando. Se demorasse menos de dois minutos, estaria ligando diretamente para Dash.

Este último cenário colocava Gerald como o braço direito de Dash.

Will colocou o telefone no bolso. Esticou a mão para Kevin e agarrou a mochila.

— Mas que porra? — reclamou Kevin.

Will fez um gesto para que Beau fosse com ele até a arquibancada. Suas mãos suavam. Cada parte dele queria ficar olhando o telefone até que tocasse e ele descobrisse se estava ou não um passo mais perto de encontrar Sara ou um passo mais perto de espancar Kevin.

— Cara, vamos lá, me dê isso — pediu o garoto.

— Cale a boca — disse Will, abrindo a mochila. Fingiu examinar os maços de notas enquanto murmurava para Beau: — Então Dash lhe disse para trazer uns caras?

O sorriso na boca de Beau aumentou um pouco.

— Estou aqui pensando que um cara como Dash não confia em muitas pessoas, mas confia em você. O que significa que mentiu sobre o grau de proximidade entre vocês.

Beau enfiou as mãos nos bolsos. Não estava querendo briga. Só queria foder Will.

— É preciso guardar algumas cartas na manga, certo, irmão?

— Comece a arrumar outro lugar pra guardar as coisas quando os guardas lhe mandarem segurar os tornozelos e tossir.

Beau riu.

— Eu pareço estar brincando? — perguntou Will, contando o dinheiro. Havia pelo menos 30 mil na mochila. — Se tentar outra merda dessas de novo...

A ameaça de Will foi interrompida pelo toque do telefone.

Dezesseis horas e quatro minutos.

Ele achou que ia vomitar, mas deixou tocar mais duas vezes antes de atender.

— Oi.

— Certo, Wolfe, pode agradecer ao seu companheiro por ser seu fiador. A palavra do capitão Ragnersen tem muito valor para o chefe.

Will abriu a boca e respirou.

— Quanto?

— Eu posso lhe dar dez mil por um pequeno serviço que tenho hoje. Um pequeno teste para ver se você é tudo isso mesmo.

Will se obrigou a contar até cinco.

— Pequeno quanto?

— Sem muito risco. Entrar e sair. Já fizemos isso antes. Temos um cara dentro.

— Sempre tem risco. — Ele contou silenciosamente até cinco de novo. Dez mil era muito dinheiro. Ou aqueles caras não faziam ideia de qual era o valor na rua para um capanga de aluguel. — Quinze mil.

— Fechado — disse Gerald, o que indicava que Will deveria ter pedido vinte. — Passe o telefone para Kevin.

Will se esforçou para esconder a empolgação enquanto dava o telefone a Kevin. Ele estava dentro. No limite, mas dentro.

— Sim, senhor — disse Kevin a Gerald. Parara de choramingar. — Sim, eu sei onde é. Posso me encontrar com ele lá em quinze ou vinte... Certo, mas...

A ligação foi encerrada.

Kevin enfiou o telefone no bolso. Virou-se para Will.

— Ajude-me a levantar, aprendiz de Jack Bauer.

Will pegou o braço dele e o levantou como uma boneca de pano.

— Cacete, isso dói.

Kevin mancou até a arquibancada. Sangue havia empoçado seu tênis. A beirada de sua patela estava branca. Ele se jogou no assento. Abriu a bolsa. Não havia sido possível esconder um rastreador de GPS entre os medicamentos. Beau fora muito específico nas instruções. Os comprimidos tinham que ser transferidos para sacos Ziploc etiquetados. Os unguentos e pomadas deveriam ser tirados das embalagens e presos com elásticos, ainda lacrados.

Kevin trocou os maços de notas de sua mochila pelo conteúdo da bolsa.

— Preciso de seus telefones e identidades — informou.

— Vá se foder — disse Beau.

Kevin deu de ombros.

— Você deu sua palavra por ele. Gerald disse que você e Wolfe vão juntos ou ninguém vai.

— Vamos ambos — disse Will, jogando sua carteira na arquibancada. — Eu não tenho telefone. Não vou deixar o governo me rastrear.

— Sem problema — disse Kevin. — Entendo você, irmão.

A carteira de Will se abrira no assento. A carteira de motorista e o cartão de crédito tinham seu nome falso, Jack Phineas Wolfe. A não ser que o EPI tivesse acesso aos servidores do Pentágono, o serviço militar de Wolfe, um mandado de proteção e duas multas por dirigir embriagado resolveriam qualquer verificação de histórico.

— Vamos lá, irmão. Vamos resolver isso — disse Will a Beau.

— Isso é errado. — Beau começou a balançar a cabeça, mas adicionou carteira e telefone à pilha.

Will analisou o rosto dele. Nada em Beau parecia certo. Ele capitulara fácil demais. Mesmo completamente chapado, conseguira sacar a Glock. Will não ouvira o lado de Gerald da conversa com Beau. Também não sabia o que Gerald dissera a Kevin.

Os instintos de Will berravam como um alarme de carro.

— Nós seguimos você na picape — disse a Kevin.

— Vocês não vão comigo. Gerald é o encarregado das missões. Algum de vocês tem mandados pendentes na Carolina do Norte?

Carolina do Norte?

— Quem vai nos levar até Gerald? — perguntou Will.

— Fiquem esperando — disse Kevin, colocando as carteiras e o telefone de Beau na mochila. — Ele nos mandará um local.

Will lutou contra a ânsia de olhar para qualquer lugar menos o estacionamento. Beau dissera que Dash enviava um novo homem para cada função, mas Beau não descrevera o cara da van. Ele obviamente conhecia Gerald. Ele mentira sobre sua relação com Dash. Will tinha que imaginar que tanto Beau quanto Gerald conheciam cada saída daquele parque. E que nenhum deles estaria preocupado com os garotos na escola ao lado.

— E quanto ao meu dinheiro? — perguntou Beau a Kevin.

— Dê as chaves da sua picape. Eu o coloco embaixo do banco.

Beau capitulou novamente. Jogou as chaves para Kevin. As mãos estavam abaixadas. Ele voltava ao modo zen, pronto para começar.

O telefone de Kevin tocou. Will conseguiu ver um marcador em um mapa. Gerald mandara um local.

— Naquela direção — disse Kevin, apontando exatamente na direção que Will esperava, para o bosque. — Quando chegarem ao centro do campo virem à direita no bosque de novo. Passem pela casa de repouso. Uma van preta os encontrará no final da rampa.

— Qual campo? — perguntou Beau.

Ele não tinha estudado o mapa aéreo. Não trabalhara durante horas com uma equipe de agentes disfarçados altamente treinada que buscava as melhores posições para vigiar cada entrada e saída do parque.

Todas menos uma.

— O campo de futebol — respondeu Kevin. — Fica nos fundos da escola.

Will estava sentado nos fundos da van lotada suando tanto que se sentia como se fervesse em uma panela de água. As janelas eram pintadas de preto. Havia uma divisória entre a cabine e a traseira. A luz do teto estava acesa, mas a lâmpada era tão fraca que ele só conseguia ver o perfil dos outros passageiros. Uma abertura minúscula injetava uma corrente fresca de ar-condicionado, mas fazia mais de 37 graus do lado de fora, e eles estavam em uma caixa de alumínio, então ar nenhum os impediria de assar.

Eles tinham acabado com o Gatorade do cooler nas primeiras duas horas.

Will olhou o relógio.

Dezenove horas e 42 minutos.

Mais de três horas de deslocamento. Àquela altura eles poderiam estar no meio da Carolina do Norte. Ou Kevin podia ser um mentiroso mais convincente do que Will avaliara, e eles podiam estar no Alabama ou no Tennessee.

Beau resmungou enquanto dormia. O ombro dele estava colado no de Will. Sua cabeça tombara. Ele roncava. Havia quatro homens jovens apertados do outro lado da van. O suor deles cheirava a almíscar de guaxinim, se guaxinins usassem desodorante.

Não foram feitas apresentações quando Gerald lhes dissera para entrar na van. Will achou os garotos tão parecidos que os chamou, mentalmente, de Um, Dois, Três e Quatro. Cada jovem levava uma arma no quadril. Não tinham mais de 18 anos, todos vestidos de preto. Suas expressões ricocheteavam entre tédio e terror. Deviam estar exaustos de manter os joelhos erguidos até o queixo. Claramente tinham medo de que seus pés ou pernas acidentalmente tocassem a pessoa errada do modo errado.

Beau era a pessoa errada. Will era a pessoa errada. Os dois juntos ocupavam tanto espaço quanto de Um a Quatro.

Havia uma espécie de eletricidade emanando dos garotos. Os rápidos olhares que continuavam lançando para o outro lado da van, os gestos de cabeça que faziam uns para os outros. Will só conseguia descrever como uma espécie de admiração. Aqueles garotos olhavam para legítimos heróis de guerra. Estavam indo realizar uma missão ao lado de soldados de verdade. Tinham armas nos cintos. Haviam se vestido para a ocasião. Claramente estavam ansiosos para começar a missão.

O que deixava Will muito preocupado. Ele supôs que os fãs provavelmente saberiam mais sobre o Exército do que ele. Cada divisão tinha sua própria gíria. Bastava uma frase errada e Will se veria de joelhos com uma arma na cabeça.

Gerald claramente não estava convencido da utilidade de Jack Wolfe, mas Will tinha que pensar que estar com quatro homens a menos deixara Dash desesperado por combatentes qualificados. Ainda assim, Gerald avaliara Will como se ele fosse uma carcaça de boi. Registrara a Sig-Sauer nas costas de Will. Chamara Beau em um canto e fizera algumas perguntas rápidas. Se Beau ia caguetar Will, estava esperando o momento certo. Gerald parecera satisfeito com as respostas dele. Assentira uma vez, e o jovem que Will intitulara Quatro o examinara com um aparelho. Estava procurando o sinal de um rastreador por GPS. Beau não fora examinado. O que significava que Will ainda tinha muito a provar.

E que Beau era um mentiroso de merda, porque aquelas pessoas claramente o consideravam parte da equipe.

O tempo que Will passara na van lhe dera muitas oportunidades para considerar todas as formas com que Beau poderia foder com ele. Esse era apenas parte do problema. Ganhar a confiança de Gerald era o único caminho que Will tinha para encontrar Sara, mas havia muita informação desconhecida sobre seu destino para gerar uma estratégia significativa.

Carolina do Norte.

Será que iam roubar um banco? Já estava muito tarde para isso. Iriam atacar uma loja de conveniência ou uma loja de desconto de cheques? Por que sair do estado quando havia milhares de lojas mais perto? Será que estariam sendo levados às montanhas, onde Gerald abriria as portas e mataria todos com seu AR-15?

Sempre possível, especialmente assim que tivessem concluído a missão.

Will supôs que Amanda estivesse procurando por ele. Provavelmente, estava furiosa com a equipe, assim como Faith. Ela não era muito de seguir regras. Will a vira tirar vantagem do carrinho de bebê no banco traseiro do carro em mais de uma oportunidade. Ela teria se colocado em algum ponto do estacionamento da escola só por garantia.

Mas ela não tinha feito isso, então a falsa corredora, a suposta mãe com o carrinho de bebê, o casal no estacionamento, os carros de perseguição — nenhum deles teria visto Will desaparecer no bosque. Mesmo que tivessem, não teriam como prever onde ele sairia. A casa de repouso do outro lado do campo de futebol não fora mencionada na reunião.

Faith teria descoberto isso em dois segundos.

Will apoiou a cabeça na lateral da van. As vibrações da estrada penetravam em seu crânio e seu cóccix. Sua dor de cabeça voltara. Ele fechou os olhos. Respirou o ar denso e pútrido. Pensou em recuperar Sara. No que lhe diria, em como seria a vida deles depois daquilo.

Aí morava o problema. A família era a coisa mais importante na vida de Sara.

Cathy claramente odiava Will. Não havia como disfarçar. Eddie fazia um grande esforço, mas Will não sabia se ia durar muito. A verdade é que ele nunca tinha esperado se encaixar na família de sua namorada. A única esperança era que no fim ele fosse acabar como aquela peça perdida de quebra-cabeça que ninguém sabia onde enfiar, mas também não tinha coragem de jogar fora.

Na última vez em que Will vira Cathy Linton, ela nem sequer conseguiu dizer o nome dele.

A van passou por um buraco na estrada. Beau acordou. Coçou o saco, usou a manga da camisa para limpar a baba. Abriu o cooler. Fechou com força.

— Qual desses pirus pequenos tomou o último Gatorade?

— Tem um perto da porta — disse Três. — Está meio quente.

Beau percebeu o golpe. Chutou a canela de Três.

— Você acha que eu nunca tive que beber mijo, moleque?

Ninguém riu. Eles estavam pensando em quão desesperado um homem precisava estar para beber a própria urina.

Quatro fez a pergunta que Will estivera temendo.

— Como foi lá?

Beau apontou para Will.

— Foi ele quem viu ação de verdade.

Will manteve o corpo imóvel, para não socar o pescoço de Beau.

— Fala, cara — falou Três. — Como foi?

Will olhou a lâmpada no teto. Pigarreou. Aqueles garotos estavam armados. Indo para uma situação potencialmente perigosa. O maior medo deles era cometer um erro e virar piada entre os companheiros. A morte não era um conceito que entrava na sua pequena mente. Eles ainda não haviam apanhado da vida o bastante para entender o quanto era preciosa.

— Não vi meus companheiros morrerem para ter histórias para contar a um bando de cretinos.

— Verdade — concordou Beau, com um risinho.

A decepção deles era palpável. Quatro resmungou. Três encostou a cabeça na parede de metal. Dois começou a roer as unhas. Um se mexeu, tentando esticar a perna com cãibra sem estabelecer contato físico com ninguém.

A traseira da van era apertada, mas Um a Quatro haviam deixado centímetros de espaço entre eles. Naquela idade, só se encosta em outro cara se for para bater. O assunto é sempre comer garotas que sequer sabiam o seu nome. Fazer manobras no skate ou cair da bicicleta como se não tivesse quase se cagado nas calças é motivo de se vangloriar. É a idade de tentar descobrir o que fazer com toda essa fúria, desejo e raiva que ardiam como fogo no mato sem qualquer motivo.

Will tinha sido como eles — terrivelmente desesperado por alguém que lhe mostrasse como ser um homem. Ele via um cara legal andando na rua e tentava imitar seu passo. Ouvia outro homem flertando com uma garota e tentava a mesma cantada com uma garota distraída. Ou pelo menos Will dizia aos amigos que tinha tentado a cantada. E que tinha funcionado. E que a garota era fantástica.

— É uma bosta — disse Will. — Matar alguém. É uma bosta, e a gente fica se odiando.

Beau não fez nenhuma piada idiota. Estava escutando. Todos estavam.

Will pensou naquelas palavras. Naquele momento ele era Jack Wolfe, ex--soldado do Exército, desiludido com a vida. No papel, as experiências do homem não eram suas, mas ambos tinham algumas características em comum. Will não sentia remorso por atirar em Sebastian James Monroe, mas Monroe não foi o primeiro homem que ele havia matado.

— Não há glória em tirar a vida de outro ser humano — disse aos garotos.

O clima estava tenso. O único som era dos pneus rolando no asfalto.

— As pessoas dizem que você é forte, ou que é um herói, mas você não é — continuou Will, depois limpou a boca com a manga da camisa. — Mesmo que o sujeito tenha merecido. Mesmo que você tivesse chegado ao ponto de ter que matá-lo antes que ele matasse você, a gente se sente um merda.

Ao lado dele, Beau começou a flexionar as mãos.

— As pessoas perguntam sobre isso o tempo todo, mas não dá para dizer a verdade, porque não é isso que os heróis fazem.

— Pode crer — murmurou Beau.

Will se inclinou para a frente, pois queria que aqueles garotos idiotas o escutassem.

— Não é legal quando acontece. O sangue jorra. Entra nos nossos olhos. A gente vê osso e cartilagem. As pessoas acham que estão prontas para aquela merda porque jogaram *Call of Duty* dez bilhões de vezes, mas não é a mesma coisa na prática. O sangue tem cheiro de cobre. Fica nos nossos dentes. A gente sente o gosto na garganta. Inspira para dentro dos pulmões.

— Cacete — sussurrou Três.

Beau olhava as próprias mãos. Balançou a cabeça.

— O homem que você matou tinha família, assim como você. Tinha uma vida. Você tem uma vida. Talvez ele tivesse filhos. Talvez tivesse uma noiva ou namorada, ou a mãe dele estivesse doente, ou ele estivesse doido para ir para casa, assim como você está doido para viver cada segundo do seu dia. — Will encarou cada um deles. Estavam de olhos arregalados, ligados em cada palavra. — Por isso é uma bosta. Porque...

Will balançou a cabeça. Ele havia dito por quê. Esperava por Deus que eles nunca descobrissem por conta própria.

Beau fungou novamente. Limpou o nariz.

Dois foi o primeiro a falar:

— Por quê, cara?

Will olhou para a janela escurecida. Ouvia a respiração rascante de Beau.

— Por quê? — repetiu Dois.

— Porque quando você mata alguém, está matando uma parte de si mesmo — respondeu Beau.

Os pneus rangeram no silêncio. Não houve mais perguntas. Will marcou a passagem do tempo no relógio. Mais dez minutos. Quinze. Sentiu a van fazer uma curva suave. Estavam saindo da rodovia, pegando um acesso.

Ele olhou o relógio.

Dezenove horas e 49 minutos.

A van reduziu para fazer outra curva. Mais fechada, provavelmente para uma rua secundária. A curva forçou o ombro de Will sobre o de Beau. Diante deles, os garotos se esforçavam para manter o espaço entre si.

A velocidade da van permaneceu em torno de cinquenta por alguns minutos. Will tentou escutar outros veículos. Ocasionalmente, ouvia o zumbido do tráfego. Ainda estavam perto da rodovia. Ou talvez fosse a interestadual. Ou talvez tivesse passado tanto tempo naquela van que afetara sua audição.

O piso pareceu se inclinar. O veículo subia uma rampa. Will ouviu o ronco de um motor a diesel em marcha lenta. Perto, provavelmente, estacionado ao lado da van. Houve um ruído de vibração. Um motor, correntes batendo em metal. O *clique-clique-clique-clique* de uma trava impedindo que uma engrenagem girasse para trás.

Will reconheceu o som. Ele tinha trabalhado em uma entregadora para pagar as contas durante a faculdade. Sabia como era o som de uma porta de carga sendo erguida para uma entrega.

A van balançou quando Gerald saltou da frente. Estava falando com alguém. Will não conseguiu entender as palavras. Imaginou que era uma transação com dinheiro.

Sem muito risco. Já fizemos isso antes. Temos um cara dentro.

As portas da van foram abertas. Will esperara uma luz ofuscante, mas só havia escuridão. Gerald entrara de ré diretamente na baia de carga. A cobertura preta e grossa ao redor da porta aberta impedia Will de ver o lado de fora. Um homem que parecia ter acabado de sair da academia caminhava na direção da saída, de costas para Will. Tinha nas mãos um envelope tão recheado de dinheiro que as abas não fechavam. Boné de beisebol vermelho, bermuda larga, camiseta da Nike preta, cintura roliça.

— Vamos lá — disse Gerald, mantendo a voz baixa enquanto acenava para que se apressassem.

Um a Quatro saíram rapidamente, cada dupla em uma direção. Mantinham as mãos nas armas, como se a qualquer momento aquilo pudesse se transformar no O.K. Corral.

Os olhos de Will vasculharam o depósito enquanto ele saltava da van. A maioria das luzes estava apagada, mas havia locais visíveis. O depósito tinha mais ou menos o tamanho de um campo de futebol. Fileiras de prateleiras metálicas continham caixas de papelão fechadas empilhadas. Eram todas das mesmas dimensões, por volta de 75 centímetros de lado. Cada uma tinha números correspondentes às diferentes placas nas prateleiras abaixo. Todas tinham um envelope plástico guardando uma nota de envio.

Will tinha que pegar uma delas. O conteúdo, os endereços de remetente e destinatário, nomes de empresas e contatos estariam nos formulários.

— Beau — chamou Gerald, mandando-o para os fundos do depósito.

A Glock já estava nas mãos de Beau. Ele caminhou agachado, arma apontada para baixo, procurando seguranças ou qualquer um que pudesse causar problemas.

— Wolfe. — Gerald, com a mão no ombro de Will, falou, baixinho: — Por ali.

Will viu os banheiros, uma sala de repouso dos funcionários, o escritório de envio, uma porta que provavelmente levava ao setor administrativo da empresa. Ele sacou a Sig, apontou para o chão e foi agachado na direção do banheiro.

Antes de entrar, olhou de relance para trás. Havia uma segunda porta de baia aberta para a traseira de um caminhão-baú. Caixas de papelão que pareciam idênticas às das prateleiras estavam empilhadas até o teto. Dois e Três começaram a descarregar. O que havia dentro era pesado suficiente para exigir duas pessoas por caixa. Gerald foi até as prateleiras. Tinha nas mãos um pedaço de papel. Procurava um número correspondente. Apontou para uma fileira no meio. Um e Quatro começaram a tirá-las.

Por que invadir um depósito para substituir umas caixas?

269

Gerald o flagrou olhando.

Will entrou no banheiro feminino. Verificou os reservados. Ele precisava de algo — um crachá, um jornal que ajudasse a identificar sua localização. Havia armários, mas todos estavam destrancados e vazios. Examinou o banheiro masculino, com a mesma falta de sorte. Voltou para o depósito. Mais caixas saindo do caminhão. Mais caixas sendo tiradas das prateleiras.

A porta do escritório de envio estava trancada. Will olhou pelo vidro. Havia papéis por todo lado. Estava escuro demais para identificar logotipos ou endereços.

Atrás dele, os garotos trabalhavam rápido. As caixas foram tiradas do caminhão. Metade das novas caixas havia sido carregada. Eles trabalhavam mecanicamente. Todos já haviam feito aquilo antes. Estavam com medo, mas não aterrorizados. Sua energia nervosa vinha mais da empolgação de cometer um crime.

Will entrou na sala de repouso. Máquinas de comida e bebida, copa, pia, duas geladeiras, mesa e cadeiras para cerca de trinta pessoas.

Uma pessoa sentada à mesa perto da máquina da Coca.

Segurança.

À primeira vista ele poderia estar morto, mas Will se deu conta de que o homem estava dormindo. A cabeça dele tombara para trás contra a cadeira. Boca aberta. O chapéu cobria olhos e nariz, as mãos apoiadas na grande barriga. O uniforme era de algodão preto. Sem logotipos ou identificação. Coturnos pretos. Meias esportivas brancas.

Will começou a sair da sala, mas notou o crachá pendurado no pescoço do homem.

Estava virado. O verso era branco. O outro lado mostraria o nome do homem, a empresa, o endereço.

Will se viu em um impasse.

Ouviu uma porta sendo fechada em uma baia do depósito. Eles tinham carregado o caminhão. Provavelmente procuravam por ele.

Will enfiou a Sig no coldre. Abriu o canivete.

Deu um passo na direção do segurança adormecido, que roncava alto, provavelmente, apagado havia pelo menos uma hora.

Will deu outro passo. Estalou a língua, testando quanto barulho podia fazer antes que o guarda acordasse. A porta de aço não perturbara o sono do segurança. O cheiro de destilado era forte quando Will chegou mais perto. Estalou a língua de novo. O homem não se moveu.

270

Will deu outro passo. Esticou a mão com a lâmina para cortar o crachá do cordão.

— Shhh!

O ruído viera de trás de Will.

Gerald estava no umbral, balançando a cabeça furiosamente e gesticulando para Will deixar o cara em paz. Havia uma espécie de medo nos olhos dele.

Ele achara que Will ia apunhalar o segurança.

— Wolfe — chamou, acenando para que Will saísse.

Will baixou os olhos para o crachá. Estava tão perto.

Mas Gerald dissera não. A missão de Will não era localizar o endereço de um depósito. Ele estava ali para conseguir se infiltrar no EPI.

Manteve o canivete na mão enquanto recuava para fora da sala. Olhou para o crachá com o mesmo desejo que sentia por Sara. Estudou a sala em busca de características marcantes. Os cartazes habituais sobre engasgamentos e queimaduras químicas nas paredes. Um local para lavar os olhos. Um kit de primeiros socorros. Nada que distinguisse aquela sala de descanso de todas as outras salas de descanso nas centenas de milhares de depósitos do país.

Will correu atrás de Gerald até a van. Seus olhos encontraram as caixas na prateleira metálica. Todas tinham o mesmo número: 4935-876.

— Wolfe — chamou Gerald, levando a mão a um dos ombros de Will, a voz baixa. — Da próxima vez me consulte antes de fazer algo como aquilo.

Will assentiu. Subiu na van. Um até Quatro já estavam dentro. Beau ocupara seu lugar atrás do banco do motorista. Estava calado, olhando para as mãos. Todos estavam silenciosos. Todos haviam esperado, talvez até mesmo desejado, que o pior acontecesse, e não sabiam o que fazer com a frustração.

A viagem de volta até a casa de repouso foi silenciosa. Quatro horas, segundo o relógio de Will. Um a Quatro tinham dormido. Beau permanecia tenso ao lado dele. Estava pensando, planejando como escapar daquilo assim que a van parasse. Correr. Lutar. Matar.

Will também estava pensando, mas não nisso.

Estava pensando em 4935-876.

Os números nas laterais das caixas.

Ele continuava repetindo de cabeça, como um mantra. Os pneus continuavam girando. Os garotos continuavam dormindo. O cóccix de Will começou a doer por causa do piso metálico. O mostrador do seu relógio havia chegado à meia-noite quando a van finalmente parou.

Os garotos não acordaram. Beau resmungou ao se arrastar pelo piso. O estilhaço nas costas provavelmente estava acabando com ele, que parara de enfiar a mão no bolso havia cerca de uma hora. Ou os comprimidos tinham acabado ou ele queria estar com a cabeça clara para o que viria a seguir.

Gerald abriu as portas da van. Eles estavam diante da rampa para a casa de repouso. Ele tinha as carteiras deles, o telefone e as chaves de Beau.

— Muito obrigado pelos seus serviços. O dinheiro está embaixo do banco da sua picape. Foi bom fazer negócios com vocês, pessoal.

Beau começou a pegar e colocar suas coisas nos bolsos.

Gerald foi até a frente da van. A porta do motorista estava aberta. O motor estava ligado.

Ele ia embora. Não podia ir embora.

— É isso? — perguntou Will.

Gerald virou-se lentamente. Estudou Will. Não conseguiu chegar a uma conclusão.

— Quer mais, major Wolfe? — perguntou, após segundos terem passado.

Major.

Eles tinham revistado a carteira de Will, verificado o histórico de Jack Phineas Wolfe, dispensado com honras, ex-paraquedista.

Beau pigarreou.

— Vamos lá. Deixe ele.

Will não soube dizer com qual dos dois ele estava falando.

— Que merda é essa, Ragnersen? Está dando pra trás? — perguntou Gerald.

Will prendeu a respiração, esperando que Beau o entregasse.

Beau demorou para responder, mas no final balançou a cabeça. Uma vez. Sem ênfase. Como se desse de ombros.

Will pensou na Sig-Sauer às suas costas. Suava tanto que o coldre de couro estava grudado na bainha da camisa.

— Vamos lá, Ragnersen — insistiu Gerald, claramente insatisfeito. — Você acha que ele tem o que é necessário ou não?

Will olhou para o chão. Avaliou a distância entre ele e Gerald, pensou em Um a Quatro dormindo na van, os idosos na casa de repouso, os carros que poderiam passar pela rua.

— Sim, porra — respondeu Beau, deixando um sorriso dividir seu rosto em dois. — Wolfe me deu cobertura lá no buraco de areia mais vezes do que você coçou suas bolas.

Will se esforçou para esconder a raiva e o alívio de seu rosto. Segurou Beau pelo ombro como um colega faria, mas cravou bem os dedos para que ele soubesse que mais tarde pagaria caro por aquela babaquice.

Gerald cruzou os braços.

— Sua vida anda muito ruim? — perguntou.

Will deu de ombros.

— Você estaria disposto a abrir mão de tudo? Sair da cidade? Sem olhar para trás? — insistiu Gerald.

O coração de Will começou a bater tão forte que ele sentiu a pulsação nos dedos. Lá estava. Sua última chance de encontrar Dash. Sua única chance de salvar Sara.

— Quanto paga? — perguntou a Gerald.

— 250 mil.

— Porra! — suspirou Beau.

— O que eu tenho que fazer?

— Você vai saber quando for a hora. Você aparece, pronto para deixar sua antiga vida para trás. Não faça as malas. Não diga a ninguém o que está fazendo. Não é à toa que o pagamento é insano. Você faz esse serviço conosco e tem que sumir do mapa quando tiver terminado. Não poderá retomar sua antiga vida. E se tentar, teremos que dar um jeito em você, na sua família, na sua mulher, com qualquer um que possa dizer uma palavra errada. Entendido?

Will fingiu pensar. O pagamento não era só insano. Era um absurdo total. Havia centenas de marginais que estrangulariam a própria mãe por um quarto daquilo. Era o tipo de dinheiro que se oferecia sabendo que não teria que pagar.

— Quando?

Beau bateu o pé no chão.

— Amanhã — respondeu Gerald. — Às quinze horas em ponto. Saída 129 da I-85. Há um posto Citgo. Eu o levarei para conhecer o chefe. Ele vai fazer um teste, para ter certeza de que se encaixa.

Dash.

— Se ele der o OK, você está dentro — disse Gerald.

— E se não der? — perguntou Beau.

Gerald deu de ombros.

— Algumas guerras valem o sacrifício — falou ele para Will. — O chefe explicará a você. Acredite, não precisará de muito para você se convencer. Talvez queira ir conosco quando partirmos. A missão da qual você fará parte, a guerra que estamos travando, tem um significado.

Will travou os maxilares. Ele tinha uma sirene tocando em sua cabeça, não um alerta, mas...

Sara-Sara-Sara-Sara.

— Qual é essa missão? — Beau se meteu.

Gerald pareceu surpreso.

— Você quer participar?

— Tá maluco, cara. Nem pelo dobro disso.

Gerald se voltou para Will.

— Pense nisso, soldado. Sem pressão. Se quiser entrar, tem que ser para valer. Apareça amanhã, saída 129, quinze horas. Você descobrirá o que está fazendo quando for a hora de descobrir. Está bom para você?

Will contou de cabeça, em silêncio. Até cinco, dez. Assentiu.

Gerald também.

Foi isso.

Will começou a pegar a rampa para a casa de repouso. Ouviu a porta da van ser batida atrás dele. Desviou do prédio, olhou para a câmera revelando seu rosto completamente. Sua cabeça estava cheia de números.

4935-876; 129 saindo da I-85 às quinze horas.

Beau estava atrás dele, no seu passo arrastado de Charlie Brown.

— Você é um babaca — disse Will.

— Sem dúvida.

Beau não parecia preocupado com a raiva que Will sentia ou com o destino deles naquele momento.

— Você deveria correr — disse Will. — Sabe que eles estarão esperando por você na sua picape.

— Você também deveria correr, Robocop — retrucou Beau, correndo para alcançá-lo. — Não seja idiota. Sabe que eles ofereceram aquele dinheiro porque o pagamento real vai ser uma bala na sua nuca. Não arrisque a vida para pegar esses pilantras.

— O que eles estão planejando?

— Você acha que eles me contam essas merdas?

Will continuou andando. Beau achava que Will era dedicado ao trabalho. Não tinha ideia de que era Sara que estava em jogo.

— Irmão, ei, espere — disse ele, seguindo Will pelo bosque. — Preste atenção, está bem? Dash é um maldito assassino de sangue-frio. Sem brincadeira. Eu lutei com caras assim. Ele está cagando para você. Você é um dano colateral. Quando começar a chover bala ele transformará você em guarda-chuva.

Will sentiu uma picada na testa. Deu um tapa em um mosquito.

— Aquela merda que você falou na van? Eu entendo isso, irmão. Eu vivo correndo na mesma maldita roda toda manhã quando me levanto da cama. Ou você é homicida ou você é suicida.

— Não sou eu que injeto heroína alcatrão preto — respondeu Will.

Ele avançou com esforço pelo campo de futebol. Os sprinklers haviam encharcado o terreno, a grama estava pesada. Ele não precisava de lições de um viciado com risco de pegar vinte anos de prisão.

— Se quer ajudar alguém, por que não ajuda a si mesmo, *irmão*?

— Eu só estou tentando...

Beau não teve uma oportunidade de explicar o que estava tentando.

Feixes de lanternas dançaram ao redor deles como vagalumes. Agentes apareceram. Armas sacadas. Coletes Kevlar ajustados. Will não os reconheceu do trabalho porque não eram da AIG. Todos gritavam as palavras que haviam sido treinados a gritar em Quantico.

— FBI! FBI! No chão! No chão!

Will estava com os braços erguidos, mas eles o tiraram do caminho.

Beau foi jogado na grama. Mal teve tempo de expirar. Suas mãos foram torcidas às costas. A Glock 19 foi descarregada. Seu telefone e sua carteira foram jogados no chão.

Um agente de óculos se ajoelhou ao lado de Beau.

— Capitão Ragnersen, você está sendo preso por posse de arma ilegal dentro de uma área de preservação da natureza.

— Porra! — Beau cuspiu a palavra. E olhou para Will. — Nós tínhamos um trato.

Will saiu andando. Seus tênis se encheram de água da grama molhada. Ele repetiu seu mantra.

4935-876; 129 saindo da I-85 às quinze horas.

A lua se escondeu atrás de uma nuvem. Will se concentrou em encontrar seu caminho no bosque escuro. A exaustão pressionava cada articulação do seu corpo. Ele se permitiu pensar no que acabara de se meter. Aqueles homens eram terroristas. Não era novidade que Dash fosse um psicopata. Ele explodira um hospital. Organizara o sequestro de uma cientista do CCD. Seus homens levaram Sara diante dos olhos de Will. Dash atirara em um homem com a Glock de Will. Mandara seu braço direito trocar caixas de papelão em um depósito cheio de... sabe-se lá o quê.

Explosivos eram o mais provável. Aquelas caixas podiam estar indo para qualquer lugar. Escolas. Prédios de escritórios. Hotéis. Will não conseguira roubar uma nota de envio. Não conseguira cortar o crachá do cordão do segurança. O depósito podia ficar em qualquer lugar. Se Will não se infiltrasse naquele grupo, não haveria outro modo de impedir qualquer que fosse a coisa horrível que estavam planejando.

Mas detê-los não era sua maior preocupação.

Sua vida anda muito ruim?

Will não tinha vida sem Sara.

Esfregou a mão na cerca enquanto contornava o campo de beisebol. Passou pelas quadras de tênis. Viu a picape de Beau ainda parada no estacionamento. Um Acura prata estava ao lado. Os faróis baixos. Fumaça saía pela traseira. O motor emanava calor pelas calotas.

4935-876; 129 saindo da I-85 às quinze horas.

Will abriu a porta. Acomodou-se no banco, fazendo uma careta de dor. Fechou os olhos. O ar-condicionado estava no máximo. O suor em seu rosto começou a esfriar.

— E? — perguntou Amanda.

— Estou dentro.

Terça-feira, 6 de agosto de 2019

CAPÍTULO CATORZE

Terça-feira, 6 de agosto, sete horas

FAITH ESTAVA SENTADA à mesa da cozinha, gritando:

— Deus do céu, não acredito na delícia destes mirtilos!

Não foi recompensada com os passos pesados de Emma no corredor de cima.

Dez minutos tinham se passado desde que a filha tivera um acesso de choro por causa da injustiça do queijo palito. Antes que Faith conseguisse acalmá-la, Emma se lançara escada acima e trancara a porta do quarto. Havia um clipe de papel no batente para destrancar a porta exatamente por isso, mas Faith ouvira Emma cantar para seus bichos de pelúcia, e pensara: *vitória dupla*.

Faith se levantou da mesa. Começou a encher a lava-louças. Olhou a hora, porque a mãe ia pegar Emma em breve. Se o precioso bebê de Faith estivesse no quarto tirando as roupas naquele momento, Evelyn chegaria a uma cena de assassinato/suicídio. No mínimo, Emma estaria descalça. Faith não tinha o tempo necessário para fazer a filha colocar o pé esquerdo no sapato esquerdo e o direito no direito.

Respirou fundo com muita calma e tentou invocar lembranças do anjinho doce que encontrara na noite anterior. Emma sempre fora uma esponja do humor de Faith. A notícia do desaparecimento de Will deixara Faith abalada. Dash era um monstro. O EPI estava cheio de monstros. Todos planejando fazer coisas monstruosas. E se Will não fosse capaz de enganá-los? Ele tivera duas horas para se preparar para sua identidade falsa. E se cometesse um erro? E se

Beau voltasse atrás pensando nos próprios interesses? E se seu parceiro, seu amigo, estivesse morto em uma cova rasa?

Emma absorvera a melancolia de Faith. Ela tinha sido tão afetuosa, obediente, e dissera tantas coisas bonitas que Faith quase tirara seu livro do bebê da embalagem. Mesmo na hora do banho, que sempre terminava com uma ou as duas chorando, fora relativamente fácil. Emma só pedira que Faith lesse duas histórias. O único bicho de pelúcia para o qual ela tivera que cantar "You're Welcome" fora o sr. Turtelle. Faith tinha feito seu melhor Maui.

Depois ela acendera a luminária. Apagara as luzes. Deixara aberto os 15 centímetros obrigatórios da porta. E Emma abrira o zíper da pele e um demônio saltara para fora.

Faith fechou a lava-louças. Prestou atenção, atenta a barulhos de quebra, choro ou uma voz satânica dizendo: *Que belo dia para um exorcismo.*

Nenhum barulho pareceu preocupante, o que por si só já era preocupante, mas aquele era o único momento que Faith tinha para se recompor. Enfiou os mirtilos na boca enquanto passava a tigela para a lava-louças. Limpou o balcão e a mesa pegajosos. Ficou de joelhos e limpou o piso pegajoso. Cheirou o lixo e decidiu que isso podia esperar. Lavou as mãos na pia.

Havia mais uma coisa que Faith tinha que fazer antes de subir.

Foi à escrivaninha e juntou os documentos da investigação de Michelle Spivey. Emma não precisava de outro livro de colorir. Havia mais de duzentas páginas, fotografias, declarações de testemunhas e levantamento de dados. Se aquele arquivo tinha a chave para encontrar Sara, eles estavam ferrados. Os trechos censurados por Van haviam transformado as páginas em Mad Libs, grossas linhas pretas cobrindo as palavras importantes.

Spivey foi vista em _____ com _____ no _____.

Havia muitos *ali* ali, mas Van estava escondendo dela.

Assim como Amanda.

Na noite anterior ela se recusara a explicar por que deixara que o FBI prendesse Beau Ragnersen. Faith batera o telefone com tanta força que machucara a mão. Sua fúria tinha duas razões. Faith tinha sido a idiota que deu o nome de Beau Ragnersen a Aiden van Zandt. No dia anterior, ela lhe pedira que procurasse o nome nos arquivos de trabalho de Michelle. Obviamente Van havia encontrado algo. Obviamente não ia contar a ela. Sua reação lívida havia sido outro momento clássico para o livro do bebê:

Você tinha dois anos na primeira vez que ouviu mamãe gritar "chupa!" sobre um travesseiro.

— Ah... Não... — disse Faith ao se dar conta de que havia a tampa de um marcador em sua escrivaninha.

Só a tampa. Nenhum marcador.

Ela voou escada acima. A porta de Emma estava aberta. Ela estava sentada no chão, cercada por lápis de cor. Tentava colocá-los na caixa, cujo fundo estava aberto, então os lápis ficavam caindo no colo dela, que os pegava novamente. Pela expressão maravilhada, Faith supôs que a filha acreditasse ter descoberto um suprimento interminável de lápis de cor.

— Onde estão seus sapatos?

Emma sorriu para os lápis que cascateavam.

— No casaco?

— Não, não está lá.

Faith procurou no closet, debaixo da cama, na cômoda, nas mesinhas de cabeceira e no trocador. Nem sinal dos sapatos, mas finalmente encontrou as 11 mil luvas que Emma perdera no inverno anterior.

— Calce os sapatos antes que vovó chegue.

— Vovó chegou! — anunciou Evelyn, subindo a escada.

Faith se sentiu como um jogador de basquete substituído em um jogo difícil.

— Já está um inferno do lado de fora — disse a mãe, elegantemente vestida em um conjunto de calça de linho e camisa sem mangas da mesma cor. Deu um beijo em Faith e se virou para Emma. — Calce os sapatos, querida.

— Você conhece uma mulher chamada Kate Murphy? — perguntou à mãe.

Evelyn nem precisou pensar. Ela conhecia todo mundo.

— Kate foi parceira de Maggie quando ainda gravávamos nossos relatórios em placas de pedra. Acredito que ela tenha feito parte do processo da comissão de oportunidades iguais de emprego que forçou o FBI a colocar mulheres em campo. Agora sim, que menina linda. Onde está sua mochila?

Faith conferiu. Emma estava calçando os sapatos. Nos pés certos.

Que bruxaria era aquela?

— Mandy conhece Kate melhor que eu. Rápido, Emmybear — sugeriu Evelyn.

Faith viu Emma traçar um círculo enquanto tentava colocar a mochila.

— E quanto ao filho dela, Aiden van Zandt?

— Não confio em homens de óculos. Como eles não conseguem enxergar? — disse Evelyn, torcendo o nariz.

Faith bufou.

Sua mãe interpretou errado sua exasperação.

281

— Ah, querida, ele não é seu tipo. Ademais, o pai dele era um mulherengo sem vergonha.

— Você tem o telefone do pai dele?

— Rá. Rá.

Evelyn pegou Emma no colo. Ambas deram dois beijos em Faith, depois desceram e se foram.

Faith se deteve na imagem do rosto da filha. Cabelos escuros, quase pretos. Olhos castanho-claros. Uma adorável pele morena. Não herdara nenhum dos genes de Mitchell, que tinha um tom ligeiramente mais claro que uma gota de cola.

O pai de Emma era a terceira geração de mexicanos-americanos. Victor não se interessava muito por sua origem, a não ser que servisse de alguma coisa. O espanhol de Faith no ensino médio era dez vezes melhor que o dele. Ele mal conseguia pedir uma boa margarita, e se esquecia de dizer *palabras sucias* enquanto *echando un polvo*. Ela deveria saber que não daria certo na primeira vez que viu Victor andando no quarto com a camiseta enfiada dentro da cueca.

Faith fez a cama de Emma, esticando os lençóis. O sr. Turtelle foi recolocado no devido lugar. Meias foram organizadas em pares. Por um milagre de Deus, o marcador sem tampa foi localizado. Faith se percebeu melancólica enquanto arrumava o quarto. A casa sempre ficava diferente quando Emma estava fora. Mais limpa, certamente mais silenciosa, mas também mais solitária. Ela arrumou uma pilha de roupas. Pegou os lápis de cor e os levou para baixo.

Parou no saguão. A cabeça de Will aparecia no vidro no alto da porta. Ele estava parado ali, sem mais nem menos. Não tinha batido. Ele raramente aparecia, a não ser que ela precisasse de um conserto de emergência. Viu a cabeça dele se virar para a rua.

— Não vá! — Faith fez um malabarismo com os lápis para conseguir abrir a porta.

Will usava as mesmas roupas do dia anterior. Jeans casual, camiseta preta de manga comprida. Olhou para ela. Através dela. Os olhos estavam injetados. Ele estava um trapo. Nunca em toda a vida Faith teve tanta vontade de abraçar alguém como teve de abraçá-lo naquele momento. Mas eles não se abraçavam. Se ele estava sentado ela apertava seu ombro. Às vezes o socava no braço como fazia com o irmão. Naquele momento, temia que mesmo um tapinha o derrubasse.

Ele permaneceu em silêncio.

— Entre.

Will a seguiu até a cozinha. Ela não tinha ideia do que o levara até lá. Era evidente que não tinha dormido. Estava com fortes olheiras. Os pelos haviam se transformado em uma barba de verdade. Ele deveria estar no quartel-general àquela hora. A equipe passara a noite reunindo mapas e informações topográficas ao redor do Citgo da saída 129.

Will deveria se encontrar com Gerald em oito horas.

O que ele estava fazendo ali?

— Sente-se — disse Faith, jogando os lápis de Emma na mesa da cozinha. — Quer café da manhã?

— Não, obrigado.

Ele fez uma careta ao se acomodar na cadeira. Ela nunca o vira pular o café da manhã. Ele começou a arrumar os lápis, os agrupando por cor.

— Aquele garoto do campo de beisebol, Kevin Jones. Ele foi do parque para um shopping. Quando nosso pessoal chegou, ele já tinha entregado o saco de comprimidos. Eles o seguiram até uma clínica, onde costuraram seu joelho, depois voltou para a casa dos pais. Estamos de olho nele 24 horas por dia, mas não podemos pegá-lo até tudo isso terminar.

Will anuiu, como se já soubesse.

— Quando a van saiu da casa de repouso, eles não conseguiram mais acompanhar.

Faith assentiu também. Amanda atualizara brevemente Faith enquanto tudo acontecia. A van deixara depressa a área residencial perto da casa de repouso. O motorista apagara os faróis. Foi para uma área rural, onde um helicóptero chamaria tanta atenção quanto um holofote. Os quatro carros de perseguição não puderam ficar muito perto nas estreitas e retas estradas rurais. Os motoristas foram ficando cada vez mais para trás, e de repente a van havia desaparecido.

— Ela foi encontrada incendiada em um campo há uma hora — contou Will. — Sem placa, nem número de identificação. Quente demais para os investigadores de incêndio. Eu não me lembro de nada dela. Não procurei a placa quando entrei ou saí da van. Não consegui uma nota de envio ou...

Ele quebrou um dos lápis entre os dedos. Olhou para as pontas quebradas. A cor era um laranja-claro chamado *Tom de pele* que Faith odiava por uma questão de princípios.

— Quanto tempo você levou para descobrir o que tinha acontecido? — perguntou ele.

Ele se referia ao desaparecimento no parque. Dois segundos no Google Earth tinham dito a Faith exatamente o que acontecera.

— Eu teria ido para a escola.

Will se empertigou na cadeira, a palma da mão apertando as costelas como se precisasse manter os ossos no lugar.

Faith só sabia um modo de ajudá-lo. Pressionou seu ombro a caminho da escrivaninha. Pegou o arquivo de Michelle Spivey. Jogou-o na mesa e se sentou.

— O exame pré-operatório de Michelle no hospital revelou uma substância desconhecida. Não um narcótico. Provavelmente tóxico. Acham que foi o que fez o apêndice se romper.

Will folheou as fotografias do sequestro de Michelle. O estacionamento. O carro dela. A bolsa que ela deixara cair quando Carter a puxou para dentro da van. Ele apontou para os relatórios.

— Por que está tudo coberto?

— Nossos amigos do FBI — explicou Faith, e mostrou uma das páginas mais censuradas. — Duas coisas chamaram a minha atenção. Esse diz MH JACK SERV — falou, batendo com o dedo na linha. — Isto só pode significar Maynard H. Jackson Service Road.

— O aeroporto.

— Isso. — Ela passou para a página seguinte. — Se você pegar esta, diz *Hurley* nesta linha, depois fala sobre *dobrado ao meio* e *sentindo dor e vomitando*. Eu verifiquei, e são sintomas de...

— Apendicite.

— Acertou de novo. Michelle e Hurley deviam estar no aeroporto quando ela começou a passar mal. Eu não parava de me perguntar por que a levaram para Emory. Ela devia estar sentindo dores infernais. Precisavam levá-la a um hospital, mas não podiam correr o risco de ir a um hospital perto do aeroporto.

— Você está imaginando que seja lá o que o EPI estiver planejando acontecerá no aeroporto. — Will coçou a barba. — Eles precisariam que Michelle fizesse um reconhecimento caso estivessem projetando um ataque. Há mapas e vídeos dos saguões e terminais na internet. Dá para ver um vídeo do trem interno. O rosto de Michelle estava em todos os noticiários. Eles corriam um risco enorme a levando a um lugar público. Tem que ser uma coisa especializada que só ela pudesse fazer.

— Mais de 250 mil pessoas pousam e decolam naquele lugar todo dia. São mais de cem milhões por ano.

— Voos de carga. UPS, DHL, FedEx. Eles transportam caixas noite e dia. As caixas do depósito tinham números: 4935-876.

— Amanda já colocou seis órgãos diferentes em cima disso. O número não leva a nada. O tamanho das caixas, 75 por 75, é padrão. Considerando que foram necessários dois caras para erguer uma, estamos supondo que sejam reforçadas, mas isso não reduz tanto as possibilidades quanto se espera.

Ele continuou coçando a barba. O som era como o de unhas em um quadro-negro.

Will não estava pensando direito, ou também estaria lembrando que o aeroporto era um grande portão de entrada nos Estados Unidos. O CCD tinha instalações no complexo para examinar viajantes internacionais que apresentassem sintomas de doenças como Sars ou Ebola. Mas a operação se preocupava em impedir a entrada de coisas ruins no país.

E se Dash estivesse planejando enviar algo realmente terrível para fora?

— Tem mais.

A bolsa de Faith estava pendurada na cadeira. Ela encontrou seu bloco. Não tivera permissão de escrever nada dentro da sala segura, mas se enfiara no banheiro antes de sair do CCD e registrara o máximo que conseguiu lembrar.

Sem preâmbulo, Faith começou a ler, dando a Will o mesmo curso intensivo sobre nazistas que recebera no dia anterior. Destacou os grupos mais ativos, a doutrina da resistência sem líderes. Will eventualmente assentia, como se o que ela estava dizendo fizesse sentido. Parou quando ela chegou à parte sobre o tempo que Dash e Martin passaram no México.

— Dash é pedófilo?

Will pronunciou as palavras sem a repulsa que ela esperara. Ele olhou pela janela. Os olhos dele brilhavam à luz da manhã. Faith nunca tinha visto Will tão perto de chorar.

Foi tomada por uma raiva desamparada. Ela tinha que interromper aquilo. Que consertar aquilo.

— Eu pensei... — começou Will, a voz com um tremor incomum. — Acho que eu estava preocupado. Por causa do estupro. Da possibilidade de estupro.

Ela levou a mão à boca em... Surpresa? Choque? Alívio?

Sua mente não estabelecera a ligação. Adam Humphrey Carter estava morto. Vale e Monroe estavam mortos. Hurley estava preso. Por mais terrível que fosse descobrir que Sara era mantida refém por um pedófilo, diante da doença mental de Dash era mais improvável que Dash a estuprasse.

Will limpou o nariz com a mão. Ergueu o olhar, mas não para Faith. Havia algo despedaçado nele. Faith teria acreditado se alguém tivesse lhe dito que ele caíra de um penhasco.

Faith se levantou da mesa. Foi até a pia. Abriu a água. Não tinha nada para limpar. Tirou um prato da lava-louças.

— Gerald Smith — disse ele.

Faith assentiu, o estimulando a levar a conversa de volta ao caso.

285

— O jovem de 21 anos que saiu de uma cela mexicana há vinte anos poderia ser o mesmo Gerald que encontrei ontem à noite. A idade bate. Você tem uma descrição?

— Não — respondeu Faith, limpando o nariz com o braço enquanto esfregava o prato. — Faria sentido eles ainda se conhecerem. Esses caras andam juntos.

— Eu preciso de um favor.

Faith fechou a torneira. Continuou de costas para ele enquanto secava o prato.

— Claro.

— Eu acho que... Quero dizer, eu sei... — Ele parou e respirou fundo. — A mãe de Sara me odeia muito.

Faith colocou o prato na máquina. Fechou a porta. Limpou o balcão novamente.

— Eu sei que ela iria querer que eu... Cuidasse deles. Não acha?

Faith balançou a cabeça, porque não achava.

— Acho que é uma coisa de família, que você faria pela família. Imagino?

Faith teve que olhar para ele, porque talvez a expressão dele a ajudasse a compreender.

— Tipo deixar que eles saibam. Não que haja muito a saber. Ou que eu possa contar a eles. Nós podemos contar... Seria mais fácil. Mas um progresso, certo? Ou talvez apenas fazer parecer... Eu estava pensando que talvez fosse melhor se fôssemos nós. Mas talvez...

— Sim — disse Faith, quase começando a chorar de novo, dessa vez de alívio. — Eu vou com você falar com os pais de Sara.

Faith estava de pé ao lado de Will, os olhos nos números acima da porta do elevador. Ela já perdera as contas de quantas vezes tinha ido à casa de Sara. Só havia cinco pessoas na Terra com quem deixaria sua filha. A pessoa abaixo de Evelyn na lista não era o pai de Emma, sua *abuela* ou mesmo seu irmão mais velho. Faith não perderia a oportunidade de deixar sua bebê com uma pediatra.

Lágrimas encheram os olhos dela, que mergulhara no caso porque era a melhor forma de ajudar a encontrar a amiga. Essa motivação impedira Faith de pensar demais sobre o que realmente estava acontecendo. Que Sara podia estar ferida. Que podia ser estuprada. Espancada. Ferida. Morta.

O que Faith diria a Emma?

As portas do elevador se abriram. Faith enxugou as lágrimas. Ela só se permitia chorar em casa, na despensa. A única forma de suportar aquilo era resolver de uma vez, o mais rápido possível. Saiu para o corredor. Bateu à porta.

Ouvia-se uma conversa dentro do apartamento — duas mulheres, falando no mesmo tom. Faith sentiu um nó na barriga. Uma delas soava exatamente como Sara.

— Will? — disse, surpresa, a mulher que abriu a porta. Vestia calça de moletom e uma camiseta branca. Descalça. Sem sutiã. Sem inibições. Jogou os braços ao redor de Will. Grudou o rosto no pescoço dele. — Lamento muito nos conhecermos assim.

Faith não sabia dizer se Will conhecia a mulher ou não. Ele claramente não sabia o que fazer com as mãos.

— Não temos nenhuma notícia — avisou, tocando enfim as omoplatas dela.

— Isso é bom, certo? Nada é melhor que algo? Você é Faith? — perguntou ela, estendendo a mão. — Eu sou Tessa, irmã de Sara.

Faith se sentiu idiota por não deduzir ela mesma. Tessa provavelmente pegara um avião no minuto em que soube da irmã. A viagem da África do Sul para lá devia ter sido terrível, mas Tessa não dava sinais de cansaço. Enquanto Sara era atraente, a irmã mais nova era deslumbrante. Pele de porcelana, perfeita. Cabelos ruivo-claros brilhantes. Era da idade de Faith, porém mais bem-sucedida nesse quesito. Nenhum seio tinha o direito de continuar empinado assim depois de dar à luz.

— Entrem, por favor — disse, as palavras com um suave sotaque sulista. — Desculpem não ter me apresentado devidamente. Estou com *jet lag* e... Will, feche a porta. Mamãe, veja quem está aqui.

Cathy Linton estava lavando pratos. Assentiu discretamente para Faith.

— Sara me contou tudo sobre você. Meu Deus, você é alto. Mas isto... — disse, erguendo a mão e acariciando o queixo dele. — Sara não vai gostar disto.

O rosto de Will ficou vermelho sob a barba.

— Não temos nenhuma novidade — repetiu ele.

— Queríamos contar a vocês o que estamos fazendo — acrescentou Faith.

— Tivemos que desligar a TV porque só estavam repetindo absurdos — contou Tessa. — Deveríamos esperar papai. Certo, mamãe?

— Sim — resmungou Cathy, de má vontade.

— Ele está passeando com os cachorros — explicou Tessa. — O pequeno é adorável. Mamãe, você não gosta de Betty?

Cathy não respondeu. Estava mais para um gato arregaçando os dentes para Will.

Ele pigarreou.

— Preciso pegar algumas roupas.

Tessa o viu desaparecer no corredor. Deu a ele alguns segundos para chegar ao quarto, depois se virou para a mãe.

— Que porra deu em você?

— Gostaria de um café? — perguntou Cathy a Faith.

— Eu... — Faith se viu entre as duas. — Não, obrigada.

Cathy já estava enchendo a xícara. Pegou outra no armário.

— Imagino que ele goste de creme?

— Ele toma... — disseram Faith e Tessa exatamente ao mesmo tempo.

— Will toma chocolate quente de manhã — disse Tessa.

Cathy fez uma careta.

— Ele não tem seis anos. Não pode tomar chocolate no café da manhã.

— Ele normalmente come um biscoito a caminho do trabalho, depois compra um burrito na máquina do escritório — explicou Tessa.

— Isso era para ser melhor?

Faith rezou pela invisibilidade.

— Diga — começou Cathy, apontando o dedo para Tessa. — Como você sabe tanto sobre a dieta do homem?

— Você quer começar isso mesmo?

Faith fingiu interesse na sala espaçosa de Sara.

— Neste momento nós precisamos nos unir, como uma família, e aquele homem *não* é nossa família — disse Cathy.

— Meu bom Deus, mamãe, veja a sua cegueira. Não consegue nem dizer o nome de Will.

— Não lembrava que seu curso de cinco anos de artes liberais incluía um diploma em psiquiatria.

Faith se jogou no sofá. Abriu uma revista de pediatria na mesa de centro.

— É exatamente por causa dessa sua atitude que Sara não conversa com você sobre ele.

— Isso não...

— Eu não terminei. No último um ano e meio você fez todo o possível para afastar Will e Sara porque...

— Porque ele ainda era casado — insistiu Cathy. — Se um homem trai a esposa ele vai...

— Will é um bom homem. Um excelente homem, na verdade.

— Se isso fosse verdade, se ele realmente a amasse, pediria ela em casamento. Morar junto não é um compromisso. É dormir fora com direito a sexo.

— Ah, cacete.

— Exatamente.

Faith estudou um artigo sobre vermelhidão dos dedos induzida por *mycoplasma pneumoniae*.

— Mamãe, você não pode proteger Sara da vida real o tempo todo. Está afastando Will porque tem medo de que ele possa abandonar, magoar ou trair a Sara, ou, até mesmo, que ele vá até a caixa de correio um dia e...

— Pare.

Tessa fez uma pausa.

— Sara escolheu Will. Isso o torna nossa família. Você nos ensinou essa regra. Precisa começar a segui-la.

Faith rezou para que o silêncio significasse que o pesadelo chegara ao fim.

— Certo — disse Cathy, em um tom que não indicava rendição. — Você é a especialista, sabichona. O que quer que eu faça? O que deixaria Sara feliz? Dar uma festa para ele? Adotá-lo?

O suspiro de Tessa indicou que ela tinha desistido.

— Só faça um maldito chocolate quente para ele.

Faith ouviu uma panela bater na boca do fogão. O gás foi aceso. Portas do armário abriram e fecharam. A porta da geladeira bateu com tanta força que as garrafas lá dentro tilintaram.

Faith arriscou dar uma olhada nas duas mulheres. Cathy colocava leite na panela. Tessa estava de braços cruzados, olhando para a porta da frente. A única coisa que poderia tornar aquilo mais desconfortável seria se elas tivessem toda a discussão de novo.

Por que Will estava demorando tanto?

Faith pegou o telefone na bolsa. Mandou uma mensagem para ele.

KD VC??

O aviso de mensagem enviada chegou, mas Will não respondeu. Faith tinha certeza de que ele ouvira a discussão. As mulheres não falaram baixo. Ele, provavelmente, fugira pela janela. A única coisa que Will odiava mais que falar sobre os próprios sentimentos era ouvir outras pessoas falando sobre os sentimentos dele.

Uma porta de armário foi batida. O leite foi devolvido à geladeira.

Faith apoiou os cotovelos nos joelhos. Abriu seus e-mails. Eram as coisas de sempre: pedidos de papelada, um pergunta do escritório do promotor do estado. Amanda não lhe enviara uma lista de coisas a fazer, o que era uma espécie de milagre. Ela estava cuidando do planejamento para o encontro de Will no Citgo. Estudando mapas. Levantando registros de impostos e históricos de propriedade. O que acontecera no parque no dia anterior não aconteceria de novo. Amanda ia dirigir um dos carros de perseguição. Faith planejava estar lá com ela.

A porta da frente foi aberta. Betty latiu duas vezes. Girou em círculo no meio da sala. Os dois galgos ingleses de Sara trotaram para a cozinha e beberam água das tigelas.

Faith nunca tinha visto o pai de Sara, mas Eddie Linton não era nada como ela esperara. A primeira coisa que ela notou foram suas sobrancelhas, que apontavam em todas as direções. Seus shorts eram uma calça jeans cortada. Os bolsos brancos apareciam baixo da barra desfiada. As pernas eram cabeludas. Sua camiseta era mais amarela que branca. A gola estava furada. Os tênis estavam desmanchando.

— Papai, essa é Faith, amiga de Sara — disse Tessa.

Faith se levantou para apertar a mão dele.

— Lamento conhecê-lo nestas circunstâncias.

— Ouvi falar muito de você — disse ele. — Sua filha. O nome dela é Emma?

— Sara é a babá preferida dela — contou Faith. Antes que ele pudesse perguntar, Faith acrescentou: — Não há novidades, mas nós gostaríamos de lhes contar o que estamos fazendo.

— Nós?

Betty latiu de novo. Will estava de pé no corredor, sua expressão ferida confirmando que ouvira cada palavra da discussão. Vestia camiseta e jeans pretos. Seus coturnos estavam amarrados cuidadosamente. A bolsa de ginástica, pendurada no ombro. Parecia um ladrão de residências. Do tipo que mataria pelas joias da sua avó.

— Certo — disse Faith, pronta para acabar com aquilo. — Que tal se nos sentássemos ali?

Havia dois sofás. Os Linton ficaram no de frente para Faith. Tessa se aninhou no canto. Cathy colocou uma caneca fumegante de chocolate quente na mesa de centro antes de ocupar a extremidade oposta. Eddie ficou no meio, esperando, porque não se sentaria antes de Faith.

Ela respirou fundo, pronta para começar.

— Espere — disse Eddie, acenando para Will. — Venha se sentar, filho.

A sola das botas de Will guincharam no piso de madeira de lei. Sentou-se ao lado de Faith, que percebeu que ele se contraía ao encostar no sofá. Betty saltou no colo dele, esticando-se na perna e apoiou a cabeça no joelho.

Cathy empurrou a caneca na direção de Will. Ele pareceu confuso.

— É chocolate quente — disse Tessa. — Aposto que você nunca tomou chocolate quente de verdade. Sara se formou em química orgânica, mas não sabe ferver leite.

Eddie colocou a mão no pé da filha para que ela se calasse. Virou-se para Faith.

— Por favor, vá em frente.

Ela respirou fundo novamente e começou.

— Obrigada, sr. Linton. Quero começar dizendo que vocês se saíram bem não falando com a imprensa. O silêncio é vital para a nossa investigação.

A expressão estoica deles lhe dissera que não precisavam daquilo.

Faith respirou fundo pela terceira vez. Ela não podia entrar em detalhes sobre o código que Sara incluíra na lista de remédios, mas era capaz de dizer:

— Tivemos confirmação de que até a manhã de ontem Sara estava viva.

Eddie apertou o peito. Sua esposa e sua filha chegaram mais perto dele, cada uma segurando uma das mãos dele.

— Que tipo de confirmação? — perguntou Tessa.

— Só o que posso dizer é que acreditamos que Sara esteja fazendo todo o possível para voltar para vocês.

Eddie assentiu como se isso fosse o esperado.

— Ela é uma garota esperta. Sabe cuidar de si mesma.

Cathy comprimiu os lábios. Baixou os olhos para a mesa.

Tessa estava um passo à frente dos pais.

— Você disse que tiveram a confirmação ontem de manhã. Nada aconteceu desde então?

— Não, mas não esperávamos ter mais notícias — explicou Faith. — Acreditamos que temos o nome do grupo que a levou.

— Grupo? — questionou Tessa, com a mesma expressão que Sara tinha no rosto quando montava um caso. — Eles fizeram um pedido de resgate? Deram uma prova de vida? Se querem dinheiro nós arrumaremos. Por que vocês...

— Tessie — cortou Eddie. — Deixe ela responder.

— Não é esse tipo de grupo — disse Faith. — Ela não foi sequestrada por causa do resgate.

— Então o que eles querem? — perguntou Tessa. — O que você está dizendo não faz sentido para mim. Um grupo a levou, mas por quê? Tem a ver com as explosões? E a outra médica desaparecida? Ela trabalhava no CCD. O campus Emory fica no final da rua.

— Eu entendo as suas perguntas, mas não posso respondê-las — disse Faith, tentando controlar a situação. Tessa era tão esperta quanto a irmã. — Nenhuma dessas informações que estou dando é de conhecimento público. É muito importante que continue assim. Você não vai querer ouvir no noticiário as perguntas que está fazendo.

— Eles vão fazer um estrago com toda a sua especulação inútil — disse Eddie.

— Por favor — disse Cathy, a voz baixa. — Nem diga isso.

Tessa olhou pela janela. Lágrimas escorreram.

Faith tentou novamente.

— Só estou autorizada a dizer que estamos concebendo um plano para localizá-la.

— Um plano — repetiu Tessa, ruminando as palavras na boca.

Olhava para Will. As roupas dele. A barba. Sara parecia não esconder muita coisa da irmã. Ela teria contado a Tessa que Will com frequência trabalhava disfarçado. Que arriscava a vida para salvar outras pessoas. Que chegava em casa com cortes e hematomas, e, na manhã seguinte, saía e fazia tudo de novo.

— É perigoso, o plano? — perguntou Tessa.

— Tudo o que fazemos... — dizia Faith.

— Não — interrompeu Tessa. — Estou perguntando a Will. É perigoso?

— Não. Não é perigoso — respondeu ele.

Tessa não se deixou enganar.

— Não acho que Sara fosse querer alguém arriscando... Arriscando coisa alguma. Você entende o que estou dizendo? Para ela, isso não valeria a pena.

Will ignorou a observação. Coçou as orelhas de Betty, retirando-se da equação.

— Quando saberemos se o plano funcionou? — perguntou Eddie.

— Não posso dizer. — Faith já tinha falado até demais. — Não quero enganá-los. Nada disso é garantido. Só quero que entendam que estamos fazendo tudo que é possível. Sara significa muito para nós. Como colega de trabalho. Como amiga — disse, e encerrou a lista. — Todos a queremos de volta.

— Queremos — repetiu Tessa. — Mas não queremos que mais alguém fique ferido.

Faith assentiu, sem concordar. O envolvimento de Sara tornava aquilo profundamente pessoal, mas aquele era o trabalho que ela havia escolhido. Faith tinha plena consciência dos riscos que corria sempre que colocava seu distintivo.

— Certo. Obrigada — disse Cathy, ainda segurando a mão do marido. Depois disse a Faith: — Se não se importa, gostaria de rezar com a minha família.

— Claro — respondeu Faith, levantando-se e colocando a bolsa no ombro.

Will não foi tão rápido. Abraçou Betty. Deslizou pela beirada do sofá. Deu uma risada desconfortável para reconhecer sua lentidão.

— Will? — chamou Cathy, buscando a mão dele. — Fique.

CAPÍTULO QUINZE

Terça-feira, 6 de agosto, 12h40

S ARA MANTEVE A BARRA do vestido-toga erguida, fazendo agachamentos na cabana enquanto "Baby Got Back" martelava sem parar em sua cabeça. *Bunda* era uma coisa que ela nunca teve, mas achava que Will apreciava, então passara a acrescentar dez minutos de glúteos em sua série da academia em uma vã tentativa de transformar água em vinho.

A ex-mulher dele tinha um bumbum magnífico. E quadris. E tudo mais. Angie era curvilínea como J. Lo em "Ain't Your Mama", embora nunca tivesse malhado um só dia na vida. Os genes dela eram daquele tipo abençoado que prosperava com batatas fritas e vinho barato. O colágeno acabaria sendo a sua derrocada. Aquele tipo de pele era ótimo até começar a cair. Objetivamente, Sara podia dizer que tinha seios mais bonitos que Angie, mas era o mesmo que dizer que dois Kisses da Hershey's eram mais vistosos que uma tábua de passar.

— Bosta — disse Sara, desistindo do crescimento pessoal.

Seus tendões zumbiam como um enxame de abelhas. Ela não tinha noção do tempo. Seu estômago roncando não era indicação da hora do almoço. Seu café da manhã vegetariano consistira em um pão duro e um pedaço de queijo mais duro ainda. Disenteria não seria um problema em médio prazo. Ela sentia a temperatura subindo do lado de fora. Dentro da cabana estava quente como dentro do cu do sol. Sara era uma poça de suor.

Pior de tudo, as crianças no galpão precisavam dela.

Os antibióticos e as pomadas tinham chegado na noite anterior. Os comprimidos em sacos ziploc e não em frascos lacrados, mas Gwen garantira a Sara que eram verdadeiros.

Sara não estava convencida.

Naquela manhã, ela esperava que algumas crianças, se não todas, tivessem se estabilizado ou pelo menos começado a reagir. Sua ronda revelou o oposto. Benjamin estava piorando. A paciente mais velha, uma garota de 12 anos, apresentava novos sintomas. As duas de 4 anos permaneciam na mesma. Apenas as duas crianças de 10 e a de 11 haviam se estabilizado.

Será que Gwen estava por trás daquilo?

No dia anterior, a mulher provara que não desperdiçaria suprimentos médicos caso achasse que um paciente não tinha chance de recuperação. Sara ficara parada, sem poder fazer algo, enquanto Gwen assassinava um jovem com as próprias mãos. A imagem dos ombros da mulher tremendo ao jogar seu peso sobre o nariz e a boca de Tommy havia ficado gravada no cérebro de Sara. Suas próprias mãos recordavam da frieza dos dedos dele quando a vida, enfim, fora brutalmente arrancada de seu corpo.

Mas Adriel, a caçula de Gwen, era uma das crianças mais doentes. A infecção em sua retina esquerda passara para a direita. O som de sua pneumonia dupla ganhara o timbre de folhas secas. Sara não concebia que Gwen deixaria a própria filha, praticamente um bebê, sufocar.

No entanto, ela tivera sete filhos com Dash. Sabia de tudo que acontecia dentro do acampamento, parecia comandar as cozinheiras, controlar as crianças, e, certamente, deixara bem clara sua desaprovação a Sara.

O que significava que Sara deveria ser mais cuidadosa perto dela. Dash era uma pessoa horrível, mas os homens tendiam a ser horríveis de modo previsível. Uma mulher furiosa era capaz de infligir enormes danos psicológicos, o tipo de ferida que permanecia aberta mesmo depois que a pele cicatrizava.

Houve um estalo alto do lado de fora.

Não a chave girando no cadeado, mas o gerador da estufa voltando a funcionar. Sara escutou a exaustão abafada do motor. O barulho durara a noite inteira. O volume de calor que aquela coisa produzia não seria fácil de esconder de um helicóptero. Sara tinha que pensar que o que estivesse acontecendo na estufa chegava ao fim.

Ela tinha que entrar lá.

Seus pensamentos seguiram uma trilha familiar considerando todas as possíveis coisas ruins acontecendo lá dentro. Naquela altitude nas montanhas certamente havia plantações de maconha. O rio fornecia água suficiente para agricultura hidropônica, mas o gerador teria que funcionar ininterruptamente para as luzes, os ventiladores e os controles de umidade. Além disso, a estufa era pequena demais. Considerando os riscos envolvidos, não havia recompensa suficiente nessa escala.

A explicação mais óbvia para o segredo era algum tipo de fábrica de bombas. A estrutura da qual Tommy caíra claramente representava um prédio. Que tipo de prédio, ela não sabia. Pelo menos de dois andares. Um mezanino com escada no meio dando acesso à esquerda e à direita. Sara sabia que os homens estavam fazendo *treinamentos* na estrutura, que treinavam para uma *missão* e que achavam estar em *guerra*. Talvez Dash planejasse uma operação secreta na qual invadiriam esse prédio desconhecido, plantariam diversas bombas, depois escapariam e esperariam o momento da destruição.

O que poderia explicar a estrutura, mas não a estufa e a barraca térmica, porque não era necessária uma casa de vidro escondida e protegida para processar explosivos. Para isso, bastava um metro quadrado e olhe lá. Provavelmente havia diversas pessoas no mundo todo naquele momento montando coletes de homem-bomba e construindo dispositivos explosivos em garagens e apartamentos.

Michelle era o elemento fora do padrão. Era uma especialista em doenças infecciosas. Dash não a sequestrara aleatoriamente. No CCD eles estudavam os piores organismos conhecidos pelo homem. Provavelmente, alguns organismos conhecidos apenas por poucos homens.

Ou por Michelle Spivey.

Muitos agentes biológicos perigosos podiam ser sintetizados por um químico amador, mas usá-los era outra questão. Estocagem, transporte, entrega — esses eram problemas logísticos que tornavam o terrorismo biológico difícil, se não impossível, de levar a cabo com sucesso por grupos não governamentais. Era muito mais barato construir uma bomba ou estocar munição.

Dash já provara que sabia construir e detonar bombas. Ele matara pessoas no hospital universitário. Sara vira sua reação satisfeita quando deram números no noticiário.

Satisfeita, mas não extasiada.

O que significava que ela traçara um círculo gigante na mesma questão do dia anterior: o que ele estava planejando?

Sara pensou nas características de Dash. A principal era que ele era um líder altamente organizado. O acampamento não surgira da noite para o dia. O lugar tinha o clima de uma comunidade planejada. As duas áreas separadas. A estufa. A estrutura. A comida disponível. A vestimenta de mulheres e homens. A pronta obediência dos seguidores. A noção de que regras estavam sendo seguidas.

Regras criadas por Dash.

Ele era capaz de criar estratégias e planejar a longo prazo, algo mais difícil para a maioria dos criminosos do que o não criminoso médio imaginaria. Dash também superara um dos maiores obstáculos ao comportamento criminoso masculino: chegar aos 30 anos. Sara chutava que ele tinha quarenta e tantos. Não parecia bem educado, mas ostentava o tipo de inteligência que servia a um objetivo muito específico. Não se persuadia um grupo de pessoas a abrir mão da vida moderna sem certa dose de inteligência emocional. Tudo isso apontava para um nível muito alto de arrogância. As pessoas não acreditavam em alguém que não demonstrasse confiar em si mesmo.

Sara tentou inserir Gwen na equação. Ela relutava em atribuir qualidades de Lady Macbeth a outra mulher, mas houvera algo sinistro em Gwen desde o início. Sua cumplicidade com o surto de sarampo. O modo como usava versículos da Bíblia para assustar as filhas. O desrespeito impiedoso pela vida. Sara nem sequer sabia se ela tinha qualificações para ser enfermeira. Claramente estava disposta a fazer o trabalho sujo para Dash. Só precisara de um sinal do marido, e assim que ele dera as costas Gwen estava sufocando Tommy até a morte.

Sara visualizava facilmente alguém como Gwen estimulando e bajulando Dash, levando-o a atos de terrorismo ainda maiores. O que quer Dash estivesse planejando, Sara não tinha dúvidas de que Gwen aprovara nos mínimos detalhes. Talvez tivesse até dado seu toque sádico.

Mas o quê?

Sara voltou a andar pela cabana, dessa vez para exercitar o cérebro, em vez de os glúteos.

Depois do Onze de Setembro, explosões e bombas não haviam se tornado algo comum na vida americana, mas também não eram totalmente inesperadas. O grau de choque diminuía a cada ataque. Assassinatos em massa, atentados com armas de fogo, tiros em escolas... todos esses ataques ainda horrorizavam os americanos, mas, na semana ou no mês seguinte, os cidadãos retomavam a vida habitual até a notícia de um novo ataque.

Sara imaginava que Dash tinha consciência do retorno cada vez menor desses atos súbitos de violência. Sempre que tentava se colocar no lugar dele, ela saía pensando que o que Dash realmente queria mais que tudo era fazer o seu nome.

O que a levava de volta a Michelle.

O que a levava de volta a um ataque biológico.

Quem quisesse um agente que deixasse as pessoas em pânico, o antraz, com índice de mortalidade de noventa por cento, era altamente eficaz. O ataque, em 2001, com esta substância paralisara o serviço postal e áreas do governo. Os esporos podiam ser disseminados por aerossol, mas a transmissão interpessoal não acontecia. E, por causa dos ataques anteriores, era quase impossível encontrar uma fonte de cepa bacteriana.

Outra opção era o botox, mas seria preciso invadir todos os consultórios de cirurgiões plásticos nos Estados Unidos, e ainda assim conseguiria apenas o suficiente para matar um grupo de pessoas. E teria que injetar em cada uma individualmente, então...

Sara andou em círculos.

Ela folheou mentalmente seu conhecimento básico de *como a natureza pode matar você* da faculdade de medicina. Rickettsiaceae, buniavírus, Marburg, Chlamydophila psittaci — todos incrivelmente perigosos e quase impossíveis de se transformar em armas. Vacinas, antibióticos e procedimentos de quarentena impediam que esses vírus e bactérias contaminassem multidões.

Dash iria querer multidões.

Havia os chamados agentes selecionados, como ricina, enterotoxina estafilocócica B, toxina botulínica, saxitoxina e uma miríade de micotoxinas. Mas a posse, a transferência e o uso desses organismos eram rigidamente controlados pelo Programa de Agentes Selecionados. Não que fosse necessário um órgão regulador. A maioria das toxinas podia ser obtida em qualquer cozinha. Não era preciso uma estufa secreta para esconder seus passos. Na verdade, não era necessária uma toxina sofisticada para causar um enorme impacto.

Em 1984, uma facção dissidente de Rajneeshee sintetizara facilmente um volume de *Salmonella enterica Typhimurium* para adoecer mais de 750 pessoas no estado do Oregon. Em Chicago, em 1982, uma pessoa ainda não identificada envenenou cápsulas de Tylenol com cianeto de potássio, alterando para sempre a embalagem de medicamentos.

Sara pensou na estrutura onde Tommy tinha morrido. Pelo menos dois andares. Um principal aberto, um mezanino contornando o segundo andar. Escada no meio.

Seria possível colocar antraz em uma unidade de ar-condicionado?

Se fosse, alguém já teria tentado.

A legionelose ocorria naturalmente em água fresca.

A exposição era aleatória, não de pessoa a pessoa, e a bactéria *só* tinha uma taxa de mortalidade de dez por cento.

— Bosta — repetiu Sara.

De volta ao começo, novamente.

Ela teve que parar de andar por causa das cãibras. No podia fazer mais exercícios. Não tinha mais letras de música, a não ser aquela de que não conseguia lembrar sobre a garçonete trabalhando no bar. Só Will poderia lhe dizer o nome da música. Ela iria cantarolar, ele diria que ela não sabia cantarolar, e no final ele reconheceria a música mesmo assim.

Sara pressionou os olhos com os dedos.

Não podia se permitir outro acesso de choro. Ela superara o estágio do desejo por Will e voltara ao da preocupação com ele. Será que tinha visto o coração que ela deixara no hotel? Será que sabia do código na lista de medicamentos?

Tessa já estaria em Atlanta. Sara queria que a irmã cuidasse de Will. Ninguém nunca cuidava dele de verdade. Sara queria que Tessa lhe dissesse que tudo ficaria bem. Queria — precisava — que sua mãe o acolhesse na família para protegê-lo, porque a cada hora que se passava Sara se via mais perto de aceitar que não voltaria para eles.

— Senhor.

Lance estava do lado de fora da cabana. Sara tinha ouvido quando ele se levantou. Até onde ela percebera, ele não tirou folga nos dois dias anteriores.

Como de hábito, o que quer Dash tenha dito a ele fora baixo demais para que Sara ouvisse. Os murmúrios suaves dele a faziam sentir ainda mais falta do tom grave e masculino de Will.

— Entendido, senhor — disse Lance.

Sara forçou os ouvidos, esperando a chave deslizar para o cadeado. Estava tão ansiosa por uma caminhada lá fora quanto seus cachorros ficavam quando ela voltava do trabalho.

O cadeado finalmente estalou. A porta foi aberta. Dash estava de pé no tronco que servia de degrau. A tipoia, torta. A mão, baixa demais.

— Dra. Earnshaw, estou prestes a almoçar com a minha família. Minhas menininhas pediram pela sua presença.

Sara quis beijar cada uma das filhas dele.

Ela ergueu a barra da toga e saiu para a luz do sol. O suor em sua pele se transformou em vapor no calor. Ela desistira de desejar roupas novas. Naquele momento se contentaria em ter alguma parte do corpo mergulhada em água limpa.

Dash ajustou a tipoia. A faixa deixara uma marca em sua pele.

— Ouvi dizer que nossas crianças não estão reagindo aos seus cuidados.

— Elas não estão reagindo aos medicamentos — retrucou Sara. — Tem certeza de que são legítimos? O mercado negro nem sempre...

— Agradeço sua preocupação, dra. Earnshaw. Nossa fonte não nos venderia produtos falsos.

Nossa fonte.

Sara ficou imaginando se a fonte seria Beau. Se Beau estava detido. Se Will sabia que Sara estava fazendo de tudo para se comunicar com ele.

— Calma aí — disse Dash.

Lance tinha tropeçado. Sara deu uma segunda olhada enquanto ele se aprumava. Sua sentinela parecia precisar de repouso. Pálido, pálpebras pesadas, respiração curta. Ela o ouvira correr para o banheiro improvisado durante boa parte da noite.

Sara continuou a andar na direção da clareira. Lance realmente deveria procurar um médico. Disenteria matava cerca de cem mil pessoas por ano.

— Gwen me disse que Adriel teve uma noite agitada — disse Dash.

— Estou com medo de que as crianças estejam desenvolvendo um quadro secundário. Algum tipo de infecção viral ou bacteriana. — Ela se encolheu quando Dash esticou a mão para perto dela, mas ele estava apenas afastando um galho. — Eu gostaria de examiná-las novamente.

— Vou garantir que você tenha todo o tempo de que precisa no galpão.

— Obrigada — disse Sara, e ouviu a voz falhar de gratidão. Ela se importava com as crianças, mas a ideia de ser libertada de sua cela na cabana era empolgante. — Benjamin, em específico, não está bem.

— Gwen diria *sofram as crianças.*

Sara tivera provas de que Gwen não ligava para quem sofresse desde que isso servisse aos propósitos de Dash.

— Se Deus existe, e sabe sobre o sofrimento de nossos preciosos cordeiros, então Ele não é um Deus que eu quisesse conhecer — disse Dash.

A mãe dela teria achado hilariante Sara estar do outro lado dessa discussão.

— Deus nos deu as ferramentas para ajudar todos eles, mas isso está sendo negado a eles.

Ele riu.

— Sua determinação é uma das razões para gostar de tê-la por perto, dra. Earnshaw.

Sara olhou para o chão para que ele não a visse revirando os olhos. Ela sabia que ele acabaria chamando-a de determinada.

Tinham chegado à clareira. Ela sentia o sol queimando seu ombro descoberto. Mulheres tomavam conta de panelas sobre fogueiras, porque estavam sempre cozinhando ou fervendo lençóis, roupas e um número interminável de guardanapos de pano. Gwen estava de pé, as mãos na cintura, rosnando ordens para suas subordinadas assustadas. Sara ficou com o estômago embrulhado ao vê-la. Se a mulher era mesmo enfermeira, tivera noção exata do que estava fazendo ao privar Tommy de um fim pacífico para sua breve vida.

— Dra. Earnshaw — disse Dash. — Você se lembra de minhas adoráveis mocinhas.

As garotas já estavam sentadas a uma das mesas compridas e comunais de piquenique. Sara repassou seus nomes — Esther, Charity, Edna, Grace, Hannah e Joy do Olhar Desconfiado.

Seus modos foram impecáveis quando disseram, simultaneamente:

— Boa tarde, dra. Earnshaw.

Grace, a mais falante e empolgada, chegou para o lado dando lugar a Sara. Praticamente trinou quando seu desejo foi atendido. Sara acariciou os cabelos finos da garota. Viu duas pequenas marcas na pele da testa. Cicatrizes antigas de catapora.

— Obrigado, irmãs — disse Dash.

As mulheres das fogueiras chegaram com a refeição. Filé para Dash, tigelas de cozido para as garotas e um prato de queijo, biscoitos e frutas para Sara. Sua barriga roncava, mas a ideia de comer mais queijo deixava a sua língua encrespada.

— Dra. Earnshaw, onde conheceu seu marido? — perguntou Grace.

— No hospital onde eu trabalhava.

Sara sentiu os lábios se entreabrindo de surpresa. Respondera sem pensar, e respondera errado. Conhecera Jeffrey em um jogo de futebol no ensino médio.

Quem ela conheceu no hospital foi Will.

— O que estava vestindo? — perguntou Grace.

— Ahn. — Sara ficou chorosa. Mordeu um biscoito para ter tempo de se recuperar. — Nos hospitais os médicos usam uniforme. Calça e blusa verdes.

— E um casaco branco — acrescentou Esther.

Ela se lembrava da descrição de Sara, no dia anterior, da cerimônia do casaco branco.

— Sim. E um casaco branco. E um estetoscópio. E sapatos de borracha preta, porque médicos passam o dia inteiro em pé e ficam com o pé doendo.

Grace conduziu a conversa de volta a seu tema preferido.

— Você usou vestido de noiva quando foi se casar no tibural?

— Tribunal — disse Joy, usando o tom de *sua idiota* que Sara já tinha usado muito com sua própria irmã caçula. — É onde o juiz fica. Ele pode casar as pessoas.

— Papai Martin vai ao tribunal — disse Edna. Estava séria. — O juiz vai garantir que ele não volte nunca.

Dash pigarreou e balançou a cabeça para Edna.

Sara registrou mentalmente que iria enlouquecer com aquela nova informação mais tarde quando estivesse trancada. Martin Novak era o candidato óbvio a *Papai Martin*. O ladrão de bancos seria sentenciado no tribunal em algumas semanas. Sara sabia pelos resmungos de Faith que Novak passara algum tempo com um grupo antigovernamental na fronteira sul. Se Martin Novak era o pai de Gwen, seu casamento com Dash teria conferido a ele um enorme grau de legitimidade. Também significava que Gwen fora criada na ideologia racista do EPI pela maior parte da vida.

Grace fungou para que todos soubessem que estava magoada. Fez um beicinho.

— Eu só estava perguntando a ela sobre o vestido.

Sara acariciou os cabelos de Grace. Pensou no vestido preto preferido de Will. Sua expressão satisfeita sempre que ela tinha o trabalho de se arrumar, depilar-se, fazer sobrancelhas e usar saltos altos para ele.

Na verdade, sempre que Sara fazia um esforço especialmente para Will ele ficava feliz.

— Eu usei um vestido comum — disse Sara —, mas tinha umas florzinhas bonitas costuradas aqui. — Indicou o colo. — Ele gosta, gostava, do meu cabelo solto, então eu o deixei caído nos ombros embora estivesse muito quente na rua. E usei sapatos de salto que apertavam meus dedos.

— Quão altos? — A pergunta escapou dos lábios de Joy, e ela corou. — Quero dizer, porque você é alta. Homens não gostam disso. Foi o que ouvi.

— Os homens certos gostam — respondeu Sara, uma lição que ela sofrera para aprender na adolescência enquanto esperava que os garotos chegassem à sua altura. — E o homem certo não se intimida com uma mulher que está à vontade consigo mesma.

— Amém — disse Dash, tirando a mão da tipoia para cortar seu filé.

A faca era longa e serrilhada.

Sara ficou se perguntando se eles contavam os talheres ao tirar a mesa.

— Eu quero um vestido branco no meu casamento, com flores e cavalos — disse Grace.

Joy revirou os olhos.

— E sorvete — acrescentou a menina, rindo.

— Vocês tomarão sorvete esta noite — anunciou Dash.

Houve um coro de comemoração.

— Vamos ter uma celebração para marcar a conclusão de nossa maior realização — explicou ele a Sara. Seu sorriso malicioso mostrava que ele sabia ter a atenção dela. — Amanhã é um dia muito importante para nós.

Sara não lhe deu o gostinho de fazer a pergunta óbvia.

— Pequeninas, prestem atenção ao papai — pediu Dash, enfiando o garfo na batata. — Vocês precisam ter todos nós em seus pensamentos esta noite. Aproveitem a celebração e o sorvete, mas entendam que estamos prestes a embarcar em uma missão séria. Tudo pelo que estivemos trabalhando nos três últimos anos se concretiza amanhã.

Três anos?

— Papai e seus homens partirão para o mundo imoral, e vamos lembrar a eles o que os Autores da Constituição tinham em mente quando se sentaram e escreveram aquele documento glorioso.

— Uma nação sob Deus — disse Grace.

— Exatamente — confirmou Dash, embora a frase fosse do Juramento à Bandeira, não da Constituição. — O país precisa receber um choque de realidade para recuperar o juízo. É hora de enviar a mensagem. Saímos tanto dos trilhos que o homem branco não sabe mais o seu lugar.

Ele enfiou um pedaço de batata na boca. Obviamente não terminara o discurso, mas não se contentava em fazer o jogo sem Sara.

Ela pigarreou.

— Que tipo de mensagem?

Ele deu um gole na água, sem nenhuma pressa.

— A Mensagem deixará claro que o homem branco não será conquistado. Por nenhuma outra raça. Por nenhum tipo de mulher. Por nada nem ninguém.

Sara ficou esperando que o verdadeiro Dash entrasse em cena. Ela viu os primeiros indícios em seus malares, que ficaram acentuados, e em sua pele, que alvejou de paixão.

— Aquelas pessoas, aqueles mestiços, estão tentando nos exterminar. Estão se infiltrando em nossa cultura com sua música e sua moral frouxa. Estão tirando vantagem de nossas mulheres. Vendendo a elas uma falsa promessa sobre quem são, qual lugar ocupam na sociedade.

— Como Michelle — acrescentou Edna.

— Sim! — disse Dash, dando um murro na mesa. A máscara caíra totalmente. — Michelle é um exemplo vivo do tipo de mulher cujas escolhas egoístas e hedonistas destroem a ordem natural. Elas precisam ser feitas de exemplo. Bruxas eram queimadas neste país.

Errado novamente. Nenhuma bruxa foi queimada durante os julgamentos de Salém. Eram enforcadas ou esmagadas até a morte.

— É função do homem decidir o melhor para sua família — disse Dash, esmurrando a mesa novamente. — Basta ver o que nos trouxe aqui. Homens brancos usando o poder branco protegeram a sociedade branca por milhares de anos.

Sara mordeu a língua para não antagonizá-lo.

Dash pareceu notar a sua reticência. Limpou a boca com um dos guardanapos de pano. Reincorporou o personagem, sorrindo para Sara.

— Eu não sou racista. Eu luto pela *minha* raça. Não sou machista. Eu luto pelo *meu* gênero. — Deu de ombros, como se aquilo fosse lógico. — O homem branco está sendo colocado de lado. Nossa benevolência e nossa generosidade estão nos levando à beira da extinção. Nós cedemos direitos demais às mulheres, aos negros e pardos. Nós oferecemos uma esperança de oportunidade, e eles abusaram para benefício próprio.

Todas as garotas olhavam para o pai como se ele estivesse proferindo o Sermão da Montanha. Para Sara soava mais como psicologia pop neonazista. Dash tropeçara em uma das muitas vulnerabilidades da *hipótese do contato*. O nível de preconceito em geral diminuía quando pessoas sensatas tinham contato interpessoal. Era difícil se aferrar a um estereótipo de toda uma raça estando frente a frente com um indivíduo que contestava a sua tese. Um dos maiores obstáculos ao sucesso era quando se negava igualdade ao grupo oponente.

— Dra. Earnshaw — chamou Dash, pousando o garfo e apoiando os cotovelos na mesa. — Você é uma mulher da ciência. Entende, com base nos livros de história, que todos os grandes saltos da história, da Revolução Industrial à Era Digital e à Era da Internet, e o que mais vier depois, foram tornados possíveis por homens brancos.

Sara podia pensar em muitos fatos que o contradiriam, mas não fazia sentido argumentar com uma pessoa que não aceitava verdades básicas — outro empecilho à hipótese do contato.

— Mesmo o nosso domínio da tecnologia é uma faca de dois gumes. Os trabalhos que os homens fazem estão se tornando obsoletos — falou Dash, apontando para Sara. — A principal ocupação dos homens sem curso superior é dirigir veículos. O que acontecerá quando carros e caminhões autônomos tomarem as ruas? Tecnologia, inovação, educação. Os homens brancos estão sendo privados da dignidade de um salário. Quando as mulheres controlam o dinheiro, os homens são desmoralizados. Eles se afundam em álcool e comprimidos. Deixam suas famílias, abandonam os filhos. Não podemos deixar isso acontecer.

Sara imaginou que respeitar e valorizar a esposa não era uma opção.

Dash não havia terminado.

— Políticos americanos passaram os últimos duzentos anos tentando abrir espaço e satisfazer o homem negro e pardo. Republicanos, democratas, libertários, independentes, todos fazem isso. Nós damos escolas aos mestiços e eles querem escolas brancas. Deixamos que andem de ônibus e eles querem se sentar na frente. Pagamos a eles para que nos divirtam e tentam enfiar suas opiniões em nossas malditas gargantas.

— Papai — sussurrou Grace, como se usar palavras feias fosse o maior crime dele.

— Espaço, espaço, espaço — disse Dash, voltando a esmurrar a mesa. — Não há água potável, ar e comida suficientes. Nem todos podem viver em uma bela casa com uma bela TV. Deixar que os mestiços creiam, equivocadamente, que têm direito ao que o homem branco tem é exatamente o motivo de estarmos neste momento dramático. Não podemos deixar que eles tomem nosso poder.

Outro furo na hipótese do contato — o medo da concorrência.

— Por isso os Autores da Constituição especificaram o direito de portar armas na Segunda Emenda. Para que possamos pegar em armas e dizer ao governo que ele está errado. Os homens brancos devem ser os únicos homens com esses direitos. Nossas vidas são as únicas que importam.

Sara mordeu o lábio. Os autores não escreveram a Segunda Emenda. Eles conceberam o processo segundo o qual a Constituição podia ser emendada.

— O governo, expondo-se ao risco, deixou de apoiar a família branca. É economia básica. Se você cuidar de nós, tudo se encaixará. Há migalhas suficientes para o resto deles. Você é médica. Conhece os fatos científicos. Uma genética superior escolheu o homem branco para liderar as tribos do mundo. Não podemos aceitar ser relegados a cidadãos de segunda ou mesmo terceira classe.

Sara não podia deixar isso passar. A história da medicina estava cheia daqueles absurdos bizarros. O estudo de humores, sangria, frenologia, histeria feminina. Nada disso é inofensivo. A dita *ciência* do movimento eugenista americano inspirara as atrocidades da Alemanha nazista. A grave dislexia de Will era o tipo de deficiência que o teria qualificado para esterilização forçada ou simplesmente assassinato.

— Realmente seria uma bosta ser tratado como uma minoria, não é mesmo? — disse Sara.

— Você está debochando, mas é exatamente essa questão que estou levantando. Com aborto, controle de natalidade e carreira, as mulheres estão dando prioridade a seus próprios desejos egoístas em detrimento da propagação da raça. Miscigenação, hibridização, mestiços, como queira chamar. Todos os problemas enfrentados por este país podem ser reduzidos à iminente destruição na Grande Substituição.

Os olhos dele brilharam ao dizer as palavras. Sara entendia como uma pessoa tão raivosa, tão isolada e alienada quanto Dash enxergava sua filosofia do ódio como a solução para seus problemas.

Não é culpa sua, irmão. É de todos os outros.

— Minhas damas — disse Dash, garantindo a atenção de suas meninas. — Escutem atentamente, porque esta é a lição mais importante que papai lhes ensinará. As raças ocupam uma pirâmide. O homem branco está sempre no topo, subordinado a eles está a mulher branca, que serve a apenas um senhor. Abaixo, você tem as diversas raças. Nem todas as pessoas na Terra são iguais.

— Essa verdade não é autoevidente? — perguntou Sara, citando a abertura da Declaração de Independência. — Achei que todos os homens fossem criados iguais...

Ele balançou o dedo na direção dela.

— Você não vai querer debater a Constituição comigo, dra. Earnshaw.

Sara conteve um suspiro de sofrimento. Dash personificava a imagem que um homem idiota tinha de como um homem deveria ser. E a filosofia dele não importava. Seu racismo, seu machismo e sua xenofobia nocivos não importavam. O que importava era a estufa, a estrutura, a Mensagem que ele planejava transmitir.

Tudo pelo que estivemos trabalhando nos três últimos anos se concretiza amanhã.

— O que você vai fazer em relação a isso? — perguntou Sara.

— A Mensagem, isso é o que estamos fazendo. Haverá grandes sacrifícios, e sempre lamento a perda de uma vida, mas temos que aceitar perdas se queremos produzir uma mudança verdadeira e significativa. Os facilitadores, os mestiços, crescem como ervas daninhas, e temos que cortá-las periodicamente. — Dash balançou a cabeça. — É terrivelmente triste, mas é a ordem natural das coisas. Às vezes é preciso podar uma roseira para gerar uma bela flor.

Sara sentiu a ameaça por trás da linguagem floreada.

— Quantas vidas serão perdidas?

— Inúmeras. Tantos morrerão que duvido que os historiadores sejam capazes de chegar a um número final — respondeu Dash, pegando novamente garfo e faca. Cortou a carne. — Vou lhe dizer, dra. Earnshaw. Sou um homem de palavra. Eu disse que você seria libertada, e não menti. Nós precisaremos de uma testemunha da Mensagem. Acho que uma dama articulada e cuidadosa como você terá uma narrativa persuasiva em nosso benefício.

Sara tentou não pensar que a característica definidora de uma testemunha era a sobrevivência.

Será que ele estava lhe dando falsas esperanças?

— Papai, quando saberemos se a Mensagem funcionou? — perguntou Joy.

— Você saberá quando souber. — Quem respondeu foi Gwen. Estava de pé atrás de Edna, os dedos cravados nos ombros da garota. Sua aparência severa colocava uma expressão de temor nos rostos das crianças. — Quero que comam tudo ou ninguém vai tomar sorvete esta noite.

As garotas obedientemente pegaram suas colheres e começaram a comer.

Gwen esfregou com força as mãos no tecido do avental ao se sentar. Comia a mesma coisa que as meninas, mas em um prato em vez de tigela. Sara notou uma vermelhidão nas mãos dela. Conseguira deixar a pele em carne viva com o avental.

Sara odiava a ideia de falar com Gwen, mas perguntou:

— Benjamin melhorou?

Os lábios de Gwen formaram uma linha fina. Não tentava mais esconder a hostilidade que claramente sentia por Sara.

— O Senhor decidirá seu destino.

— Eu talvez precise ajustar sua medicação. Posso examinar novamente todas as crianças. Ficaria feliz de ajudar a lavá-las, trocar lençóis, qualquer coisa que as deixe mais confortáveis. Tenho certeza de que você está cansada.

— Não estou cansada — disse Gwen, pegando sua colher. — Você voltará à sua cabana, que é o seu lugar.

— Eu disse à dra. Earnshaw que ela pode passar quanto tempo quiser no galpão — interveio Dash.

Gwen apertou a colher e o encarou.

Será que estava com ciúme?

— Gwendolyn, vamos nos lembrar de que a dra. Earnshaw é nossa convidada aqui — disse Dash. — Devemos nos valer de qualquer ajuda que ofereça.

O tom foi suficiente para lançar Gwen em um silêncio raivoso. Enfiava comida na boca com tanta pressa que escorria molho pelo queixo. Suas filhas absorveram o humor dela. Algumas pareciam querer chorar. O lábio inferior de Grace começou a tremer.

Sara se rendeu a um desejo de punir Gwen pela infelicidade que havia criado.

— Meninas, vocês sabem como eu conheci meu marido. Agora, sabem como sua mãe conheceu seu pai? Aposto que é uma história muito romântica.

A colher de Gwen pairou entre o prato e a boca.

Sara sentiu o arrependimento queimar seu rosto. A pergunta deveria ser banal, mas a matemática a tornava cruel. Joy tinha 15 anos. Gwen tinha trinta e poucos. Dash passara bastante dos quarenta anos.

— Bem — começou Dash, ajustando a tipoia, embora, pelo movimento dos braços, já não precisasse mais. — Essa é uma pergunta curiosa, não é, minhas pequenas?

As meninas esperaram em silêncio. Claramente nunca tinham ouvido aquela resposta antes.

— Nós nos apaixonamos no ensino médio — disse ele. — O que acham disso?

Grace deu um suspiro dramaticamente longo. Para uma menina, a ideia era romântica, mas ela não estava considerando a diferença de idade. A única forma de Dash ter estado no ensino médio ao mesmo tempo em que Gwen era como funcionário da escola. Não havia nada romântico em estupro de vulnerável.

— Papai Martin nos apresentou. Não é mesmo, minha querida?

Martin Novak.

O ladrão de bancos estava na casa dos sessenta. Dash seria como um filho para ele. E então o filho de Novak se casara com sua filha menor de idade.

— Estávamos em uma praia — contou Dash às meninas, contradizendo a versão do ensino médio. — Sua mãe caminhava pela beira do mar. As ondas quebravam em seus pés. O sol estava atrás dela, e eu achei que isso fazia parecer que ela tinha uma auréola — disse, e piscou para Sara. — Ela não a tirou desde então.

Sara engoliu o que pareceu ser um punhado de vidro.

— Eu gostaria de ir ao galpão. Tudo bem?

A colher de Gwen caiu no prato com um barulho alto.

— Pode ir, dra. Earnshaw — respondeu Dash, olhando para Gwen. — Joy, acompanhe a dra. Earnshaw, por favor. Sua mãe e eu temos que conversar sobre os planos para a celebração desta noite.

— Sim, papai.

Joy seguiu para o galpão, cabeça baixa, olhando para os pés. Sara permaneceu alguns passos atrás. Estava enojada com o próprio comportamento. Gwen merecia, mas as filhas eram inocentes. Sara não era o tipo de pessoa que feria os outros intencionalmente. Mas também não era o tipo de médica que desejava que seus pacientes morressem.

O que não era desculpa para o que acabara de acontecer. Ela pensou em como se desculpar com Joy. De todas as crianças, ela estaria consciente das implicações.

Antes que Sara conseguisse dizer uma palavra, Joy murmurou:

— Ela está preocupada.

Sara imaginou que estava se referindo a Gwen.

— Com Adriel?

Joy balançou a cabeça, mas não explicou mais.

— Sabe, acabei de me dar conta de que Benjamin é o único garotinho que vi deste lado do acampamento. Há mais do outro lado?

— Alguns pequenos — respondeu Joy, mantendo a voz baixa, embora não houvesse ninguém por perto. — Papai os manda embora quando completam 12 anos.

Sara anuiu, o coração acelerado, porque só conseguia pensar em uma razão para um adulto mandar embora todos os meninos antes de chegarem à puberdade.

Ele não queria concorrência.

— Sabe para onde eles vão? — perguntou Sara.

— Arizona, para treinarem para a guerra.

Arizona. Todas as peças que colocavam Martin Novak no esquema estavam se encaixando. Sara rezou para que Will e Faith estivessem encontrando as mesmas pistas. O ladrão de bancos estava detido, correndo o risco de passar o resto da vida na prisão. Se fosse possível fazer um acordo a hora era aquela.

Joy parou junto à pia em frente ao galpão. Abriu a água para Sara.

— Elas vão morrer?

Sara entendeu que ela estava falando das onze crianças dentro do galpão.

— Eu não descobri o que está acontecendo, mas estou tentando.

Joy começou a falar, mas seu rosto ficou contorcido de dor. Apertou a barriga. Apoiou-se na parede do chuveiro.

— Minha barriga dói.

— Está menstruada?

Ela ficou da cor de um tomate.

— Querida, não precisa se envergonhar. É natural. Um horror, mas natural — disse Sara, esfregando o braço de Joy, buscando alguma resposta. — Posso lhe dar um Advil para a dor.

— Não é...

A frase foi interrompida por um jorro de vômito.

Sara pulou para trás, mas não o bastante para salvar os sapatos. Olhou na direção da mesa de piquenique, procurando Gwen, mas a mãe da garota dava uma bronca furiosa em uma das cozinheiras. As meninas mais novas estavam sentadas à mesa de cabeça baixa, tentando desaparecer.

— Vamos entrar — disse Sara, ajudando Joy a subir.

O galpão estava vazio a não ser pelas crianças doentes. Sara se perguntou aonde teriam ido as três mulheres. Imaginou que estavam na pausa para o almoço. O momento poderia ser bom para Sara. Joy tinha idade o bastante para notar o que acontecia no acampamento.

— Aqui — falou Sara, ajudando Joy a deitar em um leito vazio. — Pode me dizer onde está doendo?

Em resposta Joy agarrou a barriga.

Sara mediu a pressão da garota, que estava baixa, e a temperatura, normal. Escutou o peito e os intestinos de Joy. Examinou as pupilas. A garota mal conseguia manter os olhos abertos. A garganta estalou quando ela tentou engolir.

— Você já teve sarampo?

Ela assentiu.

— Volto logo.

Sara encontrou uma jarra de água e encheu um copo. Olhou ao redor. A maioria das crianças dormia. As despertas a observavam cuidadosamente.

Joy tentou se sentar, mas a náusea imediatamente a forçou a se deitar de novo. Sara ajudou-a a beber do copo. Ela continuava trincando os maxilares de dor. A mão continuava a apertar a barriga.

Havia vários exames que Sara poderia pedir em qualquer hospital que provavelmente lhe diriam o que havia de errado com Joy, mas nenhum deles estava à sua disposição no momento.

— Joy — chamou Sara, sentando-se na cama ao lado da dela. — Preciso que você fale comigo.

— Eu não... — Ela caiu no choro, claramente assustada. — Lamento ter vomitado em você.

— Que bom que não foi espinafre. Esse é o pior.

Joy não sorriu.

— Há quanto tempo está se sentindo mal?

— Desde... — Parou de falar e fechou os olhos com outra pontada de dor. — Desde a noite passada.

— Tem certeza de que não é sua menstruação?

Ela balançou a cabeça.

— Você é sexualmente ativa?

Joy se tornou um retrato da mortificação.

— Eu não... Quero dizer, eu não faria isso. Não, senhora. Os meninos não podem ficar perto de nós, e papai... — Ela balançou a cabeça com veemência.

Sara presenciava mais gente mentir sobre experiências sexuais do que vomitando nela.

— Eu vou apertar aqui, certo? Diga se algo doer.

Joy observou as mãos de Sara se movendo. Corou bastante quando o exame foi abaixo do ventre. Não havia um espéculo para fazer um exame pélvico, e, por mais que Sara desprezasse Gwen, não faria isso sem a permissão dela.

Pelo menos, não por mais meia hora.

Gravidez ectópica era sempre a primeira preocupação de Sara quando se tratava de garotas da idade de Joy. Tendo experimentado ela mesma essa complicação desastrosa, sabia as consequências de uma ação tardia. Apendicite vinha logo em seguida. Cisto no ovário. Obstrução intestinal. Pedra no rim. Torção de ovário. Tumor. Tudo isso demandaria ferramentas de diagnóstico que Sara não tinha, e cirurgias que ela não estava em posição de realizar.

— Eu preciso conversar com a sua mãe.

— Não! — disse Joy, sentando-se, em pânico. Ela se agarrou a Sara, tonta com a queda da pressão sanguínea. — Por favor, me deixe ficar aqui um minuto. Por favor.

Ela tinha medo da mãe, o que deixou Sara preocupada com todas as filhas de Gwen.

— Está bem — concordou Sara, gentilmente, ajudando Joy a se deitar. — Sua mãe machucou você, Joy?

Os olhos da menina se encheram de lágrimas.

— Ela fica furiosa, é só isso. Nós não... Às vezes nós não fazemos nossas obrigações, e isso dificulta muito a vida dela. Ela tem muitas... Muitas responsabilidades.

Sara acariciou os cabelos da garota.

— Seu pai alguma vez...

— Eu vou... Eu vou ficar bem? — perguntou Joy, ainda apertando a barriga. — Por favor, me diga. Por que dói tanto?

Sara sentiu seus instintos de pediatra soando como uma sirene. Em qualquer outra situação, ela estaria ao telefone chamando a Vara da Infância, garantindo que Joy não voltasse para os pais até que fosse feita uma investigação completa.

Infelizmente, Sara não estava em uma situação normal, e não tinha controle sobre nada, a única coisa que podia fazer era responder àquela criança assustada.

— Você provavelmente comeu algo que não caiu bem.

Era improvável, já que todas as garotas pareciam comer a mesma coisa em todas as refeições e apenas Joy apresentava sintomas.

— Você... — Joy ainda estava aterrorizada. — Você tem certeza?

— Acho que você precisa descansar, e então se sentirá melhor. Certo?

Joy relaxou no leito, olhos fechados.

A culpa pesou em Sara. Normalmente ela teria sido honesta com uma paciente da idade de Joy. Sara teria lhe dito que não sabia ao certo o que se passava, mas que iria descobrir o que estava causando o problema e fazer de tudo para resolver. Mas aquela situação não tinha nada de normal, e não havia como descobrir o que estava errado além de esperar que o problema se resolvesse sozinho ou surgissem mais sintomas.

Sara poderia pelo menos ser útil às outras crianças.

— Eu estarei logo ali, certo?

— Michelle... — Joy parecia querer agarrar a palavra e enfiá-la de volta na boca.

Sara se sentou de novo. Tentou disfarçar o desespero em seu tom.

— Você a viu?

— Eu... — Joy tentou de novo. Fechou os olhos. Virou o rosto. — Eu lamento.

Sara cruzara muitos limites desde que fora sequestrada, mas aquele era diferente. A garota estava com medo. Ela sabia algo importante e sabia que contar a Sara lhe traria muitos problemas.

— Está tudo bem, querida. Tente dormir.

— Ela está... — Joy parou para engolir. — Atrás da... Atrás daqui.

Sara tentou controlar sua reação.

— Na casa de vidro?

Joy balançou a cabeça.

— No bosque. Mamãe a deixou no bosque.

A princípio, Sara não entendeu o que estava ouvindo. Seu corpo reagiu antes que a mente. Houve um tremor que partiu de seu coração e chegou aos membros. As palavras "a deixou no bosque" ecoaram por todo esse caminho.

Acorrentada a um poste? Deixada para assar em uma caixa de metal? Nenhum desses cenários parecia abaixo de uma mulher que sufocava um jovem até a morte.

— Tente dormir — disse Sara, dando um beijo na cabeça de Joy. — Vou tomar um pouco de ar.

Joy exalou com força.

Sara cruzou o galpão. Havia duas portas. Uma na frente, outra nos fundos. Ela abriu a segunda. Não havia escada, apenas uma queda de 1,50 metro. Ela pulou no chão. Seus tênis sujos desapareceram na relva densa da pradaria. Ergueu a barra da toga e entrou na floresta.

Passarinhos cantavam. Sara olhou ao redor. Nenhum guarda nas plataformas de caça. Nenhum jovem com fuzil, faca, pistola. O zumbido constante do gerador lhe dizia que a estufa ficava à direita. Sara foi para a esquerda.

Seu nariz sentiu o odor inconfundível de carne apodrecendo.

O corpo de Michelle Spivey estava cerca de trinta metros atrás do galpão. Deitada sobre o lado esquerdo, presa em um arbusto espinhoso. A coluna estava curvada. O joelho esquerdo, dobrado. A perna direita, esticada para trás. Parecia que alguém a havia jogado no bosque como se fosse lixo. O braço direito caído sobre a cabeça, a mão agarrando o ar. Estava parada no lugar, os músculos perdendo oxigênio lentamente à medida que o *rigor mortis* paralisava seu corpo. Primeiro, as pálpebras, depois, maxilar e pescoço. Considerando sua idade e massa muscular, somados à temperatura extremamente alta, Michelle estava morta a no mínimo duas e, no máximo, quatro horas.

Sara olhou para o alojamento.

A porta se fechara. Não vinha ninguém. Ninguém sequer notara que ela saíra.

Correr era uma opção, mas Sara não ia correr naquele momento. Michelle Spivey foi destruída no momento em que o acidente de carro levara Sara para seu mundo. A mulher mal dissera mais que algumas frases. Matara um homem a facadas. Agira como uma cúmplice devota a Dash. Mas também havia sido

313

mãe, esposa, médica, um ser humano. Aquele era o momento para alguma meditação, uma palavra gentil que honrasse a vida de Michelle.

Sara também não ia fazer isso.

Ela se ajoelhou. Agarrou o colarinho do vestido de Michelle e rasgou as costas. As costelas da mulher se projetavam como barbatanas de baleia. Listras vermelhas haviam sido gravadas na fina camada de pele que cobria as vértebras. Ela fora furada com uma faca, socada diversas vezes nos rins. Os hematomas amarelados indicavam que pelo menos uma semana se passara desde o espancamento. Os ferimentos tinham descascado. As queimaduras eram mais recentes.

Sara sabia a aparência de uma queimadura de cigarro.

Rasgou o resto do vestido até embaixo. A lingerie de Michelle estava suja. Ela começara a vazar. O calor intenso fervia a gordura de sua pele e cobria de óleo o terreno abaixo.

Todo o lado esquerdo do corpo apresentava um roxo-avermelhado tão escuro que metade do seu corpo parecia ter sido mergulhado em uma bacia de tinta. Quando o coração para de bater, o sangue sempre se acumula no ponto mais baixo. *Livor mortis* era a expressão em latim para descrever a cor da pele quando as células sanguíneas pesadas afundavam no soro. O processo era acelerado pelo calor. A mancha que descia pelo quadril e pela perna de Michelle e subia pelo braço no qual ela apoiara a cabeça indicava que a mulher morrera exatamente onde estava caída no bosque.

Jogada ali como lixo.

Michelle estava inchada por causa das bactérias em seu corpo. O calor não fora responsável pela maior parte do dano. Gwen tinha mentido quando disse que deu antibióticos a Michelle. Ou talvez os antibióticos não tivessem funcionado. De qualquer forma, Gwen era a responsável. Sara sabia exatamente quem deixara Michelle ali para morrer.

Ela agonizou até a morte. Perdendo e recuperando a consciência, desorientada, talvez alucinando, ardendo de febre. A septicemia inchara tanto seu abdômen que a pele rachara. Junto das fissuras, Sara via as leves estrias onde, doze anos antes, o ventre de Michelle se expandira para acomodar o bebê em seu útero.

Ashley.

Sara se lembrava do nome da criança pela matéria de jornal.

Ela fechou os olhos e virou o rosto para o sol. O calor abriu seus poros. Sara tentou sentir alguma coisa, qualquer coisa, mas se viu anestesiada pela brutalidade sem fim. Não havia como Sara avaliar com precisão quanto tempo demorara para que Michelle morresse ali. O lugar parecia ter sido escolhido para potencializar seu sofrimento. Longe do acampamento. Jogada nos espinhos de um arbusto. Arrasada e espancada. A dor dilacerando seu corpo.

Atrás de Sara, a porta do alojamento se abriu com força.

Ela abaixou a cabeça. Estava oculta pelos arbustos, mas não sabia por quanto tempo mais. Examinou Michelle depressa e com o máximo de atenção possível, procurando descolorações químicas ou algum indício do que a cientista estava fazendo dentro da estufa. Cheirou seus cabelos. Olhou as unhas. O rigor travara seu maxilar, mas Sara examinou as gengivas, o nariz e os ouvidos.

— Dra. Earnshaw? — chamou Dash, protegendo os olhos com as mãos. A luz do sol reduzia seu campo de visão. — Está aqui?

Sara procurou nos bolsos de Michelle, deslizou os dedos sobre o sutiã, a cintura da calcinha. Estava prestes a desistir quando reparou na posição da mão esquerda de Michelle. Os dedos estavam dobrados, mas o polegar erguido como em um pedido de carona.

Contrações mortais são extremamente raras. Acontecem quando uma reação química dentro do corpo é deflagrada por um enorme terror. Michelle tivera muito tempo para esperar a morte. Colocara a mão sob o joelho dobrado, forçando intencionalmente o fechamento dos dedos.

Havia algo escrito na palma da mão.

— Dra. Earnshaw? — chamou Dash, que virava a cabeça lentamente, estudando a floresta em seções.

Sara se debruçou sobre o corpo de Michelle para ver melhor a mão. Teve ânsia de vômito. O cheiro de tecidos apodrecendo era venenoso. Prendeu a respiração. De perto ela achou que talvez Michelle tivesse escrito duas palavras, ou uma bem longa. Marcador preto. Apenas as extremidades inferiores das letras apareciam. Os dedos de Michelle cobriam o resto.

— Onde você está, dra. Earnshaw? — perguntou Dash, a voz calma, mas ela não acreditava que fosse permanecer assim.

Sara agarrou os dedos de Michelle, tentando abri-los. Estava suando demais. Os dedos, inchados demais. Sara não conseguia apoio. Sua única opção era romper o rigor mortis no pulso. Os músculos estavam duros como plástico. Sara segurou o pulso e o antebraço de Michelle e os torceu para lados opostos.

Foi recompensada com um estalo alto.

— Lance? — Dash tinha ouvido o barulho. — Ei, irmão, incomoda-se de vir aqui fora comigo?

Sara agarrou os dedos de Michelle. As unhas dobraram, mas eles não cederam. Tentou empurrar para cima com o polegar.

Dash saltou da porta do alojamento. Um segundo par de pés bateu no chão. Trinta metros de distância. Grama alta. Árvores grossas. Ele falava com Lance. Sara estava apavorada demais para entendê-lo. Seu coração batia forte. Seus olhos falhavam. Ela tinha que abrir a mão de Michelle. Tinha que ler as palavras. Procurou ao redor um graveto ou algo para forçá-los. Não havia nada.

Sara teria que usar a boca.

Mordeu os dedos trincados de Michelle, tentando não rasgar a pele.

— Dr. Earnshaw? — chamou Dash.

Lance tossiu. Estavam mais perto.

Sara prendeu a primeira articulação do dedo de Michelle com os dentes da frente.

Puxou para trás.

Clec.

Dedo médio.

Clec.

Anelar.

Clec.

— Dra. Earnshaw?

Dash estava alguns metros atrás. Sua voz era nasalada. Ele tampara as narinas para não sentir o fedor. Lance seguia atrás. Ele arrotou uma vez, depois vomitou junto a uma árvore.

O nariz tampado de Dash transformou seu suspiro em uma buzina. Chamou o nome dela novamente.

— Dra. Earnshaw?

— Ela está morta — disse Sara, que já tinha se ajeitado sobre o corpo de Michelle. Forçou o choro, simulando dor. — Você a deixou morrer. Sozinha.

— Lamento que esteja aborrecida. Ela era uma mulher imperfeita, mas se redimiu no final.

Sara tentou fechar a mão de Michelle. Os dedos já não mantinham a posição.

— Não vamos nos demorar nisso, certo? O cheiro é terrível, e eu... Eu disse que você poderia ficar no galpão. Vamos voltar para lá agora. Está fresco lá dentro e você pode...

Sara ficou de pé.

— Doutora... — chamou Dash, mas ela já estava correndo pela vegetação na direção do galpão.

Passou pela porta. Gwen estava lá dentro. Parecia ansiosa, mas estava sempre ansiosa.

Sara foi diretamente até o armário de remédios. Encontrou o álcool. Enfiou um lençol dobrado debaixo do braço e foi até a porta da frente.

— Dra. Earnshaw — chamou Dash. Tirara a tipoia para subir no galpão.

— Se você pudesse...

Sara bateu a porta ao sair. Passou pelo vômito de Joy direto para o chuveiro externo. A tranca não cooperou. Ela xingou até que seus dedos trêmulos conseguissem fechá-la. Pendurou o lençol limpo na cabine. Tirou a tampa da garrafa e virou o álcool na boca.

A porta do alojamento se abriu. Dash estava no alto da escada.

— Ah, desculpe-me — disse, virando de costas, cobrindo os olhos. — Eu esperava...

Sara não ouviu o resto da frase enquanto passava o álcool entre os dentes, tentando matar qualquer bactéria que pudesse ter pegado da carne em decomposição de Michelle. Jogou o líquido gelado no rosto, pescoço e mãos.

— Dra. Earnshaw? — tentou Dash pela centésima vez. — Se pelo menos pudéssemos discutir...

— Me deixe em paz — disse Sara, se atrapalhando com a toga, xingando o nó, o tecido embolado, a dificuldade de sair da maldita coisa idiota.

— Eu realmente preciso... — insistiu Dash.

— Eu disse para *me deixar em paz, porra!*

Sara abriu a água. Pegou o sabão.

Dash desceu os degraus apressado. Uma mulher prestes a arrancar a cabeça dele era demais para seu orgulho de homem branco.

Gwen abriu a porta do galpão. Olhou para Sara, depois foi atrás do marido.

Sara deixou a água o mais quente que conseguiu aguentar. Tentou fazer espuma com o sabão de soda. Parecia um milhão de grãos de areia.

Esperou que Lance aparecesse, mas ele escolheu ficar lá dentro com as crianças. Ou com o ar-condicionado. Sara teve um vislumbre dele correndo para o galpão. Lance olhara para ela sob pálpebras pesadas. A pele pálida. Ele provavelmente pegara a mesma coisa estomacal de Joy. A não ser que estivesse acontecendo mais alguma coisa no acampamento.

Algo em que Michelle estivera trabalhando na estufa.

Sara cuspiu no piso do chuveiro. O álcool ainda queimava suas gengivas. Abriu a boca e deixou a água cair na garganta. A pele parecia escaldada. Ela estava suando sob o jato do chuveiro.

Michelle sobrevivera a horrores indizíveis. Fora estuprada e espancada. Fora forçada a trabalhar dentro da estufa. Fora deixada para apodrecer até a morte no calor. A especialista em doenças infecciosas tinha intimidade com septicemia, a causa de morte mais comum entre pessoas hospitalizadas. Sara imaginou a médica acompanhando seu qSOFA até o fim. A rápida Avaliação Sequencial de Colapso de Órgãos era um sistema de pontuação que classificava pressão sanguínea, respiração e estado mental. Quanto maior a pontuação, maior o risco de mortalidade. Embora Michelle não tivesse acesso a um medidor de pressão, pode ter monitorado sua respiração e sintomas neurológicos. Teria ficado sabendo não apenas que a morte estava chegando, mas como seria.

Um de seus últimos atos havia sido encontrar um marcador preto e escrever uma mensagem na palma da mão.

Duas palavras.

Vários significados possíveis.

Um caixão? Um equipamento para evitar cobrança de chamadas telefônicas? Um programa de TV ou filme? Um tipo de teatro experimental? Um alerta do FDA? A maleta que continha os códigos nucleares?

Sara se virou, deixando que o jato de água forte atingisse seu couro cabeludo.

Na ciência da computação, o termo podia ser usado para descrever as características de transferência de um aparelho cujo funcionamento interno era desconhecido. Ou um tipo de software. Ou um tipo de engenheiro de software.

Ela correu os dedos pelos cabelos, tentando eliminar os nós.

Na aviação, aplicava-se ao gravador que registrava os dados e a voz dos pilotos. O equipamento era pintado de laranja vivo, mas o nome comum era composto exatamente das duas palavras que Michelle escrevera na mão.

CAIXA PRETA.

Sara esfregou o rosto. O que Michelle quisera dizer? Por que escolhera especificamente aquelas palavras? Sara jogara fora sua chance de correr, arriscara sua vida, sua segurança, e por quê? Ela era atormentada pela mesma pergunta enlouquecedora de antes. Com a diferença de que dessa vez havia um relógio contando o tempo de sua busca da resposta. O próprio Dash lhe dissera.

A Mensagem seria transmitida no dia seguinte.

CAPÍTULO DEZESSEIS

Terça-feira, 6 de agosto, 14h50.

WILL APOIOU A CABEÇA na janela do carro enquanto a Interestadual 85 passava do lado de fora. A corrida de táxi de uma hora até a saída 129 lhe causara uma onda de exaustão. A cada quilômetro que se passava ele afundava mais no assento. Seus joelhos pressionavam a divisão entre os bancos da frente e de trás do táxi. Seu crânio vibrava no vidro da porta. Antes de Sara, Will nunca havia andado no banco de trás de um táxi. Ela quis sair mais cedo de uma festa. A pessoa com quem tinham chegado não queria ir embora ainda. Ela chamara um táxi. Will entrara e quase tivera um ataque cardíaco ao ver que o taxímetro já marcava cinco dólares.

O que explicava justamente por que ele nunca estivera em um táxi antes de Sara.

Will se forçou a sentar-se empertigado. Coçou o maxilar. A palha de sua barba fez cócegas nos dedos. A aspereza incomum era um lembrete de que ele tinha que se dividir. O homem que amava Sara não podia salvá-la. Jack Phineas Wolfe, ex-soldado desiludido, puto com o mundo, era o homem que ele teria de ser para aquele trabalho.

Will olhou as próprias mãos. Apertou o nó do dedo com o polegar até um fio de sangue fresco escorrer.

Gerald seria o primeiro obstáculo de Wolfe. Se não conseguisse convencer o segundo em comando de Dash de que ele estava totalmente comprometido, Gerald apontaria uma arma para seu rosto e apertaria o gatilho.

Will não achava que seria assim. Ele conquistara algum crédito com Gerald durante a missão no depósito. O fato de que Wolfe estivera disposto a esfaquear um segurança por 15 mil era prova suficiente.

Dash seria o verdadeiro desafio. Tão perto de levar a cabo o que quer estivesse planejando, o líder do EPI estaria altamente paranoico, especialmente em relação a um novo recruta. Dash era um assassino em massa pedófilo e racista. Também inspirara homens tão diferentes quanto Robert Hurley e Adam Humphrey Carter. Will imaginava que Dash era um vigarista clássico, sempre procurando uma fraqueza a explorar.

Ele refletiu sobre as vulnerabilidades de Wolfe.

Pedofilia parecia a forma mais óbvia de se inserir, mas a linguagem dos pedófilos era tão intrincada e misteriosa quanto o jargão do exército. As pessoas que estupravam crianças estavam sempre evoluindo. Elas se encontravam na deep web. Eram extremamente cautelosas em público. Não era tão fácil quanto dizer que uma criança parecia madura para a idade que tinha.

Will descartou essa abordagem alegremente.

Pensou nas informações de Faith sobre o EPI. Eles reverenciavam as forças armadas. Wolfe era um combatente treinado, sem novas batalhas a travar. Talvez se sentisse abandonado pelo sistema. Estava desesperado por dinheiro. Não conseguia emprego, não conseguia manter uma mulher. Estava revoltado por sua vida ter virado uma merda. Ansioso por uma luta. Talvez fosse um jogador que perdera suas economias. Culpava todo mundo, menos a si mesmo.

Will balançou a cabeça em silêncio.

Uma motivação financeira era fácil demais. Dash nunca confiaria em um matador de aluguel. Iria querer um combatente pela causa.

Beau Ragnersen era um homem à procura de uma causa. Por isso ele se rendera a Amanda, a Will, a Kevin, a qualquer um que o empurrasse em uma direção. Beau não relaxara de verdade até Gerald tê-los trancado na van. O ombro pressionando o de Will, quatro garotos ansiosos armados em frente a ele. Todos os outros estavam tensos, mas Beau pegara no sono. Sua ansiedade, seus suspiros e seus passos arrastados de Charlie Brown tinham sumido. Will interpretara o comportamento errático de Beau como um sinal de que o homem ia traí-lo. A verdade era que Beau Ragnersen só se sentia completo quando integrando uma unidade. Como muitos ex-soldados, ele procurava desesperadamente preencher o buraco que a guerra abrira em seu peito.

Esse era o mesmo tipo de desespero que seria o segredo para Wolfe se infiltrar no EPI. Dash iria querer preencher o vazio no peito de Wolfe. Usaria racismo, religião ou o que mais fosse necessário para trazer Wolfe para o seu lado. Com sujeitos assim não importava *em quê* se acreditava. Mas *em quem* se acreditava.

Will olhou de novo para as mãos. Esfregou o polegar no anelar vazio. Os pedaços de Jack Wolfe que ele havia costurado tão cuidadosamente começaram a se separar.

Ele faria o que fosse necessário para recuperar Sara. Se isso significasse atirar em mais pessoas, matar mais pessoas, Will faria. Não lutava só por si. Toda a família de Sara esperava que ele a levasse para casa. Contavam com ele para isso. Pediam a Deus que o ajudasse. Rezavam para que Sara não estivesse ferida.

Will nunca rezara antes. Quando menino, a igreja local mandava um ônibus para o abrigo das crianças todo domingo de manhã. A maioria delas aproveitava a chance de sair. Will sempre ficava para trás. A oportunidade de estar sozinho, mesmo que por apenas algumas horas, era mais importante para ele que beber refresco artificial roxo em um copinho e comer hóstias finas.

Naquele momento ele tentava se lembrar da prece de Cathy. Ela falara como se escrevesse uma carta...

Querido Pai celestial, pedimos a sua bênção neste momento de necessidade.

Will sabia que deveria baixar a cabeça, mas olhara para Tessa em busca de mais orientação. Os olhos dela estavam fechados, então ele também fechou. Ela ficou calada, então também ficou. O ritual da prece fora reconfortante. A cadência suave da voz de Cathy. A proximidade de outras pessoas que se importavam com aquilo com o que ele se importava.

A preocupação de Will enquanto segurava a mão pequena de Cathy era que não fosse encontrar Sara. Que fosse culpa dele se a família não a visse novamente. Que Gerald o matasse no Citgo. Que Dash atirasse nele antes que conseguisse vê-la. Que Michelle Spivey reconhecesse Will e tivesse com ele um ataque como tivera com Carter. Que Dash não matasse Will imediatamente para fazer isso na frente de Sara.

E então havia o pior cenário: Will superaria todos os obstáculos, passando por Gerald, convencendo Dash a recebê-lo no rebanho. Finalmente encontraria Sara, mas não conseguiria ajudá-la porque estaria com medo demais.

O medo que sentira no local do acidente de carro torturava Will. Ele estava entrando na BMW, enfiando a chave no porta-luvas, quando vira Hurley apontando uma arma para a cabeça dela. Em vez de reagir, em vez de girar a chave, agarrar sua Glock e matar todos, Will ficara paralisado.

Porque estava com medo.

Will trincou os dentes. Major Jack Wolfe. Paraquedista. Duas missões no Iraque. Duas autuações por dirigir embriagado. Um mandado de proteção de seu último emprego. Mais de 36 mil dólares em dívidas no cartão de crédito.

O táxi pegou a saída indicada. Will reconheceu os logotipos de postos de gasolina e lanchonetes. A 129 o levaria a Braselton. Trinta e dois quilômetros quadrados espalhados por quatro condados, todos na Área Metropolitana Estatística de Atlanta. Menos de 10 mil habitantes, oitenta e três por cento deles brancos, quatro por cento vivendo abaixo da linha da pobreza. Uma delegacia policial. Quatro policiais. Um hospital. Uma vinícola sofisticada. O terreno era montanhoso e arborizado. A maior parte ainda com florestas densas, como todas as outras cidades da Geórgia tão perto das Montes Apalaches. A Floresta Nacional de Chattahoochee flutuava no alto do estado como um guarda-chuva invertido.

A placa do Citgo estava a dois sinais vermelhos de distância. Will escutou o motor do táxi em marcha lenta no sinal. Só naquele momento, já tarde demais, ele deixou sua mente explorar um cenário pior do que o pior.

Dash poderia ter fingido estar desmaiado no acidente de carro. Poderia ter visto o rosto de Will. Poderia saber exatamente o que estava acontecendo e planejado uma forma de neutralizar a ameaça.

Os pensamentos de Will mergulharam ainda mais fundo.

Sara já poderia estar morta.

O motorista do táxi entrou no Citgo. Havia quatro carros nas doze bombas. Will reconheceu um dos homens como um agente da AIG da região sul do estado. O Mini vermelho de Faith estava estacionado em frente à caçamba de lixo. Ela estava com um cobertor sobre os ombros, fingindo amamentar um bebê. Amanda estaria dentro da loja usando uma bengala, curvada como uma velha para se tornar virtualmente invisível. Havia carros sem identificação em cada extremidade da estrada que passava em frente ao posto de gasolina. Dois agentes estavam escondidos no bosque atrás do prédio.

Amanda não se contentara com isso.

Will tinha um rastreador de GPS dentro do coldre às suas costas. O fino chip de plástico havia sido costurado dentro do forro. Estava desligado, caso ele fosse novamente revistado em busca de um sinal. Will passara meia hora levando a mão cegamente às costas e apertando o botão de ligar para que o movimento estivesse gravado em sua memória muscular.

Ele não ia tocar na maldita coisa a não ser que estivesse olhando diretamente para Sara. Não havia garantia de que Dash a mantivesse por perto. Pelo que Will sabia, Sara podia estar presa a trezentos quilômetros. Se ele chamasse resgate cedo demais, ela poderia ser perdida para sempre.

— Aqui está bom? — perguntou o motorista.

Will pagou 120 dólares ao homem, o que doeu terrivelmente, mesmo não saindo do bolso dele. Suas pernas estavam travadas quando ele saltou do carro. Esticou a coluna, braços erguidos. Ajustou o coldre. Olhou ao redor, tentando localizar Gerald. Olhou o relógio.

Quinze horas e dois minutos.

Outro carro parou no posto para abastecer. Mais alguém entrou na loja. Will caminhou até a bomba de ar. Enfiou as mãos nos bolsos. Chutou o meio--fio. Vestia o mesmo traje dos quais os garotos do depósito pareciam gostar. Calças pretas e camisa de manga comprida. Coturnos pretos. Parecera uma boa ideia até ele estar em local aberto. Considerando sua altura, massa muscular e tom de pele, ele parecia menos um ninja e mais um cara que provavelmente ia começar a atirar em pessoas.

— Wolfe?

Will reconheceu Três. O garoto estava de bermuda e com uma camiseta de uma turnê do Usher. Dirigia um Kia Soul vermelho. Não era o carro mais discreto, mas combinava com o Usher. Se um policial o parasse Três pareceria com qualquer um dos jovens rebeldes e mimados da cidade.

— Entre na loja. Espere perto da porta dos fundos — disse o garoto.

Antes que Will pudesse ter qualquer reação, Três foi embora.

O agente da AIG na bomba de gasolina entrou no carro e seguiu o Kia vermelho rumo à interestadual.

Will foi para a loja. Sentia os olhos de Faith acompanhando o seu avan-ço. A construção era uma loja de conveniência de interestadual típica, larga, mas não profunda, com teto baixo e vitrine na frente. Will sentiu o cheiro de cachorro-quente tostando em máquinas giratórias assim que abriu a porta. Amanda estava ao lado das máquinas de café self-service. Os cabelos, sempre arrumados, estavam uma bagunça. Os óculos de leitura, na ponta do nariz. Ela apoiava todo o seu peso na bengala, fingindo não saber qual botão apertar.

O garoto atrás do balcão ergueu os olhos do telefone quando Will entrou. Dois vestia uma camisa polo azul com um triângulo vermelho e laranja da Citgo no peito. Inclinou a cabeça, indicando os fundos da loja.

Will encontrou a saída dos fundos perto do freezer de bebidas. Tentou a maçaneta. Trancada. Um dos muitos empregos de Will na faculdade havia sido em uma loja de conveniência. Ele imaginou que haveria um corredor comprido, um pequeno escritório e uma área de estoque apertada. A saída de emergência teria um alarme, mas dava para fraudar o sistema com um ímã e chicletes.

Ele se apoiou no freezer. Saía ar frio das portas de vidro. Olhou o relógio. Quinze horas e cinco minutos.

— Jovem?

Amanda chamou Dois até a máquina de café. Começou a fazer um discurso sobre como os computadores estavam arruinando o mundo. Não tinha como saber que Dois era do EPI. Estava tentando justificar sua demora na loja. Will sabia que Amanda mantinha um Smith & Wesson 5 Tiros carregado dentro de um saco de Crown Royal em sua bolsa. Conseguia sacar a arma quase tão rápido quanto a maioria dos agentes tirava as Glock dos coldres laterais.

Will ouviu duas batidas à porta.

Respondeu com outras duas. Esperou. A tranca estalou.

Will abriu a porta. Corredor comprido. Escritório pequeno. Estoque apertado. Ímã no sensor do alarme da porta, mas preso com durex em vez de chicletes. Provavelmente mais inteligente. Chicletes nunca eram tão pegajosos quanto se pensava.

Um esperava por ele do lado de fora. Era o mais jovem e o mais baixo dos quatro, provavelmente mais perigoso por ter algo a provar. Não trocaram palavras. Ele segurava o sensor, aquele que verificava transmissões de rastreadores. Will ergueu os braços. Deixou o garoto se divertir.

E ficou claro que Um estava se divertindo. Todo aquele drama de *Missão: Impossível* provavelmente estava mexendo com eles. Se o adulto Will não soubesse como eles eram uns merdas racistas e criminosos, o menino Will sentiria inveja.

Um terminou com o sensor. Deixou a máquina perto da porta dos fundos. Assentiu para que Will o seguisse para o bosque. Will enfiou as mãos nos bolsos, o sinal para os dois agentes escondidos atrás das árvores de que até o momento tudo ia bem. Faith reduzira as possíveis zonas de fuga a três quilômetros. Com o Citgo atrás dele, Will sabia que o bosque levaria a uma área residencial em forma de L. Havia mais dois carros de perseguição estacionados nas ruas. Aquele parecia o lugar mais óbvio para Gerald pegá-los.

O suor escorria pelo rosto de Will no momento em que chegaram a Chardonnay Trace. Ele manteve as mãos no bolso ao atravessar a rua atrás de Um. As casas eram grandes, com jardins compridos. O barulho do tráfego na interestadual ficara abafado. Um acelerou o ritmo, seguindo a cerca de um quintal, entrando em outra floresta atrás do bairro.

Ainda na zona de fuga.

Will se orientou pelas buzinas dos carros na rua principal. Os mapas aéreos tinham mostrado muitas áreas abertas para shoppings. Se eles continuassem em linha reta, acabariam no meio das fazendas.

Depois disso Will não fazia ideia.

Um parou ao lado de uma árvore, pegou o telefone. Estava procurando latitude e longitude em um mapa. O marcador mostrava que estavam perto das coordenadas certas. Fez um gesto para que o outro o seguisse. Will olhou para as árvores. As copas eram densas. Uma equipe em helicóptero não conseguiria ver dentro da floresta. Se o piloto baixasse o suficiente para usar a câmera térmica, Um iria embora, Will teria que persegui-lo e Sara estaria perdida para sempre.

Um colocou o telefone no bolso. Havia uma moto trail deitada no chão. Tao Tao DB20 110. Refrigerada a ar, um cilindro, quatro tempos, liberada para andar nas ruas, mas sem placa. O banco plástico se projetava como uma barbatana sobre a roda traseira.

Um fizera uma bosta de trabalho cobrindo a moto com folhas e galhos quebrados. Começou a limpar. Will não ajudou. Pensou em tirar as mãos dos bolsos. Os dois agentes atrás da loja os teriam seguido de longe. Estavam a pé, mas na opinião de Will esse não era o maior problema.

Dois capacetes. Uma moto.

Will sabia pilotar. O que preocupava era a ideia dos braços de Um agarrando sua cintura enquanto seguiam pela floresta. O que quer que estivesse errado na caixa torácica de Will não estava melhorando. Ele tinha no bolso quatro aspirinas de emergência que Amanda colocara em uma bolsa plástica. Will sabia por experiência própria que levaria pelo menos meia hora até que o medicamento começasse a fazer efeito.

Um era trinta centímetros mais baixo que Will e pelo menos vinte quilos mais leve, só tinha gordura juvenil. Se Will fosse na garupa, ou a barbatana plástica se quebraria ou a roda dianteira não tocaria o chão.

Dar uma de Patrick Swayze ajudando Demi Moore no torno não seria o ideal para nenhum dos dois. Will se lembrava dos vários centímetros que separavam Um de Quatro na van. Eles claramente tinham ideias sólidas do que era ser gay, e nenhum iria cruzar esse limite. Pelo menos não na frente dos amigos.

O problema do jovem era a solução de Will.

Ele pegou um capacete e perguntou a Um:

— Você vai colar a bundinha em mim nessa coisa, princesa?

Um ficou de queixo caído.

— Não, cara. Que merda. Eu vou me segurar no banco — disse, e acrescentou outro "merda" para provar que falava sério.

Will afivelou a tira do capacete bem justa sob o queixo. Não havia garantia de que não cairia em uma vala ou derraparia em uma subida. Se acontecesse, Um o agarraria instintivamente, e Will acabaria batendo em uma árvore.

Um, com muito esforço, ergueu a moto de 45 quilos. Will não o ajudou, e não apenas porque Jack Wolfe era um babaca. Se ele ia partir uma costela, não seria para ajudar aquele nazista idiota júnior a se dar bem.

O garoto finalmente conseguiu colocar a moto sobre duas rodas. Will montou. Esperou que Um se acomodasse atrás dele. O escapamento ficava bem embaixo do banco, então seria interessante descobrir o que aconteceria primeiro: Um cair da moto ou a carne dos seus dedos derreter.

Mais uma vez, isso era problema de Um.

Will colocou em ponto morto. Deu a partida elétrica, contente por não ter que usar um pedal. Acelerou o motor, deixando que gritasse como um gato. Se os agentes na floresta o tivessem perdido, o localizariam naquele momento. Ficou contente de não ser a pessoa que contaria a Amanda que haviam perdido Will de novo.

Um apontou para o bosque. Will torceu o acelerador 30 milímetros e soltou a embreagem lentamente. O pneu traseiro derrapou. As mãos de Um subiram para os ombros de Will, uma opção que não havia ocorrido a nenhum dos dois até aquele momento.

Will penetrou no bosque, inclinando-se para contornar as árvores. Acelerou um pouco mais. Usou os dedos para descobrir o ponto ideal da embreagem. A moto ganhou velocidade enquanto ele subia as marchas. Ficou se perguntando se a moto pertencia a Um. Eles acabariam chegando ao fim daquela viagem. Faith localizaria a moto mesmo que tivesse que percorrer cada centímetro da floresta. Amanda abriria o garoto como se fosse uma noz.

E Will encontraria Sara.

A moto deu um salto quando eles subiram uma colina. A floresta desapareceu. Estavam viajando por fazendas, que deram lugar a mais floresta, até que Um apontou de novo e eles pegaram um terreno aberto para linhas de transmissão de alta voltagem. Will parou de se preocupar com a dor em seu corpo. Soltou a embreagem, percebendo que a melhor forma de suportar a viagem seria acabando com ela o mais rápido possível. Os dedos de Um se cravaram em seus ombros. A bunda do garoto continuava a saltar da barbatana. Will estava tão determinado a avançar que não registrou Um batendo furiosamente em seu ombro para que desacelerasse.

A estrada surgiu logo. A moto sacudiu quando ele usou o freio traseiro. O rosto de Um bateu no capacete de Will. Ele parou, usou o calcanhar para baixar o apoio e soltou os dedos doloridos dos manetes.

Um saltou cambaleando da moto. O lábio sangrava. O rosto estava pálido. Ele parecia não saber se vomitava ou se mijava.

Will tirou o capacete. Contou três casas. Os terrenos tinham pelo menos dois hectares. Olhou o relógio.

Quinze horas e 58 minutos.

Faith estaria em pânico. Amanda, furiosa. Especialmente ao se dar conta de que Will não ia ligar o rastreador.

— Ali está ele — disse Um, limpando a boca.

O sangue sujou seu queixo.

Will olhou para a estrada. Dois fora o único garoto que ele não vira naquele dia, mas não foi ele que apareceu em uma van branca.

Gerald abriu a janela e disse:

— Nos fundos, Wolfe.

Will abriu as portas de trás. Sem assentos, apenas um bando de prateleiras com material de pintura. Pelo menos o ar-condicionado estava ligado. Will entrou. Um fechou as portas. O garotão viajou na frente dessa vez.

Como na outra van, as janelas eram pintadas de preto. Havia um cooler com gelo e água. Will bebeu duas garrafas de uma vez. Esfregou gelo atrás do pescoço. Enfiou a mão no bolso e encontrou a bolsa de aspirina. O saco plástico estava molhado de suor. Os comprimidos haviam virado pasta com o calor. Por um momento pensou no que toda aquela umidade estaria fazendo com a bateria do rastreador. Arrancou um remédio com os dentes e engoliu com água fria.

Will fechou os olhos. Recostou a cabeça. Imaginou o que aconteceria quando aquelas portas se abrissem novamente. Gerald iria atirar nele. Gerald iria levá-lo até Dash. Dash iria atirar nele. Dash lhe daria as boas-vindas ao EPI. Sara estaria presa em outro lugar. Sara estaria presa no lugar para onde o levariam.

Querido Pai celestial, pedimos a sua bênção neste momento de necessidade.

Will sentiu a temperatura cair lentamente até um nível suportável. O tom rural do terreno não mudou. Gerald estava em estradas secundárias, algumas pavimentadas, outras de cascalho. A gravidade disse a Will que subiam. Ou talvez ele não fizesse ideia, e Gerald estivesse dirigindo em círculos.

Quase uma hora havia se passado quando a van finalmente parou. A ré foi engrenada. A van virou, depois o motor foi desligado. Will tinha ouvido terra batendo nos painéis laterais. Eles haviam deixado qualquer coisa parecida com uma estrada alguns quilômetros antes.

Dezessete horas e três minutos.

Um abriu as portas. Will sentiu como se o sol penetrasse em seu cérebro. Apertou os olhos. Deslizou pelo piso da van até seus pés encontrarem a beirada do para-choque. Will só conseguiu olhar para o chão enquanto esperava a visão se estabilizar. A van não era o único veículo a rodar por aquela área. Trilhas fundas de pneus indicavam que recentemente um caminhão-baú dera ré na grama.

Um caminhão-baú dera ré no hotel onde Sara deixara a mensagem para ele.

— Legal, não é? — comentou Um.

Will esfregou o maxilar. Olhou ao redor.

Ao lado dele, Um fez o mesmo. Ele era algo entre uma esponja e uma sombra.

Will andou, então Um andou. Tinha que dar dois passos para acompanhar o passo mais longo de Will.

Ele tinha que parar de se preocupar com Um. Eles claramente estavam em uma área de operações. Cinco vans pretas estacionadas em fila. Duas dúzias de AR-15 em uma estante. Três homens colocavam munição em carregadores, 55 grãos, encamisadas, com núcleo de chumbo e cápsula de aço revestida de polímero. O projétil encamisado não se expandia no impacto como uma ponta oca, então dava para atingir seu alvo e acidentalmente atingir outro a seguir.

Por razões desconhecidas, os cartuchos estavam em filas sobre toalhas de pano. Os homens que mexiam com isso usavam luvas descartáveis pretas. Os carregadores cheios eram entregues a outros homens enluvados, que os colocavam em embalagens plásticas mais ou menos do tamanho de uma caixa de arquivo. Oito caixas já estavam prontas, com cerca de mil projéteis cada. Dois homens com pranchetas acompanhavam o trabalho. Dois outros carregavam coolers cheios de garrafas de Gatorade encosta acima. Outro grupo fazia um intervalo em uma mesa de piquenique. Todos vestiam trajes de combate pretos e luvas. Will contou dezesseis homens no total, a maioria de 20 e poucos anos, com dois homens grisalhos mais velhos dando ordens.

O clima parecia diferente. Ninguém brincava. Eles faziam um trabalho sério ali. Will teve a sensação de que estavam prontos para deixar o lugar a qualquer momento.

Mas onde exatamente era aquele lugar?

Eles estavam nas montanhas. Havia árvores por todo lado. Passarinhos cantando. Um riacho ou rio por perto. O que chamou a atenção de Will foi um depósito de metal pouco depois das vans. As portas estavam abertas. Dentro havia pilhas de caixas de papelão fechadas. Todas quadradas e do mesmo tamanho, cerca de 75 centímetros. Todas com notas de envio em envelopes de plástico transparente. Todas com o mesmo número.

4935-876.

— Wolfe — chamou Gerald, que acabara de falar com um homem com prancheta. Acenou para Will. — Você já vai chegar colocando a mão na massa, soldado. Tudo bem?

Will resmungou, erguendo o queixo.

— Dobie, você também — acrescentou Gerald.

— Legal! — O garoto que Will chamava de Um correu à frente deles. *Dobie.*

Gerald manteve um ritmo mais lento ao subir a colina. Will estava com os punhos cerrados. Todos estavam armados. Sua Sig-Sauer tinha dez no carregador e uma na câmara, mas Will estaria morto antes de conseguir levar a mão ao coldre. Estava com a mesma sensação de insegurança que tivera no acidente de carro. E se Sara estivesse no alto da colina? E se a encontrasse amarrada? E se a encontrasse morta? E se simplesmente não a encontrasse?

Will levou a mão à bochecha. A barba se tornara um talismã. Ele só precisava esfregá-la e se transformava em Jack Wolfe.

— Qual é a história do garoto?

— Dobie? — Gerald ficou olhando o menino tentar subir a colina. Os pés escorregavam na grama. Ele deu um pulo e desapareceu do outro lado. — É como todos os outros. Jovem, idiota e cheio de porra.

Will sentiu os dentes trincando. Ele não conseguia encaixar o garoto idiota no que sabia sobre grupos como o EPI. Seria Dobie um racista violento que queria matar todos os judeus ou era apenas um jovem sem rumo que conhecera as pessoas erradas na hora errada?

Àquela altura essa era uma distinção sem diferença.

— Vamos deixar você ver algumas vezes antes de colocá-lo lá — disse Gerald.

Will não perguntou onde era *lá*, porque viu no alto da colina.

Só havia o esqueleto da construção de madeira de dois andares. Pela cor acinzentada Will soube que o prédio falso fora deixado à ação da natureza por pelo menos seis meses. Placas de compensado serviam de piso. Havia aberturas para indicar porta, mas nenhuma janela. Corrimãos de segurança marcavam o mezanino de cima. A escada era aberta, estreita demais de um modo nada prático. Abria-se em T no meio, levando aos dois lados do mezanino. Havia bandidos de papelão com alvos. Uma colcha de retalhos de lonas servia de teto. Duas camadas, uma camuflada, a outra bloqueadora térmica para enganar câmeras de calor. Muito trabalho fora dedicado a construir e esconder o falso prédio. Will calculou que o espaço era ligeiramente maior que duas quadras de basquete.

Ele contou oito homens de prontidão, todos equipados para um ataque, apenas os olhos aparecendo atrás de óculos de proteção. Cinco outros já estavam dentro do prédio falso. Dois no térreo. Três subindo a escada correndo até o mezanino, seus AR-15 apoiados nos ombros. Joelhos dobrados. No patamar eles giraram em perfeita sincronia e subiram o outro lance até o mezanino. Mais alguns passos, e então o líder ergueu o punho para detê-los. Ele avançou agachado. Três passos, e chegou à parede. Fingiu abrir uma porta, e todos começaram a atirar.

Will viu Dobie dar um pulo ao som do *tap-tap-tap*.

— Legal para cacete, irmão — disse o garoto.

Ele não estava com medo. Estava empolgado.

Will viu que não era a primeira vez que o falso prédio era invadido. A madeira estava coberta de pontos de tinta laranja, vermelha e azul. Usavam Simunition, um tipo de munição não letal. Will utilizara a mesma munição em exercícios de treinamento. A AIG exigia que todos os agentes fizessem simulações de atirador ativo dentro de escolas, casas abandonadas e depósitos. Eles contratavam atores para interpretar bandidos e civis. Normalmente a música era muito alta. As luzes piscavam ou estavam desligadas.

Não se podia fazer isso com balas de verdade. Seu nível de adrenalina ia nas alturas. Também não podia fazer com armas falsas. A sensação tinha que ser a mesma, então usavam kits de conversão azuis para substituir os carregadores em fuzis e os deslizadores e bloqueadores de câmara nas nove milímetros. Os carregadores eram de plástico claro. Os projéteis falsos tinham tinta colorida nas pontas para mostrar se acertara um alvo ou matara um parceiro. Embora os projéteis não fossem letais, eles doíam para cacete. Os agentes sempre eram obrigados a usar capuzes pretos que cobriam tudo, menos os olhos. Capacetes, óculos de proteção, coletes estofados, luvas e suportes atléticos estofados. Não havia forma melhor de treinar para um ambiente de conflito no mundo real.

Que era exatamente o que os homens no prédio falso estavam fazendo.

Saguão de hotel? Prédio de escritórios? Sinagoga? Mesquita? Os homens entravam pelo térreo, não por um porão ou baia de carga. Haveria segurança, mas treze caras contra dois policiais aposentados complementando a renda não era um confronto justo. E isso nem sequer incluía o número de civis que estariam dentro.

Eles estavam planejando um massacre.

— Pronto para se vestir? — perguntou Gerald a Will.

Ele estava pronto para ligar o rastreador em seu coldre. Aqueles homens planejavam uma invasão em grande escala. Tinham que ser detidos.

Mas e a Sara?

Will encontrou o equipamento tático empilhado no chão. Armas haviam sido jogadas na grama. Típicas Glock 19 usadas por policiais, mas a de Will não estava entre elas. Nada parecia certo. Os carregadores pela metade. Alguns dos AR-15 cobertos de terra. Kits de conversão espalhados em pedaços. Alguém conhecia o suficiente para encomendar o equipamento, mas não se preocupara com instruí-los corretamente sobre o manuseio.

Dobie já prendia o capacete.

— O capuz primeiro — disse Will.

Dobie ficou vermelho. Tirou o capacete. Seus olhos acompanharam Will enquanto ele colocava o equipamento, da mesma forma como Will buscara orientação em Tessa durante a prece de Cathy.

O garoto estava tão acelerado que não conseguia ficar parado. Teria sido por isso que Dobie se juntara ao EPI? Ficar correndo de um lado para outro brincando de soldado era uma bela diversão. Mas o objetivo do treinamento era prepará-los para a coisa de verdade. Will sabia muito bem que Dobie não estava preparado para a coisa de verdade. Vendo os caras no prédio falso, ele não estava seguro de que se sairia melhor. Mas não era preciso habilidade ou mesmo sorte para matar muita gente, apenas o elemento surpresa e a disposição de apertar o gatilho.

Will apertou o cinturão. Verificou suas armas. Confirmou se os carregadores e as câmaras estavam com festins, porque não confiava naquelas pessoas. Tecnicamente ele deveria tirar a Sig-Sauer do coldre e esvaziar a câmara. Nos exercícios não era permitida munição real.

Mas nada daquilo era uma simulação para Will.

— Wolfe, você é a Equipe C — disse Gerald, apontando para a escada. — Esquerda.

Will ficara pensando por que os três homens haviam ido na mesma direção, deixando a retaguarda vulnerável a um ataque. Outro erro. Não se treinava uma equipe de cada vez. Era tudo ou nada.

— Cara, isso é legal, não é? — Dobie continuava pulando feito um viciado em anfetamina.

Tudo o que Will conseguia ver do rosto dele eram os olhos arregalados atrás dos óculos. Seu colete havia sido atingido pelo menos seis vezes com Simunition. Seu suspensor atlético parecia um Rorschach multicolorido. Ele deveria estar ansioso. Aquilo não era uma partida de paintball. Um dia eles iriam tomar aquele prédio na vida real. Provavelmente logo, se o contato de Faith no FBI estava certo sobre as conversas recentes.

Will puxou o capuz sobre o nariz, ajustou os óculos e disse a Dobie:

— Há uma diferença entre atirar em um pedaço de papelão e matar um ser humano.

— É-é-é — falou Dobie, a respiração sugando o capuz para a boca. — Saquei, irmão.

Will quis enfiar um pouco de bom-senso à força naquele merdinha. Em vez disso, mostrou a Dobie como segurar o fuzil.

— Coloque o dedo aqui, sobre a proteção do gatilho. Nunca, jamais toque no gatilho, a não ser que esteja pronto para matar alguém.

— Ele está certo, irmão — disse outro homem equipado que se juntara a eles, elevando a equipe a 16. Começou a dar ordens. — Alfa, pegue a abertura. Controlem o primeiro andar. Bravo e Charlie, vocês são a segunda onda. Subam a escada. Bravo, vá para a direita. Charlie pegará a esquerda. — Depois explicou a Will: — Você é Charlie. Vamos para os fundos. Vamos esperar o sinal. Dobie abrirá a porta. Vamos.

Eles não subiram a escada correndo. Todos ficaram fora do prédio falso. Will olhou para baixo. A grama fora desgastada por dezenas de homens de pé ali esperando para entrar. O batente tinha a largura de um conjunto de portas duplas.

Eles deveriam ter usado portas de verdade. Não dava para enxergar através das paredes em um prédio real. Não dava para ver por portas fechadas e localizar os bandidos. Os alvos de papel no meio da sala estavam cobertos de tinta. Eles provavelmente não os haviam mudado de lugar em nenhum exercício. Era preciso conhecer um conjunto básico de fatos antes de invadir um espaço público. Onde ficavam os móveis? Quais eram os obstáculos? Aproximadamente quantas pessoas havia dentro? Em qual direção elas correriam quando as balas começassem a voar? Quais eram as suas saídas? Qual era o alvo? Como manter sua equipe e você mesmo em segurança?

— Certo, irmãos. — Com um cronômetro na mão, Gerald gritou: — Vão.

Oito homens correram para dentro. Fuzis apontados, joelhos dobrados. Os dois alvos foram atingidos duas vezes. Os homens se dividiram em duplas, cobrindo as quatro paredes. Moveram-se silenciosa e discretamente, usando gestos, tocando na perna do outro para avançar ou parar. Portas falsas foram abertas. Gatilhos foram apertados. Tinta atingiu as árvores do lado de fora do prédio, carregadores foram trocados.

— Vão! — repetiu Gerald.

Os três homens na frente de Will avançaram. Dobie o seguiu. Will manteve o fuzil apontado para baixo. A adrenalina correu pelo seu corpo como fogo. Sua visão estreitou. Seu coração bateu forte. Ele se forçou a respirar.

Era por isso que se praticava. Por isso se vestia o equipamento, se escondia atrás de paredes e abria portas, porque seu corpo era burro e não sabia a diferença.

A equipe Bravo subiu a escada e girou no T. Charlie estava logo atrás. Will viu duas letras pintadas a spray no chão.

VG.

Will seguiu Dobie para o lado oposto. Correram pelo mezanino. Pararam diante de uma porta falsa. Havia outra letra pintada no compensado.

G.

Dobie olhou para Bravo. Recebeu o sinal. Fingiu abrir a porta.

Will manteve o fuzil abaixado. Dobie descarregou na abertura. Continuou apertando o gatilho até seu carregador estar vazio.

— Certo, é isso — disse Gerald. — Vinte e oito segundos.

A coisa toda tinha parecido dez minutos. O coração de Will queria sair pela boca. O calor estava fazendo mal a ele. Tirou o capacete, empurrou capuz e óculos para trás.

— Diga, irmão.

Will sentiu um toque no ombro.

— Por que você não atirou?

Will olhou para o homem. Ele também havia tirado seu equipamento.

Peso e altura medianos. Cabelos e olhos castanhos.

Apoiava o polegar na fivela do cinto, mas o braço estava dobrado em um ângulo estranho. Não estava apoiando a mão. Tentava reduzir o peso no ombro porque havia sido baleado dois dias antes.

E depois o mesmo homem sequestrara Sara.

Dash apertou mais o ombro de Will.

— Major Wolfe?

Will tinha que dizer alguma coisa. Não sairia daquilo resmungando e assentindo. Coçou a barba, invocando Jack Wolfe.

— Não toque no gatilho até estar pronto para matar — disse, e deu de ombros. — Não havia nada a matar.

— Ah — disse Dash. — Seguindo seu próprio conselho.

— Treinamento — Will conseguiu dizer. Toda a sua energia estava sendo usada para estudar o rosto de Dash em busca de sinais de reconhecimento. — Se for para atirar, tem que ser para matar.

— Por que não dá uma volta comigo? Estamos planejando uma pequena celebração. Aposto que um sujeito grande feito você gosta de um filé mal passado.

O estômago de Will se fechou como um punho. Ele deveria ligar o rastreador. Dash estava ali. Todo o plano iria desmoronar sem ele.

Mas e a Sara?

— Vamos lá — falou Dash, descendo a escada. Os homens abriram espaço para ele, que disse a Gerald: — Treine a Equipe Um novamente. Eu os quero em menos de dez segundos antes de pararmos.

— Sim, senhor — disse Gerald, com uma continência seca. Os homens da área de operações colocavam capuzes e capacetes. Mais dezesseis homens. Glocks e fuzis prontos.

— Eu nunca antes estive na segunda equipe — disse Will.

Dash riu.

— Bom para você, irmão. A primeira onda sempre tem o maior número de baixas. Os generais os chamam de bucha de canhão.

Disse isso na frente dos seus homens. Eles pareceram não se importar com o desdém por suas vidas. Na verdade pareceram extrair energia disso.

— Vamos fazer mais um exercício depois da celebração — revelou Dash.

— Celebração?

— Nós vamos amanhã. Temos uma Mensagem a transmitir. Não pode esperar mais um dia.

Will sentiu como se tachinhas se revirassem nas entranhas.

— Não se preocupe, Wolfe. Com um exercício eu posso dizer que você sabe o que está fazendo.

Dash jogou seu equipamento na pilha. Não se preocupou em retirar a Simunition. A peça de plástico azul era como um farol dentro do coldre.

Will reconheceu a coronha de sua Glock 19. Dash pegara sua arma no carro de Sara. Ele a usara para matar duas pessoas e provavelmente ameaçar Sara. Não importava o que acontecesse depois, Will ia pegar sua arma de volta e enfiá-la na garganta de Dash.

— Nós treinamos mais de mil horas para esta missão — contou Dash.

Will assentiu, como se o número não fosse idiota. A Equipe Seis dos Seal só tivera alguns dias de treinamento antes de atacar o complexo de Bin Laden.

— Nós construímos algo aqui — continuou ele. — Nossa comunidade é jovem, mas somos motivados. Haverá alguns sacrifícios, algumas baixas, mas a Mensagem é mais importante que qualquer homem. Você verá isso quando conhecer o resto do grupo. Quero que se sente com a minha família. Que nos conheça. Entenderá pelo que estamos lutando.

Will duvidou de que Dash fosse se sacrificar. Megalomaníacos falavam muito, mas sempre saíam sem um arranhão. As maiores baixas seriam todos os *irmãos* que achavam que correr por aí em traje de combate preto era o mesmo que estar pronto para a guerra.

— Muitos jovens aqui — comentou Will.

— Eles de fato são. Por isso precisamos de soldados fortes e experientes para treiná-los. Talvez você pudesse ser um desses soldados, Major Wolfe.

Will deu de ombros, sem se comprometer. Eles estavam indo para o bosque. Ele notou dois caras mais velhos com fuzis. Havia uma plataforma erguida em uma das árvores. Um homem grisalho se apoiava na balaustrada. Seu AR-15 pendia do ombro.

A Sig Sauer podia abater um deles antes que Will fosse baleado. Se estivessem usando a mesma munição encamisada da área de operações a bala atravessaria o peito de Will como água e penetraria a cabeça de Dash.

— Por aqui, Major — disse Dash, conduzindo-o para uma trilha.

Dobie os seguia como um cachorrinho. As equipes B e C estavam um pouco atrás.

— Acho que gostará daqui — afirmou Dash, andando ao lado de Will, embora a trilha fosse estreita. — Gerald me contou que você é amigo de Beau.

— É, mas eu não... — disse Will, simulando enfiar uma agulha no braço... — Não é a minha.

— Qual *é* a sua, irmão?

Will deu de ombros. Não tinha como facilitar aquilo.

— Um quarto de milhão de dólares é muito dinheiro — disse Dash.

Will sentia Dash analisando seu rosto.

— É.

— O que vai fazer com isso, Major Wolfe?

A pergunta não era tão simples quanto Dash fizera parecer. Will pensou em uma resposta. Aquele não era o momento para Jack Wolfe fazer um discurso racista ou atacar o governo por abandoná-lo.

— Acho que vou para algum lugar assim. Só eu e mais ninguém.

— Não levaria uma mulher com você?

Ele balançou a cabeça. Olhou para Dobie, que prestava atenção.

— Não gosto de complicação.

Dash assentiu, mas Will não sabia se tinha dado a resposta certa. Não importava. Não havia como voltar atrás. Eles tinham chegado a uma clareira. Pequenas cabanas na fileira de árvores. Mulheres cozinhando em fogueiras, enchendo tigelas e pratos. Oito no total. Três caras velhos em plataformas nas árvores. Mais três no chão. Doze mulheres mais jovens às mesas de piquenique, colocando talheres e pratos. Crianças correndo, girando em círculo, gritando, rindo. Eram muitas para que Will contasse.

— Gosta de crianças? — perguntou Dash.

Will sentiu sua respiração entalada no peito. Se havia crianças ali, talvez Sara estivesse perto. Mas havia tantas. Will não podia começar a atirar com crianças ali. Algumas mal tinham idade para andar.

— Major Wolfe?

Will se deu conta de que encarava as meninas. E então se deu conta de que um homem como Dash não acharia isso perturbador.

— Elas são bonitas. As lourinhas.

Dash deu um risinho.

— Minhas garotas amam o papai.

Will engoliu a repulsa.

— Quantas são suas?

Dash olhou Will nos olhos.

— Cada uma delas pertence a mim.

Ele disse isso como um aviso. Will lutou para não cerrar os punhos. Virou-se lentamente, olhando para Dobie. O garoto enfiara um pedaço de capim na boca. Espantou uma mosca.

— Ele está sendo treinado por alguém? — perguntou Will.

Dash sorriu, como se finalmente tivesse entendido o major Wolfe.

— Pode ficar com ele, caso queira.

— Claro — respondeu Will, anuindo.

Dobie tentou pegar a mosca com a mão.

Dash o chamou.

— Dobie, irmão, fique de olho no major Wolfe para mim — disse, e deu um tapinha no ombro de Will. — Encontro você depois da celebração, meu amigo. É quando o trabalho de verdade começa.

Will concordou com a cabeça. Enfiou as mãos no fundo dos bolsos enquanto Dash ia na direção das crianças. Elas correram para ele gritando *Papai! Papai! Papai!*

Will cuspiu a bile que enchera sua boca. Dash não estava de fato treinando aqueles soldados de brinquedo. Ele não tinha nenhum plano além de matar um monte de gente. Se Will tivesse que adivinhar, diria que o único *irmão* que treinara para sair vivo daquele prédio era o pedófilo racista que os liderava para dentro. Aquela era uma missão suicida, sem tirar nem pôr.

Pensou no rastreador de GPS. Estava ficando sem tempo para encontrar Sara. Esperaria mais quinze minutos. Mais que isso, e ele não seria o tipo de homem para quem Sara iria querer voltar.

— Viu aquelas balas, cara? — perguntou Dobie, perto do cotovelo de Will. — Eles as cobriram de salmoura de porco para o caso de acertarmos um muçulmano.

Will não conseguia pensar em ideia mais asinina. Sal corroía metal. Armas eram feitas de metal. Aquelas pessoas certamente gostavam de travar seus equipamentos.

— Dash disse alguma coisa, irmão? — perguntou Dobie. — Contou o que vamos fazer? Ninguém sabe. Ele está sempre falando sobre a Mensagem, e temos treinado, mas...

— Cale a boca.

Will analisou a clareira. Até o momento contara quarenta homens, 41 se incluísse Dobie. As oito cozinheiras eram mais velhas, mas as doze mulheres às mesas tinham vinte e poucos anos. Mesmo naqueles bizarros vestidos de noiva Will percebia que eram atraentes. Isso explicava o que mantinha Dobie e seus Três Amigos ali.

— Vamos lá, irmão — suplicou Dobie. — Nós agora somos uma equipe. Diga o que Dash falou.

Will viu um prédio comprido e baixo do outro lado da clareira. Havia uma pia e um chuveiro perto dos degraus de entrada. As janelas eram cobertas de papel branco.

Will viu a porta se abrir.

— Encontre um Gatorade para nós.

— Dash me mandou ficar de olho em você.

Uma mulher saiu. Alta, esguia. Vestido branco. Cachecol branco na cabeça;

Dobie começou a falar, mas Will enfiou a mão em seu rosto e o empurrou para trás.

A mulher se sentou nos degraus. Estava calçando sapatos.

Will prendeu a respiração.

— Porra, cara. Por que fez isso? — choramingou Dobie.

A mulher ergueu o olhar para o céu. Sua pele clara já estava queimada de sol.

Will não conseguiu se lembrar de como soltar o ar. Seus pulmões começaram a travar.

— Cara, que porra deu em você?

A mulher limpou o rosto com a barra do vestido. Tirou o cachecol. Seus compridos cabelos louro-avermelhados caíram sobre os ombros.

Sara.

CAPÍTULO DEZESSETE

Terça-feira, 6 de agosto, 17h32

SARA DOBROU SEU CACHECOL improvisado em um perfeito quadrado. Tinha enrolado um dos guardanapos de pano na cabeça esperando que isso impedisse seus cabelos de cachear enquanto secavam. Queria enfiar o rosto no tecido e chorar — por Michelle, por Tommy e por todas as outras coisas medonhas que havia testemunhado —, mas lhe faltava disposição de invocar qualquer emoção que não desamparo.

Nenhuma das crianças estava melhorando. Joy não conseguia ficar acordada. Mais três adultos haviam aparecido no galpão se queixando de náusea, fadiga e problemas respiratórios. Benjamin tinha um quadro de estupor. A disenteria de Lance passara, mas ele falava arrastado e se queixava de visão dupla. A variedade de sintomas podia indicar qualquer coisa, de uma doença transmitida por insetos a Guillain-Barré, passando por glaucoma e psicose em massa.

Nada do que Sara tentara funcionava. Os medicamentos deviam ser ruins. Os vários antibióticos e profiláticos estavam identificados equivocadamente, eram placebo ou veneno.

Veneno.

Será que Gwen era uma espécie de anjo da morte?

Ao longo de sua carreira na medicina, Sara ouvira falar muito sobre apressar a morte de um paciente terminal. Querer acabar com o sofrimento de uma pessoa era um desejo natural. Sara nunca vira alguém seguir esse impulso, independentemente de quão grave fosse a situação. As crianças no galpão estavam doentes, mas havia tratamentos, medicamentos que podiam ajudá-las a se recuperar. Dois dias antes, Sara havia suposto que Adriel seria protegida pela mãe. No momento, ela sabia que Gwen podia matar se fosse para benefício dela ou de Dash. A mulher partilhava a cama com um assassino em massa. Tivera filhos dele por medo e intimidação. Só Deus sabia do que mais ela era capaz.

Sara olhou a clareira. Mulheres andavam apressadas de um lado para outro, cuidando dos preparativos da festa, mantendo-se fora do caminho de Gwen para não despertar sua ira. A noite seria para celebrar a preparação da *Mensagem*. Se Dash conseguisse, tudo mudaria amanhã. Sara deveria ser a sua *Testemunha*. Ela estremeceu ao pensar no que isso significava. Ele previra incontáveis mortes. Ela estava a metros da estufa, mas entrar lá não impediria o que ia acontecer. Apenas desgraçaria Sara com a noção do que estava por vir.

Ela nunca se sentira tão sozinha naquela montanha esquecida por Deus.

Sara se forçou a levantar. Desceu os degraus, atravessou a clareira gramada. Perdeu a conta dos novos rostos, as jovens arrumando as mesas, os garotinhos que tinham se juntado ao bando de menininhas de Dash. Os homens armados permaneciam de guarda. O zumbido do gerador parara algumas horas antes. Ela continuava a ouvir estalos altos do outro lado da colina. Imaginou que o volume de tiros significava que Dash acelerara os treinamentos.

O cérebro de Sara desistira de letras de música e as substituíra por um mantra.

Caixa preta, a estufa, a Mensagem, amanhã.

Ela repassava sua teoria do agente biológico. Havia se concentrado demais na parte da doença infecciosa a cargo de Michelle. O Setor de Química Clínica do CCD é o laboratório referência mundial para certos males. Seu Programa Nacional de Biomonitoramento mede o nível de exposição a toxinas como antraz, *botulinum*, coqueluche e aflatoxinas. Para traduzir essas informações em tratamentos práticos Michelle precisaria de um conhecimento profundo de química.

Sara estudara química como parte do preparatório para medicina. Sabia que térmite era feito de alumínio e óxido de ferro. Ácidos naftênicos e palmíticos se combinavam para produzir napalm. Fosforite aquecido em contato com carbono e sílica criava fósforo branco, um sólido ceroso tão volátil que precisava ser guardado sob a água para impedir combustão espontânea.

Qualquer uma dessas substâncias podia ser sintetizada em um laboratório comercial. Ou em uma estufa com um laboratório comercial dentro. Com a operação certa, era possível inserir uma munição incendiária em qualquer coisa, de uma granada de mão a um míssil, passando por uma *caixa preta*. A explosão resultante seria catastrófica, especialmente em uma área densamente habitada. O fósforo poda perfurar pele e órgãos. Jogar água em térmite criava uma explosão de vapor, arremessando fragmentos quentes em todas as direções. Napalm podia causar uma gama de males, de queimaduras subcutâneas a morte por asfixia.

Se Dash estava planejando detonar a caixa preta dentro de um prédio como a estrutura do treinamento, centenas, se não milhares de pessoas, poderiam ser assassinadas.

— Como ela está? — perguntou Gwen, as mãos esfoladas no avental. Estava de pé junto a uma mesa com vários batedores de sorvete. Ela os operava à mão. — Adriel. Ela está melhor?

Sara deu de ombros e balançou a cabeça, transmitindo exatamente seus sentimentos.

— Por quê? Você não vai fazer nada para ajudá-la.

Gwen começou a girar um dos batedores. Pedaços de sal de pedra caíram na mesa. O ar foi tomado por cheiro de baunilha fresca. Sara só conseguia pensar que cianeto tinha um odor semelhante quando processado pelo corpo.

— Boa noite, senhoras — disse Dash, sorrindo e esforçando-se para caminhar.

Tinha uma criança agarrada a cada perna. Esther e Grace riam como macacos.

— Tudo bem, dra. Earnshaw?

Sara anuiu. Não falara com ele desde que o mandara se foder. Imaginava que, como a maioria dos psicopatas, ele lidava mal com confrontos.

— Diga-me, como estão os seus pacientes? — perguntou ele.

— Não estou contente com a evolução. Tem certeza de que os medicamentos...

Grace soltou um guincho. A mãe enchera dois pequenos copos de papel com sorvete.

— Divida com suas irmãs — disse Gwen.

As garotas saíram correndo, gritando de felicidade.

— Não sou especialista em medicina, dra. Earnshaw, mas não é verdade que crianças pequenas com frequência ficam doentes sem motivo? — indagou Dash.

Sara ficou incomodada com todas as partes da pergunta.

— Como especialista médica, posso lhe afirmar que os sintomas não são sequelas de uma infecção por sarampo.

— Hum. — Ele fingiu pensar, enquanto ela se deleitava ao ver que ele não fazia ideia do que *sequelas* significava.

— Você provavelmente deveria dizer algo antes de começarmos — disse Gwen.

Dash sorriu para a esposa. Virou-se para Sara.

— Se não se importa, dra. Earnshaw, gostaria que desse uma volta comigo.

Ele não a conduziu para a área de piquenique. Em vez disso, indicou o caminho de volta à sua cabana-prisão. Se achava que confiná-la era uma punição, estava errado.

— Está uma tarde adorável — falou Dash. — Acho que estamos conseguindo um alívio desse calor.

Sara não respondeu. A arma no coldre dele parecia diferente. Ela reconheceu o deslizador azul que adaptava a arma para Simunition.

— Lamento ter que levantar essa questão, mas aparentemente você aborreceu a minha esposa.

Sara mordeu o lábio. Ele nunca a censurara antes.

— Eu realmente não posso ter discórdia no acampamento. Especialmente hoje à noite. O que faremos amanhã é importante demais.

Sara se virou para ele.

Ela viu que ele não tinha intenção de recuar. Um lado do seu sorriso estava mais alto que outro. Aquilo não era a máscara caindo. Era uma alegre antecipação de crueldade.

— Eu esperava que, considerando que perdemos a ajuda de Michelle tão cedo, você pudesse assumir o papel dela como nossa Testemunha.

Sara inicialmente desviou o olhar, censurando-se por brincar de roleta russa. Ela era uma refém. Ele era um assassino. Ela tinha visto o homem atirar em dois homens. Sabia que ele detonara aquelas bombas em Emory. Ele planejava algo ainda mais medonho. Confrontá-lo, provocá-lo era o caminho mais rápido para a sua morte.

— Gwen diz que eu lhe dei liberdade demais.

Sara o viu sacar a arma do coldre. O deslizador azul se destacou acima do coldre. Ele não tinha ideia de que Sara sabia que a munição não era letal. Estava gostando de brincar com ela.

— Você está certo — disse ela, tentando acalmá-lo. A arma de Dash não era uma ameaça, mas havia três dúzias de homens na clareira que carregavam a coisa real. — Estou frustrada por causa das crianças. Não deveria ter falado com Gwen daquele modo. Nem com você.

— Não é por mim que estou fazendo isto — disse Dash, sem apontar a arma para ela, apenas sentindo seu peso na mão. — Cá entre nós, não é com frequência que encontro um par intelectual. Talvez eu tenha me permitido desfrutar demais de esgrimir com você.

— Eu...

Ele apontou a arma para a barriga dela.

— Vamos terminar isto perto do rio.

— Espere.

Os olhos de Sara analisaram, desesperadamente, tudo atrás dele, como se alguém pudesse ajudar. As garotas estavam sentadas à mesa de piquenique. Cercadas por homens vestidos de preto. Rostos jovens, velhos. Todos barbeados, com exceção de um.

Os olhos de Sara se encheram de lágrimas. Ela engasgou.

— Dra. Earnshaw?

Ela tapou a boca.

Will?

De pé junto à mesa de piquenique. Rindo com as meninas.

Era mesmo ele?

— Doutora... — disse Dash.

— Eu lamento! Por favor, eu lamento muito — disse, juntando as mãos trêmulas, suplicando. — Por favor, me perdoe. Eu lamento. Por favor. — Ela não conseguia parar de suplicar. Será que Will a tinha visto? Ele nem mesmo estava olhando para aquele lado. — Eu vou melhorar. Prometo. Por favor. Apenas me deixe... Você disse que eu sou sua Testemunha. Deixe... Eu direi a eles que vocês... Que vocês são uma comunidade. Uma família.

Dash apertou os olhos. A reação dela demorara demais.

— Por favor — pediu Sara, as mãos tremendo tanto que ela não conseguia mantê-las juntas. Will se virara de costas. Ela via seus ombros largos. — Dash, por favor. Eu lamento muito. Por favor, não... Não me machuque. Por favor, eu não... Eu não quero ser machucada. Por favor.

— O que é isso? Você acha que eu vou estuprá-la?

— Não... — falou. Estava tão desesperada que quase gritou. — Não, claro que não. Eu...

— Eu lhe garanti que você não seria molestada.

— Eu sei que disse, mas... — Um soluço saiu de sua boca. Olhou para Will, implorando que ele se virasse. — Por favor. Eu vi a arma e pensei...

— Nós seguimos as regras da Convenção de Genebra — disse Dash, agitando a arma. — Eu lhe disse. Não somos animais. Somos soldados.

— Eu sei. Eu sei. Eu só... Lamento. Eu não deveria ter dito... Estou chateada por causa das crianças. Elas estão muito doentes. E Michelle...

Vire-vire-vire...

— Dra. Earnshaw, eu sou um homem casado.

— Eu sei — disse Sara, desistindo de tentar enxugar as lágrimas. — Eu sei. Eu já deveria saber quem você é a essa altura. Entendo que você nunca... Que você é um homem honesto. Você sempre cumpre sua palavra.

— Cumpro.

— Dash, eu lamento muito. Eu só... Eu vi a arma e entrei em pânico, porque meu... Meu marido foi morto por uma arma como essa.

Ela não tinha ideia de onde saíra a mentira, mas Dash pareceu gostar.

— Baleado por um mestiço imundo, sem dúvida.

— Eu tenho medo de armas. Fico aterrorizada. E estão por toda parte. E eu tenho muito medo. O tempo todo. Eu lamento não...

Dash deu um suspiro longo. Devolveu a arma ao coldre lentamente. Apertou o fecho de velcro para reforçar a mensagem.

— É meu maior desejo, dra. Earnshaw, garantir, através do que faremos amanhã, que boas mulheres brancas como você não sintam mais medo — disse, e levou a mão a um dos ombros. — Assim que o mundo for expurgado dos mestiços e seus facilitadores, estaremos livres do tipo de crime que roubou seu marido de você. Os policiais estarão novamente seguros nas ruas. A lei e a ordem serão restauradas. Você será a última viúva do seu tipo.

Sara anuiu. Não conseguiu mais que isso. Tremia descontroladamente. Seu olhar voltou-se para o chão. Lágrimas escorreram pelo nariz e formaram uma poça na terra.

Dash deu um tapinha no seu ombro.

— Recomponha-se, doutora. Não queremos que as crianças a vejam assim.

Sara batia os dentes enquanto o seguia de volta à clareira. Mal conseguia levantar os pés. Cada nervo estava exposto. Depois de não sentir as coisas por tanto tempo, não conseguia deixar de sentir tudo. Continuou admirando o chão porque tinha medo de desabar caso visse Will.

À mesa de piquenique, Gwen dava um sermão sobre bons modos nas meninas. Sara permitiu que o olhar passasse sobre o rosto de Will. Os cabelos dele estavam emaranhados de suor. Tinha olheiras. A barba estava toda torta, um aspecto repulsivo.

Ela de repente ficou tonta. A lembrança sensorial do homem que a estuprara tomou conta de seu corpo. *A barba áspera que cheirava a cigarro e comida frita. A pele pálida e pegajosa roçando na dela.*

344

Sentiu bile na boca. Engoliu, os olhos ardendo.

— Sente-se, dra. Earnshaw — disse Dash, desdobrando o guardanapo de pano e o colocando no colo. — Major Wolfe, esta é nossa pediatra residente. Estamos com algumas crianças doentes. Felizmente, a maioria das minhas meninas resistiu à tempestade.

Will grunhiu. Estava olhando para seu filé.

Sara ocupou seu lugar habitual ao lado de Grace. Will estava do outro lado da mesa, na extremidade oposta. Havia um adolescente ao lado dele, braços cruzados, coluna reta, imitando a postura de Will.

Ela cravou as unhas nas palmas das mãos. Lutou para retornar à realidade. Era apenas uma barba feia. Sara não estava presa a uma cabine de banheiro. Will nunca a machucaria. Ela amava aquele homem. Ele a amava. Ele estava ali por causa de Sara. Para salvá-la.

Ela observou a clareira. Os guardas na mata. Os fuzis, Glocks, facas de caça e as crianças.

Como ele podia salvá-la?

— O major Wolfe serviu na força de paraquedistas com nosso amigo Beau.

As mãos de Sara ainda tremiam. Ela se concentrou na comida. Tinha queijo e biscoitos novamente. Havia uma maçã ao lado do prato. As outras mulheres tinham tigelas de cozido. Os homens, filés e batatas, garrafas de água e Gatorade amarelo.

— Ficamos com alguns soldados a menos depois de nossa última incursão. Acredito que o major será de grande ajuda para transmitirmos a Mensagem.

Sara não podia continuar a ignorar Will. Ela se obrigou a olhar para ele — a realmente vê-lo.

Ele estava cortando o filé. Sangue escorria do meio. Sara reconheceu o nojo dele. Will preferia sua carne transformada em borracha. Ela o levara a uma das melhores casas de carne de Atlanta no seu aniversário e o vira colocar ketchup em um Wagyu New York Strip de 90 dólares.

Ela recuperou o fôlego de repente. Ficou tonta com a dose repentina de oxigênio.

Era a essa lembrança que ela precisava se aferrar. A primeira vez em que usara o vestido preto preferido de Will fora nesse jantar. Ela lera o cardápio para ele em uma voz sensual. Escondera dele os preços, porque ele teria automaticamente calculado quantos T-bones poderia consumir na Waffle House pela mesma quantia.

— Dra. Earnshaw?

Dash estava atento demais às emoções dela. Ela tinha que parar aquela montanha-russa emocional.

— Desculpe-me.

Sara partiu uma ponta do queijo. Enfiou-a na boca. Não conseguia fazer nada para conter as lágrimas que formavam uma cascata em seu rosto. Fizera Will provar seu scotch no restaurante. Ele quase botara um pulmão para fora. Passaram a noite inteira de mãos dadas, transaram no carro que nem adolescentes.

— Papai, posso perguntar ao major Wolfe se ele é casado? — pediu Grace.

— Acho que você acabou de fazer isso, docinho — respondeu Dash, sorrindo.

Grace pulou de empolgação.

— Major Wolfe, você é casado?

Will mastigou o filé do mesmo modo como os galgos ingleses de Sara mastigavam o remédio amargo de vermes que ela lhes dava. Engoliu fazendo barulho.

— Não.

Grace murchou como um balão.

— Eu, ahn... — disse Will, engolindo novamente. — Eu já fui a um casamento.

Sara sabia que Will mal fora ao próprio casamento. A merda toda fora baseada em um desafio.

— Eles serviram muffins frescos.

— Ah — reagiu Grace, intrigada. — Que tipo de muffins?

— Chocolate chip. Oreo. Cranberry. Blueberry. Snorkelberry — enumerou Will, coçando sua barba hedionda. As garotas não sabiam se ele falava sério ou não. — Soube dos dois muffins que estavam assando em um forno?

Grace estava tão empolgada que só conseguiu balançar a cabeça.

— Um muffin olha ao redor do forno e diz "Uau, está mesmo quente aqui" — contou Will, depois limpou a boca, criando suspense. — E o outro muffin começa a gritar: "Socorro! Um muffin falante!"

As garotas não estavam acostumadas a piadas. Houve uma breve pausa antes que elas caíssem na gargalhada. Mesmo Gwen sorriu. Grace riu tanto que Sara teve que segurá-la para que não caísse para trás do banco.

Dash começou a tamborilar os dedos na mesa. A risada parou de repente. Sara pensou nos garotos pré-adolescentes que Dash mandara embora.

Ele não queria concorrência.

— Não sabia que você era engraçado, major Wolfe — disse Dash.

Sara tentou quebrar a tensão.

346

— Grace, eu lhe contei sobre...

— Dobie — interrompeu Dash. — Poderia escoltar a dra. Earnshaw até sua cabana? Temo que Lance ainda esteja indisposto. E major Wolfe, faça companhia a ele. Pode treinar com a equipe mais tarde. E é melhor no escuro. Mandarei alguém buscá-lo quando estivermos prontos para você.

Sara sentiu uma onda de calor percorrer seu corpo. Will a levando para a cabana. Aquele garoto idiota por perto. Will podia apagá-lo facilmente. Eles podiam correr, mas para onde? Will devia ter um plano. Sempre tinha. Apertou as mãos sob a mesa para mantê-las paradas.

Dobie se levantou. Sentou-se novamente ao perceber que Will não se juntara a ele.

Sara se sentiu desconfortável. O que ele estava fazendo? Aquela era a chance deles. Podiam correr para a mata e...

Ser baleados pelos homens nas plataformas de caça. Ou pelos guardas na floresta. Ou Will podia devolver fogo e acabar matando uma das crianças.

As lágrimas de Sara começaram a correr sem parar novamente.

Will girou o Gatorade na garrafa e bebeu o resto. Ao lado dele, Dobie fez o mesmo. A garganta trabalhou como a de uma cegonha. Will finalmente se levantou. Sua pequena sombra o seguiu contornando a mesa.

Will agarrou o braço de Sara.

Ela gritou, embora ele não a tivesse machucado.

— Gentilmente, major Wolfe — disse Dash. — A dra. Earnshaw é uma parte muito importante da Mensagem — lembrou, assentindo para Dobie. — Fique de olho.

Sara se levantou. Sentiu como se seus joelhos fossem fraquejar. Caminhou à frente deles, cruzando a clareira, tomando a trilha. O tempo todo pensava em caminhar até sua BMW dois dias antes, o medo que crescera em seu peito enquanto se dava conta de que seria levada.

E agora? E agora?

Os passos de Will eram firmes atrás dela. Dobie se arrastava em um ritmo mais lento. Sara quis se virar. Parar o mundo e deixar que Will a abraçasse só por alguns segundos.

Eles estavam na cabana. Sara pisou no tronco. A mão de Will estava nas suas costas. Ele mal a tocou, mas seu corpo estremeceu só de pensar nele.

A porta se fechou atrás dela.

— Cara, acho que estamos sendo punidos — disse Dobie, a voz próxima enquanto se atrapalhava com o cadeado.

Sara quis chorar. Apenas Dash tinha a chave.

— Eu queria sorvete — disse Dobie.

— Pode ir e pegar um pouco.

— Que merda, não, irmão. Dash acaba comigo — disse, depois deu um enorme bocejo. — Porra, estou cansado.

— Adrenalina — disse Will, sentando-se no tronco do lado de fora. A voz dele estava diferente, mais grave, rouca. — Vá em frente e se acomode. Nós vamos passar um tempo aqui.

Sara se deitou de barriga. Olhou por baixo da porta. Conseguiu ver Will. A fresta era larga o suficiente para que passasse a mão por baixo. Ela poderia tocar nele. Seu coração se agitou de desejo, medo e pânico. O garoto poderia ver. Será que podia arriscar? Ela podia apenas correr os dedos pelas costas dele para se equilibrar novamente.

Não podia?

Dobie bocejou.

— O que eu acho é... — disse, mas outro bocejo cortou seu raciocínio.

— Amanhã é um grande dia — disse Will.

— É, a Mensagem. Qualquer que seja — respondeu Dobie, batendo a cabeça em um ritmo na porta. O cadeado chacoalhou. — Dash lhe contou o que vamos fazer?

Will devia ter balançado a cabeça.

— Você sabe?

Dobie também devia ter balançado a cabeça. O chacoalhar parou.

— Tenho que admitir que estou com um pouco de medo, cara — disse Will. — Não é fácil fazer algo assim. Pessoas vão morrer. Eu contei umas dez mil cápsulas na área de operações. Três dúzias de AR-15. Quarenta homens, cinco vans pretas. Duas equipes treinando para tomar um saguão de hotel, mesquita, shopping ou sei lá o quê.

Sara sentiu algo se ligar no seu cérebro. Ele estava lhe contando o que tinha visto.

— Bravo vai em uma direção. Charlie vai em outra. Nós somos Charlie, certo? Somos seis, todos na Equipe Dois. Mas e quanto aos 32 caras na Equipe Um? O que eles vão fazer antes de nós chegarmos lá? E fico pensando, por que ter o trabalho de cobrir as balas com salmoura de porco. Morto é morto, certo? E quanto às caixas que nós trocamos no depósito?

Caixas pretas?

— Por que substituir um monte de caixas por outras exatamente iguais? Havia pelo menos 24. Papelão marrom com notas de envio, 75 centímetros de lado. As que nós roubamos estão naquele depósito metálico do outro lado do prédio falso. O que aconteceu com as que deixamos no depósito?

— Não sei — respondeu Dobie com uma voz fraca, como se estivesse pegando no sono.

— Estamos fazendo esses exercícios — continuou Will. — Subir as escadas, separação no alto. Há um *VG* pintado a spray de um lado. Um *G* no outro. O que isso significa? O *VG* está perto do alto da escada, mas o *G* está do outro lado do mezanino.

Dobie estalou os lábios.

— Isso é maluquice. Certo, irmão? — insistiu Will.

Dobie não respondeu. Estava respirando fundo. Sara olhou por baixo da porta, mas só conseguiu ver os ombros estreitos dele.

Ouviu Will estalar os dedos. O som era como o de um ramo se partindo.

— Dobie? Ei, garoto?

Sara viu Will levantá-lo feito uma criança. Deu as cotas a ela. Foi para a mata. Ele desapareceu em partes para Sara: as pernas, depois os ombros, então o alto da cabeça. Sara esperou. E esperou. Ficou de joelhos, colou a palma da mão na porta.

O que ele estava fazendo? Estava indo embora? Será que ia voltar?

— Sara? — chamou Will, enfiando a mão pela fresta da porta. Agitou os dedos, procurando por ela. — Sara? Você está aí?

Ela estava perturbada. Só conseguiu se curvar e colar os lábios na palma da bela mão dele.

— Sara, você está bem? — perguntou ele, a voz tensa.

Ela soluçou silenciosamente, rosto apoiado na palma da mão. Os dedos dele a seguraram. Todo o desejo dos dois dias anteriores explodiu dentro dela.

Eu amo você. Preciso de você. Senti muito a sua falta. Por favor, não me deixe.

— Eu estou aqui. — Ele pigarreou. Fungou. — Estou aqui.

Sara chorou mais, porque sabia que ele estava tentando não fazer isso.

— Amor. — A voz dele animava a palavra. Pigarreou novamente. — Esse... seu vestido é novo?

Sara riu em meio às lágrimas.

— Destacou o vermelho da sua pele.

Ela riu novamente. Com as duas mãos segurou a dele.

— Eu mesma fiz.

— Mesmo? — retrucou, alívio na voz. — Não dá para dizer. É tão... Tão bonito.

Sara apoiou a testa na porta. Fechou os olhos, ignorando a peça de madeira que os separava. Sua cabeça no ombro dele. Seus braços em sua cintura.

— O que aconteceu com Dobie? Ele pode nos ouvir?

— Bem, ahn, é uma história engraçada. — Will fez uma pausa. — Eu tenho tomado uns comprimidos que Amanda me deu. Acho que é Percocet.

— O quê? — reagiu Sara, o choque superando sua preocupação.

Ele nunca tomava nada para dor. Só fazia caretas e rosnava até ela querer estrangulá-lo.

— Amanda me disse que era aspirina, mas me dei conta de que era a mesma coisa que ela tinha dado a Beau quando fomos ao parque. — Ele pulou os detalhes. — Seja como for, eles foram esmagados na bolsa porque estava quente demais, mas acho que coloquei uns dois e meio no Gatorade de Dobie. Eu o matei?

— Eu não... Não.

Sara balançou a cabeça, frustrada. Por que ele estava contando uma história idiota sobre Dobie, cacete?

Sentiu um peso no coração.

Will estava falando sobre Dobie porque não havia mais nada sobre o que falar.

Ele não tinha plano. Pelo menos não para tirar Sara daquele inferno na Terra. Ele vira a estrutura. Havia algo novo sobre caixas de papelão. Dez mil cápsulas de munição cobertas de salmoura. Quarenta homens armados. Tudo para um ataque que iria acontecer em algum lugar — qualquer lugar — amanhã.

— Eu tenho um rastreador no meu coldre. Tentei ligar, mas acho que a bateria acabou. Ou talvez estejamos muito alto na montanha. Não tem sinal para o satélite. Ele funciona sem depender de redes de celular.

Sara se apoiou na porta. Trançou os dedos com ele.

Ele segurou sua mão.

— Eu poderia atirar em muitas pessoas, mas...

— As crianças.

Sara sabia que havia mais que isso. A única forma de Will deter Dash era continuar fingindo ser o major Wolfe para que ele o levasse na missão.

Cada grama do seu ser ansiava por estar longe dali, mas Sara disse a Will:

— Dash quer que eu seja a sua Testemunha, seja lá o que isso signifique. Ele prometeu que eu seria libertada amanhã.

Will ficou calado, mas ela sentiu o ceticismo dele atravessar a porta. Sara respirou fundo.

— Eu estou bem aqui. Ele não está me machucando. Ninguém está me machucando. E há as crianças; elas estão muito doentes, Will. Achei que era sarampo; bem, *era* sarampo, mas agora é outra coisa. Não sei o que há de errado com elas. As pessoas estão ficando doentes e eu preciso permanecer aqui e cuidar delas. Michelle estava trabalhando em algo em uma estufa. Fica...

— Do outro lado da trilha — concluiu Will por ela. — Eu vi. A barraca térmica. Há dois guardas do lado de fora. Um nas árvores. Não sei quem mais está lá. Não posso entrar agora. Talvez mais tarde, mas não sei.

Sara sentiu-se afundar no desespero.

— Michelle escreveu uma mensagem na mão. Eu a encontrei quando... Eu encontrei o corpo dela — disse, e mordeu o lábio para que a dor a impedisse de chorar. — Ela escreveu as palavras "caixa preta".

— Caixa preta. Como a de avião?

— Não sei. Poderia ser uma bomba. Poderia ser um agente biológico. Will, você tem de impedi-los. Não pode se preocupar comigo. Isto é maior que uma pessoa. Você deve ter visto o que eles fizeram em Emory. Eu conheço Dash. Ele está planejando um evento ainda mais espetacular. Essa é a Mensagem. Ele vai assassinar centenas, talvez milhares de pessoas.

Will não reagiu. Ela sabia que ele já havia pensado naquilo, verificado os pontos fracos, buscado possibilidades. Não havia como sair daquilo, a não ser seguindo em frente. Ele não estava se preocupando com o risco que iria correr no dia seguinte. Estava sofrendo com a ideia de deixar Sara.

— Está tudo bem — disse ela. Não conseguia ser forte por si mesma, mas tinha que ser forte por ele. — Amor, eu vou ficar bem.

Will deu um suspiro entrecortado.

— Meu amor. — Sara ficou com um nó na garganta. — Eu vou ficar bem. Nós dois ficaremos. Vamos sair desta. Sei que vamos.

Ele pigarreou novamente. Sara sentiu que ele estava fazendo o mesmo que ela, tentando se controlar, ser forte pelo outro.

— Sua família rezou por você — disse ele. — Sua mãe me convidou também. Todos baixamos as cabeças. Acho que eu fiz direito.

Sara fechou os olhos. Sua família. Eles o aceitaram.

— Sua irmã é uma pessoa tocante. No sentido de que toca as pessoas. Muito.

Sara sorriu ao imaginar a expressão de Will ao receber o tratamento completo de Tessa.

— Você vai ter que se acostumar com isso.

351

— É — disse Will, fungando novamente. — Sabe, eu, ahn, eu tenho que lhe contar outra coisa. Confessar outra coisa. — Ele fez uma pausa, demorando de propósito. — Eu vi o episódio de *Buffy* em que Giles é demitido por mexer com o Cruciamentum.

Sara se obrigou a entrar na brincadeira.

— Seu desgraçado.

O riso dele soou igualmente forçado.

— Você estava fora havia dois dias. O que eu deveria fazer?

Sara se permitiu desfrutar do tom grave da voz dele. A rouquidão sumira. Aquele era o seu Will.

— Amor, você conhece aquela música, em que o cara fica tipo *você era uma garçonete do bar do hotel mas ficou se achando a tal*, e a garota meio que *é isso aí, eu era garçonete do bar e era muito legal, seu merda, mas agora estou em outra*?

Ele xingou baixinho.

— E então ele...

— "Don't You Want Me". Human League. E era um cocktail bar.

— Droga, cheguei tão perto — disse Sara, sem precisar fingir seu alívio.
— E também...

— Sara, se você destruir outra música eu juro por Deus que vou embora.

Ela sorriu, porque tudo aquilo parecia tão normal.

— Não é outra música. É esse fungo crescendo no seu rosto.

— Amor, é o meu disfarce.

— É grosseiro, tira isso daí.

Sara sentiu o sorriso começar a falhar. Estavam ficando sem coisas para dizer enquanto tentavam não falar sobre as coisas que importavam.

— Will?

— O que é agora? Não gosta das minhas roupas?

Ela olhou para as mãos deles.

A esquerda dele. A direita dela.

— Obrigada — disse ela.

— Pelo quê?

— Por me deixar amar você.

Ele ficou calado. Os dedos apertaram com força a mão dela.

Sara o criticara muitas vezes pelo seu silêncio, mas naquele momento precioso palavras eram desnecessárias. O polegar de Will percorreu a palma da sua mão. Acariciou suavemente as linhas e os sulcos, depois apertou o pulso.

Sara fechou os olhos. Apoiou a cabeça na porta. Escutou seu coração bater no silêncio confortável até chegar o momento de ele partir.

PARTE TRÊS

Quarta-feira, 7 de agosto de 2019.

UMA HORA ANTES DA MENSAGEM

CAPÍTULO DEZOITO

Quarta-feira, 7 de agosto, 8h58

WILL SE SENTOU NOS fundos de outra van, segurando o AR-15. Dobie estava de um lado dele. Dash, do outro. Os três homens da equipe Bravo ocupavam o lado oposto. Vestiam o equipamento de treinamento, incluindo os coletes acolchoados que deteriam projéteis de armas de pressão, mas não uma bala de verdade. Os capuzes pretos estavam abaixados por causa do calor. Os fuzis apontavam para o teto. As armas nos coldres e as facas de caça de 20 centímetros embainhadas tocavam o piso de metal enquanto os pneus comiam asfalto.

O trânsito era lento, provavelmente, na interestadual. O fluxo da hora do rush. Talvez seguindo para Atlanta. Talvez não.

Will olhou o relógio.

Oito horas e 58 minutos.

As vans tinham deixado o complexo duas horas antes. Will não tivera a oportunidade de retornar à clareira. Eles haviam treinado a invasão ao prédio falso até meia-noite. Tinham dormido juntos. Mijado juntos. Tomado café da manhã juntos. O mundo se fechara. O complexo ficara assustadoramente quieto. O sol nem sequer havia nascido quando lhes disseram que era hora de se preparar para a batalha.

Gwen fora a única mulher a acompanhar a partida, dando a eles um café da manhã frio, abençoando-os com uma prece naquele seu vestido de noiva branco. Leu um versículo breve de sua Bíblia, um alerta sobre a destruição estar no meio deles, a opressão e a fraude nas ruas. Todos tinham baixado a cabeça, juntado as mãos. A prece de Gwen não parecera em nada com o humilde pedido de Cathy para que Sara voltasse para sua família. Sua voz era carregada de ódio e indignação moral enquanto conclamava Deus a livrar o mundo dos mestiços e seus facilitadores.

"Sangue e solo!", gritara, o punho erguido. Todos os homens, menos Will, gritaram junto: "Sangue e solo."

Quarenta homens no total. Armados até os dentes. Vestidos de preto. Sentados em cinco vans que rodavam pela interestadual na direção de um local que logo explodiria em uma violência indizível.

— Porra.

Dobie se ajeitou no chão ao lado de Will. Estava soturno e confuso. Não entendia por que tinha acordado na floresta. Estava com raiva por ter perdido os exercícios. Furioso com Will por debochar dele por causa disso. Claramente com uma ressaca de Percocet.

Ainda era um garoto, mas estava tão disposto a cometer assassinato quanto o resto dos homens.

Will desviou o olhar do rosto infeliz de Dobie.

Ele já vira o dia seguinte a assassinatos em massa. Por razões óbvias, os jornalistas sempre focavam no número de mortos, mas no momento era nos sobreviventes que Will estava pensando. Aqueles com lesões cerebrais traumáticas, membros amputados, cicatrizes profundas, ferimentos que não iriam se curar. Alguns passariam o resto da vida com medo. Outros ficariam paralisados pela culpa. Eles viveriam, mas a vida que conheciam teria chegado ao fim.

A não ser que Will conseguisse impedir.

— Porra — murmurou Dobie, novamente.

Estava querendo atenção.

— Você não tem de fazer isso — disse Will, a voz baixa.

— Merda — retrucou Dobie, cruzando os braços. — O que eu deveria fazer, irmão, me sentar atrás da caixa registradora de um Kwik-E-Mart como um cabeça de trapo?

Will não conseguiu mais olhar para ele. Sabia que a principal coisa que odiava em Dobie era o mesmo cerne podre que habitara o Will de 18 anos. Dobie não tinha verdadeira autonomia, nenhuma bússola moral. Não era nada além de uma arma carregada esperando para ser apontada em qualquer direção.

A diferença no caso de Will havia sido Amanda. Ela entrara em sua vida seis meses depois de ele ter sido obrigado a deixar o lar das crianças. Will estava dormindo na rua. Roubando comida. Trabalhando para maus elementos que o pagavam para fazer coisas ruins. Amanda retirara Will de uma vida de crime e o enfiara em uma faculdade. Ela o obrigara a entrar para a AIG. Ela deu a Will condições de ser o tipo de homem que podia estar com uma mulher como Sara.

Ele disse a Dobie o que Amanda lhe dissera tantos anos antes:

— Você deve fazer o que é certo, não o que é fácil.

— Amém, irmão — disse Dash.

Will trincou os dentes com tanta força que sentiu dor nos maxilares.

Havia passado as últimas doze horas buscando uma oportunidade de matar Dash. O homem nunca estava sozinho. Gerald o seguia por toda parte. Pelo menos dois *irmãos* sempre o flanqueavam. O kit Simunition azul já havia sido retirado da Glock 19 dele — a Glock 19 de Will — quando ele deixou a cabana de Sara. Mesmo então, Dash não parava de conferir a câmara para ter certeza de que a arma estava carregada. Will não era contra uma missão suicida, contanto que tivesse pelo menos dez por cento de chances de sucesso.

— Nós faremos o trabalho do Senhor hoje, major Wolfe — disse Dash.

Will grunhiu. Ele não precisava mais ser Jack Wolfe. Deslizou os dedos sob o colete acolchoado. O lenço de Sara estava dobrado sobre sua barriga. Will o encontrara onde ela tinha deixado, no alto da escada. Havia um único fio de cabelo vermelho preso nele. Ele esfregou a bainha entre os dedos. Sentia os lábios dela na palma de sua mão.

Meu amor.

Dash bateu com a coronha do seu fuzil no chão. Sempre que ele sentia os homens começando a desanimar ele fazia outro discurso.

— Irmãos, hoje vamos recuperar nossa dignidade. Essa é a nossa Mensagem. Não seremos ignorados. Nós somos os líderes do mundo!

Pés começaram a bater no chão e punhos foram erguidos em comemoração.

Quando chegassem ao destino, Will iria fazer o seguinte: assim que as portas da van se abrissem, Will usaria sua Glock e sua Sig Sauer para matar o maior número possível daqueles homens. O fuzil era arriscado demais. Will não sabia quantos civis haveria no local. Como todos os seus alvos vestiam uniformes pretos, era fácil identificar o inimigo. Eles estavam demasiadamente confiantes por causa dos treinamentos intermináveis. Entrariam em pânico no instante em que começasse a chover balas neles.

Will tinha dezesseis cápsulas na Glock, onze na Sig Sauer. Dois outros carregadores no cinturão aumentavam o total em trinta.

Quarenta homens. Cinquenta e sete balas.

Os dois primeiros tiros iriam parar o coração de Dash.

CAPÍTULO DEZENOVE

Quarta-feira, 7 de agosto, 8h58

F AITH OLHOU SEU RELÓGIO.

Oito horas e 58 minutos.

Estava sentada em um banco no terminal internacional do Aeroporto de Atlanta. A cabeça apoiada na mão. O celular queimava a ponta da orelha. Amanda estava furiosa desde que tinham perdido Will na tarde anterior, e seu humor atingira níveis DEFCON ao receber a ordem de passar informações ao governador no Capitólio estadual da Geórgia naquela manhã.

— Tudo o que descobrimos até agora aponta para o aeroporto — disse ela a Faith. — Michelle Spivey esteve lá imediatamente antes das bombas. Dash e seu pessoal deviam estar com ela. O que estavam planejando? Por que correram o risco da exposição? Foram bem-sucedidos? O plano tem uma segunda parte?

Faith não precisava ser lembrada dessas perguntas. No trânsito naquela manhã, remoera todas essas questões na cabeça como uma ostra gerando uma pérola.

— A última coisa que eu deveria estar fazendo agora era observar um bando de políticos gananciosos enfiar biscoitos nas bocas — continuou Amanda.

Faith escutava ao fundo passos e vozes ecoando no átrio de mármore do Capitólio. O governo convocara uma sessão especial para votar verbas para o trabalho de limpeza do último furacão. O prédio não tinha uma lanchonete, mas onde havia políticos sempre havia lobistas dispostos a suborná-los com comida grátis.

— Lyle Davenport não escolheu seu advogado pela lista telefônica — disse Amanda.

Faith ficou com um gosto amargo na boca. Davenport era o vagabundo que tinha dirigido o Kia vermelho até o Citgo no dia anterior. Amanda mandara um patrulheiro pará-lo por excesso de velocidade. A busca posterior revelara uma arma sem licença no carro. O garoto já tinha o cartão do advogado na mão quando recebeu a ordem de trançar os dedos atrás da cabeça.

— Uma noite na cadeia não persuadiu Davenport a mencionar Dash ou o EPI — disse Faith. — Seu indiciamento será em três horas. Primeiro crime, garoto branco do subúrbio, pode conseguir fiança.

— E se alertarmos o promotor sobre quem ele é, estragaremos o disfarce de Will — disse Amanda, com um xingamento muito raro e muito pesado.

Faith repassou em silêncio vários dos seus. Sua raiva não se limitava ao babaca que invocara seus direitos legais. Faith passara duas horas pendurada em um helicóptero com um par de binóculos procurando por Will. Apenas por sua perseverança encontrara a moto trail fora do raio de 3,2 quilômetros. Nenhum dos moradores da área reconhecera a moto. Ninguém relatara ver um adolescente e um homem na estrada, muito menos outro veículo os pegando. O número de registro da moto fora raspado.

— A perícia vai tentar um tratamento com ácido para revelar o registro — contou Faith. — Se isso não funcionar, eu tenho algumas outras ideias.

Houve um barulho alto do lado de Amanda, um bando de homens rindo. Faith ouviu Amanda se afastar deles. Não havia muitas áreas no Capitólio onde a privacidade fosse possível. O Domo de Ouro era basicamente uma câmara de eco.

— Fale com o comandante do aeroporto — ordenou Amanda, como se Faith não estivesse no aeroporto naquele momento para fazer exatamente isso. — Não me interessa o que você tiver que fazer ou quais mentiras contar, mas descubra o que Michelle Spivey estava fazendo naquela estrada de serviço na manhã de domingo e ligue para mim no instante em que descobrir. No mesmo instante.

O barulho de fundo terminou de repente.

Faith olhou o relógio.

Nove horas e um minuto.

O comandante da delegacia do Departamento de Polícia de Atlanta no aeroporto estava oficialmente atrasado para o trabalho. De qualquer modo Faith tinha a sensação de que ele não seria de grande ajuda. Todo mundo estava de olho no local. O homem não podia cagar sem coordenar com FAA, TSA, Departamento de Segurança Interna dos Estados Unidos e diversos órgãos policiais representando os condados de Fulton e Clayton, bem como as cidades de Atlanta, College Park e Hapeville.

E havia o FBI.

Faith imaginava que Van teria confiscado todas as imagens de segurança relevantes de Michelle Spivey. Aquela manhã parecia o pior *Feitiço do tempo* de todos. Will desaparecera de novo. Sara continuava sumida. Michelle Spivey também. Não havia pistas a seguir. Eles não tinham ideia do que Dash estava planejando. Outra noite se arrastara com Faith andando de um lado para outro, xingando, bufando e procurando informações inúteis na internet.

Nem por um instante ela confiara naquele estúpido rastreador de GPS no coldre de Will. O aparelho era fino demais. Não era à prova d'água. O sinal dependia da velha rede 3G. A despeito das ordens de Amanda, não havia nenhuma chance de Will ligá-lo a não ser que estivesse fisicamente com Sara. Só Deus sabia o que ele estava fazendo naquele momento. Podia estar ferido ou morto em uma vala. Dash era um psicopata assassino. Michelle era completamente maluca. Sara não tinha como se proteger. O EPI era tão aterrorizante que a mulher encarregada de monitorá-lo estava perdendo o sono.

Faith jogou a cabeça para trás sobre o banco. Olhou para o sinuoso neon azul cruzando o teto alto. Todos os órgãos do estado estavam em alerta máximo, mas ninguém sabia o que procurar. Era um caso *Bin Laden pode atacar os EUA*. O alerta ao presidente fora dado um mês antes do Onze de Setembro, mas no que os órgãos de informação chamavam de *Falha de imaginação*, ninguém achara que algo tão ultrajantemente ousado pudesse acontecer.

Como Aiden van Zandt dissera, havia muito *ali* ali.

O grito penetrante de uma criança pequena arrancou Faith de sua infelicidade. Havia certa paz no fato de que ela não era a mãe do outro lado daquele grito.

Faith olhou para a enorme área de revista de segurança. O comandante da delegacia sairia pela área de funcionários. Os passageiros se encaminhavam lentamente pelos oito corredores, abrindo malas, tirando sapatos, parando com as mãos para cima nas máquinas de escaneamento. Faith não conseguia acreditar que o aeroporto fosse tão movimentado tão cedo de manhã. O terminal internacional era enorme, quase tão grande quanto um campo de futebol, com um mezanino contornando o segundo andar do átrio. Havia lanchonetes, um restaurante de frutos do mar, uma livraria, cafés e aeronaves esperando para tirar os passageiros de suas vidas.

Faith nunca estivera em um voo internacional. Seu salário de policial, juntamente com sua tendência a ter filhos fora do casamento, havia pesado em seu orçamento de viagem.

— Nós *temos* que continuar a nos encontrar assim.

Faith não se deu ao trabalho de se virar. O som da voz de Aiden van Zandt perfurara seu cérebro como uma tesoura.

Ele se sentou ao lado dela. Limpava os óculos com a gravata.

— Bom dia, agente Mitchell.

Ela foi direta.

— Por que você está aqui?

— Há muitos de nós aqui.

Faith estudou mais atentamente os passageiros no terminal. Nem todas aquelas coisas eram iguais. Havia dois homens de negócios com malas de rodinhas no alto da escada. À direita, uma mulher apoiada na balaustrada do mezanino lendo mensagens no celular. À esquerda, outro homem de negócios andava pelo corredor falando ao telefone. No térreo, duas mulheres tomavam café da manhã na livraria. Havia outro homem com uniforme da TSA perto da saída da segurança.

O fato de que Faith só estava ali havia 15 minutos não era desculpa para não notar que todos eles usavam fones de ouvido com fio de mola que os agentes do FBI preferiam. Seu cérebro chegou rapidamente a uma conclusão. O burburinho dos grupos radicais devia ter aumentado. Michelle Spivey estivera no aeroporto no domingo anterior, então o FBI estava no aeroporto.

Assim como Faith também estava.

Ela pensou em ligar para Amanda no Capitólio, mas não queria ter sua cabeça arrancada por contar à chefe algo que ela provavelmente já sabia. Qualquer troca de informações que Amanda estivesse tendo com o FBI, ela tinha escolhido não partilhar.

— Vocês estão cheios de agentes aqui — disse Faith.

— Gosto de pensar neles como a minha patrulha.

Faith sabia que não deveria fazer uma pergunta direta. Recostou-se no banco.

— Quando o direito ao ódio se tornou condicional?

— Eu preciso de mais contexto.

— Tenho lido sobre essas milícias e esses grupos antigovernamentais.

— Ah.

— No impasse com os Bundy, milicianos apontaram armas para agentes federais e saíram livres. Em Standing Rock, um grupo de manifestantes nativos americanos, gritando e segurando cartazes, foi atacado por cachorros e canhões de água.

— Os dois são verdade.

— Isso me lembra do meu filho quando era pequeno. Na verdade todas as crianças são assim. Chega um momento na vida que elas se dão conta de que as coisas são injustas. E ficam furiosas. Suas cabecinhas não conseguem aceitar. Elas reclamam sem parar: *não é justo, não é justo.*

— Essa é uma queixa familiar — disse Van, assentindo.

Faith não perguntou como era familiar. Estava mais preocupada com a sua filha de pele morena e em como grupos armados como o EPI poderiam se safar após terem-na ferido.

— Eu aturei muita merda na vida, mas nunca por causa da cor da minha pele. Estou farta de só algumas pessoas terem justiça. Isso não é certo. Não é americano.

Van pareceu pensar no que ela tinha dito.

— Essa é uma declaração bastante provocativa para um agente da lei.

— Provocadores provocam — disse ela, dando de ombros.

Faith viu uma criança implorando à mãe um pacote de biscoitos. As duas agentes na livraria estavam atentamente evitando o conflito.

Ela retornou à sua pergunta original, aquela que Van não iria responder. *Por que ele estava conversando com ela?*

Fazia dois dias que o FBI prendera Beau. Faith supunha que como Beau havia colaborado com um órgão, iria fazer o mesmo com outro. Portanto, Van sabia sobre o plano de infiltrar Will no EPI. Ou Kate Murphy o mandara ali para conseguir informações ou ele estava tentando se infiltrar.

Faith testou as suas teorias.

— Este é o momento em que você me conta como Michelle conheceu Beau, e o que arrancou dele desde que o roubou de nós.

— Achei que este era o momento em que eu perguntava se podia lhe pagar um café.

Faith tinha que cortar aquilo pela raiz.

— Escute, eu passei os últimos vinte anos da minha vida criando filhos. Não há nenhuma peça de roupa no meu closet ou em uma gaveta que não esteja manchada com algum tipo de fluido. Eu roubo em Chuttes and Ladders. Eu sacrifiquei meu próprio filho para vencer em Fortnite. Eu destruirei qualquer cretino idiota que alegar que Jodie Whittaker não é a melhor Doctor Who, e citarei todas as falas de *Frozen* até seus olhos começarem a sangrar.

— Você realmente espera que eu acredite que você pendura e dobra as suas roupas?

— Esqueça.

Van riu.

— Certo, Mitchell. Siga-me.

Faith pegou a bolsa e a pendurou no ombro. Olhou para o mezanino enquanto eles seguiam para os portões. O agente falando ao telefone acompanhava o avanço deles, os homens de negócios começaram a puxar suas malas.

Van seguiu à direita, conduzindo-a por um corredor longo e comum. O distintivo dele funcionou na fechadura da porta, porque aparentemente, funcionava em todas as portas de todos os prédios seguros. Faith ouviu um zumbido alto, e então eles estavam em uma sala escura com dezenas de grandes monitores coloridos e fileiras de escrivaninhas desniveladas com pessoas estudando atentamente suas telas.

Ela mordeu o lábio. Acabaria chupando aquele cara apenas pelo acesso que ele tinha a salas de controle governamentais secretas.

— Este é o sistema nervoso do saguão F — disse Van. — Os do T e de A até E são ainda mais impressionantes que este. E há os terminais norte e sul, o trem interno, os estacionamentos. Moisés sagrado, não me faça falar sobre o estacionamento. É como o jogo Frogger lá fora.

Faith estava mais interessada no que estava bem à sua frente. Todo portão, todo restaurante, toda entrada de um banheiro tinha pelo menos duas câmeras apontadas. Mesmo a área externa era coberta, incluindo as estradas de serviço.

Van parou perto de uma mesa vazia e digitou em um teclado. O monitor mostrou uma visão de segundo andar do terminal internacional. Van alternou até que a imagem abriu para incluir os prédios adjacentes. Apontou para uma rua.

— A Maynard H. Jackson Service Road — disse Faith. Ela viu um Chevy Malibu prata subir a rua lentamente. As janelas eram escurecidas, mas dava para distinguir duas pessoas na frente, duas atrás. Faith olhou para o relógio.

— Isto foi domingo de manhã, cinco horas antes da detonação das bombas.

O Malibu parara lentamente. A câmera era de alta resolução, mas não uma lente de aumento. Faith só podia adivinhar pelos cabelos louros platinados e corpo magro que a mulher que saltara do carro era Michelle Spivey.

Michelle tinha dado quatro passos, depois começara a desabar na grama.

Van parou a gravação.

— Ela passou mal antes. Esta foi a segunda vez em que ele parou para ela.

Faith anuiu, mas não era exatamente assim que enxergava a coisa. Ela já estivera ao volante de um carro com alguém prestes a vomitar. Não se parava em câmera lenta. Nesses casos, se pisa no freio e empurra a pessoa para fora.

— Nós achamos que o apêndice de Spivey estava doendo havia algum tempo. Ela desmaia por causa da dor, e então... — disse Van.

Ele apertou outra tecla e o motorista estava correndo até Michelle. Alto e corpulento, provavelmente, Robert Hurley. Ele erguera o corpo inconsciente dela. Colocara-a no banco da frente do carro. Depois correra para o outro lado e partira.

— É isso — concluiu Van.

— Uhn.

Na verdade não era isso. O vídeo fora editado.

Eis o que havia sido mostrado a Faith: o carro tinha parado. Michelle saltara. Dera quatro passos. Desmaiara. No quadro em que ela estava caindo Hurley já saltava do carro. Segurava alguma coisa.

Depois a imagem avançara 1,13 segundo.

Michelle já estava caída no chão.

Hurley se virava de volta para o carro, colocando no banco algo tão pesado que lhe exigia as duas mãos.

Essa era a parte que Van não queria que ela visse — que Hurley começara a saltar do carro para se juntar a Michelle. Que estava carregando algo pesado ou difícil de carregar, como um cortador que poderia ser usado para abrir um buraco na cerca.

— Essa cerca é eletrificada? — perguntou Faith.

Ele balançou a cabeça.

Ela apontou para o prédio para onde Michelle estava indo.

— O que é isto?

— Air Chef, onde eles preparam toda a comida para os aviões. Suposta comida — falou, tocando na tela para indicar os quadrados brancos. — Serviços de limpeza e manutenção para os aviões. Manutenção dos saguões. Loja de placas. Loja de máquinas. Operações Delta.

Ele era um usuário regular deste mapeamento on-line. Ela apontou para o único quadrado que deixara de fora.

— O que é isto?

— Prédio governamental.

Faith o encarou.

— Um prédio governamental do CCD?

— Será? — Ele apertou os olhos para o monitor.

Faith esticou a mão e apertou as teclas para dar zoom na porta. Não havia placa, nenhuma indicação do que acontecia dentro, mas a segurança era infernal. Ela apontou.

— Isto é uma câmera. Este é um leitor de cartões. Este é um leitor de impressão palmar.

— Se você diz.

— No dia em que Michelle foi sequestrada, ela tinha saído cedo do trabalho, buscado a filha na escola e ido à loja. Sua bolsa nunca foi encontrada no local. Seu distintivo do CCD estaria lá.

— Estaria?

Faith se inclinou para ver melhor. Não havia sequer uma maçaneta. Havia uma luz vermelha acima do umbral. O que o EPI queria que estava guardado naquele prédio? Eles tinham se exposto levando Michelle ali. E ao hospital. Será que estavam planejando levá-la de volta ao aeroporto assim que a cirurgia terminasse? O leitor de impressão não funcionaria sem que sua mão estivesse presa ao corpo.

Faith se levantou. Encarou Van. A sala estava tão escura e o monitor brilhava tanto que seu próprio reflexo a encarava nos óculos dele.

— Você negociou aquele encontro para mim no CCD. Você me deu arquivos sobre Michelle que me levariam ao aeroporto. Você deixou este vídeo editado pronto para mim antes que entrássemos nesta sala.

— Editado?

— Michelle e Hurley deveriam sair do carro juntos. Ele ia usar cortadores para abrir um buraco na cerca. Michelle usaria seu crachá do CCD e sua impressão no escâner biométrico para abrir aquela porta, e então ambos entrariam no prédio.

— Você acha?

— Sabe o que eu acho? Que sua chefe e minha chefe são amigas, mas jogam em times diferentes. Então sua chefe disse a você que me contasse *algumas* coisas, mas não *tudo*, mas você acha que eu posso acabar ajudando, e por isso toda maldita interação que tenho com você se transforma em um momento de ensinamento.

— Adorei saber que você entende de futebol.

Faith exalou por entre os dentes. Amanda esperava por ela no Capitólio. Faith deveria descobrir que porra havia acontecido com Michelle no aeroporto. Naquele momento ela só tinha o mesmo de sempre: suposição e instintos.

A única tática que havia funcionado com aquele cretino enlouquecedor do FBI era a honestidade, então ela tentou uma versão disso.

— Sabe o que minha chefe não quer que eu lhe conte? Meu parceiro está desaparecido. Ele se infiltrou no EPI. Não o vemos desde as quinze horas de ontem, e tenho medo do que acontecerá hoje, tipo, imediatamente, e acho que você também sente o mesmo.

Van anuiu secamente, como se aquilo fosse o que ele estava esperando.

— Deixe-me pagar um café para você.

CAPÍTULO VINTE

Quarta-feira, 7 de agosto, 8h56

S ARA SENTOU-SE ENCOSTADA NA porta da cabana. Tinha nas mãos o canivete de Will. Ele tinha passado para ela pela fresta antes de ir embora na noite anterior. Ela continuava apertando o botão e liberando a lâmina. O barulho tinha um ritmo reconfortante. Depois de tantos dias, tantas horas desperdiçadas se sentindo desamparada, a faca lhe dava uma sensação de poder. Dash não sabia que Sara não estava mais indefesa. Gwen não fazia ideia. A sentinela do lado de fora não tinha noção de que estava armada. Ela podia ferir alguém com aquilo. Matar alguém.

No hotel, Michelle lhe ensinara o roteiro com Carter.

A jugular. A traqueia. As artérias das axilas. O coração. Os pulmões.

Sara fechou o canivete. Apertou o botão novamente. A lâmina saltou. Seu reflexo distorcido apareceu no aço inoxidável. Dobrou a lâmina.

Ela sentia Will no canivete. Do outro lado da porta. Segurando sua mão. Sua essência tomara a cabana por completo. Sara lembrou-se da primeira vez em que andara pela casa depois da morte de Jeffrey. Um dos pontos mais devastadores em perdê-lo era que não havia perdido as coisas dele. A mobília do quarto que tinham escolhido juntos. A TV enorme que ele pendurara acima da lareira. As ferramentas na garagem. O cheiro dele que permanecia nos lençóis, nas toalhas, no closet e na pele dela. Cada item, cada cheiro, era uma lembrança vívida de sua perda.

Sara pensou sobre três dias antes, uma vida antes, quando vira a mãe debulhar vagens na cozinha de Bella. Cathy estava certa. Ou quase certa. A tristeza de Sara não era por não conseguir esquecer Jeffrey. Era por estar em pânico de se aferrar a Will.

Fechou o canivete novamente. Estudou as linhas no piso, conferindo seu relógio de sol grosseiro. A luz azul que entrava pelas rachaduras nas paredes havia ficado amarela muito antes. Eram 20h30? Vinte e uma horas?

Encostou a cabeça nas tábuas ásperas. Estava exausta de não fazer nada com o corpo. Tentou sintonizar na cadência regular do acampamento. As mulheres cozinhando. As garotinhas girando feito piões. Gwen furiosa com cada possível deslize ou passo em falso.

Sara não era de acreditar em auras, mas algo parecia diferente no ar. Será que estava sentindo falta das detonações do treinamento na estrutura? Dos risos e gritos das crianças? Do cheiro de fumaça de madeira queimando, roupas fervendo, comida sendo preparada?

Para onde tinham ido? Seria aquilo parte da *Mensagem* de Dash, mandar embora seus seguidores para que Sara pudesse ser testemunha de sua utópica comunidade na montanha?

Ela se levantou. Guardou o canivete no sutiã. O arame já estava apertando do lado, então o desconforto foi adicionado a uma lista muito longa.

Seu desejo de andar fora embora com Will. Sara levou as mãos à cintura. Dash normalmente já teria destrancado a porta a essa hora. Ela supunha que ele havia deixado o acampamento. Transmitindo a Mensagem. Ou tentando.

Sara precisava pensar que Will iria detê-lo. Não colocara muita fé no rastreador de GPS, mas Sara sabia que ele não pararia até que Dash fosse detido.

Ela pressionou uma das mãos na porta, testando o cadeado. Ouviu metal batendo em metal. As dobradiças rangeram, mas não cederam. Gwen teria a chave. Seria típico daquela vaca escrota deixar Sara assando dentro da cabana.

Tentou ouvir a sentinela do lado de fora. O homem novo não se preocupara em se apresentar ao substituir Will. Sara imaginou que Lance ainda estava no galpão. O Sentinela-Que-Não-Era-O-Lance ficara sentado no tronco a noite inteira. Era corpulento e claramente sofria de apneia do sono. Acordava muitas vezes de um sono profundo, engasgado e em pânico.

Sara ajoelhou-se. Olhou por baixo da porta. O Sentinela-Que-Não-Era--O-Lance tinha costas largas, bloqueando sua visão de qualquer coisa além da camisa preta.

— Olá? — chamou Sara, mas não teve resposta. — Pode abrir a porta, por favor?

Nada ainda.

Sara pensou no canivete no sutiã. As mãos de Will mal passaram por baixo da porta, mas ela conseguia passar a maior parte do antebraço. Podia apunhalar o Sentinela-Que-Não-Era-O-Lance sob o ombro esquerdo. A lâmina era longa o suficiente para atingir o coração.

— Olá? — Ela decidiu abrir mão do assassinato. Enfiou a mão, os dedos tentando socá-lo. — Ol...

Ele tombou para a frente, caindo de cara no chão.

Sara recuou, surpresa. Escutou. Esperou. Colocou o olho na fresta da porta.

O Sentinela-Que-Não-Era-O-Lance estava caído. Com o impacto, ficou de lado. O corpo continuava travado na posição sentada. A queda tinha sido dura, o cano do fuzil abrira a pele na lateral do pescoço.

Sara olhou o ferimento, estudando como faria com uma obra de arte. Esperou uma gota de sangue, mas não saía sangue do corte profundo porque o coração do Sentinela-Que-Não-Era-O-Lance parara de bater horas antes. O rigor já enrijecera seus músculos. Seus tornozelos tinham o contorno roxo do *livor mortis*. A calça estava encharcada de fezes e urina.

Ele estava morto.

Sara se sentou sobre os calcanhares. Limpou a terra das mãos. O coração batia forte no peito. Será que a apneia o matara? Seria alguma outra coisa?

Uma repentina sensação assombrosa de que havia algo errado tomou conta de Sara. Ela estremeceu, embora estivesse suando. Os pelinhos em seus braços se arrepiaram. Seus sentidos se esforçaram para captar a atividade habitual no acampamento. Os cheiros, os sons, a sensação de não estar sozinha.

Será que estava sozinha?

Sara se levantou. Foi até os fundos da cabana. Testou a parede com as mãos. Descobriu o trecho maleável em que os pregos tinham enferrujado. As tábuas flexionavam quando forçadas. Sara jogou o peso para os calcanhares. Apoiou as mãos na parede. Empurrou até que os músculos de seus ombros queimassem.

— Merda — murmurou.

Farpas tinham entrado em sua pele. A tábua se movera, mas não o suficiente. O espaço entre elas revelava mais luz do sol.

Limpou as mãos imundas no vestido. As farpas se moveram como pequenas agulhas. Repetiu o movimento, empurrando com toda a força até que as tábuas começaram a ceder. Houve um pequeno estalo, como um ramo se partindo, e então a tábua começou a quebrar.

Mas continuou não sendo suficiente.

As mãos de Sara estavam sangrando. Ela recuou e chutou as tábuas com toda a força.

A madeira lascou. O estalo foi muito mais alto dessa vez, quase um raio atingindo uma árvore.

Sara esperou, procurando ouvir sons lá fora. Os homens nas plataformas de caça. Os soldados armados na floresta. Gwen, Grace, Esther, Charity, Edna, Hannah e Joy.

Nada.

Sara chutou a parede de novo. Mais uma vez. Estava suando quando, finalmente, conseguiu abrir o suficiente para passar.

Seus pés tocaram o solo suavemente. O ar parecia mais seco atrás da cabana. Sara não entendia bem suas emoções, mas se deu conta de que o que estava sentindo era liberdade.

Ninguém aparecera correndo. Ninguém estava tentando impedi-la, ameaçá-la ou atirar nela.

Seu olhar percorreu a área atrás da cabana. O chão da floresta era denso, com trepadeiras e carvalho venenoso.

A estufa.

Sara contornou a cabana, encontrou a trilha, avançando com cuidado, os olhos se movendo para os dois lados, checando se aparecia alguém para detê-la. Não havia homens armados impedindo seu avanço. As plataformas de caça estavam vazias. Levantou a barra do vestido ao pular um tronco caído. A umidade deixava o ar denso. Seus olhos continuavam se movendo de um lado para outro, dessa vez em busca da estufa. Ela a vira duas vezes, ambas por acaso. Forçou-se a parar. Tentou ouvir o rio. Ouvia a queda d'água à direita, mas à esquerda um filhote de gato miava.

Sara se virou. Deu alguns passos pela trilha. Escutou novamente.

Não era um filhote de gato.

Era uma criança chorando.

Sara se viu correndo para a clareira antes de tomar uma decisão racional. A trilha estreitava à sua frente. O choro da criança aumentava. Ela se sentiu correndo em uma esteira. Quanto mais se esforçava, mas distante parecia a clareira.

— Socorro! — chamou uma voz fraca.

370

O coração de Sara estava sendo apertado em um torno. O trabalho da sua vida fora atender a chamados de crianças. Ela sabia como elas pediam ajuda quando estavam assustadas, quando queriam simpatia, quando estavam morrendo de medo de morrer.

Entrou correndo na clareira. Girou pela grama bem cuidada da mesma forma que as garotas tinham feito inúmeras vezes. Mas o que ela viu foi diferente. A sensação assombrosa de haver algo errado contraiu sua pele. As portas das cabanas estavam abertas. As fogueiras fumegavam na área da cozinha. Não havia mulheres, crianças, apenas confetes brancos espalhados pelo chão, voando ao vento. Um material branco flutuava como penas no ar antes de cair no chão. Ela viu um pé descalço, um vislumbre de uma perna branca, dedos agarrando a terra, um rosto virado para o sol.

Sara tropeçou. Seus joelhos começaram a fraquejar. Seu coração deu uma batida forte e dolorosa dentro do peito.

Não era confete.

Vestidos brancos. Colarinhos altos. Mangas compridas. Rostos jovens e velhos inchando ao sol da manhã.

— Ah, não...

Sara caiu de joelhos. Pressionou a testa no chão e soltou um gemido alto. Seu coração estava congelado. Seus pensamentos giravam a mil, afastando a verdade até que ela se forçasse a confirmá-la.

Sara engatinhou pela relva. Seus dedos tremiam enquanto conferia pulsos, afastava cabelos louros sedosos de olhos que não viam.

Esther. Edna. Charity. As cozinheiras. As jovens que haviam arrumado as mesas de piquenique. Os homens mortos nas árvores. Os guardas escondidos na floresta.

Mortos.

— Socorro — murmurou Grace.

Estava deitada sob uma das mesas de piquenique. Seu corpo frágil enrolado.

Sara engatinhou até ela. Puxou a garotinha para seus braços. As pálpebras de Grace estavam caídas. Suas pupilas arregaladas. Olhou para Sara. Os lábios se moveram sem emitir som algum.

— Meu bem — falou Sara, alisando seus cabelos, levando os lábios à testa da menina. — O que aconteceu? Por favor, me diga o que aconteceu.

Grace tentou falar, mas engasgou-se com as palavras. Os braços tombaram sem vida ao lado do corpo. As pernas não passavam de peso morto.

— Ah, meu amor, aguente firme — disse Sara, erguendo-a e levando-a para o galpão. — Aguente, querida.

Vestidos brancos borraram a visão periférica de Sara. Barrigas inchadas. Músculos contraídos. Sinais de uma morte brutal e agonizante.

A porta do galpão já estava aberta. Sara sentia o cheiro dos corpos desde o primeiro degrau. Colocou Grace no chão.

— Eu já volto, amor. Fique aqui.

O pedido era desnecessário. A criança não conseguia se mover, não conseguia falar. Sara correu pelo galpão. Benjamin. Joy. Lance. Adriel. Examinou cada um. Apenas Joy ainda estava viva.

Sara a agarrou pelos ombros, sacudiu para que acordasse.

— Joy! Joy! O que eles fizeram?

Os olhos de Joy não se moviam. Seu abdômen estava redondo como uma bola. Sua expressão era relaxada, mas ela estava consciente. Baba escorria pelo canto da boca, já encharcando o travesseiro. Os braços estavam flácidos. As pernas, paralisadas. Não conseguia mover a cabeça.

— Não — sussurrou Sara. — Não.

Ela passou em disparada pela porta, desceu os degraus, pulou Grace. Seus pés cruzaram a clareira. Ela encontrou a trilha, seguiu para o rio. O ruído da corredeira ficou mais alto.

Sara se virou, procurando a estufa, gritando:

— Onde você está?

A luz do sol refletiu no vidro.

Sara cambaleou no mato. Havia dois homens vestidos de preto caídos no chão da floresta. Outro homem caíra da plataforma de caça. Quebrara o pescoço na queda. A cabeça estava virada para trás. Os braços, esticados para o lado.

Sara continuou andando na direção da estufa, o vidro servindo como um farol para afastá-la. O cheiro forte da morte fazia sua garganta arder. Sara abriu a boca para respirar. Sentia o gosto dos fluidos quentes vazando dos corpos. Quanto mais perto chegava, mais seus olhos lacrimejavam. Estava chegando ao epicentro da morte. O que quer que Michelle estivera cozinhando dentro da estufa, as primeiras vítimas foram os homens e as mulheres que trabalhavam ali.

Sara engasgou. Os corpos do lado de fora da estufa haviam começado a derreter no calor. A pele descolava dos ossos. Olhos inchados. Bocas escancaradas mostravam poças de sangue e vômito que haviam secado nas gargantas.

Eram jovens e velhos, homens e mulheres, vestindo não preto, mas jalecos brancos de laboratório. Os rostos revelavam o horror de suas mortes.

Plenamente conscientes. Paralisados. Sufocando lentamente.

Sara sabia o que os havia matado.

Empurrou com força a porta da estufa. Um corpo bloqueava a passagem. Sara o empurrou com o pé. Entrou na barraca térmica. O calor era quase de cegar. A eletricidade estava desligada. Os aparelhos de ar-condicionado haviam parado de funcionar. A barraca térmica e o vidro intensificaram os raios do sol, fervendo o conteúdo.

Ela viu exatamente o que esperara.

Um laboratório comercial.

Bécheres e frascos, suportes, pipetas, pinças, queimadores, tubos de vácuo, tubos de ensaio, conta-gotas, termômetros.

Havia garrafas de spray com um líquido claro espalhadas pela mesa. Uma prateleira metálica tinha matéria-prima. Sara empurrou para o lado um saco de maçãs estragadas e batatas podres.

Caixa preta.

Na longa lista de possibilidades, aquela era a última coisa que Sara esperava que a mensagem de Michelle representasse. A pequena caixa de HBAT, a antitoxina que impede o avanço do veneno, na verdade era branca. A *caixa preta* era um retângulo preto pintado ao redor de um alerta da agência federal de alimentos e remédios.

PERIGO! USE COM EXTREMO CUIDADO! O SORO EQUINO DEMANDA TESTES DE DOSAGEM PARA DETERMINAR SENSIBILIDADE E POSSÍVEL MORTALIDADE.

Sara abriu a caixa. O frasco dentro era do Estoque Estratégico Nacional do Departamento de Saúde e Serviços Humanos. O órgão estocava e controlava suprimentos de emergência de antibióticos, vacinas e antitoxinas enviadas sob escolta armada no caso de um ataque biológico.

Ataque biológico parecia uma forma branda de descrever o que Dash estava planejando. Por isso ele previra que os historiadores nunca seriam capazes de calcular com precisão o número de pessoas assassinadas naquele dia. A Mensagem era uma morte excruciante e impiedosa. Sara tinha nas mãos a única coisa capaz de detê-la.

O HBAT era concebido especificamente para tratar o botulismo, a toxina mais venenosa conhecida pelo homem.

CAPÍTULO VINTE E UM

Quarta-feira, 7 de agosto, 9h17

F AITH COLOCOU O CONTEÚDO de um pacote azul no seu café preto. Van ainda estava no balcão adicionando meio quilo de açúcar ao seu mocha latte. Seu telefone zumbira com três mensagens seguidas chegando como tiros de escopeta: Amanda cobrando notícias, o que significava que ainda não fora chamada para o encontro com o governador, o que, por sua vez, significava que, provavelmente, estava andando pelo Capitólio a passos firmes feito uma lunática raivosa, vociferando que todos estavam desperdiçando o seu tempo.

Faith escreveu uma resposta simples: *trabalhando nisso.*

Amanda devolveu imediatamente: *trabalhe mais.*

Faith colocou o telefone na mesa com a tela para baixo. Viu Van adicionar granulado ao latte. Ela só lhe dera a informação que ele provavelmente já arrancara de Beau Ragnersen: Will estava infiltrado. Eles sabiam que o EPI estava preparando algo grande naquele dia. Faith guardara no bolso a informação sobre Will ser retirado do Citgo em uma moto trail impossível de rastrear. Que Lyle Davenport, o motorista do Kia que se encontrara com ele no posto de gasolina, invocara seu direito a permanecer calado. E que o rastreador de GPS no coldre de Will não estava rastreando nada.

Pela experiência de Faith, para mentir com sucesso, era melhor ter mais algumas verdades para usar caso não comprassem a sua mentira.

Van finalmente se sentou à mesa. Bebericou seu café. Faith ficou esperando alguma enrolação, mas para variar ele foi direto ao ponto.

— Setembro passado Beau foi internado no Emory Hospital com um caso de botulismo por ferimentos.

Faith entendeu as palavras isoladas, mas a frase não fazia sentido.

— Botulismo por ferimentos?

— *Clostridium botulinum* é uma bactéria que ocorre naturalmente no solo e na água. Sob certas circunstâncias ela se transforma em neurotoxina botulínica, ou botulismo.

Tudo o que Faith sabia sobre botulismo era que mulheres ricas usavam isso para congelar o rosto.

— Quais circunstâncias?

— No caso de Beau ele estava injetando no músculo heroína alcatrão preto misturada com terra. O botulismo por ferimentos é muito raro. Talvez vinte casos registrados nos Estados Unidos a cada ano. Beau foi à emergência com pálpebras caídas, paralisia facial, fraqueza muscular, dificuldades de respirar. Pelas marcas de agulha em seus braços eles imaginaram que era uma overdose de opioides. Injetaram Narcan nele, o que piorou.

Faith se viu na situação rara de ser incapaz de formular uma pergunta.

— É extremamente difícil diagnosticar botulismo. A não ser que o médico esteja pensando especificamente em *botulismo*, será a última suspeita. E os sintomas correspondem a muitas coisas. É possível que mais pessoas morram disso do que é relatado.

Ela continuava sem perguntas. Seu telefone vibrou na mesa. Amanda provavelmente fora chamada ao gabinete do governador. Ela queria novidades, mas Faith precisava receber mais de Van primeiro.

— Continue.

— O CCD é o único órgão que sabe como fazer exames para botulismo e que pode administrar o HBAT, a antitoxina que impede a evolução do veneno — disse, e girou o café nas mãos. — Não basta dar uma injeção para que tudo melhore. A droga é feita com soro de cavalo. Inicialmente de um cavalo chamado First Flight, caso esteja interessada. A FDA controla o soro. É preciso diluí-lo com outra droga e depois administrá-la lentamente por via intravenosa para garantir que o tratamento não esteja matando o paciente. E qualquer que seja o estado do paciente, se estiver em um respirador, se os membros estiverem paralisados, isso provavelmente não será totalmente revertido. Quando a neurotoxina chega às terminações nervosas, já era. Beau teve sorte de Michelle descobrir antes que ele tivesse danos duradouros.

Faith não via sorte alguma nisso.

— Então ele recompensou Michelle a colocando na mira de Dash?

— Não foi assim. Adam Humphrey Carter foi o único a visitar Beau na UTI. Sabemos, pelas anotações de Michelle na ficha, os momentos exatos em que ele esteve no hospital. Quando Carter aparecia, era o babaca de sempre. Deixava Michelle muito desconfortável. Ela mandou que a equipe chamasse a segurança, que deu um aviso a ele e fez um relatório interno.

Finalmente ela tinha perguntas.

— Você não pensou em me contar isso dois dias atrás quando pedi para cruzar as fichas de Michelle com Beau Ragnersen?

— Dois dias atrás eu não sabia. Spivey tinha milhares de fichas de pacientes e trabalhava em centenas de projetos, muitos altamente secretos. Mas Ragnersen foi um nome que chamou a atenção. Investiguei um pouco em Emory ontem de manhã, conversei com a equipe da UTI, verifiquei a segurança. O relatório interno era exatamente isso: interno. Tive que procurar manualmente nos arquivos para encontrar o documento.

Faith se deu conta de que a reticência de Kate Murphy em chamar o sequestro de Michelle Spivey de uma operação do EPI e não um caso de tráfico sexual de repente fazia sentido.

— Então, Carter sequestrou e estuprou Michelle para se vingar por ela ter mandado a segurança do hospital para cima dele ou a sequestrou para o EPI?

— Essa era a nossa dúvida. Carter odiava mulheres. Queria puni-las por, bem, por qualquer coisa. Não que odiar mulheres seja uma ideia louca e nova. Supondo que Carter tenha levado Michelle para puni-la por entregá-lo à segurança, meio que faz sentido que ele quisesse mantê-la viva para continuar a torturá-la. Um caso aberto e fechado de sequestro e estupro.

— O que fez com que você mudasse de ideia?

— As bombas. O acidente de carro em que seu parceiro juntou Carter com Dash e os outros. A peça final foi um alerta RISC que recebi na noite de domingo. Isso significa...

— *Repository for Individuals of Special Concern*, onde ficam as informações de pessoas suspeitas.

— Correto. Os detalhes de Michelle já estavam no RISC. A rede está ligada a servidores por todo o país. As atualizações não são em tempo real, mas nós as recebemos mais depressa do que se imagina. O alerta RISC chegou ao meu telefone por volta das dezoito horas de domingo, nove depois de o programa de reconhecimento facial do aeroporto ter encontrado Michelle *naquela* estrada de serviço, *naquele* dia, *naquele* ponto, em frente *àquele* prédio.

O telefone de Faith vibrou com outra mensagem. Amanda provavelmente estava subindo pelas paredes de mármore do Capitólio.

— O que é *aquele* prédio? — instigou ela.

Ele olhou ao redor, depois contou:

— É a Estação de Quarentena do CCD, parte do Estoque Estratégico Nacional. Para nossos propósitos, encare como um arsenal terapêutico para ataques biológicos. O CCD prepara o que chamam de *pacotes de medicamentos* de emergência que podem ser enviados imediatamente. Isso inclui antídotos, antitoxinas e antibióticos. Todos os seus antis preferidos para o apocalipse vindouro.

— HBAT é mantido lá?

— Sim.

— Michelle estava lá para roubar a antitoxina ou para destruí-la? — perguntou Faith, chegando à resposta antes que Van pudesse contar. — Dash já tinha duas bombas de canos armadas e prontas para explodir quando tiraram Michelle de Emory. Ninguém simplesmente sai dirigindo com explosivos na mala do carro. Ele tinha que estar planejando usar as bombas para explodir a estação de quarentena, mas então Michelle ficou doente, a merda caiu no ventilador, e eles decidiram usá-las no estacionamento.

— Gosto que você pense como um terrorista.

— Dash não podia prender as bombas do lado de fora do prédio? — Mais uma vez, ela respondeu à sua própria pergunta: — O prédio é reforçado, certo? Toda aquela segurança, a porta de aço. Michelle era a única forma de eles entrarem. Precisavam de sua biometria para abrir a porta.

Van deu de ombros.

— Precisavam?

— Não há outras estações de quarentena?

— Sim, mas... — Ele não forneceu o *mas*.

Atlanta ficava a duas horas de voo de oitenta por cento da população dos Estados Unidos. Fazia sentido que o grosso do estoque ficasse no aeroporto mais movimentado do mundo.

— Quanto tempo leva para alguém morrer de envenenamento por botulismo? — perguntou Faith.

— Depende do nível da toxina. Na forma mais pura, é questão de segundos. Algo menos refinado, como um contaminante alimentar que ocorre naturalmente, poderiam ser uns dias ou semanas. Sem tratamento, é morte. A neurotoxina paralisa tudo aos poucos. Suas pálpebras, seus músculos faciais, até mesmo os globos oculares. Normalmente a pessoa permanece acordada, mas não consegue falar, e o cérebro fica desesperadamente enviando sinais para mover os músculos, e seus músculos não respondem. Por fim, todos os mecanismos de que precisa para respirar estão paralisados, e a pessoa sufoca.

Faith sentiu seus lábios se abrirem de horror.

— Animais pegam isso. Principalmente peixes e criaturas que comem peixe. Há cinco cepas que infectam os humanos. O botulismo pode ser transmitido pela alimentação, inalado em esporos, injetado, mas, felizmente, não transmitido de pessoa a pessoa. A toxidade tem alguma relação com temperatura e níveis de oxigênio. Há um tipo de botulismo infantil que os bebês pegam no intestino.

As tripas da própria Faith deram um nó.

— Estamos falando de um bicho muito, muito ruim, Mitchell. Só seria preciso de um quilo para matar toda a população humana.

Faith se lembrou das caixas de papelão que Will trocara no depósito. Duas dúzias de recipientes com 75 por 75 centímetros, e dois homens fortes para erguer cada caixa. Um quilo era um pouco mais de duas libras.

— Certo — disse Faith, querendo afastar aquilo. — Carter visitou Beau no hospital. Ouviu falar do botulismo por ferimentos. Descobriu que era letal. Soube pelo que Beau passou antes de ser finalmente diagnosticado?

— Sim.

— Então, Carter provavelmente contou a Dash sobre o botulismo, certo? E em vez de surtar Dash teve a ideia de transformar em uma arma.

— Essa é a suposição.

Ela morria de medo de ouvir a resposta, mas tinha que perguntar.

— Michelle conseguiria produzir botulismo suficiente para um ataque em grande escala?

— A resposta curta é sim.

— Vamos à resposta longa.

— Nós esperamos, nesse caso, que Michelle tenha conseguido falsificar a ciência.

— *Esperamos?*

— O EPI manteve Michelle em cárcere por mais de um mês. Ela foi estuprada e agredida. Nós supomos, em função de sua aparência, que passou fome. Provavelmente tem septicemia pela ruptura do apêndice. Ela surtou com Carter no hotel. Sabemos que Carter estava ameaçando a filha dela — disse, e apoiou os cotovelos na mesa. — Olhe, vou dizer uma coisa. Michelle Spivey é uma mulher forte e brilhante, mas nossos criadores de perfis e nossos psiquiatras duvidam de que consiga resistir a esse tipo de tortura física e psicológica interminável.

Faith duvidava que alguém conseguisse.

— Acha que Michelle está desesperada a ponto de produzir a coisa real?

— Acho que Dash a obrigaria a continuar tentando até estar cem por cento certo de que cada gota que ela produziu era real.

Faith identificou um problema.

— Você disse que o CCD é o único órgão que sabe como fazer o exame para isso. Michelle poderia falsificar o exame.

— Há outra forma de confirmar botulismo — disse Van, dando de ombros quando ela não tentou adivinhar. — Oferecendo a um grupo de pessoas e vendo se elas morrem.

CAPÍTULO VINTE E DOIS

Quarta-feira, 7 de agosto, 9h23

SARA ABRIU A CAIXA do HBAT. Desdobrou a bula de administração.

20 ml. Diluídos com 0,9% de cloreto de sódio em uma proporção de 1:10, colocados em uma bomba de deslocamento positivo para administração lenta de 0,5 ml./min pelos trinta minutos iniciais...

Olhou para o teto. Sara tinha achado que era impossível derramar mais lágrimas após Will ter partido, mas naquele momento ela estava desmoronando.

Não havia nada que pudesse fazer por Grace, Joy ou qualquer outro.

Agarrou o frasco inútil de soro enquanto saía da estufa. O confete branco na clareira levou mais lágrimas aos seus olhos. Foi até Grace. A menina já parara de respirar. Encontrou Joy no alojamento. Estava viva, mas seus soluços roucos diziam a Sara que só tinha mais alguns minutos.

Sara se sentou com ela, chorando silenciosamente, até ter partido.

Caixa preta.

Um alerta da FDA. Uma sentença de morte. Um caixão.

Olhou para o frasco de antitoxina que ainda tinha nas mãos. O lacre de metal ao redor da tampa havia sido rompido. Havia um único buraco de agulha na borracha.

Será que Sara também fora infectada? Em seu primeiro dia no acampamento ela estava aborrecida demais para comer. Depois Dash lhe dera refeições vegetarianas. Será que Dash planejara desde o início fazer dela sua Testemunha?

A morte era seu testemunho. A morte era a Mensagem.

Tantos morrerão que duvido que os historiadores sejam capazes de chegar a um número final.

Nem todas as pessoas no acampamento haviam sido envenenadas na noite anterior. Seus corpos em deterioração contavam a história. Eles haviam sido infectados em grupos de cinco ou dez. Essa era a horrenda beleza do botulismo: cada pessoa reagia de um jeito à toxina. Mesmo em um ambiente hospitalar era difícil fazer o diagnóstico. Os sintomas eram variados, similares aos de outras doenças. Uma pessoa podia morrer em algumas horas, outra, em algumas semanas, uma terceira podia se salvar. Dash fizera experiências com seu próprio pessoal. Ele soubera que estava assassinando lentamente seus seguidores enquanto comia com eles, pregava para eles, atacava mestiços e via todos lentamente sucumbindo ao veneno letal que lhes fornecia.

Se tivesse que adivinhar, Sara diria que Benjamin fora o paciente zero. As pálpebras caídas de Lance e sua fala arrastada indicavam que ele recebera uma versão de ação mais lenta. A dor abdominal inicial de Joy indicava que seu envenenamento viera na terceira ou quarta onda. Michelle teria o conhecimento necessário para controlar a potência. As outras crianças estavam bem na noite anterior, então deviam ter recebido uma forma da toxina de ação mais rápida antes de irem para cama.

Sara pousou a cabeça nas mãos. Não conseguia entender como Dash pudera assassinar as próprias filhas. Interpretar o papel de pai bondoso era muito natural para ele.

Sara sentiu a cabeça começar a balançar. Dash não teria sujado as mãos com o serviço. Gwen teria dado injeções nas garotas. Ou talvez tivesse colocado o veneno no sorvete. Ela era a encarregada do acampamento. Era a parceira de Dash em tudo.

Seu Anjo da Morte.

Sua Lady Macbeth.

Sara obrigou-se a andar. Assassinar as pessoas no acampamento era apenas a primeira parte do plano. A segunda, levar a toxina às pessoas que ele chamava de *os facilitadores e os mestiços*. Sara queria acreditar que Will seria capaz de detê-lo, mas ele estava cercado de homens armados prontos a sacrificar a vida pelo EPI.

Ela tinha que descobrir um modo de alertar Amanda e Faith. Dash estivera se comunicando com o mundo de algum modo. Na sua primeira manhã no acampamento, Sara perguntara sobre o número de vítimas em Emory. Ele respondera prontamente. Devia haver um telefone, um tablet ou um computador em algum lugar.

Sara saiu do galpão. Subiu a colina. Queria correr, mas estava tonta, seu corpo chocado com toda a devastadora violência sem sentido. As garotinhas doces. Os piões em seus vestidos de noiva brancos. O modo como Grace rira tanto da piada de Will que quase caíra no chão.

Sara enxugou os olhos. A pele das mãos estava irritada pelo sal em suas lágrimas.

Ela avistou a estrutura. Sara pensou nos homens treinando durante tantas horas. Duas equipes penetrando em ondas distintas. As balas sobre as quais Will havia lhe contado não tinham sido cobertas de salmoura de porco. Tinham sido cobertas de botulismo. Dash não se contentava apenas em matar. Ele queria que os sobreviventes tivessem a mesma morte sofrida que seus irmãos e irmãs no acampamento.

Sara recomeçou a chorar enquanto pensava nas crianças doces e inocentes. Será que estava fantasiando o sorriso nos lábios de Gwen quando dera a Esther e Grace um copo de sorvete? Sara se lembrava claramente de Gwen lhe oferecendo uma porção. Com certeza tinha um sorriso nos lábios, mas era difícil dizer se sorria por estar oferecendo veneno a Sara ou porque sabia o que ela iria descobrir quando saísse da sua cabana naquela manhã.

Sara ouviu um motor acelerando.

Seu coração subiu para a garganta.

Correu para o alto da colina. Abaixo, havia um sedã verde estacionado junto ao depósito metálico. Saía fumaça do cano de descarga. O carro balançou quando o motor roncou.

— Espere! — gritou Sara, correndo ladeira abaixo, as mãos estendidas. — Espere!

O carro não se movia. A porta do motorista estava aberta, com Gwen ao volante. O pé grudado no acelerador. O câmbio em ponto morto. Seu corpo tombava sobre o cinto de segurança, as pálpebras, semicerradas. Esticava a mão, a ponta dos dedos raspando no puxador enquanto tentava em vão fechar a porta.

Sara chutou a porta fora do alcance da mulher. Havia uma mala no banco de trás. Gwen vestia jeans e uma blusa branca. Os cabelos estavam penteados. Usava sombra nos olhos, blush, batom.

Ela parara para se maquiar enquanto as filhas morriam.

— Você sabia — disse Sara, a garganta travando.

As cozinheiras. O galpão. As crianças, filhas dela. Gwen sabia o que Michelle fazia na estufa. Sabia que os homens faziam treinamentos dentro da estrutura, que treinavam para uma *missão* e que estavam em *guerra*.

— Você sabia! — gritou Sara, agarrando o braço de Gwen e a arrancando do carro. Procurou o canivete em seu sutiã. — Você os matou!

— Dah... — tentou Gwen, olhando para Sara sob pálpebras pesadas. O maxilar estava caído. A barriga inchada, assim como a de Joy, como a de Grace, como as de todas as pessoas que ela havia assassinado no acampamento.

Sara se sentou sobre os calcanhares. Deixou o canivete no colo. Esperara ver medo no rosto de Gwen, mas não havia nada além da expressão fria com que olhara para Sara enquanto sufocava Tommy.

— Dahh... — tentou Gwen, a baba escorrendo pelo canto da boca. — Ele me... Eh... Envenenou... T-também?

Sara sentiu um riso de incredulidade escapar de sua boca.

— É claro que Dash a envenenou, sua piranha idiota.

— Ma... — Ela tentou forçar a garganta. — Mahh... Ele...

Sara se inclinou sobre Gwen, seus rostos a centímetros um do outro.

— Para onde Dash está indo? O que está planejando?

O olhar de Gwen se moveu lentamente para a esquerda.

Sara soltara o frasco de antitoxina.

— Você quer isto? — perguntou, erguendo o HBAT para que Gwen lesse o rótulo. — Diga para onde eles estão indo e eu salvo você.

— As cri-crianças...

— Não finja que está preocupada com suas filhas — disse Sara, abrindo as pálpebras de Gwen para obrigá-la a ver. — Estão todas mortas, Gwen. Sei que você assassinou suas filhas.

— Ele... P-prometeu... — disse Gwen, o maxilar flácido, os olhos eram vidrados.

— O que ele prometeu? Diga!

— N-nós... — tentou, o peito arfando desesperadamente por ar. — Nós íamos... Fazer... Mais.

A última palavra desaparecera na garganta. Suas cordas vocais haviam paralisado. Ela só conseguia gorgolejar, da mesma forma que Grace tinha feito antes de morrer engasgada com a própria saliva.

Sara esperava que ela permanecesse consciente até o último instante.

Examinou os bolsos de Gwen. Olhou dentro do carro. O telefone estava no console entre os bancos.

Sara abriu o telefone. Olhou a hora...

Nove horas e 49 minutos.

Seus dedos tremiam enquanto digitava o número. O gorgolejo de Gwen persistia. Sara ainda segurava o canivete de Will. Queria enfiar a lâmina no pescoço de Gwen, mas a mulher não merecia misericórdia.

Sara foi até o depósito de metal. Ouviu o telefone chamar.

Faith atendeu.

— Mitchell.

A garganta de Sara travou ao som da voz da amiga. Ela teve que forçar as palavras.

— Faith, sou eu.

— Sara?

— Eu... — começou Sara, olhando para as mãos. Fora tomada por um tremor incontrolável. — Estou nas montanhas. Em um complexo. Todos estão mortos. Dash colocou Michelle para sintetizar botulismo. Ele matou todo mundo.

— Certo, espere. — Faith cobriu o telefone. Estava repassando a informação a alguém.

— Não sei onde Will está — disse Sara. — Ele foi embora com Dash e os outros homens. Hoje de manhã, acho. Havia... — Ela tentou lembrar o que ele havia dito. — Quarenta homens com AR-15. Mais de dez mil cartuchos de munição. Dash tinha borrifado botulismo neles.

— Meu Deus do céu — sibilou Faith. — Vou colocar você no viva voz. Estou com o FBI aqui. Estamos rastreando seu telefonema.

— As caixas do depósito estão aqui — disse Sara, abrindo uma das notas de envio. — O remetente é Whisting Company, da Carolina do Norte. O destinatário é ACS Inc, Airport Parkway 1642. Há um número de código, quantidade dois mil.

— Estamos procurando o endereço. Você consegue abrir a caixa?

Sara já estava cortando a fita com o canivete de Will. O conteúdo estava em um saco plástico. Inicialmente ela não entendeu para o que estava olhando.

— São embalagens de alumínio, tipo de comida congelada.

— Ah, meu Deus — disse Faith, atônita. — Air Chef Services. Eles fazem refeições para aviões. Dash contaminou as latas com botulismo. Ele vai envenenar centenas de milhares de pessoas.

— Espere — pediu Sara, correndo colina acima. — Tem algo mais. Dash simulou um prédio de dois andares. Tem pelo menos metade do tamanho de um campo de futebol. Ele colocou equipes treinando invasões com equipamento de combate completo, duas equipes, duas ondas de ataque.

— Qual a aparência dele?

Sara entrou correndo na estrutura, procurando pistas que ajudassem a identificar o alvo.

— Tem um mezanino no segundo andar. A escada chega até a metade, então há um patamar, e dois conjuntos de escada vão para a esquerda e a direita.

— Consegue ver mais alguma coisa?

Sara chegara ao patamar. Olhou para a direita.

— As letras *VG* estão pintadas no chão no alto da escada da direita — disse, depois correu para o outro lado. — Se você for para a esquerda e depois até o final do corredor há um *G* maiúsculo pintado a spray diante do que parece uma porta.

— Porta? Sem janelas?

— Apenas portas. Cinco do lado direito, três do esquerdo. E há quatro outras em frente à escada, três no corredor atrás de onde a escada se divide — contou Sara, depois olhando para baixo desde a balaustrada. — Não sei o que isso representa. O saguão de um hotel? Will pensou em talvez uma sinagoga ou...

— Espere — disse Faith. — Eu sei o que você está descrevendo. É um átrio.

CAPÍTULO VINTE E TRÊS

Quarta-feira, 7 de agosto, 9h58

— Dois minutos, irmãos — disse Dash, puxando para trás a câmara da Glock para confirmar se havia uma bala ali. — Lembrem-se da nossa causa, amigos. Lembrem-se dos sacrifícios que nossas famílias fizeram para nos trazer até aqui hoje.

Houve murmúrios gerais de concordância. Sem dúvida estavam com medo, mas em mesma medida ansiosos para causar o mal.

— O que fazemos aqui hoje é o primeiro passo para livrar nosso país dos facilitadores e mestiços. Precisamos destruir esta sociedade corrompida de modo a nos recriar como os Autores pretendiam. Este país vai renascer. *Nós* vamos renascer. Essa é a nossa Mensagem. Vamos nos banhar no sangue dos cordeiros e espalhar nossa semente para as terras nuas.

O canto recomeçou.

— Sangue e solo! Sangue e solo!

Will olhou o relógio.

Nove horas e 58 minutos.

Cinco vans pretas. Quarenta homens armados.

Will repassou de cabeça o que deveria acontecer quando chegassem ao seu destino.

A Equipe Um, a de maior número, seguiria na frente. Bucha de canhão, como Dash a chamara. Will imaginou que isso significava que a segurança no lugar era alta. Talvez metade dos homens chegasse ao prédio. A outra metade seria feita em pedaços no térreo.

Era quando a Equipe Dois deveria avançar.

Bravo na direção do *VG*. Charlie na direção do *G*.

Will não podia deixar que chegasse tão longe. Ele teria que abater o maior número possível de homens antes que passassem pela entrada.

Abater.

Não podia se permitir reduzir aqueles homens a danos colaterais. Will teria que baleá-los no peito, nas costas, na cabeça. Não eram alvos de papel com círculos nos corpos. Will passara as dezesseis horas anteriores com eles. Sabia os nomes de alguns, do que gostavam e do que não gostavam, suas piadas ruins, suas origens.

Eles não tinham ideia de que Will iria matá-los.

— Maldição — disse Dobie. Suas mãos suavam tanto que ele não conseguia puxar a câmara da sua arma. — O que há de errado com esta coisa?

Will olhou para as portas traseiras fechadas. Ele intencionalmente colocara Dobie atrás. Will seria o penúltimo. Ia atirar em Dash, depois pegar o resto de Bravo e Charlie quando começassem a correr.

A van parou. Os pneus queimaram borracha quando ela deu ré.

Will olhou o relógio.

Nove horas e 59 minutos.

— Firmes, irmãos — disse Dash.

Todos baixaram o capuz preto, travaram os capacetes. Will desabotoou a camisa. Tirou o lenço de Sara. Sua única esperança de não ser baleado por um dos caras bons era amarrá-lo no pescoço.

A van parou cantando pneus.

— Ainda não, irmãos! — disse Dash.

Outra van parou ao lado deles. E mais uma. Quatro no total. O momento de discursos motivacionais e preces chegara e passara. Portas foram abertas com estrépito. Pés começaram a pisar forte no concreto. Instantaneamente armas começaram a disparar — fuzis, Glocks, o *pou-pou-pou* superado por homens e mulheres gritando e tentando salvar suas vidas. O som do pânico deles ecoou nos ouvidos de Will.

Gerald bateu com uma das mãos na lateral da van.

Will amarrou o lenço no pescoço. Seu batimento se transformou em um cronômetro.

Tique-taque-tique-taque.

As portas foram abertas.

A luz do sol o cegou. Will apertou os olhos. Viu uma calçada, escadas de concreto. Grama bem aparada e árvores altas. Altos pilares brancos sustentando calcário.

As equipes Bravo e Charlie já estavam se movendo. Will mandou o cotovelo no rosto de Dobie. A cabeça do garoto bateu na van antes de ele cair no chão.

— Vai! Vai! Vai! — gritou Dash, disparando o AR-15 a partir do quadril.

Will se sentiu suspenso no ar enquanto saltava da van. Deu a primeira olhada no alvo. A cúpula dourada reluzente. O pórtico de quatro andares. A arquitetura neoclássica. As alas leste e oeste que levavam às câmaras legislativas.

Eles estavam no Capitólio estadual da Geórgia.

— Vamos lá!

Gerald parecia animado por uma fúria feliz. Atirou em um dos policiais do Capitólio. Uma névoa vermelha explodiu da cabeça do homem. Atirou na barriga de outro policial. A bala cravou no calcário. Civis gritavam, passavam correndo pelas portas, se escondiam atrás da vegetação. Gerald abriu fogo contra eles. Dezenas, talvez centenas de pessoas, corriam cegamente para uma cortina de balas.

Will atirou no rosto de Gerald.

A mulher atrás dele gritou.

— Saia daqui! — Will a empurrou.

Ele procurou Dash, conferindo rostos, atirando em qualquer homem que visse de capuz preto. Uma bala passou zunindo por sua cabeça. Will pegou o quepe do policial morto e o colocou na cabeça. Largou o fuzil. Sacou a Sig Sauer do coldre. Atirou com a Glock em outro homem encapuzado. Um sujeito de terno se chocou contra ele.

— Sai! — Will o empurrou.

Havia tantas pessoas saindo pelas portas que Will foi empurrado de volta à calçada. Girou, tentando encontrar um alvo. Atirou em outro encapuzado, depois mais um. Apontou para um terceiro. Os olhos do cara se arregalaram.

Daryl.

O homem gostava de pescar. A esposa o deixara dois anos antes. Os filhos não atendiam o telefone quando ele ligava.

Will atirou no peito de Daryl. Girou para o encapuzado seguinte, depois mais um.

Oliver, que odiava chocolate. *Rick*, que adorava buldogues franceses. *Jenner*, que passara a noite inteira nervoso, perguntando que horas eram.

Peito. Peito. Cabeça.

— Por favor! — gritou uma mulher.

A Glock de Will quase tocava o rosto dela. A câmara estava para trás. A arma descarregara.

— Corra — rosnou Will, ejetando o carregador, colocando um novo.

Onde estava Dash, porra?

Will varreu a área ao redor da entrada. Vestidos azuis, ternos pretos, gravatas vermelhas, sangue, osso e massa cinzenta escorrendo pelas calçadas, sujando a grama. Viu corpos caídos em canteiros de flores, apoiados em árvores, colocados sobre os monumentos a generais confederados e segregacionistas.

Nada de Dash.

Will passou pela porta de vidro quebrada e entrou correndo no prédio do Capitólio.

Corpos, lixo, caos. O átrio de quatro andares era iluminado pelas janelas que contornavam o teto. Tiros soavam ao redor dele. Will encostou na parede. O mármore estava frio. O piso estava cheio de corpos, a maioria civis. Seis homens de capuzes pretos haviam sido abatidos ao pé da escada. Isso significava que uma dúzia, talvez duas dúzias, chegara ao segundo andar. Ou ao terceiro, onde os parlamentares ocupavam um grande salão revestido de carvalho. Ou ao quarto, que tinha uma varanda de observação.

Limpando o país dos facilitadores e mestiços.

Will ouviu um passo atrás dele. Virou-se.

Homem negro. Terno azul. Mãos erguidas.

Will o empurrou para a saída, depois virou-se de novo. Três outros homens se encolhiam junto à uma porta fechada. Políticos com a bandeira americana nas lapelas. As mãos arranhavam a madeira silenciosamente, implorando para entrar. Um deles segurava um braço rígido. Sangue escorria por entre seus dedos.

Will acenou para que eles saíssem. Escutou, os ouvidos buscando qualquer ruído acima dos passos apressados deles.

Houve uma pausa nos tiros.

Ele analisou o espaço amplo, que tinha as dimensões exatas do prédio falso no acampamento. Analisou os três andares de mezanino, procurando sinais de Dash. Ele se encolheu quando o *pou-pou-pou* repentino de tiros ecoou pelo átrio. A Equipe Um chegara à Câmara dos Deputados. O plenário do Senado ficava do outro lado da rotunda. O *pou* distante de tiros disse a Will que os dois lados haviam sido invadidos.

Ele atravessou a área aberta correndo agachado, pisando em vidro quebrado e corpos caídos. A grandiosa escadaria se dividia no meio do salão. Mármore esculpido, carpete vermelho, revestimento de madeira. Papéis, sapatos, óculos quebrados, poças de sangue, pedaços de dente e osso. Gargantas haviam sido cortadas. Havia corpos empilhados uns sobre os outros onde uma única bala matara duas, três, algumas vezes quatro pessoas.

Duas mulheres feridas soluçavam na escada. Elas se encolheram, baixando os ombros, ao ver Will. Um subxerife apertara a perna com o cinto para conter o sangramento. Apontava a arma para Will, mas a câmara estava vazia. O dedo dele não parava de apertar o gatilho. O *clique-clique* do percussor estava em sintonia com o coração acelerado de Will.

Ele subiu correndo o patamar com os mesmos passos rápidos que tinha treinado no acampamento.

O *VG* pintado a spray correspondia ao gabinete do vice-governador.

O *G* era de governador.

A equipe Bravo fora derrubada antes de conseguir chegar à porta. O peito deles havia sido rasgado por disparos de escopeta. Tufos de revestimento branco se projetavam de seus coletes de espuma. Um homem perdera parte do maxilar. Outro, um braço. Will passou por cima de uma pequena mão decepada que ainda segurava uma das facas de caça de 20 centímetros que os *irmãos* levavam nos cinturões.

A equipe Charlie não estava à vista. Will seguiu agachado até o alto da escada, escondendo-se atrás da grossa balaustrada de mármore. Estava perto de dar uma espiada quando o som de tiros o fez recuar.

O barulho vinha do andar logo acima. Balas estalavam como brasas. O restante da Equipe Um. Ou estavam executando os retardatários dentro da Câmara dos Deputados ou alguém encontrara uma arma para devolver fogo.

A essa altura Dash estaria no gabinete do governador. Apontando uma arma para a cabeça do homem. Fazendo exigências.

Poder branco. Matar os facilitadores. Sangue e solo.

Will tentou uma segunda vez olhar pela balaustrada.

Ele se viu olhando para o cano de um revólver Smith & Wesson 5 Tiros.

Amanda.

Seu dedo estava no processo de chegar ao gatilho. Então reconheceu Will. Apoiou o dedo na guarda lentamente. Ele viu sua boca se abrir enquanto respirava.

Will colocou a Glock no coldre. Manteve na mão a Sig Sauer. O mezanino estava vazio. Sem encapuzados. Sem civis se encolhendo e se protegendo. Sem policiais além de Will e Amanda.

O tiroteio havia parado. O silêncio no átrio fazia parecer uma tumba. Corpos passando faziam piscar a luz do sol nas janelas altas. A Swat estava no teto. Will ouviu sirenes à distância.

— Onde está Dash? — perguntou Amanda.

Os olhos de Will encontraram a porta fechada do gabinete do governador. Havia dois policiais rodoviários de guarda com escopetas. Um deles estava ferido. Sangue escorria de um buraco no bíceps.

— Will?

Ele balançou a cabeça, tentando entender. A última vez em que vira Dash foi do lado de fora da van. Civis saíam do prédio. Gerald assassinava o maior número possível. O fuzil de Dash disparava. Ele atirava a partir do quadril, não do ombro. Gritava para que seus homens continuassem a se mover. A onda de pessoas saindo correndo pelas portas engolira Will, o obrigando a protegê-los em vez de matar Dash.

Quando conseguiu procurar Dash novamente o homem tinha sumido.

Os fatos acertaram Will no peito.

— Ele é um covarde, não um combatente. Ele nunca pretendeu entrar.

Will desceu a escada correndo, três degraus de cada vez. Disparou pelo piso de mármore, contornando corpos, depois passou pela porta de vidro quebrada e saiu para a luz do dia.

Ele pulou os degraus de concreto e girou, procurando desesperadamente por Dash. O que viu lhe deu vontade de vomitar.

A área ajardinada do Capitólio se tornara uma paisagem infernal. Pessoas gemendo, chorando, gritando. As balas haviam atravessado carne, faltavam olhos, peitos vazavam.

Will viu Dash do outro lado do gramado leste.

Uma grande árvore o mantinha nas sombras. Estava de joelhos, mas não fora baleado. Vasculhava freneticamente os bolsos dos mortos.

O psicopata planejara tudo cuidadosamente, ensaiando seus *irmãos* até que entrassem em um transe, enviando-os para um massacre, mas Dash em momento algum pensara em como iria escapar sem as chaves.

Will ergueu a Sig Sauer, mirando o coração de Dash, e gritou:

— Pare!

Dash ergueu a cabeça rapidamente.

— Polícia! — disse Will. — Erga as mãos.

Dash se jogou no chão. Will disparou dois tiros antes de se dar conta do que Dash estava fazendo. Ele se cercara de feridos. Agarrou uma mulher pelo braço, a colocando de joelhos para que o corpo dela protegesse o seu. Ela já tinha sido baleada na perna. A faca de caça de Dash pressionava seu pescoço com tanta força que sangue escorria para o colarinho de sua blusa branca.

Havia terror em cada linha do seu rosto. Ela superara o momento de medo e estava paralisada pela ameaça da escuridão.

— Solte-a — mandou Will, indo na direção de Dash, a Glock e a Sig Sauer estendidas. — Agora.

— Duas armas — disse Dash, escondendo o rosto sob o ombro da mulher. — Acha que consegue acertar, Wolfie?

Will precisava de mais quatro passos e o homem estaria morto no chão.

— Acho que posso matar você antes que inspire novamente.

— Ei, babaca — gritou Dobie.

Pedaços de concreto voaram aos pés de Will.

Dobie estava atirando nele. A segunda bala passou longe. A terceira atingiu uma janela. A única razão para Will não estar morto ali mesmo era que o tranco do fuzil jogara Dobie de volta na van.

Will se encolheu atrás de uma lata de lixo metálica enquanto Dobie se aprumava.

— Saia, seu maldito covarde! — gritou o garoto.

Will manteve a Glock apontada para Dash. Apontou a Sig Sauer para Dobie. Seus braços formavam um triângulo entre os três.

— Dobie, largue o fuzil! Agora!

— Vá se foder, babaca.

Dobie estava em espaço aberto, a arma erguida junto ao ombro.

A Swat estava no telhado. Amanda estava na porta com seu 5 Tiros. Sirenes soavam na rua. Havia corpos por toda parte. Alguém ia matar aquele garoto.

— Não atirem! — gritou Will, a voz arranhando como uma agulha em um disco. — Sou da AIG! Não atirem!

Dash sorria, sentindo prazer com o horror. Ele vira os homens armados descendo a rua, os atiradores de elite no telhado. Estava protegido por uma árvore, de joelhos, fazendo uma refém de escudo.

A única arma que poderia acertá-lo era a de Will.

— Dobie — começou Will, mantendo a Glock apontada para Dash, mas suplicando ao garoto —, por favor, Dobie, largue o fuzil.

— Eu vou matar você, seu maldito! — Dobie estava furioso com a traição. — Você era meu amigo!

— Dobie, ainda sou seu amigo — disse Will, levantando-se de trás da lata de lixo. Esperou uma bala de Dobie ou da Swat. Quando nada aconteceu, ele deu um passo na direção do garoto, depois outro. Seus olhos continuaram fixos em Dash, mesmo ficando mais longe dele. — Dobie, coloque o fuzil no chão. Por favor.

— Vá se foder!

O sorriso de Dash era tão pretensioso que Will ansiou por colocar uma bala entre os dentes dele. Ainda apertava a faca com força na garganta da mulher. Lágrimas se misturavam a sangue no rosto dela. Tentava não respirar, manter o corpo o mais imóvel possível.

Foi assim que Will calculou: Dash tinha uma Glock no cinturão. No instante em que Will desviasse o olhar ele cortaria a garganta da mulher, sacaria a arma e atiraria em Will.

Dash claramente fazia a mesma conta. O sorriso não vacilou. Disse a Will:

— Situação complicada, irmão.

Will anuiu uma vez, como se concordasse, mas Dash não sabia sobre Amanda de pé logo atrás da porta quebrada. Não sabia que ela tinha um ângulo melhor da cabeça dele, que atirava melhor que Will.

— Olhe para mim, porra! — cobrou Dobie.

Will manteve os olhos em Dash, mesmo se aproximando de Dobie. Viu o que Amanda provavelmente estava vendo: que a refém não era a única preocupação. Havia muitas pessoas atrás de Dash, civis inocentes, corpos feridos espalhados como restos de um naufrágio no gramado do Capitólio.

Os facilitadores e mestiços.

Secretários. Políticos. Policiais. Zeladores. Assistentes.

— Você mentiu para mim! — Dobie estava furioso com Will. — Eu confiei em você e você mentiu para mim, porra!

— Por favor. — Will estava a poucos metros. Virou-se para olhar o garoto nos olhos, sabendo que estava dando a Dash uma linha direta para seu peito. — Dobie, acabou. Por favor, baixe...

A bala do atirador de elite explodiu a cabeça de Dobie.

Os braços do garoto foram lançados para cima. O fuzil caiu.

Will se virou, mas sentia o cheiro de cobre do sangue no ar, sentiu o cheiro cobrindo sua pele como uma renda delicada.

O som de Dobie caindo no chão pareceu um golpe mortal em seu próprio corpo.

Will olhou para a calçada. Um fio de sangue contornou sua bota. O sangue de Dobie. Estava no braço de Will, grudado em sua barba.

Olhou para cima.

Dash não se movera. A mulher continuava servindo de escudo. Ele tinha a cabeça baixa atrás do ombro dela. A Glock continuava no cinturão. A expressão vitoriosa no rosto.

Ele não matara a refém, não tentara matar Will, porque queria algo.

Will adivinhou o *que* era antes que seus olhos vissem a resposta. As pessoas estavam erguendo os telefones, filmando tudo. Mesmo com as mãos cobertas de sangue e os corpos mortos ao redor, continuavam filmando.

Will limpou o sangue dos olhos com as costas da mão.

— Deixe a mulher ir — pediu a Dash.

— Acho que não, irmão — disse Dash, segurando mais firme a refém, que arfou, mas permaneceu imóvel. — Eu me vi sem meus anjos esta manhã. Vamos precisar de novas irmãs para recuperar o rebanho.

Will sentiu o maxilar trincar. As mulheres no acampamento. Apenas Gwen servira o café naquela manhã. A comida estava fria. Seria porque as mulheres que preparavam as refeições, limpavam as roupas e tinham os filhos estavam mortas?

— A causa demanda pureza, irmão. Linhagens imaculadas. Nós lideramos pelo exemplo. Nós limpamos o mundo, começando por nós mesmos. Nós marchamos triunfantes pelas últimas viúvas da revolução.

— As mulheres — disse Will. — As crianças. Elas estão...

— Purificadas — concluiu Dash, com um sorriso maior. — A árvore da liberdade precisa ser alimentada de tempos em tempos com o sangue de patriotas e tiranos. É seu adubo natural.

Will não conseguia respirar. O calor perfurava sua pele. Seu cérebro estava em chamas.

Será que ele tinha sacrificado Sara?

— Essas palavras foram ditas por Thomas Jefferson, o pai da Declaração da Independência, um dos autores originais da Constituição.

Will piscou para tirar o sangue dos olhos.

— Você as matou? Só me diga se...

— Meu nome é Douglas Shinn. Eu sou o líder por direito do Exército Patriota Invisível — disse Dash, virando a cabeça para o outro lado. Falava diretamente para as câmeras. — Como o profeta escolhido por Martin Elias Novak, eu convoco os homens brancos deste país a ver nossos feitos e rejubilar com a carnificina produzida pelo EPI. Juntem-se a mim, irmãos. Juntem-se a mim para reivindicar nossa posição por direito como homens. Vocês serão recompensados com riquezas além da imaginação e a companhia de boas mulheres brancas.

Sara?

— Precisamos nos livrar dos mestiços pardos e negros desesperados e cheios de doenças que vão estuprar e assassinar nossos filhos.

Will olhou para o pescoço da mulher. Fino como o de Sara, com o mesmo sulco delicado na base.

— Juntem-se a mim para devolver o mundo à sua ordem natural, irmãos. Peguem suas armas. Ergam seus punhos. Deixem que o mundo saiba que não vamos nos acovardar.

O dedo de Will deslizou pela lateral da Glock até o gatilho. Só o que importava era a faca na garganta da mulher. As linhas polidas da lâmina refletiam o azul do céu. O sangue escorrendo do ferimento era vermelho-escuro. Os olhos de Will se fixaram na lâmina de aço inoxidável. A mão de Dash era firme. Não havia medo dentro dele. Estava exatamente onde queria: no centro das atenções mundiais.

— Hoje, irmãos — prosseguiu, diante das câmeras —, nós assinamos nosso nome no terreno do Capitólio com nosso sangue. Nós nos sacrificamos pelo bem maior. Vamos fazer com que todos os facilitadores e mestiços vejam o nosso valor em batalha. Sangue branco! Poder branco! América branca! Para sempre!

A ponta da lâmina começou a se mover.

Will apertou o gatilho.

A explosão da pólvora encheu seus ouvidos com um gemido agudo. Will ficou temporariamente cego pelo clarão na ponta do cano. Sentiu o calor da cápsula vazia sendo ejetada pela lateral da câmara.

O gemido foi substituído por um grito agudo. A refém engatinhava freneticamente para longe. Tinha a faca de Dash nas mãos.

O líder estava caído de lado, olhos arregalados, boca aberta.

Ainda vivo.

A mira de Will estava errada por 7,5 centímetros. A bala rasgara o couro cabeludo de Dash acima da orelha. O sangue escorria feito água no chão.

Sangue e solo.

Will olhou para o homem pelas miras de sua Glock. Os relevos metálicos enquadravam o branco forte do crânio de Dash, os vasos sanguíneos rompidos, gordura amarela e folículos capilares pretos.

Dash levou a mão ao ferimento. Os dedos sentiram o talho fundo. Tocou o osso liso. A expressão vítrea deixou seus olhos. Rolou de costas, segurando a cabeça.

— Porra! — gritou Dash. — Porra!

Amanda tirou a Glock da cintura dele, algemou seus pulsos. Ela se ajoelhou e enrolou seu paletó na cabeça de Dash.

Will deveria ajudá-la. As pessoas sofriam ao redor dele. A área se tornara um cemitério. Mas Will não conseguia se mover. Seu corpo era feito de granito.

As mulheres no acampamento. As crianças. Dobie.

Sara?

A arma de Will continuava apontando para a cabeça de Dash. Seu dedo permanecia no gatilho. Seus cotovelos estavam ligeiramente dobrados para absorver o recuo. Seus pés permaneciam em posição de tiro porque seu corpo queria atirar naquele homem e dessa vez acertar.

— Wilbur — chamou Amanda.

Ele fungou. O gosto do sangue de Dobie subiu à sua boca, grudou em seus dentes, assentou em seus pulmões. Ele sentiu cada músculo entre seu cérebro e seu dedo brigando enquanto tentava pensar em uma razão para não assassinar Dash a sangue-frio.

— Sara está bem — disse Amanda. — Faith falou com ela ao telefone. Sara está bem.

Sara?

— Will — repetiu Amanda. — Respire.

Uma imagem provocava a raiva de Will como água batendo nas laterais de um bote.

Ele não estava mais ali. O Capitólio, a grama, as árvores, tudo havia sumido.

Estava de pé no apartamento de Sara. Ela estava prestes a beijá-lo pela primeira vez.

Aquilo era ruim.

Will deveria tê-la beijado primeiro, muito tempo antes, mas não tinha certeza de que ela queria, e não sabia onde colocar as mãos. Estava tão ansioso, e com tanto medo, e tão duro que só de pensar em como aquela boca devia ser macia disparava uma descarga por cada fibra do seu ser.

Sara colocara a boca perto de seu ouvido e sussurrara:

Respire.

— Wilbur? — chamou Amanda, estalando os dedos.

O som foi como o de uma luz se acendendo.

O Capitólio. A grama. As árvores. Os monumentos.

A boca de Will se abriu. O ar encheu seus pulmões. O dedo se afastou do gatilho.

Ele devolveu a arma ao coldre.

Anuiu para Amanda.

Amanda repetiu o gesto de volta.

Os sentidos de Will continuaram a captar o mundo ao redor. Equipes de resgate por toda parte. Caminhões de bombeiro rugindo. Sirenes soando. Equipes de emergência. Polícia de Atlanta. Subxerifes. Patrulha Rodoviária. Todos os policiais nas redondezas haviam ouvido os tiros e corrido na direção do som.

Os caras bons.

— Tivemos um alerta com três minutos de antecedência graças a Faith e Sara — disse Amanda. — Retiramos e abrigamos algumas pessoas. Os plenários estavam vazios, mas não sei quantos...

A voz dela silenciou-se, mas não precisava terminar a frase. Não havia como contar os mortos. Eram muitos no gramado. Mais dentro do prédio. Mesmo os feridos pareciam flutuar entre vida e morte.

— Senhora? — disse Dash, a voz trêmula e uma oitava acima. — Senhora, eu preciso de ajuda. A bala que me atingiu...

— É um ferimento superficial — retrucou Amanda, encarando-o. — Você vai sobreviver. Pelo menos o suficiente para ser sentenciado por um juiz.

— Por favor, senhora, não está entendendo — disse Dash, os dentes batendo. Lágrimas se acumulavam nos cantos dos olhos. — Por favor, chame o CCD. Não quero morrer do mesmo modo que eles.

EPÍLOGO

QUATRO DIAS DEPOIS
Domingo, 11 de agosto, 10h17

S ARA FOI DESPERTADA PELO som de um cachorro bebendo água na tigela da cozinha. Apertou os olhos para ver o relógio, mas só encontrou o pulso nu. Virou-se para ver se Will estava na cama, mas nada dele.

Como de hábito, ele se levantara ao amanhecer. Sara o ouvira preparar chocolate quente em uma caneca, conversando com os cães, fazendo alongamento, olhando os e-mails, porque a porta do quarto de Will era ao lado da cozinha, e Sara nunca conseguia dormir até tarde lá.

Cobriu o rosto com o travesseiro do namorado. Ainda sentia o cheiro dele nos lençóis. Após passar tantas horas em sua cabana-prisão catalogando diferentes modos com que transaria com ele, Sara não conseguira fazer nada nas três noites anteriores a não ser chorar em seus braços.

Will pareceu contente de apenas abraçá-la. Sabia que a morte de Dobie ainda pesava nele. Só de falar sobre isso com Sara era prova de sua agitação. Ele era atormentado por *ses*. Se Will tivesse atirado em Dash antes das portas da van se abrirem. Se tivesse atirado em Dash do lado de fora em vez de tentar tirar as pessoas do caminho. Se os dois tiros não tivessem passado longe quando ele viu Dash no gramado do Capitólio.

Se ele tivesse conseguido fazer Dobie largar o fuzil antes que a bala do atirador de elite acabasse com sua vida breve e cheia de ódio.

Embora Sara concordasse com as escolhas que Will tinha feito, não tentara justificar seus atos ou eliminar a culpa. Ela sabia que Will deveria chegar a isso sozinho. Sara estava acostumada a ver, de inúmeras formas diferentes, as melhores decisões, a mais bem pensada, levando ao pior resultado. Ela sempre trazia no íntimo a lembrança de todos os pacientes que havia perdido. Benjamin, Grace, Joy, Adriel e todos aqueles pequenos confetes brancos haviam se juntado às almas não esquecidas que viviam no seu coração.

Ela olhou o relógio ao lado da cama.

Dez horas e 21 minutos.

Eles deveriam encontrar a família dela para almoçar em duas horas. Sara se escondera em Will por tempo demais. Ela quisera fugir da avalanche de informações minuto a minuto a que seu pai assistia continuamente nos noticiários.

Eddie estava obcecado em aprender mais sobre Dash. Sobre Gwen e Martin Novak. Sobre os *irmãos* sobreviventes que continuavam transmitindo sua mensagem de ódio racista e misógina a qualquer repórter que levasse um microfone às suas bocas feias.

Total de 46 mortos no Capitólio. Noventa e três feridos. Todos os sobreviventes haviam sido infectados com botulismo pelas balas contaminadas. Todos haviam recebido HBAT.

Até Dash.

Felizmente, não houvera infecções provocadas pelas refeições da Air Chef. Os recipientes de alumínio dos pratos haviam sido colocados nas esteiras quando o FBI invadiu as instalações. Testes revelaram que a base de cada bandeja estava coberta de botulismo. Se a comida tivesse sido processada e embarcada em aviões, todo passageiro que fizesse uma refeição em cada um dos milhares de voos saindo de Hartsfield teria sido infectado pela toxina.

O FBI supunha que Michelle Spivey havia sido levada ao aeroporto naquele dia para que Dash pudesse explodir o principal estoque estratégico de HBAT no país. Sem a antitoxina teria havido inúmeras mortes. O botulismo podia ser uma toxina lenta e imprevisível. Como Dash afirmara, mesmo os historiadores não conseguiriam chegar a um número final. Sara só podia imaginar como Dash ficara furioso quando Michelle desmaiara a poucos metros de concluir a missão.

Ou talvez não tivesse ficado furioso.

Talvez, no momento em que levaram Michelle ao Emory Hospital, ele houvesse se convencido de que o HBAT não importava. Ele tinha duas bombas prontas. Tinha um estacionamento de hospital universitário com funcionários e visitantes entrando e saindo.

Irmãos, vamos ao plano B.

A principal dúvida de Sara havia sido como Dash conseguira um frasco de HBAT. Gwen tinha reconhecido a antitoxina, portanto Dash sabia, e tudo levava a crer que eles, provavelmente, mantinham um suprimento de emergência para o caso de serem infectados. A substância era altamente controlada, disponível para civis apenas por intermédio do Departamento de Segurança Interna dos Estados Unidos ou o CCD.

Beau Ragnersen finalmente fornecera a resposta. O HBAT viera de seu estoque pessoal.

Sob o governo de Saddam Hussein, as forças armadas iraquianas haviam produzido 19 mil litros de toxina botulínica. Dez mil litros foram colocados em bombas aéreas, cápsulas de artilharia e ogivas. Eles testaram a eficácia da neurotoxina em prisioneiros de guerra iranianos. Desde então o HBAT se tornou item padrão nos kits militares americanos. Beau Ragnersen contrabandeara um do Afeganistão para os Estados Unidos como suvenir. Além da antitoxina ele tinha antídotos para tudo, de envenenamento por cloro a antraz. Embora Beau tivesse negado qualquer envolvimento com o EPI, o fato de que dera a antitoxina era prova circunstancial suficiente para ligá-lo a múltiplas acusações de assassinato doloso e conspiração para cometer dois atos de terrorismo nacional.

Amanda achava que era só uma questão de tempo até que ele começasse a soltar a verdade.

Will acreditava que o niilismo de Beau entraria em ação e ele ficaria com a pena de morte.

Sara virou-se de costas. Olhou para o teto. O rosto das crianças doentes do galpão tomaram sua visão. Benjamin, Adriel, Martha, Jenny, Sally. Os olhos infeccionados, os narizes com coriza, a tosse forte. Eles provavelmente teriam sobrevivido ao surto de sarampo, embora com cicatrizes duradouras.

Sara ficou imaginando quando Gwen tinha decidido que não valia a pena salvá-los. Como no caso de Tommy, a mulher não iria querer desperdiçar *suprimentos* em casos perdidos. A mala em seu carro estava cheia de medicamentos que pegara no galpão. Havia mais vestidos brancos na mala do carro, com uma lista de hotéis entre o norte da Geórgia e o Arizona, onde Gwen aparentemente planejara encontrar Dash assim que a Mensagem houvesse sido transmitida. Um novo acampamento. Novos irmãos e irmãs. Novos filhos.

Se Gwen tivesse sido inteligente saberia que Dash havia terminado com ela. As gestações constantes, a falta de cuidados médicos e nutricionais, e as exigências intermináveis de amamentar ou carregar um novo bebê por tantos anos haviam tornado seu corpo incapaz de dar mais filhos a Dash.

Irmã, vamos ao plano B.

Sara não sentia prazer com a morte de Gwen, mas tampouco podia lamentá-la. Finalmente, depois de uma vida de abusos nas mãos de Martin Novak e de Dash, e do abuso com as próprias filhas, com o acampamento todo, Gwen não tivera mais como alimentar os homens em sua vida.

Esther. Charity. Edna. Grace. Hannah. Joy. Adriel.

Todas as crianças no acampamento passaram por autópsia. Todas apresentavam sinais de agressão sexual ou física.

Sara cobriu os olhos com as mãos. Estava assolada pelos seus próprios *ses*. Se tivesse se dado conta mais cedo de que as crianças eram vítimas de abuso. Se tivesse relacionado as pálpebras caídas, a paralisia, a fala arrastada. Se tivesse confrontado Gwen. Se tivesse impedido Dash. Se tivesse conseguido invadir a estufa e destruir o botulismo antes que mais alguém pudesse ser infectado.

Se-se-se.

Sara sabia sobre botulismo desde criança, mas apenas de um modo fragmentado. Os vegetais enlatados de Cathy todo verão. Tessa e Sara se interessavam mais em discutir quem podia ler o termômetro que em discutir por que a temperatura importava.

Na faculdade de medicina, ela tomara consciência de que a hipotonia, coloquialmente chamada de Síndrome do Bebê Mole, podia ser um sinal de botulismo infantil, mas os sintomas — letargia, dificuldade de alimentação, choro alterado, paralisia flácida descendente — tinham uma transposição difícil para adultos.

A única vez em que Sara se lembrava de ter aprendido sobre a neurotoxina fora ao ler um artigo no *Journal of American Medical Examiners*. Um detento morrera sem qualquer causa evidente. Os guardas haviam encontrado um saco de vegetais fermentados sob o catre. O vinho da prisão fora feito combinando uma batata, um punhado de balas duras e uma meia com um pedaço de pão dentro. O saco fechado e a baixa temperatura haviam produzido botulismo.

A cadela de Will latiu na cozinha. O som ecoou pelo corredor de sessenta centímetros até o quarto. Sara ouvia Betty batendo a cabeça na portinhola para cães. Era um comportamento matinal normal. A chihuahua usava a porta para entrar em casa, mas se recusava a usá-la para sair. Dava cabeçadas até que Will ou Sara se levantassem e abrissem a porta.

Betty latiu de novo.

Sara fechou os olhos. Pequenos flocos de confete branco flutuaram sobre suas pálpebras.

Levantou-se da cama. Abriu a porta para Betty. A TV da cozinha estava ligada, mas no mudo.

Estavam apresentando mais um perfil de Gwen e Martin Novak. Sara ficou contente pelo som estar desligado, para não precisar ouvir Novak falar pelo telefone desde seu esconderijo governamental. O ladrão de bancos se valia plenamente de seus direitos pela Primeira Emenda, dados pelo sistema legal que ele afirmava estar irremediavelmente corrompido.

Na televisão, a viagem ao México era documentada com mapas e fotografias. A MSNBC localizara o *inspector jefe* Norge Garcia, que ficou mais que feliz em debater os pedófilos americanos racistas que haviam sido expulsos do seu país.

A imagem mudou antes que Sara pudesse desviar o olhar.

Levou a mão à garganta.

Dash.

A legenda trazia seu nome real...

Douglas Alejandro Shinn.

Sara desligou a televisão. Já conhecia a história.

Todos os palpites de Faith estavam errados. O apelido de Dash derivava de suas iniciais. O Douglas era do pai. O Alejandro, cortesia da mãe. Shinn vinha da palavra medieval inglesa para *skinner*, esfolador.

O modo formal de Dash falar e sua compreensão amadorística da história dos Estados Unidos finalmente tinham explicação. Seu pai tinha sessenta e poucos anos, trabalhava para uma empresa petrolífera americana na bacia de Neuquén, na Argentina, quando conheceu a mãe de Dash, de 30 anos. Eles se casaram em 1972. Dash nasceu um ano depois. A família viveu na América Latina por doze anos antes de se mudar para o Texas, onde Dash teve uma vida de classe média alta medíocre.

Tudo isso tornava ainda mais absurdo seu ódio a imigrantes e minorias. Ele personificava quase tudo que alegava estar errado com os Estados Unidos.

Não é você, irmão. São todos os outros.

Aos 17 anos, Douglas Alejandro Shinn foi preso no Uruguai por molestar uma menina de 9 anos. Aos 23, foi acusado pela polícia colombiana de estuprar uma garota de 12 anos. Foram feitas mais queixas em outros países, mas a maioria acabou retirada. O dinheiro e a fluência de Dash em espanhol e inglês foram uma vantagem. Ele usara seus passaportes argentino e americano alternadamente, evitando qualquer chance de que suas digitais ou seu DNA o denunciassem por um crime cometido nos Estados Unidos.

Seria a pedofilia de Dash a fonte de sua raiva? Sara só sentia nojo de alguém que estuprava uma criança, mas queria entender por que Dash, fruto de um pai americano rico e uma imigrante bem-sucedida, acumulara tanto ódio.

A teoria de Will apontava para Martin Novak. Dash era adolescente quando o pai morreu. Novak teria ocupado esse lugar, atraindo Dash para o rebanho oferecendo a própria filha de 11 anos.

Uma das partes mais deprimentes de toda aquela tragédia era que, no final, Dash conseguira exatamente o que mais desejava: atenção. O vídeo de seu discurso diante do Capitólio tinha mais de 10 milhões de acessos no YouTube. Seu manifesto fora encontrado no acampamento e já estava disponível na internet. O burburinho de Dash detalhava os motes com os quais martelara Sara durante seu cativeiro. O capitalismo havia arruinado os Estados Unidos. Acesso a controle de natalidade e aborto dera poder demais às mulheres. Os homens brancos foram marginalizados. As minorias haviam tomado o país, mudando nossos valores judaico-cristãos. A única forma de salvar o mundo era destruí-lo.

Pior, embora não totalmente inesperado, todos os meios de comunicação estavam se rendendo a apresentar o *outro lado*, como se racismo fosse algo a ser tolerado e entendido em vez de condenado e rejeitado. A voz rascante de Martin Novak podia ser ouvida pelo telefone atacando a miscigenação racial. Nazistas assumidos de terno e gravata apareciam ao lado de estudiosos do Holocausto e especialistas em crimes de ódio, como se tivessem a mesma credibilidade. Aparentemente suas discussões acaloradas geravam muitos *likes* e *retweets*. Havia memes, *stories* no Instagram e vídeos no YouTube em que todos gritavam e ninguém se lembrava de que eram todos americanos.

Para Sara, as plataformas estavam fazendo o que faziam de melhor: comercializar o ódio.

Betty passou em disparada pela portinha de cachorro. Suas unhas rasparam no piso de madeira ao fazer uma curva fechada para o quarto, depois ela voltou para procurar os galgos ingleses de Sara na sala de estar. As paredes eram tão finas que Sara ouvia as coleiras chacoalhando enquanto Betty se acomodava entre eles.

Sara se sentou à mesa. Respirou fundo, livrando o corpo do terremoto que a assolava sempre que se permitia pensar demais em Dash.

Abriu o laptop.

Havia e-mails profissionais demais. Sara desceu até um de Faith. Sorriu ao ver um vídeo de Emma dando uma explicação de três minutos sobre a diferença entre muçarela e queijo suíço.

Sara pegou os óculos para ler o corpo da mensagem. Faith colara algumas linhas do relatório de autópsia de Michelle Spivey.

Tecido muscular positivo para toxina botulínica (...) níveis concentrados de HBAT ao redor de marcas de agulha entre os dedos dos pés direito e esquerdo, como indicado.

Sara tirou os óculos. Digeriu a informação. Michelle devia estar tomando microdoses da antitoxina. Por isso o lacre metálico no frasco de HBAT havia sido rompido. Ela provavelmente sabia desde o início que Dash iria envená-la. Ou talvez tivesse injetado o botulismo para acabar com aquilo. A mulher tinha em casa uma esposa e uma filha que estavam sob constante ameaça do EPI. No início, Michelle devia ter achado que poderia resistir. Então Dash mandara Carter cuidar dela. As queimaduras de cigarro e as feridas abertas em seu corpo tinham contado a história. Michelle resistira por 29 dias antes de dar a Dash o que ele queria.

Outra razão para Sara não conseguir ver o noticiário. Os repórteres estavam obcecados com a questão da culpa de Michelle. Ela criara a toxina. Ela dera ao líder da seita uma arma biológica. Sara se sentia mal vendo especialistas, comentaristas e o americano médio das ruas alegando que no lugar de Michelle teriam sido mais fortes.

Mais fortes.

Muitas pessoas se achavam invencíveis.

Até serem estupradas.

— Amor? — chamou Will, as chaves sendo jogadas na tigela junto à porta da frente. Sorria quando entrou na cozinha. Beijou-a no alto da cabeça. — Desculpe, eu tive que ir ao banco sacar um dinheiro para o almoço. Não queria acordá-la.

Ela passou a mão pelo rosto liso dele.

— Betty me acordou. De novo.

Ele evitou o assunto diligentemente, pegando manteiga de amendoim e geleia para fazer um sanduíche, porque não conseguiria resistir mais uma hora e meia até o almoço.

Sara observou os músculos trabalhando nos ombros dele. A camisa estava colada na pele. A temperatura já passara de 37 graus, mas Deus lançaria um raio e mataria todos se o termostato do ar-condicionado passasse da marca de 25 graus.

Ela observou os dedos dele tirando o lacre do pão. Lembrou-se de quando segurou sua mão por baixo da porta da cabana.

A esquerda dele. A direita dela.

Seus dedos entrelaçados. O polegar dele acariciando sua pele. Os olhos de Sara se fecharam enquanto ela sentia prazer com a ideia de beijá-lo, abraçá-lo, ficar com ele, possivelmente, pelo resto da vida.

Outra das determinações de Cathy na cozinha de Bella voltou para assombrá-la.

Que porra você está esperando?

— Will?

Ele grunhiu enquanto pegava uma faca na gaveta.

— Por que você sempre paga tudo em dinheiro?

— Hábito, acho — respondeu, limpando a faca em um papel-toalha molhado. A lava-louças era mais velha que os dois. — Tentei fazer um cartão de crédito na faculdade, mas um dos meus pais adotivos roubou o número do meu seguro social e acabou com meu crédito. Talvez conseguisse agora, mas, na última vez em que vi, sequer tinha uma avaliação de crédito.

Sara ficou horrorizada e confusa.

— Por que você não me contou isso antes?

Ele deu de ombros, um reconhecimento tácito de que não contava muita coisa.

— Como você fez uma hipoteca?

— Não fiz — respondeu, passando manteiga de amendoim em uma fatia de pão. — Comprei a casa em dinheiro em um leilão por impostos atrasados. Consertei quando tive dinheiro, mas a terra vale muito mais do que a casa. Mesma coisa com o carro. Ele estava queimado em um terreno. Paguei a uns moradores de rua para me ajudar a carregar a carcaça. Não é tão pesada quanto se imagina.

— Isso é...

Sara não conseguiu articular uma resposta adequada.

Ela sempre achara Will econômico, não pobre, mas nunca havia parado para pensar na condição financeira dele. Diante de todos os problemas que surgiram na vida, Sara voltava correndo para a segurança da família. Will sempre fora solitário, mesmo quando sua esposa tóxica estava por perto. Ele nunca poderia ir para casa, porque seu Lar o mandara embora.

A cadeira na qual ela estava sentada, a mesa, aquela sala, aquela casa — aquilo era tudo o que Will tinha.

E Sara.

— Nada de mais — Ele se debruçou na mesa para garantir que a superfície inteira do pão estava igualmente coberta antes de passar para a fatia seguinte com a geleia. — Eu gosto do meu carro.

— Tem outro pote de geleia fechado na geladeira.

— Tem muito aqui.

Will usou a faca para raspar o 0,0001 grama de geleia bem no fundo do pote. O ruído era como um sino do Exército da Salvação.

— Amor? — disse ela.

Will grunhiu. Sacudiu o pote acima do pão. Uma gota caiu. Ele comeu o sanduíche em duas mordidas. O pão e a manteiga de amendoim voltaram ao armário. A geleia voltou para a geladeira, porque ainda havia o suficiente para cobrir um décimo de pão.

— Você gosta de trabalhar na AIG?

Ele assentiu, limpando o balcão com o papel-toalha molhado.

Sara esperou que ele falasse alguma coisa, ou pelo menos, questionasse por que ela fizera a pergunta, mas então se lembrou de que estava conversando com Will.

— Por que gosta do seu trabalho?

Ele pendurou o papel-toalha na torneira da pia para secar. Virou-se. Sara via que ele queria dizer algo, mas isso não significava que o faria.

Ele finalmente deu de ombros.

— Eu gosto da caçada.

— A caçada?

— Perseguir bandidos. Ser mais esperto que eles. Sei que faço coisas idiotas e me arrisco — disse, encarando-a com atenção, tentando ler sua reação. — Eu lamento.

— Por que você lamenta?

Deu de ombros de novo.

— Acha que não notei como você é competitivo? Nem a geleia você deixa vencer. — A expressão séria no rosto dele era a única coisa que a impedia de rir. — Will, isso não é novidade. Sei que você tem uma enorme satisfação com seu trabalho. O fato de ser tão bom é uma das muitas coisas que amo em você.

Ele apoiou a mão na bancada. Estava confuso. Nunca entendia quando ela não gritava com ele por causa das coisas que ele achava que deveria gritar.

— Quanto você tem de dinheiro? — perguntou ela.

Ele estava com a carteira na mão.

— De quanto você precisa?

— Não. Estou perguntando quanto você tem no total.

Ele fechou a carteira.

Sara abriu seu laptop e clicou em um arquivo. Apontou para o número no pé de uma planilha.

— Esse é o meu patrimônio.

Ele ficou pálido.

— Isso o incomoda? — perguntou ela.

— Ahn... — Ele parecia querer ser tragado pela terra. — Isso não é uma novidade.

— Mas faz com que você se sinta... — Sara odiava que Dash estivesse novamente, em sua mente, mesmo que lá no fundo. — Inferior?

— Inferior? — Ele esticou a mão e digitou alguns números no teclado. — Isso é mais ou menos o que eu tenho. Sem contar a casa. Isso é... inferior.

Sara entendia.

— Isso a incomoda? — Will esfregou o maxilar como sempre fazia quando ansioso. — Porque, sendo agente, recebendo o salário de agente, isso não vai mudar. Tipo, eu não quero o trabalho de Amanda. Não quero ficar enfiado atrás de uma mesa.

— Você seria infeliz atrás de uma mesa. Amor, é muita sorte minha gostar de um trabalho que paga bem, mas contracheque não define sucesso. Sentir--se realizado no trabalho, ver sentido no que faz é minha definição de sucesso.

— Certo. Bom — disse ele, assentindo, como se estivesse resolvido. — Eu deveria tomar um banho antes...

— Espere. — Sara sentia uma vibração estranha no coração. Botou as palavras para fora antes que desistisse. — Quero que a gente procure um corretor para descobrir quanto vale a sua casa.

Ele a encarou, sem palavras.

Sara sentia o mesmo. Não era como ela planejara, mas, aparentemente, eles estavam tendo aquela conversa.

— Qualquer que seja o valor, vou investir a mesma quantia na reforma da sua casa.

Ainda nenhuma reação.

— Não consigo dormir até tarde quando você está fazendo coisas na cozinha.

— O quê? — Ele tinha se irritado. — Eu posso fazer menos barulho. Não há necessidade de...

— Eu quero um segundo andar. Quero uma grande banheira de imersão, que possa conter mais de cinco centímetros de água. E preciso do meu próprio closet. Não vou dividir um banheiro com você, então pode ficar com o banheiro de hóspedes.

— Banheiro de hóspedes? — Ele riu. — Qual o tamanho dessa mansão?

— Eu vou contratar um empreiteiro.

Ele estava chocado.

— Isso é uma piada?

— Você pode fazer os acabamentos. É isso. Vou pagar a outras pessoas para fazerem o resto.

Will soltou uma risada incrédula.

— Você está de sacanagem comigo?

— Tem uma última coisa, e preciso que você preste atenção. — Sara esperou que ele se concentrasse. — Se vamos morar juntos, eu tenho que controlar o termostato.

Will começou a protestar, mas então pareceu se dar conta do que ela tinha dito.

Se vamos morar juntos.

Ele estava boquiaberto. Fechou a boca.

Betty entrou na cozinha. Deitou em frente à geladeira. Will observou a cachorra rolar de costas como se cobrasse sua completa e total atenção.

Aquele não era o tipo de silêncio comum nele. Algo estava errado. Sara tinha se enganado. Seu rosto ferveu de constrangimento. Ela jogara nele um peso muito grande. Ele detestava ser pressionado. Eles tinham acabado de sobreviver a um inferno. Ela lhe dissera que ia destruir sua casinha com todo o seu orçamento de mansão. Ambos estavam felizes com o arranjo atual. Por que ela estava sempre tentando consertar coisas que não estavam quebradas?

— Will — Sara tentou encontrar o pedido de desculpas certo. — Nós não temos...

— Certo — concordou ele, finalmente. — Mas teremos que nos casar em uma igreja. Quero que sua mãe fique feliz.

AGRADECIMENTOS

E M PRIMEIRO LUGAR, OBRIGADA aos suspeitos de sempre: Kate Elton e Victoria Sanders. Gostaria de adicionar as fabulosas damas da equipe VSA, lideradas pela indômita Bernadette Baker-Baughman, bem como Hilary Zaitz Michael e Sylvie Rabineau, da WME. Na HarperCollins: Liate Stehlik, Emily Krump, Kaitlin Hairi, Kathryn Gordon, Virginia Stanley, Heidi Richter-Ginger, Kathryn Cheshire, Elizabeth Dawson, Miranda Mettes, Annemieke Tetteroo, Chantal Hattink, Alice Krogh Scott e, por último, mas não menos importante, Adam Humphrey, meu querido amigo de 13 anos, que generosamente cedeu seu nome à humilhação e ao patético. E também à minha ficção.

David Harper mais uma vez me ajudou a tornar Sara uma médica bem legítima. Obrigada, David, por quase duas décadas de faculdade de medicina gratuita. Lamento — não lamento — continuar matando meus pacientes. Por oferecer uma noção de seu local de trabalho, meus agradecimentos a Stacey Abrams e David Ralston. Sou eternamente grata aos meus amigos na AIG por suas informações e, sendo da Geórgia, grata por seu profissionalismo e sua diligência. Agente especial Dona Roberts (apo.), eu sempre estimo sua visão de policial e do mundo em geral. Obrigada à colega escritora Carolina De Robertis, também conhecida como *Dra. Palabras Sucias,* por ajudar com meu espanhol. Michelle Spivey e Theresa Lee queriam muito estar neste livro (e apoiar Save the Libraries), então espero que estejam felizes com seus papéis, como sei que a biblioteca de Decatur está feliz em usar seus recursos para ajudar crianças a aprender a ler.

Uma observação sobre a trama: por motivos óbvios, eu tomei muitas liberdades com arquitetura, projeto e métodos. Se você quiser dar uma olhada em minha pesquisa repleta de spoilers, visite www.karinslaughter.com/tlwreferences. Caso queira cantar com Sara: Joan Armatrading, Beastie Boys, Dolly Parton, Bronski Beat, Patti Smith, Edie Brickell, Red Hot Chili Peppers.

Os últimos agradecimentos como sempre vão para DA, *meu amor*, e meu pai, que me deixou cuidar dele cinco minutos este ano, e isso quase nos levou à loucura. Nunca mais faremos isso.

Vire a página para um relatório confidencial da AIG sobre Will Trent.

NOME: Wilbur (Will) Trent

POSTO: Agente especial

LOTAÇÃO NO DEPARTAMENTO: Atlanta, Geórgia

ALTURA: 1,90m

PESO: 83 quilos

APARÊNCIA: Em forma e musculoso, cabelos louro-escuro, rosto anguloso e postura ligeiramente curvada.

- O indivíduo tem uma aparência discreta que o torna uma escolha mais natural para o trabalho disfarçado que alguns outros agentes que se destacam mais claramente como policiais e, portanto, acham mais difícil se camuflar.
- A infância problemática de Trent e o seu registro criminal juvenil o deixam, significativamente, mais à vontade no submundo criminoso que seus contemporâneos de origem mais tradicional.

BATIMENTOS CARDÍACOS EM REPOUSO: 52 bpm

ANOS NO SERVIÇO ATIVO: 15

PARCEIRO: Faith Mitchell (ex-Departamento de Polícia de Atlanta)

- Trent e Mitchell trabalham bem em equipe, tendo atuado juntos pela primeira vez no caso de assassinato de uma adolescente rica inicialmente identificada como Emma Campano.
- Devido à habilidade interpessoal de Mitchell e à abordagem analítica de Trent, recomenda-se que essa parceria continue.
- Os supervisores devem estar cientes de que a mãe de Mitchell, capitã Evelyn Mitchell (apo.) trabalhou no Dep. de Polícia de Atlanta por quase quatro décadas e era colega próxima da

diretora assistente Amanda Wagner. Não é claro em que medida Wagner e a capitã Mitchell mantêm contato.

SUPERVISOR: Amanda Wagner

- Como chefe da Equipe Especial de Detenção Criminal, Wagner é supervisora direta de Will e parece ter um claro talento para motivá-lo e maximizar suas habilidades específicas.
- Não é claro em que momento Wagner e Trent se conheceram, mas ela se interessou por toda a carreira dele na AIG, tendo recrutado-o pessoalmente ao sair da faculdade.

---AVALIAÇÃO---

HISTÓRICO: Problemático

- O indivíduo foi abandonado em uma lata de lixo quando bebê, e passou os primeiros anos de vida, em grande medida, em casas de acolhimento, com frequentes mudanças de família.
- A partir dos 6 anos, Trent passou a maior parte da infância na Atlanta Children's Home, sendo, repetidamente, preterido para adoção. É possível que a falta de oportunidade para criar relacionamentos fundamentais nos primeiros anos, combinada com sua familiaridade infantil à rejeição, tenham tido um impacto negativo em sua capacidade de confiar e estabelecer laços na idade adulta. Ao cogitá-lo para operações, seu instinto de permanecer nas sombras e sua desconfiança no que se refere a ligações pessoais devem ser levados em consideração.
- A mãe e o pai de Trent estão mortos, e ele permaneceu aos cuidados do Estado até os 18 anos. Depois se mudou da Children's Home para um abrigo de sem-teto, onde aprendeu diversas habilidades práticas enquanto trabalhava como operário. Também teve uma condenação por furto a loja aos 18 anos — embora desde então sua ficha permaneça limpa.

CONFIDENCIAL

- O contato inicial do indivíduo com pobreza extrema e vício o deixaram com uma forte aversão a álcool, cigarro e drogas — o que é preciso ter em mente ao considerar possíveis trabalhos como policial infiltrado.
- Ele tem um doutorado da Two Egg University, Flórida.
- Trent passou três anos casado com a ex-policial Angie Polaski (dispensa médica), que aparentemente conheceu na Atlanta Children's Home por volta dos 11 anos. Aparentemente, em um dado momento, ela assumiu um papel de protetora, mas há indícios de que a relação era caracterizada por um padrão disfuncional e tóxico de rupturas e voltas. Trent e Polaski estão divorciados.
- Nós entendemos que Trent mantém um relacionamento com Sara Linton, legista da AIG, viúva do chefe de polícia do Condado de Grant Jeffrey Tolliver, assassinado dois anos antes de ela e Trent se conhecerem. A dra. Linton pode ser uma força estabilizadora na vida do indivíduo. Trent e Linton se conheceram quando ela, então médica do Hospital Grady, trabalhou em um aparente acidente com atropelamento e fuga que se revelou um caso de sequestro e tortura brutal.

QUALIFICAÇÕES EM SERVIÇO: altamente preparado

- A taxa de solução de casos do agente especial Trent é de 89%, 15 pontos acima da média do departamento.
- Atirador excepcional e treinado no uso de diversas armas, Trent superou com sucesso a Hogan's Alley de Quantico.
- O indivíduo tem credenciais em negociação com reféns, operações táticas e de emergência com veículos, contraterrorismo e habilidades de sobrevivência.
- Além disso, independente de suas qualificações da AIG, o trabalho de Trent como operário antes de entrar para a polícia o deixou com significativas habilidades manuais e práticas. Sua habilidade

CONFIDENCIAL

instintiva de desmontar uma máquina e remontá-la com seus componentes reflete em seu trabalho policial — sua metodologia é desmontar um caso, analisando cada componente para recriar a cena do crime e chegar a uma conclusão lógica e coerente.

TRAÇOS MARCANTES (para identificação): Múltiplos

- O indivíduo tem cicatrizes no lábio superior e no pescoço, e marcas residuais de queimaduras de cigarro e elétricas e ferimentos a faca no tronco, todos sofridos na infância.
- Mais uma cicatriz visível na perna do indivíduo após uma cirurgia de reparação de uma fratura exposta.
- É visível uma fina cicatriz no antebraço direito, correspondendo a contato com navalha ou similar.
- Pequena cicatriz na mão de ferimento com pistola de pregos.

HABILIDADE PARA TRABALHO DISFARÇADO: Grande

- O agente especial Trent tem experiência significativa de campo e um registro impecável.
- É psicologicamente robusto, com a capacidade de selecionar e compartimentalizar informações.
- O indivíduo exibe empatia e pode adotar técnicas de espelho para estabelecer ligação e conexões com alvos e informantes em potencial — tem uma capacidade assombrosa de compreender o comportamento emocional dos outros, potencialmente fruto de sua infância difícil em que discernir se um estranho era amigo ou inimigo tornou-se uma habilidade de sobrevivência fundamental.
- O indivíduo demonstrou uma compulsão por trabalhar de forma independente, com tendências de "lobo solitário".
- Coletivamente, seus traços de caráter, suas habilidades e sua experiência o tornam particularmente adequado para missões e infiltração de alto risco.

Este livro foi composto com Arno Pro,
e impresso na gráfica Exklusiva sobre papel pólen soft 70g/m^2.